EN ATTENDANT L'AUBE

Ann Moore

EN ATTENDANT L'AUBE

Roman

*Traduit de l'anglais (États-Unis)
par Claire de Thionville*

ÉDITIONS FRANCE LOISIRS

Titre original : *'Til Morning Light*

Édition du Club France Loisirs,
avec l'autorisation des Presses de la Cité

Éditions France Loisirs,
123, boulevard de Grenelle, Paris.
www.franceloisirs.com

Le Code de la propriété intellectuelle n'autorisant, aux termes des paragraphes 2 et 3 de l'article L. 122-5, d'une part, que les « copies ou reproductions strictement réservées à l'usage privé du copiste et non destinées à une utilisation collective » et, d'autre part, sous réserve du nom de l'auteur et de la source, que « les analyses et les courtes citations justifiées par le caractère critique, polémique, pédagogique, scientifique ou d'information », toute représentation ou reproduction intégrale ou partielle, faite sans le consentement de l'auteur ou de ses ayants droit ou ayants cause, est illicite (article L. 122-4). Cette représentation ou reproduction, par quelque procédé que ce soit, constituerait donc une contrefaçon sanctionnée par les articles L. 335-2 et suivants du Code de la propriété intellectuelle.

© Ann Moore, 2005
© Presses de la Cité, un département de Place des éditeurs, 2006,
pour la traduction française
ISBN 978-2-298-00759-6

À Rick, Nigel, et Grace,
Ma famille.

Je vous le dis en vérité, si vous aviez de la foi comme un grain de sénevé, vous diriez à cette montagne : Transporte-toi d'ici là, et elle se transporterait ; rien ne vous serait impossible.

Évangile selon saint Matthieu, 17, 20

1

Des centaines de navires à voiles carrées gîtaient dans la baie de San Francisco, délaissés, comme autant de sinistres fantômes. La brume enveloppait leurs ponts abîmés et s'engouffrait par les brèches ouvertes dans leurs flancs par les pilleurs de charpentes, qui les avaient abandonnés à leur tour, les laissant à moitié engloutis dans les eaux troubles, après avoir volé ce dont ils avaient besoin. Ces carcasses de goélettes, de clippers et de baleiniers n'étaient pas les seules à encombrer le port. Nombre d'autres bateaux mouillaient en sécurité, bien gardés, leurs écoutilles fermées. Mais ce fut cette impression d'abandon précipité qui frappa Grace, alors qu'elle scrutait la baie à la recherche du mât imposant de l'*Eliza J*.

L'aube pointait tout juste, il faisait à peine jour, et elle se dit que le bateau était là, quelque part dans le port, noyé dans le brouillard, de sorte qu'elle ne pouvait pas le voir du quai où elle se trouvait. De toute façon, se raisonna-t-elle, même si elle le repérait, elle n'avait pas de canot pour le rejoindre ; et puis Peter et Liam ne dormaient sans doute pas à bord. Ils devaient être chez eux, dans la maison qu'ils partageaient avec l'associé de Peter, Lars Darmstadt, et la femme de ce dernier, Detra, quelque part sur les collines de la ville qui s'élevaient derrière elle. Elle tourna le dos au port et considéra cette cité inconnue, le dédale de ses rues obscures où l'on se repérait difficilement. Il faisait nuit lorsqu'elle était arrivée la veille au soir, et on n'y voyait guère plus clair à présent, mais elle avait noté les indications sur un papier qu'elle tira de sa poche pour les consulter.

Elle serra plus fort la main de son fils de quatre ans, qui dormait debout, et ils s'éloignèrent du quai de Jackson Street, remontant jusqu'à l'opéra, sur Montgomery ; de là, ils bifurquèrent vers le sud pour rejoindre California Street. Arrivée à une place bordée de banques, d'entrepôts, de bureaux de compagnies maritimes et de négociants en import-export, Grace se mit à détailler les façades. Puis, lentement, elle longea la rue. Chaque bâtiment semblait émerger de la brume comme s'il était seul au monde ; certains arboraient des numéros, certains autres des enseignes, et d'autres encore rien du tout. Elle arriva enfin devant celui qu'elle cherchait et s'arrêta net. Évidemment, il faisait face au front de mer. Elle contempla l'allée, la porte d'entrée, le rez-de-chaussée, le premier étage, le second… C'était plus grand qu'elle ne l'avait imaginé. Elle savait bien que la maison devait abriter Peter, Liam, Lars, Detra et leurs domestiques, mais n'avait pas imaginé que derrière cette adresse se cachait une si imposante bâtisse. La gorge serrée, elle baissa les yeux vers Jack, lui remit sa casquette, puis rajusta son propre bonnet, et enfin poussa la lourde grille de fer, d'un geste résolu.

– Le capitaine habite *ici*, maman ?

C'était au tour de Jack d'examiner la maison. Il leva les yeux vers les larges fenêtres sombres du rez-de-chaussée puis vers les plus petites fenêtres du premier, et enfin jusqu'aux minuscules lucarnes du second.

— Je crois.

Elle remonta l'allée de gravillons jusqu'au perron, le crissement de leurs pas résonnant à ses oreilles.

— Tiens-toi bien, maintenant, mon chéri.

Elle l'aida à grimper les hautes marches qui menaient à la porte d'entrée.

— C'est grand, dit-il en bâillant lorsqu'ils arrivèrent en haut.

— Oui.

Elle le regarda en souriant puis lui montra la cloche.

— Allez, maintenant, tire.

Ils écoutèrent l'écho résonner dans la maison, puis s'éteindre, et un silence de mort s'installa de nouveau. Ils se regardèrent, et Jack haussa ses petites épaules. Il allait tirer à nouveau la sonnette mais Grace posa une main sur son bras ; quelque part dans la maison, une porte s'ouvrit et se referma, puis une autre, et un bruit de pas se rapprocha, étouffé tout d'abord, puis plus fort. Enfin, au bout de ce qui sembla une éternité, la porte d'entrée s'ouvrit sur un homme portant une lampe qui servait surtout à mettre en lumière le fait que celui qui la portait avait été tiré de son lit et obligé à s'habiller en hâte. Le froncement de ses sourcils s'accentua à mesure qu'il détaillait Grace et constatait l'état de ses vêtements – sa houppelande tachée, couverte de boue, son chapeau cabossé, ses mocassins de cuir crasseux, son visage brûlé et pelé par le soleil, et le jeune garçon tout aussi hâlé et dépenaillé qui se tenait à ses côtés. Pour finir, ses yeux se plissèrent en signe de désapprobation lorsqu'il se rendit compte qu'elle portait ce qui avait tout l'air d'un pantalon d'homme.

– L'entrée de service est à l'arrière, indiqua-t-il avec mépris, refermant déjà la porte.

– Je ne suis pas une domestique, dit Grace avant que la porte ne lui claque à la figure.

Rassemblant tout son courage, elle annonça :

– Je suis Mme Donnelly, je viens voir le capitaine Reinders, s'il vous plaît.

Le majordome hésita, visiblement soupçonneux. Il leva la lampe pour mieux voir le visage de la visiteuse et évaluer sa crédibilité. Finalement, au grand soulagement de Grace, il jugea bon de répondre :

– Le capitaine Reinders est en mer, madame.

Grace cligna des yeux. *En mer. Évidemment qu'il est en mer. Évidemment.*

– Va-t-il… ?

Elle réfléchissait à toute vitesse.

– Pour quand son retour est-il prévu ?

– Pas avant un bon moment. Bonne journée.

Une fois encore, le majordome s'apprêtait à refermer la porte.

– Attendez !

Grace avança son pied, l'introduisant avec fermeté dans l'entrebâillement.

– Je dois lui faire parvenir une lettre.

Certes, ce n'était pas la première fois qu'une inconnue venait frapper à la porte du capitaine, songea le majordome, mais, généralement, elles n'étaient pas si effrontées. Il foudroya d'un regard hostile ce pied qu'il eût souhaité voir disparaître du territoire dont il avait la charge.

– C'est impossible, madame.

Pourtant, au lieu de se retirer, Grace avança encore d'un pas, rejeta ses épaules en arrière et se redressa de toute sa taille. Le majordome recula, les narines dilatées, comme soudain assailli par une odeur des plus déplaisantes. Il était aussi un peu effrayé : une femme en pantalon était une créature imprévisible ; il était hors de question de la laisser pénétrer dans la maison. Il ouvrit la bouche, mais elle parla la première.

– Écoutez-moi, le capitaine Reinders est un de mes plus proches amis. Et... (percevant le malaise du majordome, elle s'approcha plus près encore) son protégé, Liam, est mon fils.

Fils adoptif, corrigea-t-elle mentalement, mais il n'était pas nécessaire d'entrer dans ce genre de considération avec cet incapable.

– Le lieutenant Kelley ?

Le majordome arqua très légèrement les sourcils alors qu'il digérait cette nouvelle information, mais n'ouvrit pas plus grand la porte pour autant.

– Oui.

Le regard de Grace ne vacilla pas.

– Veuillez maintenant prévenir M. Darmstadt ou sa femme de ma présence.

– Eux aussi sont absents, madame.

Grace étudia le visage impassible du majordome, mais elle ne put déterminer s'il disait la vérité ou non.

– *Où se trouve* le capitaine Reinders ? demanda-t-elle, bien décidée à ne pas perdre contenance malgré son cœur qui battait la chamade.

– À Panama City, madame.

Panama City ? Où donc se trouvait Panama City ?

– Il ne reviendra sans doute pas avant plusieurs semaines. Peut-être davantage.

Grace se mordit la lèvre, l'estomac noué.

— Je vais lui laisser un message, décida-t-elle. Apportez-moi du papier et une plume, s'il vous plaît.

Constatant que la femme se refusait à reprendre sa place de l'autre côté de la porte, le majordome laissa celle-ci entrouverte à contrecœur et alla chercher ce qu'elle demandait dans le secrétaire du vestibule. Lorsqu'il se rendit compte que cette « Mme Donnelly » ne réussirait pas à écrire en se tenant là où elle était et qu'elle allait encore faire des histoires s'il essayait de l'y forcer, il s'irrita encore davantage, et, bien malgré lui, la laissa entrer.

Grace se pencha sur le bureau, trempa la plume et se mit à écrire, tandis qu'à ses côtés, Jack lançait des regards obliques au redoutable majordome.

Cher Peter,

Finalement, je suis venue, avec les enfants. Mary Kate est malade, mais pas du choléra, Dieu merci, et elle est à l'hôpital chez les Sœurs de la Miséricorde. Nous allons rester à San Francisco jusqu'à votre retour ; je ferai savoir à votre domestique où nous habitons. S'il vous plaît, venez nous voir dès que vous le pourrez.

Elle relut les quelques lignes avant de les signer, espérant qu'elles ne trahissaient pas trop son désespoir. Elle n'avait pas prévu de se présenter au capitaine dans cet état, sale, fatiguée et malade ; au contraire, elle s'était rêvée forte et autonome, s'installant dans une petite ferme sur la côte de l'Oregon, veuve vaillante au côté d'un capitaine des mers qui l'aimait et voulait l'épouser. *Mais le voulait-il encore ?* se demanda-t-elle. Une vague de vertige provoquée par la fatigue et l'anxiété la submergea soudain. Elle s'appuya contre le secrétaire, ferma les yeux, et pressa la paume de sa main sur son front.

– Madame ?

Il y avait un soupçon d'inquiétude dans la voix du majordome, mais Grace supposa qu'il craignait surtout de devoir nettoyer si elle vomissait dans son vestibule. Elle se ressaisit, plia le mot et le glissa dans une enveloppe qu'elle lui tendit.

– Faites en sorte que le capitaine Reinders le trouve dès son retour, ordonna-t-elle.

Elle le regarda droit dans les yeux, et ce malgré le mal de tête que cela lui causait.

– Certainement.

Le majordome tint la porte ouverte jusqu'à ce qu'elle et Jack l'aient franchie, puis la referma vivement derrière eux.

Jack fronça les sourcils.

– Je ne l'aime pas.

– Moi non plus, mais je présume qu'on lui a fait peur, avec notre allure. Nous ne sommes pas vraiment des visiteurs convenables ! Allez, viens.

Elle le prit par la main.

– Retournons nous occuper de Mary Kate. Je t'achèterai un petit pain en chemin. Qu'est-ce que tu dis de ça, mon Jack ?

– Gros comment ?

Il leva les yeux vers elle, ses lunettes argentées de travers sur son nez, et une vague de tendresse étreignit le cœur de Grace, comme à chaque fois.

– Le plus gros que je pourrai trouver, promit-elle en redressant ses lunettes.

Il appuya son front contre elle quelques instants, et ce geste surprit Grace. Avant de quitter le Kansas, Jack n'était pas un enfant très affectueux, et elle luttait souvent contre l'envie de le prendre dans ses bras ou de le couvrir de baisers. Même si elle s'appliquait à reconstituer un lien maternel avec lui, il continuait parfois à la tenir à distance. Julia Martin avait été la première femme qu'il avait appelée « maman », et même si cette période n'avait duré que quelques mois, Grace savait que le départ de Julia l'avait perturbé ; elle espérait seulement que lorsqu'il grandirait et serait plus apte à comprendre les circonstances exceptionnelles de sa naissance, son cœur guérirait. Elle considérait comme un signe encourageant l'adoration qu'il vouait à sa sœur. Grace accéléra le pas en pensant à sa fille, et sa main serra plus fort celle de Jack. Même si le docteur s'était occupé de Mary Kate dès leur arrivée la veille au soir, et que Sœur Joseph veillait sur elle ce matin, Grace était impatiente de regagner son chevet.

La brume déposait toujours ses gouttelettes scintillantes sur les balcons et les poteaux télégraphiques, mais elles commençaient à s'évaporer sous l'effet du soleil qui montait dans le ciel. Grace sentit la chaleur des premiers rayons hésitants traverser sa houppelande. Malgré sa fatigue, ses pieds la portaient toujours, ce qui la fit sourire car ils venaient de lui faire parcourir plus de trois mille kilomètres au cours des quatre derniers mois. Même dans ses rêves, ses pieds avançaient, l'un devant l'autre ; ils marchaient à travers des prairies verdoyantes et des déserts de sel qui mettaient au supplice les plus robustes des pionniers, dans la boue profonde et glissante, dans l'herbe haute des vallées luxuriantes, jusqu'au sommet de cols si étroits et si haut perchés qu'elle s'était demandé s'il était possible de les franchir. Elle et ses enfants avaient marché, marché et marché encore, ne parcourant certains jours que quelques kilomètres, mais d'autres fois plus de trente. Elle savait en son for intérieur que même si elle devait mourir sur place, ses pieds continueraient d'avancer, comme s'ils devaient l'emmener jusqu'au paradis.

En s'éloignant de la maison de Peter pour retourner à l'hôpital, ils purent admirer la vue dont il jouissait sur le front de mer, mais aussi sur la ville qui s'étendait vers le sud, jusqu'au point culminant d'Alta Loma ; Sœur Joseph leur avait dit qu'on appelait ce dernier Telegraph Hill, parce que, à son sommet, plantés sur le sémaphore, flottaient des drapeaux signalant l'appartenance des différents bateaux qui pénétraient dans le port. La religieuse avait ajouté qu'il n'y avait jamais autant de pagaille que lorsque, tous les quinze jours, arrivaient les paquebots de la Pacific Mail et leur précieuse cargaison de courrier ; Grace avait alors pensé à toutes les lettres qu'elle allait devoir écrire maintenant qu'elle était arrivée.

Elle savait, d'après ce qu'en avait dit Peter, que San Francisco ne dormait jamais vraiment, que ses nuits étaient bruyantes et animées, et que ses matins étaient les moments les plus calmes de la journée. Pourtant, alors qu'il était encore très tôt, la ville se réveillait déjà, et Grace songea qu'il allait lui falloir apprendre à la connaître. Elle décida que, lorsque Mary Kate se sentirait mieux, ils la visiteraient en long et en large, puisque c'était là qu'ils allaient vivre dorénavant. Sur le bateau à vapeur qui les avait amenés de l'Oregon, elle avait promis aux enfants qu'ils n'auraient plus jamais à quitter leur maison, et elle avait l'intention de tenir cette promesse, quoi qu'il puisse lui en coûter.

Jack et elle longèrent Montgomery Street dans l'autre sens, s'arrêtant dans Clay Street pour contempler le *Niantic*, l'un de ces bateaux abandonnés aux premières heures de la Ruée vers l'or.

— Est-ce qu'il est venu s'échouer jusqu'ici ? demanda Jack, déconcerté.

— Le capitaine nous en a parlé dans ses lettres, lui rappela-t-elle. En fait, l'endroit où nous nous trouvons en ce moment était autrefois le front de mer, mais comme les collines s'élèvent juste derrière, on a commencé à combler l'espace libre entre les immenses quais afin de gagner de la place pour construire.

Elle songea à ce qu'elle venait de dire.

— C'est incroyable quand on y réfléchit. Remplir la baie... Bref, tu as vu tous les navires vides ce matin ? Eh bien, le *Niantic* a été abandonné quand son capitaine et son équipage sont partis chercher de l'or.

— Il y a encore de l'or ? demanda Jack, plein d'espoir. Est-ce qu'on va en avoir ?

— Il n'y en a plus au fond des rivières comme à une certaine époque, mais on en trouve encore, et beaucoup de gens cherchent encore à s'enrichir rapidement par ce moyen. Mais nous n'allons pas devenir des mineurs, si c'est ce que tu veux savoir.

— Ah...

Le visage du petit garçon s'assombrit.

— Ah, répéta-t-elle en imitant le ton de sa voix.

Puis elle lui adressa un clin d'œil.

— On ferait bien de se dépêcher maintenant, histoire de trouver ton petit déjeuner.

Grace suivit des chariots chargés de cageots de poulets et d'autres denrées jusqu'à une grande place autour de laquelle s'alignaient les hôtels, les restaurants, les théâtres, les casinos, les saloons, et une multitude d'autres boutiques. Jack s'arrêta net pour regarder passer un Chinois pressé vêtu d'une longue tunique bleue et d'un pantalon de coton blanc ; un large chapeau de paille était soigneusement attaché sous son menton, et une natte noire pendait dans son dos. Sur ses épaules, il portait une longue perche, avec un panier à chaque bout, et était chaussé de mules noires à semelles de bois. Il garda les yeux baissés. Grace avait déjà aperçu des Chinois à New York, mais jamais d'aussi près ; et elle savait que Jack n'avait jamais vu un tel personnage.

– C'est un Chinois, lui expliqua-t-elle à voix basse. Il vient de l'autre côté de la terre. On les appelle les « Célestes » par ici. Tu as vu sa longue tresse ?

Jack opina.

– S'il la coupe, il ne pourra jamais retourner en Chine.

– Mais les cheveux, ça repousse, fit remarquer Jack.

– Oui. Mais il faut des années, et ils risquent de ne jamais retrouver leur longueur.

Elle s'interrompit et huma l'air.

– Est-ce que c'est du pain frais que je sens là ?

Jack renifla à son tour, puis hocha la tête avec enthousiasme.

– Je crois que ça vient de là-bas.

Ils contournèrent la grande place jusqu'à une rue où s'alignaient les étals d'un marché. Grace s'arrêta devant un stand où s'élevaient des piles de pains frais encore chauds, et en acheta un. Jack l'engloutit avec une telle voracité que Grace fit immédiatement demi-tour pour en acheter trois autres, malgré leur prix incroyablement élevé. Les petits pains à la main, ils continuèrent à parcourir les étals les uns après les autres, complétant leurs emplettes d'un peu de cheddar frais et de morceaux de salami sec enfilés sur une ficelle. À l'arrière d'un chariot de ferme, Grace acheta une poignée de petites tomates, une douzaine de pommes rouges, et un panier dans lequel mettre ses provisions. Sa bourse, quoique considérablement allégée, restait suffisamment garnie pour les faire vivre encore quelque temps, en fonction de ce que lui coûterait l'hôpital. Avec de tels prix, il lui faudrait toutefois trouver du travail et un logement. Sachant à quel point les voyages en mer pouvaient être imprévisibles, elle se doutait qu'il s'écoulerait peut-être des mois plutôt que des semaines avant que Peter ne revienne.

— On va s'acheter autre chose, maman ? demanda Jack.

— Pas aujourd'hui, mon chéri. Il est temps d'y aller.

Jack ne fit pas d'histoires. Il y avait d'ailleurs un certain temps qu'il n'en faisait plus, et Grace devinait que c'était là un signe qui indiquait combien il était inquiet pour sa sœur. Quand Mary Kate était tombée malade, sur la piste, il avait attentivement veillé sur elle, l'aidant autant qu'il le pouvait, et essayant de lui donner une partie de sa nourriture. À leur arrivée au camp de Willamette, la petite fille était à peine capable de relever la tête tant son crâne lui faisait mal, et elle ne mangeait ni ne buvait presque plus rien. Ils n'avaient pas trouvé de médecin digne de ce nom au campement, et comme le paquebot pour San Francisco était sur le point d'appareiller, Grace n'avait pas hésité une seconde pour se procurer des places à bord ; là-bas, elle espérait trouver ces soins médicaux si facilement accessibles dont Peter parlait dans ses lettres, des soins émanant de vrais médecins, et non de ces innombrables charlatans qui se contentaient de s'acheter une plaque affirmant qu'ils pouvaient, au choix, purger, poser des ampoules, appliquer des ventouses ou cautériser.

Au cours de ce voyage vers le sud, Jack s'était montré obéissant et serviable. Il l'avait ensuite aidée à conduire Mary Kate et leur unique malle jusqu'à l'hôpital, et la nuit précédente, il avait dormi par terre à ses côtés, sans se plaindre, tandis qu'elle-même attendait dans un premier temps de savoir si sa fille allait survivre, puis, une fois la nuit passée, s'ils auraient une chance de voir Peter.

— Tu as été très sage, Jack, le félicita Grace alors qu'ils quittaient la place. Et tu as bien aidé maman. Maintenant, dis-moi, de quel côté sommes-nous arrivés ?

— De là-bas. (Il tira sur sa main.) Je vais te montrer.

Il guida sa mère à travers l'immense place. Elle était impressionnante avec ses gigantesques bâtiments et ses colonnades en pierre, ses devantures généreuses, son défilé permanent de Péruviens, de Chiliens et de Mexicains en tenue bariolée, d'Indiens couverts de perles et de couvertures, de Noirs en habit ou en tenue de mineur, de Chinois en tunique de soie dont la longue natte dépassait d'un chapeau de paille à large bord ou d'une petite toque brodée, de Bohémiens vêtus de chemises et de gilets flamboyants, ou d'Hawaiiens larges d'épaules ; leurs multiples accents se mêlaient à ceux des Français, des Allemands, des Italiens, des Turcs et des Russes, ce flot d'immigrants qui espéraient toujours trouver des pépites d'or dans les rivières du désert californien, mais qui étaient aussi prêts à accepter n'importe quel travail, du moment qu'il était lucratif. Néanmoins, Grace avait remarqué que les plus futés d'entre eux se lançaient dans l'immobilier.

Elle suivit Jack à travers ce labyrinthe humain, évitant le crottin, les bouses de vache, les crottes de chien et tous ces excréments laissés par les animaux plus ou moins exotiques que l'on trouvait en ville : les ours, les renards, les chèvres, les chevreuils tenus en bride, les perroquets et les faucons qui se perchaient sur les épaules, les serpents s'enroulant autour du cou. Des vêtements excentriques, des animaux exotiques, des accessoires tape-à-l'œil en argent et en or, et toutes sortes d'armes... Pour Grace, San Francisco ressemblait à un gigantesque cirque.

Après avoir quitté la place, ils parcoururent une série de ruelles et arrivèrent finalement au pied de l'hôpital. Soulagée, Grace donna une petite tape sur la tête de Jack et poussa les portes, puis elle traversa rapidement le petit hall d'entrée, jusqu'à la salle de soins, et se rendit jusqu'au petit lit sur lequel était allongée Mary Kate, les paupières closes, une compresse froide sur le front. Sœur Joseph, robuste religieuse irlandaise originaire du comté de Cork, était penchée sur la fillette et fredonnait une chanson familière. Quand elle aperçut Grace, elle lui adressa un large sourire rassurant.

– Elle dort à poings fermés, murmura-t-elle. Ne vous en faites pas pour elle. Et vous, vous avez réussi à voir votre ami ?

Grace secoua la tête.

– Il est en mer.

Pour sa plus grande gêne, des larmes lui montèrent aux yeux.

— Allons, allons, mon enfant, asseyez-vous. Asseyez-vous.

Sœur Joseph l'aida à s'installer sur un tabouret et lui prit des mains son panier de courses.

— Et alors, quand sera-t-il de retour chez lui, ce capitaine ?

— Je ne sais pas.

Grace se tamponna les yeux avec un mouchoir, et croisa soudain le regard interdit de Jack.

— Ne t'inquiète pas, mon grand.

Elle tendit la main vers lui et l'attira contre elle.

— Je suis juste un peu fatiguée, c'est tout.

— Épuisée, oui ! Comment pourrait-il en être autrement ?

Sœur Joseph donna une tape amicale sur l'épaule de Grace, puis lui murmura à l'oreille :

— Est-ce qu'il vous reste de l'argent ?

Grace acquiesça et la religieuse parut soulagée.

— Elle a ouvert les yeux il y a peu de temps, déclara-t-elle assez fort pour que Jack puisse entendre. Le Dr Wakefield est repassé la voir. Il pense que c'est à cause d'une tique, vu que vous et le petit vous n'avez pas été touchés.

Les yeux de Grace se remirent à la piquer, et elle les ferma. *Pardonnez-moi, Seigneur, d'avoir entraîné ici cette enfant, de lui avoir fait traverser un océan et toute l'Amérique depuis l'Irlande. Père très saint, que fais-je donc ici ?*

Sœur Joseph plaça sa main sous le menton de Grace et le releva afin que la jeune femme rouvre les yeux et les plonge dans les siens.

— Gardez la foi, ma fille, lui dit-elle avec douceur. L'inquiétude ne fait pas avancer les choses, vous savez.

— Je ne peux pas la perdre, murmura Grace.

— Et vous n'allez pas la perdre, dit Sœur Joseph avec assurance.

Elle se leva et lissa son grand tablier blanc.

— Reposez-vous un peu maintenant. Laissez le petit venir avec moi, vous voulez bien ? J'ai besoin de quelqu'un de grand et de fort pour donner à boire aux chevaux. Tu crois que tu peux faire ça, jeune Jack ?

— Oh oui !

Jack leva vers sa mère des yeux pleins d'espoir.

— Je peux, maman ? Je peux aller m'occuper des chevaux ?

— Allez, vas-y, mais écoute bien ce qu'on te dit.

Grace lui sourit, puis ajouta avec gratitude :

— Merci, ma sœur.

— Je pense que vous avez besoin d'un peu de calme pour remettre de l'ordre dans vos idées. À tout à l'heure.

La religieuse prit Jack par la main et l'entraîna dans le couloir, jusqu'à la porte arrière du bâtiment qui donnait sur les écuries.

Grace rapprocha son tabouret de Mary Kate et lissa les boucles épaisses et rebelles qui s'échappaient de sa natte. Cette enfant avait déjà vécu deux, peut-être même trois vies au cours de ses neuf années d'existence ; Grace avait peine à se remémorer à quoi ressemblait sa propre vie avant sa naissance. Ensemble, elles avaient survécu aux jours les plus sombres de la famine et des épidémies, elles avaient laissé derrière elles un bébé pour tenter de le sauver, avaient fui vers

Liverpool, puis avaient embarqué à bord d'un bateau pour un long et périlleux voyage vers l'Amérique, où Mary Kate avait été le témoin d'encore davantage de souffrance. À Manhattan, dans leurs chambres au-dessus du saloon de Dugan Ogue, la petite fille avait commencé à prendre ses marques et à s'épanouir, devenant une compagne fidèle pour sa mère et pour Liam, le jeune garçon qu'elles avaient recueilli après la mort de sa famille à bord de l'*Eliza J*. Mais elles avaient une fois de plus été déracinées lorsqu'un incendie les avait contraintes à s'en aller, et elles avaient emménagé à Boston, dans la famille de Lily Free. Cette période n'avait pas été une partie de plaisir. Mary Kate avait dû faire face aux préjugés, à la fois en classe et dans la rue. Une seule bonne chose leur était arrivée : elles avaient retrouvé Jack, qui, à presque deux ans, n'était plus un bébé. Ce petit frère avait apporté une joie immense à Mary Kate ; elle l'avait adopté sans hésiter et s'était mise à s'occuper de lui en toutes circonstances, comme une deuxième mère.

Grace se disait souvent que, malgré les difficultés rencontrées à Boston, elle y serait restée si elle avait su à quel point la traversée du pays serait éreintante, afin de gagner suffisamment d'argent pour emmener sa famille à San Francisco par bateau. Et pourtant, elle devait aussi admettre que si elle avait procédé ainsi, elle serait arrivée au beau milieu de l'épidémie de choléra, et aurait risqué de perdre ses deux enfants. Elle avait reçu la lettre de Peter alors qu'elle se trouvait à Lawrence, dans le Kansas, où elle s'était arrêtée en compagnie des Free, eux pour y acheter une ferme, et elle pour se reposer avant de rejoindre un nouveau convoi vers l'Ouest. Peter y exigeait qu'elle reste là-bas jusqu'à ce que l'épidémie soit terminée. Les gens tombaient comme des mouches à San Francisco, écrivait-il, et Liam et lui se dirigeaient vers la côte nord-ouest du Pacifique. Grace était finalement restée deux ans au Kansas. Elle y avait vécu dans un petit cabanon en périphérie d'une ville animée où elle avait travaillé comme cuisinière, dans l'unique hôtel que comptait l'endroit. Les conditions de vie étaient correctes, même s'il faisait une chaleur insupportable en été et un froid de canard tout au long des interminables hivers.

Il s'était passé de bonnes choses au Kansas. Grace y était devenue un véritable cordon-bleu et elle avait pu mettre de l'argent de côté. Après des débuts difficiles, la scolarité de Mary Kate avait pris une nouvelle tournure sous l'impulsion d'un professeur enthousiaste, et la fillette s'était mise à absorber les connaissances comme si c'était la chose la plus naturelle du monde. Jack lui aussi avait beaucoup évolué dans cet environnement de pionniers, même si ce n'était pas dans le sens qu'eût souhaité sa mère. Sa timidité et sa réserve avaient fait place à une exubérance qui frisait l'indiscipline, et il était devenu la mascotte de tous les garçons vachers et autres professionnels de la gâchette qui passaient en ville et prenaient un malin plaisir à montrer à ce petit garçon étonnant comment monter un poney ou tirer au pistolet. Elle repensa, honteuse, à ce jour où il avait tiré à l'intérieur de l'hôtel pour essayer de débarrasser la salle de ses mouches.

Mais le Kansas lui-même était devenu de plus en plus difficile à vivre au fur et à mesure que couvait la bataille entre ceux qui voulaient en faire un État libre et ceux qui voulaient rallier le camp des esclavagistes. La violence s'était intensifiée tandis que les deux groupes luttaient pour le contrôle des villes et des villages en plein essor ; les lynchages et les attaques nocturnes étaient devenus des événements communs, et personne ne se sentait plus en sécurité, en particulier les Noirs. Quand Lily, qui venait de retrouver son mari (un esclave en fuite qui craignait chaque apparition d'un Blanc sur ses terres), avait décidé d'emmener sa famille vivre en Oregon, où la terre était encore distribuée par centaines d'hectares aux colons, Grace avait pris conscience qu'elle aussi aspirait à une existence plus paisible et voulait soustraire ses enfants au danger des fusillades. Car non seulement les Blancs se combattaient les uns les autres, mais les Indiens, jusque-là pacifiques, se montraient de plus en plus agressifs, et, même si Grace comprenait leur colère d'être chassés de leurs terres, elle commençait à avoir peur d'eux. Ainsi, à la fin de son séjour au Kansas, ils venaient souvent chasser tout près de la ville. Jack les adorait, avec leurs cris, leurs peintures et l'expression farouche qu'affichaient les jeunes braves, mais Grace avait lu toutes les histoires d'attaques, de scalps, de tortures et de massacres, et même si tout cela dépassait de loin la vérité, elle ne dormait plus tranquille.

Comme des centaines de pionniers, dont les esclaves en fuite pour qui le Kansas n'était ni vraiment au nord ni assez à l'ouest, Grace avait lu avec intérêt tout ce qui se rapportait aux riches territoires de l'Oregon, à son sol noir, son climat tempéré, ses vallées fertiles, ses nombreux animaux sauvages, l'eau pure de ses torrents, et l'abondance de son bois de construction. Elle avait espéré qu'une fois au camp de Willamette, elle serait plus proche de Peter et de Liam, qu'ils n'auraient plus qu'à longer la côte puis à remonter le fleuve pour venir la retrouver. Alors elle avait vendu le peu qu'elle était parvenue à accumuler, avait acheté un chariot, des bœufs et des provisions pour les mois de piste à venir, et était partie en compagnie des Free en direction de l'Oregon.

Jack s'était révolté à l'idée de quitter le Kansas, mais s'était rapidement laissé séduire par la vie sur la piste ; pour lui, pensait souvent Grace, cela devait ressembler à un long pique-nique avec feux de camp, nuits à la belle étoile, et grand air par tous les temps, jour après jour. Elle s'efforçait autant que possible de le garder près d'elle, le reléguant parfois à l'arrière du chariot, où il boudait, vexé. Plus d'un enfant avait été écrasé par la roue d'un chariot ou piétiné par un bœuf, plus d'un avait péri dans les flammes, avait disparu en s'éloignant trop de la piste, ou était tombé dans une rivière et s'était noyé. Grace devait rester concentrée pour diriger l'attelage toute la journée, et pouvait difficilement surveiller Jack dans ces conditions. Cette mission avait donc échu à Mary Kate, qui l'avait assumée, comme elle le faisait en toute chose, avec une bienveillance dévouée, attachant parfois son petit frère à une longue corde dont elle nouait l'autre extrémité autour de sa propre taille. Si Jack avait survécu à ce périple, c'était grâce à l'attention permanente de Mary Kate, Grace en était certaine.

Elle saisit la main molle de sa fille et la pressa contre sa joue. *Si par miracle tu retrouves la santé, je te revaudrai ça,* jura-t-elle en elle-même. *Si par miracle tu recouvres la santé, je ne t'obligerai plus jamais à déménager.*

– C'est un visage plutôt anxieux que vous nous présentez là, madame Donnelly.

Grace leva les yeux vers le Dr Wakefield.

– C'est plus fort que moi...

Elle se mordit la lèvre, déterminée à ne plus pleurer aujourd'hui.

– Qu'est-ce que nous ferions sans elle ?

– Vous vous en remettriez, madame, comme beaucoup d'autres avant vous.

Wakefield parlait avec l'accent chantant des habitants de la Caroline du Sud.

– Mais vous n'avez pas besoin de vous soucier de cela pour le moment. Pour autant que je puisse me prononcer, je peux vous dire que votre fille est en voie de guérison, même s'il faudra un certain temps avant qu'elle redevienne la petite fille que vous connaissez.

Grace hocha la tête, incapable de parler.

– Vous savez, madame Donnelly, d'habitude, on ne permet pas aux familles de dormir par terre à côté des patients.

Le docteur observa la malle.

– Mais Sœur Joseph m'a dit que vous rencontriez quelques difficultés passagères, alors je vais faire une exception jusqu'à ce que vous ayez résolu ce problème. Il faudra néanmoins que votre petit garçon reste sage.

– Bien sûr, docteur.

Grace se redressa et lissa son pantalon. Elle eût donné cher pour avoir l'air un peu plus présentable.

– Nous ne vous gênerons pas, assura-t-elle. Merci. Merci beaucoup.

Wakefield fut surpris par la ferveur de ses remerciements, et par l'éclat vif de son regard malgré son évidente fatigue.

– Eh bien, tout le plaisir est pour moi, madame Donnelly, soyez-en assurée. Et maintenant, si vous voulez bien m'excuser, je dois m'occuper de mes autres patients.

Il s'éloigna, et Grace s'affaissa de nouveau sur le tabouret. Elle avait eu tellement peur que le médecin lui annonce de mauvaises nouvelles, qu'il lui interdise de rester avec Mary Kate, ou qu'il l'y autorise, mais sans Jack... Qu'auraient-ils fait dans ce cas ?

Ses pensées furent interrompues par un hennissement perçant et par le martèlement des sabots d'un cheval excité contre le mur de son box. *Oh, Jack, s'il te plaît, sois sage.* Elle avait du mal à se montrer autoritaire avec le jeune garçon, même si elle savait que c'était nécessaire pour qu'il apprenne à se comporter correctement ; ses remontrances étaient toujours trop faibles ou trop tardives, et elle redoutait sa réaction. Elle savait que cette incapacité à être ferme provenait du fait qu'il représentait un miracle. Oui, ce nouveau-né qu'elle avait été forcée d'abandonner, ce bébé qu'elle avait cru mort, avant d'apprendre qu'il était sain et sauf en Irlande, et que son amie Julia Martin allait l'emmener en Amérique, cet enfant était un miracle.

Pendant les mois où Julia était restée avec eux à Boston, Grace ne l'avait jamais interrogée sur les raisons pour lesquelles elle avait gardé Jack. Il y avait eu tant de morts pendant la grande famine et le combat pour la liberté de l'Irlande ; et c'étaient peut-être les femmes qui avaient payé le plus lourd tribut. Julia avait aimé le père de Jack, l'avait aimé plus que personne ne le saurait jamais, personne, sauf Grace, à qui elle s'était confiée à Liverpool, avant que Grace et Mary Kate ne prennent la mer. Seule Grace savait tout ce que Julia avait perdu, et c'était la raison pour laquelle elle n'avait pas écouté les excuses désespérées de celle-ci ; elle avait plutôt cherché à l'apaiser. Elle l'avait remerciée d'avoir maintenu son fils en vie tout au long de cette terrible épreuve. Sans Julia, avait affirmé Grace, Jack n'aurait jamais survécu ; ou, au mieux, il serait devenu aveugle. C'était Julia qui l'avait envoyé à Londres voir Nigel Wilkes, le seul chirurgien qui avait accepté de tenter sa chance sur un si jeune patient. Jack avait récupéré et s'était mis à porter ces petites lunettes qui lui donnaient un faux air d'étudiant sérieux, et Nigel et Julia s'étaient mariés. *Les voies du Seigneur sont impénétrables*, devait reconnaître Grace. Avec les encouragements affectueux de son mari, Julia avait alors choisi de rétablir la situation normale et s'était mise à rechercher Grace, qu'elle avait finalement rejointe en Amérique avec Nigel, et ce petit garçon qu'ils aimaient comme leur propre fils.

Pendant que Nigel était allé travailler avec des médecins new-yorkais, Julia était restée à Boston, s'éloignant progressivement de Jack, passant de plus en plus de temps à New York, pour finalement, au printemps suivant, retourner à Londres avec son mari. Peu après leur départ, Grace avait décidé d'éloigner sa famille de Boston, en partie pour que l'ancienne vie de Jack s'efface peu à peu, comme un rêve.

Grace caressait un autre rêve : avoir des nouvelles de son frère, Sean, lequel, au dire de tous, avait rejoint le convoi des Mormons qui se dirigeait vers les territoires de l'Utah. Elle avait désiré le retrouver de toutes ses forces, et nourri l'espoir de le convaincre de revenir vivre avec eux. Un espoir pathétique, pensait-elle maintenant en songeant à son frère, cet homme charmant pétri de convictions respectables, victime du fanatisme de ses engagements. Il devait être marié à

Marcy Osgoode à présent ; il avait peut-être des enfants. Elle baissa les yeux vers Mary Kate, vers ce visage constellé de taches de rousseur qui était si cher à son cœur ; si Sean restait loin d'eux, elle espérait au moins qu'il était marié et heureux, et qu'il avait un enfant.

La porte s'ouvrit avec fracas, et Jack entra en trombe, les joues écarlates, les yeux brillants, chaque parcelle de son corps en mouvement.

— Maman !

Grace se redressa instantanément, le doigt sur la bouche pour lui faire signe de se taire.

— Pardon, maman, murmura-t-il très fort lorsqu'il fut à ses côtés. Le cheval était super, maman ! Vraiment super ! Sœur Joseph dit que je pourrai lui donner à manger après la sieste.

Il fronça les sourcils.

— Est-ce qu'il faut que je fasse la sieste, maman ?

— Oh, que oui.

C'était une excellente idée.

— Le Dr Wakefield a dit que nous pouvions rester auprès de Mary Kate, mais il faut que l'on soit sage, et que l'on dorme chacun à notre tour, au moins deux fois par jour.

Jack opina d'un air grave et Grace en fut impressionnée ; il était évident que le petit garçon voulait rester auprès de sa sœur, même si cela devait lui coûter une sieste. Ils se confectionnèrent un nid pas vraiment douillet avec leurs manteaux, puis s'assirent contre leur malle cabossée. Grace pela une première pomme, puis une seconde ; Jack bâilla et ses yeux se fermèrent lentement.

— Tu veux qu'on s'allonge un peu, mon grand ?

Dans le halo de lumière chaude qui entrait par les hautes fenêtres, Grace aussi se sentait gagnée par une sorte de torpeur.
— Eh...
Jack retira ses lunettes et les lui tendit.
— Tu peux me raconter une histoire, maman ?
— Bien sûr.
Elle dégagea le front de son fils de ses cheveux, regardant tendrement ce visage tant aimé.
— Laquelle veux-tu ?
— Tu sais bien.
Le petit garçon ôta ses bottines et se coucha sur le dos, les mains derrière la tête, les jambes croisées.
— Vas-y, maintenant, insista-t-il doucement, les yeux clos. « Il y a très longtemps, en Irlande... »
La gorge de Grace se noua, et elle se demanda si elle serait vouée à combattre les larmes jusqu'à la fin de ses jours. Elle appuya sa tête contre la malle puis ferma les yeux et, sans avoir besoin de chercher dans ses souvenirs, elle le vit, là, l'homme qu'elle aimait, tellement réel qu'elle pouvait presque le toucher. Il souriait, puis rejetait sa tête en arrière et éclatait de rire de cette façon qui lui avait toujours embrasé le cœur ; elle écouta les échos de son rire et se sentit soudain plus forte ; son esprit retrouva le courage dont lui-même avait fait preuve toute sa vie. Elle s'accorda quelques instants de plus pour se souvenir de lui, pour l'aimer, puis elle s'éclaircit la gorge.
— Il y a très longtemps en Irlande... vivait le plus brave combattant qui ait jamais existé. C'était un héros pour son peuple, et l'on chantait ses louanges à chaque coin de rue. Il s'appelait Morgan McDonagh... Et c'était ton père.

2

McDonagh plongea ses mains ensanglantées dans le ruisseau glacé. Il savoura le choc que cela provoqua, l'éclat de la lumière matinale qui l'aveuglait, l'odeur de la terre humide sur laquelle il était agenouillé, la brûlure de l'eau glaciale sur ses mains en feu. Depuis qu'il avait quitté l'Irlande, nombreux avaient été les jours où il s'était senti plus mort que vivant, mais aujourd'hui ce n'était pas le cas. Ce matin, il était profondément heureux d'être en vie, et reconnaissant pour toutes les vies sauvées, après cette longue et effroyable nuit.

Les doigts engourdis, il frotta son avant-bras pour en faire disparaître les traces de sang, puis examina les entailles qui apparaissaient en dessous, soulagé de constater qu'elles ne nécessiteraient pas de suture. Il savait en revanche que les blessures de son épaule étaient plus sérieuses, et que, pour celles-ci, il aurait besoin de l'aide du jeune garçon. Il commençait à se sentir ankylosé, et grimaça en plongeant à nouveau sa main dans le ruisseau. Le contact de l'eau lui coupa le souffle, chassant autant sa fatigue que la sueur et le sang. Il tourna la tête vers son épaule valide, s'essuya la joue et le front sur sa chemise, et vit que Nacoute était à présent agenouillé à ses côtés au bord de l'eau ; il le regardait fixement, engourdi lui aussi, même s'il n'avait pas touché l'eau. D'un geste lent, sachant que le garçon se méfiait du contact des hommes, et qu'il devait être particulièrement nerveux après les violences de la nuit passée, il lui prit le menton pour tourner son visage vers lui. La balafre sur sa joue gauche nécessitait d'être suturée, mais peut-être était-il déjà trop tard ; le sang s'était coagulé sous son œil noirci et suintant, et avait séché le long de son nez enflé. Son corps portait les témoignages des coups qu'il avait reçus : des marques sur les articulations, des zébrures de ceinture, des entailles de couteau sur le bras… Dans son acharnement à sauver la mère du jeune garçon, dont les blessures étaient bien plus graves, il n'avait pas eu le temps de s'occuper de ses plaies à lui, qui devaient pourtant le faire souffrir. Il leva à nouveau les yeux vers lui et rencontra l'intensité impassible de son regard qui laissait filtrer tant de choses ; s'il y a des réponses aux questions que posent ces yeux, pensa-t-il, laisse-le les découvrir, car Dieu sait que je serais bien incapable de les donner.

– Viens, bonhomme, dit-il en se relevant avec difficulté. On a encore du travail.

Il s'empara des deux seaux en bois à ses pieds, les remplit d'eau de la rivière, puis repartit en arrière vers le cabanon, escomptant que le garçon allait le suivre, comme à chaque fois.

Nacoute se redressa avec grâce ; il était svelte et beau comme sa mère. Morgan, jetant un œil par-dessus son épaule valide, entrevit l'homme, le guerrier, qu'il allait devenir. À quatorze ans, Nacoute était aussi grand que lui, même si sa stature était encore un peu frêle ; et ce qui restait hier encore de la douceur de sa jeunesse avait aujourd'hui disparu, totalement effacé par un meurtre brutal – qu'il ait ou non été commis en légitime défense. Cela laissait place à une dureté nourrie par le poids d'un acte que rien ne pourrait effacer. D'ailleurs, Nacoute ne souhaitait pas l'effacer, Morgan pouvait le lire dans son regard. Le regard vif de quelqu'un qui ne parlait pas mais ne manquait pas un mot de ceux qui pouvaient s'exprimer. Le garçon ne regrettait rien, il était seulement indécis. Le monde était différent ce matin pour Nacoute. Morgan le comprenait ; lui aussi avait tué des hommes.

– Ça va aller, lui dit-il quand le garçon lui effleura le bras. On va s'en sortir.

À nouveau, il aurait bien aimé s'y connaître un peu plus en mi'kmaq[1], ou même en français ; il savait que le garçon comprenait cette langue puisqu'il avait vécu avec le trappeur. Il repensa à ce dernier, Remy Martine, qu'ils avaient dû traîner et enterrer dans les bois ; il n'y avait plus aucun signe visible de son existence dorénavant, hormis la grande tache poisseuse sur le sol du cabanon.

Il regarda en direction du soleil, maintenant plus haut dans le ciel.

– Il ne se passera pas longtemps avant que quelqu'un arrive. Il vaut mieux qu'on aille nettoyer.

Morgan parlait naturellement, sans effort particulier pour se faire comprendre du garçon. Nacoute acquiesça et pressa le pas.

Sur le pas de la porte du cabanon, ils hésitèrent un instant. Morgan observa le sentier qui menait aux autres maisons du campement, y compris à la sienne,

---

1. Langue appartenant à la famille linguistique de l'algonquin, parlée par la tribu amérindienne des Mi'kmaq. (*N.d.T.*)

tandis que le regard de Nacoute remontait le long du chemin, dans la direction où ils avaient transporté le grand gaillard, dans les buissons, puis plus loin, dans les bois. Il y avait des traces de lutte dans la boue jusqu'à l'orée de la clairière et une marque plus prononcée à l'endroit où ils avaient lâché son corps. Nacoute reposa son seau, s'empara d'une grande branche de sapin, et balaya rapidement pour faire disparaître les traces. Morgan hocha la tête en signe d'approbation, puis poussa la porte et la fixa afin de laisser entrer suffisamment de lumière pour nettoyer le sol. Puis il porta les seaux à l'intérieur.

Ils étaient en train de chercher des brosses à récurer quand la femme se mit à gémir et à s'agiter. Morgan se précipita à son chevet pour l'apaiser et l'empêcher de faire céder ses points de suture.

– Chut, Aquash. Calme-toi.

Il dégagea les cheveux de son visage et essaya de sourire d'un air rassurant. Les yeux de la femme recherchèrent les siens avec frénésie, tandis qu'elle tentait désespérément de s'asseoir.

– Nacoute ! appela-t-elle. Nacoute !

– Viens ici, mon gars, dit Morgan en faisant signe au garçon de s'approcher. Regarde, femme ; il va bien. Il n'a pas l'air au mieux, mais il va se remettre.

Nacoute saisit la main de sa mère, écouta attentivement ce qu'elle lui disait, et lui répondit par une série de gestes, de subtiles expressions du visage, de tics et de hochements de tête. C'était leur façon particulière de communiquer, elle en mi'kmaq, lui par le langage corporel des muets. Quand elle porta la main à sa poitrine, Morgan comprit ce qu'elle demandait et s'approcha immédiatement du berceau de bois qui avait été

placé près de la cheminée. Mais le feu était mort depuis plusieurs heures déjà. La fillette était allongée, réveillée, les yeux grands ouverts, l'air serein. Il la prit dans ses bras avec douceur et l'apporta à sa mère, puis il regarda Aquash retirer le lange et examiner les bras et les jambes du bébé, et enfin son dos et ses minuscules épaules. Le contact de sa mère rappela au nourrisson qu'il avait faim, et il se mit à vagir. Aquash ouvrit alors sa tunique et porta sa fille à son sein.
— Henri ?
Aquash leva vers Morgan des yeux apeurés.
— Remy ?
— Remy est mort, lui dit-il. Enterré.

Elle tourna les yeux vers son fils, qui hocha la tête, puis s'adressa à lui très longuement, s'interrompant régulièrement pour lui laisser le temps d'acquiescer ou de démentir. Morgan regardait les mains de Nacoute et devina qu'ils étaient en train de passer en revue les événements qui avaient conduit à la mort de Remy. Aquash répéta le nom « Henri » plusieurs fois, et Morgan comprit qu'elle s'inquiétait qu'on les démasque. Henri DuBois était le bras droit de Remy dans le campement, mais même ce dernier ne lui faisait pas vraiment confiance. Quant à Morgan, il avait ses propres raisons de détester DuBois – DuBois et Martine, en vérité.

Aquash s'agitait de plus en plus, et Morgan lui fit à nouveau signe de se calmer, bien conscient toutefois qu'elle avait toutes les raisons de s'inquiéter. Cela ne ferait aucune différence que Nacoute ait voulu se protéger et défendre sa mère et sa sœur. Remy Martine était admiré et craint dans la région ; c'était le trappeur le plus ancien, le plus fortuné, le plus érudit, et le plus connu des riches acheteurs européens ; il s'était aussi marié et avait ramené au camp une femme magnifique, une Mi'kmaq dont il n'avait obtenu la main qu'en échange de l'équivalent d'un an de provisions, acceptant même de prendre en charge son jeune enfant muet parce que le jeune garçon pouvait être d'un grand réconfort pour sa mère pendant les mois où Martine serait à la chasse. À croire ce qu'on disait dans la colonie, Remy était un homme généreux qui avait trop gâté sa magnifique épouse en la laissant garder son fils avec elle ; en guise de remerciement, il devait supporter un garçon têtu et maussade, qui vivait chez lui et mangeait à sa table, mais refusait de travailler à ses côtés. La légende voulait encore que Martine eût essayé de traîner le garçon avec lui à de nombreuses reprises, mais que Nacoute fût toujours parvenu à prendre la poudre d'escampette à la première occasion pour retourner auprès de sa mère, qu'il refusait de laisser seule dans le campement, quitte à recevoir une violente correction au retour de son beau-père. Et Martine avait fini par laisser tomber. Ces deux-là ne s'aimaient guère. Remy battait Nacoute régulièrement, mais ce dernier refusait obstinément de quitter sa mère. Et peu importait qu'il chasse dans les forêts et pêche dans les rivières des alentours, rapportant plus de nourriture que Martine lui-même, ou qu'il répare le cabanon et sache s'éclipser quand Remy était à la maison, pour aller vivre dans la forêt ; il avait gagné le mépris de Remy Martine, qui en avait fait la proie des autres trappeurs ou de leurs fils lorsqu'ils avaient besoin d'un peu de distraction.

Ce que Martine ne savait pas, c'était que Nacoute restait au camp pour protéger sa mère ; Morgan avait vu le garçon mettre fin à des abus plus d'une fois, ce qui lui valait l'hostilité de tous ceux qui auraient aimé goûter aux charmes de la belle Aquash. Il n'avait compris pourquoi Aquash ne disait rien au sujet des violences dont elle était victime que lorsqu'il avait entendu l'histoire de la première femme de Martine : violée par des hommes du camp, elle avait été jugée indigne par Remy et retrouvée morte sur les berges du ruisseau. Morgan devinait qu'abandonner Nacoute parmi ces étrangers était le pire cauchemar d'Aquash, et qu'elle avait par conséquent tout enduré sans rien dire, jusqu'à ce que le jeune garçon, en grandissant, comprenne ce qui se passait et prenne en silence la défense de sa mère.

Morgan s'était involontairement trouvé mêlé à tout cela quand il s'était lié d'amitié avec Nacoute. Il avait perdu encore plus d'amis quand il s'était porté au secours de ce dernier, puis de sa mère. D'ailleurs, personne n'avait levé le petit doigt pour l'aider le jour où un arbre était tombé sur son chariot de provisions, et il serait mort sans l'intervention de Nacoute, Aquash et May. Le mari de May, Louis, était plutôt un chic type, gentil avec sa femme et aimant avec ses enfants, mais il voulait à tout prix éviter les problèmes ; il ne désirait qu'une chose : gagner correctement sa vie, élever ses enfants et, un jour, retourner en Nouvelle-Écosse, où vivait encore sa famille. Il se démènerait probablement pour que Nacoute ait un procès équitable si on devait l'accuser du meurtre de Martine, mais il refuserait d'exposer sa famille ou lui-même si les autres décidaient de pendre le garçon, ou pire. Personne ne viendrait en aide à Nacoute, et Morgan serait dans l'impossibilité de le sauver. Empli de cette certitude, il s'agenouilla et commença à frotter vigoureusement la tache sombre sur les lattes du cabanon. Le sang avait largement coulé entre les fentes ou été absorbé par la poussière qu'il avait dispersée dessus, puis balayée et enterrée, mais il restait une tache, assez large pour éveiller les soupçons.

Nacoute avait préparé un feu dans la cheminée pour faire chauffer un repas pour sa mère, et Morgan avait presque terminé de récurer lorsqu'une ombre masqua la lumière qui venait de la porte. Morgan leva les yeux, puis se mit debout.

— Qu'est-ce que vous voulez, DuBois ?
— Qu'est-ce que tu fais là, l'Irlandais ? lança Henri avec un fort accent.

Il ne paraissait pas vraiment surpris de trouver Morgan dans la maison de Martine.

— Et où est mon ami Remy, hein ?

Nacoute, qui s'était figé au son de la voix d'Henri, se remit à remuer la marmite, sans toutefois lever les yeux. Aquash couvrit doucement la tête du bébé, gardant elle aussi les yeux baissés.

— Aucune idée, dit Morgan en haussant les épaules. Il s'est épuisé à mettre le camp en pièces la nuit précédente ; il est probablement mort sous un arbre quelque part.

— Il n'était pas si saoul que ça, rétorqua Henri. Je le sais.

Il regarda par-dessus l'épaule de Morgan en direction de la cheminée, remarquant le visage meurtri de Nacoute.

— C'est un coup du gosse ?
— Non.

Morgan se déplaça pour barrer son champ de vision et l'empêcher de voir Nacoute.

— Il était tellement ivre qu'il est devenu fou... Il les a tous cognés, même le bébé.

Henri poussa un grognement.

— Mais tu t'es pointé et tu as sauvé toute la petite famille, hein, l'Irlandais ? Et maintenant la petite famille... Elle est à toi, hein ?

— Je ne me suis pas pointé comme ça. Le gosse est venu me chercher, il a frappé à ma porte...

Nacoute heurta violemment la cuillère contre la marmite et redressa la tête, rouge de colère. Il fit non de la tête à l'intention de Morgan, puis désigna le Français.

Henri traversa la pièce à grandes enjambées, bouscula Nacoute, et se mit à parler très vite, en français, d'un ton menaçant. Mais Nacoute ne céda pas, continuant à secouer la tête.

— Fiche-lui la paix, ordonna Morgan d'une voix ferme. Ou tu auras affaire à moi.

Le Français, qui avait déjà goûté aux poings de McDonagh, lâcha le garçon et recula, jurant dans sa barbe.

— Personne ne veut de toi ici, DuBois. Sors.

— Ici, ce n'est pas chez toi, cracha Henri.

Il marqua un temps d'arrêt et ses yeux s'agrandirent soudain.

— Ou alors peut-être que si. Tu as tué Remy, l'Irlandais, hein ? C'est ça que tu as fait ?

— C'est vrai qu'il mériterait une bonne correction, répondit Morgan. Et j'ai fait ce que j'ai pu. Mais il a fini par laisser tomber, et il est parti en claquant la porte. Bon débarras !

Le Français croisa les bras.

— Je pense que je... Non. Je *vais* aller chercher Remy dans la forêt. Aujourd'hui, ou un autre jour... Quand les animaux l'auront déterré.

Il posa brusquement les yeux sur la tache du plancher.

— C'est du sang. Le sang de Remy.

— Non.

— *Si*, insista-t-il. C'en est fini de toi maintenant, l'Irlandais. Les gens ne te croiront jamais, ils ne croiront que ce qu'ils verront. Remy mort, Aquash est à toi, tout comme son *bâtard*. Et, bien sûr, le magot.

Il hocha la tête, arborant un large sourire.

— Mais c'était compter sans Henri DuBois. J'ai devant moi un homme mort. Et un gosse tout aussi mort.

Il ricana.

— Est-ce que tu commences à piger ?

Morgan réfléchissait à toute vitesse, le regard fixe. Qu'y avait-il à piger, exactement ?

Il observa la morgue qu'arborait Henri, mais aussi les gouttes de sueur qui ruisselaient de sa chevelure crasseuse, ses yeux plissés qui lançaient des coups d'œil furtifs tout autour de la pièce, comme pour en faire l'inventaire. La mère, le bébé. Le bébé.

— Je commence à piger, répondit-il d'une voix égale. C'est *ton* enfant qu'Aquash a mis au monde.

Henri cracha de dégoût sur le sol, mais Aquash leva les yeux vers Morgan et ce dernier sut qu'il avait vu juste.

— J'aurais dû m'en douter.

Morgan fit un pas en direction du Français, serrant les poings.

— J'aurais dû te tuer la première fois que je t'ai surpris en train d'essayer d'abuser d'elle.

Henri eut un nouveau rire.

— Mais tu ne l'as pas fait. Et maintenant c'est trop tard pour toi. Tout le camp raconte que tu es le père de la petite.

Morgan étudia l'homme qui se tenait devant lui, la position de sa mâchoire, le tremblement de son menton…

— Tu attendais Remy avec une bouteille quand il est rentré la nuit dernière, avança-t-il d'un ton posé. Tu l'as provoqué, puis tu as fait quelques commentaires sur la taille du bébé, bien gros pour un mioche né trop tôt, et tout ça. Tu as laissé entendre que les gens parlaient dans son dos. Dis-moi que j'ai tort, espèce de sale fils de pute !

Henri lui retourna l'injure en français avec un air méprisant.

— Tu lui as fait remarquer qu'il ne lui ressemblait pas du tout. Tu as même dû ajouter qu'il n'avait pas vraiment la bonne couleur de peau, hein ?

Il plissa les yeux.

— Alors il s'est mis à la battre, évidemment, et il a menacé de tuer le bébé, et c'est là que tu t'es réfugié chez moi. Tu savais que je penserais que c'était le gosse qui avait besoin d'aide.

Il s'approcha encore un peu de lui.

— Tu savais qu'il était saoul et furieux, et bien armé par-dessus le marché. Tu savais que j'allais devoir le tuer. Et qu'ensuite je me barrerais, et le gosse aussi. Qu'Aquash serait à *toi* ; que la maison serait à *toi*. Et l'argent, et tout ce qui appartenait à Martine. Tu l'as piégé, sale bâtard. J'en suis presque désolé pour lui.

Henri recula d'un pas.

— Tu racontes n'importe quoi, l'Irlandais. Personne ne te croira. Tu as tué Remy, et tu vas payer pour ça.

Morgan secoua la tête.

— Pas moi. Tu as raison pour le sang par terre : c'est le mien, celui de Remy et celui du gosse. Ç'a été une sacrée bagarre. Mais quelque part, là, dehors, le grand gaillard est en train de cuver, et quand il va revenir, je vais l'attendre, lui dire qui est le vrai père de cette gamine, et lui expliquer comment ça s'est passé. Il saura que tu l'as piégé, DuBois. Et alors, on verra qui va payer.

— C'est ça ! s'exclama Henri.

Mais on lisait le doute dans son regard, et, derrière, la peur.

— Vas-y, pars, l'Irlandais, et peut-être qu'on ne se lancera pas à ta poursuite. Emmène le gosse avec toi. Personne ne veut de lui par ici. Mais pars maintenant, si tu veux vivre.

— Je ne m'en vais nulle part.

Morgan croisa calmement les bras.

— Tu préférerais me savoir hors de ta route, hein ? Et le gosse aussi ? Tu en as marre qu'il surveille sa mère en permanence, et qu'il te mette des bâtons dans les roues ? Mais lui et moi, on en a marre de toi, DuBois. Marre de ta façon de traiter les femmes indiennes, marre de ta gueule de chien battu ivre et paresseux. C'était *ton* plan, ton plan le plus stupide, et je ne veux pas que qu'on me fasse payer pour ça, ni toi, ni Martine, ni personne. Tu m'as bien compris ?

Il passa une main dans son dos et tira le couteau du fourreau accroché à la ceinture de son pantalon.

— Commence à courir, *Frenchie*. Avant que je ne tranche ta gorge de comploteur.

Les yeux d'Henri s'arrondirent de surprise, puis s'étrécirent de rage.

— C'est à toi qu'on va trancher la gorge, menaça-t-il en reculant vers la porte. Ne crois pas que tu vas t'en tirer comme ça.

Il fit volte-face et se mit à courir.

Nacoute referma et verrouilla rapidement la porte, puis s'appuya dessus. Aquash tenait son bébé serré contre elle. Tous trois se dévisagèrent, pétrifiés. Aquash s'adressa à son fils dans leur langage ; il lui répondit, puis se dirigea vers l'âtre, balaya les braises fumantes, et dégagea une pierre à l'aide de la tige en métal avec laquelle ils suspendaient la marmite. Après avoir poussé la pierre sur le côté, il plongea tout au fond du trou et en retira une bourse en cuir solidement nouée. Il l'apporta à Morgan, souleva sa main, déposa le sac dans sa paume, puis referma ses doigts dessus.

C'étaient des pièces. D'argent et d'or.

Morgan secoua la tête.

— Ce n'est pas à moi et je ne vais pas les prendre, dit-il avec détermination, tendant la main pour essayer de rendre la bourse.

Nacoute se dirigea vers la porte et l'ouvrit, faisant signe à Morgan de s'en aller.

— Non.

Morgan secoua à nouveau la tête.

— Je ne vous laisserai pas seuls ici avec eux.

Il braqua sur Aquash un regard d'avertissement.

— Ils vont le pendre, expliqua-t-il en désignant Nacoute et en se passant une corde imaginaire autour du cou. Et toi, tu vas passer le restant de tes jours à porter les bébés de DuBois ou de n'importe quel homme à qui il aura décidé de te livrer.

Il soupira, frustré une fois encore de son incapacité à communiquer. Il ne savait pas quoi faire. Il ne voyait aucun moyen de se protéger, ni de protéger le garçon, la femme ou le nourrisson. Ces trappeurs étaient des durs ; s'ils décidaient de le pendre, ils le feraient, et il n'y aurait pas de négociation possible.

Il s'assit à la table, la tête entre les mains, essayant de réfléchir à une façon de sortir de là. Devait-il voler un chariot et les emmener au nord, dans le camp des immigrants où il avait initialement débarqué ? Cela faisait un an qu'il en était parti, une année passée à récupérer l'usage de ses jambes. Elles étaient dans un tel état qu'il s'était vu mourir là-bas, ou, au mieux, les perdre toutes les deux ; il avait cru qu'il ne verrait jamais l'Amérique et ne retrouverait jamais sa femme. Après être venu de si loin et avoir traversé tant d'épreuves, la perspective de mourir seul au Canada, au milieu de nulle part, avait failli le rendre fou, mais Aquash était parvenue à le ramener jusqu'à son cabanon, y avait allumé un feu et avait commencé à lui dispenser ses soins silencieux et assidus. Morgan pensait que c'était seulement parce qu'il s'était lié d'amitié avec son fils, Nacoute, ce garçon ombrageux qui semblait toujours prêt à se battre. Il allait le chercher chaque fois qu'il revenait du campement avec des provisions ; il l'avait tout de suite apprécié, reconnaissant chez lui la même flamme que celle qui brillait dans les yeux de Sean O'Malley. Morgan avait épargné au jeune garçon bien des passages à tabac, ce qui avait entamé sa popularité auprès des trappeurs, mais lui avait assuré la dévotion d'Aquash. Elle et son amie, l'autre femme indienne nommée May, avaient soigné ses jambes brisées, lui avaient appliqué des cataplasmes lorsque la fièvre l'assaillait, étaient venues lui apporter de quoi manger tous les jours, l'avaient lavé et changé comme un bébé. Il devait sa vie à ces femmes. Il n'abandonnerait pas Aquash et sa famille maintenant.

Mais ils n'atteindraient jamais le camp du Nord à pied, pas avec Aquash dans cet état et un bébé si petit, et une charrette serait trop lente et trop visible. Et, même s'il répugnait à l'admettre, cela voulait dire partir dans la mauvaise direction. Il avait besoin d'aller vers le sud ; il en rêvait. Cinq ans s'étaient écoulés depuis qu'il avait quitté l'Irlande, cinq années qui étaient passées si vite, et dont chaque jour avait pourtant été une agonie. Mais où pouvait-il aller sinon là-bas ? Silencieusement, il se mit à prier ce Dieu qui l'avait toujours soutenu jusqu'à présent. Il était en train de l'implorer avec une telle ferveur qu'il n'entendit pas le petit coup frappé à la porte. Ce fut le murmure des voix qui attira finalement son attention.

– May ! Qu'est-ce que tu fais ici ?

Il se leva tandis que Nacoute refermait la porte derrière elle.

– Tu dois partir.

L'anglais de May était meilleur que le français de Morgan, même si elle manquait de confiance en elle lorsqu'elle s'exprimait dans cette langue.

– Des hommes bientôt arriver.

Elle se mit à parler à Aquash, qui entreprit péniblement de se lever de son lit.

– Quoi ? s'enquit Morgan.

— Des hommes viennent pour toi, pour Nacoute. Enfermer jusqu'à ce que Remy rentrer ou retrouvé mort.

Elle fronça les sourcils et hocha la tête.

— Tu comprends ?

— Oui, acquiesça Morgan, l'air sombre. J'emmène Nacoute avec moi et je m'en vais. Mais Aquash ? Je ne peux pas l'abandonner ici.

— Aquash rentrer à la maison. Nacoute rentrer à la maison. Toi partir.

— À la maison ?

Morgan savait qu'Aquash vivait ici avec Remy depuis au moins dix ans.

— Sait-elle seulement comment y retourner ?

May fronça les sourcils, embarrassée.

— C'est où, sa maison ?

Morgan désigna plusieurs directions.

— Ah ! Vers la rivière. Là-bas.

Elle indiquait le sud.

— Beaucoup de jours de marche.

— Suivons la rivière, alors, dit Morgan plus pour lui-même que pour les autres.

Beaucoup de jours de marche, pensa-t-il. Combien ? Aquash pouvait-elle y arriver dans son état ? Il la considéra, et leurs regards se croisèrent. Elle paraissait calme et déterminée malgré son visage enflé et meurtri, et son corps sans doute douloureux.

— Ils rentrent à la maison, répéta May. Ils partent, et vous aussi.

— D'accord, dit-il en hochant la tête. Je comprends ce que tu dis. Nacoute, tu prends les couvertures, des provisions, ton carquois et ton couteau.

– Je faire ça, insista May. Toi avec Nacoute dehors. Aider lui.

Morgan suivit Nacoute. Ils sortirent et firent le tour du cabanon. Appuyé contre le mur, se trouvait le traîneau qu'ils utilisaient de temps en temps pour rapporter du bois de la forêt ; Nacoute le posa par terre et se mit à le consolider avec des bandes de cuir, des petites branches et de l'écorce. Ils allaient s'en servir pour le voyage en y déposant leurs affaires, pensa Morgan. Et si Aquash faiblissait, ils le transformeraient pour transporter la mère et son enfant.

Il aida Nacoute, lui apportant tout ce que le garçon lui désignait. Puis Aquash apparut au coin de la maison ; elle portait des jambières et des bottes chaudes, son bébé sur son dos dans une poche, et des pièces de fourrure à la main. May avait mis des provisions et de l'eau dans des sacoches en cuir qu'elle tendit à Nacoute.

– Je dois repasser chez moi, dit soudain Morgan.
– Pas le temps, pas le temps ! plaida May.
– Pas le choix.

Il réfléchit quelques instants.

– Avancez vers la rivière, je vous retrouverai là-bas. May… (Il l'embrassa rapidement sur les joues.) *Wela'lin*, May. *Wela'lin*.

Elle accepta ses remerciements d'un hochement de tête modeste, puis s'occupa des autres tandis qu'il disparaissait, dévalant le talus en direction du ruisseau.

Il avança rapidement le long de la rivière, s'accroupissant pour rester protégé par le talus. D'un seul coup, il se retrouvait en Irlande, courant à travers les collines avec sa bande de va-nu-pieds pour fuir les soldats anglais qui les pourchassaient parce qu'ils s'étaient insurgés. Il s'arrêta et secoua la tête : il se trouvait au Québec, pas en Irlande, et s'il voulait un jour revoir son pays et la femme qu'il aimait, il devait rester concentré. Il avança prudemment, à l'affût de sons d'origine humaine ; n'entendant rien, il enjamba le talus, gagna le cabanon, le contourna et entra dans la petite pièce. *Vite, vite*, se dit-il en jetant ses vêtements de rechange dans un sac à dos, puis en soulevant le matelas de son lit. Il y avait là la bible que la grand-mère de Gracelin lui avait donnée des années plus tôt à Macroom, et, à l'intérieur, un croquis de sa mère dessiné par sa sœur, Barbara. C'était la seule chose qu'il avait emportée avec lui pour ce voyage fou et secret loin de l'Irlande. Idiot, se gronda-t-il. Il fallait être stupide pour revenir chercher ces objets. Et pourtant comment pouvait-il les laisser alors que c'était tout ce qui lui restait pour l'aider à se rappeler quel homme il avait été autrefois. Pas Mac, l'Irlandais qui avait conduit le chariot à provisions de ville en ville jusqu'au camp de trappeurs, mais Morgan McDonagh, le fils d'un homme pauvre mais fier et d'une mère humble, tous deux morts à présent ; le frère de huit sœurs, mortes, elles aussi, d'après ce qu'on lui avait dit ; le meilleur ami de Sean O'Malley, toujours en vie, par la grâce de Dieu, et qui habitait New York ; le mari de Gracelin, elle aussi vivante, s'il vous plaît, mon Dieu, s'il vous plaît... Et peut-être même le père d'un enfant qui était venu au monde en pensant que son père était mort. Il ne devait pas devenir ce nouvel homme, cet Irlandais du Canada, et il luttait contre cela jour après jour. Il devait se rappeler d'où il venait, ce qui l'avait amené ici, qui il était. Il fit une dernière fois le tour du cabanon, à la recherche de ce dont il pourrait avoir besoin. Il n'y avait rien. Il ne s'était pas autorisé à construire une vie ici.

Aquash et le bébé étaient déjà en train de monter dans un canoë sur les rives du ruisseau lorsqu'il les rejoignit. Derrière, un autre canoë attendait – celui de May, vraisemblablement –, soigneusement maintenu en équilibre par les provisions et les *travois*[1]. Nacoute fit signe à Morgan de grimper à l'intérieur, puis il lui tendit une pagaie.

– Tu y arriver ? demanda May avec angoisse.

Morgan n'était jamais monté dans un canoë.

– Mais oui, la rassura-t-il.

Puis il manœuvra maladroitement l'embarcation pour la mettre en position derrière celle de Nacoute.

Une fois arrivé au milieu de la rivière, Morgan se détendit et laissa son corps s'imprégner du mouvement des eaux, du roulement du canoë, du rythme des pagaies. Le soleil tapait sur son crâne et réchauffait son épaule douloureuse à travers le tissu de sa chemise ; de grands corbeaux noirs atterrissaient pesamment sur les branches basses, croassant à grand bruit, tandis que les bateaux remontaient le courant. À sa droite, l'éclat argenté d'un saumon qui sautait attira son regard et fit tressaillir l'orignal venu se désaltérer là ; au-dessus d'eux, un immense aigle d'Amérique planait gracieusement, accompagnant leur progression. C'était un pays magnifique, riche d'une abondante nature, mais aussi cruel et imprévisible, et Morgan savait que le village indien qu'il recherchait avait peut-être disparu depuis longtemps. L'hiver pou-

---

1. Instruments dont les Amérindiens se servaient pour transporter les tipis. (*N.d.T.*)

vait arriver dans plusieurs mois, ou dans seulement quelques semaines ; il faisait un froid mordant par ces latitudes, et il n'y avait aucune route tracée à travers la nature sauvage, aucun panneau indiquant la ville la plus proche. Il n'y avait pas de ville proche, tout simplement. Il voyageait en compagnie d'une femme blessée, de son bébé nouveau-né, et d'un garçon muet qui avait tué son beau-père et qui était maintenant en cavale pour échapper à ceux qui voulaient le lui faire payer ; le matin précédent n'était plus qu'un lointain souvenir, et il n'avait jamais imaginé qu'aujourd'hui serait le jour où il reprendrait finalement la route.

Où m'emmenez-vous maintenant, Père très saint ? demanda silencieusement Morgan, le visage tourné vers le soleil. Peu importait la réponse ; il se dirigeait vers le sud et le Seigneur était avec lui. Il ne se retourna pas.

3

Grace s'appuya contre le mur, sur lequel la lampe projetait des ombres inquiétantes. Elle écouta l'agitation des dormeurs angoissés qui se retournaient toute la nuit, saisie par l'impression de flotter au-dessus du monde, sensation qu'elle n'avait pas éprouvée depuis ces longues nuits à bord de l'*Eliza J*, pendant l'interminable voyage de Liverpool à Manhattan. Certaines nuits, dans le demi-sommeil qui précédait ses insomnies, elle sentait même le bateau tanguer, l'humidité froide et salée de l'océan contre sa peau, elle entendait les appels et les sifflets des marins, le claquement des gréements contre les mâts. Elle se réveillait alors en sursaut et tendait le bras vers Mary Kathleen assoupie, non pas à côté d'elle dans l'étroite couchette du navire, mais dans un petit lit aligné au milieu d'autres petits lits identiques dans la salle de soins de l'hôpital.

Elle se tourna vers la petite. Elle dormait bien, un peu mieux chaque nuit, par la grâce de Dieu, et, le reste du temps, elle parlait. Il y avait maintenant presque une semaine que Jack et sa mère campaient à ses côtés, et la petite fille serait bientôt prête à quitter l'hôpital. À rentrer à la maison... Des images de chaumières, d'appartements, d'auberges, de chariots et de bateaux défilèrent dans l'esprit de Grace. Dans combien d'endroits différents avaient-ils posé leurs valises ? Et où allaient-ils s'installer maintenant ?

Elle resserra son étreinte autour du poids moite de son fils endormi, qui glissait de ses genoux. Il se débattit un peu en grognant mais, par bonheur, ne se réveilla pas. Le jour ne se lèverait pas avant plusieurs heures, et Grace avait besoin du répit que lui offrait le sommeil de Jack pour se reposer. Par moments, il se contractait et donnait des coups de talon ; Grace devinait alors qu'il était en train de rêver du poney qu'ils avaient dû laisser derrière eux, des cow-boys, hommes de loi, professionnels de la gâchette et autres mentors qui avaient peuplé sa vie jusque-là, des fusillades et des courses de chevaux en pleine ville, des troupeaux qu'on emmenait et des parties de chasse des Indiens dans les alentours. Jack, avec sa tignasse de cheveux noirs et ses lunettes, son petit air fanfaron et son intrépidité, ne laissait personne indifférent.

Il remua, et elle embrassa son front en sueur, puis ferma les yeux et respira son parfum si particulier. Elle l'aimait presque plus qu'elle n'était capable de le supporter, surtout lorsqu'il rejetait sa tête en arrière pour éclater de rire, et qu'elle voyait en lui l'incarnation de son père. Emprisonné pour avoir pris part à l'insurrection, Morgan n'avait jamais vu son fils, mais il avait su qu'un enfant allait naître et s'était débrouillé pour faire parvenir une lettre à Grace avant de mourir. L'arrivée de cette lettre, et le fait d'apprendre qu'il était à jamais perdu pour elle, avait provoqué l'accouchement de Grace avant terme. Sans espoir d'une vie digne de ce nom en Irlande, recherchée par les gardes, Grace avait été contrainte d'abandonner son minuscule nouveau-né dans un couvent de Cork, aux bons soins de son père et de la sœur de Morgan ; elle avait espéré voir son père la rejoindre au printemps avec l'enfant, mais au lieu de cela, elle avait appris que tout le couvent avait péri de la fièvre. Elle se mordit la lèvre avec force, consciente que la détresse dans laquelle elle avait plongé à ce moment-là avait représenté une épreuve supplémentaire pour Mary Kate. Dieu merci, il y avait eu les Ogue ; elle devait à Dugan sa survie et bien davantage, et n'avait pu se résoudre à les quitter, Tara et lui, qu'avec une immense tristesse. La dernière fois qu'elle les avait vus, c'était à Boston, quand ils étaient venus fêter l'arrivée de Jack. Dugan l'avait prise à part et lui avait demandé de réfléchir à la demande en mariage de Peter Reinders. N'était-ce pas un homme bien, avait-il demandé, et Jack n'aurait-il pas besoin d'un père dans les années à venir ?

Peter *était* un homme bien, un homme bon, elle l'avait su dès le jour de l'embarquement à Liverpool ;

il avait veillé sur elle, avait pris soin de faire débarquer Liam en tant que membre de la famille de Grace plutôt que de le laisser partir pour l'orphelinat. Il n'avait pas démérité pendant les années qu'elle avait passées à New York, et elle avait failli l'épouser. Elle y avait renoncé à cause de son frère, qu'elle voulait absolument retrouver, à cause des enfants et du périlleux voyage via le cap Horn, à cause du temps dont elle manquait toujours... mais surtout, en réalité, à cause de la mémoire d'un défunt qu'elle préférait à la présence d'un homme bien vivant, qui respirait et l'aimait pourtant comme aucun mort ne le pourrait jamais.

— Ta mère est une imbécile, murmura-t-elle tout contre le visage ruisselant de Jack. Mais toi, tu ressembles à ton père un peu plus chaque jour...

Grace avait épousé son deuxième mari en secret, aux premières heures d'un matin irlandais, pour le voir disparaître presque tout de suite après. Il lui avait dit de partir pour l'Amérique, assurant qu'il la rejoindrait, mais au lieu de cela, il était mort et elle s'était retrouvée toute seule. Elle embrassa son fils une nouvelle fois ; elle savait bien qu'en venant ici à San Francisco demander de l'aide à Peter, elle acceptait implicitement leur liaison et l'hypothèse d'un mariage, si toutefois il le désirait toujours. Elle l'aimait sincèrement, peut-être pas avec la passion de la jeunesse, car elle avait maintenant vingt-cinq ans et avait grandi en sagesse, mais, avec deux enfants à élever, elle n'avait plus les moyens de s'accrocher à des souvenirs ; Morgan était mort, Peter non. Elle n'avait plus de bonne raison à invoquer.

— Ah, madame Donnelly. Réveillée et aux aguets, comme d'habitude, à ce que je vois.

Grace n'avait pas entendu le médecin approcher ; elle leva les yeux, surprise mais contente.

– Alors, vous êtes encore là ? murmura-t-elle par-dessus le visage de Jack.

– Il semblerait…

Wakefield réprima un bâillement.

– Comment va Mlle Mary Kate cette nuit ?

– Elle dort bien. Elle a bu un peu de bouillon hier soir, et nous a un peu parlé.

– Elle a meilleure mine, aussi.

Le médecin toucha le front de la fillette.

– Vous pouvez remercier le ciel que ça n'ait pas été pire, dit-il posément. Un an plus tôt, nous n'aurions pas eu de lit disponible. Quatre mille immigrants arrivaient chaque mois, et la plupart, je vous le jure, étaient malades comme des chiens.

Il considéra Grace, debout face à lui.

– Une personne sur cinq meurt avant d'atteindre la fin de sa première année ici. Vous êtes vraiment sûre de vouloir rester, madame Donnelly ?

Grace acquiesça ; elle avait déjà survécu à des statistiques bien pires…

– Je crois savoir que votre ami n'est pas encore rentré et qu'il risque de rester absent encore un bon bout de temps.

Wakefield inclina la tête en direction de l'infirmière qui se penchait sur un patient, à l'autre extrémité de la rangée de lits.

– Sœur Joseph, révéla-t-il. Rien ne lui échappe.

– Il ne savait pas que nous arrivions, pas plus que je n'avais de moyen de savoir qu'il serait en mer. Où se trouve Panama City, docteur ?

– Au sud, madame, répondit Wakefield, amusé. La plupart des bateaux continuent à passer par le cap Horn, mais depuis l'avènement des paquebots, ils sont de plus en plus nombreux à accoster à Chagres, sur la côte du golfe du Mexique ; le voyage se poursuit en canoë ou à dos de mulet à travers l'isthme de Panama jusqu'à Panama City, sur la côte Pacifique, puis le long de la côte jusqu'à San Francisco. C'est une activité lucrative pour les propriétaires de navires à voile, poursuivit-il, même si j'ai cru comprendre que la marine marchande à vapeur était en train de les supplanter. C'est une région où le temps est imprévisible à cette époque de l'année, d'où l'incertitude concernant la date de retour de votre ami le capitaine.

Grace se mordit la lèvre et réfléchit à la situation.

– Ça ne fait rien, décida-t-elle finalement, je peux me débrouiller toute seule.

Le docteur sourit malgré lui.

– Cela va sans dire, madame Donnelly. Cela va sans dire.

Wakefield aimait bien cette femme. Malgré la gravité de sa situation – quasi désespérée quand elle était arrivée avec l'enfant –, elle était restée digne et n'avait jamais succombé à l'hystérie, ce qu'il jugeait admirable. Et puis Grace Donnelly était sans conteste une très belle femme en dépit de sa peau rougie par le soleil et de ses cheveux rebelles, sous ce chapeau bosselé qui ne la quittait jamais et sa houppelande couverte de boue, et malgré son pantalon, qu'il jugeait choquant, quoique pratique. Mais c'était le son de sa voix qui l'avait incité, petit à petit, à prendre l'habitude de bavarder avec elle. À chaque fois, il avait l'impression de parler à sa mère. Certes, les sœurs de la

Miséricorde étaient elles aussi irlandaises, mais elles l'intimidaient avec leur air de ne pas s'en laisser conter, et leur imperturbable attachement à la volonté de Dieu. Elles ne ressemblaient assurément pas à sa mère, cette femme si vive et séduisante, incarnation par excellence de la femme sudiste, même si elle avait régné sur le domaine avec la même assurance que n'importe quel homme, enfourchant ses chevaux adorés au pied levé, au grand dam de son mari et de ses enfants. Mme Donnelly semblait posséder le même genre de personnalité déterminée et, comme sa mère, elle ne fuyait pas la conversation des hommes, même si celle-ci s'enflammait. La jeune femme répondait facilement à ses questions, sur le combat pour la liberté des Irlandais, sur la situation critique de ceux qui étaient forcés d'émigrer, sur la honte de l'esclavage ou sur la guerre qui couvait au Kansas. Ainsi, s'attardant avec elle en fin de journée, il l'avait écoutée parler de tout et de rien, de leur longue marche à travers le pays jusqu'en Oregon, du campement dans la vallée, de la maladie qui les avait contraints à prendre le bateau pour San Francisco, où il s'avérait que la seule personne qu'ils connaissaient était pour le moment absente. L'existence paisible de Wakefield – même l'interminable voyage qui l'avait mené de la plantation familiale au port de Yerba Buena avec sa sœur malade et, par moments, incontrôlable – paraissait bien dérisoire comparée à la vie qu'avait menée cette femme.

– Voulez-vous vous asseoir, docteur ? intervint Grace, le tirant de sa rêverie. Ou allez-vous continuer à dormir debout ?

Wakefield sourit d'un air penaud.

— Je ne peux pas me permettre de laisser Sœur Joseph me surprendre en train de faire la sieste maintenant...

Il adressa un clin d'œil à Grace.

— En réalité, reprit-il, je pensais à vos incroyables voyages, et je me disais que vous me faisiez penser à ma chère mère défunte. Elle était irlandaise, vous savez.

— Vous me l'avez déjà dit, rappela Grace. Elle est arrivée de Dublin avec sa famille quand elle était petite, a grandi ici et a fait du charme à votre pataud de père qui a vite été contraint de choisir entre devenir fou ou l'épouser.

Le docteur éclata de rire, enchanté par ce résumé. Il croisa les bras et s'appuya contre un pilier ; il s'installait.

— Je suis flatté que vous vous en souveniez. Quoi qu'il en soit, ce que je voulais dire, c'était que ma mère était le même genre de femme autonome, indépendante d'esprit et dure à cuire que vous, et pourtant je n'arrive pas à imaginer qu'elle aurait pu survivre à la moitié des épreuves que vous avez endurées.

— Pas toute seule. Mais si elle avait eu des amis aussi précieux que les miens, elle aurait pu. Je n'y serais jamais arrivée sans l'aide du capitaine Reinders, des Ogue et des Livingstone, ou de mon amie Lily et de sa famille.

— Ah, oui, la fabuleuse famille Free.

Wakefield la regarda par-dessus ses lunettes.

— Des esclaves en fuite, si j'ai bien compris ?

— Je ne les ai jamais appelés comme ça. La fuite est synonyme de couardise, or les Free sont les gens les plus courageux qu'il m'ait été donné de connaître.

– J'ai connu de nombreux nègres moi-même, madame Donnelly. Il y en a de toutes les sortes dans ma région d'origine ; des esclaves, des employés de maison, des affranchis... Et, effectivement, quelques-uns peuvent avoir l'air brave. Mais quel que soit leur statut, ils ne sont pas comme nous. Ils peuvent bien faire semblant – et, d'ailleurs, le nègre est un expert en imitation – mais sous leur apparence civilisée, au bout du compte, c'est toujours le sang chaud du sauvage qui coule et continuera de couler, que vous le vouliez ou non.

Grace se souvint du mari de Lily, Janvier, de ses ruminations silencieuses et de sa colère qui semblait surgie de nulle part. Lily avait été enchantée par leurs retrouvailles, mais elle avait un jour confessé à Grace que Jan n'était plus l'homme qu'elle avait épousé. C'était comme si on lui avait arraché le cœur à force de le battre, avait-elle dit ; les mauvais traitements lui avaient coûté un bras et l'avaient rendu boiteux, mais, surtout, lui avaient ôté sa bonne humeur. Celle-ci l'avait abandonné pour se répandre dans la terre, en même temps que son sang. Salomon, leur fils, était lui aussi animé par la rage ; il se méfiait autant des colons blancs qu'eux le craignaient, et il se battait pour un oui ou pour un non.

– Vous ne pensez pas que c'est l'esclavage lui-même qui transforme l'homme en sauvage ? demanda Grace. Ne sommes-nous pas des moins que rien, nous qui fermons les yeux sur le commerce d'êtres humains ?

– Ce que vous suggérez, en somme, madame Donnelly – et j'admets que ça mérite discussion –, c'est que nous affranchissions tous les esclaves. Mais vous oubliez que ces gens ne sont en aucun cas prêts à se nourrir ou à se vêtir par eux-mêmes. Et, franchement, si on devait payer tous les travailleurs, les plantations feraient faillite. Tout le monde y perdrait, les Blancs comme les Noirs. Et alors, que deviendrait-on tous ?

— Égaux.

Wakefield secoua la tête.

— Pas égaux. L'homme blanc, qui est beaucoup mieux élevé et doué d'une plus grande capacité à raisonner, serait capable de redevenir prospère, tandis que le nègre ne ferait que sombrer davantage dans le vice et la déchéance.

— Le caractère des hommes réside dans leur âme, docteur, pas dans la couleur de leur peau.

Le médecin fronça les sourcils.

— Croyez-le ou non, madame Donnelly, la plupart des esclaves ne *souhaitent* pas être affranchis. Ils sont logés, nourris et blanchis ; on leur donne du travail jusqu'à ce qu'ils soient trop vieux, et alors on veille sur eux jusqu'à la fin de leurs jours. Ils ont leurs familles, leurs propres communautés, et la plupart des maîtres ne sont pas les ogres dépeints par les abolitionnistes du Nord, qui d'ailleurs, pour la plus grande majorité d'entre eux, n'ont pas d'intérêt direct à favoriser le progrès des nègres, hormis des considérations politiques.

Grace repensa à Florence Livingstone et à ses amis, qui travaillaient inlassablement à New York pour récolter des fonds, qui donnaient des conférences pour sensibiliser l'opinion à la question de l'esclavage, qui avaient fait venir des milliers d'hommes, de femmes et d'enfants du Sud et leur avaient fourni les moyens de mener une existence libre et digne.

– Je ne suis pas d'accord avec vous sur ce point, docteur, même si je ne doute pas qu'il y ait des propriétaires d'esclaves bien intentionnés. Seulement, ils ne peuvent rien faire contre ceux qui ne le sont pas, ceux qui mutilent et assassinent, qui s'attaquent aux faibles et aux plus vulnérables, uniquement parce qu'ils en ont le pouvoir.

– Vous faites partie de ces gens qui prétendent que le pouvoir corrompt, n'est-ce pas, madame Donnelly ? Laissez-moi vous dire que le pouvoir aux mains des bons chrétiens, c'est précisément la volonté de Dieu.

– Je crois qu'il faut plutôt parler de compassion à cet égard, docteur. Celui dont vous parlez distribue le pouvoir avec parcimonie, car Il sait qu'il monte à la tête des hommes, et qu'ils l'utilisent pour faire du mal à ceux-là mêmes qu'ils sont supposés protéger comme des frères.

Wakefield secoua la tête.

– Les voies de fait et les meurtres ne sont pas l'apanage des Blancs, madame. Nombreux sont ceux qui ont souffert des mains de ceux à qui nous avons consacré notre vie, qui ont trahi l'affection et la bonté que nous leur témoignions de la plus terrible des manières.

– En somme, docteur, conclut Grace en se radoucissant car elle décelait une note de colère dans la voix du médecin, ne sommes-nous pas revenus au point de départ de notre discussion ? L'esclavage fait ressortir le pire en l'homme. En chaque homme.

Wakefield opina à contrecœur.

– Eh bien, madame Donnelly, je connais de nombreux hommes cultivés et compétents qui ne défendraient pas leur point de vue avec autant de talent. Mais je veux que vous sachiez que je ne suis pas un défenseur de l'esclavage et que je ne suis pas prêt à me battre pour son maintien. J'espère voir émerger avant la fin de mes jours une solution qui ne détruise pas tout un mode de vie, pour les Blancs comme pour les nègres.

— Mais il y en a un qui a déjà été détruit, soulignat-elle doucement, l'image de Salomon flottant devant ses yeux. Et maintenant, les Blancs sont eux-mêmes devenus esclaves. De l'argent. Comme vous venez de le dire, les braves gens possèdent des esclaves parce que sans eux ils perdraient tout et qu'ils ne peuvent pas le supporter, même si leurs enfants doivent plus tard payer pour ça.

Wakefield jeta un coup d'œil vers le sol comme s'il avait ressenti un élancement douloureux.

— Vous avez peut-être raison, madame. Il est certain que ma famille a bâti sa fortune sur le travail des esclaves et qu'elle ne pourrait pas survivre si elle était forcée de leur payer un salaire. Notre plantation est l'une des plus vastes de la région.

Il leva les yeux vers elle.

— En mon âme et conscience, je dois confesser que ce n'est pas une vie que j'aurais pu mener, et je suis heureux d'avoir été libéré de mes obligations familiales afin de venir ici exercer la médecine.

— J'en suis aussi heureuse que vous, dit Grace. Vous êtes un bon médecin, et je ne sais pas ce que nous serions devenus sans vous.

— Ah, s'exclama Wakefield avec un petit sourire, voilà qui nous ramène à notre sujet. Je ne serais pas devenu médecin et je n'aurais pas pu venir jusqu'ici et aider à bâtir cet hôpital sans la pension que je reçois tous les ans. D'un point de vue théorique, l'esclavage est le prix de la vie de votre fille. Qu'avez-vous à répondre à cela ?

Grace posa sa main sur le bras de Mary Kate, le cœur soudain lourd.

— Cette enfant est toute ma vie, mais si un tel sacrifice est nécessaire pour que chacun puisse vivre libre... Alors, qu'il en soit ainsi.

Wakefield ne s'attendait pas à cette réponse, et la surprise se peignit sur son visage.

— Comment pouvez-vous dire une chose pareille ?

— Parce que je sais où est l'essentiel. Et que je connais le sens du mot sacrifice.

— C'est vrai, reconnut-il, c'est le moins qu'on puisse dire.

Wakefield sentit la fatigue s'abattre sur lui, autant à cause de cette épuisante conversation que de sa longue journée ; il sortit sa montre de la poche de son gilet et regarda l'heure.

— Minuit.

Il montra le cadran à Grace.

— Je suppose que je ferais mieux de m'en tenir là et de retourner auprès de ma sœur. Je vous souhaite une bonne nuit, madame Donnelly. Cette conversation a été passionnante, comme toujours.

— Bonne nuit, docteur. Merci pour tout ce que vous avez fait. Je pensais vraiment ce que j'ai dit quand je vous ai parlé de reconnaissance.

Wakefield lui adressa un sourire las, puis se retira d'un pas lent, longeant la travée qui séparait les lits, puis s'arrêtant pour dire quelques mots à Sœur Joseph, qui, comme lui, semblait présente en permanence.

Grace jeta un regard anxieux à cet homme accommodant qui s'était montré si bon pour elle et les enfants. Au cours de cette dernière longue semaine, il s'était souvent arrêté pour une petite visite, bavardant avec Grace tout en laissant jouer Jack avec sa montre de gousset, félicitant le petit garçon de sa curiosité ; rares étaient ceux qui appréciaient ce trait de caractère de Jack, elle devait le reconnaître. Oui, il avait fait beaucoup pour eux, et elle s'en voulut de s'être autorisée à commenter ses choix de vie de manière aussi familière. Elle n'avait pas eu l'intention de laisser la conversation prendre un tour personnel, et elle regrettait de s'être laissé dominer par ses émotions pour s'engager dans un débat aussi passionné. Elle aurait dû rester plus discrète. D'une manière générale, elle avait du mal à tenir sa langue, et le sujet de l'esclavage la mettait systématiquement hors d'elle. Sa remarque sur le sens du sacrifice lui avait toutefois donné à réfléchir, et elle songea qu'en réalité elle ne savait pas vraiment jusqu'où elle serait prête à aller pour la liberté d'un autre être humain.

Jack pesait lourd dans ses bras maintenant, et elle le laissa glisser doucement par terre. Là, elle confectionna une sorte de matelas avec les couvertures supplémentaires que Sœur Joseph lui avait prêtées. Le petit garçon s'agita, ouvrit les yeux, la regarda quelques instants, puis les referma et se retourna pour se rendormir.

Sans Jack sur ses genoux, elle était plus à l'aise. Elle décida donc d'essayer de dormir à son tour, malgré les pensées qui défilaient à toute vitesse dans son esprit. Elle s'appuya contre le dossier de la chaise et posa ses pieds sur le rebord du lit de Mary Kate, essayant d'oublier les sujets d'inquiétude passés, présents et futurs. Une immense fatigue la gagnait, et, pourtant, son esprit restait en ébullition. Même si, pour l'heure, elle avait l'impression d'avoir passé sa vie entière entre ces murs d'hôpital, Mary Kate finirait par se sentir assez bien pour sortir, et Grace se devait de trouver un logement susceptible de les accueillir tous les trois. Elle avait passé une partie de ses journées dehors avec Jack pour faire des visites, mais avait été consternée par ce qu'on lui proposait. C'était le lot commun sordide des immigrants, des chambres minuscules et sombres où s'entassaient des corps crasseux… Pire, San Francisco était célèbre pour ses terribles incendies ; l'année précédente, à deux reprises, tout le centre-ville avait failli être réduit en cendres, sans compter les quatre autres brasiers de moindre envergure. Grace était terrorisée par ces pièces sans fenêtre au fond des maisons en bois, les seules abordables pour sa bourse. Sœur Joseph lui avait indiqué de meilleurs quartiers, mais les prix y étaient plus élevés et Grace avait moins de chances d'y trouver un travail à proximité, ce qui était pourtant nécessaire car elle ne voulait pas laisser Mary Kate et Jack seuls trop longtemps durant la journée. Pourtant, elle restait déterminée à trouver quelque chose. Il y avait de nombreuses églises à San Francisco, elle pourrait toujours s'en remettre à leur générosité, en implorant une famille chrétienne de lui louer quelques pièces convenables en attendant qu'elle ait trouvé une situation correcte.

Père très saint, entendez-vous ma prière ? implora-t-elle silencieusement. *Je suis à l'autre bout du monde maintenant, mais je suis toujours confrontée aux mêmes difficultés, et j'espérais que peut-être vous pourriez…*

– Madame Donnelly ?

Grace rouvrit les yeux, reposa ses pieds par terre et se redressa.

– Docteur Wakefield.

Elle ébaucha un sourire hésitant, redoutant de l'entendre annoncer qu'il voulait se débarrasser d'elle.

Il s'assit précautionneusement à l'autre bout du lit occupé par Mary Kate.

– Madame Donnelly, notre conversation a pris un tour que je n'avais pas prévu, et je voulais vous entretenir de tout autre chose.

Grace secoua la tête.

– Ah, docteur, il faut me pardonner. Je parle toujours trop vite et je…

– Je vous en prie, coupa-t-il, ne vous excusez pas. Il est tard et la semaine a été longue. Pour vous comme pour moi. Ce que je voulais vous dire tout à l'heure, c'est que, contrairement à ce que vous pouvez penser, j'ai énormément apprécié nos conversations. Votre départ laissera un grand vide ici.

– Vous avez été si bon avec nous, docteur, dit Grace avec sincérité. Il faudra venir nous rendre visite, une fois que nous nous serons installés. Les enfants seront ravis, surtout Jack, qui aime tellement votre montre de gousset. Et venez aussi avec votre sœur, si elle peut. Elle sera la bienvenue.

– Merci.

Wakefield hocha la tête, puis la secoua.

– Je veux dire… Je voulais… (Il s'interrompit, les sourcils froncés.) Êtes-vous en train de me dire que vous avez réussi à vous loger ? Je suppose que j'avais mal compris…

– Non, rectifia Grace, pas encore. Mais je vais m'en occuper demain avec Jack et nous trouverons quelque chose. Et, une fois Mary Kate rentrée à la maison, je travaillerai.

– Et les enfants ?

Il baissa les yeux vers la petite silhouette de Jack, couché par terre comme un chiot.

– Qu'allez-vous faire d'eux ?

Grace ne voulait pas admettre qu'elle n'en avait pas la moindre idée.

– On se débrouillera, dit-elle avec assurance. S'il y a de la demande, je pourrai toujours faire de la couture à domicile. Comme ça, je serai à la maison avec eux. Et sinon, je trouverai une place en cuisine. J'étais cuisinière dans le Kansas, vous savez, et avant cela à New York, j'ai donc pas mal d'expérience. Et puis tout cela ne durera que jusqu'au retour du capitaine Reinders.

– Je vois.

Wakefield hésita.

– Puis-je vous poser une question personnelle, madame Donnelly ?

Grace sentit le feu monter à ses joues.

– Bien sûr.

– Est-ce que vous et le capitaine... Avez-vous... conclu un genre d'arrangement ?

– Oui. Cela fait maintenant un certain temps qu'il m'a demandé de venir le rejoindre.

Wakefield opina.

– Comme vous l'avez peut-être remarqué, cette ville ne manque pas d'hommes. Et, pardonnez-moi de le formuler ainsi, mais si ces hommes veulent bien d'une femme, ils ne veulent pas nécessairement d'une épouse.

— Le capitaine Reinders est l'homme le plus intègre que je connaisse. C'est mon ami le plus cher, et même si je n'avais pas prévu de venir m'installer à San Francisco, maintenant que nous sommes ici, je suis certaine qu'il sera ravi de nous accueillir.

— Madame Donnelly, j'aimerais que vous m'écoutiez quelques instants.

Wakefield se pencha en avant.

— Sœur Joseph est mon bras droit ici, et elle a eu une idée, comme c'est souvent le cas, qui pourrait arranger tout le monde.

— Je ne suis pas sûre de vous comprendre, docteur.

— Vous avez besoin d'un logement sûr et abordable, et d'un travail qui vous permette de rester auprès de vos enfants. Et moi... (Il marqua un temps d'arrêt.) J'ai un besoin désespéré d'un cuisinier. Pas simplement d'un bon cuisinier – j'en ai déjà eu une bonne dizaine, principalement des hommes, je vous l'accorde – mais d'un cuisinier d'une exceptionnelle... résistance.

— Êtes-vous donc si difficile à satisfaire ?

— Pas moi, corrigea Wakefield. N'importe quel repas chaud et à peu près mangeable suffit à faire de moi un homme comblé. Non.

Il hésita.

— Pour être parfaitement honnête, il semble que ce soit à ma gouvernante, Mme Hopkins, que je doive le fait de ne pas pouvoir garder un seul cuisinier. C'est une femme assez difficile, et qui a une fâcheuse tendance à se montrer langue de vipère.

— Pardonnez-moi de vous demander ça, docteur, mais pourquoi ne pas la remplacer *elle* plutôt que de vous donner tout ce mal ?

Wakefield hocha la tête.

— Vous avez tout à fait raison, évidemment, mais Abigail est attachée à Hopkins et ne veut pas entendre parler de la renvoyer, et, je dois l'admettre, Hopkins est aux petits soins avec ma sœur. L'affection dont souffre Abigail est de nature neurologique, voyez-vous. C'est Hopkins qui lui donne ses médicaments, et, même si elle a indéniablement mauvais caractère, elle s'en sort beaucoup mieux que moi avec ma sœur. J'ai bien essayé de me séparer d'elle une fois, mais Abby...

Il secoua la tête.

— Son état a empiré si radicalement que je me suis juré de ne jamais refaire cette erreur.

— Donc vous avez besoin de quelqu'un qui puisse s'entendre avec votre gouvernante, conclut Grace. Qu'est-ce qui vous fait penser que j'y arriverai mieux que les autres ?

— Sœur Joseph vous tient en haute estime. Elle dit que vous n'êtes pas le genre à vous laisser intimider, surtout par quelqu'un comme Hopkins. Et, en vérité, si vous cuisinez aussi bien que vous défendez vos opinions, madame Donnelly, alors je ne doute pas que, malgré toutes ses difficultés, Abigail puisse recouvrer la santé.

Wakefield se pencha encore un peu plus, les yeux pleins d'espoir, visiblement désireux de convaincre Grace.

— L'appartement du cuisinier se trouve juste derrière la cuisine, à laquelle il est relié par un petit couloir. Il y a une entrée séparée, une cheminée, et toute la place nécessaire pour vous et pour vos enfants. Dehors, il y a une grande cour et des écuries, et puis un jardin, bien sûr. Nous sommes tout en haut de la colline ; il y a une mare, un petit bois, et un grand terrain derrière la maison. Les enfants pourraient profiter de tout ça. Mlle Mary Kate aura besoin de grand air et d'exercice pour récupérer complètement. Et, bien sûr… (Il marqua une pause pour conférer tout son poids à son ultime et, il l'espérait, son meilleur argument.) Je serai toujours disponible si l'un de vos enfants avait à nouveau besoin d'un médecin.

Grace baissa les yeux vers Mary Kate, puis vers Jack ; ce dernier point valait tous les autres, et pourtant, était-il juste d'accepter ce poste alors qu'elle n'était pas certaine de ce qui allait se passer par la suite ?

– Quand le capitaine Reinders sera rentré, poursuivit Wakefield, devinant son inquiétude, rien ne vous obligera à rester à mon service. Toutefois, vous assurer une relative indépendance pourrait permettre d'éviter une décision trop hâtive, si je puis me permettre de faire cette remarque sans vous offenser.

– Non, dit doucement Grace. Non, vous avez raison.

Elle ne voulait pas que Peter s'imagine qu'elle l'épousait par désespoir, ni qu'il se sente une obligation quelconque envers eux si ses sentiments à son égard avaient changé. Or ce serait le cas, elle n'en doutait pas. Connaissant son intégrité et sa droiture, elle savait qu'il mettrait un point d'honneur à l'épouser tout de suite, sans leur laisser le temps ni à l'un ni à l'autre de se poser les bonnes questions. Grace se refusait à l'enfermer dans une situation qu'il pourrait regretter jusqu'à la fin de ses jours.

– Si j'accepte, docteur, prévoyez-vous de faire travailler mes enfants, aussi ?

– Absolument pas, affirma-t-il. La fille d'Hopkins s'occupe de la maison sous sa direction, et nous avons un homme à tout faire pour le parc et les écuries. Vos fonctions se limiteront à la cuisine, et la façon dont vos enfants vous aideront ne regardera que vous. J'ai l'intention de vous proposer un salaire généreux, madame Donnelly. Veuillez considérer mon offre comme une alternative aux taudis humides du front de mer et à l'ingrate corvée de coudre à la lumière d'une bougie.

Grace aurait voulu s'indigner du tableau qu'il dressait, mais elle savait qu'il avait raison.

– Et votre sœur, dit-elle en essayant de gagner du temps, son état n'est pas grave au point d'effrayer les enfants ?

– Vous ne serez pas souvent en contact avec Abigail ; elle avait l'habitude de sortir de temps en temps, mais elle est maintenant invalide. D'ailleurs, c'est plutôt Hopkins qui risque d'effrayer les enfants. Enid, sa fille, est plus gentille, même si elle aussi peut avoir l'air renfrogné.

– Vous êtes en train de me proposer un emploi dans une maison remplie de femmes hystériques ou revêches ! s'exclama Grace. Et l'homme qui s'occupe des jardins, à quoi ressemble-t-il ?

– Il est plutôt lugubre.

Wakefield éclata de rire, puis se reprit.

– Vous ai-je dit que j'étais prêt à payer un salaire généreux, madame Donnelly ? Avec une prime à Noël ? Croyez-moi, je connais le prix d'une femme qui sait cuisiner dans cette ville, et je suis tout à fait prêt à doubler ce tarif.

Grace évalua rapidement les autres possibilités qui s'offraient à elle, et dut se rendre à l'évidence : aucune ne faisait le poids. Elle regarda à nouveau le visage pâle de sa fille, puis la silhouette endormie de son fils, et prit sa décision.

– D'accord, docteur. Marché conclu. Vous nous hébergez, vous me payez ce généreux salaire, et vous aurez l'impression que c'est votre propre mère qui tient la cuisine.

– Ma mère était incapable de faire cuire un œuf, madame Donnelly. Elle avait tous les escl... tous les domestiques dont elle avait besoin. Mais ma grand-mère, elle, passait son temps à la cuisine. Elle mitonnait toujours un plat chaud à base de pommes de terre, de chou et d'oignons dont je me rappelle le goût encore aujourd'hui.

– Du *colcannon*, répondit immédiatement Grace, aux anges. Ce n'est pas vraiment un menu de fête, mais un plat bien de chez nous. Je vous en ferai un le jour où je commencerai.

– Formidable.

Wakefield se redressa et se frotta les mains.

– Que pensez-vous de lundi matin ? Je ferai préparer votre logement, et vous pourrez venir en chariot, avec le petit et vos affaires. Je vous enverrai mon homme de main. Mary Kate vous rejoindra dès qu'elle sera remise.

– Entendu, lundi.

Grace tendit la main.

– Merci, docteur. Merci beaucoup.

– Ne me laissez pas tomber maintenant que nous avons conclu ce marché, insista-t-il en lui serrant la main. Je vais rêver d'œufs pochés et de bacon croustillant, de tartes qui ne vous restent pas sur l'estomac, de ragoûts savoureux, de biscuits légers, de sauces...

Il posa soudain sur Grace un regard inquiet.

– Vous savez faire les sauces, n'est-ce pas, madame Donnelly ?

Grace éclata de rire.

– Oh, oui, docteur, rassurez-vous. Maintenant, rentrez chez vous avec vos rêves, et nous nous retrouverons dans deux jours. Au fait, docteur, y a-t-il une vache laitière chez vous ?

– Eh bien, non. Mais je peux bien sûr en acheter une. Vous en avez besoin pour les enfants, je présume. Pour avoir du lait frais ?

– Oui. Nous possédions la nôtre au Kansas. J'ai vu les prix pratiqués en ville, et je vous garantis qu'on aurait vite amorti le coût de la vache en évitant d'acheter du fromage, du beurre et de la crème.

– Voilà qui est bien parlé, madame Donnelly. Va pour une vache laitière.

Le médecin hocha la tête d'un air satisfait, puis traversa la salle et franchit la double porte en sifflotant. Dès qu'il fut parti, Sœur Joseph abandonna la tâche sur laquelle elle avait feint de se concentrer jusqu'alors, et se précipita vers Grace, son habit d'infirmière voletant derrière elle.

– Eh bien, ma chère, demanda-t-elle, quoi de neuf ?

– Le docteur vient de me proposer un poste de cuisinière, expliqua Grace. Avec un logement près de la cuisine pour les enfants et moi. Je sais que vous m'avez recommandée, ma sœur, et je ne vous en remercierai jamais assez. Ne serait-ce que pour le salaire, c'est mieux que tout ce dont j'aurais pu rêver.

Sœur Joseph hocha la tête.

— Le savoir-faire des femmes a encore de la valeur dans une ville où les hommes paient cinq dollars pour une simple corbeille de petits gâteaux frais. Mais il faut dire aussi que le docteur vous rémunère à ce tarif pour supporter la vieille Hopkins.

Grace se mordit la lèvre.

— Oui, qu'est-ce que c'est que toute cette histoire de sœur hystérique et de domestiques sinistres ?

L'infirmière éclata de rire.

— Il vous en a parlé de lui-même ? Bien, bien, bien, bon point pour lui. Il n'a donc pas cherché à vous escroquer en vous brossant un trop joli portrait de la situation uniquement pour obtenir que vous lui prépariez un repas digne de ce nom.

— C'est aussi grave que ça ?

— En vérité, je ne sais pas, admit Sœur Joseph. Je n'ai vu Hopkins et sa fille qu'une seule fois. Elles sont un peu bornées, confia-t-elle à voix basse. La fille a l'air relativement dégourdi, mais elle est sans doute sous la coupe de sa mère. J'en sais un peu plus sur M. Litton, parce qu'il a été l'un des premiers patients du docteur. Il avait été rafistolé dans un hôpital de campagne pendant la guerre, mais c'était du travail de cochon. Le Dr Wakefield a réussi à le remettre sur pied, même s'il a fallu du temps. M. Litton lui en a été très reconnaissant.

— Alors pourquoi est-il devenu si morose ?

Réchauffée par le poêle à charbon du bout de la pièce, la salle de soins était calme et sombre autour d'elles. Sœur Joseph s'assit et prit une grande inspiration.

– Eh bien voilà, dit-elle, les yeux pétillants. À New York, M. Litton menait ce qu'on peut appeler une vie de bandit, jusqu'à ce qu'on le capture et qu'on lui donne le choix entre la prison et la guerre. Vous savez, ils sont nombreux à s'en être sortis comme ça, même si ça s'est surtout passé à la fin des combats. Certains n'ont d'ailleurs jamais vu la moindre bataille, mais sont intarissables pour vous raconter leurs actes de bravoure si vous leur payez un verre.

Son visage s'assombrit.

– On reconnaît vite ceux qui ont réellement combattu, dit-elle gravement, et George Litton était de ceux-là. Après la guerre, il a atterri ici, très mal en point. On lui avait tiré dessus, vous savez, et il avait encore des éclats dans le corps. Alors, le docteur les lui a enlevés et il s'est senti mieux. Seulement au lieu de se mettre à chercher un travail, il s'est acoquiné avec ses vieux compères des gangs de New York. Ils ont mis la ville à feu et à sang pendant une bonne partie de l'année, et personne ne parvenait à les en empêcher. Ils se faisaient appeler la Société des régulateurs de San Francisco, et se consacraient soi-disant à nous protéger des étrangers, figurez-vous, alors même que la plupart d'entre eux n'étaient pas installés ici depuis plus d'une génération. Ils avaient pour slogan : « Papistes, métèques, négros et Chinetoques, tous dehors », ce qui est poétique, vous ne trouvez pas ?

Elle secoua la tête de dégoût.

– Ils ont pratiquement réduit en cendres Little Chili en une nuit, et ont chassé tous ces pauvres gens hors de chez eux. C'est Sam Brannan qui s'est élevé publiquement contre eux. Lui et sa milice ont réussi à mettre fin à leurs agissements. Ils les ont pendus, ou les ont chassés de la ville.

– Mais pas M. Litton ?

– J'y arrive ! Vous savez combien j'aime les histoires longues ! Quoi qu'il en soit, le Dr Wakefield lui-même s'est retrouvé pris dans une émeute un soir ; il essayait d'y mettre fin, et il s'est fait assommer. C'en aurait été fini de lui, avec les incendies et tout le reste, si M. Litton ne l'avait pas tiré de là. Alors, plus tard, pendant la chasse aux Régulateurs, le docteur l'a recueilli chez lui et l'a pris à son service. Puis il a donné sa parole à Brannan que M. Litton se tiendrait à carreau, et au dire de tous, c'est ce qui s'est passé. J'ai cru comprendre qu'il buvait un peu… Mais qui ne boit pas dans cette ville ? En particulier parmi les soldats…

Grace se rappela les visages des jeunes hommes qu'elle avait connus et qui étaient morts au combat, principalement des Irlandais, mais aussi des hommes comme Henry Adams, un Anglais. Et son ami. Guerre et esclavage… Décidément, c'était la nuit des grands sujets de conversation.

– Et Mlle Wakefield ? demanda Grace. A-t-elle toujours été malade ?

– Je reste souvent assez tard ici, vous savez, répondit doucement Sœur Joseph, et les gens se confient lorsque vient la nuit, même les médecins… Surtout aux infirmières, ajouta-t-elle, complice. Alors ce que je sais de source sûre, c'est que Mlle Wakefield a été abandonnée par son fiancé, un homme plus âgé qu'elle – et juge, s'il vous plaît –, et que le choc l'a totalement dévastée. Elle ne s'en est jamais remise.

Elle marqua un temps d'arrêt et regarda autour d'elle.

– Ce dont je ne suis pas sûre mais que les gens racontent – vous savez que je ne suis pas du genre à colporter des ragots, mais parfois on entend des choses bien malgré soi –, c'est que le fameux juge l'aurait surprise en flagrant délit avec un jeune amant ; ou même qu'elle aurait épousé le juge, mais qu'il l'aurait ensuite chassée de la plus humiliante des manières. Certains disent qu'elle aurait eu un enfant bâtard, ou mort-né, ou qu'elle l'aurait mis en nourrice à la campagne, ajouta la sœur, les yeux écarquillés d'horreur à l'évocation d'un tel scandale. Mais je ne peux rapporter que ce que le docteur m'a dit lui-même, à savoir que sa propre famille voulait tenir sa sœur à l'écart de la bonne société, et qu'ils ne voulaient plus rien avoir à faire avec elle. Voilà qui est bien triste.

Elle secoua la tête.

– Et qui ne vaut pas la peine d'être répété. Je ne vous en parle que parce que vous allez vivre là-bas.

– Merci, dit Grace d'une petite voix.

– D'après ce que j'ai compris, ils ont essayé de se débarrasser d'elle par tous les moyens, continua Sœur Joseph. Mais lorsque le Dr Wakefield est rentré de l'université, il les a persuadés de lui permettre de l'amener ici avec lui. Il y avait longtemps qu'il avait envie de venir, m'a-t-il dit, mais eux ne voulaient pas, alors qu'il était le troisième fils et qu'il n'y avait aucune raison qu'il reste sur les terres familiales. Ils ont finalement accepté, et depuis il touche une pension ; il faut mettre à son crédit qu'elle lui sert d'abord à faire vivre Mlle Abigail confortablement, mais qu'en plus, il dépense ce qui lui reste pour construire des hôpitaux et des cliniques et tout ce qui s'ensuit.

Grace la dévisageait, incrédule.

— Tout cela fait jaser…

Sœur Joseph tourna discrètement la tête en direction d'une infirmière qui se tenait à l'autre bout de la salle.

— Mais Dieu sait que je ne m'en mêle pas.

— Oui, dit sèchement Grace. Je vois bien que vous ne voulez pas tout me dire.

— Comme vous y allez !

Sœur Joseph donna une petit tape amicale sur le genou de la jeune femme.

— Vous pensez probablement que je suis folle de vous envoyer là-bas, mais je vous garantis que c'est du passé et que ça n'a pas d'importance. Mlle Abigail reste dans sa chambre, M. Litton dans les écuries, je suis sûre que vous vous débrouillerez très bien avec Hopkins et sa fille, et le Dr Wakefield est un homme bon, qui mérite bien son petit confort avec tout le bien qu'il fait autour de lui.

Elle observa une pause.

— Et, bien sûr, mieux vaut ne pas y penser, mais vous toute seule ici, dans cette ville surpeuplée et infestée par le vice… Je connais pas mal de gens qui ont du mal à s'en sortir, même si on l'appelle la Cité de l'Or, alors je dormirai mieux en vous sachant à l'abri, vous et les petits.

Grace se pencha vers sa nouvelle amie, la serra très fort dans ses bras, et embrassa ses joues douces et ridées avant de relâcher son étreinte.

— Je n'oublierai pas la gentillesse dont vous avez fait preuve à notre égard.

— Bah, nous sommes toutes les deux des filles du comté de Cork. Ça n'aurait pas de sens d'avoir fait tout ce chemin pour se retrouver dans le pétrin et recommencer à souffrir. Il n'y a pas si longtemps que je suis partie, ajouta Sœur Joseph d'un air grave ; je sais ce que vous avez laissé derrière vous. J'y ai survécu, moi aussi. Et nous ne sommes pas si nombreux dans ce cas.

Grace sentit une boule lui monter à la gorge et ne put rien faire d'autre qu'acquiescer ; elle n'osait se risquer à articuler quoi que ce soit. L'infirmière le comprit et lui prit la main, la tapotant d'un air rassurant.

— Allez vous installer chez le docteur, *agra*[1], et bon courage pour les grincheux et le reste. Mais rapportez-moi un petit peu de ce *colcannon* que vous avez promis de lui faire, d'accord ? Oh, j'en ai presque le goût dans la bouche.

Sœur Joseph leva les yeux vers le ciel en imaginant un tel plaisir.

— Mais comment pouvez-vous déjà être au courant ? dit Grace en riant. Je viens juste de lui en parler !

— Dès qu'il s'agit de surveiller cet endroit, je me place tout de suite après Dieu. Mais je nierai avoir jamais prononcé un tel blasphème ! rétorqua la religieuse avec malice. Et maintenant au lit, et n'oubliez pas vos prières, parce que cette ville n'est pas tendre avec les veuves et les enfants, et pourtant vous êtes bel et bien parvenus à retomber sur vos pieds, tous autant que vous êtes.

---

1. Terme irlandais affectueux, équivalent de « mon (ma) chéri(e) ». (*N.d.T.*)

Grace baissa les yeux vers Mary Kate et dégagea les cheveux qui lui tombaient sur le front.

– Oui, murmura-t-elle. Je m'en rends bien compte maintenant.

Après avoir soigneusement bordé ses enfants, Grace s'installa par terre à côté de Jack, le dos appuyé contre la malle qui contenait leurs affaires. Elle étala sa houppelande sur ses jambes, puis posa sa tête sur un châle replié et ferma les yeux.

Elle avait dû s'assoupir car, au réveil, elle s'accrochait encore aux dernières bribes de son rêve : elle était sur la plage, le vent soufflait dans ses cheveux, Jack était à cheval sur sa hanche et Mary Kate marchait devant elle ; un bateau apparaissait au loin puis s'approchait de plus en plus près ; un homme plongeait par-dessus bord, fendant l'eau avec une netteté parfaite. Puis cet homme nageait sans s'arrêter, d'un mouvement de bras puissant et régulier, jusqu'à atteindre les eaux peu profondes ; alors il se redressait et regagnait le bord à pied, l'eau de mer dégoulinant de ses cheveux.

– Grace ! appelait-il. Gracelin !

Il agitait la main, très haut en l'air. Et là, elle se sentait au bord des larmes, car c'était lui qui marchait à grands pas vers elle, plus fort que la vie elle-même, si réel qu'elle pouvait entendre l'écho de sa voix. Elle referma les yeux et pria pour que le rêve se poursuive, qu'il rapproche les deux êtres, les fasse s'enlacer, s'écouter se demander pardon l'un l'autre – l'un pour être mort, l'autre pour... pour quoi ? Elle rouvrit les yeux. Pour avoir épousé la mauvaise personne au départ – mais de cette union était née Mary Kathleen ;

pour ne pas être allée le voir en prison – mais elle était déjà enceinte de son enfant ; pour avoir laissé cet enfant derrière elle, en Irlande – mais le petit était maintenant avec elle, et on l'avait guéri de sa cécité. Et pourtant, son cœur réclamait à grands cris qu'on lui pardonne. Quoi ? Pourquoi ?

Elle regarda la bougie vacillante, les ombres qui dansaient sur les murs, ici à l'autre bout de l'Amérique.

Parce qu'elle allait offrir son cœur à un autre, un homme vivant, fait de chair et de sang. Parce qu'elle allait bientôt laisser son rêve s'envoler, son rêve magnifique, alors qu'elle rêvait plutôt de vivre seule dans une maison au bord de la mer et de garder ce rêve dans son cœur pour le restant de ses jours.

— Pardonne-moi, murmura Grace en regardant le plafond. Je dois penser aux enfants. À ma fille, à ton fils. Pardonne-moi, mon amour.

Elle sentit le goût salé de ses larmes sur ses lèvres.

— Il est temps que l'on se remette à vivre.

4

La fin du tour de garde de Sean O'Malley approchait. Sachant qu'il serait incapable de fermer l'œil, il s'était porté volontaire pour la première partie de la nuit ; quand ce serait l'heure de réveiller Danny Young pour le quart suivant, il serait prêt à partir. Il était assis contre un petit rocher au milieu du désert, le pistolet sur les genoux, la carabine à ses côtés, protégeant ses frères et l'or qu'ils rapportaient en Utah. Il était fatigué. Il pencha la tête en arrière et observa le ciel obscur et dégagé, regardant les cieux changer au-dessus de lui et se demandant s'il était sur le point de libérer son âme ou d'attirer sur lui la damnation éternelle.

Il n'était pas trop tard. Il pouvait tout simplement aller se coucher après son tour de garde, se réveiller dans la matinée, et retourner avec les autres à Deseret, retrouver Marcy qui l'attendait. Mais Josette aussi l'attendrait. Serait-il capable de faire de cette fille sa seconde femme comme l'ordonnait le prophète ? Le Mariage Céleste était-il vraiment ce que Dieu attendait de son peuple ? Quand Brigham Young[1] avait annoncé que c'était un commandement de Dieu directement adressé à son peuple, Sean, comme beaucoup d'autres, avait vivement combattu cette idée. Et même s'il savait que sa décision était prise, il luttait toujours, car il n'avait pas encore mis cette résolution en application.

Il détourna ses yeux fatigués du ciel nocturne et regarda autour de lui les corps étendus de ses frères paisiblement endormis. Tous des hommes mariés, comme lui, tous Saints de haut rang, croyants convaincus. Ces hommes n'étaient pas tourmentés par le doute ; certains d'entre eux avaient déjà été unis à

---

1. Successeur de Joseph Smith à la tête de l'Église de Jésus-Christ des Saints des Derniers Jours, ou Église des Mormons, Brigham Young conduisit l'exode au cours duquel les pionniers mormons traversèrent en chariot à bœufs ou en charrette à bras les plaines d'Amérique du Nord jusqu'au lac Salé, où les premiers d'entre eux arrivèrent en 1847. (*N.d.T.*)

trois ou même quatre femmes. Brigham Young avait ouvert la voie, se glorifiant de ses nombreuses épouses lors d'une allocution devant la législature territoriale[1] et prédisant que bientôt la sagesse du Mariage Céleste serait proclamée par les peuples évolués du monde entier. Joseph Smith, l'homme qui avait consigné la volonté de Dieu dans *Doctrine & Alliances*[2], avait pris plus de trente épouses, pour la plupart en secret, sous prétexte que les cœurs de ses disciples n'étaient pas encore prêts pour une révélation aussi bouleversante.

D'après ce que l'on avait dit à Sean, Smith avait été un guide solide et charismatique qui, malgré dix-sept ans de persécution et d'infortune, était parvenu à porter le nombre des fidèles de son Église à plus de quinze mille âmes. La ville de Nauvoo, où il avait établi sa communauté, n'était dépassée en taille dans l'Illinois que par Chicago. Pourtant, la ville avait déjà changé quand Sean y était arrivé, une nuit, alors qu'il était hors la loi, recherché pour meurtre à New York. La plupart des Saints étaient déjà partis vers le Grand Bassin[3] où Brigham Young édifiait son Royaume du Désert, et il y régnait une atmosphère surexcitée et fébrile. Des charretées de familles de Mormons traversaient quotidiennement le Mississippi pour rejoindre le flot de pionniers qui mettaient le cap à l'ouest, en direction de l'Utah, de l'Oregon ou de la Californie.

---

1. Équivalent du Parlement de l'Utah. (*N.d.T.*)
2. *Doctrine & Alliances* est l'un des documents sacrés de la secte des Mormons, au même titre que la Bible, le *Livre de Mormon* et la *Perle de Grand Prix*. (*N.d.T.*)
3. Région de l'ouest des États-Unis autour du Grand Lac Salé. (*N.d.T.*)

Les pratiquants de la « Seule Vraie Foi » seraient restés dans l'Illinois, et avec plaisir, pensa Sean, si Smith avait réussi à s'emparer de la présidence des États-Unis en 1844. Il était déjà aux commandes de la Légion de Nauvoo, une milice armée et surentraînée qui pesait aussi lourd que la moitié de l'armée américaine tout entière ; s'il avait gagné, le mormonisme aurait fort bien pu devenir la religion officielle, même si Sean devait se contenter d'imaginer les conséquences réelles que cela aurait pu engendrer.

Une chose était sûre, les Saints étaient les travailleurs les plus acharnés qu'il eût jamais connus. La ville de Nauvoo, construite sur les berges boueuses du Mississippi, entre une terre de calcaire plate et un marais malsain, en était la parfaite illustration. Et même si l'Église s'était scindée après l'assassinat de Smith – qui avait été emprisonné pour destruction de propriété et trahison –, elle n'avait pas périclité. La nouvelle de la mort de Smith avait provoqué une bataille sans merci pour son contrôle, et ceux qui avaient été déçus par ce qui n'était alors qu'une rumeur concernant la polygamie avaient eu le choix entre plusieurs jeunes dirigeants. Emma Smith, la première femme de Joseph, et leur fils de dix-sept ans, Joseph Smith Jr, avaient été parmi les sept cents membres des « Réorganisés[1] », disciples de James Jesse Strang. Ce dernier revendiquait de nombreuses res-

---

1. Autre branche des Mormons, l'Église Réorganisée de Jésus-Christ des Saints des Derniers Jours est aujourd'hui appelée « Communauté de Jésus » et a son siège non à Salt Lake City dans l'Utah, comme la branche principale, mais à Burlington dans le Wisconsin. (*N.d.T.*)

semblances avec Joseph Smith : lui aussi avait été consacré guide par l'ange Moroni et avait découvert une série de tablettes – en cuivre et non en or – qu'il prétendait être un complément au *Livre de Mormon*. Les disciples de Strang avaient établi leur colonie sur Beaver Island, au large de la côte nord-ouest de la péninsule du Michigan, où ils pouvaient suivre l'enseignement de leur prophète. Mais au dire des Saints que connaissait Sean, Strang n'était qu'un charlatan ivre de pouvoir, dont ils avaient eu vite fait de se débarrasser. Ceux qui avaient gardé un tant soit peu de raison s'étaient finalement ralliés au « Lion », Brigham Young, pour le suivre jusqu'en Utah.

Ceux qui avaient gardé un tant soit peu de raison. Sean soupira et changea de position, massant sa jambe qui lui faisait toujours mal, son épaule et son bras que la douleur n'abandonnait jamais totalement. Il n'avait pas connu Joseph Smith, qui était mort aux mains de la milice de l'Illinois et était immédiatement devenu un martyr aux yeux de son peuple, mais, comme tout bon Saint, il connaissait bien l'histoire de cet homme. Grâce à de vieux amis de son journal à New York, Sean en savait même probablement plus que la plupart d'entre eux sur le passé trouble de Smith, ses penchants pour le surnaturel, ses supposés dons de divination pour retrouver les trésors enfouis par la lecture de boules de cristal, ses relations clandestines avec de très jeunes filles, et ses arrestations pour fraude. Mais tout cela n'avait rendu l'homme que plus fascinant. L'Ancien Testament n'était-il pas rempli de ces héros pleins de tares que Dieu pourtant aimait et bénissait, et Joseph Smith n'en était-il pas une incarnation moderne ? À l'époque, Sean avait répondu d'un « si » catégorique ; maintenant, il ne savait plus.

La lumière vacillante du feu de camp éclairait les visages de ces hommes dont la foi était bien plus grande que la sienne : Danny Young, Jedidiah Watts, Rulon Frink, Tom LaBaron. Ces hommes retourneraient dans l'Utah avec l'or durement gagné, venant ainsi alimenter le trésor destiné au Paradis ; ils retrouveraient leurs femmes et en épouseraient d'autres comme l'avait ordonné Dieu par la voix du prophète, sans jamais douter, accomplissant simplement ce qu'on leur ordonnait parce qu'ils croyaient ce qu'on leur disait : qu'ils étaient le peuple élu de Dieu, ses enfants singuliers. Mais Sean n'était pas de ceux-là. Singulier, peut-être, à cause de son aveuglement spirituel, de son manque de sagesse et de compréhension, mais élu, certainement pas.

À Nauvoo, Sean avait entendu parler des histoires effroyables de persécution et de massacres qui avaient obligé les Saints à quitter le Missouri pour se rendre en Illinois. Même là, et malgré le travail qu'ils y avaient accompli, on s'était méfié d'eux, on ne les aimait pas à cause de leur esprit de clan, de leur air hautain, et, après la mort de Joseph, le gouverneur les avait prévenus qu'il ne pourrait plus leur offrir de protection contre l'hostilité populaire. Ne supportant plus les autorités, Brigham Young avait décidé de conduire ses disciples vers les régions sauvages, les terres désertiques soi-disant inhospitalières du Grand Bassin, où les siens ne seraient plus victimes des lois d'hommes corrompus. Mais la fin de la guerre avec le Mexique avait tout changé, plaçant l'Utah sous la férule du gouvernement des États-Unis. Brigham Young se trouva alors dans l'incapacité de créer un pays totalement mormon dont il eût été le président et prophète, mais il continua à refuser toute forme de loi gouvernementale. Lorsqu'on découvrit de l'or en Californie, la communauté perdit définitivement sa tranquillité. Chaque semaine, elle voyait passer sur ses terres des convois de chariots en route vers des richesses d'ordre plus terrestre. Sean avait alors observé non sans une certaine admiration la manière avec laquelle Brigham Young avait transformé ce malheur en opportunité pour la communauté, vendant à un prix exorbitant la nourriture et les provisions, renflouant ainsi rapidement les coffres de Deseret. Avec les nouveaux Saints qui affluaient régulièrement de l'est, et même d'Angleterre et de France, où de nouvelles conversions avaient lieu chaque jour, il était nécessaire d'avoir de l'argent pour construire des logements, rendre des terres cultivables, acheter du bétail, et il avait trouvé le moyen d'y parvenir. La construction du Royaume était un travail laborieux, mais les Saints s'étaient attelés à la tâche avec l'optimisme et l'application qui les caractérisaient.

Tel était l'Utah que Sean avait rejoint au terme d'un voyage éreintant en convoi. M. Osgoode, son employeur à New York, l'homme pour lequel il avait risqué sa vie en le faisant sortir de prison, était propriétaire d'une des plus belles maisons de la communauté ; Sean et Marcy, la fille d'Osgoode, s'étaient rapidement installées comme mari et femme. Et comme l'homme que Sean était accusé d'avoir tué avait été abattu au cours d'une émeute qui avait menacé les vies d'Osgoode et de plusieurs autres Mormons, Sean fut accueilli à bras ouverts et traité comme une sorte de célébrité. Les chefs de la communauté n'avaient pas mis longtemps à l'associer à leur cercle pour exploiter sa brillante intelligence, et il s'était rapidement retrouvé à organiser et à diriger une colonie. Sa capacité à comprendre mais aussi à mettre en œuvre un concept, à élaborer un système de finance et de gestion, avait fait de lui un homme très apprécié de Brigham Young et du plus haut échelon, le Quorum des Douze Apôtres. Ils ne tarissaient pas d'éloges sur lui, et il travaillait d'arrache-pied pour eux, jour après jour, sans se rendre compte de la vitesse à laquelle le temps passait.

Dans les moments de temps libre où il pouvait penser un peu à lui, Sean s'était convaincu que sa sœur Grace était restée à New York chez les Ogue ou qu'elle était en route pour l'Utah. Il lui avait écrit pour lui parler de son mariage avec Marcy et de la mission importante qu'on lui avait confiée, et pour l'inciter à venir avec les enfants. Il avait remis ces lettres à Porter Rockwell en main propre. C'était lui qui convoyait le courrier d'Utah jusqu'au Missouri, où ils disposaient d'un contrat avec la poste américaine. L'absence de réponse ne l'avait pas inquiété ; le courrier se perdait souvent en ces temps d'attaques indiennes, de braquages de banques, de bateaux coulés et d'entrepôts incendiés ; il se bornait à écrire encore et encore, certain que non seulement une de ses lettres parviendrait à sa sœur, mais aussi qu'elle réussirait à lui en faire parvenir une.

Presque une année avait passé avant qu'un groupe de Saints qui venaient de quitter New York ne lui apprenne la vérité. Il n'avait donc pas entendu parler du terrible incendie qui avait ravagé la moitié de la ville l'été précédent ? s'étaient-ils étonnés lorsqu'il leur avait demandé des nouvelles. Le *Harp and Hound* avait été l'un des premiers bâtiments à partir en fumée. Oui, ils en étaient sûrs. Un saloon irlandais où tout le monde avait péri. Pas tout le monde, avait corrigé un des leurs, qui pensait que le propriétaire et sa femme s'en étaient sortis, mais pas la femme à leur service qui vivait avec eux, ni personne d'autre. Certains de ces hommes étaient irlandais, et Sean avait compris, en entendant résonner leurs paroles, qu'ils disaient la vérité. Aujourd'hui encore, il se rappelait la terrible sensation de malaise qui l'avait alors saisi, la manière dont il avait titubé jusqu'à chez lui et s'était effondré dans les escaliers, la tête entre les mains, priant pour que le monde se remette à tourner normalement, et tout de suite. Marcy avait essayé de le consoler, puis l'avait laissé seul. M. Osgoode, des évêques, plusieurs de ses amis, tous avaient essayé de soulager sa peine ; Brigham Young lui-même avait essayé de persuader Sean de baptiser Grace et Mary Kate *a posteriori* afin qu'elles puissent profiter des fruits du travail de leurs frères dans l'au-delà. Sean s'était contenté de secouer la tête ; il ne voulait pas expliquer que Grace et sa fille avaient été baptisées à la naissance, tout comme lui, et qu'elles étaient déjà très certainement en compagnie de leur Seigneur bien-aimé et sauveur. Il ne voulait pas entamer une longue discussion au sujet de Joseph Smith et de l'espoir éternel, des tablettes en or que personne n'avait jamais revues et de la révélation qui s'était ensuivie, capable de diriger l'existence d'un homme plus clairement qu'il ne pourrait jamais la diriger lui-même. Il ne voulait rien entendre de tout cela ; alors, Brigham Young s'était doucement excusé, le laissant seul avec son chagrin. Lorsqu'il avait relevé la tête et vu par la fenêtre son prophète battre en retraite, Sean avait senti une piqûre aiguë au cœur de ce qui devait être son âme, puis le lent et froid goutte-à-goutte de la foi qui l'abandonnait s'était enclenché. Et aujourd'hui encore, assis dans l'obscurité des cieux généreux, il pouvait remonter le fil de cette désillusion jusqu'à ce moment précis.

Dans les mois qui avaient suivi, Sean avait eu l'impression de vivre comme un somnambule. Il n'éprouvait plus aucun désir. Marcy, impatiente de fonder une famille, était déçue dès qu'il s'écartait d'elle le soir et feignait de s'endormir. C'était le moment qu'avait choisi Brigham Young pour annoncer la volonté de Dieu que tous les hommes pratiquent le Mariage Céleste ; le père de Marcy avait immédiatement pris deux nouvelles épouses et les avait fait emménager dans une autre maison, avec autant de chambres que de femmes et d'autres encore pour les enfants et les épouses à venir. D'autres hommes l'avaient rapidement imité, et Sean avait senti son état comateux se dissiper pour laisser place à une clairvoyance brutale. La communauté qu'il avait aimée et qu'il avait œuvré à construire si péniblement lui était soudain apparue fausse et étrangère ; et prendre conscience qu'il avait abandonné sa sœur et Mary Kathleen pour cela, qu'il les avait sacrifiées pour *ça*, lui était devenu insupportable ; alors, il avait commencé à envisager la fin de sa propre vie.

Conscient qu'il était nécessaire de rallumer la flamme de la foi chez son dévoué serviteur, Brigham Young avait informé Sean que Dieu avait choisi pour lui une seconde épouse ; elle s'appelait Josette Beauchamp, avait quatorze ans et était la fille d'immigrants français qui s'étaient convertis dans leur propre pays et avaient décidé d'effectuer l'éprouvant voyage, d'abord vers l'Amérique, puis jusqu'en Utah. Le prophète avait ajouté que Dieu l'avait ordonné ainsi et que la famille de la jeune femme s'en trouvait très honorée ; il devait maintenant remplir son devoir, car chaque homme avait au minimum besoin de trois femmes pour atteindre l'éternité. Sean s'était dérobé. Josette n'était qu'une enfant, avait-il plaidé, et il était déjà marié. Mais Marcy s'était désolidarisée de lui. Sean ne lui avait-il pas raconté le mariage arrangé de sa propre sœur, Grace, alors qu'elle était très jeune ? Les filles se mariaient souvent jeunes, et c'était une bénédiction, car ainsi elles étaient capables d'aider les premières épouses dans les tâches ménagères et pouvaient avoir des bébés plus facilement. Sean s'était bouché les oreilles pour ne pas en entendre davantage.

C'était vrai, Grace avait quinze ans lorsque leur père avait arrangé son mariage avec Donnelly, seize quand elle s'était effectivement mariée, et, pour la première fois, en regardant Josette, il avait compris à quel point c'était jeune, quel lourd fardeau de responsabilités sa pauvre sœur avait dû endosser pour sa famille, et quelle femme remarquable elle était devenue. Elle eût été atterrée de le voir prendre une seconde épouse, sans parler du très jeune âge de celle-ci. Elle eût jugé indigne une religion capable d'un tel commerce, elle l'eût harcelé sans relâche, poursuivi dans toute la maison en le montrant du doigt et lui hurlant dessus à en perdre la voix. Il ne put s'empêcher de rire en imaginant la scène, entendant presque ses réprimandes :

– Sean O'Malley, vas-tu te servir de l'esprit que Dieu t'a fait la grâce de te donner, ou l'as-tu lui aussi légué à l'Église ? Espèce d'abruti ! aurait-elle grommelé.

Et il répéta ces mots.

– O'Malley, murmura Danny Young de son tapis de sol à côté. Tu sais que c'est un signe de folie profonde que de marmonner tout seul assis dans le noir.

– Qui te dit que je ne suis pas en train de prier ? répliqua Sean.

– J'en doute.

Danny se redressa sur un coude.

– Je ne t'ai jamais vu prier depuis qu'on est ici.

– Ah bon ? Eh bien, figure-toi que je n'ai pas cessé d'être en contact avec le Très Haut depuis que nous sommes partis.

– À quel propos ? demanda Danny.

Sean observa attentivement son vieux compagnon.

– Tu veux vraiment le savoir ?

Danny baissa les yeux et frotta le sable fin du désert avec ses doigts.

– Oui, dit-il doucement.

– Je ne vais pas rentrer avec vous demain matin.

Au-dessus d'eux, un engoulevent traversa le croissant de lune en laissant échapper son sinistre cri. *Je l'ai dit tout haut*, pensa Sean. *Maintenant, c'est réel.*

Danny se redressa, s'assit et entoura ses genoux de ses bras.

– Tu as changé, mon frère.

Il regarda autour d'eux pour vérifier que les autres hommes dormaient toujours.

– Perdre Grace a été un grand malheur pour toi, mais ça n'est pas une raison pour que tu perdes aussi la foi.

— C'est déjà fait, confessa Sean. Et ce n'est pas faute d'avoir essayé de m'accrocher.

Il s'interrompit.

— Tu sais, Danny, tu es le seul à avoir jamais connu Grace.

— Oui, elle était formidable. Les autres ne lui arrivaient pas à la cheville.

Danny hocha la tête, l'air grave.

— C'était une sacrée époque, non ? Ta sœur et toi qui travailliez chez les Ogue, moi qui vous y retrouvais pour boire une bière avant les grands rassemblements, toi qui exhortais tout le monde à se battre pour la Cause... Oui, et les soirées dansantes qui s'ensuivaient, les matchs de boxe à Jersey, les jours de courses et tout le reste...

— Ce n'étaient pas vraiment des occupations de Saints, observa Sean avec un petit rire.

— Je mentirais si je te disais que ça ne me manque pas de temps en temps, concéda Danny. C'était une ville formidable, et on a vécu des moments formidables. Mais c'était exténuant ; tous les jours, ça me rongeait un peu plus. Tu te souviens de ce que c'était que d'être irlandais dans cette ville ?

— Oui. « Face de Singe », « Bâtard du Pape » et le fameux « Inutile de postuler[1] », se rappela Sean.

Danny approuva d'un hochement de tête.

— Les Saints ont été bons avec nous, Sean, tu sais que c'est vrai. Ils se fichaient pas mal qu'on soit pauvres ou irlandais...

Sean leva son bras.

---

1. Allusion aux pancartes qui précisaient qu'il était inutile qu'un Irlandais se présente pour un travail. (*N.d.T.*)

— Ou infirmes.

— Oui, ou rien de tout ça. Five Points[1], malgré toute sa pourriture, c'était déjà mieux que Limerick pour moi, mais je ne suis jamais parvenu à faire mieux que vivre dans des meublés remplis de gosses affamés.

Il marqua une pause.

— Rejoindre les Saints a été la chose la plus intelligente que j'aie jamais faite. Et toi aussi, Sean. Toi aussi !

— Tu en es sûr ?

— Regarde-nous, mon vieux ! On a des maisons à nous, et pas juste deux pièces au-dessus d'un saloon, mais une vraie maison, avec des terres, du bétail, des poulets et tout ça. Pas de loyer à payer, et de l'aide dès qu'on en a besoin. Et une femme ! Qui aurait jamais pu penser que moi, le pauvre Danny Young, toujours loqueteux, avec à peine un dollar en poche, je pourrais vivre comme un milord au milieu d'hectares de terrain et avec des femmes à mes côtés ?

— Ah !

Sean leva le doigt.

— Voilà le problème. Une femme, je peux l'accepter. Des femmes, non.

Danny serra ses genoux entre ses bras et se pencha vers lui.

— Les commandements de Dieu ne sont pas toujours faciles à accepter, mon frère, mais à mon humble avis, celui-là est l'un des meilleurs ! Tous ces prophètes de l'Ancien Testament avaient une multitude de femmes.

---

1. Ancien quartier des bas-fonds de Manhattan, situé au coin des rues Baxter et Worth, dans l'actuel Chinatown, où vivaient de nombreux immigrants irlandais. (*N.d.T.*)

C'est écrit là, dans la Bible, aussi clairement que le nez au milieu de la figure !

– Oui, concéda Sean. Mais le modèle du mariage se trouve dans le jardin d'Éden… Et je n'y vois pas que Dieu a créé Adam et Ève, et sa cousine, Evelyn.

Danny fronça les sourcils, et Sean sut qu'il venait de lui porter un coup bas. Les deux épouses de Danny étaient de charmantes filles, cousines, certes, et il ne faisait aucun doute qu'il les aimait sincèrement toutes les deux. Ensemble, ils avaient eu des bébés, ils possédaient des vaches et des poulets, une maison en dur, et Danny était respecté au sein de la communauté pour sa force de travail et son dévouement. C'était lui qui avait convaincu le Quorum de laisser Sean accompagner les hommes mariés dans leur expédition vers l'or, lui qui avait plaidé que le changement ferait du bien à Sean, lui éclaircirait les idées et le remettrait dans le droit chemin. Sean n'avait pas épousé Josette avant le départ, mais il avait promis de le faire à son retour. Il avait fait beaucoup de promesses que Danny avait résolument appuyées, et maintenant son vieil ami allait devoir en répondre quand il rentrerait sans lui.

– Je ne veux pas me disputer avec toi, Danny Young, dit doucement Sean. Tu as raison. Tu as tout gagné à t'engager. Et moi, je te dois beaucoup, et voilà que je te remercie en mettant en péril tout ce que tu as. Est-ce que tu vas t'en sortir ?

– Bien sûr, dit Danny en haussant les épaules. Je suis connu pour mon dos costaud et mon esprit simple. Le moment venu, je leur dirai que j'étais un pâle opposant face à tes belles paroles, que tu ne m'avais laissé aucune chance de réussir à t'empêcher de commettre la plus grande erreur que tu aies jamais faite.

— Est-ce ce que tu crois ?

— Je crois que tu penses trop, dit Danny. Et que ça t'empoisonne la vie. Je crois aussi que je savais que tu ne rentrerais pas avec nous.

— Alors pourquoi, au nom du ciel, as-tu plaidé ma cause devant le conseil ? demanda Sean, incrédule. Ils ne voulaient vraiment pas que je fasse partie de cette mission.

— C'est moi qui t'ai fait entrer chez les Saints, rappela Danny. Et si c'était ça qui te rendait si malheureux, alors c'était à moi de t'en faire sortir.

Sean resta silencieux pendant un long moment, détaillant l'homme qui lui faisait face.

— Tu as été un meilleur ami pour moi que je ne l'ai jamais été pour toi.

— Ce n'est pas vrai. Toi et moi, on s'est serré les coudes plus d'une fois, et on a survécu à des choses que le reste du monde ne peut même pas imaginer.

Danny regarda Sean droit dans les yeux.

— Nous, les Irlandais, nous sommes des survivants, et donc, mon ami, il est temps d'aller de l'avant. Ne perds pas une journée de plus à pleurer ce qui ne reviendra pas. Trouve un mode d'existence qui te convienne, et accroche-toi. La vie est trop courte, tu le sais très bien.

— Un esprit simple, hein ? ironisa Sean pour dissimuler son émotion. Voilà plutôt une belle démonstration de sagesse, oui.

— Oui, alors ne la laisse pas se perdre. Je n'en ferai peut-être jamais d'autre.

Danny rit doucement.

– Morgan n'était pas un grand orateur non plus. Alors, quand il avait quelque chose à dire, je l'écoutais. Tu es comme lui.
– Tu me flattes, Sean. Je n'ai rien du grand homme qu'il était, mais merci. Je sais que tu l'adorais.

Sean acquiesça, puis baissa la tête.

– Pourtant, je l'ai laissé tomber. J'ai embarqué sans lui et je l'ai abandonné au moment où il avait plus que jamais besoin de moi.
– Tu trimballes trop de fantômes, mon frère. Ce n'est pas ta faute s'il est mort, pas plus que tu ne dois t'en vouloir pour Grace.

Le visage de Sean s'assombrit encore davantage.

– Tu as raison.

Il se redressa et rangea son pistolet dans son ceinturon, glissa les munitions supplémentaires dans ses poches, puis remit le fusil à Danny.

– C'est ton tour maintenant, Danny, mais j'étais déjà parti quand tu t'es réveillé, vous abandonnant sans défense au beau milieu de la nuit.
– Ceux qui te connaissent savent bien que tu n'aurais jamais fait une chose pareille, dit Danny d'un ton neutre. Mais si c'est ce qu'il faut dire, c'est ce que je raconterai. Tu ne veux pas attendre que le jour se lève ?

Sean jeta un coup d'œil au ciel qui commençait à s'éclaircir à l'est.

– Ça ne va pas tarder, de toute façon.

Il tendit la main à Danny.

– J'espère qu'on aura l'occasion de se revoir un jour.

Danny lui prit la main, et attira Sean à lui pour le serrer brièvement dans ses bras, avant de le laisser partir.

— Ce ne sera plus pareil sans toi, dit-il. Il n'y a pas encore assez d'Irlandais dans le coin pour avoir des discussions dignes de ce nom.

Son sourire se fana.

— Le Seigneur soit avec toi, Sean O'Malley. J'espère que tu trouveras ce que tu cherches. Quelle direction prends-tu, d'ailleurs ? Celle de Sacramento ou de la cité infernale ?

— Je ne sais pas encore, répondit Sean. Je vais vers l'ouest, c'est tout ce que je sais.

Il rit doucement.

— Vers *Tir na nOg*[1], et tout le toutim.

— Il y a toujours de l'espoir sur la Terre des Jeunes. Mais il faut que tu prennes un cheval, ajouta Danny. Le chemin vers le passé est long.

Sean réfléchit.

— Oui, je suppose que je n'y arriverai jamais avec ma patte folle. Je vais prendre la vieille jument, même si elle n'est plus ce qu'elle était. Les deux font la paire, ajouta-t-il avec un clin d'œil.

Il se dirigea vers l'endroit où les chevaux étaient attachés, les caressant alors qu'ils commençaient à piaffer.

— Je vais t'aider.

Danny prit une selle et l'ajusta sur la couverture que Sean venait de placer sur le dos de la jument. Il serra fermement la sangle sous son ventre.

— Tu ferais mieux de t'éloigner un peu avant de l'enfourcher, murmura-t-il en tendant les rênes à Sean. Et prends ça aussi.

---

[1]. Dans la mythologie celtique irlandaise, le *Tir na nOg* est la « Terre des Jeunes », un autre nom du *Sidh*, l'autre monde des Celtes. (*N.d.T.*)

Il sortit de sa poche une bourse en cuir.

– Prends-la, elle est pour toi. Je dirai que tu me l'as volée.

Il sourit.

Sean prit la bourse dans la paume de sa main et la soupesa.

– Je ne sais pas.

– Écoute, insista Danny. Tu es irlandais et tu es infirme. Je ne peux pas, en plus, t'envoyer dans la nature sans un sou. Souviens-toi de la parabole des talents[1] et fais-en bon usage. Et écris-moi à l'occasion. Tu sais que j'attendrai avec impatience que tu me racontes tout.

Sean rit en silence.

– Affaire conclue, dit-il en mettant l'or dans sa poche. Adieu, mon frère.

Rulon se retourna dans son sommeil, et les autres hommes se mirent à s'agiter.

– Il faut que tu partes, maintenant. Vite, avant qu'ils se réveillent, murmura Danny d'une voix pressante.

Sean enfila son chapeau et guida la jument jusqu'à la sortie du campement, hors du cercle lumineux, puis il l'enfourcha. Il se retourna sur sa selle pour saluer de la main le seul homme qui l'eût vraiment compris, un homme qu'il abandonnait comme il l'avait déjà fait avec tant d'autres. Alors que le soleil commençait à se lever, il se mit en route.

---

1. Évangile selon saint Matthieu, chapitre 25, versets 14 à 30. Parabole où un maître qui part en voyage confie à ses trois serviteurs trois sommes différentes, « chacun selon ses capacités ». (*N.d.T.*)

5

— Pourquoi ? demanda Jack tandis que la charrette les hissait lentement vers la maison des Wakefield, en haut de la colline.
— Parce que c'est là que nous allons vivre désormais.

Grace passa son bras autour des épaules raidies de son fils.

— Pour le moment, en tout cas, précisa-t-elle.
— Pourquoi ?
— Est-ce que tu te souviens de ce que je t'ai dit ce matin ? lui rappela Grace avec patience. Le Dr Wakefield m'a proposé un emploi dans sa maison. Je serai sa cuisinière et...
— Comme au Kansas ? coupa Jack.
— Oui. Mais je n'aurai pas autant de travail car il n'y a que le docteur et sa sœur ; et puis tu vois, on vivra sur place.
— Le Kansas me manque, dit Jack d'un ton mélancolique.

Il laissa son regard se perdre vers le bas de la colline, et au-delà, sur la baie étincelante.

— Je sais, mon cœur.

Elle le serra contre elle un peu plus fort.

— Mais où est-ce qu'on va habiter ? insista-t-il, levant de nouveau les yeux vers sa mère.

Grace soupira et laissa passer quelques secondes avant de répondre.

— Dans la maison du docteur. Nous aurons notre appartement à nous, juste à côté de la cuisine. Écoute-moi, Jack, tout est arrangé, tu n'as plus à t'inquiéter, d'accord ?

— Est-ce que je vais revoir Sam et les autres ? Et notre chariot ? Et mon pistolet, il est où ?

Il tira un coup sec sur la manche de sa mère.

— Il est où mon pistolet, maman, celui que m'a donné Jimbo ?

— Dans la malle de Lily.

S'il vous plaît, mon Dieu, serait-il possible qu'il oublie tout ça une bonne fois pour toutes ?

Grace n'avait pas vraiment apprécié le cadeau d'adieu qu'avait offert Jimbo Dread à son fils, mais le petit était fou de joie ; il avait même refusé de monter à bord du chariot avant qu'elle ait soulevé le couvercle de la malle pour lui prouver qu'elle l'avait bien mis dedans. Quel bonheur d'être débarrassé de ce jeune professionnel de la gâchette et des individus dans son genre, pensa-t-elle ; et pourtant, elle ne pouvait s'empêcher de ressentir un élan d'affection envers tout homme qui s'intéressait à son fils. Et au moins, le cadeau de Dread était utile, contrairement à la tête de bison géante que l'un des cow-boys lui avait donnée, et qu'ils n'avaient pas pu emporter à cause du manque de place dans le chariot.

— Tu reverras Sam un jour, une fois que nous serons installés. Et aussi Ruth, et Mary. Et Sol. Lily va vendre le chariot et l'attelage pour nous, puis utiliser cet argent pour nous renvoyer le reste de nos affaires.

On va leur écrire une lettre tout de suite pour leur donner notre nouvelle adresse.

Le regard de Jack s'assombrit.

— On ne va pas avoir de ferme, alors ?

— Non. On va vivre en ville. Ça va te plaire. Le docteur a une belle maison avec un grand jardin.

— Mais il n'y a pas d'arbre, ici. Pas un seul dans toute la ville !

— C'est vrai, concéda-t-elle en scrutant les collines pelées. Mais le docteur dit qu'on peut chasser en allant vers l'est. Et il y a une mare chez lui, et aussi des chiens et des chevaux, ajouta-t-elle, sachant l'argument décisif.

Le visage du petit garçon s'illumina brusquement.

— Des chevaux ? Et des chiens ? Il fallait le dire plus tôt, femme !

Grace entendit le grognement de M. Litton, qui guidait l'attelage vers le haut de la colline ; il fallait mettre au crédit de l'homme qu'il ne s'était pas retourné, et n'avait jusqu'à présent fait aucun commentaire intempestif. Elle regarda son fils droit dans les yeux et lui déclara avec toute la sévérité dont elle était capable :

— Écoute-moi bien, Jack McDonagh. Je suis ta mère, et si jamais tu m'appelles encore une fois « femme », je me chargerai de te remettre à ta place, me suis-je bien fait comprendre ?

— Oui, maman.

Jack inclina la tête d'un air contrit ; mais une seconde plus tard, il avait oublié sa faute, et s'écriait déjà :

— Je pourrai monter à cheval, maman ?

— Je crois que les chevaux servent au chariot et à la voiture du docteur. Mais on verra, ajouta Grace pour ne pas anéantir tous ses espoirs. Le Dr Wakefield est très gentil, il t'emmènera peut-être faire une promenade un jour. Mais tu ne dois pas le lui demander. Je serai une...

Elle hésita, cherchant à éviter d'utiliser le mot « domestique ».

– ... cuisinière dans cette maison ; je vais travailler pour lui dorénavant, et il faudra que nous restions entre nous sans l'importuner, ou alors il nous faudra déménager encore une fois.

Jack hocha la tête comme s'il avait compris, au grand soulagement de Grace. L'occuper et l'empêcher de traîner dans les pattes du docteur allait devenir sa principale mission, et elle avait déjà commencé à imaginer différents moyens. Ainsi, si M. Litton se révélait complaisant, Jack pourrait l'aider aux écuries une partie de la journée, mais aussi au potager s'il y en avait un, car il faudrait le préparer à l'arrivée de l'hiver.

La rue se transforma en chemin, puis en allée privée, contournant la maison par une de ses ailes jusqu'à l'entrée de service. C'était une vaste demeure d'aspect massif ; grande, mais gérable, estima Grace. Elle était bâtie en bois et en pierre, avec de nombreuses fenêtres au rez-de-chaussée, un peu moins au premier, et quelques lucarnes dispersées çà et là au dernier étage. Le toit était haut et pentu, et du côté qu'apercevait Grace, il y avait une fenêtre tout en haut dans les combles. Un grenier, espéra-t-elle. C'était le meilleur endroit pour faire sécher le linge durant les mois froids et humides, et elle avait regretté de ne pas en avoir au Kansas. La maison se dressait au sommet d'une colline, dont la pente progressait par paliers. Elle avait vue sur la ville en contrebas, et, au-delà, sur le port animé. Quel soulagement de se trouver loin de l'atmosphère confinée de l'hôpital et du dédale des rues ! Ici, l'air était à la fois doux et salé, et on entendait le chant des oiseaux et le bruissement du vent dans les hautes herbes sèches.

M. Litton immobilisa les chevaux au milieu d'une cour circulaire, puis il descendit de la carriole et s'empara de la malle qu'il transporta jusque dans la maison. Grace descendit à son tour et le suivit, tenant fermement la main de Jack. Ils franchirent la large porte de service pour pénétrer dans une sorte d'entrée, puis dans une grande cuisine en désordre. Tous levèrent les yeux au plafond, car quelque part au-dessus d'eux s'élevaient des voix qui se disputaient. On en distinguait deux : l'une aiguë et chargée de sanglots, celle d'une femme à bout de nerfs, et l'autre, masculine, douce, grave et apaisante. Bien que Grace ne comprît pas un mot de ce qu'ils se disaient, elle songea que cette dispute avait peut-être quelque chose à voir avec sa prise de fonction dans la maison. *On ne pourra peut-être pas rester, après tout*, se dit-elle, regrettant d'avoir alimenté les espoirs de Jack avant que l'arrangement fût conclu. Quand un objet heurta le sol et se fracassa, elle croisa le regard du petit garçon.

— Est-ce qu'on n'irait pas jeter un œil à ce jardin, mon grand ? suggéra Grace en le prenant de nouveau par la main.

Jack acquiesça, ses yeux bleu foncé clignant derrière les verres de ses lunettes. Grace l'emmena derrière la maison, et ils se tinrent là un moment, à côté de la carriole, au soleil.

— Ça, c'est l'écurie, maman.

Il désignait un bâtiment, qui paraissait bien tenu, à première vue. En fait, la cour dans son ensemble était plutôt ordonnée, et tous les bâtiments extérieurs bien entretenus. Elle ne savait pas quel genre d'homme était M. Litton par ailleurs, mais, en tout cas, c'était un excellent gardien.

— Ah, madame Donnelly, vous voilà.

Le Dr Wakefield, un élégant épagneul springer sur ses talons, surgit précipitamment dans la cour en rajustant sa veste et son gilet.

— Veuillez m'excuser de ne pas vous avoir accueillie à votre arrivée.

Son visage était rouge, et ses cheveux en bataille ; il essaya de les remettre en place avec ses doigts.

— Je suis, euh… je suis désolé, mais ma sœur n'est pas dans un de ses meilleurs jours. Elle est particulièrement nerveuse, et elle a peur de ne pas supporter le surcroît d'agitation dans la maison.

— Je comprends, dit Grace, pesant ses mots. C'est un beau chien que vous avez là, docteur Wakefield. Jack peut-il jouer un peu avec lui pendant que nous bavardons ?

Le regard de Wakefield passa du chien à Jack.

— Pourquoi pas, oui, bien sûr. C'est une chienne, et elle s'appelle Scout, dit-il à Jack. Elle obéit très bien. Si tu lui lances des bâtons, elle te les rapportera. Mais ne la brusque pas trop, ajouta-t-il. Elle va bientôt mettre bas.

Jack acquiesça joyeusement et attrapa la branche la plus proche, puis il l'agita pour capter l'attention de la chienne.

– Par ici, Scout. Allez, Scout !

La chienne tourna la tête vers son maître.

– Vas-y, ma fille, lui ordonna Wakefield affectueusement en montrant la direction dans laquelle Jack s'était élancé.

Ils regardèrent Scout aller chercher les premiers lancers maladroits de Jack, puis le docteur s'éclaircit la gorge.

– Je vois que Litton a déjà apporté votre malle à l'intérieur. Êtes-vous entrée dans la maison ?

– Seulement dans la cuisine, répondit Grace. Nous avons attendu un peu, puis nous sommes ressortis pour voir les jardins.

– Ah !

Wakefield fronça les sourcils et baissa les yeux.

– Madame Donnelly, je...

Grace l'arrêta d'un geste.

– Vous n'avez pas besoin de m'expliquer quoi que ce soit, docteur. C'est vous qui dirigez cette maison. Souhaitez-vous reconsidérer votre offre avant que nous nous installions ?

Il leva les yeux, surpris.

– Absolument pas. C'est ce que vous souhaitez ?

– Non, dit-elle avec fermeté.

Il en fut manifestement soulagé.

– Alors tout va bien. Venez donc avec moi, madame Donnelly, que je vous présente à Hopkins. Elle vous fera visiter le reste de la maison.

Grace appela Jack, lui recommanda d'être sage jusqu'à ce qu'elle revienne le rechercher, puis elle retourna dans la cuisine où on lui présenta une femme beaucoup plus âgée qu'elle.

— Bienvenue à Wakefield Heights[1], dit cette dernière avec un léger accent du nord de l'Angleterre, ou peut-être d'Écosse.
— Faute de meilleur nom, précisa Wakefield d'un air gêné.
Puis il se frotta vigoureusement les mains.
— Eh bien, je vous laisse entre des mains expertes, dit-il en se dirigeant vers la porte. Si vous avez besoin de quoi que ce soit pour votre logement, madame Donnelly, dites-le à Hopkins et je ferai en sorte qu'on s'en occupe le plus vite possible. Oh, d'ailleurs !
Son visage arbora soudain un air malicieux.
— Nous avons une vache ! Litton a aménagé un espace pour elle à côté des stalles des chevaux.
Hopkins laissa échapper un petit son flûté comme pour dire que tout ceci ne rimait à rien, mais Wakefield l'ignora.
— N'hésitez pas à demander, répéta-t-il chaleureusement.
— Merci, monsieur, répondit Grace d'une voix un peu étranglée.
Elle s'était dit qu'elle vivrait bien le fait d'être la domestique de quelqu'un d'autre, que ce n'était qu'un travail, et qu'elle avait énormément de chance qu'on le lui ait proposé, mais à présent elle se rendait compte qu'elle s'était menti à elle-même ; après tout, elle-même avait été la maîtresse d'un château, avec ses propres domestiques… Mais elle n'avait jamais considéré les Sullivan comme des domestiques. Surtout pas Bridget, qui l'avait aidée à mettre au monde ses jumeaux, Mary Kate et Michael Brian, puis à enterrer

---

1. Wakefield Heights : les hauts de Wakefield. (*N.d.T.*)

le corps du petit garçon encore nourrisson ; ni le jeune Nolan, qui lui avait sauvé la vie au cours de cette terrible nuit d'hiver, pour finalement voir les siens périr par la faute du châtelain. Non, tous ces gens n'étaient pas des simples domestiques, mais plutôt une famille, mêlée aux drames de sa vie quotidienne. Allait-il se passer la même chose ici ? se demanda-t-elle. Elle espérait que non. Elle ne voulait pas se retrouver soumise à l'emprise d'une autre famille, simplement parce qu'il fallait subvenir aux besoins de la sienne, et faire en sorte que ses enfants se construisent une identité dans ce monde.

– Madame Donnelly ? Vous m'écoutez ?

Grace revint brusquement à la réalité et se rendit compte que Hopkins venait d'ouvrir une série de portes de placards pour lui en détailler le contenu.

– Oui, merci. C'est une bien belle cuisine.

– Je ne vous le fais pas dire. Je l'ai organisée moi-même.

Hopkins franchit une porte qui menait à un étroit couloir.

– Et voilà vos quartiers.

Elle ouvrit une deuxième porte, révélant une pièce vaste et ensoleillée, complétée par une petite alcôve.

– Meublés, comme vous pouvez le constater.

Le lit au cadre de bois très simple était assez grand pour accueillir Grace et Mary Kate, et il y avait de la place pour en ajouter un autre plus petit pour Jack à côté. Dans la plus grande partie de la pièce, il y avait un placard pour leur vaisselle personnelle, une table, des chaises, et un banc placé sous la fenêtre, qui offrait une jolie vue sur l'arrière du jardin. Grace voyait déjà Mary Kate assise là, enveloppée dans son châle, regardant passer les jours jusqu'à ce qu'elle se sente assez bien pour sortir à son tour. Et la petite cheminée leur apporterait toute la chaleur nécessaire.

– C'est parfait.

Grace était ravie.

– Je pense bien ! s'exclama Hopkins. Toute cette place pour vous toute seule ! Et vous n'aurez même pas à la partager avec votre vache !

Grace serra les dents. Elle allait d'abord faire son possible pour proposer au docteur de bons repas avant de remettre cette femme à sa place.

– Les enfants et moi allons être très bien, rectifia-t-elle d'une voix posée.

Hopkins fronça les sourcils.

– Les enfants ?

– Mon fils est juste là, en train de jouer avec la chienne du docteur.

Grace fit à Jack un signe par la fenêtre.

– Et ma fille est encore à l'hôpital, reprit-elle, mais elle ne devrait pas tarder à nous rejoindre, maintenant que sa fièvre est tombée.

– Deux enfants ? Dans cette maison ? Et l'un d'eux est malade ?

Hopkins semblait tellement stupéfaite que Grace se prit à espérer qu'elle pose une main sur son cœur pour exprimer un peu de compassion.

– Le docteur est au courant ?

– Oh, oui. C'est lui qui a tout organisé.

Hopkins secoua la tête.

– Non, ça ne va pas être possible.

– Je sais que votre maîtresse est souffrante, mais elle ne se rendra même pas compte de notre présence, sinon par les bons repas qu'on lui servira.

— Mlle Abigail ne supporte que le calme et le silence absolus, déclara Hopkins d'un ton possessif. Même le docteur ne sait pas à quel point elle souffre, sinon il n'aurait jamais permis une chose pareille. Les enfants sont sales, bruyants et grossiers, surtout ceux de…

Elle détailla la vieille robe raccommodée et les bottes usées que Grace avait enfilées à la place de son pantalon et de ses mocassins.

— Ceux de quoi ?

Grace se redressa le plus possible afin de se trouver nez à nez avec la gouvernante.

Hopkins recula d'un pas, puis jeta à nouveau un coup d'œil vers Jack qui jouait dehors dans la cour.

— De cet âge-là, rectifia la femme avec un sourire crispé. Ils sont plus difficiles à tenir.

— Laissez-moi m'occuper de mes enfants, avertit calmement Grace, et je les empêcherai de s'approcher de votre maîtresse. Et de vous. Soyez-en sûre.

— Bien.

Hopkins fit la moue.

— Maintenant… (Elle repartit vers la cuisine.) Vous voulez certainement voir le reste de la maison. Ah, tiens, Enid, te voilà. Voici madame Donnelly, la nouvelle cuisinière. Madame Donnelly, ma fille, Enid.

Grace sourit à la jeune femme, qui lui adressa un timide salut. Enid ressemblait énormément à sa mère, y compris pour ce qui était de sa coiffure et de ses vêtements, mais, derrière son apparence austère, Grace remarqua que ses manières étaient plus douces.

— Enchantée, Enid, dit-elle en lui tendant la main. Je crois que le docteur m'a dit que tu étais la femme de chambre de sa sœur ?

Enid rougit.

— J'aide maman avec Mlle Abigail et je m'occupe du reste de la maison. Et je faisais aussi la cuisine.

— Voilà une charge de travail bien lourde. Et ta cuisine est très bien tenue, la complimenta Grace.

— Elle est à vous maintenant ! dit Enid avec un soulagement évident. J'ai une tonne de travail en retard en plus de ça.

— Madame Donnelly arrive à la maison avec deux enfants, annonça Hopkins. *Deux.*

— Oh !

Le visage de la jeune femme s'éclaira, mais elle réprima aussitôt cet élan d'enthousiasme.

— Oh, répéta-t-elle d'un ton plus mesuré. Est-ce que Mlle Wakefield est au courant ?

— C'est possible. Sinon, je vais devoir le lui apprendre.

Hopkins jeta un coup d'œil en direction de la montre accrochée à sa taille.

— Il est l'heure de sa collation du matin, Enid. Va lui demander si elle préfère du café ou du thé.

Enid hésita, puis sursauta lorsqu'une sonnette retentit.

— Allez, tout de suite, lui enjoignit sa mère. Ne la fais pas attendre ! Pas par là, ordonna-t-elle alors qu'Enid se dirigeait vers la porte. Par l'arrière.

Enid tourna les talons, se dirigea vers l'appartement de Grace, mais bifurqua juste avant, à gauche, dans l'étroit couloir.

— Il y a un escalier qui mène aux chambres à l'étage, précisa Hopkins. Enid est étourdie, elle a tendance à oublier ce genre de détail. Les domestiques ont le devoir de se rendre invisibles, et donc d'utiliser l'escalier de service.

— Vous venez d'Angleterre, madame Hopkins ? interrogea Grace. Vous avez travaillé là-bas ?

Hopkins se redressa avec fierté.

– Effectivement. Dans un noble manoir du Nord. J'ai commencé à la cuisine, puis j'ai pris du galon. Femme de chambre, puis plus haut. J'aurais pu en avoir les clés si j'étais restée, mais j'ai épousé le révérend Hopkins, ce qui a mis fin à ma carrière.

– Votre mari est toujours en vie ?

– Il nous a amenés jusqu'ici dans le but d'évangéliser les Chinois impies.

Les yeux d'Hopkins s'assombrirent un bref instant, et un muscle de sa mâchoire eut un mouvement convulsif.

– Ça l'a tué, au bout du compte.

– Je suis désolée. Je suis veuve, moi aussi.

– Ah oui ? répliqua Hopkins froidement. C'est surprenant, le nombre de « Veuve Machin » et de « Madame Chose » qui descendent des bateaux. Des prostituées, pour la plupart, mais comment savoir dans une ville comme ça ?

Grace sentit son sang se mettre à bouillir ; elle s'apprêtait à répliquer quand Enid fit irruption dans la cuisine et se précipita vers le placard.

– Du thé, annonça-t-elle en sortant une théière en porcelaine.

– C'est le travail de Mme Donnelly, dorénavant, signala Hopkins.

Enid s'interrompit, la main en suspens ; son regard se posa sur sa mère, puis sur Grace, puis alla de l'une à l'autre.

– Mais elle vient juste d'arriver. Et elle a encore son manteau sur le dos ! Elle ne sait même pas où les choses sont rangées.

– Je lui ai montré.

Hopkins prit la théière des mains de sa fille et la tendit à Grace, tout en continuant à s'adresser à Enid :

— J'aimerais que tu finisses d'épousseter le bureau du docteur à présent qu'il est sorti, puis que tu reviennes chercher le plateau.

— Oui, maman.

Enid adressa à Grace un regard d'excuse.

— Il sera prêt dans un quart d'heure, dit Grace.

Elle sourit à la jeune fille, refusant de se laisser déstabiliser.

— Merci, Enid.

Cette dernière rougit et ressortit de la pièce par la porte de service.

— Eh bien, je vous laisse vous débrouiller. Nous trouverons peut-être un moment plus approprié dans l'après-midi pour visiter le reste de la maison, bien que vous n'en ayez pas besoin puisque vos responsabilités se cantonnent à la cuisine, fit remarquer Hopkins.

— Ne vous inquiétez pas pour moi, répondit Grace d'un ton jovial en retirant son manteau et en attrapant un tablier. J'irai faire un tour toute seule quand j'en aurai envie.

Vexée, la gouvernante exhala un petit soupir sec en signe de désapprobation, resta immobile quelques instants, puis quitta la cuisine à grands pas.

Grace était décidée à l'ignorer. Après avoir jeté un œil par la fenêtre et constaté que Jack était en train de se rouler dans l'herbe avec la chienne qui était folle de joie, elle se mit au travail. Elle ébouillanta d'abord la théière en y versant de l'eau chaude qu'elle fit tourner dedans avant de la vider, puis elle dosa les feuilles de thé et ajouta l'eau bouillante ; enfin, elle couvrit la théière d'une cloche capitonnée pour garder son contenu au chaud. Pendant que le thé infusait, elle sortit un plateau et le garnit d'une serviette, d'une tasse et d'une soucoupe, d'une passoire à thé, d'un petit pot de lait et d'un sucrier, à côté desquels elle posa une minuscule cuillère en argent. En fouillant dans le cellier et dans le placard, elle dénicha une sorte de miche aux fruits et un pot de beurre qui paraissait encore relativement frais. Elle coupa deux tranches de pain et les beurra généreusement, puis recoupa chaque tranche en deux et les disposa sur une assiette. La porcelaine était ravissante, et l'argenterie délicatement ciselée. Il y avait bien longtemps que Grace n'avait pas eu en main de si beaux objets, et elle se souvint du plaisir que cela lui procurait. Puisque ce plateau était en quelque sorte la carte de visite qu'elle allait donner à Abigail Wakefield, Grace s'empara d'un petit vase en cristal taillé et le posa sur le plateau, puis elle sortit dans la cour à la recherche de fleurs tardives. Il y avait quelques marguerites encore en fleurs dans un coin près de l'écurie ; elle en coupa trois tiges qu'elle rapporta dans la maison. *Je crois que ça me résume plutôt bien*, décida-t-elle, en jetant un dernier coup d'œil à son œuvre, *sérieuse, mais attentionnée.* Enid revint à la cuisine et la surprit alors qu'elle était en train de se moquer d'elle-même, mais l'expression à la fois surprise et ravie qui éclaira les yeux écarquillés de la jeune fille lui procura une jolie récompense.

— C'est très joli, madame Donnelly. Vraiment très joli !

— Merci, mais veux-tu m'appeler Grace, s'il te plaît ? Nous ne sommes pas très nombreux, alors il ne me semble pas vraiment nécessaire de s'accrocher aux convenances, n'est-ce pas ?

Enid secoua la tête énergiquement.

– Oh, non, madame, je ne pourrais pas. Ma mère ne le tolérerait pas. Non, absolument pas. Il ne peut pas y avoir… (elle marqua un temps d'arrêt, cherchant ses mots)… de familiarité entre nous. Car cela nuit à la réputation à la fois du maître et de ses domestiques.

Enid sourit ; elle était visiblement contente de s'être si bien souvenue de la règle édictée.

– Dois-je t'appeler mademoiselle Hopkins, alors ?

– Non, madame, car je suis d'un rang inférieur. Enid, ça ira très bien.

Elle regarda la pointe de ses bottines.

– La cuisinière en chef et la gouvernante sont de même rang, ajouta-t-elle. Même si j'ai entendu le docteur vous appeler « madame Donnelly », alors que là-haut, ils ont toujours appelé ma mère « Hopkins ».

– J'ai vécu dans un manoir jadis, soupira Grace, revoyant la magnifique demeure de son premier mari, la maison qu'un jour sa fille vendrait ou habiterait, si toutefois la bâtisse était toujours debout.

– Étiez-vous cuisinière là-bas aussi, madame ?

– J'étais un peu tout à la fois, répondit Grace avec un sourire amusé. Mais c'était il y a bien longtemps. Appelle-moi comme tu veux, Enid, mais selon moi aucun homme ni aucune femme n'est plus important qu'un autre. Tout travail honnête est équivalent aux yeux de Dieu.

Enid jeta un coup d'œil en direction de la porte de la cuisine.

– Il vaut mieux éviter de dire des choses comme ça devant ma mère, madame Donnelly. Sinon vous n'aurez jamais la paix. Elle a des opinions bien tranchées en ce qui concerne Dieu et le travail.

— C'est un bon conseil, même si c'est à ma table qu'elle viendra s'asseoir dorénavant, dit Grace avec un large sourire. Et toi, tu ferais bien de monter ça à ta maîtresse avant que le thé ne refroidisse.

— Oui, madame. Vous me présenterez vos enfants tout à l'heure ? demanda Enid, un soupçon de mélancolie dans la voix.

— Jack est dehors, juste là. Mary Kate est toujours à l'hôpital, mais le docteur dit qu'elle sera bientôt sur pied.

— Ça nous fera une petite compagnie bien sympathique d'avoir des enfants dans les parages, même s'ils doivent rester sages et invisibles, sans quoi nous n'aurons plus qu'à chercher une nouvelle cuisinière. C'est compliqué, vous savez.

Enid souleva le lourd plateau.

— Je vous le rapporterai quand elle aura fini.

— Ce sera parfait, Enid. Merci.

Sa première mission achevée, Grace sortit dans la cour et demanda à Jack de venir la rejoindre. Ensemble, ils explorèrent le potager soigneusement clos, qui avait déjà livré le meilleur de sa production mais donnait encore des courges vertes ou jaunes, des citrouilles orange, des choux, et quelques racines comestibles qu'il allait falloir remiser au cellier avant les premières gelées. *C'est un beau jardin*, pensa Grace ; il fallait rendre grâce à M. Litton d'avoir réussi à tirer un tel parti de ce lopin de terre.

Accompagner Jack à l'écurie fut une erreur qu'elle mit près d'une demi-heure à réparer, mais finalement elle réussit à l'emmener à la cuisine manger un peu de pain aux fruits beurré et une pomme épluchée sortie d'un panier mystérieusement apparu à côté de la porte. En lui promettant qu'il aurait ensuite le droit de retourner jouer avec le chien (si toutefois on pouvait le trouver quelque part), elle parvint à le faire s'allonger sur le grand lit de leur nouvelle chambre pour une sieste. Heureusement, par une sorte de miracle, il s'endormit aussitôt. Grace le couvrit d'une couverture et laissa la porte ouverte afin qu'il puisse l'entendre dans la cuisine lorsqu'il se réveillerait.

Enid avait déjà commencé à préparer un ragoût tôt le matin, Grace n'eut donc plus qu'à le servir à la louche dans des bols pour ceux qui en voulaient. La maîtresse n'en prendrait pas, lui avait-on dit, car elle s'était retirée pour dormir ; M. Litton ne se manifesta pas ; il n'y eut donc qu'Enid et sa mère, qui vinrent en avaler un bol à table avant de retourner à leur besogne. Il était clair que la relation entre Grace et Mme Hopkins s'était amorcée sur de mauvaises bases. Elle décida d'essayer d'arranger les choses en faisant appel au goût manifeste de cette femme pour la bonne chère – Mme Hopkins avait une silhouette beaucoup plus massive que sa fille, et Grace soupçonnait qu'une tarte aux fruits par-ci, une part de gâteau à la crème par-là, ainsi que du pudding bien chaud et quelques crèmes savoureuses rendraient la gouvernante un peu moins irascible. Pour le bien des enfants et l'harmonie de la maison, Grace était prête à cet effort.

Elle s'assit à table pour établir une liste des provisions qu'elle allait devoir acheter au marché du lendemain. Il y avait un compte chez le boucher, lui avait-on dit, et Enid connaissait les meilleurs poissonniers. Grace n'aurait pas besoin des services du pâtissier, sauf si le docteur ou sa sœur souhaitaient des douceurs particulières ; elle était passée maître dans l'art de la pâtisserie et pouvait confectionner n'importe quel gâteau du moment qu'elle en connaissait les ingrédients. Mais elle avait jeté un œil sur les réserves de farine et de sucre, et constaté qu'ils viendraient vite à manquer. Elle était impatiente de retourner au marché, car elle y avait vu de nombreux produits qu'elle ne connaissait pas, des fruits parfumés et des légumes colorés qui atteignaient des prix exorbitants, sans doute rapportés du Sud par bateau, ou alors provenant des vallées de l'Est.

Une fois sa liste terminée, Grace s'inquiéta du dîner. À partir des restes de poulet sec et des pommes de terre de la veille, elle confectionna une tourte qu'elle garnit de carottes et d'oignons du jardin, et qu'elle arrosa d'un jus savoureux, avant de couvrir le tout d'une pâte au beurre dont elle avait le secret. Elle serait suivie de biscuits et de la compote de fruits qu'elle avait dénichée sur une étagère du garde-manger ; elle ignorait toutefois la date de sa confection, car on avait oublié d'y apposer une étiquette ou de laisser un mot. Ce serait un repas simple, mais consistant ; elle se lancerait dans une cuisine plus élaborée une fois qu'elle se serait familiarisée avec les habitudes alimentaires des uns et des autres. Les étals regorgeaient de fruits de mer par ici, et cela suffisait à faire surgir en elle des souvenirs de recettes qu'elle n'avait pas pu préparer depuis très longtemps.

Au fil de ses réflexions, Grace éprouva un élan d'enthousiasme pour son nouveau travail. Au Kansas, la cuisine se résumait à préparer du bœuf, du bœuf et encore du bœuf, parfois de la viande de bison, du poulet et des œufs, le tout accommodé des quelques légumes que lui fournissaient les fermiers des environs. Alors, le poisson frais, les moules et les palourdes lui avaient manqué, mais aussi les grouses, les faisans, le grand gibier, les pommes croquantes, les poires juteuses, les baies sauvages ; elle s'était interdit de penser à tout cela, mais maintenant que toutes ces denrées étaient de nouveau disponibles, elle mesurait à quel point elle en avait envie et combien elle était impatiente de les faire redécouvrir à ses enfants.

Quand Jack se réveilla en fin d'après-midi, Grace et lui portèrent leurs sacs de toile dans la chambre, puis placèrent la malle contre le mur, juste à côté de la tête du lit. Grace avait été tellement préoccupée par la santé de Mary Kate qu'elle n'avait pris qu'une seule tenue de rechange pour chacun d'eux, quelques médicaments et des provisions pour le voyage. Mais cette unique malle qu'elle avait emportée, celle qu'elle ne pouvait pas imaginer abandonner, contenait les objets qui lui étaient les plus chers, et elle résistait à l'envie pressante de l'ouvrir afin de vérifier qu'il ne manquait rien. Elle avait pensé aller laver leurs vêtements dès qu'elle pourrait dégager du temps pour une journée de lessive, mais Wakefield lui avait dit qu'elle pouvait ajouter ses affaires et celles des enfants au linge de la maison, qui partait chaque semaine chez le blanchisseur. Grace avait eu du mal à croire qu'une telle chance lui soit donnée : au Kansas, faire la lessive signifiait traîner deux énormes baquets dans la cour, allumer un feu et placer l'un des baquets dessus pour chauffer l'eau que l'on apportait au seau depuis la rivière, remplir l'autre baquet d'eau froide, raboter un pain de savon de lessive dans le bac chaud, puis y plonger les vêtements tas après tas – les jupes et les pantalons sombres et lourds, les couvertures et les draps, les sous-vêtements blancs et les chaussettes –, les frotter jusqu'à ce qu'ils soient propres, enfin les rincer à l'eau froide, puis les récurer à la brosse dans la rivière, les essorer et les étendre sur une corde à linge pour qu'ils sèchent, soit sous le soleil brûlant, soit dans l'air glacé. C'était un travail qui vous brisait le dos, de bas en haut, et encore, c'était sans compter le repassage au fer. Mary Kate l'aidait, mais Grace détestait voir ses petites mains rougies par le savon et l'eau bouillante. Ici, apparemment, c'était Enid qui était chargée d'emporter le linge de la maison chez Wah Lee, le blanchisseur chinois. Sœur Joseph avait un jour raconté à Grace qu'autrefois, tout le linge de la ville était envoyé au Lagon de la Lavandière, près de Black Point, où il était battu et brossé par des blanchisseuses indiennes, mexicaines ou chiliennes, mais que maintenant, cette activité était devenue l'apanage presque exclusif des Chinois. Les mains de Grace devinrent douloureuses rien qu'à l'évocation de ces femmes qui devaient laver des vêtements jour après jour, et elle se prit à espérer qu'elles soient bien payées pour effectuer un travail si ardu.

Avec ses enfants, ils avaient marché à travers des prairies poussiéreuses et des marécages boueux, ils avaient traversé à gué des rivières glacées qui sentaient aussi mauvais que l'enfer lui-même, ils avaient gardé les mêmes vêtements des semaines entières, mais maintenant ils pouvaient enfin s'installer, se laver des pieds à la tête, et porter des affaires qui ne sentaient ni la fumée des restes de bison qu'on utilisait comme combustible, ni le feu de bois, ni la transpiration.

C'était un soulagement, Grace s'en rendait compte à présent. Elle n'avait pas mesuré à quel point ils étaient sales avant qu'on ne lave Mary Kate à l'hôpital, l'eau se colorant en un gris terreux au fur et à mesure que la crasse se décollait. Vraiment, se dit-elle, il fallait mettre tout cela au crédit du docteur. Il avait su entrevoir leur vraie nature derrière la couche de terre et de crasse, et elle renouvela son engagement de faire de son mieux pour le servir, au moins en ce qui concernait les repas.

Le soir venu, Grace prépara un autre plateau qu'Enid monta à Mlle Wakefield, pour laquelle Hopkins avait commandé un bouillon comme seul repas. Le docteur n'était pas encore rentré de l'hôpital ; Grace garda donc son assiette au chaud pendant que Jack et elle prenaient place à table en compagnie de Mme Hopkins, d'Enid et de M. Litton.

Ce fut un repas pour le moins étrange. Mme Hopkins ne parla pas beaucoup, mais Grace remarqua qu'elle se servait deux fois de tourte ; en présence de sa mère, Enid restait en permanence sur ses gardes, même si elle parlait volontiers dès qu'on s'adressait à elle et jetait souvent des coups d'œil furtifs en direction de M. Litton. Ce dernier ne quitta pas son assiette des yeux, tout en observant Jack à la dérobée une fois de temps en temps.

— Est-ce que vous en voulez davantage, monsieur Litton ? demanda Grace lorsque sa cuillère racla le fond de son bol.

— Non, m'dame. Mais c'était bien bon, merci.

Litton se leva, mit son chapeau et sortit par la porte de derrière pour regagner son logis près des écuries, à la lueur de sa lanterne qui dansait dans l'obscurité.

Quand l'attention de Grace revint à table, elle remarqua qu'Enid avait elle aussi suivi du regard le départ de l'homme, et lorsqu'elle croisa les yeux de la jeune femme, cette dernière rougit et baissa la tête.

— J'ai cru comprendre que M. Litton avait été blessé au cours de la guerre contre le Mexique, intervint-elle. J'ai un frère qui boite lui aussi. Il porte une chaussure spéciale.

— Mon oncle Sean, intervint Jack. Je ne l'ai jamais vu.

— Il n'est pas venu ici avec vous ? interrogea Enid.
— Non.

Grace ramassa une dernière bouchée au fond du bol de Jack avec sa cuillère et la lui donna pour qu'il finisse.

— Nous étions ensemble à New York, mais un jour il est parti pour l'Utah et je n'ai plus jamais eu de nouvelles de lui.

— Il est probablement mort, décréta Hopkins d'un ton détaché. Surtout s'il est estropié. Il n'y a pas de place pour les infirmes, là-bas.

Grace tressaillit, mais seule Enid le remarqua.

— Il s'est acoquiné avec ces Mormons, n'est-ce pas ? ajouta la gouvernante, la bouche pleine de pommes de terre.

— Oui. Quand on est passés dans la région, j'ai demandé de ses nouvelles, mais la plupart des gens que j'ai croisés ne savaient même pas qui il était.

Grace marqua une pause, revoyant les petites bourgades bien ordonnées ; dans chacune d'elles, les citoyens réapprovisionnaient avec célérité les chariots des pionniers de produits hors de prix, mais ils ne mettaient pas le même empressement à répondre aux questions qui concernaient les proches disparus supposés les avoir rejoints.

— J'ai rencontré un homme qui pensait que mon frère avait suivi un convoi de chercheurs d'or jusqu'ici, un autre qui a prétendu qu'il était retourné à New York, et un troisième qui disait qu'il avait gagné le Canada.

— Ils sont tous fous, affirma Hopkins. Aussi fous que stupides. On a notre lot nous aussi, avec Sam Brannan et ses acolytes. N'ont pas l'air d'avoir plus d'une femme chacun, mais on ne peut jamais être vraiment sûr. Une bande de muets renfermés sur leur clan. Et fiers, avec ça. L'orgueil est un terrible péché, Enid. N'oublie jamais ça, recommanda-t-elle à sa fille.

— Pourtant, M. Brannan est gentil, hasarda Enid, il vient toujours nous dire bonjour lorsqu'il rend visite au maître.

Grace reposa sa cuillère, songeuse.

— Vous pensez qu'il pourrait savoir quelque chose à propos de mon frère ? demanda-t-elle, pleine d'espoir. Peut-être même est-il venu avec lui jusqu'ici…

— J'en doute.

Hopkins lécha le jus qui s'était logé au coin de ses lèvres.

— Sa famille a quitté le désert il y a bien longtemps. Sam Brannan suit sa propre voie. Il s'est taillé une réputation, et il est peu probable qu'il veuille la partager avec cet autre diable de Brigham Young.

— Vous pourrez toujours lui poser la question la prochaine fois qu'il viendra, avança Enid.

Grace la regarda avec des yeux pleins de gratitude, mais Hopkins jeta un regard mauvais à sa fille.

— Arrête donc de jacasser, Enid. Il est temps d'aller tirer les rideaux et faire les lits.

Elle se leva.

— Enid va vous redescendre le plateau et nous allons nous retirer en attendant le retour du docteur, puis nous couvrirons les feux et nous éteindrons les lampes. C'est vous qui êtes responsable du four et des lampes ici.

— Bien sûr, dit Grace. Merci, madame Hopkins. À quelle heure prendrez-vous votre petit déjeuner demain matin ?

— Nous nous levons à six heures. Le petit déjeuner pour les domestiques est à sept heures, et entre huit et neuf heures pour le maître, cela varie. Quant à Mlle Wakefield, elle prend son thé à dix heures.

Hopkins donna un violent coup de coude dans les côtes de sa fille, puis fit un signe de menton en direction de Jack dont la tête reposait entre ses bras étendus.

— Le gosse a l'habitude de dormir n'importe où, tu as vu, Enid ? Ils n'ont pas de vrai lit en Irlande, tu sais. Ils dorment par terre à côté des bêtes pour avoir chaud. Et c'est comme ça jusqu'à ce qu'ils aient assez d'enfants pour qu'ils se tiennent chaud mutuellement. Et les cochons n'ont plus qu'à se pousser !

Elle éclata d'un rire sardonique et donna un nouveau coup de coude à Enid, tandis que Grace posait une main protectrice sur l'épaule de Jack.

— Vous n'êtes jamais allée en Irlande, je suppose, sans quoi vous sauriez qu'on y trouve autant de modes de vie que de catégories de gens, comme partout ailleurs.

– Je n'y suis jamais allée, et je n'irai jamais, répliqua sèchement Hopkins. Mon Richard a trouvé la mort dans cet endroit maudit. Il est parti là-bas comme soldat pour aider ces misérables papistes et il s'est fait trancher la gorge.

– Je suis désolée, dit Grace dignement. J'ai perdu l'essentiel de ma famille à cette époque, moi aussi, je comprends donc très bien ce que vous avez enduré. Et maintenant, si vous voulez bien m'excuser, je vais mettre mon fils au lit.

– Il a fait un long voyage.

Enid regarda tendrement le petit bonhomme.

– Et il est tellement mignon, ajouta-t-elle.

– Un garçon est un garçon, déclara Hopkins. Ils deviennent des hommes et font ce qu'ils veulent, sans aucun respect pour leurs mères. Dis-toi bien ça, ma fille, et ne gaspille pas ton affection.

Elle poussa Enid en direction de la porte, puis sortit derrière elle ; Grace entendit le ton geignard de sa voix et les excuses d'Enid tandis que les deux femmes s'éloignaient dans le couloir.

– Ça ne va pas être une partie de plaisir avec cette bonne femme, petit Jack, chuchota-t-elle à l'enfant en le prenant dans ses bras.

Jack se réveilla quelques secondes, se tortilla et donna quelques coups de pied avant qu'elle ne lui retire ses bottines et le mette dans son lit, puis il s'effondra comme une grande poupée de chiffon, ses bras et ses jambes pendant mollement tandis qu'elle lui ôtait le reste de ses vêtements et lui enfilait sa chemise de nuit par la tête. Ensuite, Grace le coucha dans les grands draps à large rabat, et remonta la couverture jusque sous son menton, se demandant s'il aurait assez chaud ou s'il fallait faire un feu pour chasser l'humidité de la pièce. Elle décida d'attendre un peu et, après avoir embrassé doucement son visage qui méritait une bonne toilette, elle retourna dans la cuisine faire la vaisselle.

Elle venait juste de finir de l'essuyer lorsqu'elle entendit la voiture du docteur s'arrêter dans la cour. À travers la fenêtre, elle aperçut George Litton tenir haut sa lanterne pendant que le docteur en descendait, puis se penchait de nouveau à l'intérieur pour soulever quelque chose sur le siège. Quelques instants plus tard, George rentra le cheval et la voiture dans l'écurie, et le docteur se dirigea vers la maison, portant un ballot dans ses bras. Grace se précipita jusqu'à la porte et l'ouvrit en grand.

– La voici, madame Donnelly, annonça Wakefield.

Il traversa la cuisine et se rendit directement dans le nouvel appartement de Grace.

– Oh...

Découvrant Jack endormi dans le lit, il baissa immédiatement la voix.

– Je la pose ici, juste à côté de lui, n'est-ce pas ?

Grace acquiesça, le regard brouillé par les larmes. Elle s'assit aux côtés de sa fille et baissa les yeux sur son visage encore très pâle, mais que la balade nocturne avait légèrement fait rosir.

– Maman...

Mary Kate saisit la main de sa mère.

– Je ne voulais pas rester toute seule. Il a dit que je pouvais venir avec toi.

Grace embrassa les doigts de la petite fille.

– Ça ne m'a pas fait plaisir non plus de partir sans toi, chérie, même si je savais que Sœur Joseph allait rester auprès de toi toute la nuit.

Elle leva les yeux vers le médecin.

— Merci beaucoup de l'avoir ramenée ici. Elle va bien, maintenant, n'est-ce pas ?

— Oh, oui.

Il retira son chapeau et ses gants.

— Elle a encore besoin de garder le lit et de bien manger pour reprendre des forces, bien sûr, mais elle sera très vite sur pied. N'est-ce pas, jeune fille ?

Mary Kate hocha la tête.

— Merci, monsieur, dit-elle poliment. C'est une bien jolie maison.

Le docteur éclata de rire.

— Eh bien, ma chérie, tu n'as encore rien vu ! Quand tu seras tout à fait remise, d'ici environ une semaine, on te fera faire le grand tour.

Il s'arrêta et huma l'air.

— Madame Donnelly, quelle est cette odeur exquise ? Ne serait-ce pas mon dîner, par hasard ?

— Tourte au poulet, encore chaude, j'espère. Voulez-vous dîner dans la salle à manger ?

— Si vous pouviez me mettre tout ça dans une assiette, juste pour cette fois, madame Donnelly, je crois que je monterais directement dans ma chambre.

— Comme vous voulez, docteur. Je reviens tout de suite, ma chérie, murmura-t-elle à l'intention de Mary Kate.

Elle servit une généreuse part de tourte, puis prit la cruche de bière et emplit un grand verre. Lorsqu'elle se retourna, le Dr Wakefield se trouvait derrière elle, attendant avec impatience, les bras tendus pour recevoir son assiette.

— Merci, madame Donnelly.

Il plongea son visage dans la vapeur qui s'échappait du plat et inspira profondément.

– Merci, merci, merci.

– Il n'y a pas de quoi, monsieur, dit-elle en riant de bon cœur. C'est plutôt moi qui devrais vous remercier.

– Votre logement est-il suffisamment confortable ? demanda-t-il avec sollicitude. J'ai vu que vous alliez avoir besoin d'un autre lit pour le petit. George s'occupera de ça demain matin.

– Merci, monsieur. Et maintenant, il est vraiment l'heure d'aller profiter de votre repas. Bonne nuit, docteur.

Ils échangèrent un sourire, puis Grace fit volte-face et retourna dans la cuisine. Elle essuya le plan de travail puis souffla les lampes, ne gardant que celle qui lui servait à éclairer son chemin jusqu'à sa chambre. Elle jeta un œil sur ses enfants, qui s'étaient vite rendormis, et se rendit alors compte qu'elle n'avait pas d'endroit pour poser sa propre tête. Elle rit tout bas ; qu'importe, elle avait déjà dormi sur des bancs, dans des hamacs et des lits de camp, à bord de bateaux, de chariots et de paquebots, à même le sol et, pas plus tard que la semaine qui venait de s'écouler, sur une chaise. Elle balaya la pièce du regard. Il y avait toujours le banc, sous la fenêtre. Mais bizarrement, sa fatigue s'était envolée. En fait, elle se sentait comme grisée. *C'est parce que nous allons tous bien*, se dit-elle. *Nous allons bien, nous avons bien mangé, nous avons un toit et j'ai un travail.* Ils y étaient arrivés ; ils étaient là. D'Irlande en Amérique, de l'Atlantique jusqu'au Pacifique... Ils étaient allés aussi loin qu'ils le pouvaient ; il n'y avait plus d'autre endroit où aller. Et soudain, ses yeux tombèrent sur la seule malle qu'elle avait apportée avec elle ; elle approcha la lampe, s'agenouilla devant la malle, en défit le loquet, puis souleva le couvercle et le maintint ouvert.

Dans cette malle se trouvaient quantité d'objets qu'elle n'avait pas vus depuis bien longtemps. Pendant quelques instants, elle laissa simplement courir ses doigts sur l'édredon qui recouvrait son trésor, respirant l'odeur des vieux souvenirs. Puis elle retira l'édredon pour le poser sur ses épaules, et se mit à sortir soigneusement ses précieux trésors, un par un.

Il y avait le fragile tissu mortuaire qu'elle avait brodé pour couvrir le petit cercueil de Michael Brian. Blossom, la poupée douce et usée que sa grand-mère avait confectionnée pour Mary Kate ; elle la mit de côté pour la rendre à sa fille. En dessous, le châle en cashmere que Grace avait rapporté de sa lune de miel à Dublin pour sa propre grand-mère qui aimait tant les objets raffinés. À côté, attachées par un ruban à cheveux vert, il y avait un paquet de cartes postales, qui appartenaient à la mère de Grace, Kathleen. Grace défit le ruban et parcourut les cartes du regard, l'une après l'autre, caressant leurs coins usés et revoyant les murs sur lesquels elles étaient autrefois fixées. Sa mère ne se lassait jamais de les regarder – les monts Mourne qui descendaient en pente douce jusqu'au bord de la mer, les falaises de Kilkeel, les prairies de la Golden Vale, et le coucher de soleil sur la baie de Bantry. Elle avait raconté à ses enfants mille histoires sur cette Irlande qu'elle aimait tant, sur la beauté pure de cette terre et les gens si exceptionnels qui la peuplaient.

Grace mit les cartes de côté, puis sortit la vieille bible de sa mère que Sean avait laissée à New York avant de disparaître. À l'intérieur, sur la page de garde, était consigné l'acte de mariage de Kathleen avec Patrick O'Malley, suivi des dates de naissance et de baptême de leurs enfants, Ryan, Sean et Gracelin, le tout rédigé de l'écriture délicate de sa mère. En dessous, Gran avait ajouté les dates de leurs mariages : celui de Grace avec Bram Donnelly, suivi de la date de naissance de leurs enfants ; celui de Ryan avec Aghna, suivi de la date de naissance de Thomsy. Aucun décès autre que celui du frère jumeau de Mary Kate, Michael Brian, n'avait été consigné. Ni celui de Gran ou du père de Grace, Patrick, ni ceux de la petite famille de Ryan ; la seule date qu'elle pouvait inscrire était celle de la mort de Gran. Elle soupira et ouvrit le recueil plus loin. À l'abri des pages se trouvaient les papiers qui attestaient que Mary Kathleen était bien la fille de Bram Donnelly et l'héritière légitime du manoir Donnelly le jour de ses dix-huit ans. Voilà qui n'avait pas été facile, se rappela Grace amèrement, repensant à Brigid et son petit-fils, Philip Donnelly, qui menait une existence autrement plus facile avec le frère de Bram en Angleterre. Grace se demanda si Mary Kate retournerait un jour en Irlande pour prendre possession du manoir ; au moins, ce serait toujours une propriété qu'elle pourrait revendre le moment venu, histoire de s'assurer un revenu personnel qui lui permettrait de ne jamais dépendre de personne.

Dans un coin de la malle se trouvait la boîte en bois que Liam avait sculptée pour elle. *Maman*, disait l'inscription, et Grace en était encore émue, d'autant qu'elle n'avait pas été sa mère bien longtemps, et pas aussi bonne mère qu'elle aurait dû l'être. Elle espérait qu'Alice et Seamus, les vrais parents de Liam, pouvaient le voir maintenant, pouvaient voir le grand marin qu'il était devenu sous la tutelle du capitaine Reinders.

À l'intérieur de la boîte, il y avait un daguerréotype de « Dugan Ogue le Magnifique » dans sa tenue de boxeur. Grace le contempla un long moment, frottant les jointures du doigt qu'il lui avait cassé en lui sauvant la vie. Dugan et Tara avaient été ses amis les plus fidèles à New York, et le son de leurs voix résonnant dans le saloon animé lui manquait toujours.

Pliée dans la boîte de Liam se trouvait aussi une lettre dont Grace s'empara et qu'elle porta à son cœur en fermant les yeux. *Pleure pour moi, et que ce soient tes dernières larmes, car je te protège désormais comme jamais je n'ai pu le faire auparavant.* Elle la connaissait tout entière par cœur, mot à mot ; elle l'avait gardée sur elle pendant très longtemps avant d'être finalement capable de la ranger, le jour où on lui avait rendu Jack. Elle la remit en place à côté de la bague que la sœur de Morgan, Aislinn, avait donnée à Mary Kate, une bague incrustée d'un morceau de pierre du Connemara, à côté du petit anneau que Morgan portait à l'oreille, et de l'épaisse alliance en or que lui avait remise Lord Evans au moment de leur mariage. L'alliance qu'elle-même portait avait appartenu à sa mère ; elle ne l'avait jamais retirée, et ne la retirerait jamais, à moins que… Elle soupira. Elle était fatiguée à présent, fatiguée mais apaisée.

Elle rangea tous ces précieux objets et ferma soigneusement la malle, puis elle se redressa, l'édredon toujours enroulé autour de ses épaules. Elle éteignit la lampe et l'obscurité emplit la pièce en même temps que le son doux et régulier de la respiration des enfants endormis. Ses enfants. Rien n'était plus précieux pour elle. Elle les embrassa tous les deux tendrement et passa sa main dans leurs cheveux, puis elle se recroquevilla sur une chaise à côté d'eux ; elle veilla sur eux comme elle le faisait toujours, jusqu'à ce que les ténèbres de la nuit cèdent la place à la lumière de l'aube.

6

Le jour où il arriva à San Francisco et où il vit l'océan Pacifique, Sean O'Malley sut qu'il n'irait pas plus loin. C'était fini, il le sentait. Aujourd'hui commençait la fin de sa vie, quel que puisse être le nombre d'années qu'elle compterait encore.

San Francisco était le paradis du péché, *a fortiori* du point de vue d'un Saint déchu, et Sean poussa un soupir de soulagement. Le combat était terminé ; il allait simplement se laisser aller et profiter de la fin du voyage. Même l'odeur s'accordait à cette perspective : la brise du large et le parfum des pins se mêlaient à la puanteur des eaux usées de la ville et des flaques d'eau stagnante, aux effluves de bois fraîchement coupé et aux émanations âcres de goudron. C'était l'odeur d'une cité en plein essor, le parfum de la réussite. Vous asséchait-il la gorge ? Vous donnait-il soif ? Il suffisait d'entrer dans le premier saloon venu, à toute heure du jour et de la nuit. Le whisky y coulait à flots pour que les mineurs tout juste rentrés des gisements et encore couverts de poussière puissent étancher leur soif et dépenser leur argent sans attendre, dès qu'ils mettaient le pied dans la Cité de l'Or. Ils buvaient comme Sean n'avait encore jamais vu boire personne, ils jouaient sans limite, ils couraient la gueuse chaque nuit, se battaient comme des chiffonniers, prenaient du bon temps, provoquaient des émeutes, assiégeaient la ville... Et puis ils mettaient à la banque ce qui leur restait d'argent, dénichaient des armes et des munitions, se ravitaillaient et repartaient vers les gisements pour plusieurs mois de travail harassant, cédant leur place dans les bars à une nouvelle vague de mineurs poussiéreux et assoiffés, et à un nouveau groupe d'immigrants prêts à les rejoindre. Sean les observait partout où il allait, assis au comptoir ou au fond des salles, de la fenêtre de sa pension... Ce flux et ce reflux d'êtres humains le fascinaient ; on ne savait jamais ce que la marée allait apporter.

La mer rejetait ainsi sur ses plages des Irlandais que Sean affectionnait par-dessus tout, les « Clandestins de Sydney », comme les appelaient les gens d'ici, car c'étaient d'anciens détenus venus d'Australie, des rebelles condamnés pour des raisons politiques, les *Young Irelanders*[1] qu'il connaissait si bien. Il n'était plus des leurs, plus maintenant ; il avait trahi son propre peuple de trop nombreuses fois, alors il se taisait. Mais

---

1. Membres d'un mouvement révolutionnaire irlandais éponyme dirigé par William Smith O'Brien, et qui fut dissous lorsque ce dernier se vit condamné à la réclusion criminelle à perpétuité et envoyé à Van Diemen's Land, en Tasmanie. (*N.d.T.*)

il ne pouvait s'empêcher de les écouter parler, et cela lui donnait un tel mal du pays qu'il buvait plus que jamais.

De son tabouret au bout du bar, il avait assez vite appris qu'un flot régulier de prisonniers issus de la colonie pénitentiaire de Van Diemen's Land arrivait à San Francisco via Hawaii, et qu'ils étaient accueillis ici en héros. Son vieil ami Terence MacManus, bien que natif de Liverpool et toujours fervent supporter de Smith O'Brien, avait débarqué à San Francisco en 1851 et n'avait pas eu le temps de se retourner qu'on lui avait déjà glissé un verre dans la main. Le traité d'extradition conclu entre la Grande-Bretagne et les États-Unis était ignoré sans vergogne par les juges américains dès lors qu'il s'agissait de crimes politiques, et la moindre évasion des colonies pénitentiaires était relayée par la presse d'un bout à l'autre du pays. MacManus avait vécu quelque temps à San Francisco, s'essayant au commerce maritime, mais il n'était pas de taille à lutter contre les marchands de la côte est, et on racontait qu'il essayait à présent de monter un ranch. En son for intérieur, Sean lui souhaitait bonne chance, et levait même son verre lorsqu'il entendait son nom, ou ceux de William Smith O'Brien, John Mitchell, Thomas Meagher ou Morgan McDonagh. Mais pas celui de Sean O'Malley. Toutefois quand son propre nom était prononcé parmi ceux de ces grands hommes, il restait crispé sur son verre et baissait la tête, à la fois honteux et soulagé d'être arrivé au bout du chemin, sans que personne ne sache plus qui il était.

Bien qu'ils fussent étiquetés « clandestins » comme les autres, la plupart des Irlandais de San Francisco s'étaient installés dans leur propre quartier, au sud de

Market Street, près des usines et de l'église Saint-Patrick, évitant ainsi tout contact avec les détenus anglais venus d'Australie, ces voyous qui avaient fait de Sydney un repaire de pyromanes, de malfaiteurs et de voleurs. Sean se tenait aussi éloigné que possible de ces deux endroits, à l'écart de leurs pubs et de leurs saloons, de leurs restaurants, de leurs boutiques, de leurs maisons closes et de leurs casinos. Ce n'était pas très difficile, car il y avait des centaines d'autres endroits où aller.

Avec sa mémoire phénoménale, Sean était rapidement devenu une créature de la nuit, sortant tous les soirs au crépuscule pour passer la nuit à jouer. Il possédait un talent particulier pour les jeux de cartes. Sa préférence allait au poker, bien que ce moyen de gagner ou de perdre de l'argent fût considéré comme trop lent et trop compliqué par la plupart des *Forty-Niners*[1] ; ces derniers préféraient les jeux de dés ou les jeux de cartes français comme le *vingt-et-un*[2] ou le *lansquenet*[3]. Mais celui qui remportait le plus de succès – que ce soit à l'El Dorado, au Blue Wing, à l'Aquila de Oro, à la Véranda ou chez Parker –, c'était le *monte*, un jeu de cartes rapide venu du Mexique consistant à placer sa mise sur la carte de son choix en pariant qu'elle sortirait du paquet avant celle choisie par son adversaire. Les mises s'échelonnaient en général de

---

1. Littéralement, les « Quarante-Neuvièmes », surnom donné aux 80 000 mineurs lancés dans la Ruée vers l'or de 1849 en Californie. (*N.d.T.*)
2. En français dans le texte, jeu plus connu sous le nom de Black Jack. (*N.d.T.*)
3. En français dans le texte, jeu qui consiste à parier sur la valeur d'une carte à venir. (*N.d.T.*)

cinq cents à cinq dollars par main, mais Sean avait assisté à des parties dans des salons particuliers où elles pouvaient monter jusqu'à vingt mille dollars. En particulier, il avait vu une partie remportée par le meilleur joueur professionnel de la ville, Charles Cora. Ce dernier était un homme fascinant, né en Italie, élevé dans les bordels de La Nouvelle-Orléans et marié à la magnifique Belle, patronne de la plus grande maison close de San Francisco. Cora ne s'aventurait jamais dehors, surtout pour jouer, sans un pistolet de gros calibre. Sean en avait pris bonne note et s'était acheté une arme similaire, même s'il restait beaucoup plus discret et espérait ne jamais avoir à s'en servir. Déterminé à conserver son anonymat, il avait adopté le nom de Miner, qui l'amusait. Il n'avait rencontré aucune difficulté pour trouver un logement, même si nombre de pensions de famille lui rappelaient les effroyables taudis des quartiers irlandais de New York, et si, même dans un état déplorable, ces pièces se louaient très cher. Il n'avait pas voulu établir sa résidence dans un hôtel où il risquait de faire l'objet de trop d'attention, mais les pensions n'étaient pas une panacée non plus. Les logeurs de bonne réputation rechignaient à louer à un Irlandais estropié, manifestement pas chercheur d'or, qui ne donnait pas l'impression de disposer d'un emploi rémunéré et qui rentrait tous les jours en empestant le whisky et la fumée de cigare au petit matin. De toute façon, il avait rapidement compris qu'il ne servait à rien de s'accrocher aux logeurs de bonne réputation ; ceux de Chinatown étaient bien plus accommodants. Ainsi, il avait conclu un très bon arrangement avec M. Hung Chang-Li, un homme discret originaire du delta de la rivière des

Perles, région située à onze mille kilomètres de là, de l'autre côté de l'océan Pacifique. Les frères Hung exploitaient toujours une concession à Wood's Creek dans les mines chinoises, mais Chang-Li avait employé ses premiers bénéfices à créer une pension et un bureau de prêteur sur gages, deux affaires fort lucratives par les temps qui couraient, et qui ne brisaient pas le dos, comme il aimait à le répéter. Sean appréciait Chang-Li, qui parlait bien anglais, et jouait les philosophes à ses heures ; ils prenaient souvent le thé ensemble dans des petits bols raffinés, l'après-midi, avant que Sean ne sorte. La pension était essentiellement fréquentée par des hommes chinois, mais il y avait aussi une jeune femme d'âge indéterminé qui s'appelait Mei Ling. Chang-Li l'appelait son esclave, mais lorsque Sean lui fit remarquer que l'esclavage avait été banni de l'État de Californie lors de sa création, en 1850, Chang-Li expliqua que Mei Ling officiait plutôt en qualité de domestique ; il avait pris en charge le coût de son voyage en contrepartie de sept années de travail à son service. Elle lui devait encore quatre années, et ne donnait pas l'impression de se plaindre de son statut, pourtant fort peu enviable. C'était une fille timide et renfermée, tellement exotique aux yeux de Sean qu'il se surprit à l'observer en train de faire son travail, et à la dévisager avec beaucoup trop d'insistance. Chang-Li ne paraissait pas avoir d'avis sur elle, si ce n'était l'opinion largement répandue selon laquelle les domestiques étaient fainéants et sournois ; il lui aboyait des ordres et avait toujours quelque chose à lui demander, même s'il ne s'agissait que de remplir sa pipe et de s'agenouiller à ses côtés pendant qu'il la fumait. Il l'insultait régulièrement et lui donnait des petites tapes lorsqu'elle passait à côté de lui, se plaignant d'être accompagné d'une telle bonne à rien, et imaginant les nombreuses ruses qu'elle pourrait déployer pour l'empoisonner.

Même si leurs relations mettaient Sean mal à l'aise, il ne s'en mêlait pas ; il savait que le temps des grandes causes était révolu pour lui, et qu'en tournant le dos à Dieu, il s'était résigné à un statut d'observateur placide, de sa propre nature de pécheur et de celle des autres. C'était un objet d'étude qui valait qu'on s'y intéresse, et il s'y plongeait avec une délectation macabre.

Ainsi, cette ville était maintenant la sienne, et Chinatown son quartier, son chez lui, bien loin de la petite route de campagne irlandaise où il était né. Gracelin et lui avaient passé toute leur enfance dans une chaumière toute simple, élevés par un père têtu au cœur brisé, et une grand-mère tout aussi obstinée mais résolument optimiste. Leur frère aîné, Ryan, avait toujours semblé étranger à leur vie, et Sean se souvenait à peine de lui. C'était tout juste s'il se rappelait le timbre sourd de sa voix. Il était mort, bien sûr ; Ryan, sa femme, Aghna, leur fils Thomsy, tout comme leur père, leur mère, leur grand-mère, leur sœur, la nièce de Sean, son meilleur ami, tous ses amis. L'oppression, l'occupation, la famine, le typhus... L'Irlande de son enfance était morte, remplacée par un pays peuplé de gens malades et désespérés, dirigé par un ennemi qui s'acharnait à faire disparaître leur passé, et qui était tout aussi déterminé à les priver d'avenir. Morgan, Grace et lui avaient essayé de changer le cours des événements, ils s'étaient battus pour la liberté de leurs compatriotes, mais le combat s'était révélé trop dur ;

tous les hommes braves avaient disparu, d'une manière ou d'une autre. Lui aussi avait été un homme brave à une époque ; on l'avait envoyé à New York pour servir la cause. Mais au lieu de cela, il avait abandonné les gens qu'il aimait le plus, il les avait laissés tomber pour une autre cause, la plus belle de toutes – du moins l'avait-il cru –, ce Royaume du Désert.

Il se pencha en avant, appuya sa tête contre la vitre froide de la fenêtre, ferma les yeux et essaya d'oublier. Si seulement il pouvait tout recommencer de zéro, se dit-il ; si seulement il s'y était mieux pris dès le départ…

Dehors, la nuit commençait à tomber et on avait allumé les lumières ; c'était l'heure des ombres, où les mécréants se délectaient de leurs exactions, où les braves étaient hantés par leurs échecs. Sean se demanda où il se situait entre ces deux extrémités. Il écarta son front de la fenêtre et vit son reflet dans la vitre ; ni vraiment mauvais, ni vraiment brave ; il appartenait plutôt à la catégorie des médiocres, peut-être la pire, à cause des dommages que ces hommes-là pouvaient provoquer chez ceux qui leur faisaient confiance.

Dans la rue, plus loin, en contrebas, la fête avait commencé ; il entendait déjà les ivrognes qui s'interpellaient, les joueurs qui se préparaient, des adversaires qui s'échauffaient, l'étrange sifflement d'une femme qui sortait de l'ombre quelques instants pour s'offrir au jugement des hommes. Ils l'appelaient, lui, Sean, tous autant qu'ils étaient, comme des débauchés sortis tout droit des Enfers, et qu'on aurait relâchés pour la nuit. Dans la chambre obscure, il repéra sa chemise en lin propre et repassée et l'enfila, puis il mit son gilet et enfin sa veste, s'assurant que son argent était en sécurité dans la fausse poche cousue dans son ourlet. Il vérifia que son pistolet était chargé et s'entraîna à le dégainer pour que sa main en acquière le réflexe. En quittant la chambre, et après avoir fermé la porte à clé derrière lui, il baissa son feutre mou sur ses yeux, le regard juste assez perçant pour éloigner les braves, et assez distant pour se faire inviter par les mécréants. Sur le palier du bas, il tapota ses poches : son argent, son pistolet, son opium et son whisky ; Sean O'Malley était fin prêt pour une nouvelle nuit en ville.

7

Le bébé était toujours en vie, et braquait ses magnifiques yeux noirs sur le visage de Morgan alors que ce dernier marchait derrière Aquash à travers les étendues sauvages du Nord. Près de trois semaines avaient passé depuis qu'ils avaient quitté le camp de trappeurs, et, bien que Morgan fût certain que personne ne les avait suivis, ils demeuraient sur leurs gardes en permanence, s'écartant du chemin pour se cacher chaque fois qu'ils entendaient quelqu'un. Au bout de deux semaines, les blessures d'Aquash avaient fini de cicatriser et elle avait repris des forces, ce qui leur avait permis de voyager davantage pendant les heures où il faisait jour. Mais les jours raccourcissaient et Morgan commençait à se demander ce qu'ils allaient devenir s'ils n'arrivaient pas rapidement au camp mi'kmaq.

Car, même si le soleil restait encore chaud pendant la journée, les nuits se faisaient de plus en plus froides. Et longues. Chaque fois que les nuages assombrissaient le ciel ou qu'il pleuvait, Morgan sentait l'hiver poindre ; heureusement, ils étaient sans cesse en mouvement, ce qui les empêchait de mourir de froid.

Aquash portait le bébé soigneusement emmailloté sur son dos ; ils s'arrêtaient régulièrement pour qu'elle puisse l'allaiter et manger un peu par la même occasion. Morgan et Nacoute profitaient de ces moments pour chasser du petit gibier ou, s'ils se trouvaient à proximité d'une rivière, pour pêcher. On dénichait encore des baies et des noisettes, mais ni œuf, ni fruit, ni légume. Pas ici, au beau milieu des plaines sauvages du Canada.

La première semaine, ils étaient restés aussi près que possible de la rivière, hissant les canoës sur la berge, la nuit, faisant du feu, préparant un campement suffisamment confortable pour le nouveau-né, qui dormait la plupart du temps. Nacoute, qui avait laissé ses démons derrière lui en même temps que Remy Martine, était calme et serein comme Morgan ne l'avait jamais vu ; il s'intéressait beaucoup à sa minuscule petite sœur, agitant des objets devant ses yeux pour l'amuser : une feuille qu'il faisait tourner en la tenant par sa tige, deux noisettes qu'il cognait ensemble pour faire du bruit, des plumes d'aigle ramassées sur le sol de la forêt avec lesquelles il lui chatouillait les joues… Aquash souriait ; elle aussi semblait plus détendue, et Morgan se rendit compte que ni elle ni son fils n'avaient envisagé qu'ils pourraient ne pas atteindre le camp avant l'hiver. Ou même pas du tout.

Quand la rivière devint plus périlleuse et difficilement navigable, ils abandonnèrent leurs canoës, les dissimulèrent dans les sous-bois et se remirent en route à pied, continuant autant que possible à suivre la direction de la rivière. Morgan commençait à se dire que les Mi'kmaqs s'étaient enfoncés dans les terres, peut-être pour chasser ou faire du troc, et que leur camp d'hiver serait difficile à localiser. Selon ses estimations, Aquash n'avait pas vu les siens depuis au moins huit ans, aussi ne savait-elle probablement plus grand-chose de leurs habitudes de déplacement. On était maintenant début octobre, des vols d'oies sauvages passaient tous les jours en direction du sud, et les animaux de la forêt s'activaient pour amasser des provisions en vue de l'hiver. En lui-même, Morgan avait décidé qu'il les forcerait à s'arrêter pour bâtir un camp d'hiver s'ils n'avaient pas retrouvé le peuple d'Aquash dans un délai d'environ une semaine. Ils ne pouvaient pas se permettre d'attendre les premières neiges ; il savait d'expérience que ces premiers flocons pouvaient rapidement se transformer en un blizzard capable de souffler plusieurs jours, et qu'il ne fallait pas qu'ils se trouvent sans abri si cela arrivait. La forêt était remplie d'arbres tombés et de branches cassées, et il n'était pas trop tard pour attraper un cerf ou un élan pour sa peau et sa viande ; il y avait aussi des grottes creusées dans les flancs de la montagne, et elles pouvaient devenir habitables s'ils parvenaient à pratiquer un trou pour évacuer la fumée de leur feu. Ainsi, si cela s'avérait nécessaire, ils pourraient survivre à l'hiver, mais à condition de cesser d'espérer un miracle et de commencer à se préparer à l'inévitable.

Chaque nuit, Morgan se disait qu'ils avaient assez cherché, que le lendemain matin il leur faudrait installer un camp. Mais le matin, il ne pouvait se résoudre à abandonner ; lui aussi espérait trouver les Mi'kmaqs avant l'arrivée de l'hiver, et voir ses compagnons s'installer avec eux afin de pouvoir reprendre sa route en direction du sud, vers les États-Unis. Et pourtant, ils lui étaient chers, cette femme, son fils et son bébé. Ils avaient leur univers à eux, avec son propre rythme, se lever et manger, marcher et manger, marcher, marcher, marcher et manger, puis dormir et se lever de nouveau. Même si Morgan ne parlait qu'anglais et quelques mots de français, qu'Aquash ne parlait que mi'kmaq et quelques mots de français, et que Nacoute ne parlait pas du tout, ils n'avaient pas vraiment de difficulté pour communiquer. Tous s'accommodaient très bien du silence de la forêt, seulement rompu par le vent et le passage des animaux, les laissant plongés dans leurs pensées. Souvent, il s'écoulait une journée entière sans que soit prononcé plus d'un mot par-ci par-là ; l'essentiel de leurs échanges passait par les gestes, les sourires et les regards. Cela convenait parfaitement à Morgan. Parfois, il se rappelait les longues conversations animées de sa jeunesse avec ses amis, et il se demandait s'il parviendrait encore à tenir sa place autour d'une table d'Irlandais.

Il regarda par-dessus l'épaule d'Aquash en direction de Nacoute, qui marchait en tête ce matin-là, puis ses yeux revinrent en arrière et croisèrent ceux de la petite fille. Elle s'appelait Marie, et paraissait déjà savoir qu'elle était l'enfant de deux mondes différents ; elle regardait tout autour d'elle avec des yeux de femme mûre, et Morgan se sentit fondre. C'était Aquash qui avait choisi son prénom, mais seulement après avoir fait comprendre à Morgan qu'elle voulait que ce soit le nom de sa mère à lui. Elle avait posé sa main sur l'épaule de Nacoute, puis s'était montrée du doigt ; puis elle avait posé la main sur l'épaule de Morgan et avait montré le ciel. Elle avait répété ces gestes plusieurs fois, et finalement il avait compris et lui avait dit lentement :

– Mary, Mary McDonagh.
– Mah-Ree, avait répété Aquash.

Puis elle avait hoché la tête et posé sa main sur celle du bébé.

– Mah-Ree, avait-elle dit à la petite fille, en souriant à ses yeux attentifs.

Marie jeta un coup d'œil furtif hors des épaisseurs qui l'emmitouflaient, et ses yeux s'écarquillèrent lorsqu'il lui sourit et agita le doigt dans sa direction. Elle gazouilla, et il se sentit heureux. Il avait oublié à quel point l'arrivée d'un enfant était source de joie. Il repensa à sa mère et à tous les bébés qu'elle avait mis au monde, uniquement des filles, à l'exception de lui-même, toutes des petites mères à leur manière. Sa préférée avait été la plus jeune, Ellen, tellement pleine de vie, petite compagne fidèle qui l'accompagnait partout où il allait pour travailler et les nourrir tous. Pauvre Ellen, pensa-t-il. Son corps meurtri par la faim et la maladie avait rendu l'âme dans ses bras, sur la route du couvent où leur sœur aînée était religieuse. Pendant deux jours, il avait transporté son cadavre, incapable de l'abandonner sur le bord de la route où tant d'autres gisaient ; il l'avait amenée à Barbara, qui l'avait enterrée dans le cimetière du couvent, à côté du potager. Elles étaient toutes mortes, toutes ses sœurs, sauf peut-être Aislinn, qui avait fui pour Londres avant la famine. Il avait espéré reprendre contact avec Barbara en secret, espéré qu'elle saurait où pouvait se trouver Grace, mais cet espoir avait été brisé le jour où des immigrants originaires de Cork étaient arrivés avec de mauvaises nouvelles : il n'y avait eu aucun survivant au couvent des Sœurs de la Rose Sacrée, toutes les religieuses étaient mortes de la fièvre, et il n'y avait même plus personne pour les enterrer.

Il avait été malade durant toute sa première année au Canada, malade à en devenir fou, les fièvres consumant son cerveau et laissant son corps vidé de toute force. La guérison avait été longue, les semaines s'enchaînant dans la douleur. Il se souvenait vaguement que ceux qu'il pensait être des gardes venus l'exécuter l'avaient traîné hors de sa cellule de prison en Irlande. Il s'en moquait ; il était tellement malade qu'il se savait de toute façon condamné. Mais au lieu de le tuer, ils l'avaient caché dans un chariot, puis l'avaient fait embarquer clandestinement à bord d'un bateau. Il y avait un prêtre avec lui, ou un homme habillé en prêtre, il n'avait jamais vraiment su, d'autant qu'au bout de quelques jours l'homme était mort et avait été immergé en haute mer. Sans bien savoir comment, Morgan avait survécu, et pourtant il avait prié Dieu de nombreuses fois à voix haute pour qu'Il mette fin à son calvaire, qu'Il le rappelle auprès de Lui, qu'Il le laisse se reposer, qu'Il le libère de ses souffrances. Mais Dieu avait d'autres projets pour lui. Ainsi, il avait débarqué à Grosse-Île[1] pour être immédiatement

---

1. Principale porte d'entrée du Canada et zone de quarantaine lors des grandes vagues d'immigration au Québec. (*N.d.T.*)

placé en quarantaine. Une fois encore, il était resté suspendu entre la vie et la mort, et une fois encore il avait prié Dieu de le laisser partir, mais Sa réponse avait été négative. Il avait passé deux longues années là-bas, d'abord à l'hôpital, puis dans une maison de repos pour indigents, et finalement dans un trou à rats qui lui tenait lieu de chambre, avec une dette longue comme le bras à rembourser. Pendant tout ce temps, il n'avait donné à personne son vrai nom ; après tout, il était encore en territoire britannique, et même s'il voulait qu'on le libère du fardeau de sa vie, il ne voulait pas que ce soit de la main de son ennemi. Au fur et à mesure qu'il reprenait des forces, il s'était habitué à l'idée qu'il allait vivre, et avait entrepris de rembourser sa dette. Le travail consistant à transporter des provisions de la ville d'immigrants au camp de trappeurs en aval était idéal pour lui. Cela lui offrait de longs moments d'une solitude qu'il découvrait salutaire, et lui donnait la possibilité d'effectuer quelques repérages. Il avait quasiment remboursé sa dette et s'apprêtait à partir pour les États-Unis lorsqu'il avait été pris dans la tempête où la chute d'un arbre lui avait brisé les jambes. Aquash et Nacoute l'avaient aidé à traverser cette terrible épreuve. Il s'était souvent demandé pourquoi tout cela lui était arrivé, mais en regardant les yeux du petit bébé attaché sur le dos de sa mère, la réponse était claire.

– C'est à cause de toi, lui murmura-t-il.

Parce que tu allais naître, songea-t-il, *et que le Seigneur le voulait. Je n'ai pas pu sauver la vie de mes sœurs, mais Il me donne la possibilité de faire quelque chose pour la tienne.*

Les yeux de Marie s'arrondirent de plus belle, et elle gazouilla comme si elle l'avait entendu. Il avait cessé de se poser des questions sur le *pourquoi* de tout cela, et se satisfaisait pleinement de savoir qu'il était simplement là où le destin l'avait envoyé. Cela ne voulait pas dire qu'il ne repartirait pas vers le Sud, qu'il ne continuerait pas d'essayer de découvrir ce qu'il était advenu de Grace ; cela voulait juste dire qu'il ne se tourmentait plus pour savoir quand viendrait ce moment.

Il commençait à se faire tard, et l'air de l'après-midi se chargeait de ce froid humide caractéristique des instants qui précèdent la tombée de la nuit. Morgan apostropha Nacoute et lui fit signe qu'ils devaient s'arrêter. Nacoute fronça les sourcils, mais en lisant la fatigue sur le visage de sa mère, il acquiesça et posa son paquetage à terre. Morgan détacha du dos d'Aquash le harnais où était calé le bébé, l'appuya contre un arbre, et en desserra les lacets pour dégager Marie et la donner à sa mère. Pendant qu'Aquash allaitait la petite, Morgan et Nacoute préparèrent le feu que Morgan alluma avec sa pierre à briquet. Il avait tiré un canard dans la matinée ; Nacoute le pluma puis le tendit à Morgan pour qu'il le vide et l'embroche. Lorsque la nuit les enveloppa, le camp était prêt et le canard rôtissait, au grésillement des gouttelettes de gras qui tombaient dans le feu.

Hors du halo lumineux, Morgan crut apercevoir une ombre se déplacer entre les arbres. Il lança un regard à Nacoute, qui avait vu la même chose. Les deux hommes se levèrent, et Morgan épaula sa carabine.

– Montrez-vous et je ne vous tuerai pas, dit Morgan d'un ton égal en scrutant les ténèbres.

À ses côtés, Nacoute dégaina sans bruit son couteau.

Une très longue minute s'écoula, puis un homme sortit de derrière un arbre, les mains en l'air, s'avançant en direction de la lueur du feu.

— Vous êtes anglais ! s'écria-t-il en hochant la tête avec enthousiasme.

— Irlandais, corrigea Morgan. Et vous ?

— Français, bien sûr.

Le petit homme haussa les épaules avec un air bonhomme.

— Père Léon, pour vous servir.

Il fit un petit salut de la tête.

Morgan l'observa attentivement, remarquant la chaude tenue de trappeur qu'il portait.

— Vous êtes prêtre ?

— Homme de Dieu, oui.

Il huma l'air.

— Un homme de Dieu affamé, plus exactement.

Il regarda de l'autre côté du feu Aquash et le bébé, puis tourna la tête vers Nacoute ; lorsqu'il se remit à parler, ce fut dans leur langue, pour la plus grande surprise de ses interlocuteurs. Bien qu'il s'adressât clairement à Nacoute, l'homme, c'était Aquash qui lui répondait, et le prêtre finit par s'approcher d'elle pour mieux l'entendre. Elle lui posa quelques questions, puis se lança dans un long monologue pendant lequel il hocha la tête à plusieurs reprises, lançant de temps à autre un regard à Morgan.

— Eh bien…

Le petit prêtre se frotta les mains puis se retourna vers Morgan.

— Voilà qui est très intéressant, et j'ai la joie de vous annoncer que je peux vous aider. Vous n'êtes plus très loin du camp d'hiver des Mi'kmaqs. Il vous faut revenir sur vos pas, puis marcher vers l'ouest pendant une demi-journée.

Morgan sentit monter en lui une vague de soulagement et baissa sa carabine.

— Vous parlez leur langue ?

— Il y a des années que je vis avec ces gens. Et j'ai plus appris d'eux que je n'ai pu leur apprendre moi-même.

Il sourit.

— Elle dit que son mari était un trappeur français, qu'il est mort et que vous les aidez à retourner chez eux. Et que c'est son fils, ajouta-t-il en désignant Nacoute.

— Oui, confirma Morgan. Voulez-vous vous joindre à nous ? Partager notre repas ?

— Avec plaisir, dit le père Léon avec enthousiasme.

Il s'assit sur un rondin près du feu.

— Depuis combien de temps voyagez-vous ?

Morgan s'empara de la broche sur le feu, arracha un morceau de volaille et le tendit à Aquash.

— Depuis une vingtaine de jours, je dirais.

Il passa le canard au prêtre.

— Merci.

Le père Léon détacha un morceau de chair chaude, puis souffla dessus.

— Vous venez donc du campement situé à l'endroit où les rivières se rejoignent.

Il mordit dans la viande et mastiqua bruyamment.

— Pourquoi ne s'est-elle pas remariée avec un autre homme du camp ? C'est ce qu'elles font en général, les femmes indiennes. Elles ont pris l'habitude de la vie civilisée.

— Civilisée, répéta Morgan. Est-ce que vous pensez que battre sa femme est quelque chose de civilisé, mon père ? Et agresser un bébé innocent, ou traiter un jeune muet avec une telle cruauté que personne ne le respecte ? Est-ce que se saouler à mort et mettre à sac sa propre maison est civilisé ?

Morgan cracha un bout de nerf.

— Vous m'excuserez, mon père, mais je ne pense pas que les hommes blancs soient plus respectables que les Indiens.

— N'ayez pas d'eux une vision trop idéaliste, mon fils, répliqua le prêtre en agitant le doigt. Les Indiens peuvent être aussi cruels avec leurs femmes et leurs enfants que les hommes blancs.

— Donc il n'y en a pas un pour racheter l'autre ?

Aquash et Nacoute s'étaient arrêtés de manger, et observaient les deux hommes, tour à tour.

Le père Léon considéra le jeune homme assis en face de lui.

— Je vous accorde que chaque homme devrait être son propre maître, et que seul Dieu est juge de ce qu'il y a au fond des cœurs. Croyez-vous en Dieu, mon fils ?

— Oui.

Morgan se pencha en avant.

— Et Il me connaît, ajouta-t-il.

Le prêtre opina.

— Bien. Laissez-moi vous poser une question : allez-vous vivre avec cette femme dans son camp ?

— J'ai une femme, lui dit Morgan. Je ne sais pas où elle se trouve ni si elle est encore en vie, mais je suis un homme marié.

– Donc cet enfant n'est pas de vous ?
– Non, mon père.

Morgan regarda en direction du ballot où dormait le bébé aux pieds de sa mère.

– Les ramener chez eux est donc un acte désintéressé.

Morgan réfléchit à la question quelques secondes.

– Pas complètement, non. Je dois ma vie à cette femme et à son fils. Je…

Il s'interrompit, repensant aux accusations dont Aquash avait souffert à cause de lui, à la violence qui s'était déchaînée, au malaise de Nacoute.

– Pas désintéressé, conclut-il.

Père Léon hocha lentement la tête et se remit à mâcher sa viande. Morgan et Aquash échangèrent un long regard ; il ne lut dans ses yeux ni peur ni appréhension au sujet de l'homme qui était assis avec eux autour du feu. Elle se mit à parler, d'une voix légère et douce comparée à la tonalité rauque de celle des hommes.

– Elle demande si je vais vous emmener avec moi vers le sud, vers la frontière. Elle dit que vous voulez vous rendre en Amérique. Pour retrouver votre femme.

Morgan regarda Aquash.

– Je veux effectivement retrouver ma femme, dit-il. Mais je ne les abandonnerai pas ici. Je les emmènerai d'abord jusqu'au camp, et je me débrouillerai ensuite.

– C'est très difficile de trouver son chemin dans ces plaines sauvages, avertit le père Léon. Les hommes s'y perdent et y meurent seuls.

– Je suis déjà mort plusieurs fois. Je n'ai pas peur.

Le prêtre détailla chacun des visages éclairés par la lumière du feu, puis il s'adressa à Aquash, qui l'écouta d'un air absorbé et finit par sourire, visiblement soulagée.

– Je lui ai dit que j'allais vous accompagner jusqu'au camp indien, et que vous et moi allions ensuite repartir ensemble vers la frontière.

Le père Léon se pencha en avant.

– Je crois que j'apprécierais de voyager en compagnie d'un homme qui n'a pas peur. Et je crois que nous aurons beaucoup de choses à nous dire.

– Merci, dit Morgan.

Puis il tourna la tête vers Nacoute, dont les yeux étaient emplis de tristesse.

– Mon père, dites-lui que nous reparlerons de tout ça une fois arrivés au camp. Que je ne partirai pas avant qu'il y soit prêt.

Le prêtre s'adressa au garçon, qui hocha lentement la tête puis se redressa et se rapprocha de Morgan. Assis à côté de cet homme qui l'avait accompagné à travers tant d'épreuves, Nacoute semblait souffrir d'être privé de mots pour le remercier. Au lieu de cela, il posa sa main sur le genou de Morgan et le serra, gardant le regard fixé sur les flammes vacillantes du feu. Morgan percevait la tension dans sa main. Il baissa les yeux et vit les articulations abîmées et égratignées, les ongles cassés, la saleté. Il recouvrit cette main de la sienne, plongeant lui aussi son regard dans le feu.

– Ça va aller, fiston, lui dit-il d'une voix rassurante. Ça va aller.

8

San Francisco ressemblait tellement peu à la petite cité de baraquements et de tentes qu'avait imaginée Grace qu'elle se demandait parfois si elle se trouvait au bon endroit. Bien loin de la ville portuaire mexicaine de Yerba Buena, San Francisco, en 1852, se transformait à une vitesse fulgurante en l'une des plus magnifiques cités jamais édifiées, et l'énergie qui se dégageait des rues récemment plantées, de part et d'autre des portes anti-feu, sur les places et les marchés pavés, était saisissante. Grace ressentait ce frémissement chaque fois qu'elle plongeait au cœur de l'effervescence désordonnée de cette ville construite sur un optimisme absolu.

Elle était tellement différente de New York, qui lui avait paru mûre et inébranlable quand elle était arrivée. San Francisco vivait une renaissance éclatante. Les pères de la cité avaient décidé que la ville ne brûlerait plus. Finies les pertes de commerces et d'immeubles qui rebutaient les investisseurs ; dorénavant, ces derniers allaient pouvoir placer leurs fortunes dans de beaux immeubles de brique et de pierre, solides, ignifugés, dont la hauteur, la robustesse et le luxe impressionneraient le monde entier. La plupart de ces extraordinaires édifices étaient regroupés autour de Portsmouth Square, grand-place historique de l'ère hispano-mexicaine, et le long de Battery Street, Front Street, Sansome Street et Montgomery Street ; il y avait aussi de jolies constructions en brique sur Stockton Street, et on bâtissait de superbes propriétés privées à North Beach, Mission Bay, Pleasant Valley et Happy Valley. Sur Rincon Hill, on créait un élégant lotissement de dix-sept maisons de brique au cœur d'un parc floral qui serait ceint d'une clôture métallique verrouillée – le tout conçu par l'Anglais George Gordon – et dont seuls les habitants posséderaient les clés.

Grace avait surpris une discussion entre le Dr Wakefield et son ami le Dr Fairfax au sujet des avantages qu'il y aurait à s'installer dans une maison plus ostentatoire, et plus proche du magnifique hôpital de la marine américaine que l'on construisait à Rincon Point ; Wakefield allait bientôt exercer au sein de cet établissement moderne et réputé, et s'enthousiasmait à l'idée des progrès médicaux qu'il y savait possibles, mais il aimait bien sa maison en haut de la colline, avec sa vue sur la ville et la baie. Elle lui ménageait l'intimité dont il avait besoin eu égard à sa sœur, et constituait un refuge assez éloigné des soucis de son travail. Grace ne s'était pas aventurée aussi loin que Rincon Point, mais elle avait promis à Jack et à Mary Kate d'aller visiter l'endroit une fois que le Dr Wakefield y établirait ses quartiers.

Tous les dimanches après-midi, à mesure que Mary Kate reprenait des forces, ils exploraient une nouvelle partie de la ville, devenant les témoins privilégiés de la construction des maisons imposantes, des hôtels, des restaurants, des théâtres, des pubs, de la nouvelle bibliothèque. Les masures en bois laissaient place à des édifices en granit chinois, en brique et en pierre, dont les fenêtres étaient toutes dotées de volets extérieurs et de portes massives en fer forgé. Les rues aussi se métamorphosaient à mesure qu'on améliorait leur nivellement ; celles qui se trouvaient dans la partie basse de la cité étaient surélevées de plusieurs dizaines de centimètres au-dessus de leur niveau initial, et celles des parties hautes étaient rabaissées, parfois de plus de quinze mètres, le tout dans le but de faciliter la circulation dans la ville. Les voies d'origine, dont beaucoup demeuraient dans l'attente d'une rénovation, étaient d'anciens chemins de terre qu'on avait plus tard couverts de planches ; on y disposait à présent des pavés ronds, des dalles de macadam ou même des blocs carrés de granit et de basalte prédécoupés. Des charretées de matériel montaient et descendaient rues et allées dans un bruit de tonnerre ; des ouvriers juchés sur des échafaudages hissaient des seaux à l'aide de poulies ; les marteaux et les burins, les haches et les scies résonnaient dans toute la ville jusqu'à la tombée de la nuit, où ils étaient remplacés par les rires gras, les sifflets des policiers, et le tintamarre des bagarres de saloon.

Leurs excursions à travers la ville étaient toujours passionnantes mais les laissaient épuisés, et Grace appréciait de remonter la colline le dimanche soir. Elle marqua une pause, attentive à Mary Kate, dont les joues avaient rosi dans l'air frais et vivifiant, mais dont les yeux étaient las. Une main d'enfant dans chacune des siennes, Grace se retourna et regarda derrière eux, vers la baie. Elle contempla les bateaux ancrés au loin, les paquebots qui entraient dans le port, les jonques de pêcheurs chargées de leur prise quotidienne, et le va-et-vient des canots pleins de passagers. Elle savait que l'*Eliza J* n'était pas là, qu'il ne pouvait pas encore être là, et pourtant elle recherchait à chaque fois ce navire qu'elle chérissait tant.

Les jours de marché, quand elle descendait seule la colline au petit matin, elle courait vers l'un des douze quais qui s'allongeaient chacun comme un long doigt dans la baie. Au début, elle avait souvent perdu jusqu'à une heure là-bas, fascinée par le déchargement des innombrables cargaisons : des tonnes de farine, d'orge, de beurre et de thé, des milliers de quartiers de porc et de bœuf, de jambons entiers, du riz de Caroline et d'Asie, des milliers de boîtes de bougies, de savon, de bottes et de chaussures, du café, des tonnes de charbon, des tonneaux de rhum, des tonnelets, fûts, barriques et bouteilles de tous les alcools imaginables, y compris du champagne de France. La plupart étaient destinées à la Californie, quelques-unes pour l'Oregon, et à chaque fois son cœur se déchirait en pensant à l'Irlande, qui ne connaissait aucune de ces richesses, qui ne recevait aucune cargaison de cette sorte, et qui s'acharnait à survivre avec de l'avoine, des pommes de terre et de la farine de maïs.

Grace s'arracha à la contemplation du soleil couchant.

– Il est temps de rentrer avant que les ténèbres ne nous avalent. Vous êtes prêts, les enfants ?

Mary Kate sourit mais Jack se braqua.

– Encore une minute, maman, implora-t-il. Juste jusqu'à ce qu'il plonge dans la mer ! Regarde ! Regarde !

Il montrait du doigt l'énorme boule de feu qui était en train de disparaître. Grace attendit un instant, puis dit :

– C'est fini, maintenant, Jack, il faut se remettre en marche.
– Bon, d'accord.

Le petit donna un coup de pied dans une pierre sur la route, mais Grace savait qu'il n'était pas vraiment en colère.

En arrivant à proximité de la maison, elle n'aperçut qu'une petite lumière, dans la chambre d'Abigail. Il n'y avait aucune lampe allumée en bas, ni dans la salle à manger, ni dans le grand salon de l'autre côté de la maison. À l'arrière, la cuisine était plongée dans le noir, et Grace en fut étonnée. Elle pensait qu'Enid aurait éclairé la maison à cette heure-ci. Au-dessus des écuries, la chambre de M. Litton était elle aussi éteinte, mais ça n'était pas une surprise ; l'homme disparaissait un dimanche sur deux, et personne ne le revoyait avant le lundi matin, où il resurgissait, les yeux cernés et rougis par l'alcool, devant sa tasse de café noir. Nous avons tous des démons à combattre, pensait Grace.

Une fois à l'intérieur, elle alluma une lampe, puis envoya Jack à la pompe pour remplir la bouilloire pendant qu'elle alimentait le poêle. Il y avait une marmite de ragoût qu'il suffisait de réchauffer ; Grace posa dessus la pâte qui allait se transformer en petits pains. Pendant que le dîner chauffait, ils retirèrent leurs manteaux et leurs écharpes, les pendirent dans leur chambre, puis mirent le couvert pour le repas du soir. La nuit était fraîche, et Grace alluma un feu dans la cheminée de leur chambre afin de chasser l'humidité de la pièce. À table, ils mangèrent de bon appétit et, quand ils eurent fini, Mary Kate déplia le journal pour en lire des extraits à Jack pendant que Grace faisait la vaisselle, réconfortée par le son de leurs voix dans la pièce réchauffée.

La première fois que Grace avait réclamé le journal au marchand de journaux, il lui avait gentiment ri au nez, lui demandant laquelle des publications elle préférait : il y avait huit quotidiens du matin, lui avait-il dit, et trois du soir, dont un en allemand ; il recevait aussi trois fois par semaine deux journaux français, et encore six autres une fois par semaine, dont trois religieux, un en français, et un qui ne sortait que le dimanche. Il avait fallu un moment à Grace pour assimiler cette information. Elle s'était finalement décidée pour le *California Star*, puisque son éditeur était un ami du Dr Wakefield, et elle y était restée fidèle, en tout cas en ce qui concernait l'édition dominicale ; elle avait rarement le temps de lire pendant la semaine, même si elle aimait se tenir au courant de ce qui se passait dans le monde et qu'elle feuilletait toujours les pages où l'on parlait de l'Irlande ou de New York.

– Maman…

La voix de Mary Kate la tira de sa rêverie.

– La cloche sonne. Ça doit être Mlle Wakefield.

Grace mima une grimace d'épouvante, et les enfants éclatèrent de rire, surtout Jack qui lui demanda de recommencer. Mais la cloche se fit plus insistante et fut suivie d'un grand fracas de porcelaine brisée.

– Tu ferais mieux d'y aller, dit Mary Kate d'un ton grave. Mme Hopkins n'est pas là, je crois. Et Enid non plus.

Grace acquiesça, se demandant où les deux femmes avaient bien pu disparaître. Elles ne prenaient jamais leur demi-journée si Grace devait sortir, et elles n'avaient rien dit ce matin, ni l'une ni l'autre.

— Jack, aide ta sœur à finir de ranger la vaisselle. Et après, allez vous coucher. Je reviens vous border.

Les enfants hochèrent la tête docilement, et Grace abandonna la chaleur de la cuisine pour l'obscurité glacée du couloir et de l'entrée, où elle alluma la lampe posée sur une petite table au pied de l'escalier. Après avoir réglé la flamme, elle se mit à monter prudemment les marches, des ombres se dessinant derrière elle.

— Hopkins !

Le cri de Mlle Wakefield fut suivi d'une diatribe furieuse, puis du bruit sourd d'une chute.

Grace grimpa les marches quatre à quatre, se hâta le long de l'interminable couloir et frappa rapidement à la porte d'Abigail avant d'entrer.

— C'est madame Donnelly, madame. Hopkins n'est pas là...

Elle s'interrompit.

Abigail était étendue sur le sol, sa robe de chambre ouverte et tachée de vin et de vomi. L'odeur était épouvantable, mais avant que Grace parvienne jusqu'à la fenêtre, la femme eut un nouveau haut-le-cœur en essayant de se relever. Grace se précipita pour l'aider, mais Abigail la repoussa violemment.

— Où est Hopkins ? gémit-elle d'une voix pâteuse. Qu'elle vienne !

Elle chancela et fit volte-face, s'écroulant contre le bord du lit.

— Hopkins ! hurla-t-elle à nouveau.

Puis elle se mit à marmonner des paroles incompréhensibles.

— S'il vous plaît, mademoiselle Wakefield, reprit doucement Grace, laissez-moi vous aider à regagner votre lit. Vous ne vous sentez pas bien.

— Sortez d'ici !

Abigail la chassa d'un geste d'ivrogne.

— Je n'ai pas besoin de vous. Ni de vos sales mômes. Comment osez-vous ? Dehors !

Grace l'ignora, mais alors qu'elle s'avançait dans la pièce, elle entendit des chevaux remonter le chemin, puis, presque instantanément, des éclats de voix débonnaires et les rires d'hommes qui mettaient pied à terre. Elle courut à la fenêtre et regarda dehors : le Dr Wakefield venait d'arriver, accompagné de quelques amis. Le cœur de Grace se mit à battre la chamade.

— Hopkins ! appela de nouveau Abigail.

Elle se cramponna à l'épaule de Grace dans une tentative désespérée pour la repousser.

Depuis le chemin en contrebas, Wakefield leva les yeux. Grace ferma le rideau d'un coup sec, puis s'adressa à la jeune femme d'un ton insistant :

— Taisez-vous, maintenant, avant que les amis de votre frère ne vous entendent.

Les yeux d'Abigail s'écarquillèrent et elle ramena ses deux mains devant sa bouche.

— Oui, il vient d'arriver, prévint Grace. En compagnie du Dr Fairfax et de quelques autres. Hopkins n'est pas là, Enid non plus. Il n'y a que moi qui puisse m'occuper de vous, et eux.

Elle marqua un temps d'arrêt ; toutes deux écoutèrent les portes s'ouvrir, et Wakefield appeler Hopkins.

Les yeux d'Abigail se remplirent de larmes et ses mains retombèrent mollement le long de son corps.

— Je suis malade, murmura-t-elle. Dites-leur. Je suis malade !

Sa voix devint hystérique et elle s'agrippa au bras de Grace.

– Je ne peux pas descendre !

– Ils ne s'attendent pas à ce que vous descendiez, répondit Grace d'un ton posé et rassurant. Mais s'ils demandent, je leur dirai que vous ne vous sentez pas bien.

– Peux pas descendre.

Abigail paraissait s'adresser à elle-même autant qu'à Grace.

– Je ne peux pas les voir.

Elle s'interrompit et regarda son reflet dans le miroir, puis elle plaça ses mains sur son visage, et secoua lentement la tête d'un côté puis de l'autre.

– Oh, non. Oh, non, non, non…

– Personne ne vous obligera à voir qui que ce soit.

Grace écarta la jeune femme du miroir et la guida avec douceur jusqu'à la chaise qui se trouvait à côté de la cuvette et de la cruche.

– Ne vous inquiétez pas. Je vais m'occuper de tout.

Tout en chantonnant comme pour apaiser un enfant après un mauvais rêve, Grace fit tomber la robe de chambre d'Abigail puis lui ôta sa chemise de nuit humide et souillée. À la lueur d'une lampe, son corps n'était qu'une ombre décharnée, et Grace en eut le souffle coupé. L'Irlande avait connu son lot de squelettes ambulants, mais c'étaient ceux de gens affamés, qui ne disposaient pas d'une domestique leur préparant des repas trois fois par jour ; est-ce que le docteur savait à quel point l'état de sa sœur s'était détérioré ? se demanda Grace. Et il y avait autre chose, elle s'en rendait compte maintenant, quelque chose qui n'allait pas ; ce n'était pas là le corps d'une femme oisive qui n'avait jamais travaillé de sa vie. Non, ce corps était coupé et écorché ; sa peau était un paysage lunaire de pustules et de cicatrices blanches ; elle était sèche et gercée, couverte de croûtes par endroits, souillée de gouttes de sang poisseuses à d'autres. En plus de cela, sa poitrine s'était ratatinée, et la peau de son ventre et de ses hanches tombait, formant des plis grisâtres. Choquée, Grace releva les yeux et croisa un instant le regard d'Abigail, empreint de peur mais aussi de volonté farouche, puis la jeune femme se protégea de ses bras et se détourna.

– Vous êtes très maigre, mademoiselle, dit doucement Grace en essorant un linge dans la cuvette.

Et en vous regardant, on dirait que vous essayez d'arracher votre peau pour sortir de vous-même.

– Ne pouvez-vous pas manger un peu plus ?

Abigail secoua la tête.

– Oh, non, dit-elle en gémissant faiblement. Non, non, non. Comment le pourrais-je ? Comment pourrais-je jamais... ?

Elle se mit à pleurer, son menton rejoignit sa poitrine squelettique et des mèches de ses cheveux raides et ternes retombèrent sur son visage qu'elle essayait de cacher derrière ses mains.

– Calmez-vous.

Grace écarta délicatement les doigts d'Abigail de son visage.

– Tout va bien maintenant, murmura-t-elle en essuyant les larmes et les croûtes. Je suis ici pour vous aider.

– Aidez-moi, répéta Abigail comme si elle prenait soudain conscience de l'inconcevable.

Puis elle posa sur Grace un regard lourd de sous-entendus.

– Il n'y a rien à faire. Je suis...

Elle s'interrompit et ses épaules s'affaissèrent encore davantage, bouche bée, et elle se mit à regarder vers le coin sombre de la pièce, vers quelque chose qu'elle seule pouvait déceler.

Grace avait déjà vu quelqu'un perdre l'esprit une fois dans sa vie, et elle comprit qu'Abigail Wakefield avait plus de choses en commun avec Bram Donnelly qu'un simple penchant pour l'alcool.

Inquiète, mais déterminée à laver la jeune femme et à la mettre au lit, elle acheva de lui faire sa toilette, puis la frotta avec une serviette pour faire circuler son sang. Après l'avoir attachée sur sa chaise de telle sorte qu'elle n'en tombe pas, Grace ouvrit et ferma les tiroirs à la recherche d'une chemise de nuit propre qu'elle lui fit ensuite enfiler et qu'elle noua autour de son cou. Pour finir, elle coiffa d'un bonnet de mousseline les cheveux emmêlés de la jeune femme, et la porta sur son dos jusqu'au lit.

— Dormez maintenant, murmura-t-elle en remontant d'abord le drap puis la couverture jusqu'au menton d'Abigail, puis bordant le tout autour de son corps épuisé. Je vais ouvrir un petit peu la fenêtre pour chasser les mauvaises odeurs ; il vous faudra prendre un bain demain matin, mais ça va aller pour le moment.

— Où est-elle ? murmura Abigail alors que ses yeux commençaient à se fermer. Où peut-elle bien être ?

— Je ne sais pas, lui répéta Grace. Mais dès qu'elle arrive, je l'envoie vous voir.

Le visage d'Abigail se détendit alors, puis elle grimaça un vague sourire. Il n'y a pas si longtemps, elle devait être jolie, pensa Grace, avant que les démons qu'elle affronte ne la rongent. Craignant qu'elle ne soit à nouveau malade dans son sommeil et ne s'étouffe,

Grace tourna Abigail sur le côté afin que sa joue repose sur le rebord du lit. Puis, soulagée que la pauvre femme soit tirée de sa détresse au moins pour la nuit, elle éteignit la lampe et quitta la pièce.

Lorsqu'elle arriva au bas de l'escalier, le Dr Wakefield sortit immédiatement du salon, refermant les portes derrière lui.

– Les enfants m'ont dit que vous étiez montée. Je suppose que l'état de ma sœur a pris un tour plus dramatique encore ? demanda-t-il à mi-voix, le visage assombri par l'inquiétude.

– Il a plutôt pris un tour éthylique, répondit Grace.

– Non, non...

Wakefield secoua la tête en guise de protestation.

– C'est le laudanum. Parfois, elle ne sait plus où elle en est et elle en prend trop, ou elle rajoute du vin par-dessus pour calmer ses nerfs, et...

Il s'interrompit, voyant l'expression du visage de Grace se durcir.

– J'ai vu une quantité d'ivrognes dans ma vie, docteur, et cette femme là-haut est aussi saoule qu'on peut l'être, qu'elle prenne ou non des médicaments.

Il la fixa, et Grace devina qu'il était en train d'essayer de trouver une explication.

– Je ne la juge pas, monsieur, intervint-elle avant qu'il ouvre la bouche. Mais n'essayez pas de me faire prendre des vessies pour des lanternes. Ce n'est pas un péché d'être faible, ajouta-t-elle. Et il est certain que votre sœur souffre d'une sorte de démence.

– Abigail n'est pas folle, insista-t-il avec fermeté. Tourmentée, peut-être. Oui, je vous l'accorde. Alcoolique, plus que vraisemblablement. Mais pas folle.

Les portes de la bibliothèque s'ouvrirent et le Dr Fairfax passa la tête dans le hall. Des conversations d'hommes retentirent derrière lui.

– Wakefield ! réclama-t-il, clairement éméché. Où es-tu passé ? Oh, bonjour, madame Donnelly.

Il adressa à Grace un signe aimable de la main, puis fit les gros yeux à son ami.

– Wakefield, où sont tes manières ? À manger et à boire, maintenant, ou nous nous révolterons !

Wakefield parut un instant déconcerté.

– Les rafraîchissements arrivent de suite, annonça Grace de son ton le plus professionnel, et il me reste encore quelques biscuits et un peu de ce fromage que vous avez tant appréciés la dernière fois que vous êtes venu.

– Voici la meilleure nouvelle de la soirée ! Merci, madame Donnelly. Vous êtes bien plus civilisée que votre illustre employeur.

Fairfax disparut pour rejoindre les autres.

– Merci, dit Wakefield avec gratitude, faisant écho aux éloges de Fairfax. Merci beaucoup, madame Donnelly.

– C'est mon travail, monsieur. Retournez auprès de vos invités, et je reviens aussi vite que possible avec un plateau. Mlle Abigail s'est endormie, précisa-t-elle à voix basse. Mais je vais la surveiller.

Le médecin hocha la tête, soulagé, puis se redressa, recoiffant ses cheveux en arrière avec ses doigts avant de pénétrer dans la bibliothèque, où des exclamations joyeuses accueillirent son retour.

Grace se précipita dans la cuisine. Elle était en train d'enfiler son tablier par-dessus sa robe lorsque Hopkins arriva par la porte de service, les joues rouges et les yeux noirs d'inquiétude. Elle s'adressa à Grace d'une voix agressive.

— Le maître reçoit ? Il ne m'en a pas touché un mot, sans quoi je ne serais pas sortie ! Il a réveillé Abigail ?

— Oui, il reçoit, répondit Grace. Et, non, il ne l'a pas réveillée. Elle était parfaitement debout... et totalement ivre quand je suis rentrée à la maison.

— Bien sûr que non, rétorqua Hopkins avec mépris. Vous, les Irlandais... Mlle Abigail prend des médicaments pour sa migraine, et...

Grace leva la main.

— J'ai déjà discuté de tout cela avec le docteur. Disons que le médicament pour les maux de tête de Mlle Wakefield a eu des effets secondaires. Je l'ai lavée aussi bien que j'ai pu et je l'ai mise au lit. Elle dort pour le moment, mais elle aura besoin d'un bain demain matin, et il faudra aussi faire un sérieux ménage et aérer la chambre.

— Je n'ai pas d'ordres à recevoir de votre part. Comment osez-vous... ? Où est Enid ? Pourquoi ne s'est-elle pas occupée de Mlle Abigail ?

— Je n'ai aucune idée de l'endroit où peut se trouver votre fille, répondit Grace d'une voix égale. Et je doute que le Dr Wakefield le sache, mais nous pourrions certainement le lui demander.

Écarlate, Hopkins planta ses poings sur ses hanches.

— Ma place dans cette maison est parfaitement assurée, si c'est ce que vous sous-entendez.

Grace haussa les épaules.

— Alors peut-être pourriez-vous prendre un peu mieux soin de votre maîtresse, étant donné son état déplorable.

– C'est moi qui m'occupe d'elle, avertit Hopkins. Vous n'avez pas à vous en mêler.

– Oh, je crois que si, après ce que j'ai vu ce soir, et vu que vous disparaissez quand ça vous chante.

Hopkins ouvrit la bouche pour répondre mais fut interrompue par le son de la porte de service qui s'ouvrait et se refermait doucement. Grace et elle se retournèrent en même temps vers Enid, qui rentrait sur la pointe des pieds ; quand elle les vit là, en train de l'attendre, elle s'immobilisa et blêmit.

– Où étais-tu passée, espèce de traînée ? demanda Hopkins. Tu n'as rien trouvé de mieux qu'abandonner ta maîtresse toute seule ?

– Elle dormait ! protesta Enid. Elle avait l'air de dormir ! Je suis juste allée m'asseoir près de la mare au clair de lune. Juste quelques minutes, mère, je vous le promets ! Je ne suis partie que quelques minutes !

Bien plus longtemps que ça, pensa Grace. Mais elle garda le silence pour ne pas ajouter à l'inévitable supplice que la jeune fille allait devoir endurer.

Hopkins traversa la pièce, hors d'elle, attrapa Enid par l'oreille, la lui tordit et tira sa fille violemment vers elle.

– Elle était debout ! siffla Hopkins. Et malade ! Le maître est arrivé avec des invités. Il aurait pu se passer n'importe quoi !

Enid hurla de douleur et essaya de s'excuser.

– Je ne veux rien entendre ! tonna sa mère en tordant son oreille encore plus fort. Tu vas payer pour ça, espèce d'idiote. N'imagine pas que tu vas y échapper.

– Ça suffit, lança Grace. Madame Hopkins, allez donc voir comment se porte votre maîtresse, et Enid… (Elle prit le bras de la jeune fille et l'arracha à la prise de sa mère.) Viens m'aider à apporter ces plateaux au docteur et à ses invités. Il y a suffisamment longtemps qu'ils attendent.

Enid opina d'un air piteux, une main sur son oreille écarlate. Grace pouvait sentir la fureur d'Hopkins affluer par vagues, mais elle l'ignora, et la gouvernante finit par tourner les talons et quitter la cuisine par l'escalier de service.

Grace disposa deux parts de fromage dans une assiette décorée.

— Où étais-tu, en fait ? Parce que je sais que tu n'étais pas dehors assise au clair de lune.

Enid tripota une miche de pain noir, la déposa sur la planche à découper, mais ne répondit pas. Elle s'empara simplement du couteau-scie et se mit à couper des tranches de pain, concentrant toute son attention sur cette tâche.

— Si tu veux jouer ce jeu-là, soit, lui dit Grace. Mais nous ne pouvons pas nous absenter de la maison toutes en même temps. Si tu veux sortir, je dois le savoir. Tu comprends, Enid ?

— Oui, madame.

Les mains d'Enid s'étaient immobilisées, mais elle gardait les yeux braqués sur le pain.

— Ça ne se reproduira plus, assura-t-elle.

— Bien. C'est tout ce que je demande. Pour le moment, ajouta-t-elle d'un ton plein de sous-entendus. Là. Est-ce que ça leur conviendra ?

Enid recula et approuva en découvrant sur les deux plateaux les assiettes garnies de fines tranches de pain noir, de fromage, d'une grande portion de saumon fumé, de poires, de petites pommes, et d'un bol de noix.

— Porte-les, alors, ordonna Grace.

À ce moment-là, Hopkins réapparut, vêtue de sa robe noire, de son tablier blanc et de sa coiffe.

— Suis-moi, Enid.

Hopkins s'empara du premier plateau.

— Et fais exactement comme moi. Garde les yeux baissés et fais la révérence si l'on s'adresse à toi.

— Oui, maman.

Enid s'empara du second plateau et sortit de la cuisine à la suite de sa mère.

Grace relança le feu dans le poêle et posa la bouilloire dessus, sachant que le docteur allait certainement exiger du café ou du thé. Puis elle se faufila dans le couloir étroit jusqu'à sa chambre pour jeter un œil sur ses enfants ; tous deux étaient couchés, mais si Jack paraissait dormir, Mary Kate était toujours éveillée.

— Coucou, ma chérie, murmura Grace. Je ne vais pas revenir tout de suite. Le docteur reçoit des invités.

Mary Kate se redressa sur un coude.

— Tu as besoin d'aide, maman ? Jack dort, donc je peux, tu sais.

— Merci.

Grace lui sourit et s'assit sur le bord du lit.

— Mme Hopkins et Enid sont rentrées maintenant, tout va bien.

— Mlle Wakefield était malade à cause de l'alcool ?

Grace la regarda, surprise.

— Comment es-tu au courant de ces choses-là ?

Mary Kate se mordit la lèvre et s'en prit à sa couverture.

— Je faisais un tour de la maison la semaine dernière, le soir... Je sais que je n'ai pas le droit, ajouta-t-elle précipitamment, les yeux au ciel. Mais je voulais juste voir la bibliothèque.

Les livres, pensa Grace. *Il faut que j'achète d'autres livres à cette petite.*

— Elle est arrivée dans la pièce, encore plus silencieusement que moi, et elle a mangé l'en-cas que tu avais laissé sur le bureau pour le docteur. Elle l'a avalé en une seule bouchée ! Et puis elle a bu deux verres du whisky du docteur, très vite, avant de repérer ma cachette derrière le fauteuil.

— Elle t'a attrapée, n'est-ce pas ?

— Oui. Elle m'a prise par le bras et m'a dit que tu allais perdre ton travail si jamais je revenais ici ou si je disais à quiconque ce que j'avais vu.

— Et moi, j'étais où pendant ce temps ?

— En train de chercher Jack et Scout près de la mare. Je suis désolée, maman.

La fillette baissa la tête d'un air penaud.

— Tu n'as pas mieux à faire que de nous attirer des ennuis ?

Grace attendit quelques instants que les mots produisent leur effet, puis elle demanda :

— Est-ce qu'elle t'a fait peur, *agra* ?

— Oui.

Les yeux de Mary Kate étaient grands ouverts dans la pénombre.

— Ça m'a rappelé quelque chose. La manière dont elle m'a serré le bras et tout ça, quand elle s'est approchée de moi, ses yeux humides, et l'odeur...

Ton père, pensa Grace.

— Ce n'est pas grave. Sors-toi ça de la tête, mais ne t'avise plus de recroiser son chemin. Cette femme est dérangée, et l'alcool rend les choses pires encore.

Mary Kate laissa sa tête retomber sur son oreiller.
— Dors, maintenant, souffla Grace en l'embrassant sur la joue.
Elle caressa ses cheveux soyeux.
— À demain.
Ni Enid ni Mme Hopkins ne revinrent dans la cuisine ; Grace décida donc d'aller elle-même servir le café et le thé. Elle transporta le lourd plateau tout le long du couloir jusqu'aux portes du salon qui étaient entrouvertes ; poussant l'un des battants de la pointe du pied, elle entra dans la pièce et fut accueillie par une bouffée de chaleur qui lui fit immédiatement monter le feu aux joues.

Les hommes formaient un petit cercle à l'autre bout de la pièce, près de l'âtre, et bavardaient avec animation. Sans bruit, Grace dégagea de la place sur le buffet pour la théière et la cafetière, lançant un regard furtif pour voir qui était présent. Elle en reconnut quelques-uns. Il y avait le Dr Fairfax, bien sûr, qui était appuyé contre le chambranle de la cheminée, une jolie pipe à la main. Fairfax venait régulièrement à la maison et déclarait que les repas à Wakefield Heights étaient nettement meilleurs que ceux des meilleurs restaurants en ville ; Wakefield et lui étaient de grands amis et passaient des heures dans le bureau du docteur, étudiant de près les plans du futur hôpital de la marine et discutant du meilleur moyen d'attirer davantage de médecins qualifiés dans l'Ouest en vue de se débarrasser des centaines de charlatans qui continuaient à dispenser leurs remèdes douteux en ville. Fairfax était d'avis d'inviter les diplômées de la récente École de médecine pour femmes de Pennsylvanie à venir s'installer, mais Wakefield était contre ; il n'avait pas confiance dans les capacités de ces soi-disant médecins, ni dans celles de la communauté de Quakers qui avait créé cette école. Leurs échanges fascinaient toujours Grace, et elle prenait son temps lorsqu'elle servait les hommes, histoire d'écouter les opinions des uns et des autres.

L'homme qui se tenait à côté du Dr Fairfax ce soir, avec son énorme cigare et sa cravate bouffante, était l'« Honorable Harry » Meiggs. Grace avait appris dans les journaux que Meiggs était un prospère marchand de bois disposant de son propre quai et d'une scierie à North Beach, et qu'il était en train d'essayer de racheter les terres tout autour en prévision de l'inévitable boom lié à l'expansion de la ville. Wakefield se moquait de la cour assidue que lui faisait Meiggs pour qu'il rejoigne la liste de ses partenaires de spéculation ; le médecin semblait apprécier chez cet homme d'humeur joviale l'impertinence si étrangère à sa propre nature. Grace avait noté que Meiggs lui jetait toujours un coup d'œil rapide lorsqu'elle entrait dans la pièce, mais qu'ensuite il ne faisait plus attention à elle, ce qui lui convenait très bien. Instinctivement, elle ne l'aimait pas ; il lui rappelait les agents immobiliers en Irlande, avec leurs airs supérieurs.

Elle ne connaissait pas l'homme de grande taille qui n'arrêtait pas de tirer sur une épaisse mèche de ses cheveux bruns, mais lorsque Meiggs s'adressa à lui en l'appelant McCabe et en lui demandant comment allaient les affaires dans son saloon en vogue toujours plein à craquer, Grace devina qu'il devait s'agir de James McCabe, le propriétaire de l'El Dorado. Elle le regarda de plus près, curieuse de voir l'homme dont la rumeur disait qu'il avait placé sa maîtresse à la tête d'une maison close à la mode. Du fait de sa brève expérience avec les femmes de petite vertu de Molly O'Brien à Londres, Grace ne portait aucun jugement négatif sur ce genre de femmes ; elle déplorait seulement qu'elles n'aient pas d'autre moyen de subsistance. McCabe avait tout l'air d'un homme respectable, même si, bien sûr, les apparences étaient souvent trompeuses, en particulier dans une ville de nouveaux riches ; mais Grace était certaine que le docteur ne l'aurait pas convié chez lui si l'homme avait de vraies raisons de ne pas être reçu dans la bonne société.

À ses côtés se trouvait Edward Kemble, rédacteur en chef du *California Star*, et Grace se promit d'essayer de lui glisser un mot si elle en avait le temps. Kemble était arrivé en Amérique sur le *Brooklyn* avec Sam Brannan, et Grace voulait savoir s'il lui serait possible de l'aider à faire des recherches sur son frère. Elle avait vu dans les journaux les annonces placées par ceux qui cherchaient à retrouver leurs proches, et elle avait décidé que c'était la prochaine mission qu'elle s'assignerait.

Le dernier visage familier était celui de William Shew, l'un des meilleurs amis du Dr Wakefield et du Dr Fairfax, qui était aussi une bonne relation de M. Kemble. Shew dirigeait le Studio Daguerre, et ses portraits de mineurs en train de travailler dans les gisements commençaient à devenir célèbres à travers tout le pays, tout comme sa nouvelle série sur l'essor de la ville de l'Ouest. Il avait montré à Grace quelques-unes de ses œuvres, et elle s'était risquée à lui faire part des visions qu'elle avait parfois lorsqu'elle regardait ces visages figés ; intrigué, il l'avait invitée à venir lui rendre visite à son atelier pour faire un portrait d'elle ou de ses enfants. Elle avait accepté, et, maintenant, ils étaient amis, ou presque. Il croisa son regard et la salua d'un signe de tête, avec un sourire.

Les deux derniers hommes étaient sans aucun doute les récentes recrues du docteur, deux jeunes étudiants en médecine qui venaient d'arriver de la côte est. Tous deux portaient des vêtements dernier cri et fumaient le cigare avec une arrogance juvénile qui se transformerait sans doute en humilité au fur et à mesure qu'ils seraient confrontés aux limites de leurs connaissances médicales. Mais pour l'heure, ils paraissaient insouciants comme de jeunes chiots, et Grace n'était pas la seule à apprécier la vitalité qu'ils apportaient à la petite assemblée.

Après avoir discrètement demandé s'ils préféraient le thé ou le café, Grace emplit leurs tasses et commença à les leur apporter. Elle prenait son temps ; la discussion venait d'aborder la question de l'esclavage et des États du Sud, à la lumière de ce nouveau livre signé Harriet Beecher Stowe, et elle voulait écouter ce que ces gentilshommes en pensaient. Elle avait lu un grand nombre d'éditoriaux citant *La Case de l'oncle Tom*, et le sujet la passionnait, tout comme le reste du pays, semblait-il. Le livre se vendait comme des petits pains, mais elle avait la certitude que le Dr Wakefield ne l'achèterait pas, et elle attendait avec impatience de pouvoir s'inscrire à la bibliothèque publique dont la construction était en train de s'achever, et ce même si les dix dollars d'inscription auxquels il fallait ajouter un dollar par mois lui paraissaient ruineux ; il fallait qu'elle le fasse, surtout pour Mary Kate, se rappela-t-elle, et son salaire dans cette maison lui permettait un tel luxe. C'était dans ces moments-là qu'elle ressentait cruellement l'absence de son frère. Non seulement il aurait immédiatement acheté un exemplaire du livre controversé, mais il l'aurait aussi dévoré de la première à la dernière page et digéré d'une telle façon que ses commentaires auraient éclairé sa propre lecture. Il aurait rayonné dans une assemblée comme celle-ci, pensa-t-elle avec une pointe de nostalgie.

– Les temps changent, Wakefield.

C'était au docteur que Kemble s'adressait, mais sa voix attira l'attention de Grace.

– J'ai bien peur que votre Sud adoré ne soit en train de glisser vers l'avenir, à son corps défendant, que vous le souhaitiez ou non.

Wakefield alluma son propre cigare, puis secoua l'allumette.

– Et quel genre d'avenir imaginez-vous, Edward ?
– Un avenir d'égalité.

Kemble se leva et se dirigea vers l'âtre.

– Un avenir où l'on rémunère le travail plutôt que d'acheter des êtres humains.

Wakefield hocha la tête, et Grace feignit d'arranger l'assiette à pain, avide d'entendre sa réponse.

– Tout d'abord, commença le docteur d'une voix mesurée, ce n'est pas mon Sud adoré. Comme vous le savez, en tout cas la plupart d'entre vous, je ne suis pas partisan de l'esclavage, mais je ne suis pas non plus aussi naïf que ceux qui n'ont jamais vécu au contact des nègres. On ne peut pas affranchir ainsi des gens dont on s'est occupé comme des enfants toute leur vie.

– Pourquoi ? demanda l'un des jeunes médecins. Pourquoi ne pas leur laisser la liberté de choisir la vie qu'ils veulent ?

— Moi, je suis d'accord avec le Dr Wakefield, intervint Meiggs en s'immisçant dans le cercle. Supposons, par exemple, que vous soyez propriétaire d'un troupeau de moutons ; que se passerait-il s'ils étaient soudain relâchés dans la nature ? Pourraient-ils se nourrir, s'abreuver ? Pourraient-ils se défendre eux-mêmes contre les prédateurs ? Non, ils en seraient incapables.

Et il ajouta à l'intention du jeune médecin :

— Ils ne pourraient pas survivre dans un monde qu'on ne les aurait pas préparés à affronter.

— Par la faute de qui ? demanda posément Kemble.

— De personne, répliqua Wakefield. Vous partez du principe que ces gens *veulent* être préparés à cela, et qu'ils en sont *capables*.

— Évidemment, Wakefield. L'homme intelligent et bien élevé que vous êtes n'est tout de même pas en train de prétendre que le nègre nous est tellement inférieur qu'il ne peut pas apprendre à vivre par lui-même de manière productive ? demanda Kemble. Et Frederick Douglass, Sojourner Truth, Dred et Harriett Scott… Et même notre William Leiersdorff ?

— Des anomalies, affirma Wakefield. La plupart ont suffisamment de sang européen dans les veines pour contrebalancer leur origine africaine, mais cela ne veut pas dire que, sous prétexte qu'ils ont policé leurs manières, l'essence de leur être n'est pas aussi grossière et barbare que celle des autres. Qui, pensez-vous, les a réduits à l'esclavage à l'origine ?

Il n'attendait pas de réponse.

— Leur propre peuple ! En Afrique ! Les nègres ne sont pas opposés à l'esclavage. Au contraire, ils l'encouragent.

— Comment cela ?

Kemble tapota son cigare au-dessus de l'âtre.

— Vous savez aussi bien que moi, Edward, que les nègres que l'on émancipe n'hésitent pas à s'acheter des esclaves noirs, à les faire travailler dans leurs propres exploitations, pour leurs propres bénéfices. Qu'est-ce que cela révèle de leur nature, d'après vous ?

— Il a raison.

Cette affirmation émanait du second jeune médecin.

— Je ne sais pas combien d'entre vous ont déjà fréquenté des nègres, messieurs, mais je peux attester de la nature basse et vile qui les caractérise pour la plupart. Une poignée d'entre eux sont bons et loyaux, concéda-t-il. Mais, hormis ces quelques exceptions, ils ne pourront jamais contribuer à la société comme les Européens. Je dirais même plus, si on leur accorde la liberté, ils ne pourront que nous tirer tous vers le bas.

— La Californie admet vos griefs, monsieur Kemble, observa Meiggs. Mais quand les bons citoyens ont octroyé leur liberté aux nègres, ils leur ont aussi sagement refusé le privilège de devenir propriétaires, le droit de vote, la qualité de fonctionnaire ou la possibilité de scolariser leurs enfants avec les nôtres, précisément pour les raisons évoquées par le Dr Wakefield. La liberté s'accompagne du sens des responsabilités, conclut Meiggs. Et le nègre n'est tout simplement pas prêt à les assumer.

L'ignorance des hommes brillants atterrait souvent Grace, surtout au regard du fait qu'ils gouvernaient la vie de tant de personnes. Elle s'était tournée et s'apprêtait à intervenir lorsque ses yeux croisèrent ceux du Dr Wakefield et qu'elle se rappela immédiatement la position qu'elle occupait. Elle se mordit la lèvre avec force, se souvenant d'autres salons et d'autres conversations auxquelles elle avait pu participer, souvent avec grand plaisir, mais, cette fois-ci, cela risquait de lui coûter une situation très lucrative et le bien-être de ses enfants. Elle sentit un nœud se former dans son estomac lorsqu'elle se rendit compte qu'elle venait de pénétrer au royaume des compromis ; elle ne valait dorénavant pas mieux que les hommes avec lesquels elle était en désaccord.

— Désirez-vous autre chose, monsieur ? demanda-t-elle d'une voix neutre.

— Merci, non.

Si le Dr Wakefield avait remarqué son visage rougi, il ne fit pas de commentaire.

— Messieurs, certains d'entre vous connaissent déjà ma nouvelle cuisinière, madame Donnelly. Pour les autres, sachez que cette femme remarquable a autrefois vécu dans ce maudit Kansas, dans les grandes cités de Boston et de New York, et avant cela en Irlande. C'est elle qui est responsable du renouveau de mon intérêt pour la gastronomie et de l'élargissement de mon tour de taille qui en a résulté.

Ces messieurs s'esclaffèrent et levèrent leur verre joyeusement.

— Bravo ! clama Fairfax, en lançant un clin d'œil à Grace.

William Shew croisa son regard et lui adressa un petit salut respectueux, visiblement conscient de la gêne qu'elle éprouvait. Grace se força à leur répondre d'un sourire poli, puis sortit précipitamment de la pièce, se retournant pour tirer les portes derrière elle.

— Et pas désagréable à regarder, par-dessus le marché, hein, Wakefield ? lança Meiggs sur le ton de la plaisanterie.

– Pas de ça, répondit sèchement le docteur derrière la porte.

Grace décida que le ramassage des plateaux pourrait attendre le lendemain ; il était tard et la journée avait été longue. Songeant déjà à son lit confortable, Grace traversa la cuisine et pénétra dans l'appartement, refermant la porte derrière elle et soupirant de soulagement.

Le feu n'était plus très vif, mais la pièce était chaude et emplie des respirations douces et régulières de ses enfants. Grace retira son tablier puis la robe qu'elle portait en dessous. Il faudrait les envoyer à la blanchisserie. Elle retira ses bottines, ses sous-vêtements et ses bas, et savoura sur son corps nu les dernières bouffées de chaleur émanant des braises. Elle rêvait d'un bain, et se rappela soudain la magnifique baignoire du manoir Donnelly, la première et dernière qu'elle eût jamais connue. Certes, l'immense bassine en étain qu'elle remplissait chaque dimanche dans la cuisine des Ogue à l'arrière du saloon était déjà un luxe comparée à la petite cuvette qu'elle utilisait au Kansas. Il y avait une baignoire à leur disposition ici, et les enfants prenaient leur bain chaque samedi soir afin d'être propres et beaux pour la messe du dimanche matin, mais c'était une baignoire sabot, ce dont, bien sûr, elle ne se plaignait pas, surtout après les bains dans les rivières sur la piste ; au moins, ici, l'eau était chaude. Le docteur, pour sa part, allait prendre un bain en ville à intervalles réguliers. Quant à Abigail, elle disposait d'une jolie baignoire à l'étage dans sa salle de bain ; mais Grace se refusait ne fût-ce qu'à imaginer d'y mettre les pieds. Le docteur la payait plutôt bien, mais tout était si cher à San Francisco... Néanmoins, elle se renseignerait peut-être sur le prix d'une plus grande cuvette, qu'elle pourrait conserver à la cave et remonter par des soirs comme celui-ci, où son corps aspirait au sommeil, mais où son esprit était trop agité.

    Bien que le feu fût maintenant presque éteint, elle ne pouvait pas se résoudre à s'en éloigner. Repensant au corps ravagé de cette pauvre Mlle Wakefield, elle examina le sien, remarquant avec satisfaction les quelques kilos qu'elle avait pris maintenant qu'elle ne marchait plus quinze, vingt ou trente kilomètres par jour et qu'elle ne dormait plus à même le sol. Elle se sentait mieux ainsi ; elle avait toujours été robuste et vigoureuse, et n'aimait pas la manière dont ses côtes et ses clavicules s'étaient mises à saillir et dont ses joues s'étaient creusées ; cela lui rappelait trop l'Irlande de cette dernière et effroyable année, où même les arbres avaient été dépouillés de leur écorce, l'herbe arrachée par poignées et enfournée dans les bouches affamées, où l'on mangeait des détritus, n'importe quoi du moment que cela calmait la douleur d'un ventre vide. Non, pensa Grace, elle préférait avoir quelques rondeurs, elle voulait que ses enfants se remplument, qu'ils aient les jambes et les bras dodus, le ventre grassouillet et le visage joufflu. Ils avaient trop maigri tous les deux durant l'éprouvant périple qui les avait menés du Kansas à l'Oregon, et Mary Kate avait perdu encore davantage de poids à cause de sa maladie. Mais tout cela était en train de changer. Les enfants étaient chaque jour plus robustes et en meilleure santé ; leurs yeux brillaient ; leur chevelure s'épaississait ; ils riaient plus souvent et se querellaient, ce qui valait mieux que le silence pesant de l'abandon et de l'épuisement.

Les braises laissèrent échapper un ultime soupir et Grace frissonna dans l'air frais. Sa chemise de nuit était chaude car Mary Kate l'avait mise près du feu. Reconnaissante, elle l'enfila par la tête, savourant la chaleur qui gagnait sa poitrine, ses hanches et ses chevilles. Ensuite, elle enroula une couverture autour de ses épaules et s'installa dans le fauteuil à bascule, puis retira une à une les épingles de ses cheveux, les laissant retomber librement. Une fois qu'ils furent entièrement dénoués, elle attrapa sa brosse et les coiffa, mèche par mèche, jusqu'à pouvoir passer ses doigts à l'intérieur, les soulevant de son cuir chevelu par épaisses poignées. Elle avait perdu des cheveux pendant les années de famine, ainsi que plusieurs dents ; Dieu merci, pas celles de devant. Les dents ne repousseraient pas, mais ses cheveux avaient retrouvé leur épaisseur et leur belle couleur. Tout cela était de l'ordre de la futilité, bien sûr, car elle aurait dû se contenter de se réjouir d'avoir survécu. Elle secoua la tête pour repousser la culpabilité qui venait la tourmenter chaque fois qu'elle songeait qu'elle était encore en vie alors que tant d'autres étaient morts. Au lieu de cela, elle se laissa aller à savourer la conscience du poids de son corps, de sa présence physique ici-bas, du fait qu'elle était là. Elle laissa retomber la brosse sur ses genoux, essayant de se souvenir de la dernière fois qu'elle avait abandonné ce corps à d'autres mains. C'était à New York, avec Peter. Et avant cela, une nuit, ou plutôt quelques heures à peine, avec Morgan. Elle évitait de penser aux étreintes de Bram, même si elle ne les regrettait pas, puisque l'une d'elles avait donné naissance à Mary Kathleen. Elle pensa à la pauvre célibataire de la maison... Abigail Wakefield s'était peut-être donnée à un amant, dont la perte avait causé la sienne. Pourquoi, se demanda-t-elle, certaines personnes étaient-elles capables de rebondir malgré les épreuves auxquelles la vie les confrontait, alors que d'autres demeuraient accablées et dévastées au point d'attendre que la mort les emporte ? Elle se rappela l'intensité de son propre chagrin lorsque Morgan avait disparu ; puis, non sans embarras, sa dépression à New York quand elle avait cru Jack mort. Si Dugan ne lui avait pas arraché le couteau des mains... Elle retrouva, le temps d'un instant, la terrible sensation de détresse qui l'avait submergée alors. Se serait-elle réellement donné la mort ? Mary Kate serait devenue orpheline, même si, Grace en était certaine, Dugan et Tara l'auraient élevée avec amour ; Jack serait resté en Irlande avec Julia ; Grace n'aurait jamais rencontré Peter, et ne serait pas venue à San Francisco pour devenir sa femme. Tout aurait été différent. Pas forcément pire, mais différent. Et elle éprouva soudain une joie intense d'avoir survécu à tout ça, d'être ici, maintenant, dans cette pièce bien chauffée avec ses deux enfants chéris, qui dormaient à poings fermés dans leurs lits. Elle avait survécu grâce à sa foi et grâce à ses amis ; Abigail Wakefield possédait-elle l'un ou l'autre ? Grace soupçonnait que non, alors elle prit en pitié la pauvre femme, et plus tard, lorsqu'elle s'agenouilla pour remercier Dieu, elle pria pour elle et implora le Seigneur de lui apporter Son soutien.

Quand elle se coucha enfin, Grace écouta les éclats de voix des hommes qui se disaient au revoir dehors, puis le claquement des sabots alors qu'ils redescendaient la rue escarpée en direction de la ville, pour aller retrouver leurs propres maisons, leurs épouses et leurs enfants, s'ils en avaient. Elle entendit le

Dr Wakefield refermer la lourde porte d'entrée avant de monter se coucher. Le lendemain matin, elle lui servirait son petit déjeuner, puis confectionnerait un plateau pour Abigail, reprenant sa routine quotidienne, comme si tout ce qui venait de se passer était normal. Et peut-être était-ce le cas dans cette maison. Mais pour Grace, tout semblait sortir de l'ordinaire, et il en était ainsi depuis une éternité. Chaque matin, elle se réveillait comme si elle avait retenu son souffle, et chaque soir elle fermait les yeux en sachant que cette journée l'avait rapprochée de... de quoi ? *Quand Peter sera là, je saurai quoi faire*, se rassura-t-elle dans le noir.

Elle entoura Mary Kate de ses bras, attirant contre elle son petit corps tendre. *Elle est en train de grandir*, pensa-t-elle, et ses yeux se remplirent de larmes. Grandir, sans savoir vraiment ce qu'était un chez-soi, un père, ou une vie de famille normale.

— Je ferai en sorte que ça change, murmura-t-elle tout contre ses cheveux soyeux et frisés. Pour toi et pour Jack.

Rentre à la maison maintenant, Peter, pria-t-elle. *Il est temps.*

9

Le capitaine Reinders était allongé, trempé de sueur, gémissant comme les autres hommes étendus à ses côtés dans l'hôpital de campagne installé sur le rivage de Flamingo Island. Il allait malgré tout de mieux en mieux, il s'en rendait compte dans ses moments de lucidité. Il avait insisté pour que son second, Cole Mackley, mette le cap au nord sans lui, qu'il ramène chez eux au plus vite Liam et le reste de l'équipage de l'*Eliza J*. Il priait pour que Liam ne tombe pas malade à son tour et ne vienne pas à mourir ici, au Panamá. Reinders savait qu'il allait vivre, qu'il reverrait un jour la baie de San Francisco et les magnifiques ports du nord-ouest de la côte Pacifique, mais il ne pourrait jamais se présenter devant Grace en annonçant que Liam, le jeune garçon qu'ils avaient tous les deux pris en charge comme leur propre enfant, était mort.

Partez, avait-il ordonné à Mackley. *Je vous rejoindrai dès que je le pourrai.*

Mackley avait solennellement promis, mais l'*Eliza J* était toujours au mouillage en vue des côtes, perdant chaque jour de l'argent, ses passagers l'abandonnant pour d'autres navires, ces maudits paquebots dont il détestait le vacarme et la fumée. Son équipage, patient et vigilant, avait refusé comme un seul homme d'abandonner son capitaine dans ce trou perdu, avec sa chaleur implacable, ses pluies diluviennes, les hurlements de ses singes, ses insectes géants, sa malaria, sa dysenterie. « Reinders » ne serait pas l'un des noms enregistrés dans le cimetière qui s'étendait de jour en jour et accueillait déjà une centaine de cadavres, dont le gros des troupes de la quatrième division d'infanterie américaine, tombée malade quelques mois plus tôt.

Le soir, quand la chaleur devenait moins pesante, Reinders était capable de se mettre debout et, avec l'aide d'un garçon de salle, de se rendre en clopinant jusqu'à l'entrée de la tente, d'où il essayait de repérer l'endroit où mouillait le bateau qui attendait son retour. Son bateau. Et son fils aussi. Les deux choses qu'il aimait le plus au monde ; deux des trois choses, corrigea-t-il mentalement. Chaque soir, il venait là et regardait le soleil se coucher sur ses mâts majestueux, ses voiles bien ferlées, ses écoutes glénées et parées, tandis que l'équipage passait le faubert, goudronnait, recousait, réparait, astiquait, ponçait, s'employait à tout et n'importe quoi pour s'occuper en l'attendant.

Reinders avait emprunté un télescope. Il le porta à son œil, mit au point la lentille puis le déplaça lentement de la poupe à la proue. Il s'arrêta au milieu du navire ; Mackley était là, sur le pont, son propre télescope luisait au soleil alors qu'il le braquait sur l'île et sur la tente devant laquelle se trouvait son capitaine. Reinders leva la main pour le saluer et, quelques instants plus tard, Mackley lui rendit son salut, imité par le jeune garçon qui se tenait à ses côtés. Reinders faisait confiance à Mackley pour prendre soin de Liam, mais il était impatient de le retrouver pour s'occuper de lui personnellement. Enfin, épuisé par l'effort, il baissa le télescope et fit signe au garçon de salle, qui vint l'aider à regagner son lit.

La nuit, Reinders se sentait plus éveillé, plus alerte et concentré que pendant la journée ; les heures s'écoulaient minute par minute, interminables, lui offrant plus de temps pour la réflexion qu'il n'en aurait souhaité, du temps pour réfléchir à ce qui valait le coup d'être vécu et à ce qu'il gagnerait, peut-être, à ce que sa vie se finisse ici sur l'île. Rien, c'était la réponse la plus évidente, celle à laquelle il s'accrochait. Il n'y avait rien à gagner à mourir ici. Aucune noble cause ne pouvait le justifier ; il n'y avait rien d'héroïque à transporter des marchandises et des passagers de

Panama City à San Francisco. Il se demandait même pourquoi il continuait. Certes, même si ces maudits paquebots étaient le moyen de transport favori des plus aisés, on pouvait encore faire fortune dans l'import-export, et l'*Eliza J* pouvait embarquer des cargaisons bien plus importantes que ses concurrents ; mais ces trajets étaient devenus ennuyeux. Nous y voilà, avait-il fini par se dire, ces allers et retours vers le sud sont devenus la routine, et la routine est l'ennemic de l'aventurier. Même Mackley avait laissé entendre qu'il envisageait de rejoindre un autre équipage. Reinders avait fait semblant de ne pas entendre ; il ne pouvait pas imaginer diriger son bateau sans l'homme qui le secondait depuis tant d'années. Mais Mackley n'était plus célibataire ; il avait rencontré une femme, la fille d'un militaire en poste à Fort Vancouver sur la Columbia River. C'était là qu'il voulait aller, au nord, vers Fort Vancouver, et au-delà, vers les terres qui allaient devenir l'État de Washington. Il y avait des colonies, là-haut, à Seattle et à New Whatcom, qui avaient tapé dans l'œil de Mackley.

— Et dans le mien, admit Reinders, avant de se maudire de marmonner tout haut, constatant que le garçon de salle le regardait à nouveau de travers.

Il lui fallait se rétablir, et quitter cet endroit avant qu'on ne l'interne.

Reinders laissa son esprit divaguer vers les territoires du Nord, vers les îles et les voies navigables, qui l'avaient enthousiasmé plus que tout ce qu'il avait vu depuis qu'il avait gagné l'Ouest. Ses premiers voyages l'avaient conduit le long des côtes, puis à l'intérieur des terres, où il avait traversé le spectaculaire détroit du Capitaine Puget jusqu'à atteindre la baie et l'usine de bois. Cette terre était nichée entre les reliefs accidentés de la chaîne des Cascades et les imposants monts Olympic ; par temps clair, c'était tout simplement le plus beau paysage que Reinders eût jamais vu de sa vie. Le mont Rainier culminait tel un dieu derrière les montagnes moins hautes, tapissées de forêts denses qui couraient jusqu'au bord de l'eau.

Au cœur de ces étendues sauvages avaient surgi des colonies. Celle qu'il préférait, New Whatcom, s'était installée au nord, un peu au-delà de Seattle, dans la baie de Bellingham. C'était une ville active, peuplée de bûcherons et de pêcheurs installés avec leurs femmes et leurs enfants, forte d'une industrie en plein essor, et qui faisait face avec une certaine noblesse à des conditions de vie difficiles. Là-bas, Reinders s'était lié d'amitié avec les Eldridge, Edward, un ancien pêcheur, et sa femme, Teresa, qui avaient fui la famine irlandaise ; ils s'étaient rencontrés à bord du bateau d'Edward, un peu comme Peter et Grace ; mais les Eldridge étaient maintenant mariés et avaient eu une petite fille, Isabella. Un soir qu'ils dînaient ensemble dans leur maisonnette, Reinders leur avait parlé de Grace, et Teresa avait évoqué son propre passé, lui rappelant à quel point ces femmes irlandaises étaient fortes, courageuses et capables de refaire leur vie non seulement une fois, mais deux, trois fois... Autant de fois qu'il le fallait pour assurer un avenir à leurs enfants.

Par l'intermédiaire des Eldridge, il avait aussi rencontré Rolf et Astrid Sigurdsen, un couple de jeunes mariés qui avait fui la famine en Norvège et avait gagné l'Ouest par voie terrestre. Sur les conseils d'Edward, Reinders avait décidé d'investir à New Whatcom et y avait établi une épicerie, que Rolf et

Astrid géraient en qualité d'associés. C'était la première fois qu'il entreprenait quelque chose tout seul, avec ses propres deniers, et son partenaire en affaires, Lars, l'avait félicité de son choix d'investissement. C'était un bon magasin, et les Sigurdsen le géraient bien. Reinders était toujours content de les voir lorsqu'il se rendait là-bas. Heureux de la voir, elle, Astrid, corrigea-t-il. Il soupira et se retourna. Rolf s'était noyé peu de temps auparavant au cours d'une sortie de pêche, laissant Astrid seule pour faire tourner le magasin. Reinders s'était attendu à la voir plier bagage et partir rejoindre des proches, d'autant qu'elle avait perdu l'enfant qu'elle portait peu de temps après la mort de Rolf, mais elle lui avait clairement dit qu'elle avait l'intention de rester et qu'elle espérait bien qu'il continuerait à honorer ses engagements, puisque le magasin dégageait des bénéfices. Il s'était débrouillé pour lui faire construire une maisonnette à l'arrière du magasin afin de lui simplifier la vie, et il pensait souvent à elle. Elle lui rappelait Grace à bien des égards ; même si rien ne les rapprochait physiquement ni dans leur manière de s'exprimer, les deux femmes partageaient cette même foi qui semblait les accompagner à travers toutes les catastrophes qu'elles enduraient, toutes deux étaient dotées d'un vrai sens de l'humour, chose qui, il l'admettait volontiers, lui faisait défaut. Oui, pensa-t-il, Astrid était une femme bien ; il fallait qu'il retourne là-bas, dans le Nord, pour s'assurer qu'elle disposait de tout ce dont elle avait besoin. L'hiver arrivait et les provisions étaient toujours trop justes.

Il y avait des Indiens à New Whatcom, mais les Lummis étaient appréciés pour leurs connaissances et la bonne volonté qu'ils mettaient à aider les colons ; en retour, ils étaient traités avec respect par ceux qui occupaient dorénavant une partie de leurs terres. Reinders avait vu le nombre d'Indiens présents dans le sud du bassin de la Columbia River décliner au fur et à mesure de l'arrivée des pionniers, et de la vérole et autres rougeoles qu'ils avaient apportées avec eux ; même le *sweat lodge*[1] – qu'ils utilisaient pour guérir presque toutes les maladies dont ils souffraient – se révélait inefficace et, pire, paraissait accélérer leur mort. Cependant, au nord de la rivière, la vie indienne était toujours florissante, et, à New Whatcom, elle n'était qu'un des éléments pittoresques de la vie quotidienne.

Reinders ferma les yeux et essaya de se rappeler la sensation de ces brises fraîches et salées, l'odeur du sapin et du cèdre, les riches harmonies du vent dans les arbres, le cri des goélands énormes, l'envol majestueux des aigles. Allait-il revoir tout cela un jour ? Allait-il à nouveau naviguer dans ces eaux, au milieu des orques et des marsouins, goûter au saumon frais, aux tourteaux, aux palourdes et aux moules dont elles regorgeaient ?

– Oui, se dit-il.

Il sut que sa voix avait résonné dans la tente, mais cette fois il s'en moquait. Oui, il allait retourner là-bas, et il emmènerait Grace avec lui. Il rentrerait à San Francisco, verrait Lars, puis remonterait la côte jusqu'à la colonie de Willamette ; elle devait maintenant y être arrivée, sauf imprévu. Elle était avec Lily et Jan, et leur grand convoi avait quitté le Kansas

---

1. Sorte de sauna à usage religieux dans certaines tribus amérindiennes. (*N.d.T.*)

bien à temps ; pas de risque de *Donner Party*[1] en ce qui les concernait, même si la liste des autres risques qu'ils avaient pu courir était longue. Grace avait déjà accumulé suffisamment de souffrances dans sa vie ; rien de plus ne pouvait leur arriver. Il remonterait la côte et la trouverait là ; ce serait étrange, bien sûr, mais ils s'étaient écrit à intervalles réguliers et, surtout, ils avaient Liam en commun. Le jeune garçon l'accompagnerait, et sa présence faciliterait leurs retrouvailles. Quand elle serait prête, il l'emmènerait vers le nord et lui montrerait le joyau qu'était New Whatcom. Lorsque Liam y était venu pour la première fois, il lui avait dit à quel point il trouvait que l'endroit ressemblait à l'Irlande, en particulier au comté de Cork, le lieu d'où était originaire Grace. Reinders n'avait pas mesuré tout de suite combien il souhaitait qu'elle aime cet endroit, combien c'était important pour lui, mais les heures passées éveillé sur ce lit de camp lui en avaient donné une conscience aiguë. Les gens l'appelaient le pays de Dieu, mais il ne savait pas vraiment ce que cela voulait dire ; le pays de Dieu, c'était le monde entier ou rien. Même s'il reconnaissait maintenant l'existence de Dieu, il n'avait toujours pas beaucoup foi en Lui ; il y avait trop de chaos dans le monde, trop de désastres et de cruauté pour que l'on puisse concevoir qu'il existe une sorte d'ordonnancement suprême. Mais s'il percevait un tant soit peu la présence d'un être supérieur, c'était lorsqu'il naviguait dans les baies du

---

1. Référence à un groupe de colons formé autour de la famille Donner, qui, pendant l'hiver 1846-1847, s'était livré à des actes de cannibalisme pour survivre. (*N.d.T.*)

nord-ouest de la côte Pacifique. La vue de cette terre lui causait à chaque fois une émotion profonde.

Comme s'il venait de trouver une réponse à ses questions, Reinders referma les yeux et sourit alors que les images du port et de son petit magasin venaient danser devant ses yeux. Et Astrid accourait à sa rencontre, descendait jusqu'au bord de l'eau pour le voir revenir à la rame, sa jupe remontée au-dessus de la vase, ses cheveux attachés en une tresse serrée enroulée sur sa nuque. Grace l'aimerait bien ; ils seraient tous amis et voisins, les Sigurdsen, les Eldridge, les Reinders. Grace et lui pourraient bâtir un foyer là-bas ; elle avait toujours voulu vivre au bord de la mer, et c'était l'une des choses qu'il aimait chez elle.

Une sensation de plénitude l'envahit, et la dernière chose qu'il ressentit fut cette chute vertigineuse qui accompagne la plongée dans le sommeil. Il dut dormir plus profondément que jamais depuis son arrivée sur l'île car, à son réveil, il sut qu'il venait de passer un cap. Peter Reinders se sentait bien.

10

De loin, Barbara Alroy paraissait plus âgée qu'elle ne l'était ; ses cheveux autrefois noirs étaient à présent complètement gris, et elle avait le dos voûté, à force de se baisser constamment pour prendre les enfants dans ses bras et les hisser sur sa hanche plus qu'en raison du poids des années. Quand on se rapprochait, son âge véritable devenait plus évident : sa peau conservait la vitalité de la jeunesse et ses yeux brillaient toujours aussi ardemment malgré les dures années de famine ; et si son visage était ridé, c'était autant du fait des rires et de la bonne humeur que des combats menés pour survivre. Car Barbara était une battante, dotée de cette beauté sombre et vigoureuse qui caractérisait tous les McDonagh. Quiconque eût pu la voir à côté de son frère ne fût-ce qu'un instant eût jugé la ressemblance troublante. Morgan lui manquait toujours si cruellement qu'elle serrait les poings et les dents chaque fois qu'elle pensait à lui. Pourtant, elle ne souscrivait pas à la thèse romantique selon laquelle il aurait pu fuir l'Irlande d'une manière ou d'une autre, être emprisonné à Van Diemen's Land, travailler au Canada, ou vivre au milieu des sauvages en Amérique. Morgan avait été l'un des héros les plus glorieux de la révolte des *Young Irelanders*, et sa célébrité avait acquis des proportions mythiques, de sorte que chacune des rumeurs qu'elle entendait était plus énorme et plus incroyable que la précédente. Même si elle avait envie qu'il fût vivant quelque part, n'importe où, elle savait que c'étaient les prêtres qui avaient raison : Morgan était mort en prison, battu jusqu'à l'épuisement, l'âme ravagée tout autant que le corps. Barbara était aussi forte que son frère l'avait été, et elle refusait de se torturer, préférant croire qu'elle le reverrait un jour, mais dans l'autre monde.

Elle se tenait dans l'embrasure de la porte, s'essuyant les mains sur son tablier, observant une belle voiture avec des malles attachées à l'arrière, qui remontait la colline en direction de l'école qu'une dizaine d'enfants, dont les jumeaux qu'elle avait eus avec Abban, appelaient leur maison.

– Abban Alroy, appela-t-elle par-dessus son épaule, attends-tu une visite aujourd'hui ? Car il y a quelqu'un qui arrive.

Abban détacha son regard des vêtements qu'il raccommodait – une paire de pantalons usés au postérieur – et secoua la tête.

– Pas moi, Barbara, dit-il. Mais peut-être que la reine en personne nous envoie tout un tas de provisions en récompense des soins que nous prodiguons à ses orphelins.

– Tu ferais mieux de venir voir, alors, lui enjoignit Barbara. Comme tu le sais, pour la reine, je ne suis pas là.

Abban rit, puis posa son raccommodage et se releva de sa chaise en s'aidant d'une béquille. Il avait perdu sa jambe trois ans auparavant, mais il ne parvenait pas à l'oublier, cherchant parfois la nuit à gratter un tibia qui n'existait plus. Pourtant, pendant leur pénible traversée de l'Irlande avec Barbara, de Cork à Galway, il avait appris à enjamber ou contourner tous les obstacles qui se dressaient en travers de sa route, et il marchait dorénavant à la vitesse et avec l'aisance d'un homme qui disposerait de ses deux jambes et non d'une seule ; et il pouvait même danser.

– Bel équipage.

Il protégea ses yeux du faible soleil d'automne.

– Et bel attelage. Tu crois que c'est Julia ? Déjà de retour de Londres ?

– Sa lettre disait qu'elle serait à Dublin pour Noël et qu'elle viendrait nous voir après, déclara Barbara.

Mais regarde. Il y a un bras qui nous fait signe par la fenêtre !

Tous deux quittèrent le seuil de la porte et avancèrent dans la cour tandis que les chevaux tournaient pour immobiliser la voiture devant le portail. Les enfants s'arrêtèrent de jouer et se mirent à regarder, tout comme Gavin Donohue, le jeune homme qui aidait à entretenir les lieux ; les visites étaient rares, les visiteurs en grand équipage plus rares encore. Dans un même mouvement, ils s'approchèrent de la barrière et l'escaladèrent, enfourchant poteaux et barres, fourrant leurs têtes partout, impatients de voir quelle grandiose créature allait émerger d'un tel véhicule.

— Bon sang, c'est vraiment Julia ! s'exclama Barbara en se précipitant vers le portail. Julia ! appela-t-elle. On ne t'attendait pas si tôt !

Julia descendit de la voiture et enlaça sa vieille amie.

— C'est bon de te revoir, Barbara. Comment vont les garçons ?

Elle jeta un regard vers les enfants qui restaient perchés sur la barrière, bouche bée.

— Bonjour, Gavin !

Elle adressa un signe de la main au jeune homme qui retira son chapeau et lui fit la révérence comme si elle était une altesse royale, ce qui la fit rire.

— Ils dorment là-haut avec les plus jeunes, lui répondit Barbara. Et toi, tu arrives avec ta petite fille ?

Elle essaya de scruter l'intérieur de la carriole à la recherche de la fille de Julia, âgée d'un an, mais cette dernière l'arrêta d'un geste.

— Elle est restée avec mon père à Dublin.

Barbara se redressa.

– Ton père est un brave homme. Rester chez soi avec un bébé qui marche à quatre pattes...

Julia éclata de rire.

– Oh, maintenant, elle le mène par le bout du nez, et il n'est plus bon à rien sinon à la faire sauter sur ses genoux et à produire des bruits ridicules ! J'ai embauché une nurse pour s'occuper d'eux deux.

Son visage redevint sérieux.

– Je ne fais que passer en vitesse, Barbara. Bonjour, Abban.

Il lui serra la main puis l'embrassa sur la joue.

– C'est toujours agréable de te voir, ma grande, même si on ne s'attendait pas à ta visite.

– Tout ça s'est décidé à la dernière minute.

Julia leur prit les mains à tous les deux, passant alternativement d'un visage à l'autre.

– Je vous ai amené une surprise. Une *vraie* surprise, ajouta-t-elle. Quelqu'un que vous n'avez pas vu depuis très longtemps.

Ils la toisèrent, perplexes, et la regardèrent s'écarter de la porte de la voiture. Une jeune femme en descendit ; Abban trouva son visage vaguement familier, mais il ne la connaissait pas. Barbara, en revanche, eut le souffle coupé et porta les mains à sa bouche.

– Tu me reconnais, Barbara ? demanda la jeune femme d'une voix douce, les yeux à la fois pleins d'espoir et de crainte. Moi, ton cauchemar, ta fugueuse, ta bonne à rien de petite sœur ?

– Aislinn !

Barbara se précipita vers elle et la serra dans ses bras de toutes ses forces.

– Oh, Aislinn, ma petite chérie. Bien sûr que je te reconnais. Bien sûr.

Elle se recula et examina sa sœur en la tenant à bout de bras, puis l'étreignit de nouveau, encore plus fort.

— Oh, Dieu merci ! Dieu merci, tu es vivante !

Les deux femmes pleuraient et riaient, tandis qu'Abban les regardait faire, incrédule, et que Julia arborait un large sourire.

— Abban !

Barbara entraîna Aislinn jusqu'à lui.

— Voici ma sœur, Aislinn, qui est partie pour Londres il y a des années !

Elle se retourna vers Aislinn avec un air encore stupéfait.

— Et la revoilà ! Oh, ma petite chérie !

Elle se mit à pleurer pour de bon, submergée de bonheur.

— Rentrons, suggéra Abban en prenant par le bras sa femme bouleversée.

Il guida tout le monde vers la maison.

— Asseyez-vous. Asseyez-vous, s'il vous plaît, je vais mettre de l'eau à chauffer.

Aislinn, c'était Barbara en plus jeune, songea Abban ; ses cheveux étaient juste un peu plus clairs, et son visage plus replet. Certes, elle était vêtue comme une dame, et elle portait des bagues aux doigts, des boucles d'oreilles en argent et un peigne en ivoire dans les cheveux. Il n'avait jamais vu Barbara avec une robe neuve depuis qu'il la connaissait, elle ne possédait pas un seul bijou à l'exception de l'anneau qu'il lui avait passé au doigt, portait ses cheveux en une simple natte qui tombait derrière son dos comme une jeune fille, et pourtant elle était la femme la plus belle et la plus élégante qu'il eût jamais connue.

– Je crains qu'on ne vous accueille dans des conditions un peu spartiates, avertit Abban en balayant du bras l'unique pièce, remplie de chaises et de tabourets, au centre de laquelle trônait une grande table en bois. Mais vous êtes les bienvenues.

– S'il vous plaît, ne vous excusez pas.

La voix d'Aislinn était chargée d'émotion. Elle s'installa sur une chaise en bois bancale.

– Ma tenue est à l'image de la vie que j'ai connue ces derniers temps. Pas de celle que je souhaite mener désormais.

– Et comment souhaites-tu vivre dorénavant ? demanda Barbara d'une voix douce en s'essuyant les yeux.

– Avec toi, Barbara. Avec toi et ton mari. Si vous voulez bien de moi.

– Bien sûr ! s'écria Abban sans hésitation. Il n'y a pas de question à se poser à ce sujet. Tu es de la famille et tu seras ici chez toi aussi longtemps que tu le souhaiteras.

– Peut-être que ne voudrez plus de moi une fois que vous saurez comment je vivais jusqu'à présent. Je n'en suis pas fière, mais je ne peux plus rien y faire maintenant, et je ne veux pas vous mentir à ce sujet.

Abban et Barbara échangèrent un regard par-dessus sa tête.

– Tu as finalement épousé Gerald O'Flaherty ? demanda Barbara en s'asseyant à côté de sa sœur. Et tu l'as quitté ?

Aislinn resta silencieuse un long moment, puis rassembla son courage, et se mit à raconter.

– Gerald n'a jamais eu l'intention de m'épouser, confessa-t-elle. Je lui ai donné un enfant mais je n'ai pas réussi à m'en occuper toute seule, alors je l'ai abandonné.

Barbara tendit la main pour saisir celle d'Aislinn et la serra.

— L'année suivante a été dure, je n'avais plus goût à la vie. J'ai été entretenue par un homme marié, riche et titré. Il a été bon avec moi, et j'ai eu de la peine quand il est mort. Il m'a laissé mes bijoux, mon appartement, et de l'argent, et j'ai même pensé que je pourrais continuer à mener une vie tranquille à Londres.

Elle secoua la tête, attristée.

— Mais j'étais trop seule, hantée par mes fantômes. Je savais par Julia que vous étiez vivants et que vous vous en sortiez plutôt bien ici, et alors je me suis mise à espérer que... peut-être...

Elle s'interrompit, résolue à ne pas se remettre à pleurer.

Barbara se tourna vers Julia, stupéfaite.

— Tu savais qu'elle était en vie ? Tout ce temps, tu le savais ?

— Je suis désolée, Barbara, s'excusa Julia. Je suis tombée sur elle par hasard la première année où je me suis rendue à Londres pour emprunter de l'argent, et elle m'a suppliée de ne dire à personne ce qui lui était arrivé.

— Je ne voulais pas vous faire honte, confessa Aislinn. Je savais que je ne pourrais plus jamais me présenter à la maison.

— Maman t'aimait, Aislinn, lui assura Barbara. Elle voulait t'avoir à ses côtés mais disait toujours qu'il valait mieux que tu vives loin de nous plutôt que tu ne meures à la maison. Pas un jour ne s'est écoulé sans qu'elle prie pour toi.

— Et moi pour elle, murmura Aislinn.

— C'est toi, alors, qui as envoyé cet argent ici ? demanda Abban.

— J'ai rencontré Julia à Liverpool juste avant que Grace embarque. Quand vous avez quitté le couvent un peu plus tard, je lui ai demandé de faire ça en son nom.

— Donc Grace sait que tu es en vie ?

Barbara était abasourdie.

— Elle m'a dit pour maman et les filles, et aussi pour la mort de Morgan...

Elle marqua une nouvelle pause.

— Je savais qu'elle vous avait confié le bébé, et elle m'a dit que c'était mal vous connaître que de croire que vous ne m'accueilleriez pas à bras ouverts sans demander d'explication.

— Grace... soupira Barbara. Toujours à penser aux autres. Elle était dans un état lamentable lorsqu'elle est partie d'ici, tellement faible et épuisée... Je craignais qu'elle ne survive pas au voyage.

— Et pourtant elle y est parvenue, dit Aislinn. Elle est allée rendre visite à Lord Evans en prison avant d'embarquer pour l'Amérique. Tu te souviens, Julia ?

Julia sourit d'un air contrit.

— Comment pourrais-je oublier ? Ç'a été ma première et dernière expérience avec des prostituées !

— Quoi ? s'exclamèrent Barbara et Abban en même temps.

— Une autre fois, promit Julia. C'est une histoire à raconter avec une bonne bouteille et une longue nuit devant soi.

— Je prendrais bien quelque chose à boire, là tout de suite, reconnut Barbara. Mais je ne suis pas sûre d'avoir le temps d'en écouter davantage. Je dois aller réveiller les petits de leur sieste.

Elle se leva, tenant toujours la main d'Aislinn, et se tourna vers son mari.

— Peux-tu regarder un peu ce que fabriquent les grands dehors, Abban ?

— Et moi, je dois venir avec toi ? demanda Aislinn. Vu que tu tiens toujours ma main...

Barbara se mit à rire avec elle, et leur ressemblance sauta aux yeux d'Abban.

— Pendant que vous vous occupez de ça, je vais nous préparer un thé, dit Julia qui s'était levée à son tour. Je connais suffisamment la maison.

Barbara conduisit Aislinn à l'étage, dans un dortoir aménagé dans les combles. Dans une moitié de la pièce s'alignaient les lits de camp des neuf enfants les plus âgés ; l'autre moitié était garnie de berceaux de fortune pour les cinq plus jeunes, qui commençaient justement à s'agiter.

— Par ici.

Barbara se pencha au-dessus du berceau le plus proche, et Aislinn se posta à ses côtés ; elles contemplèrent les deux petits garçons qui dormaient dans un enchevêtrement de bras et de jambes ; ils avaient les cheveux sombres des McDonagh, mais le nez et le menton d'Abban.

— Voici tes neveux, chuchota Barbara. Declan, ici, avec les taches de rousseur. Et Nally, en l'honneur de notre père, paix à son âme.

Aislinn entoura de son bras les épaules de Barbara.

— Comme ils sont beaux... Je suis vraiment heureuse pour toi, Barbara. Et quel miracle !

– Oh, oui. J'en suis toute retournée rien que d'y penser. La faim et la maladie étaient si terribles, et pourtant, sans cela, je n'aurais jamais trouvé mon Abban. Je n'aurais pas quitté les ordres, je ne me serais pas mariée, ni ne serais devenue mère de ces deux adorables créatures. Dieu m'a comblée, au bout du compte. Oh, Aislinn, je suis désolée, ajouta soudain Barbara dans un souffle. Ils doivent ressembler un peu à ton enfant…

Aislinn acquiesça.

– J'ai essayé de le récupérer une fois, mais on n'a pas voulu me donner de nouvelles. On m'a dit qu'il aurait de plus grandes chances de s'en sortir si je me tenais à distance, et c'était sans doute vrai.

– Ça partait probablement d'une bonne intention, lui dit Barbara. Mais si ces gens connaissaient ton cœur, ils se seraient empressés de te le rendre.

– Merci, murmura Aislinn. Ça va aller. Je me suis fait une raison maintenant. De temps à autre, je l'imagine en train de grandir avec un père et une mère qui sont fous de lui, qui jouent avec lui, qui lui apprennent des choses… et cela me réjouit. Je suis heureuse qu'il grandisse dans de bonnes conditions.

Barbara serra Aislinn contre elle.

– On en a vécu, des choses, hein, petite sœur ?

– Oui, murmura Aislinn. C'est le moins qu'on puisse dire…

– Je suis tellement contente que tu sois là. C'est tout ce qui importe pour le moment.

Aislinn resserra son étreinte.

– Je peux rester, alors ?

– Est-ce que tu sais cuisiner, faire la vaisselle, la lessive et raccommoder les vêtements ?

— J'ai un peu perdu la main, concéda Aislinn. Mais je ferai de mon mieux.

— Bien, dit Barbara en riant.

À la fin de la visite, Abban raccompagna Julia jusqu'à sa voiture.

— Tu es la bienvenue si tu veux rester avec nous, ma grande, histoire de repartir fraîche et reposée demain matin.

— Merci, Abban, mais il faut que je fasse le plus de route possible aujourd'hui. Je n'avais jamais imaginé qu'Aislinn reviendrait de Londres avec moi, mais j'ai eu l'impression qu'il fallait que je vous la ramène le plus vite possible. Je vous devais bien ça à tous.

— Tu peux désormais arrêter d'expier le passé, Julia, fit remarquer Abban.

— Je ne crois pas que ce soit possible, avoua Julia.

— Comment se porte notre jeune Jack ? As-tu eu des nouvelles de lui dernièrement ?

— J'allais oublier !

Elle porta la main à la poche de sa jupe et en sortit une enveloppe.

— Une lettre de Grace. Il va bien. Il adore le Kansas. Les cow-boys, les Indiens et tout le reste.

Abban secoua la tête.

— J'ai du mal à imaginer une chose pareille. Et le genre de vie qu'ils mènent là-bas.

— Elle pense aller plus loin à l'ouest, jusque sur la côte, dans un endroit qui s'appelle l'Oregon.

— Est-ce que c'est là que vit le capitaine du bateau ? Tu crois qu'elle va finir par l'épouser ?

– Il vit plus au sud, mais je ne sais pas à quelle distance exactement.

Julia demeura songeuse quelques instants.

– Oui, je pense que Grace est maintenant prête pour l'épouser. Sa vie est plus que remplie, mais elle donne aussi l'impression de se sentir bien seule dans sa lettre. Et fatiguée, aussi. Elle ne s'est jamais remise de la disparition de Morgan, et à mon avis, elle ne s'en remettra jamais. Mais je crois qu'elle a envie d'essayer.

– Il ne se passe pas un jour sans que je pense à lui d'une façon ou d'une autre, sans que je me souvienne de quelque chose qu'on a fait ensemble, ou d'une de ses paroles. Ce n'est pas le genre d'homme que l'on efface aisément de sa mémoire.

– Ou de son cœur.

Julia enfila son bonnet et l'attacha sous son menton.

– Écoute, de quoi avez-vous besoin en termes d'approvisionnement ? J'ai une réunion chez les Quakers à Dublin, et aussi avec les œuvres de bienfaisance catholiques.

Abban se remémora la liste qu'il conservait éternellement à l'esprit.

– On aurait bien besoin de semences pour le jardin l'an prochain. Et d'une autre pelle, parce que ce n'est pas facile de bêcher dans une terre aussi dure. Mais aussi d'autres vêtements pour les plus grands, surtout des robes pour les filles, et des bottes. On serait aussi ravis d'avoir des livres, n'importe lesquels, car la plupart des enfants étudient ici avec Barbara. Et des ardoises pour qu'ils puissent écrire. N'importe quoi, vraiment, Julia. Tout nous serait utile.

– Je vais voir ce que je peux faire.

Elle lui serra la main.

— Est-ce que vous recevez des nouvelles du monde par ici ?

Abban haussa les épaules.

— Une feuille de chou nous parvient à l'occasion, généralement enroulée autour d'un poisson. Je sais que Meagher et MacManus se sont échappés des colonies et sont parvenus jusqu'à San Francisco.

— Oui, Terence y est resté, mais j'ai entendu dire que Thomas s'était rendu à New York et engagé dans l'armée.

— Ce n'est pas vrai !

Abban avait l'air ravi.

— Il a toujours eu l'esprit militaire, celui-là. J'espère qu'il reviendra par ici, mais qu'importe. Il va montrer à ces Américains ce dont sont capables les Irlandais. Il sera nommé général avant qu'ils aient le temps de se retourner.

Il éclata de rire.

— Et Smith O'Brien ? Il s'est évadé lui aussi ?

— Il est toujours détenu à Van Diemen's Land. Il n'est pas au mieux, d'après ce qu'on dit, mais Jenny et les enfants ont embarqué pour le rejoindre là-bas, tu sais.

— Voilà qui va le réconforter. Je ne pense pas qu'on ait jamais parlé de ce qui était arrivé à Sean.

Julia secoua la tête.

— Je crois que c'est une des raisons pour lesquelles Grace veut pousser vers l'ouest. Elle va traverser l'Utah et, s'il est toujours en vie, elle le retrouvera peut-être.

— C'est un pays immense, observa Abban avec une pointe d'émerveillement. Je suppose que ce sera comme de chercher une aiguille dans une botte de foin. Et s'il avait voulu qu'on le retrouve, ça aurait déjà été le cas.

– Je n'en sais rien. Tant de gens ont disparu, pour une raison ou pour une autre…

– Mais certains se sont retrouvés, aussi.

Abban regarda par-dessus son épaule en direction de l'endroit où Barbara et Aislinn étaient en train de bavarder, devant la fenêtre, tenant chacune un jumeau à cheval sur la hanche.

– Merci, Julia.

– Merci à toi, répondit-elle. Je ne fais que parcourir le pays pour soutirer de l'argent aux gens. C'est Barbara et toi qui faites le plus dur.

– Je suis bien heureux de faire ça après tout ce qui s'est passé.

Il lui tendit à nouveau la main.

– Je t'ai retenue assez longtemps. Tu ferais mieux d'y aller pendant qu'on y voit encore clair.

– Eh bien, au revoir, Abban.

Elle lui serra chaleureusement la main.

– À bientôt.

– Embrasse la petite Aiden pour moi. Aiden Elizabeth Wilkes, énonça-t-il lentement. C'est un nom bien sérieux que vous lui avez donné.

– Oui, elle en aura besoin avec une mère comme moi !

Ils rirent tous les deux, puis Julia monta dans la voiture et s'adressa à son cocher. Barbara et Aislinn se précipitèrent jusqu'au portail, et ils restèrent tous ensemble à regarder l'équipage redescendre le chemin, et Julia qui les saluait de la main par la fenêtre.

– Bien, conclut Abban après que la voiture de Julia eut prit le dernier virage.

Il se tourna vers Aislinn.

— Veux-tu que je m'occupe de ton jeune neveu, pour te laisser une chance de t'installer ?

— Si ça ne te dérange pas, j'aimerais bien le garder avec moi encore un petit peu.

Elle attrapa les poings dodus de Nally et embrassa ses petits doigts.

— Alors passe devant.

Abban ébouriffa les cheveux du petit garçon.

— Je parie que d'ici peu, tu seras en train de le poursuivre avec un balai à travers la cour. Il nous donne déjà du fil à retordre. Le portrait craché de son grand-père, d'après ce que j'ai cru comprendre.

Barbara adressa un clin d'œil à sa sœur.

— Aislinn s'en est toujours bien sortie avec notre père. Peut-être aura-t-elle le même genre de pouvoir sur son homonyme.

Aislinn éclata de rire et fit tournoyer le bébé dans ses bras, puis le souleva à bout de bras pour guetter sa réaction, et lorsqu'elle vit l'expression ravie de son visage, quelque chose se libéra subitement dans son cœur, et elle le serra à nouveau tout contre elle. Elle n'avait pas été entourée d'autant d'enfants depuis sa propre enfance, au cœur d'une fratrie de neuf, dans un quartier où presque toutes les familles en comptaient autant ; et c'était ce sentiment familier de joyeux désordre qui l'envahissait à présent, la plongeant dans la sérénité.

Cette nuit-là, ils se rassemblèrent tous autour de la table : Abban, Barbara, Declan et Nally, leur tante Aislinn ; les employés, Peigi O'Reardon et Gavin Donohue ; les six autres garçons qui venaient s'ajouter aux jumeaux Alroy, et les six filles, dont les âges s'échelonnaient de quatre à treize ans. Leurs visages étaient rougis par l'air frais de l'automne, leurs yeux pétillaient à la lueur des chandelles et des lanternes. Ils se tenaient tous du mieux qu'ils pouvaient en l'honneur de celle qui était à coup sûr une invitée de marque, tant elle était belle dans sa chatoyante robe bleue. Barbara fit passer le pain – elle s'assurait toujours d'en avoir en quantité – pendant que son mari distribuait à la louche la soupe de pommes de terre, et quand tout le monde fut servi, les regards se tournèrent vers Abban en bout de table pour qu'il entonne la prière. Ensuite, ils s'assirent silencieusement, les yeux grands ouverts.

– Allez-y, maintenant, les encouragea Barbara. Prenez vos cuillères. Ça ne vous ressemble pas de jouer les timides. C'est juste ma sœur, Mlle McDonagh. Elle va vivre avec nous dorénavant, mais je vous promets qu'elle ne mord pas.

Barbara leur lança un clin d'œil.

Il y eut une longue pause silencieuse tandis qu'ils prenaient tous en considération le fait que Mme Alroy avait une sœur et que cette créature merveilleuse allait vivre avec eux dans la vieille école.

Maeve, la sage petite fille de huit ans assise à l'autre extrémité de la table, surmonta sa timidité et demanda :

– Vous aussi, vous avez perdu toute votre famille, comme nous, mademoiselle, et c'est pourquoi vous êtes venue ?

– Oui.

Aislinn couvrit la main de Barbara de la sienne.

– Toute ma famille, à l'exception de ma sœur, et elle a la gentillesse de m'accueillir ici.

– M. et Mme Alroy savent très bien prendre soin des gens.

Maeve attendit une confirmation de ses frères et sœurs d'adoption, et tous hochèrent la tête en signe d'assentiment.

– Bienvenue, alors, mademoiselle. Nous sommes contents de vous avoir parmi nous.

– Bienvenue, mademoiselle, répétèrent timidement les enfants, en esquissant un sourire d'encouragement à l'adresse de leur nouvelle compagne.

Aislinn serra la main de Barbara, n'osant pas la regarder de peur de fondre en larmes. Elle promena son regard de visage en visage, revoyant en chacun d'eux l'image de ses frères et sœurs disparus, de ses voisins, de son bébé.

– Merci, mes enfants, leur dit-elle. C'est bon de retrouver sa famille.

– Et ses amis, ajouta Gavin en croisant son regard par-dessus la table. Vous avez aussi des amis maintenant, mademoiselle McDonagh.

Il braquait sur elle un regard sans équivoque, où Aislinn perçut toute la force et la simplicité de ces gens qui lui avaient tellement manqué.

– En effet, monsieur Donohue, et j'en suis ravie.

– Mes amis m'appellent Gavin... Quand ils ne me donnent pas des noms que je ne peux pas répéter à table.

Les autres enfants assis de part et d'autre du jeune homme gloussèrent et lui donnèrent de petites bourrades affectueuses.

— Gavin a été tabassé par les gardes, proclama fièrement Maeve. Pour avoir brisé la vitre d'un magasin et y avoir volé de la nourriture. Ils l'ont mis en prison.

Le visage du jeune homme rougit, mais il ne baissa pas la tête.

— C'est mal de voler, Maeve, et je regrette.

Il haussa légèrement les épaules.

— Il vaut mieux oublier certaines choses, vous ne croyez pas, mademoiselle McDonagh ? Et continuer à vivre ?

La table fut soudain plongée dans le silence. Abban et Barbara échangèrent un regard compréhensif, se rappelant toutes ces choses qu'ils avaient eux-mêmes dû oublier.

Aislinn reposa sa cuillère.

— C'est plus facile à dire qu'à faire, monsieur Donohue. Mais je vais m'y efforcer.

— Gavin, lui rappela-t-il d'une voix douce.

— Et moi, c'est Aislinn.

Elle lui sourit.

— Maintenant, passe-moi le pain.

11

Le jour de la Toussaint se leva, humide et froid, marquant la fin de la douceur de l'automne. La pluie éclaboussait les fenêtres, ruisselait du toit, aplatissait les hautes herbes brunes, parsemait la route de flaques, et transformait la cour en un terrain boueux. Loin d'abattre Grace, ce temps qui lui rappelait son enfance la vivifiait en quelque sorte. La pluie ne l'avait jamais dérangée, ça n'allait pas commencer maintenant, tout au moins tant qu'il ne faisait pas trop froid. Et même s'il pleuvait tous les jours jusqu'à Noël, elle ne s'en plaindrait pas. Mais, de grâce, qu'il n'y ait pas de neige et surtout pas de ce blizzard qu'elle redoutait tant.

Elle enfonça plus profondément ses paumes dans la pâte à pain, la pétrit jusqu'à ce qu'elle devienne lisse et soyeuse, puis la plaça dans un plat creux pour qu'elle lève. Elle s'essuya les mains sur son tablier, regardant Jack qui était assis sur les marches de l'entrée de service, occupé à plumer le premier de quatre beaux canards. Le Dr Wakefield, qui aimait faire un peu d'exercice à l'occasion, les avait abattus lors d'une sortie avec son ami le Dr Fairfax. C'était Litton qui leur avait installé un gabion près du lac dans la vallée, à une heure de la maison, et ils avaient patienté là, guettant les oiseaux imprudents, leur tirant dessus dès qu'ils se hasardaient près de l'eau, puis lâchant les chiens pour qu'ils les rapportent. Scout était restée aux écuries car elle n'était pas complètement remise de la naissance de sa portée. Le Dr Wakefield avait donc fièrement exhibé son nouveau chien, un magnifique labrador noir, et ce dernier avait travaillé sans relâche toute la journée, prenant manifestement grand plaisir à s'ébattre dans la fraîcheur boueuse des marécages.

Jack les avait regardés s'en aller le matin d'un œil envieux, ce qui n'avait pas échappé au docteur. Il s'était penché vers le petit garçon et lui avait solennellement promis qu'il l'emmènerait un jour avec lui, et qu'il lui apprendrait à tirer et à chasser avec des chiens. Jack avait argué qu'il savait déjà tirer, mais Wakefield avait ri et lui avait fait remarquer que les gentlemen ne chassaient pas au pistolet. Piqué au vif, Jack avait baissé la tête, mais Wakefield l'avait rétabli dans sa dignité en lui confiant la garde de Scout et de ses chiots. Jack s'était acquitté de sa mission avec enthousiasme, et il parlait maintenant des chiots avec fierté, comme s'il en était devenu le propriétaire.

— Où en es-tu avec tes oiseaux, mon fils ? demanda Grace, souriant de le voir si appliqué.

— Ça avance bien, maman.

Il y avait des plumes partout – dans ses cheveux, sur sa veste, collées à son menton, sur le sol de l'entrée.

— Je mets tout dans le sac, comme tu m'as dit.

— Oui, s'esclaffa-t-elle. Je vois que tu fais de ton mieux. Souviens-toi : plus il y en a dans le sac, plus l'oreiller est moelleux.

Après ce rappel, il reprit son travail avec encore davantage d'application, crachant les petites plumes qui venaient se coller sur sa langue.

— Et toi, comment t'en sors-tu de ton côté ? demanda Grace en reportant son attention sur sa fille, qui était assise à table, un récipient de pommes de terre épluchées d'un côté, et une pile de grosses carottes orange de l'autre.

— Oh, ça va, répondit Mary Kate en pelant une carotte.

L'économe lui glissa soudain des mains ; sa pointe la coupa, et une tache de sang perla.

— Fais attention, ma fille, l'exhorta Grace tout en remarquant les autres coupures sur les mains de la petite. Es-tu encore en train de rêver, ou d'éplucher des carottes ?

— J'épluche des carottes, répondit Mary Kate en esquissant un sourire d'excuse. Mais… Est-ce que tu crois qu'il se pourrait que Liam et le capitaine Reinders soient prisonniers d'horribles pirates ?

— Des pirates ? s'exclama Grace en fronçant les sourcils. Qu'est-ce qui te fait croire ça ?

— Eh bien…

Mary Kate reposa l'économe et les carottes sur la table.

— Tu sais que les pirates aiment l'or et toutes sortes de trésors.

— À ce qu'on m'a dit.

— Et là-bas, dans les collines, ils sont tous en train de chercher de l'or, n'est-ce pas, maman ?

— Oui. Viens-en au fait, ma grande.

— Eh bien, ce que je me dis, c'est que des pirates un peu plus futés que les autres pourraient guetter la sortie du port, prêts à attaquer le premier navire innocent qui passe et à lui voler son trésor. Et une fois qu'ils l'auraient, ils…

— Tueraient tout l'équipage !

Jack se tenait dans l'encadrement de la porte, les yeux écarquillés, tenant par le cou un canard à moitié plumé.

— Ils les transperceraient avec leurs sabres d'abordage !

De sa main libre, il fit le geste de fendre l'air.

— Bon, ça suffit, intervint Grace. Liam et le capitaine Reinders n'ont pas été capturés par des pirates, et encore moins assassinés.

Elle lança à Mary Kate un regard de mise en garde.

— Et toi, tu as mieux à faire que de raconter ce genre d'histoires devant Jack.

Jack brandit le canard vers sa mère.

— Mais, maman, tu n'y connais rien, aux histoires de pirates !

— Jack McDonagh.

Grace posa les mains sur ses hanches.

— Mon garçon, tu te remets tout de suite au travail, et tu arrêtes de me parler de ce que je sais ou de ce que je ne sais pas.

Le petit lui jeta un regard noir mais se rassit et se remit à la tâche.

— De toute façon, tu ne connais même pas Calico Bill ou le capitaine Kidd, maugréa-t-il.

— Oh, et toi si ? répliqua-t-elle, regrettant instantanément d'avoir mordu à l'hameçon.

— Oui ! C'est Mary Kate qui m'a lu leur histoire, et on connaît tout de ces salauds de bâtards !

— Jack !

Même Mary Kate était choquée.

— Maman, je ne lui ai rien appris de ce genre, assura-t-elle avec insistance.

Grace serra les lèvres, déterminée à insuffler un peu de respect à ce jeune impertinent.

— Jeune Jack, dit-elle d'une voix d'outre-tombe, si tu me parles encore une fois comme ça, je tannerai la peau de tes fesses et tu n'auras rien d'autre à manger que du porridge pendant quinze jours.

Le petit garçon lui lança un nouveau regard mauvais et donna un coup dans le pied de la chaise.

— Plus d'histoire avant de te coucher, ajouta-t-elle. Plus de livre, et plus d'histoire. Jusqu'à la fin de l'année.

Jack arbora alors un air contrit.

– Pardon. Pardon, maman.

Il regarda sa sœur d'un air implorant.

– Pardon, Mary Kate. Tu continueras à me lire des histoires ?

– Seulement si tu te tiens correctement, Jack, dit Mary Kate d'une voix qui aurait pu être celle de sa mère. Maintenant, retourne à tes canards.

Tous se remirent à l'ouvrage dans un silence pesant. Jack plumait les canards, sombre, mais stoïque ; Mary Kate coupait les légumes en morceaux, leur mère débitait à petits coups de ciseaux des herbes sèches et hachait les épices qui allaient assaisonner la volaille... quand soudain Grace éclata de rire, incapable de se retenir plus longtemps.

– Des pirates !

Elle secoua la tête et s'essuya les yeux.

– Je ne sais pas lequel de vous deux est le pire. Vraiment.

Jack et Mary Kate hésitèrent, puis se mirent à rire à leur tour, soulagés que la tension se dissipe dans la pièce. Leur mère était leur raison de vivre ; ils étaient heureux quand elle l'était, légers quand elle se sentait bien, et moins anxieux dès qu'elle s'activait avec un but précis.

– Je veux que vous sachiez une chose.

Grace souriait toujours, mais d'un air plus sérieux, et elle se tourna de telle sorte que ses deux enfants puissent la voir.

– Liam et le capitaine sont tout à fait capables de se débrouiller tout seuls où qu'ils se trouvent. Ils ne savent pas que nous sommes à San Francisco, sans quoi ils seraient immédiatement rentrés. Et nous,

nous allons rester tranquillement ici jusqu'à ce qu'ils reviennent. Vous comprenez ?

Mary Kate acquiesça, et Jack l'imita.

– Nous avons un toit sur la tête et des lits chauds. Et largement de quoi manger, ajouta Grace à l'intention de sa fille. Est-ce que tout se passe bien ici pour vous pour le moment ? Mary Kate ?

– Oui, oui. Le Dr Wakefield m'a dit que je pouvais emprunter des livres dans sa bibliothèque.

– C'est vrai, lui confirma Grace. Et toi, Jack, tu es content ici ?

Jack haussa les épaules d'un air indifférent, mais son visage s'illumina brusquement.

– Je suis responsable des chiots, déclara-t-il. Et peut-être que je pourrai même en garder un pour moi.

– Donc, tout va bien pour le moment, conclut Grace. Et quand Liam et le capitaine reviendront... Nous déciderons alors ce qu'il convient de faire.

Mary Kate reposa l'économe.

– Tu vas l'épouser, maman ?

Les mains de Jack s'arrêtèrent au-dessus de la volaille, suspendues à la réponse de sa mère.

– J'y réfléchis, répondit Grace prudemment. Est-ce que vous avez envie d'un papa ? Est-ce que vous êtes prêts à l'accepter ?

– Est-ce que c'est un héros, comme mon papa à moi ? demanda Jack.

Grace repensa à la manière dont Peter avait dirigé les opérations de sauvetage pour le fils de Lily en Caroline du Sud.

– Oui, dit-elle à son garçon. C'en est un.

Mary Kate baissa les yeux, les mains posées sur la table. Grace s'en rendit compte ; elle s'approcha de sa fille et s'assit à ses côtés, si près que leurs épaules se touchaient.

— Ton père était un homme bon, lui aussi, Mary Kate. C'est à cause de l'époque terrible dans laquelle nous vivions qu'il est devenu comme ça.

Elle prit la main de sa fille.

— Il avait beaucoup de qualités, et tu as hérité des meilleures, continua-t-elle avec conviction. N'oublie jamais que tu es la petite-fille de Lord Donnelly, et que, quand tu auras dix-huit ans, tu hériteras du manoir et des terres, là-bas, chez nous, en Irlande.

— Mais tu as plus aimé le père de Jack, déclara Mary Kate. Tu as aimé Morgan plus que tout.

— J'ai aimé ton père aussi, et j'ai essayé d'être une bonne épouse pour lui.

Grace marqua un temps d'arrêt.

— Ce n'est que lorsque Morgan m'a demandé de l'épouser, après la mort de Bram, que j'ai compris que je l'aimais depuis toujours. Depuis que nous étions enfants, et seulement à ce moment-là.

— Et il est mort.

Mary Kate connaissait toute l'histoire.

— Et il est mort, répéta Grace. Mais toi et moi, nous avons surmonté ça. Nous sommes venues en Amérique, nous avons connu Liam et vécu avec oncle Sean, puis à Boston avec Lily, et maintenant, nous voilà ici, dans l'Ouest.

— Est-ce que tu aimes le capitaine Reinders comme tu as aimé Morgan et mon père ? interrogea Mary Kate.

Jack s'était approché à nouveau.

— Je crois que oui. Je...

Elle était hésitante.

– Il y a de nombreuses manières d'aimer, tu sais. C'est difficile de les comprendre toutes.

– Je ne veux pas de mari, décréta Mary Kate d'un ton résolu.

– Et pourquoi cela ? interrogea Grace, surprise.

– C'est trop triste quand ils meurent.

– Moi non plus, dit Jack qui cherchait à se faire entendre. Je ne veux pas de mari.

Grace et Mary Kate se regardèrent et éclatèrent de rire.

– Pas de *femme*, lui dit Mary Kate. Les garçons épousent des femmes.

– Oh, dit Jack en se renfrognant.

Il détestait se faire reprendre, et retourna à ses oreillers. Grace porta la main de Mary Kate à ses lèvres et l'embrassa, puis la posa contre sa joue ; elle réfléchit à ce qu'elle devait dire à sa grande fille.

– Ils ne meurent pas toujours, *agra*, finit-elle par dire d'une voix douce. Personne ne peut te promettre que tu vivras très longtemps avec eux, mais tu peux toujours espérer que ce sera le cas. Et un peu de temps, c'est toujours mieux que rien du tout, tu ne crois pas ?

Mary Kate haussa les épaules.

– Pense aux enfants que vous aurez ensemble, poursuivit Grace.

– Oui, et comme ça, tout le monde est triste, répondit simplement Mary Kate. C'est trop dur de s'occuper de ses enfants sans son mari. Tu peux toujours te marier avec un autre homme pour qu'il t'aide, mais tu seras toujours triste.

Elle regardait fixement la table tout en parlant.

– Et tu continues à pleurer la nuit celui que tu as le plus aimé.

L'impact de ces paroles obligea Grace à s'asseoir et à poser un regard nouveau sur sa fille, cette enfant à qui elle avait fait parcourir la moitié de la terre, qui avait connu le désespoir et qui était devenue encore plus sage qu'elle ne l'imaginait. Elle savait qu'elle allait devoir être honnête si elle voulait que sa fille ait foi en l'avenir, quel qu'il puisse être.

— Ta vie, *agra*, ne sera pas comme la mienne, commença-t-elle. Je n'ai pas réussi à te préserver contre tout ce qui nous est arrivé, et j'en suis désolée. Profondément désolée.

Elle se mordit la lèvre, sentant une bouffée d'émotion lui oppresser la poitrine.

— Mais tu ne dois pas avoir peur de ce qui *pourrait* arriver. On ne peut pas fermer son cœur à clé, et je t'assure que tu es suffisamment forte pour pouvoir aimer quelqu'un de tout ton cœur.

Grace regarda sa fille en souriant.

— N'as-tu pas vécu en neuf ans plus de choses que la plupart des gens n'en vivront dans leur vie entière ? Je suis tellement impatiente de voir ce que tu vas tirer de tout ça, ce que tu vas devenir dans ce monde, parce que tu es tellement... tellement merveilleuse.

Les yeux de Mary Kate s'emplirent de larmes et elle s'abandonna dans les bras de sa mère.

— L'amour ne s'épuise pas, lui promit Grace avec douceur. Tu en auras toujours en réserve, quoi qu'il arrive. Il suffit d'y croire. Il faut avoir foi en l'amour.

— Je t'aime, maman, lui dit Mary Kate. Et Jack aussi. Et j'aime Dugan et Tara, et leur Caolon. Et Lily et Jan, Sam et Ruthie, Mary et Sol, tous les Free. Et j'aime oncle Sean.

Tous ces gens que nous avons abandonnés. Grace ferma les yeux.

— Et surtout, j'aime Liam. Il me manque tellement ! Et j'ai peur de ne plus jamais le revoir.

— Et moi, dit soudain Jack qui avait retraversé la pièce jusqu'à elles.

Il s'immisça entre sa mère et sa sœur, les enlaçant toutes les deux.

— Et si je ne le revoyais pas, moi non plus ?

— Mais Jack, tu n'as jamais vu notre Liam. Et le capitaine Reinders non plus.

Grace le serra contre elle.

— Tu as seulement entendu parler d'eux.

— Justement ! soutint Jack. Le capitaine vous a fait venir d'Irlande, et la maman de Liam est morte, alors c'est notre frère maintenant, même s'il vit avec le capitaine.

— Eh bien, dit sa mère en l'embrassant, voilà qui est parfaitement juste.

— Alors, il me manque à moi aussi.

Il inclina la tête pour rejoindre celles de Grace et Mary Kate.

— J'aime beaucoup de gens, moi aussi, maman.

Merci pour Jack, Seigneur, pensa Grace en éclatant de rire en même temps que Mary Kate. Le petit garçon les imita, trop heureux d'avoir réussi à dérider tout le monde.

— Bon, mes chéris.

Elle leur donna à chacun une dernière accolade, puis se leva.

— On ne va pas pouvoir rester assis comme ça à bavasser toute la journée. Il est temps de nous remettre au travail, tous autant que nous sommes, et après cela, nous pourrons prendre une bonne tasse de thé et un peu de tarte aux pommes d'hier soir. Qu'est-ce que vous en dites, hein ?

Les enfants applaudirent, puis retournèrent à leur tâche. Grace prétexta qu'elle devait changer de tablier et quitta la pièce. Elle referma derrière elle la porte qui menait à leur appartement, se dirigea vers la fenêtre, et appuya son visage contre la vitre fraîche. Ce passé douloureux, chargé de tant d'épreuves, ne comptait plus dès lors qu'il emmenait ses enfants vers un avenir plus radieux ; ils étaient intelligents et en bonne santé, s'avéraient les meilleurs compagnons que l'on pouvait rêver d'avoir à ses côtés, et si, dorénavant, elle se débrouillait pour les élever correctement, elle connaîtrait le bonheur de passer le reste de sa vie avec eux. *Accordez-moi la sagesse, Père très haut*, pria-t-elle, *aidez-moi à faire le bon choix pour eux en toutes circonstances.*

Comme pour répondre à sa prière, les nuages se dissipèrent au-dessus de la colline, et un rayon de lumière perça jusque dans la cour boueuse, illuminant un instant l'herbe scintillante, la mousse sur le toit des écuries, les poulets qui couraient dans leur enclos, et la surface ridée de l'étang en contrebas. Chaque instant de la vie offrait la possibilité de prendre un nouveau départ, ou de faire mieux encore, et cela lui redonnait de l'espoir. Elle retourna dans la cuisine voir comment se débrouillaient les enfants, et s'aperçut soudain qu'elle avait besoin d'un plat qui se trouvait dans le placard du salon pour les canards.

Quand elle ouvrit la porte, elle tomba nez à nez avec Abigail Wakefield qui se tenait là, pieds nus, le teint livide et les cheveux défaits.

– Mademoiselle Wakefield !

Grace porta une main à son cœur.

— Vous m'avez fait une sacrée peur. Vous avez besoin de quelque chose dans la cuisine ?

Abigail la fixa d'un regard méfiant, les yeux injectés de sang.

— Du thé, exigea-t-elle d'une voix rauque.

— Je vous apporte ça tout de suite. Mme Hopkins n'est pas avec vous ?

— Partie faire une course.

Abigail ne regardait pas les yeux de Grace mais par-dessus son épaule.

— En ville.

— Vous auriez dû sonner, lui dit Grace. Vous allez attraper la mort, à rester ainsi dans le froid.

— Non.

Les yeux d'Abigail s'obscurcirent d'inquiétude mais restèrent dans le vague.

— Je ne suis pas malade. Je veux… juste…

Elle exhala un soupir et fit volte-face, retournant à pas lents vers l'entrée.

— Du thé. Oui, mademoiselle.

Grace fut tentée de la prendre par le bras pour l'aider à monter les marches tant elle avait l'air d'une vieille femme, mais elle se retint et elle retourna à la cuisine.

— Jack, dit-elle en se penchant vers l'entrée, où le petit garçon se tenait toujours, assis sur les marches. Lave-toi les mains et va donc remplir la bouilloire à la pompe, s'il te plaît, mon chéri.

— Oui, maman. Tu étais où ?

Elle baissa la voix d'un ton et murmura :

— Je parlais avec Mlle Wakefield dans l'entrée.

Mary Kate pivota sur elle-même pour regarder sa mère, ouvrant les mêmes yeux écarquillés que son frère.

— Elle était en colère, maman ? Si elle est descendue...

— Est-ce qu'elle t'a crié dessus, maman ? demanda Jack. Parce que tu sais, je...

Grace les fit taire tous les deux.

— Elle n'était pas en colère et elle ne m'a pas crié dessus. Ce n'est pas une mauvaise femme, elle est juste... triste, je crois.

— Pourquoi ? interrogea Mary Kate, inclinant la tête sur le côté.

— Je ne sais pas, précisément. Mais peut-être que l'on pourrait être plus gentils avec elle, surtout avec Noël qui approche et tout ça. Qu'est-ce que vous en pensez ?

Mary Kate réfléchit quelques instants, puis hocha la tête en signe d'assentiment.

— Je pourrais parler d'elle au Seigneur dans mes prières.

Elle s'interrompit.

— Mais est-ce qu'il faut vraiment que... Tu sais... Que je lui parle ? C'est ça que tu veux, maman ?

— Non, admit Grace. Il vaut mieux faire comme d'habitude. Rester à distance.

— J'arrêterai de cracher dans sa théière.

— Jack ! Tu n'as pas fait ça ?

— Deux fois, reconnut-il, en tendant trois doigts dressés. Pardon, maman.

— Gare à toi, mon petit père, ou, un de ces jours, ça va mal tourner pour toi.

Grace secoua la tête, se demandant pourquoi elle avait toujours davantage envie de rire que de réprimander Jack quand il faisait des siennes.

— D'accord, maman, d'accord. Mais on verra ça plus tard, car pour l'instant, je dois aider M. Litton. Après être allé chercher de l'eau, ajouta-t-il.

Et il sortit en plastronnant comme un vrai petit homme.

Quelques minutes plus tard, il était de retour, transportant avec difficulté la bouilloire trop lourde. Grace la lui prit des mains et la posa sur le feu, puis elle lui fit mettre une veste et une casquette avant de le laisser rejoindre George qui l'attendait près de la porte du jardin.

— Sois sage, maintenant, et obéis à M. Litton.

— Mais, maman, je suis toujours sage, non ?

Il leva vers elle un regard si innocent qu'elle ne put réprimer un nouveau sourire.

— Aussi sage que tu peux l'être, mon Jack.

Elle boutonna sa veste jusqu'en haut puis lui donna un rapide baiser et le laissa partir.

— Tu veux sortir toi aussi ? demanda-t-elle à Mary Kate, toujours assise devant la table.

— Je vais aller aider Enid à nourrir les poulets tout à l'heure, répondit la petite fille.

Puis elle leva les yeux, perplexe.

— Où est donc Enid ?

Grace haussa les épaules.

— Avec sa mère, peut-être, dit-elle.

Elle se pencha en avant et ajouta à voix basse, d'un ton plein de mystère :

— Encore de sortie pour une de leurs mystérieuses courses.

— Peut-être qu'Enid a un amoureux, murmura Mary Kate en retour avec un sourire malicieux.

Grace ouvrit de grands yeux, feignant d'être choquée par ce qu'elle venait d'entendre.

— Et d'où saurais-tu des choses pareilles, jeune damoiselle ? Et par ailleurs, pourquoi sa mère l'accompagnerait-elle ?

— Peut-être que l'amoureux a un père, suggéra Mary Kate. Et que c'est l'amoureux de Mme Hopkins ! Peut-être qu'eux aussi travaillent dans une grande maison et qu'ils se retrouvent tous sur la grand-place ! Pour un *rendez-vous* !

Grace se mit à rire.

— En voilà, un mot dans la bouche d'une petite demoiselle irlandaise ! J'aimerais savoir ce que ça veut dire, et où tu l'as entendu !

Mary Kate se redressa fièrement.

— Ça veut dire « rencontre secrète ». Je l'ai lu dans *Le Comte de Monte-Cristo*. Le Dr Wakefield m'a appris à bien le prononcer.

— Quelle brillante petite fille nous avons là ! s'exclama Grace. Mais je ne suis pas sûre d'être ravie que tu lises toutes ces histoires d'amour et de *rendez-vous*. Tu ne pourrais pas plutôt te trouver de jolies aventures de chiens ou de lapins, ou de jeune fille menant une vie tranquille à la campagne ?

— Il n'y a pas de vie tranquille à la campagne, maman, rappela Mary Kate avec le plus grand sérieux. Tu sais ce qui est arrivé à Jane Eyre.

Une fois encore, Grace rit et secoua la tête.

— Je n'aurais jamais dû te lire cette histoire-là. Mais ce dernier hiver a été si long et si froid…

Elle posa affectueusement sa main sur la tête de sa fille.

— Tu me fais penser à ton oncle Sean, avec ta soif de livres. Ton père aussi avait la tête bien faite. Tu tiens ça d'eux.

— C'est toi qui me lisais des histoires tous les soirs, toi qui m'as mis tous ces livres entre les mains, et toi qui me parles de toutes ces légendes, fit remarquer Mary Kate. Et moi, c'est comme toi que je veux être.

Touchée, Grace l'embrassa sur la joue, puis se dirigea vers le poêle pour y prendre l'eau chaude.

— Il faut que je monte ça à Mlle Wakefield. Tu peux sortir quand tu voudras, mais n'oublie pas de mettre ta veste chaude et ton bonnet.

Mary Kate acquiesça et se remit au travail pendant que Grace préparait rapidement le thé ; au dernier moment, elle ajouta sur le plateau une petite part de tarte aux pommes.

Elle emprunta le petit couloir et remonta l'escalier de service d'un pas prudent, puis traversa le corridor à l'étage, et s'arrêta devant la porte de Mlle Wakefield. Elle posa le plateau sur une petite table, frappa un rapide coup sec, puis elle ouvrit la porte, reprit le plateau et pénétra dans la chambre.

Mlle Wakefield s'était recouchée. L'atmosphère de la pièce, seulement éclairée par la pâle lumière de novembre qui filtrait à travers les rideaux tirés n'importe comment, était étouffante et sinistre. Il faisait tout juste assez clair pour apercevoir la poussière et le désordre qui y régnait, et Grace se demanda pourquoi Abigail n'exigeait pas que le ménage soit mieux fait.

— Votre thé, mademoiselle.

Elle posa le plateau sur le bureau qui était placé devant l'une des hautes fenêtres.

— Souhaitez-vous que je vous serve ?

Abigail ouvrit les yeux et soupira.

— Oui.

La jeune femme s'empara d'une petite horloge décorative sur sa table de chevet.

— C'est la bonne heure ? Onze heures ?

— Oui, confirma Grace. Est-ce que ça va mieux ce matin, mademoiselle ? Voudriez-vous manger quelque chose ?

— Hopkins n'est pas rentrée ?

— Pas encore.

Grace versa un petit peu de lait dans la tasse en porcelaine, puis ajouta le thé noir et chaud. Elle l'apporta à Abigail, qui s'en empara avec plus de gratitude que Grace n'en attendait.

— Auriez-vous envie d'une part de la tarte aux pommes d'hier soir avec votre thé ?

Abigail jeta un coup d'œil vers l'assiette en humectant ses lèvres avec sa langue, mais elle fit signe que non.

— Veuillez m'excuser, mademoiselle Wakefield, mais vous n'avez que la peau sur les os. Vous n'arriverez jamais à vous remettre si vous ne mangez pas.

— Je n'essaie pas de me remettre.

Grace la regarda, étonnée.

— Eh bien, il y a d'autres moyens d'en finir que de vous laisser mourir de faim, vous savez. Comme vos médicaments, là.

Elle indiqua la bouteille bleue de laudanum posée dans sa petite soucoupe sur la table de chevet, à côté d'un verre d'eau.

– Je pense que ça suffirait largement.

Ce fut au tour d'Abigail de paraître surprise.

– Vous ne pouvez pas comprendre, finit-elle par dire.

– Vous avez raison. J'ai vu les ravages de la famine en Irlande, et c'est un spectacle insupportable. Alors dites-moi, pourquoi une personne voudrait-elle s'infliger ce supplice volontairement ?

– Je...

Abigail paraissait déconcertée.

– Je n'ai pas à me justifier devant vous. Vous n'êtes rien pour moi.

– C'est exact. Mais peut-être que j'arrêterais de vous ennuyer avec mes repas si je savais où vous voulez en venir. J'arrêterais de faire monter les plateaux, et ce serait plus facile pour vous.

Abigail secoua la tête.

– Je ne veux pas que ce soit plus facile.

Grace se tut et attendit, mais lorsqu'elle constata qu'aucune autre explication ne venait, elle reprit la parole.

– Donc je vais continuer à vous faire des repas et vous allez continuer à ne manger que ce qui vous permet de rester en vie jusqu'au lendemain, et on va continuer comme ça pendant... Combien de temps ? Un an, au mieux, et après vous n'aurez plus à vous priver de quoi que ce soit.

Elle marqua une pause.

– On dirait que vous cherchez à vous acquitter d'une sorte de pénitence, mademoiselle, et c'est très catholique de votre part, mais...

– Hopkins n'est pas catholique, coupa Abigail.

– Ah, dit Grace en hochant la tête. Je pensais qu'elle avait peut-être quelque chose à voir dans tout ça. Je ne sais pas ce qu'elle vous a mis dans le crâne, mademoiselle, mais je suis ici pour vous dire que vous ne pourrez pas vous amender en vous laissant mourir de faim.

Abigail ferma les yeux et se massa les tempes avec les doigts.

– Vos maux de tête sont dus au manque de nourriture, l'informa Grace. Alcool, laudanum et sous-alimentation. Impossible que vous ayez les idées claires avec ce genre de régime. Avalez juste ça, enjoignit-elle en lui tendant l'assiette. Et voyez si vous ne vous sentez pas un tout petit peu mieux.

– Je ne veux pas me sentir mieux !

Les yeux d'Abigail s'ouvrirent en grand et elle envoya valser l'assiette que tenait Grace d'un geste brusque.

– Éloignez-vous de moi, Satan. Je ne me laisserai pas tenter par vous.

Surprise, Grace s'agenouilla pour ramasser la tarte et les débris de l'assiette. Lorsqu'elle se redressa, Abigail était en train de porter une grande cuillerée de laudanum à sa bouche. Les yeux fixés sur Grace, elle l'avala, reposa la cuillère et se rallongea sur son oreiller. En quelques secondes, ses paupières tombèrent et sa bouche s'ouvrit, béante.

Grace posa les restes de nourriture et de porcelaine sur le plateau, puis jeta un nouveau coup d'œil à Abigail, qui semblait maintenant plongée dans une sorte de demi-coma. La chambre était beaucoup trop chaude et mal aérée ; l'odeur de vomi et de pourriture était écœurante. Grace alla jusqu'à la fenêtre, tira sur les épais rideaux et les voilages, les repoussa sur chacun des côtés et les attacha. Après avoir jeté un nouveau coup d'œil à Abigail, elle ouvrit légèrement la fenêtre à guillotine, juste assez pour permettre à l'air de circuler. La brise extérieure était fraîche et humide et elle atténua instantanément la sensation de confinement qui régnait dans la pièce. Grace prit une grande inspiration. C'était un jour couvert, et il allait faire de plus en plus sombre, aussi décida-t-elle d'allumer la lampe sur le bureau. Avec l'ourlet de son tablier, elle essuya la poussière qui couvrait le secrétaire et redressa les livres posés dessus. De l'encre avait éclaboussé le sous-main. Le plumier était entrouvert ; il résista lorsque Grace essaya de le refermer, puis finit par se clore avec un bruit sec.

– Qu'est-ce que vous fabriquez ? demanda Abigail en se redressant d'un seul coup dans son lit. Fichez le camp d'ici ! Je ne vous ai pas demandé de faire ça.

Grace se sentit rougir, et son cœur se mit à battre la chamade.

– Bien, mademoiselle, bégaya-t-elle. Je suis désolée. Je voulais seulement mettre un peu d'ordre, dit-elle avec plus d'assurance en recouvrant ses esprits. C'est très poussiéreux ici, mademoiselle. Et pas vraiment propre.

– Vous n'êtes pas gouvernante, riposta Abigail d'une voix pâteuse.

Son regard redevenait vitreux.

– Où est Hopkins ?
– Partie en ville, m'avez-vous dit.

Abigail luttait pour garder les yeux ouverts.

– Veux la voir, bredouilla-t-elle. Je veux.
– Me voilà.

Hopkins se tenait dans l'encadrement de la porte, et Grace eut l'impression très nette qu'elle écoutait depuis un certain temps dans le couloir.

— Ça a été plus long que prévu, mademoiselle, mais je suis là. Vous feriez mieux de retourner à la cuisine, madame Donnelly, ajouta-t-elle avec un regard mauvais.

Le regard de Grace passa d'une femme à l'autre, puis elle s'empara du plateau et s'en alla sans dire un mot. Derrière la porte fermée, des éclats de voix s'élevèrent instantanément. Même si elle ne parvenait pas à saisir ce qui se disait, Grace comprit que c'était Hopkins qui se mettait en colère, alors que la voix de Mlle Wakefield se muait immédiatement en larmes et en supplications pathétiques. Elle secoua la tête, ne sachant que faire, puis battit en retraite dans la cuisine. Enid était là, assise à table, le regard dans le vide, les mains jointes devant elle.

— Enid ! Ne t'ai-je pas déjà dit de ne pas disparaître comme ça ? Ça ne me pose pas de problème de m'occuper de ta maîtresse, mais tu dois me prévenir. Sinon, je serai obligée d'en parler au docteur, et ce dès ce soir.

Les yeux de la jeune femme s'enflammèrent et elle regarda Grace.

— S'il vous plaît, ne faites pas ça, madame Donnelly. Ça ne se reproduira plus. Aujourd'hui, c'était… Enfin, ma mère devait faire une commission pour Mlle Wakefield, et on avait besoin de moi… ailleurs… pour autre chose.

Grace s'assit face à elle et planta son regard dans le sien.

— Tu es une très mauvaise menteuse, Enid, dit-elle calmement. Ce qui en dit long sur ta personnalité. Je ne sais pas ce qui se passe ici, mais cette femme là-haut est dans un état pitoyable, et ce n'est pas uniquement dû à ses nerfs.

Les yeux d'Enid s'écarquillèrent, puis elle baissa la tête.

– Où étais-tu, Enid ?

– À l'église, répondit la jeune fille d'une voix hésitante. Et après, je suis allée voir…

– Enid !

Hopkins se tenait sur le pas de la porte, rouge de colère.

– Retourne travailler immédiatement ! Tout de suite !

Enid se leva d'un bond et sortit précipitamment de la cuisine sous le regard furieux de sa mère. Quand les portes se refermèrent, celle-ci s'avança dans la pièce, les poings sur les hanches.

– Vous ne savez pas la moitié de ce qui se passe ici, madame, alors ne venez pas semer le trouble, dit-elle d'un ton menaçant. Occupez-vous de votre cuisine et vous garderez votre emploi. Si vous importunez encore cette pauvre femme là-haut, je vous garantis que vous aurez des ennuis.

– Je m'occuperai de ce dont il me plaira de m'occuper, rétorqua posément Grace en se redressant. Vous pouvez peut-être jouer les tyrans avec votre fille et avec Mlle Wakefield, mais pas avec moi.

Elle observa une pause pour donner plus de poids à ce qu'elle allait dire ensuite.

– Quelle est donc cette étrange religion, madame Hopkins, selon laquelle Dieu exigerait que l'on expie éternellement les péchés du passé ?

Hopkins serra les mâchoires.

– Vous ne savez pas de quoi vous parlez.

— Voilà ce qu'on va faire, déclara Grace. Cette femme là-haut va se remettre à manger normalement.

Hopkins secoua la tête.

— Je n'ai aucune responsabilité de ce côté-là. Elle est butée, vous l'avez constaté par vous-même. Et elle boit. Je veux bien le reconnaître. Maintenant, vous connaissez la vérité. Vous pensez que j'ai un quelconque pouvoir sur elle ? Que je la laisse dépérir en l'empêchant de manger ? Mais elle serait déjà morte si je n'étais pas là ! Je fais tout ce que je peux pour cette pauvre créature démente ! Que Dieu ait pitié d'elle...

Vous mentez mieux qu'Enid, pensa Grace, *mais je ne crois pas un mot de tout cela.*

— Si vous ne parvenez pas à la nourrir, je vais m'en occuper moi-même.

Grace leva la main pour couper court aux protestations de la gouvernante.

— Une fois que le Dr Wakefield aura vu l'état dans lequel se trouve sa sœur, il saura qu'il faut faire quelque chose.

Le visage d'Hopkins devint écarlate de fureur contenue, mais elle acquiesça, quoique de mauvaise grâce, et quand elle reprit la parole, ce fut sur un ton de fausse contrition qui rendit Grace plus méfiante encore.

— Vous avez raison.

Elle arborait un air accablé, comme si cette responsabilité était trop lourde pour elle.

— Il faut faire quelque chose, sans quoi elle va dépérir, renchérit-elle. Je me suis rendue à l'église pour ça ce matin même. Mais ma maîtresse ne vous apprécie pas, madame Donnelly. Votre présence ne fait qu'empirer les choses. Vous devez promettre de ne plus la déranger à l'avenir.

— Dans ce cas, ne la laissez plus seule sans me prévenir, répliqua Grace. Et puisqu'on en est là, vous feriez bien de nettoyer sa chambre, qui sent terriblement mauvais. La maison entière aurait d'ailleurs bien besoin d'un grand nettoyage ; vous pourriez essayer de donner un coup de main à Enid une fois de temps en temps.

Le masque tomba un instant, et les yeux d'Hopkins brillèrent de l'éclat véritable de sa rage, mais elle recouvra très vite son air contrit.

— S'occuper de Mlle Abigail exige tellement de temps, se lamenta-t-elle. Cette pauvre Enid doit assurer le plus gros du travail, or vous savez qu'elle n'est bonne à rien. Et maintenant que le docteur se met à recevoir davantage, eh bien... Je me rends compte que nous avons beaucoup de retard.

— C'est le moins qu'on puisse dire, approuva Grace, qui ne voulait pas céder un pouce de terrain. Mais Noël approche, je voudrais donc que l'on rende cette maison un peu plus gaie. Et puisque vous êtes tellement aux abois, nous pourrons vous donner un coup de main de temps en temps, Mary Kate et moi, même si j'ai plutôt l'impression que Mlle Wakefield passe l'essentiel de son temps à dormir.

— C'est le cas, reconnut Hopkins. Mais c'est un sommeil agité et je déteste la savoir sans surveillance.

— C'est pour cela que vous l'avez laissée toute seule ce matin ?

— Je ne sors que lorsqu'elle me le demande. Uniquement dans ce cas.

— Alors, laissez Enid auprès d'elle, et prévenez-moi, trancha Grace. Dorénavant, c'est ainsi qu'on procédera dans cette maison. Maintenant, si vous voulez bien m'excuser, j'ai un repas à préparer.

Hopkins la gratifia d'un affreux sourire, mimique qu'elle n'avait visiblement pas esquissée depuis des années, puis elle s'inclina d'une manière grossière et sortit par l'arrière de la cuisine, laissant Grace réfléchir à ce qui venait de se passer. Mais elle chassa tout cela de son esprit et se concentra sur les tâches qui l'attendaient, se replongeant dans le plaisir simple du travail quotidien.

À la fin de l'après-midi, elle avait sorti les petits pains du four et les avait posés sur le buffet pour les laisser refroidir ; elle avait embroché les canards et les avait mis à rôtir au-dessus du feu, contrainte de repousser les chiens excités par l'odeur chaque fois qu'elle ouvrait la porte de service. Jack était rentré de l'étang aussi trempé que s'il s'y était effectivement baigné ; Mary Kate l'avait séché et rhabillé de vêtements secs. Les deux enfants étaient à présent assis au coin du feu, et jouaient aux dames.

Enid avait brillé par son absence dans la cuisine tout l'après-midi ; Mary Kate s'était donc occupée des poulets sans elle. Ils allaient se retrouver tous ensemble à table pour dîner, et Grace savait que l'ambiance du repas serait inévitablement étrange. Elle ne pouvait pas oublier les conversations de la journée, ni le moment qu'elle avait passé avec Abigail. Elle éprouvait de la sympathie pour cette femme, mais son comportement la perturbait profondément. En dépit du démenti d'Hopkins, il était évident que la gouvernante exerçait une emprise sur sa maîtresse, et que cette emprise était tout sauf normale. Grace commençait à comprendre qu'il lui faudrait avoir une nouvelle conversation avec le Dr Wakefield pour s'assurer qu'il était au courant des conditions effroyables dans lesquelles Hopkins maintenait sa sœur. Et pourtant, la maison semblait fonctionner ainsi depuis… Combien de temps ? Des années, lui avait dit Hopkins. Une éternité… Et qui était-elle pour prétendre bousculer tout ça à peine arrivée ? Ne s'était-elle pas promis d'assurer à ses enfants une vie de famille paisible ? Et cette promesse ne devait-elle pas passer avant toute autre mission dont elle pourrait se sentir investie envers son employeur ? Si, se dit-elle. C'était le cas. Elle devait s'efforcer de rester à l'écart de ces habitudes étranges, même si ce n'était pas une raison pour laisser Mme Hopkins faire n'importe quoi. Grace se réjouissait de constater que la gouvernante la craignait, et elle espérait que cela suffirait à ce qu'elle la laisse en paix ; si en plus de cela elle pouvait obtenir que la maison soit propre pour le docteur, alors elle s'en contenterait pour le moment.

Elle se leva et s'étira le dos, les mains appuyées sur les reins. Quelle que puisse être la vérité, Hopkins avait raison au moins sur un point : ce n'était pas le problème de Grace, et elle n'allait pas prendre le risque que cela le devienne.

12

Abigail Wakefield se réveilla au milieu de la nuit, le cœur battant la chamade. Elle détestait l'obscurité, mais le feu ne durait jamais toute la nuit et on ne laissait jamais de lampe allumée dans sa chambre, pas même une bougie, ni une allumette, de peur qu'elle ne bute dedans et qu'elle ne mette le feu à toute la maison. Hopkins sortait elle-même toutes les lampes de la pièce chaque soir avant d'aller se coucher, abandonnant Abigail seule face aux affres de la nuit si jamais elle se réveillait après que les braises se soient entièrement consumées. D'habitude, elle avalait suffisamment de laudanum, de vin, de whisky, ou d'une combinaison de tout cela pour être sûre de dormir toute la nuit, mais cela ne marchait plus ; ces derniers temps, elle se réveillait, l'esprit embrumé, et restait là, dans le noir, se débattant avec l'énergie du désespoir contre les souvenirs qui la harcelaient sans relâche maintenant qu'ils avaient trouvé son point faible. Ils défilaient dans sa tête à un rythme régulier, qu'elle le veuille ou non, et, pire encore, s'arrêtaient parfois sur une scène en particulier, l'obligeant à la revivre dans ses moindres détails.

La plus terrible était celle de la pendaison. La leçon, comme ils l'appelaient chez eux. *On va donner une leçon à ce garçon,* disaient-ils ; *ce sale nègre, cette face de rat, ce mulâtre...* À les entendre, tous avaient besoin d'une leçon, systématiquement. Ces leçons étaient généralement administrées sous forme de coups de fouet, quand il s'agissait de punir la fainéantise et le vol (apanage des nègres), le mensonge (inné chez eux), la débauche (ils n'arrivaient pas à y résister, et pourtant leur bon maître essayait de les en délivrer régulièrement) ; les esclaves en fuite et les voleurs de chevaux, eux, risquaient de se retrouver entravés, même si leurs propriétaires détestaient abîmer leurs biens ; quant à ceux qui, parmi ces pécheurs, avaient perpétré des actes plus horribles encore, ils avaient droit à la corde.

Thomas avait eu droit à la corde. Cela revenait à les lyncher, Abigail le savait ; pendre un homme sans qu'il passe devant un juge, sans qu'on ait jamais établi sa culpabilité, le condamner et le faire exécuter en pleine nuit, par des bourreaux qui se masquaient pour se protéger de... De quoi ? Abigail savaient qu'ils étaient lâches. Le lynchage était le fait d'hommes lâches.

Lyncher, pensa-t-elle. Pendre un homme à un arbre et le laisser là, se balancer et pourrir comme un fruit trop mûr. Elle savait que ces pratiques étaient répandues dans les plantations du Sud, mais d'habitude les femmes étaient tenues à l'écart de telles ignominies. Les femmes blanches, en tout cas. Abigail n'avait jamais assisté à un lynchage. Bien sûr, elle en avait vu le résultat une fois ou deux, et s'était figuré la façon dont cela se passait. Mais cette fois-ci, ce jour-là, ils avaient fait une exception. Avaient-ils eu des soupçons, se demandait-elle souvent, ou étaient-ils simplement orgueilleux au point de vouloir qu'elle prenne part à leur vengeance ? Après tout, ils avaient fait tout ça pour elle ! Ils avaient défendu l'honneur d'une fille du Sud dont l'innocence avait été corrompue par un homme qui, bien que libre, n'était rien de moins que le plus vil animal à leurs yeux ; ce que cet homme avait fait à l'une des leurs ne représentait pas seulement une faute, c'était le mal. Le Mal. C'était le mot qu'ils avaient utilisé. Ce qu'ils lui avaient dit. Qu'elle serait consumée par le Mal. Elle ouvrit la bouche, là, dans l'obscurité, entendit la salive séchée craquer à la commissure de ses lèvres, sentit la gerçure de sa lèvre inférieure se rouvrir, chercha le sang du bout de sa langue, pensant au fruit défendu, à ce qu'ils lui avaient dit. C'était tellement affreux... Ses mains se mirent à chercher à tâtons la bouteille à côté de son lit ; elle était prête à tout pour chasser tout cela de sa tête, parce que c'était aussi insupportable qu'irréversible.

Elle avait hurlé. Hurlé, hurlé et hurlé jusqu'au moment où ils avaient tiré d'un coup sec sur le chariot pour l'écarter de lui, uniquement pour faire taire l'écho de ses cris qui résonnait dans la chaleur fétide de cette nuit d'été. Ces hommes, perturbés par ses cris perçants, mais les prenant pour la preuve de la folie qui s'était emparée d'elle entre les mains de son agresseur, ces hommes s'étaient alors regardés. Ils avaient éprouvé une telle envie de venger la perte de sa virginité... Oh, oui, une telle envie de remettre ce nègre présomptueux à sa place, six pieds sous terre. Mais lorsqu'ils l'avaient revue plus tard, ils n'avaient pas pu croiser son regard ; ils s'étaient trouvés incapables de la regarder en face lors des dîners ou des bals, ou encore à l'église où ils allaient prier pour être protégés du Mal. Et elle avait commencé à comprendre qu'ils ne pourraient plus jamais la regarder sans penser à son corps dominé par ce jeune mâle noir. Ils avaient honte, car ils se considéraient comme des hommes civilisés. Et pourtant, ça les excitait... Oh, oui, ça les excitait ; elle en avait bien conscience, et eux aussi.

Son père ne pouvait plus la regarder ; ses frères l'évitaient lorsqu'ils la croisaient dans la véranda ou dans le couloir ; leurs femmes trouvaient n'importe quelle excuse pour quitter la pièce lorsqu'elle y entrait. Les esclaves, autrefois sympathiques, gardaient dorénavant la tête baissée et lorsqu'elle s'adressait à eux, ils lui répondaient à contrecœur, quand ils lui répondaient ; elle leur avait pris l'un des leurs – elle savait que c'était ce qu'ils pensaient –, un affranchi, un jeune homme prometteur, un homme qui allait un jour changer les choses. À quoi avait-elle joué, cette petite Blanche riche, en séduisant ce pauvre petit nègre ? Ne savait-elle donc pas qu'ils allaient le lyncher ? Ils n'en avaient évidemment aucun droit, surtout alors qu'il était affranchi, mais – un rire sec et sans joie s'échappa de sa gorge – les hommes blancs faisaient ce que bon leur semblait dans le Sud. Peut-être faisaient-ils ce que bon leur semblait partout ailleurs dans le monde, mais elle ignorait tout du reste du monde ; elle ne connaissait que le Sud. Les hommes du Sud. Et parce qu'elle les connaissait, parce qu'elle mesurait le pouvoir dont ils usaient sur leurs terres, elle savait aussi que les esclaves avaient raison. Ce qui était arrivé était sa faute. C'était sa faute à *elle*.

Lorsqu'elle avait pris conscience de cela, le monde s'était écroulé autour d'elle et elle s'était mise à sombrer. Très vite, elle s'était vue incapable d'avaler quoi que ce soit dans les dîners ; elle n'arrivait même plus à soulever sa fourchette. Elle avait cessé de danser, car elle avait perdu la légèreté nécessaire, pour toujours ; elle ne parvenait plus à assister aux messes, tant son cœur débordait de suppliques à Dieu, d'appels à la pitié, au pardon et à la rédemption. Mais Dieu aussi savait que c'était sa faute, si bien que ses prières tombaient dans l'oreille d'un sourd. Elle avait fait tout ce qui était en son pouvoir pour se racheter, mais comment réussir à se faire pardonner la perte d'une vie humaine ? Ses efforts n'avaient réussi qu'à démontrer à quel point elle était stupide, ridicule et naïve. Rien d'étonnant à ce que Dieu ne puisse pas, ou ne veuille pas lui accorder la paix.

Mais Il lui avait envoyé Agnes Hopkins, et Hopkins avait montré à Abigail la voie de la rédemption. Dieu ne voulait pas de ses prières, de ses mots, de ses petits gestes de contrition ; c'était trop facile. Dieu voulait la preuve tangible du remords d'Abigail, le témoignage concret de sa souffrance, avant de pouvoir soulager sa culpabilité, avant de lui pardonner. Alors, elle avait abandonné ce qu'elle aimait le plus au monde, ce qu'elle s'était acharnée si fort à garder ; elle l'avait mis à l'abri, dans un endroit où elle pourrait venir le récupérer le jour où elle aurait purifié son âme. Et elle avait passé des années à se repentir. Elle avait quitté le monde, s'était privée de nourriture, avait subi les épreuves que la volonté de Dieu accumulait sur elle ; elle s'y était consacrée tout entière afin de se purifier de son épouvantable vanité, et de tous ses péchés. Mais à présent, alors qu'elle approchait enfin de la récompense, une créature du démon était entrée dans la maison, sous les traits d'une simple cuisinière, résolue à l'arracher à la servitude de Dieu pour livrer son âme à Satan, et l'empêcher à jamais de retrouver ceux qu'elle aimait.

Le cœur d'Abigail se mit à battre plus fort. Elle s'assit, empoignant les couvertures de ses doigts osseux, les yeux grands ouverts dans l'obscurité. Elle allait devoir faire preuve de ruse pour se tirer de cette ultime épreuve ; elle allait devoir faire appel à chaque once de force qui subsistait dans son corps ravagé, se battre jusqu'à ce que le sang coule de ses pores comme la sueur. *Aidez-moi*, murmura-t-elle dans le noir, *aidez-moi ou je risque la damnation éternelle.*

Elle écouta quelques instants les sifflements et les murmures des ténèbres, elle les écouta jusqu'à ce qu'ils commencent à lui parler. *Oui*, répondit-elle à la voix dans sa tête. *Oui.* Elle hocha la tête, de plus en plus vite, la fin enfin en vue. *Que Votre volonté s'accomplisse. Qu'elle s'accomplisse enfin.*

13

Morgan passa brusquement du sommeil à l'éveil, et reconnut le calme particulier qui régnait autour de lui. Il flottait dans l'air vif un parfum frais qui venait troubler l'odeur de la viande fumée toute proche. Il resta allongé quelques instants de plus, retrouvant ses repères, levant les yeux vers le haut du *wicuom*[1] tapissé d'écorce de bouleau, regardant la trouée du sommet par laquelle s'échappait en vrille la fumée qui provenait du cratère entouré de pierres. Couché dans la pénombre, il humait aussi la senteur des branches de sapin qui couvraient le sol ; par-dessus, les femmes avaient disposé des nattes de roseaux tressés, puis des couvertures en fourrure. Comme l'hiver approchait,

---

1. *Wicuom* : mot mi'kmaq signifiant « habitation ». Contrairement au tipi d'autres tribus, le wicuom était couvert non de peaux de bêtes mais de morceaux d'écorce de bouleau, superposés comme des bardeaux. Le sommet du wigwam restait ouvert pour permettre à la fumée du foyer de s'échapper et, en cas de mauvais temps, on le couvrait d'un collet d'écorce. Une grande peau servait de porte. (*N.d.T.*)

elles avaient aussi commencé à tapisser les parois de nattes de roseau, et avaient préparé un collet d'écorce pour l'évacuation de la fumée. Ainsi, elles pourraient le mettre en place aux premiers signes de mauvais temps.

Morgan prit une nouvelle inspiration, puis se tourna sur le côté et jeta un coup d'œil en direction du rayon de lumière qui filtrait à travers la porte en peau. Oui, il avait vu juste. Le mauvais temps était arrivé.

Allongé à côté de lui, du côté réservé aux hommes dans le *wicuom*, le père Léon ronflait avec une expression satisfaite, lové sous sa propre couverture de fourrure.

– Mon père.

Morgan secoua l'épaule du prêtre jusqu'à ce qu'il finisse par se retourner.

– Réveillez-vous, mon père. Il neige.

Le père Léon ouvrit les yeux instantanément et dévisagea son nouvel ami.

– Hein ? grommela-t-il.

Il marmonna autre chose, puis repoussa les couvertures et se traîna jusqu'à l'entrée, passant par-dessus les hommes plus âgés qui dormaient encore. Il écarta la porte, et Morgan constata que les flocons, bien qu'encore légers, avaient déjà recouvert le sol.

Autour de lui, trente membres de la famille d'Aquash dormaient encore ; au-dessus d'eux pendaient de longues saucisses d'orignal fourrées de gras, de viande et de baies, et dont l'odeur puissante et savoureuse emplissait l'espace clos. L'estomac de Morgan gargouilla et, dehors, les chiens se mirent à réclamer leur pitance matinale.

Le père Léon revint à sa place en rampant et, frissonnant, se roula de nouveau dans sa chaude couverture.

— Il faut partir aujourd'hui, dit-il d'un ton décidé, ou rester tout l'hiver. Ce qui ne serait pas si terrible, ajouta-t-il en respirant l'air parfumé.

— Il faut que je gagne l'Amérique.

— Alors, habillez-vous, mon ami, et faites vos adieux.

Le père Léon appela Aquash, qui se réveilla instantanément et s'approcha de lui. Il lui parla, désignant la porte, puis hocha la tête lorsqu'elle lui répondit.

Elle alla jusqu'à l'endroit où se tenait Nacoute, du côté des hommes, et le réveilla, tirant les autres du sommeil par la même occasion. Les grognements et les bâillements furent peu à peu remplacés par les quelques mots que s'échangeaient les Indiens quand ils se réveillaient. Ils se saluèrent les uns les autres, puis s'habillèrent et vérifièrent par eux-mêmes le temps qu'il faisait. Puis ils rassemblèrent leurs enfants et se mirent à préparer le repas du matin.

Morgan enfila son pantalon et sortit du *wicuom* pour aller se soulager dans les bois. Le ciel était gris et lumineux, les flocons de neige tourbillonnaient autour de lui. Les écureuils longeaient les troncs d'arbres à toute vitesse, engrangeant ce qui risquait de constituer leurs dernières provisions avant l'hiver, et deux renards, leur pelage tranchant sur la neige blanche, passèrent devant lui à pas furtifs, toisant du regard l'homme qui les fixa en retour. Les bruits de la forêt étaient étouffés en ce matin particulier, et un sentiment d'urgence semblait animer tous les mouvements de la nature. Frissonnant de froid, Morgan retourna rapidement dans la tente, croisant le père Léon, qui sortait à son tour. Il tendit le bras pour attraper sa chemise mais, avant qu'il y parvienne, Aquash l'arrêta. Elle montra du doigt une pile de vêtements indiens qu'elle avait posés sur sa couverture. Des vêtements d'hiver, constata-t-il. Il l'observa avec attention lorsqu'elle se mit à lui montrer de quelle manière s'enfilait chaque couche, l'une par-dessus l'autre. Elle lui tendit d'abord une paire d'épaisses jambières en peau d'orignal dont les côtés avaient été décorés de triangles, de cercles et de festons de couleur, principalement du noir mais parsemé de touches d'ocre, de rouge et de blanc autour des revers ; les Mi'kmaqs portaient ces jambières sous leurs pagnes, mais Aquash les avait cousues à une ceinture afin que cela ressemble davantage aux pantalons européens auxquels il était habitué. Par-dessus sa chemise en lin, elle l'aida à passer une longue tunique de peau de phoque qui le préserverait du froid et de l'humidité ; elle aussi était peinte, d'un motif moins complexe que nombre de celles qu'il avait vues dans le campement. Ses bottes étaient usées, et ses chaussettes de laine trouées, aussi fut-il reconnaissant lorsqu'elle lui tendit des mocassins doublés de fourrure ; ils montaient haut, un morceau de peau d'orignal était cousu au niveau des orteils, on les avait frottés avec de l'huile de phoque pour qu'ils soient à la fois souples et imperméables, et on les avait enveloppés de bandelettes de cuir pour maintenir le tout en place. Aquash lui tendit ensuite un manteau chaud en fourrure de castor agrémenté d'une ceinture à la taille, qui lui tombait sous le genou. Enfin, pour la tête, il y avait une casquette en peau de castor, avec deux rabats pour couvrir les oreilles. Il reconnut la casquette ; il avait vu Aquash travailler dessus la nuit précédente, cousant les pièces ensemble avec une alêne en os et des brins de tendons séchés, comme elle l'avait fait pour les mocassins.

Pendant tout le temps où elle l'habilla, Aquash ne croisa pas son regard. Nacoute se tenait à ses côtés ; il portait le pistolet et le sac à dos de Morgan, sa petite sœur emmaillotée à ses pieds. À présent qu'approchait le moment de partir, Morgan se demandait comment il allait pouvoir dire adieu à ces trois personnes qu'il avait aimées si profondément. Devinant son anxiété, comme elle sentait toute émotion qui flottait autour d'elle, Aquash leva les yeux vers lui et appuya ses mains sur les joues de Morgan. Elle lui adressa un sourire rassurant, puis le prit par la main et le guida jusqu'à la sortie de la tente. Nacoute leur emboîta le pas.

Morgan avait croisé beaucoup de Mi'kmaqs au cours des quatre derniers jours de célébration mais il ne les pensait pas aussi nombreux ; ils étaient peut-être une centaine à présent, rassemblés dans la clairière au milieu des *wicuoms*. Les hommes levaient les yeux vers le ciel en hochant la tête, les femmes l'interpellaient timidement et lui souriaient.

— Ils sont tous venus nous souhaiter bon voyage, lui expliqua le père Léon. Voici leur chef, le grand-père d'Aquash.

Un ancien, vêtu de sa plus belle robe de cérémonie, s'avança vers eux et posa sa main sur l'épaule de Morgan. Il le fixa droit dans les yeux et se mit à parler lentement. Morgan soutint son regard tout en écoutant le prêtre lui traduire ses paroles.

— Il dit : Merci d'avoir ramené Aquash et ses enfants à son peuple. Vous êtes un homme bon et courageux, et votre nom sera honoré.

— Dites-lui que c'est Aquash qui a été brave, et Nacoute qui a fait preuve de courage.

Le père Léon traduisit pour le vieil homme, qui écouta puis adressa un signe à Aquash. Elle s'approcha de lui, la petite Marie dans ses bras, et Nacoute à ses côtés. Puis le vieil homme s'adressa à nouveau à Morgan, plongeant si profondément son regard dans le sien que Morgan eut la certitude qu'il pouvait lire dans son âme.

– Il dit que Nacoute et Aquash lui ont raconté toute l'histoire. Il sait ce qui s'est passé.

Le vieil homme hocha la tête, sans que ses yeux quittent un instant le visage de Morgan.

– Vous lui avez rendu sa petite-fille adorée, son arrière-petit-fils, et une nouvelle arrière-petite-fille, et pour cela, il chantera en votre honneur chaque année aux premières neiges.

Quand le père Léon eut terminé, le vieil homme sourit et fit un pas en arrière. Nacoute prit sa place. Morgan dut lutter contre l'envie irrésistible de prendre le jeune homme dans ses bras, mais ce n'était pas un comportement approprié devant les braves. Nacoute glissa une main dans sa tunique et en sortit un étui en cuir fermé par un lien ; il l'ouvrit et versa son contenu dans la main de Morgan. Morgan retourna l'objet et palpa ses formes lisses. C'était un ours sculpté dans un os, probablement trouvé sur l'ours lui-même. Il écouta le chef se remettre à parler et le père Léon traduire.

– Il dit que ceci est l'ange gardien de Nacoute, le grand et puissant ours qui ne demande qu'à ce qu'on le laisse vivre en paix, mais qui se battra jusqu'à la mort pour ses petits s'il le faut.

Le prêtre marqua une pause tandis que le vieil homme reprenait la parole.

– Même si le garçon ne peut pas parler, le vieil homme comprend ce que vous représentez pour lui. Nacoute a fait dire par l'intermédiaire de sa mère qu'il n'y avait qu'un seul homme qu'il considérait comme son père, et que cet homme, c'était vous.

Morgan considéra le jeune homme qui se tenait devant lui.

– Dites-lui... (Il s'interrompit pour s'éclaircir la voix.) Dites-lui que cela m'honore, et que je ne pouvais espérer meilleur fils.

Il serra l'ours entre ses doigts et porta sa main fermée à son cœur.

– Je le porterai toujours ici.

Le prêtre traduisit, et toutes les têtes de l'assemblée se mirent à se balancer en signe d'approbation.

Morgan passa le pendentif autour de son cou et rangea l'étui dans sa tunique. Aquash s'approcha de lui et l'embrassa sur la joue ; il embrassa les siennes en retour, puis le bébé. Ensuite, on le couvrit de cadeaux : une vessie d'orignal remplie de graisse épaisse, un couteau de chasse aiguisé dans un fourreau en queue de coyote, une pipe avec un fourneau en pierre et une blague de tabac local, un sac de chanvre plein de saumon fumé, deux longues saucisses d'orignal, un récipient en écorce de bouleau pour faire bouillir l'eau, et des morceaux de sulfure de fer pour allumer un feu.

Bouleversé par tant de générosité, Morgan se tourna vers le père Léon.

– Dites-leur qu'ils ressemblent aux gens de mon pays, loin, très loin, et que je prie pour que le Dieu de mon peuple les bénisse.

Le père Léon traduisit ses paroles, et les Mi'kmaqs applaudirent de leur façon si particulière, puis saluèrent les deux voyageurs. Morgan fit ses adieux à Aquash et Marie d'un signe de la main, mais ne put repérer Nacoute dans la foule qu'il scrutait pourtant attentivement.

— Allons-y, mon ami, dit le père Léon en le prenant par le bras. Nous avons beaucoup de kilomètres à parcourir avant la nuit.

Morgan embrassa une dernière fois le campement du regard, sachant qu'il ne reverrait jamais plus une chose pareille, ni des gens comme ceux-là, puis il tourna les talons et s'enfonça derrière le prêtre dans la nature sauvage. Alors qu'ils marchaient, il eut l'impression qu'une ombre les suivait, se faufilant entre des arbres derrière eux, mais il ne parvenait pas à la distinguer clairement, quelle que soit la vitesse à laquelle il se retournait. Une illusion provoquée par la lumière et la neige, se dit-il. Mais en fin de compte, le père Léon se retourna, hilare.

— C'est le garçon, lui dit-il à voix basse. Il va nous suivre encore quelque temps, puis il fera demi-tour. C'est sa manière à lui de vous raccompagner et d'être sûr que vous êtes sur le bon chemin.

Ils marchèrent encore pendant une heure, sentant la présence du garçon derrière eux, puis ils entendirent le son étrange d'un sifflet ou d'un pipeau. Morgan se retourna, et Nacoute sortit de derrière l'arbre où il se cachait, une petite flûte à la main. C'était un au revoir, et Morgan le savait. Il leva la main et la maintint en l'air jusqu'à ce que le garçon lève la sienne à son tour.

— Au revoir, mon fils, s'exclama-t-il.

Sa voix résonna dans l'espace, mais le garçon avait déjà fait demi-tour pour rentrer chez lui.

14

Le daguerréotype n'était pas un procédé très long, mais une fois l'artiste disparu sous son grand capuchon en toile, il fallait rester immobile, ce qui représentait pour Jack une prouesse d'endurance, d'autant qu'il semblait penser qu'il fallait aussi retenir sa respiration.
– Ça y est !
William Shew ressortit, satisfait.
– Voilà qui sera un très joli portrait, si je puis m'autoriser à le dire moi-même.
Il replaça en arrière ses cheveux décoiffés.
– Ouf !
Jack expira longuement et s'ébroua comme un chien qui sortait de l'eau.
– C'est fini, maman ? demanda-t-il, haletant.
– Pour ta sœur et toi, oui, lui répondit Shew. Mais j'aimerais faire un cliché de ta mère seule. Je vais trouver de quoi aller vous chercher des chocolats à côté si tu veux bien t'occuper de ta sœur pendant ce temps-là.
Il se tourna vers Grace et lui adressa un signe d'encouragement, sollicitant son approbation.
– C'est très gentil à vous, monsieur Shew, mais vous avez déjà été tellement bon avec nous, et nous vous avons déjà pris tellement de votre temps…

Elle lança à Jack un regard d'avertissement et la protestation qu'il allait proférer mourut sur ses lèvres.

— Tout le plaisir est pour moi, madame Donnelly, vraiment. Ils ont été charmants, et ça leur donnera quelque chose à faire pendant que je m'occupe de vous. Les enfants ?

Il tira de la poche de sa veste une pièce d'un demi-dollar qu'il glissa dans la main de Mary Kate.

— Avec ça, vous devriez trouver votre bonheur. Une fois que vous aurez choisi les friandises qui vous plaisent, je suggère que vous alliez les manger sur le banc juste devant en attendant que nous ayons fini ici.

— Merci, monsieur, dirent les enfants à l'unisson, contenant difficilement leur joie.

Jack était dorénavant pratiquement sûr que M. Shew était le meilleur homme qu'il eût jamais connu. Juste après M. Litton, bien sûr. Et le Dr Wakefield. C'étaient ces trois-là les meilleurs. Il avait l'eau à la bouche.

— Dehors, maintenant, dit Shew en riant.

Il leur indiqua la porte de sortie puis revint rapidement auprès de Grace.

— J'avais besoin que nous soyons seuls, confessa-t-il. Je veux faire quelque chose de vraiment splendide. Si vous voulez bien rester assise encore quelques instants…

Il disparut dans son petit cabinet de travail, et Grace l'entendit farfouiller.

Elle déglutit avec difficulté. *Oh, s'il vous plaît, faites qu'il ne me demande pas de me déshabiller*, pria-t-elle. Il s'était montré si bon avec eux et elle le trouvait si sympathique qu'à présent elle craignait d'avoir été naïve en acceptant son offre de faire ce portrait de famille. Il lui avait dit qu'il avait l'intention de le montrer lors de sa prochaine exposition, puis lui avait annoncé qu'il lui en ferait cadeau. Grace avait été enthousiasmée. Ce serait la première et unique image qu'elle aurait de sa famille, un témoignage de leur identité : des Américains d'origine irlandaise à San Francisco, État de Californie, novembre 1852.

– Et voilà !

Plusieurs coupons de soie pendaient à son épaule, et il tenait un miroir dans chaque main.

– Oh, s'il vous plaît, monsieur Shew, commença-t-elle.

– Ça va être magnifique, dit-il en ignorant ses faibles protestations. C'est ma manière de vous remercier, madame Donnelly, pour le cadeau exceptionnel que vous m'avez fait lors de votre dernière visite à ma galerie. Vous savez, poursuivit-il, j'ai été très inspiré par vos visions. La cité reste mon sujet, bien sûr, mais pas seulement ses plus éminents représentants. Les immigrants, madame Donnelly, je fais des images du flot d'immigrants qui viennent s'échouer par vagues sur nos rivages. Pour la postérité !

Il pointa un doigt en l'air pour appuyer son argument.

– Et je n'ai pas oublié non plus ce que vous m'avez dit au sujet des Indiens, ajouta-t-il. À l'heure où je vous parle, j'ai déjà prévu un voyage dans l'intérieur des terres. Leurs modes de vie doivent être immortalisés afin que nous puissions nous rappeler comment ils vivaient avant de s'intégrer au reste du monde.

– Ce n'est pas exactement ce que j'ai dit, monsieur Shew, mais je suis heureuse que vous alliez vous en rendre compte par vous-même.

Grace changea de position sur le tabouret dur. Elle avait emmené Mary Kate avec elle à l'exposition, sachant que sa fille possédait comme elle un don d'observation particulier. À New York, hormis à la galerie de Mathew Brady, celui-ci semblait l'avoir abandonnée ; il y avait trop de monde, avait-elle pensé, pour discerner les esprits errants. Mais sur la piste entre le Kansas et l'Oregon, elle en avait vu à peu près dans toutes les directions où elle avait regardé. La première fois, la vision était survenue alors que leur convoi était en train d'en rattraper un autre ; lorsqu'ils s'étaient mis à passer à travers, à transpercer littéralement les gens qui marchaient et les bêtes qui tiraient les chariots, elle avait compris que personne d'autre ne voyait ce qu'elle regardait. Alors qu'en général des kilomètres séparaient un convoi d'un autre, Grace avait eu l'impression tout au long du voyage de suivre une longue colonne humaine, composée des esprits de ceux qui étaient morts en chemin. Elle n'avait pas peur d'eux, car aussi loin que remontaient ses souvenirs, il lui avait été donné d'entrevoir l'au-delà.

Elle avait ainsi appris à ne pas faire de commentaire sur les Indiens qu'elle croisait, qu'ils soient en train de chasser, de faire la guerre, de marchander ou de changer de campement ; et elle ne pouvait pas non plus se fier à Mary Kate, qui les voyait elle aussi de temps en temps. Ce n'était que lorsque Jack poussait des cris en les montrant du doigt que Grace savait qu'il s'agissait d'Indiens vivants, et non des esprits de leurs disparus. Les prairies regorgeaient de ce genre d'esprits ; les bois leur offraient un abri, les collines bruissaient de leur vivacité. Ils étaient généreux avec Grace ; ils lui indiquaient les criques cachées et les ruisseaux bouillonnants, évitant ainsi à ses enfants de boire des eaux boueuses et sulfureuses ; ils la conduisaient jusqu'aux terriers des lapins et des gophers[1] lorsqu'elle avait besoin de viande fraîche ; ils lui montraient les nids cachés pleins d'œufs, l'avertissaient de la présence de serpents, de sables mouvants, d'un risque d'incendie ou d'orage ; ils la guidaient sous le soleil de plomb du désert, et l'aidaient à traverser les dangereuses rivières en crue. Cela lui avait valu une certaine notoriété parmi les centaines de personnes qui composaient leur groupe, et elle savait qu'ils spéculaient dans son dos sur cette chance dont elle semblait bénéficier. Seule Lily avait été mise au courant de ce que Grace pouvait voir ; Lily n'avait rien dit à personne, se contentant de suivre Grace sans se poser de questions.

San Francisco ne recelait pas beaucoup d'esprits, même si Grace soupçonnait que les collines et le désert qui s'étendait au-delà en étaient plus densément peuplés. Mary Kate et elle n'avaient pu résister à l'appel de la galerie de M. Shew, et toutes deux avaient beaucoup appris sur l'histoire du peuple chinois, non de la part de Shew lui-même, qui n'y connaissait rien, mais en observant, sur les portraits, les yeux, qui parlaient pour les âmes.

Tout en laissant M. Shew croire que l'inspiration lui venait directement du sens artistique que dégageaient ses images, Grace partageait avec lui la conviction qu'il était important d'immortaliser les êtres humains dans toute leur diversité. Il avait commencé ce travail en faisant des portraits des Chinois, et c'était déjà

---

1. Gophers ou gaufres : petits rongeurs creusant la terre, redoutés des cultivateurs. (*N.d.T.*)

inestimable, lui avait-elle dit. Mais il y en avait tant d'autres, avait-elle fait remarquer, les *Californios*[1] dans leurs ranchs, ceux-là mêmes à qui l'on volait les terres alors qu'ils avaient été les premiers à les arracher aux Indiens ; les exotiques Chiliens, Péruviens, et autres Indiens d'Amérique du Sud ; les nègres, surtout ceux qui goûtaient à une liberté dont leurs parents n'auraient jamais pu rêver, et ce même s'il faudrait encore des générations avant qu'on les accepte vraiment dans les États libres ; les Amérindiens dans leurs impressionnants costumes et la diversité de leurs tribus – les Paiutes, les Nez Percés, les féroces Sioux, les Apaches, les Chaouanons... Cette époque passait plus vite que n'importe quelle époque de l'histoire, et elle serait oubliée, perdue à jamais pour l'humanité, si un artiste sensible et enthousiaste ne se donnait pas la peine d'en garder une trace.

Et Shew était de ceux-là, se dit-elle en écoutant la petite voix dans sa tête. C'était un artiste différent des autres, et elle pressentait que ce qu'il voulait faire avec elle était important, pour une raison qu'elle n'avait pas encore comprise.

– Auriez-vous la bonté de bien vouloir retirer votre veste, madame Donnelly ? demanda-t-il.

Son équipement était prêt, il n'attendait plus qu'elle.

Grace se mordit la lèvre mais commença à déboutonner sa veste et le laissa l'aider à la retirer.

– Et maintenant...

Il hésitait ; ses mains papillonnaient, sachant qu'il serait déplacé de la toucher.

---

1. Nom donné aux premiers habitants de la Californie d'origine espagnole ou mexicaine. (*N.d.T.*)

— Ce que je voudrais, madame Donnelly, je veux dire, ce que j'imagine pour votre portrait, c'est...

— Vous feriez mieux d'arrêter de tourner autour du pot, interrompit Grace, sinon nous allons tous les deux en tirer des conclusions hâtives.

— Vous êtes une très belle femme, reprit-il.

Grace porta ses mains à son visage et secoua la tête.

— Quand j'étais jeune...

— Je m'imagine aisément combien votre beauté a dû être époustouflante, madame Donnelly. Mais ce n'est pas tant votre jeunesse qui m'intéresse que la vie qui vous a amenée un peu plus loin sur le chemin de l'expérience. Pour moi, la perfection lisse de la jeunesse est éclipsée par la profondeur de la beauté qui ne peut surgir que de l'acte même de vivre.

Grace laissa ses mains retomber sur ses genoux, et commença à jouer nerveusement avec ses doigts.

— Les rides qui se sont accumulées au fil des ans sur votre visage, celles de votre front et ici, au coin des yeux...

Il tendit la main avec douceur et effleura les parties concernées.

— ... et là, près de la bouche, sont plus intéressantes pour un artiste car elles expriment une vie durement gagnée, un mélange de joies et de peines et de toutes les émotions contenues entre ces deux extrêmes ; elles parlent de mariage et de naissance, de décisions et de déceptions, de combats et de victoires.

Il lui toucha la joue, et elle leva les yeux vers lui.

— Toute votre histoire est gravée sur votre visage, madame Donnelly ; il ne ressemble à aucun autre, et cela me fascine. J'en entrevois des bribes, là, dans vos yeux, mais je ne saisirai jamais tout ce par quoi vous êtes passée. Je ne peux aujourd'hui que l'honorer de la meilleure manière possible, en la capturant, telle quelle, à ce moment précis de votre existence, en cet instant suspendu entre le passé et le présent. Ça va être l'un de mes plus beaux portraits, madame Donnelly. S'il vous plaît, acceptez que je vous rende cet hommage.

Grace hocha la tête de manière imperceptible, émue par l'éloquence de son discours.

– Parce que je souhaite faire de vous le portrait d'une femme de son siècle qui soit en même temps intemporel, je vais vous demander de relâcher vos cheveux et de les laisser tomber librement sur vos épaules. Puis de retirer votre robe jusqu'à la taille afin que vous soyez en chemise pour la pose.

Il s'interrompit pour évaluer sa réaction.

– Je vous en demande plus que je n'ai droit de le faire, j'en suis bien conscient.

Grace étudia le visage de l'homme pendant quelques secondes. Elle voulait comprendre ses intentions, elle ne voulait pas se faire avoir. Mais en fin de compte, elle acquiesça.

– Les boutons sont dans le dos, dit-elle d'une voix sourde. Je vais avoir besoin d'aide.

Il se posta derrière elle et commença par le haut, extrayant chaque bouton de sa boutonnière avec une délicate dextérité. Depuis combien de temps n'avait-elle pas senti les mains d'un homme sur son corps ? Elle ferma les yeux et conjura son cœur de se calmer. William Shew n'était pas son amant, et elle n'avait aucune envie qu'il le devienne.

– C'est fait.

Le souffle de l'homme dans son cou stimula tous les nerfs qui lui parcouraient le corps, et cette sensation s'intensifia lorsqu'il fit délicatement tomber la blouse de ses épaules, l'observant tandis qu'elle glissait ses bras hors des manches, le vêtement s'affaissant en plis délicats sur ses hanches. Il posa ses mains sur ses épaules, qui étaient nues à l'exception des bretelles de son petit caraco de coton blanc.

— Est-ce que je détache vos cheveux ? demanda-t-il si bas qu'elle l'entendit à peine.

— Je vais le faire, murmura-t-elle. Je peux le faire.

Il s'éloigna d'elle et retourna vers la chambre noire de son appareil, mais ses yeux ne quittèrent pas son visage et la chaleur de ses mains demeura sur sa peau. Grace baissa les yeux et leva les mains pour chercher dans ses cheveux les épingles. Elle les retira précautionneusement, une par une, les posant sur ses genoux. Une fois qu'elle eut terminé, elle secoua doucement la tête, laissant sa lourde chevelure tomber sur ses épaules, sentant sa masse fraîche sur son cou enflammé. Puis elle s'autorisa enfin à le regarder.

— Exquis, souffla-t-il. L'ombre de vos cheveux avec cette lumière, votre peau, ces yeux... Si seulement je pouvais vous capter tout entière en couleur, si seulement je savais peindre...

Il secoua la tête.

— Mais ça ne serait pas très flatteur pour vous, je le crains.

Il rassembla ses miroirs et sélectionna un morceau de soie vert foncé qu'il fixa sur le mur derrière elle, puis il plaça les miroirs de manière à projeter un peu plus de lumière sur sa tête et ses épaules. Il recula de quelques pas, l'observa avec l'œil impartial de l'artiste, puis il repassa à nouveau dans son dos. Grace retint son souffle alors qu'il la tournait de côté, posant de nouveau sa main sur son épaule, l'autre sur sa cuisse. Puis il écarta une mèche de cheveux qui tombait devant son visage et la repoussa derrière son épaule ; de l'autre côté, il ramena ses cheveux en avant, ses doigts frôlant la peau nue de sa poitrine juste au-dessus de l'encolure de sa chemise. C'était insoutenable, et elle se demanda s'il avait conscience du trouble qu'il éveillait chez elle. Finalement, il parut satisfait et lui ordonna de ne plus bouger le moindre muscle jusqu'à ce que tout soit fini. Il enregistra son image à deux reprises, et les deux fois elle ressentit une vague de lumière la traverser.

Grace avait l'impression que son sang bouillait, qu'il battait d'une extrémité à l'autre de son corps, et que cette tension intense devait forcément être visible pour l'homme qui l'étudiait, et qui s'approchait d'elle comme s'il cherchait à se réchauffer auprès de cette émanation lumineuse. Une nouvelle fois, il vint se mettre à ses côtés, et une nouvelle fois elle se sentit défaillir. Mais au lieu de la toucher à nouveau, il rassembla les plis de sa robe et la lui tint de telle sorte qu'elle puisse l'enfiler facilement, après quoi il rapprocha les pans du corsage et se mit à le reboutonner. Il avait presque fini lorsqu'il s'arrêta un instant, posa ses lèvres au creux de sa nuque, et y déposa un baiser dans un fugace moment de tendresse, si vite évanoui que Grace se demanda si elle l'avait imaginé tant ses sens étaient en émoi.

Sans un mot, il releva ses cheveux et les tressa, puis il tendit la main vers ses genoux pour attraper les épingles qu'il fixa à l'arrière de sa nuque. C'était fini.

Quand il eut remonté les rideaux et se fut assis sur un tabouret à côté de son appareil, Grace trouva finalement le courage de croiser son regard, mais elle ne parvint pas à prononcer un mot.

— Ce sera magnifique, dit-il simplement. Vous êtes magnifique.

Comme Grace ne répondait pas, il posa sur elle un regard interrogateur, inquiet.

— Ça va, madame Donnelly ? Je m'excuse du fond du cœur si cette expérience vous a perturbée de quelque manière que ce soit.

— Non, monsieur Shew.

Grace avait retrouvé sa voix mais elle se sentait au bord des larmes, pour une raison qu'elle ignorait.

— C'est épuisant, toutefois. Je n'avais pas idée que ça se passerait comme ça.

— En réalité... (Il la dévisagea quelques instants, un sourire au coin des lèvres.) Je n'ai *jamais* fait une telle séance de pose jusqu'ici. Je ne sais vraiment pas quoi dire, madame Donnelly, sinon vous remercier. Je crois sincèrement que nous avons produit un chef-d'œuvre.

— Ce sera votre œuvre, corrigea-t-elle, commençant à se décontracter. C'est vous l'artiste, monsieur Shew. Et vous me voyez honorée de contribuer à votre travail.

Il la dévisageait toujours avec une expression un peu égarée.

— J'en ai fait deux, dit-il. Deux portraits. L'un des deux vous reviendra, en même temps que celui de vos enfants. L'autre...

Il marqua un temps d'arrêt.

— Le second, j'aimerais le conserver pour moi. Pour ma collection personnelle. Si vous n'y voyez pas d'inconvénient.

– Aucun, dit Grace sans hésiter. Vous ne m'avez rien fait payer pour tout ça, et je connais la valeur de votre temps et de votre talent. Je serais heureuse que vous en gardiez un.

Elle ressentit un élancement douloureux dans son épaule et esquissa une grimace de douleur.

– Puis-je me lever maintenant ? Je commence à avoir des crampes.

Il se redressa vivement.

– Oh, bien sûr ! Je vous en prie.

Il offrit sa main pour l'aider.

– Vous devez être plus qu'impatiente de récupérer vos enfants et de rentrer chez vous.

Elle acquiesça, l'esprit soudain plus léger, et s'accrocha à son bras tandis qu'il l'escortait jusqu'à la sortie. Elle apprécia l'air frais qui balaya la pièce lorsqu'il ouvrit la porte. Elle passa la tête dehors et constata avec satisfaction que Mary Kate et Jack étaient sagement assis sur le banc, tous deux penchés sur un sac de bonbons à la menthe, leurs pieds se balançant gaiement. Elle se retourna vers leur hôte et lui tendit la main.

– Merci, monsieur Shew, lui dit-elle chaleureusement. Je suis maintenant impatiente que vous ayez tiré ces clichés pour les voir.

Il acquiesça mais ne lâcha pas sa main. Il jeta un regard à droite et à gauche, puis l'attira de nouveau vers l'intérieur.

– Madame Donnelly, commença-t-il, ses yeux cherchant ceux de Grace, accepteriez-vous de dîner avec moi un soir ? Le Delmonico est très en vogue en ce moment ; nous pourrions même aller écouter un concert après. Si cela vous fait plaisir.

Grace se mordit la lèvre, répugnant à admettre qu'elle était tentée.

— Je comprends parfaitement la situation dans laquelle vous vous trouvez, poursuivit-il. Wakefield m'a parlé de l'engagement qui vous lie, mais il m'a aussi dit que l'homme en question n'était pour le moment pas là. Si ce n'est pas là un engagement formel, cela vous laisserait-il la liberté d'accepter une invitation amicale ?

— Je suis libre, admit Grace. Mais je ne suis pas sûre que ce soit une bonne idée pour autant.

— Je peux vous garantir que je ne cherche rien d'autre qu'une relation amicale. J'aimerais tellement vous connaître un peu mieux...

Il ne s'avança pas, et pourtant Grace sentit l'intimité entre eux s'intensifier dangereusement.

— Peut-être que si nous n'étions pas seuls... commença Grace. Si les enfants pouvaient nous accompagner, ou même simplement Mary Kate... Je serais plus à l'aise pour sortir avec vous dans de telles conditions.

Shew acquiesça, soulagé, et lui baisa la main avant de la relâcher enfin.

— Une pièce de théâtre, dans ce cas, suggéra-t-il. Je suis sûr que cela plaira à votre fille, et je serai enchanté d'y assister en votre compagnie à toutes les deux. Je vais organiser tout ça et je vous enverrai un mot chez Wakefield.

Grace lui adressa un sourire mal assuré, se demandant si elle ne venait pas d'accepter quelque chose de plus engageant qu'elle ne l'aurait souhaité. Elle lui dit au revoir poliment. Il resta debout sur le seuil de la porte, la regardant récupérer ses deux enfants heureux mais poisseux, et les escorter jusqu'au bas de la rue.

Grace resta distraite tout le long du chemin du retour, et les deux enfants en profitèrent pleinement, s'arrêtant devant toutes les vitrines qui les intéressaient, courant devant elle, surpris qu'elle ne les rappelle pas à l'ordre. Que lui était-il arrivé ce matin ? se demandait-elle, revivant chaque minute de la séance. Pourquoi cette expérience l'avait-elle déstabilisée au point qu'elle se sentait à présent définitivement transformée ?

Elle regarda la ville autour d'elle, la lumière du soleil qui se réfléchissait dans les centaines de fenêtres, les mouettes planant au-dessus de sa tête, les visages animés des habitants qui se hâtaient vers leur travail, et, soudain, elle comprit. Elle ne se sentait plus vieille ni fatiguée, comme si sa vie était derrière elle, et l'avenir réservé à ses enfants ; brusquement, elle se sentait de nouveau ravissante, vraiment ravissante, désirable, même, et emplie de l'espoir fondé d'avoir un avenir à elle.

— Je suis jeune, murmura-t-elle en elle-même, prenant conscience du frémissement de son corps, de la légèreté de son cœur.

Elle attrapa Jack à deux mains et le fit tournoyer autour d'elle, riant de ses hurlements ravis, puis le reposa à terre et s'approcha de Mary Kate, résolue à la faire sourire elle aussi. Lorsqu'elle eut réussi, elle s'agenouilla devant ses deux enfants qui la regardaient avec des yeux écarquillés, et leur prit à chacun une main, qu'elle plaça dans les siennes.

— Soyez heureux, leur dit-elle, un sourire radieux sur les lèvres. C'est un jour magnifique, on est tous ensemble, et la vie est encore longue. Soyez heureux, répéta-t-elle. Et n'oubliez jamais à quel point c'est formidable de l'être.

15

En grand stratège qu'il était, Sean avait mémorisé le plan de San Francisco au bout d'une semaine ; il avait arpenté les rues et les allées à cheval, prenant des notes sur la carte qu'il avait achetée. Il savait donc parfaitement comment se rendre du Delmonico sur O'Farrell Street jusqu'à ce palais de la luxure qu'était Ah Toy, dans l'allée qui partait de Pike Street, dans le quartier chinois. Il n'avait vu San Francisco à la lumière du jour qu'au cours de cette première semaine ; à présent, il était noctambule. Mais les rues étaient identiques de jour comme de nuit ; trouver la célèbre maison close ne lui posait donc aucun problème.

Il s'allongea dans la baignoire, les paupières closes ; la buée s'évaporait autour de lui et ses muscles commençaient à se décontracter. Ce soir était un grand soir. Il avait déjà enchaîné un bon dîner au Delmonico et une promenade digestive ; maintenant, il s'offrait un bain, et, après cela, il passerait une heure dans les bras d'une des filles. Comme il s'agissait d'un établissement chinois, il avait exigé une paysanne ; pas de pieds bandés pour lui. La première fois qu'il s'était rendu chez Ah Toy, on l'avait pris pour un homme aux appétits exotiques et on l'avait conduit jusqu'à une pièce où trônait, sur un divan, une femme ravissante dans une robe extraordinaire. Il avait perdu sa virginité dès la première semaine de son arrivée en ville, et avait visité un certain nombre de maisons closes par la suite, mais cela ne faisait pas de lui un homme d'expérience, et il n'était par conséquent pas prêt pour ce que sa première femme chinoise s'apprêtait à lui offrir. Son apparence suffisait à l'exciter – ses longs cheveux noirs, son visage poudré, ses lèvres peintes en rouge vif, son corps mince et pâle sous sa robe de soie – et il s'était senti à l'aise entre ses bras fragiles. Mais alors que leurs ébats gagnaient en intensité, elle s'était mise à le titiller avec son pied ; il s'en était emparé, embrassant le petit chausson de soie puis dénouant son étrange chaussette. Ce qu'il avait découvert en dessous l'avait choqué, et ce souvenir restait désagréable. Il s'efforçait d'oublier la vision de ce pied déformé, mutilé, les orteils recourbés vers le talon. Plus tard, Chang-Li lui avait appris que ce qu'on appelait le pied de lys était un plaisir rare, l'offrande la plus érotique d'une courtisane, mais il ne pouvait pas imaginer que le plaisir entre un homme et une femme puisse résulter d'un sacrifice aussi douloureux. Il avait alors pris conscience de l'existence de ces femmes et les avait depuis aperçues lorsqu'on les transportait de pièce en pièce, ou lorsqu'elles s'accrochaient péniblement au bras d'une domestique. Sa propre souffrance, avec sa jambe atrophiée et son bras difforme, le rendait sensible à la leur, mais la sienne était le résultat d'un accident, alors que la leur avait été provoquée par des parents aimants, qui leur avaient brisé les pieds quand elles étaient petites, avant de les entraver pour les empêcher de grandir, et ce afin de les rendre belles et attirantes aux yeux de leur futur époux. Il n'arrivait pas à s'habituer à cette idée, et il avait fait savoir clairement que les pieds bandés n'étaient pas ce qu'il attendait d'une femme lorsqu'il venait ici.

Mais s'il considérait cette dégradation comme une anomalie, il n'avait pas été directement confronté à l'aspect cruel de la prostitution. S'il voulait rester honnête avec lui-même, il devait toutefois reconnaître que cela existait. Il avait entr'aperçu les visages meurtris de filles qui refermaient rapidement leurs portes, il avait entendu les cris au cœur de la nuit, capté les regards méfiants de celles à qui il demandait où avait disparu une des filles. Il se disait que c'était simplement un risque tragique mais rare du métier. Que ce soit dans les meilleures maisons autour de Portsmouth Square, dans les baraques en brique du quartier reconstruit de Little Chile ou dans les arrière-cours des bouges de Sydney Town ou de Clark's Point, la plupart des filles travaillaient par choix ; elles étaient venues dans cette ville pour faire fortune, comme les mineurs, les entrepreneurs, les joueurs ou les hommes d'affaires à qui elles offraient leurs services. C'était une cité pleine d'opportunités, et ces femmes essayaient d'en tirer le maximum. Les maisons closes qu'il fréquentait étaient propres et bien tenues, les femmes avec lesquelles il couchait paraissaient y prendre plaisir, et se satisfaire de gagner confortablement leur vie en toute indépendance. Selon lui, elles repartaient probablement avec un joli magot qui leur permettait d'aller s'installer dans d'autres villes, et d'y mener une vie nouvelle dans un agréable anonymat, en se disant veuves ou vieilles filles.

C'était ce qu'il était en train de se dire, allongé dans son bain, dans une pièce à l'étage de chez Ah Toy, écoutant les grognements et les gémissements des clients heureux, et le rire poli des filles. Sa propre compagne allait bientôt venir le sécher puis le conduire jusqu'au lit, dissimulé derrière un rideau de soie, dans la pièce faiblement éclairée. La plupart des joueurs qu'il connaissait préféraient se rendre dans les maisons closes *après* avoir joué aux cartes ou aux dés, couronnant ainsi, pour ainsi dire, une parfaite nuit de vice ; mais Sean, pour sa part, préférait *commencer* sa nuit de cette façon. Cela le détendait complètement, le laissait délassé et serein, empli d'une sensation de bien-être qui lui était bien utile à la table de jeu. Il voyait ainsi la tension monter chez les autres joueurs au fil de la nuit, il savait qu'ils ne trouveraient de répit que trop tard pour en profiter réellement ; lui, de son côté, jouait si bien et avec une telle assurance qu'il s'était mis à croire que c'était là que résidait son succès, aussi malvenu fût-il.

Ce soir était une soirée importante, et c'était la raison pour laquelle il avait dîné au Delmonico. San Francisco comptait bon nombre de bons restaurants français – le Poodle Dog, la Maison Dorée, Merchand, la Rôtisserie de Jack, tous proposaient ces menus à douze plats que l'on mettait des heures à déguster, et leurs réserves de vin dont il fallait savourer chaque gorgée pendant de longues minutes ; et, bien sûr, ils possédaient leurs étages privés et des alcôves encore plus privées pour ceux dont les penchants romantiques étaient inspirés par de tels festins. Mais Delmonico était le préféré de Sean. Pour un prix convenable, il réussissait toujours à obtenir l'une des tables du fond d'où il pouvait observer sans être vu.

La plupart des hommes présents ce soir avaient commencé des heures plus tôt ; ils avaient suivi le parcours des réceptions, qui allait du Palais des Arts d'Ernest Haquette au Hoffman Café du Grand Hôtel, en passant par le Palace Bar, pour finir à l'Incroyable Saloon de Johnny Farley, où ils videraient des tonneaux de champagne, de Sazerac[1], et tous ces cocktails glacés à la mode. Déjà passablement éméchés lorsque arrivait l'heure du dîner, ces hommes n'étaient pas avares de paroles, et Sean en apprenait ainsi beaucoup sur les rouages de la vie politique locale.

C'était une ville qui aimait la bonne chère, et personne ne voyait d'inconvénient à passer cinq ou six heures à table. Sean appréciait cette abondance après les années passées dans l'Utah, à se contenter de haricots, de viande de bison ou de bœuf, et de porc salé. Ce soir, il avait essayé, entre autres, les crevettes en gelée, les pinces de crabe à la crème au sherry, un délicieux morceau de gibier, et des pommes de terre comme il n'en avait jamais mangé en Irlande. Tout en se délectant de son steak et en attaquant sérieusement sa bouteille de whisky, il avait écouté les conversations, observé les hommes qui pontifiaient, respiré la fumée de leurs cigares, et repensé aux jours meilleurs, dans le saloon des Ogue, où il était ce petit Irlandais prêt à défier le diable en personne pour le plaisir d'un bon débat. Quelques-uns de ces hommes étaient irlandais – Sean l'entendait à leur façon de parler, pouvait même presque repérer de quel comté ils étaient originaires s'ils n'étaient pas là depuis trop longtemps – mais il y avait aussi des Allemands, des Norvégiens, des Chiliens au physique imposant, des Français, et

---

[1]. Cocktail à base de bourbon, pastis, sucre de canne et eau gazeuse. (*N.d.T.*)

des Italiens. De nombreux prêtres profitaient également des largesses de leurs paroissiens, et Sean les observait avec attention. De sa place au bas de l'échelle de la moralité, il trouvait beaucoup plus simple de discerner les bons des vraiment mauvais. Après tout, il connaissait bien ces derniers, à présent, il les côtoyait toutes les nuits, riait avec eux autour d'une bouteille et écoutait leurs histoires ; il avait appris à reconnaître ceux qui vivaient le jour mais étaient en réalité des oiseaux de nuit déguisés, et les noctambules qui gardaient au fond d'eux l'esprit de la vie diurne. Ce soir, le Delmonico accueillait en majorité d'honnêtes citoyens, nota-t-il, mais il y avait une poignée d'intrigants dans le lot, comme cet Harry Meiggs, qui devait de l'argent à toute la ville et n'allait pas tarder à faire faillite, ou bien James McCabe, entouré de ses habituels compères, ou encore Sam Brannan, qui s'était arrêté à leur table pour glisser discrètement un mot à l'oreille de McCabe.

Sam Brannan était connu de tout San Francisco, mais Sean avait entendu parler de lui bien avant d'arriver en ville. Brannan était célèbre – ou plutôt tristement célèbre – auprès des Saints des Derniers Jours, pour avoir emmené avec lui de New York à Yerba Buena, à bord du *Brooklyn*, plus de deux cents hommes, femmes et enfants mormons persécutés. Ces terres nouvelles de la côte ouest étaient paradisiaques, avait-il écrit à Brigham Young ; c'était là que se trouvait le véritable Royaume du Désert. Mais Young avait ordonné aux émigrants du *Brooklyn* de retraverser les montagnes pour se rendre en Utah sans délai. Brannan avait refusé et était resté à San Francisco en compagnie de la moitié du groupe ; certains étaient devenus bûcherons dans les collines du nord de la baie, d'autres étaient partis travailler à Sutter's Fort en Nouvelle-Suisse, et une vingtaine de familles avait remonté la Stanislaus River dans la vallée de San Joaquin pour fonder une colonie agricole qu'ils avaient appelée le Nouvel Espoir. Pour sa part, Brannan s'était fait construire un hôtel particulier au coin de Portsmouth Square, et était propriétaire d'une épicerie prospère à Sutterville, en plus du *California Star*. Quelques-uns de ces Mormons renégats étaient partis travailler pour James Marshall, qui construisait la scierie de John Sutter sur la rive sud de l'American River ; certains de ces hommes étaient présents lorsque la rivière avait révélé ses premiers éclats jaune d'or. Sutter et Marshall avaient eu beau faire jurer le secret à leurs ouvriers le temps d'établir leur droit sur ce territoire, Brannan avait répandu la nouvelle en arpentant Montgomery Street de haut en bas, tout en agitant une fiole pleine de poussière et en proclamant de sa voix la plus tonitruante :

– De l'or ! De l'or ! On a trouvé de l'or dans l'American River !

Sean connaissait toutes ces histoires ; il avait juste été curieux de voir par lui-même qui était Sam Brannan, et avait été surpris de trouver un homme si jeune, vu son passé si chargé.

Brannan avait appartenu à l'une des milices les plus actives au cours des premiers temps de l'édification de San Francisco, et il avait organisé plus d'un lynchage à l'époque. Aujourd'hui encore, il paradait en ville, certain que le respect qu'on lui témoignait lui était naturellement dû. C'était l'un des hommes les plus puissants de San Francisco, ses paroles faisaient office de loi, et Sean le fuyait comme la peste. Il ne voulait plus rien avoir à faire avec les Mormons, les pères fondateurs, les propriétaires de journaux ou les membres de milices ; or Brannan était tout cela à la fois, et même pire : c'était un Saint qui était resté Saint alors même qu'il menait une vie de débauche. Sean l'observait de loin avec intérêt, mais n'avait aucune envie de rencontrer l'homme en personne. Surtout pas. Que se passerait-il si on l'obligeait à sortir de son trou pour essayer de le ramener en pleine lumière, et si, pour couronner le tout, l'opération aboutissait à un succès ? Il tenait à s'assurer que rien de ce genre ne se produirait. Il y avait un chemin qui menait au fond de ce trou et, d'une manière ou d'une autre, il le trouverait.

Peut-être ce soir. Bien sûr, il allait continuer à solliciter l'incroyable chance qui lui avait souri jusque-là. On lui avait déconseillé de remettre les pieds à l'El Dorado, le palais du jeu de McCabe, parce qu'il y avait trop gagné, beaucoup trop, au cours des dernières semaines. *Qu'y puis-je ?* songea Sean en souriant tout seul. C'était un don, qui le faisait rire au milieu de la nuit, quand il se déshabillait et vidait ses poches sur son lit. Il était venu là pour se noyer dans l'anonymat et se ruiner définitivement, mais, au lieu de cela, il était devenu plus riche qu'il ne l'avait jamais été ! Les hommes le saluaient avec déférence lorsqu'il entrait dans les saloons le soir, et les barmen lui offraient les deux premiers verres aux frais de la maison ! Beurk, il se dégoûtait lui-même. Il avait essayé de se tenir éloigné de tous ceux qui jouaient à l'El Dorado, mais il n'avait tout simplement pas pu résister, et il passait ses nuits là-bas, lançant les dés à l'occasion pour tuer le temps, mais jouant surtout aux cartes, laissant les autres empocher les petits gains, attendant qu'ils baissent la garde et que la table déborde d'argent, pour finalement repartir en raflant la mise.

Cela aurait pu continuer ainsi longtemps, si l'une des filles de chez Irene McGready ne lui avait pas donné une idée. McGready, une bonne catholique irlandaise, était l'ancienne maîtresse de McCabe et son partenaire en affaires, mais ils étaient séparés depuis de nombreuses années. La rumeur disait que McCabe n'avait pas défendu l'honneur de sa belle, qui avait été rejetée lors d'une réception mondaine ; en tout cas, quoi qu'il se soit passé exactement, elle ne lui avait jamais pardonné. Elle avait attendu son heure, et lorsqu'il avait eu un retour de flamme pour elle, Irene avait pris sa revanche sous la forme d'une coupe de cheveux ; après avoir drogué McCabe, elle lui avait rasé le crâne, le condamnant à se promener en ville coiffé d'un chapeau trop grand en attendant que ses cheveux repoussent. Bien entendu, elle se félicitait de voir Sean gagner autant d'argent à l'El Dorado, surtout à une époque où McCabe manquait de liquidités pour ses investissements immobiliers. Non seulement Sean ratissait régulièrement la maison, mais on racontait que les propriétés qu'il acquérait à droite et à gauche étaient en réalité rachetées par un Chinois. En effet, Chang-Li avait parlé à Sean des difficultés que rencontraient les Chinois à devenir propriétaires, et ce dernier avait accepté de bon cœur un marché profitable aux deux parties. On eût dit que Sean ne pouvait faire un pas dans cette ville sans gagner de l'argent.

Lorsque Irene apprit que McCabe s'intéressait vivement à cet Irlandais élégant, joueur et spéculateur immobilier, elle conseilla à Sean de garder profil bas jusqu'à ce que son ancien amant disparaisse quelque temps pour l'un de ses longs déplacements dans le Sud, où il gérait d'autres maisons de jeu. Sean avait suivi son conseil, et il y avait maintenant quatre jours qu'il restait sagement chez lui. Mais la veille au soir, il s'était rendu chez Irene et avait appris que McCabe venait d'embarquer l'après-midi même sur un paquebot. C'était pour fêter l'événement qu'il était allé dîner au Delmonico, et bien lui en avait pris, car l'homme était là, partageant son repas avec ses compères. Irene l'avait-elle volontairement piégé ? Sean se le demandait encore. Espérait-elle le voir accusé de tricherie, pour que s'ensuive un duel en règle ? Certes, le duel semblait être le divertissement de prédilection par les temps qui couraient, mais si elle croyait que Sean serait assez gentleman pour défendre ainsi son honneur, elle se trompait lourdement. Il buvait, il jouait, il fréquentait les maisons closes… Il haussa les épaules : il n'avait plus d'honneur à défendre. En tout cas, rien qui vaille la peine de tuer un homme. D'un autre côté, songea-t-il, ce serait une jolie manière de mourir. À l'aube, au pistolet. Quel romantisme ! Il se mit à rire. Quoi qu'il en soit, il avait décidé de se rendre à l'El Dorado, dans l'unique but de voir comment cette nouvelle page de son histoire allait s'écrire. Peut-être serait-il encore en vie demain, ou peut-être pas.

La porte s'ouvrit, interrompant sa rêverie, et une fille entra avec une serviette de toilette moelleuse, qu'elle utilisa pour tamponner son visage et ses cheveux. Il se leva et elle l'enroula autour de lui, l'appuyant sur son corps humide, embrassant au passage ses bras nus. Elle l'emmena jusqu'au lit et attendit qu'il soit allongé pour se dévêtir, laissant ses yeux parcourir sa silhouette élancée, sa peau lisse et ses longues jambes ; elle déploya sa chevelure noire et soyeuse, et il lui tendit les bras pour l'attirer contre lui.

Il prit son temps – il ne se pressait jamais – et jouit pleinement d'elle, s'interrompant pour embrasser sa nuque, son cou, ses lèvres, et pour lui murmurer des mots doux comme tout bon amant, même s'il n'était pas certain qu'elle les comprenne. Il savourait les revirements de sa vie, et il se plaisait à penser que le petit Irlandais infirme qui autrefois gagnait sa vie en reprisant des couches, incapable d'attirer le regard d'une fille deux fois de suite et encore moins de se faire embrasser, était maintenant un homme qui savait parfaitement s'y prendre avec le corps d'une femme et qui pouvait lui donner du plaisir aussi intensément qu'il en prenait lui-même. Qui aurait pu penser qu'un jour les deux domaines d'excellence de Sean O'Malley seraient les cartes et les femmes ?

Lorsqu'ils eurent fini, et qu'ils furent restés allongés quelque temps en silence, la fille se leva, renfila sa robe, coiffa ses cheveux, qu'elle arrangea en chignon, puis le salua poliment et quitta la pièce. Sean se leva et s'habilla à son tour, puis ouvrit le couvercle à pompon noir d'une boîte tendue de soie rouge et déposa l'argent à l'intérieur ; dessus, il laissa un sachet de thé et une tasse en porcelaine en guise de cadeau. Quand le moment passé avec la fille avait été suffisamment long et langoureux, et s'il avait éprouvé le sentiment qu'un peu de complicité s'ajoutait au sexe, il laissait toujours un gage de sa satisfaction. Les filles chinoises, il le savait, appréciaient le thé vert ou noir de leur pays, les peignes pour leurs cheveux, les coupons de soie. Elles n'étaient pas différentes en cela des filles mexicaines ou espagnoles, ou bien encore françaises, alors que s'il trouvait son plaisir auprès d'une Péruvienne – cholo, métisse ou créole, peu importait –, il laissait un de ces cigares qu'elles affectionnaient. Il trouvait du plaisir à agir ainsi, et il espérait que, d'une manière ou d'une autre, les filles lui en savaient gré, même s'il supposait plus vraisemblablement qu'elles riaient sous cape, se moquant de cet idiot d'Irlandais romantique.

Une fois dans la rue, nourri, lavé et satisfait, Sean réfléchit aux options qui s'offraient à lui. *Autant faire une entrée remarquée*, se dit-il. Il héla le premier fiacre venu. C'était une voiture décapotée et la nuit était fraîche, mais le ciel était clair, rempli de milliers d'étoiles autour du croissant de lune. Sean décida donc de monter dedans.

– Z'allez où, chef ? demanda le cocher.

Un Anglais, pensa Sean. Impossible de les éviter, même ici.

– À l'El Dorado, répondit-il. Tranquillement.

Le cocher se tourna pour regarder de plus près son passager.

– Monsieur est détendu, ce soir, n'est-ce pas ?

Il lui adressa un clin d'œil obscène.

– Il a profité des plaisirs exotiques, hein ?

– Il y a un pourboire à la clé si vous vous taisez, répliqua Sean.

Le cocher ne se laissa pas démonter.

– Entendu, monsieur. À l'El Dorado, hue.

Il se retourna et fouetta les chevaux, puis se remit à parler par-dessus son épaule.

– L'heure est à la fête ce soir. J'ai déjà déposé plusieurs gaillards à des soirées coquines entre hommes… Et maintenant, un gentilhomme très…

– Le pourboire, lui rappela Sean.
– C'est vrai.

Le cocher fit le geste de se verrouiller les lèvres et de jeter la clé, puis il reporta son attention sur sa conduite.

Sean apprécia cette promenade à travers les quartiers de la ville aux fenêtres éclairées, constatant qu'il y avait de plus en plus de lumières et de silhouettes d'hommes qui s'animaient derrière les portes et les fenêtres à mesure qu'ils s'enfonçaient dans le centre, avec ses saloons, ses théâtres et ses restaurants. Alors qu'ils étaient encore à deux rues de l'El Dorado, Sean arrêta le fiacre, descendit et paya l'homme, lui laissant ce qui serait probablement son plus gros pourboire de la nuit.

– Merci, monsieur. Au plaisir, monsieur.

Le cocher avait du mal à croire à sa chance ; habituellement les gros billets, quand il y en avait, tombaient en fin de nuit, de la main de ceux qui s'étaient bien débrouillés à leur table, et qui, en outre, étaient ivres. Il n'en avait jamais reçu d'un homme à jeun qui *était en route pour* le saloon.

– Et bonne chance à vous pour ce soir, monsieur, reprit-il. Si vous avez besoin de quelqu'un pour rentrer, envoyez chercher un certain Randall Dawson. Ce sera moi, monsieur. Randall Dawson. Je connais cette ville comme ma poche, parole d'honneur. Je peux vous emmener n'importe où. Et vite.

Sean réfléchit à cette information.

– Bien, dit-il d'un ton décidé. Alors soyez ici à deux heures du matin, monsieur Dawson, et je doublerai ce pourboire.

Les yeux du cocher s'écarquillèrent de stupéfaction devant une telle aubaine.

– Attendez-moi, répéta Sean. Coûte que coûte.

– Bien sûr, monsieur, dit Dawson avec un empressement servile. Je serai là à deux heures. J'attendrai. Vous pouvez compter sur moi, monsieur.

– J'espère bien, dit Sean.

Puis il s'éloigna en direction de l'El Dorado.

On ne pouvait pas rater le plus grand des saloons ; devant l'entrée, le trottoir débordait de mineurs et de joueurs qui attendaient qu'une place se libère, n'importe quelle place, au bar ou à l'une des tables, que ce soit pour jouer au Faro, aux dés, à la roulette, au rouge et noir, au *monte*, ou – et c'était ce que préférait Sean – au poker. Quand il s'avança, les hommes qui se tenaient au bout de la file d'attente reculèrent d'un pas pour le laisser passer. Il avait choisi de s'habiller d'une manière particulière pour ses nuits de jeu, et cela s'avérait payant en ce genre d'occasion. Il portait son chapeau de travers pour se donner un air désinvolte et pour que l'on repère la natte qui pendait entre ses épaules ; il appliquait une teinture de thé noir et de cirage sur sa chevelure châtaine, la lissant avec ses doigts puis la nouant en tresse pour qu'elle ne vienne pas lui obstruer la vue. Il arborait une moustache et un bouc clairsemés, également enduits de noir, ainsi qu'un cigare chilien entre les lèvres. Tout cela venait agrémenter une chemise blanche, toujours la même, qu'il portait col ouvert, et une étole de soie bordeaux nouée négligemment à la base de la gorge. Par-dessus, il enfilait un gilet mexicain brodé et une veste doublée de la soie la plus chère ; son pantalon était en coton léger, coupé de manière à tomber parfaitement sur ses bottines montantes bien cirées. Il savait que cela lui donnait une allure déroutante ; était-il à moitié chinois ? mexicain ? européen ou indien d'Amérique du Sud ? Personne ne pouvait deviner qu'il était irlandais jusqu'à ce qu'il ouvre la bouche, et encore, seulement s'il s'autorisait à laisser percer son accent d'origine, ou s'il avait vidé plus de la moitié de sa bouteille. Il aimait incarner ce personnage qu'il s'était choisi, quel qu'il puisse être. Il mourrait incognito, sans aucun doute, car qui diable était Sean Miner ?

Il fendit la foule d'un pas assuré, répondant d'un signe de tête à ceux qui le saluaient, sans jamais les regarder directement dans les yeux. Il arriva enfin dans la grande salle principale. Le plus impressionnant à l'El Dorado, pensait-il souvent, était la présence de ces incroyables vigiles que McCabe avait alignés autour des tables. Ils se tenaient là, les jambes légèrement écartées, féroces Mexicains moustachus ou Péruviens à l'apparence angélique, leurs pistolets dissimulés sous leurs ponchos, les yeux mi-clos mais en alerte, observant les fioles de poussière d'or, les sacs de pépites, les pièces et les titres de propriété qui changeaient de mains. Sean les examina pour voir s'il repérait le moindre changement d'expression ou de posture alors qu'il avançait dans la pièce sous leurs yeux, mais ils demeurèrent impassibles, et il se dit alors qu'il s'était peut-être trompé. Peut-être n'était-il pas aussi menaçant qu'il avait voulu le croire et que personne ne se souciait qu'il fasse sauter la banque, pourvu que cela ne se reproduise pas tous les soirs. L'énorme bar courait tout le long d'un des murs de la pièce ; les mineurs, les voyageurs et les aventuriers s'y entassaient les uns contre les autres. Pas une femme, hormis l'audacieuse créature qui jouait du violon depuis le balcon pour le plus grand plaisir de la foule. Sean se dirigea vers l'extrémité du bar, sous le balcon, et déclara à l'un des trois barmen qui travaillaient ce soir-là qu'il souhaitait un verre de whisky et une pinte de bière. Le whisky pour se donner courage, la bière pour se désaltérer.

Il avala son whisky cul sec et allait attaquer sa bière lorsqu'une place se libéra à une table. « Gentleman Jim » Ransom repoussa l'homme qui essayait de la prendre puis fit signe à Sean de venir se joindre à lui. Visiblement, Gentleman Jim en avait assez de la racaille et avait envie d'un peu de défi. Sean décida d'accepter l'invitation.

— Alors, tu bois ou tu joues ce soir, Miner ? lui lança le grand gaillard.

— Les deux, si tu n'y vois pas d'inconvénient, répondit Sean aimablement.

Et il s'installa et posa son argent ostensiblement devant lui.

La table entière se figea, et le cigare de Gentleman Jim manqua de lui tomber de la bouche. Tous fixaient le pactole de Sean.

— Tu as perdu la tête ?

Ransom fit tomber la cendre de son cigare en donnant un petit coup dessus.

— Tu as dévalisé une banque ou quoi ?

— Inutile, répondit Sean tranquillement. Surtout après la main que j'ai eue la semaine dernière.

Les autres hommes se tournèrent vers Ransom, qui était connu pour s'emporter facilement, mais lorsqu'il se mit à rire, les autres l'imitèrent, et une atmosphère d'excitation s'installa autour de la table. Seul l'homme qui tenait la banque paraissait un peu nerveux ; Sean perçut le léger tremblement de sa main lorsqu'il distribua les cartes.

Ils jouèrent pendant quelques heures, éliminant les amateurs – parmi lesquels un jeune médecin tout juste arrivé de l'Est, dont les fanfaronnades avaient cessé au bout d'une donne –, attirant les joueurs plus expérimentés à mesure que la partie progressait. Les spectateurs restaient à distance respectable de la table, conscients de se trouver en présence de joueurs de haut niveau, et les vigiles surveillaient attentivement les liasses de billets qui s'amoncelaient devant chaque homme. L'adjoint de McCabe sortait de temps en temps de son bureau pour faire sa ronde ; il s'arrêta à deux reprises juste derrière Sean pour observer la partie. Sean avait entendu un soupir s'échapper de ses lèvres lorsque la banque avait une fois de plus perdu une donne. Sean jugeait d'ailleurs le croupier assez mauvais, et il était surpris qu'il n'ait pas encore été remplacé par un autre plus capable. Ils s'accordèrent une pause pour se détendre un peu, aller aux toilettes, prendre un verre et soulager la tension qui ankylosait leurs épaules, puis ils se réinstallèrent autour de la table. Au moment où il allumait un nouveau cigare, Sean aperçut McCabe et ses comparses arrivant finalement au saloon. L'homme traversa calmement la pièce, puis se dirigea soudain vers le bar et passa derrière pour glisser un mot à l'oreille du barman. Ce dernier opina et se dirigea vers l'un des vigiles. Sean étala ses cartes en éventail et fit mine de réfléchir à son jeu tout en gardant un œil sur McCabe. Le factionnaire s'approcha ; il portait une bouteille de whisky neuve. Lorsqu'il arriva à la table, il posa la bouteille d'un geste brusque sur le dessus de la pile du milieu.

— Avec les compliments du *señor* McCabe, dit-il d'un ton affable, arborant un sourire faux. Et après, *adios, amigos*.

— Nous n'avons pas fini de jouer.

Sean tendit la main et poussa la bouteille sur le côté. Le vigile secoua la tête.

— Non. C'est terminé, *señor*. Vous montrez vos jeux, vous buvez un coup, et après vous partez.

Sean haussa les épaules et étala les cartes qu'il avait en main.

— Full, messieurs.

Les autres grognèrent et jetèrent leurs cartes sur le tapis ; le croupier pâlit et plissa les yeux.

— Un verre ? proposa Sean en présentant la bouteille à son voisin de gauche.

Puis il ramassa le tas de monnaie et l'ajouta aux gains qu'il avait déjà amassés devant lui.

— Peut-être est-il temps d'aller voir ailleurs, suggéra Gentleman Jim en fixant le vigile. Puisqu'il semble que nous ne soyons plus les bienvenus ici. Au moins en ce qui concerne l'un d'entre nous, ajouta-t-il d'un ton lourd de sous-entendus.

Sean regarda par-delà le vigile, en direction de McCabe qui l'observait, appuyé derrière le comptoir. Sean leva son verre puis ramassa son argent et le compta lentement avant de le rouler en liasses et de glisser le tout dans la poche intérieure de sa veste, en prenant soin de montrer son pistolet à quiconque aurait eu l'intention de le voler.

— Ne revenez pas.

Le vigile posa une main lourde sur l'épaule de Sean.

— Dernier avertissement.

Sean fit un mouvement pour se dégager.

— Je ne me souviens pas du premier, *amigo*, mais je crois que j'ai bien compris. Puisque la maison n'a plus d'argent, enchaîna-t-il d'une voix forte, qu'il en soit ainsi.

Il éclata de rire et bouscula la rangée de vigiles en se dirigeant vers la sortie, sentant le regard de McCabe posé sur lui tout au long de sa traversée.

Une fois dehors, Ransom laissa échapper un sifflement.

— Tu es un drôle de bonhomme, Miner, pour défier comme ça le grand chef en personne.

— Je n'aime pas qu'on me menace, répliqua Sean en parcourant du regard la rue toujours bondée, même à cette heure tardive.

— Je vois. Pourtant, McCabe n'est pas le genre de type à qui il faut chercher des noises. Et il déteste perdre de l'argent.

— Il ne devrait pas sévir dans l'univers du jeu, alors.

Ransom rit.

— Je n'ai jamais vu quelqu'un jouer aux cartes comme toi, mon ami, et je suis pourtant l'un des meilleurs.

Il se pencha vers Sean avec un air de conspirateur.

— C'est quoi, ton truc ? Tu me le dis et on peut casser la baraque. Diable, on pourrait devenir *propriétaires* de l'El Dorado, si c'est ça que tu veux. Leur faire leur fête !

Sean secoua la tête.

— Ça ne m'intéresse pas.

Puis il se mit à rire, sentant les effets du whisky.

– Et il n'y a pas de truc. Il se trouve juste que je ne suis pas trop mauvais.
– Tu es sûr ?
– Ça oui.

Sean se remit à marcher le long du trottoir, et trébucha ; il était plus ivre qu'il ne pensait.

– À bientôt, dit-il.
– Attends !

Ransom lui attrapa le bras.

– Tu ferais mieux de me laisser t'aider, fiston, avant que quelqu'un ne vienne te soulager de tes billets.

Il entraîna Sean au coin de la rue, puis dans une rue plus sombre, jusqu'à l'allée qui longeait l'arrière de l'El Dorado.

– Oh ! appela-t-il alors qu'un groupe d'hommes s'approchait.

Sean fit un geste vers son pistolet, mais ses mouvements étaient lents, et quand il essaya de crier, il ne put articuler que des borborygmes. *Empoisonné*, conclut alors son esprit confus, quelque part dans le brouillard. *Ce dernier verre était empoisonné. Et je vais mourir.* Il se mit à rire.

– Tu es un drôle de gars, répéta Ransom tout en lui faisant les poches. Souviens-toi, je t'ai offert ta chance. Tu aurais pu être mon partenaire, je t'aurais planqué quelque temps, et après on serait devenus riches.

Il tira à lui le portefeuille et l'ouvrit.

– Eh bien ! Je n'aurai pas tout perdu !

Les hommes formaient maintenant un cercle autour de Sean, mais il voyait ce cercle tourner et onduler, sans parvenir à fixer son regard.

– J'ai pris ma part, entendit-il Gentleman Jim annoncer, comme s'il se trouvait à des kilomètres. Le reste est pour vous, les gars. McCabe a dit qu'il fallait lui laisser ses jambes afin qu'il puisse s'enfuir de la ville en courant.

Alors ils se mirent à le molester, mais, curieusement, Sean ne sentit pas grand-chose. Il entendait le bruit sourd des poings qui s'abattaient sur son corps, il percevait l'impact des coups sur son visage et l'odeur âcre de son propre sang. Il n'offrit que peu de résistance. À quoi bon ? C'était une fin convenable et juste, après tout ce temps.

Et soudain ce fut fini. Il entendit ses agresseurs détaler sous une salve de coups de feu, puis des bras puissants le soulever et le transporter jusqu'à un fiacre.

— Deux heures, pile poil, chef. On peut compter sur Randall Dawson.

Son fort accent cockney aurait fait rire Sean si un seul de ses muscles avait pu fournir cet effort.

— J'ai toujours avec moi ma petite protection, vous savez. On ne croise que des fripons à cette heure de la nuit. Ils vous ont plumé, hein ?

Sean marmonna quelque chose ; il avait du sang plein la bouche.

— Vous en faites pas, chef. On va vous ramener chez vous. Je crois que ça suffit pour aujourd'hui. Je peux reconnaître un gentilhomme rien qu'en le regardant. On va où, maintenant, monsieur ? Vous feriez mieux de me le dire rapidement, avant que ces brutes ne changent d'avis.

Sean fit un effort surhumain pour concentrer toute son énergie dans le mouvement de ses lèvres.

— Chinatown, réussit-il à prononcer. Stockton Street.

Puis il s'effondra à l'arrière du fiacre, à demi inconscient.

Dawson trouva la maison à l'endroit indiqué et fut généreusement rétribué par Chang-Li, qui appela immédiatement Mei Ling. Une fois le cocher reparti, ils hissèrent Sean jusqu'à sa chambre et le mirent au lit. Ils lui ôtèrent ses vêtements et examinèrent ses blessures. Mei Ling les rinça et appliqua des pommades qui sentaient fort, avant de le couvrir de pansements. Sean était sûr que son visage était tuméfié, et la douleur qui lui tenaillait les flancs lui indiquait que les barbares lui avaient cassé quelques côtes. Ils avaient respecté les ordres de leur patron, et n'avaient pas touché à ses jambes, hormis quelques coups bien placés ; pourtant, il commençait à ressentir des élancements à la hanche. Les doigts frais de Mei Ling exploraient les bosses et les bleus qui lui couvraient le torse. Embarrassé qu'elle le voie ainsi – à cause du passage à tabac, mais aussi de son bras infirme et de sa jambe à nu –, il souleva la tête. Une explosion de douleur lui traversa les tempes ; il émit un râle, incapable de prononcer le moindre mot, ou même d'ouvrir les yeux. Le gémissement se poursuivit, suivi d'un sanglot, qui le rendit encore plus honteux quand il prit conscience qu'il s'échappait de ses propres lèvres.

Chang-Li dit quelque chose à voix basse à Mei Ling dans un coin de la chambre, puis Sean entendit la porte s'ouvrir et se refermer. Quand la jeune fille revint, elle portait une pipe à longue tige qu'elle tendit à Chang-Li. Ce dernier plaça le tuyau dans sa bouche et alluma le contenu du fourneau, tirant dessus jusqu'à ce qu'il devienne bien rouge, puis il glissa la pipe entre les lèvres craquelées et sanguinolentes de Sean. Ce dernier tira dessus avec gratitude. Au bout d'un moment, l'épouvantable douleur commença à s'apaiser ; encore un peu, et un sentiment de bien-être l'envahit. L'un de ses yeux était trop enflé pour s'ouvrir, mais il parvint à entrouvrir l'autre suffisamment pour voir Chang-Li quitter la pièce. Mei Ling, elle, ne partit pas, et quand il la regarda malgré sa blessure qui se rouvrait, elle s'approcha et resta à côté de lui, souriante.

— Vous dormir maintenant, dit-elle avec douceur. Vous pas mourir.

La tristesse qui le submergea à ces mots se lut probablement dans son regard, car les yeux de la jeune femme se plissèrent d'inquiétude et son sourire s'éteignit.

— *Pas* mourir, répéta-t-elle comme s'il l'avait mal comprise. Mieux bientôt.

Il ferma les yeux afin de ne pas la bouleverser davantage et lui offrit l'esquisse d'un sourire pour la rassurer. *Comme c'est drôle*, pensa-t-il. Mourir n'allait pas être aussi simple qu'il l'avait imaginé.

16

Après une semaine occupée à réapprovisionner le garde-manger en conserves, Grace et les enfants éprouvaient le net besoin de prendre l'air. C'est pourquoi, lorsque le soleil pointa le jeudi à midi, elle informa Mme Hopkins qu'elle emmenait sa petite famille en ville. Le docteur était sorti et ne reviendrait pas avant un bon moment, et Abigail dormait encore ; il y avait largement de quoi manger en réserve ou sur le feu, et Enid avait accepté de monter le plateau de Mlle Wakefield pour le déjeuner léger qu'elle prenait dorénavant tous les jours.

Pendant que les enfants enfilaient leur manteau et leur chapeau, Grace sortit du four chaud le pain du soir, et posa deux des trois miches sur la paillasse pour qu'elles refroidissent. Elle enveloppa la troisième dans un torchon et plaça le ballot dans son panier à provisions, puis envoya Mary Kate au cellier chercher un petit pot de beurre, qu'elle glissa dans sa poche pour éviter de le mettre au contact du pain chaud.

— Tu sais ce que tu as à faire ? demanda-t-elle à Enid avant de sortir.

— Mettre la soupe de pois cassés sur le réchaud, et la remuer une fois de temps en temps, récita la jeune femme avec application. Le pain à côté. Le gras dans un bol. Prendre un morceau de jambon dans la chambre froide, du fromage, des pommes et un peu de tarte au sucre comme dessert.

— Si elle a faim en se réveillant, donne-lui le bouillon plutôt que la soupe, ordonna Grace. C'est plus facile à digérer.

— Oui, madame. Voilà M. Litton avec la carriole !

Enid fit un signe en direction de la porte ouverte, tout en arrangeant d'un geste machinal ses cheveux et son tablier.

— C'est gentil de sa part de vous emmener.

— Oui. Et il nous ramènera aussi après être allé chercher la barrière.

Litton construisait une barrière tout autour de l'arrière de la propriété, car la colline se peuplait de plus en plus.

— À tout à l'heure.

Enid les accompagna jusqu'à la sortie, adressant un sourire timide à George tandis que Grace s'asseyait à ses côtés et que les enfants grimpaient à l'arrière de la carriole.

En cet après-midi, l'air était vif, et une brise poussait une multitude de nuages blancs à travers le ciel. Au loin, dans la baie, de la fumée s'échappait des paquebots qui entraient au port, et les navires déjà ancrés tanguaient au milieu des moutons. Le chariot descendit prudemment la colline, prenant garde aux flaques qui s'avéraient parfois plus profondes qu'il n'y paraissait et à la couche de boue glissante qui couvrait la route encore humide.

M. Litton était silencieux, et Grace pensa qu'elle pouvait profiter de cette situation pour engager une petite conversation avec lui. Même s'il dînait tous les soirs avec eux, il se montrait peu bavard et détournait généralement les yeux lorsque quelqu'un cherchait à s'adresser à lui. Si on lui parlait, il répondait par monosyllabes, d'un ton bourru. Seul Jack était parvenu à apprendre quelque chose de sa bouche, et ce uniquement parce qu'il le suivait avec assiduité dans ses rondes quotidiennes, le harcelant de ses questions autant que de ses commentaires.

— Vous vous êtes montré très patient avec notre Jack, monsieur Litton, dit Grace. Je voulais vous remercier de le laisser vous accompagner pendant que vous travaillez. J'espère qu'il ne vous ralentit pas trop.

– Non, ma'ame, dit Litton sans quitter la route des yeux.

– Vous pouvez toujours me le renvoyer si jamais il devient impossible.

– Oui, ma'ame.

– Parce que je sais qu'il est du genre à poser un tas de questions sur tout. Il aime bien savoir comment marchent les choses. Et il est bavard, notre Jack.

M. Litton lui lança un regard en coin, et Grace ne put s'empêcher de rire.

– Vous devez penser que c'est de famille !

L'homme reporta son attention sur les chevaux.

– Hue, lança-t-il d'une voix encourageante.

Un petit sourire était apparu fugacement au coin de ses lèvres.

– Vous avez une famille, monsieur Litton ? enchaîna Grace, une main posée sur son chapeau pour le maintenir en place.

– Non, ma'ame.

– Plus personne en vie ?

– Plus personne qui veuille de moi.

Grace le détailla, aussi surprise par ce qu'il venait de dire que de l'entendre livrer quelque chose de personnel.

– Mais vous étiez soldat, poursuivit-elle avec douceur. Vous vous êtes battu pendant la guerre. Ils ne trouvent pas ça honorable ?

Litton haussa les épaules.

– Pas la manière dont j'y suis arrivé.

– Vous n'êtes plus l'homme qui vous étiez, monsieur Litton. On peut affirmer sans difficulté que vous vous êtes racheté une conduite à plus d'un titre.

Grace marqua un temps d'arrêt.

– Votre mère est toujours en vie ?
– Je n'en sais rien.
– Ah, c'est bien triste. Vous l'aimiez beaucoup ?
Les mains de Litton se crispèrent sur les rênes.
– J'ai mal tourné. Elle n'y est pour rien.
Grace se mordit la lèvre et réfléchit.
– Je vais vous raconter quelque chose, monsieur Litton. Quelque chose dont je ne suis pas très fière.
Elle déglutit avec difficulté et se mit à parler un ton plus bas.
– Quand j'ai quitté l'Irlande, Jack est resté là-bas.
Litton la toisa rapidement, puis détourna les yeux.
– Il venait de naître, et il était en mauvaise santé. Mon père était supposé nous rejoindre avec lui, mais une lettre nous est parvenue, affirmant qu'ils étaient morts tous les deux.
Grace jeta un coup d'œil derrière par-dessus son épaule, juste pour voir le haut du crâne de Jack, pour s'assurer qu'il était bien là.
– J'ai failli mourir de remords, mais Mary Kate n'était-elle pas une raison suffisante de vivre ?
Elle s'interrompit ; les souvenirs affluaient.
– Et puis un miracle s'est produit : une autre lettre nous est parvenue, disant que Jack était en fait toujours en vie. Une amie l'avait recueilli, et c'est elle qui me l'a finalement ramené en Amérique.
– Oh.
Litton lui lança un nouveau regard.
– Pour moi, le monde s'est remis à tourner normalement le jour où j'ai su que mon fils perdu avait été retrouvé. Les mères ne peuvent pas s'empêcher d'aimer leurs enfants, monsieur Litton. Nous pensons à eux sans arrêt.

Litton garda le silence. En bas de la colline, ils bifurquèrent pour prendre la direction du front de mer. Grace espérait ne pas avoir réveillé des souvenirs trop douloureux. George resta ainsi muet si longtemps qu'elle songea qu'elle devait peut-être s'excuser d'avoir parlé à tort et à travers, mais alors il se crispa encore un peu plus sur ses rênes et se racla la gorge.

— Je ne lis pas bien, et je n'écris pas vraiment non plus, déclara-t-il. Je ne saurais pas quoi lui dire.

— Si jamais l'envie vous prend d'envoyer une lettre, je serais heureuse de l'écrire avec vous. Évidemment, tout ceci resterait entre nous.

Litton hocha lentement la tête.

La carriole s'arrêta devant la maison qui jouxtait l'hôpital, celle où vivaient Sœur Joseph et les autres infirmières. Grace sauta à terre sans laisser au cocher le temps de l'aider, et elle fit descendre les enfants de l'arrière ; ils convinrent d'un rendez-vous pour le retour – deux heures plus tard, au même endroit – puis tous les trois saluèrent M. Litton tandis qu'il relançait les chevaux. Grace frappa à la porte d'entrée et dit à la religieuse qui lui ouvrit qu'elle désirait voir Sœur Joseph. La porte se referma, puis se rouvrit presque instantanément, révélant cette fois Sœur Joseph.

— Eh bien, voilà ma petite famille irlandaise préférée ! s'exclama-t-elle, son visage s'épanouissant en un large sourire. Qu'est-ce que vous faites par ici un jeudi après-midi ?

— Nous avions besoin de nous dégourdir les jambes, alors nous avons décidé de venir vous apporter un petit quelque chose de la maison.

Grace souleva la serviette qui couvrait son panier.

– Du pain au levain ! s'exclama Sœur Joseph en frappant dans ses mains.

– À peine sorti du four. Et aussi un pot de beurre frais. J'ai pensé qu'on pourrait prendre le thé avec vous, si ça vous tentait.

– J'allais sortir, dit la religieuse d'un air penaud. C'est l'après-midi où je rends visite aux Mulhoney, et ils comptent sur ma venue.

– Dans ce cas, on va vous laisser tout ça, dit Grace en lui tendant la miche de pain et le pot de beurre. Dans quelle direction partez-vous ? On pourrait peut-être faire un bout de chemin ensemble.

Sœur Joseph baissa les yeux vers les visages impatients des enfants.

– Bien sûr, et je serai ravie de passer ce moment avec vous. C'est à côté des quais. Attendez-moi un instant, je vais chercher mes affaires.

Elle disparut à l'intérieur, tandis que Grace et les enfants patientaient sous le porche.

– Vous êtes d'accord ? leur demanda Grace. On va marcher un peu, et puis on s'arrêtera pour prendre le thé quelque part.

– Je pourrai avoir un pain au lait ?

Jack se léchait les babines d'avance à cette perspective.

– On ne réclame pas, observa Mary Kate en lui donnant un petit coup de coude. Ce n'est pas poli.

– Bien sûr qu'on peut demander, leur expliqua Grace. Seulement, il faut dire « s'il te plaît ».

– S'il te plaît, je pourrai avoir un pain au lait, s'il te plaît ? répéta Jack en tirant sur sa manche.

– On verra ce qu'il y a aujourd'hui. Le jeudi n'est peut-être pas un jour de pain au lait, mais je te promets qu'on achètera quelque chose de bon à manger.

Grace posa la main sur sa tête et lui sourit, puis Sœur Joseph réapparut, vêtue de sa grande cape noire, un grand panier plein de provisions pendu au bras et un sac en toile rempli de pommes dans l'autre main.

— Tu peux m'aider à porter ça, petit Jack ? Tu es un gentil garçon, ajouta la religieuse en lui tendant le grand panier.

Le frère et la sœur saisirent le panier chacun d'un côté et le portèrent entre eux, emboîtant le pas à leur mère et à Sœur Joseph en direction des quais où se trouvaient les pensions de famille.

— Qui sont ces Mulhoney ? Votre autre famille irlandaise préférée ? interrogea Grace d'un ton moqueur.

— Mon *immense* famille d'Irlandais préférée, répondit Sœur Joseph en riant. Ils sont originaires du comté de Kerry. Ils travaillaient comme métayers dans le Kentucky, mais un jour M. Mulhoney a décidé qu'il en avait assez. Il a vendu les rares biens qu'ils possédaient, et ils ont traversé tout le continent, avec l'intention d'exploiter un gisement ; finalement, ils se sont mis à cultiver un bout de terrain dans le Nord.

Elle soupira.

— Il avait des projets grandioses, mais il est mort à peine deux semaines après être arrivé là-bas. J'ai rencontré Margaret, sa femme, à l'hôpital. Pauvre petite chose, avec quatre enfants, et un cinquième qui va arriver d'un jour à l'autre.

— Comment font-ils pour s'en sortir ? C'est grâce à vous ? Grâce à ce que vous leur apportez ?

Grace prit le sac des mains de Sœur Joseph, qui eut l'air un peu vexé.

— Oui, et avec le peu qui leur reste de ce qu'ils possédaient. Ce qui ne s'élève pas à grand-chose, j'en suis sûre. Margaret dit que tout ce qui avait de la valeur est parti dans l'achat du chariot et de l'attelage. Ça ne leur a pas laissé assez d'argent pour retourner au Kentucky, et de toute façon il était déjà trop tard, car sa grossesse était déjà bien avancée.

La religieuse s'arrêta et s'appuya contre le mur d'un grand bâtiment en pierre, la main sur le cœur.

— Donnez-moi quelques secondes que je puisse reprendre mon souffle, s'il vous plaît.

— Ça va ?

Grace aperçut les gouttes de sueur qui perlaient sur son front.

— Vous voulez vous asseoir sur les marches, ici ?

Sœur Joseph fit signe que non, tout en inspirant l'air à grandes goulées.

— Je ne sors plus assez souvent, je suppose, confessa-t-elle d'un air penaud. C'est ça, et mon grand âge, vous savez.

— Vous n'êtes pas vieille !

— Quarante-sept ans à la Saint-Michel ! Ça fait trente ans que je suis entrée dans les ordres, et je n'ai rien connu d'autre, et Dieu sait si ça vous lessive un corps.

Elle se redressa.

— C'est bon, on est repartis.

Et ils se remirent en route, mais à pas plus lents. Grace décida d'accompagner la religieuse jusqu'au bout. Ils se trouvaient sur le front de mer, le vent était un peu plus pénétrant, et l'air un peu plus humide que sur la colline, les visages derrière les fenêtres crasseuses plus émaciés et plus méfiants que dans les pensions de famille de la grand-place. Grace savait repérer la faim quand elle la croisait.

— Elle a vécu de façon économe, reprit Sœur Joseph, poursuivant son récit. Mais il ne doit pas lui rester grand-chose. Son fils aîné trouve des petits boulots par-ci par-là, et elle a une fille du même âge que votre Mary Kate, qui fait les commissions d'un vieux bonhomme qui vit au-dessus de chez eux. Ça lui rapporte deux sous. C'est elle qui s'occupera du bébé quand il sera né, comme ça Margaret pourra trouver du travail. Un travail décent, j'espère. Dans une ville où il y a autant d'hommes, ce n'est pas facile de dire non à l'argent facile qu'on lui proposerait si elle le voulait, si vous voyez ce que je veux dire.

— Je vois très bien.

La semaine précédente, au marché, elle avait rencontré une Irlandaise qui lui avait confié que les mineurs seraient heureux de débourser un dollar rien que pour jeter un œil à ses parties intimes. La femme avait insisté pour dire que, pour sa part, elle ne l'avait jamais fait, mais qu'elle savait que d'autres, victimes de revers de fortune, subvenaient aux besoins de leurs familles de cette manière-là ; elle voulait juste que Grace sache que l'on pouvait se faire des fortunes comme ça.

Le fil de ses pensées s'interrompit car Sœur Joseph s'était arrêtée devant une porte branlante et moisie sur laquelle elle frappa un petit coup sec.

— Vous voulez entrer ? demanda la religieuse par-dessus son épaule. Je suis certaine que Margaret apprécierait la compagnie d'une autre jeune femme, et comme vous êtes vous-même mère comme elle...

Grace hésita un court instant et dit :

— D'accord.

Elle jeta un regard à ses enfants.

— On va tous entrer pour leur dire bonjour, leur faire une petite visite. Vous m'entendez, les enfants ?

Mary Kate et Jack opinèrent.

— Ah, te voilà, toi, dit Sœur Joseph en guise de bonjour à la petite fille qui venait d'ouvrir la porte. On peut entrer, Laurie ? J'ai amené une amie pour ta maman.

La petite fille s'écarta pour les laisser passer, et Grace pénétra dans une pièce qui s'assombrissait au fur et à mesure qu'on s'y enfonçait. La fenêtre de devant était la seule à laisser entrer un peu de lumière naturelle. Quand ses yeux se furent accoutumés à l'obscurité, elle vit que l'habitation consistait en une seule grande pièce bordée d'un côté d'une paillasse et de l'autre d'un petit réchaud qui servait à la fois à la cuisine et au chauffage ; une table et des tabourets complétaient le mobilier au centre de la pièce, ainsi qu'un fauteuil à bascule dans un coin. Margaret Mulhoney se leva du fauteuil avec difficulté, son ventre gonflé handicapant le moindre de ses déplacements.

— S'il vous plaît, ne vous levez pas, protesta Grace en posant le panier sur la table. Je sais exactement comment on se sent.

La femme se laissa retomber dans son siège avec un soupir de soulagement.

— Merci, articula-t-elle non sans mal.

Puis elle sourit à la religieuse.

— Bonjour, ma sœur, c'est gentil à vous d'être venue.

— J'espère que ça ne vous dérange pas, Margaret, mais j'ai pensé que vous apprécieriez un peu de compagnie. J'ai donc demandé à Mme Donnelly de venir avec moi.

Sœur Joseph se mit à sortir les affaires du panier, posant les provisions sur la table.

Attirés comme des aimants, les enfants arrivèrent des quatre coins de la pièce et se regroupèrent autour d'elle, dévorant des yeux le pain et le fromage, les sacs de haricots et d'avoine, le petit morceau de bacon, les pommes, et les oignons. Sœur Joseph leur dit un mot gentil à chacun, et les présenta en citant leur prénom.

– Ravie de faire votre connaissance, madame Donnelly, dit Margaret.

Puis, soudain, ses yeux se plissèrent, elle ferma les yeux et posa sa main sur son ventre.

– Vous le sentez bouger ?

Grace plaça un tabouret à côté du fauteuil de Margaret et s'y installa.

– C'est pour très bientôt, murmura la femme.

Ses yeux s'emplirent de larmes qu'elle essuya furtivement avant que ses enfants ne puissent s'en rendre compte.

– Vous savez ce que c'est…

Elle parvint à esquisser un petit sourire.

– Oh, que oui, répondit Grace. On se sent au bord des larmes tout le temps. Ou furibarde ! Est-ce que je peux faire quelque chose pour vous, madame Mulhoney ? Avez-vous tout ce qu'il vous faut pour le bébé ?

– Les sœurs m'ont donné des langes et tout un tas de choses, répondit Margaret pleine de gratitude. Et Davey, mon fils aîné, courra chercher Sœur Joseph le moment venu.

– Tu risques d'être obligé de me porter, avertit Sœur Joseph en plaisantant. Je ne suis plus aussi rapide qu'avant, avec mon grand âge. Est-ce que tu y arriveras, à me porter sur ton dos ?

— J'essaierai, dit le garçon avec le plus grand sérieux. Je ferai de mon mieux.

Tous éclatèrent de rire, et soudain, la porte s'ouvrit en grand.

— Ah, Rose, te voilà ! s'exclama Sœur Joseph en agitant le couteau à pain. Juste à l'heure pour le goûter. Enlève donc ton manteau et sers-toi de pain et de beurre. Je te présente Mme Donnelly et ses enfants, Mary Kate et Jack.

— Enchantée, dit Rose en esquissant une révérence timide et en jetant des œillades à Mary Kate.

— Tu étais sortie faire une course pour M. Smith, c'est ça ?

La religieuse lui tendit une épaisse tranche de pain. Rose mourait visiblement d'envie de l'avaler tout de suite, mais les bonnes manières l'emportèrent.

— Oui, ma sœur. Il avait besoin d'avoine, l'informat-elle consciencieusement. Pour faire du porridge à son fils.

— Un gosse débile, expliqua la religieuse à Grace. Je ne l'ai aperçu qu'une fois, quand je suis allée frapper chez eux pour dire bonjour.

Elle secoua la tête d'un air désabusé.

— Il est dans un état… Je n'ai jamais vu ça. J'ai dit à son père qu'il existait des endroits spécialisés, mais il s'est fâché et il m'a flanquée à la porte ! Il adore son fils, apparemment, c'est bien dommage. Parfois, il vaudrait mieux que certains partent. Et pourtant, nous sommes tous des créatures de Dieu, n'est-ce pas ?

Les mains de Margaret se crispèrent sur son ventre comme pour protéger le bébé, et Grace lui adressa un regard de sympathie. Elle se souvenait de l'anxiété qui l'assaillait avant chaque naissance, des prières pour que son bébé soit en bonne santé et de l'inquiétude à l'idée que ce ne soit pas le cas.

— Voilà deux sous, maman.

La bouche pleine, Rose s'approcha et tendit l'argent à sa mère, puis posa une main sur son gros ventre quelques instants.

— Je la sens, murmura-t-elle, les yeux écarquillés.

Margaret sourit et caressa le visage de sa fille.

— Rose est presque certaine que nous allons accueillir une petite sœur. Elle m'aide... Que deviendrais-je sans elle ? Ou sans les autres ? ajouta-t-elle en contemplant les visages de ses enfants qui la regardaient avec amour.

— C'est bien, ils peuvent s'occuper entre eux, dit Grace. Mary Kate et Jack ne sont que tous les deux là où nous vivons. Si cela vous tente, madame Mulhoney, nous pourrons revenir vous rendre visite une autre fois. Quand le bébé sera né, peut-être. Je pourrai apporter le repas et nous fêterons l'événement. Je sais que Sœur Joseph est toujours prête à danser !

La religieuse rit et esquissa lentement quelques pas de danse.

— J'en serais ravie, dit Margaret avec sincérité. Nous en serions tous ravis.

Elle prit le pain des mains de Sœur Joseph et regarda Grace.

— Vous ne voulez pas manger quelque chose ?

— Merci, nous avons déjà goûté.

Grace lança à Mary Kate et à Jack un regard d'avertissement. Elle ne voulait surtout pas qu'ils retirent le pain de la bouche de cette famille qui luttait pour survivre.

– D'ailleurs, nous allons rentrer, maintenant, avant qu'il ne se fasse trop tard. Merci de nous avoir accueillis, c'était un plaisir de vous rencontrer.

– Je dois partir aussi, déclara Sœur Joseph, tout en emballant le pain et en le rangeant dans un coin de la pièce. Mais je reviendrai vous voir demain, Margaret, ou avant, si Davey vient frapper à notre porte.

– Merci, ma sœur.

Margaret se leva et les raccompagna de sa démarche malaisée, les pieds en canard, une main au creux de ses reins. Elle tendit l'autre à Grace.

– Heureuse d'avoir fait votre connaissance, madame Donnelly, et j'espère que l'on se reverra bientôt. Quand celui-ci se sera mis à crier plutôt qu'à me donner des coups de pied.

Grace sourit, elles se serrèrent la main, les enfants se saluèrent les uns les autres, et la porte se referma.

– Ça me rappelle les chambres à Liverpool, commenta Grace alors qu'ils rebroussaient chemin. Et un peu Dublin aussi. Mais le pire, c'était New York. Pire que tout ce que j'ai pu voir de ma vie.

– Ça oui, approuva la religieuse. J'ai travaillé à la mission de Five Points avant d'être envoyée ici en bateau. Vous voyez, on a grandi dans la pauvreté, mais on n'avait pas l'impression que c'était vraiment le cas. Peut-être que, comme personne n'avait rien, personne ne manquait de rien.

Elle se tut un instant.

– On pense que plus la ville est riche, plus elle prend soin de ses pauvres. Mais c'est l'inverse. C'est chacun pour soi, et la pauvreté la plus effroyable se rencontre toujours dans les endroits les plus opulents.

Grace soupira.

— Il y a tant de gens qui ont besoin d'aide ! Les Mulhoney, ce vieil homme au-dessus de chez eux avec son fils, tous leurs voisins qui sortent à peine vêtus... Par où commencer ?

— Par ceux qui sont sous vos yeux, affirma Sœur Joseph. Et si c'est tout ce que vous parvenez à faire, alors ainsi soit-il. Il vaut mieux faire quelque chose pour une seule personne que s'asseoir et se morfondre pour la multitude. Si j'ai appris une chose au cours de toutes ces années, c'est bien ça.

— Oui, et j'ai été cette personne-là plus d'une fois, souligna Grace autant pour elle-même que pour son amie. J'aimerais vous aider avec les Mulhoney, si ça ne vous ennuie pas. Je perçois un salaire confortable de la part du Dr Wakefield, et je peux bien en donner un peu, le temps que Margaret retrouve un travail.

— Prenez d'abord soin de votre propre famille, lui rappela la religieuse. Et voyez où vous conduit le Seigneur. Peut-être a-t-Il une autre mission pour vous. Mais je vais vous dire oui pour Margaret. C'est une brave femme, et elle le mérite.

Ils tournèrent au coin de la rue, les enfants gambadant en tête. Au bout du pâté de maisons se trouvait l'hôpital.

— On est déjà là ! s'exclama Grace, surprise, puis soudain contrariée de constater à quel point la religieuse paraissait lasse. Vous feriez mieux de rentrer vous reposer un peu maintenant. Vous avez l'air épuisé.

— Je suis un tout petit peu plus fatiguée que d'habitude, reconnut Sœur Joseph alors qu'ils s'arrêtaient devant le bâtiment. Mais vous ne voulez pas venir prendre une tasse de thé au parloir ? À force de marcher et de faire des bonnes actions, Jack n'a toujours pas eu son petit pain, pas vrai, mon garçon ?

Elle lui adressa un large sourire.

— Ça va, dit Jack, rendu momentanément humble par son passage chez les Mulhoney. Je n'ai besoin de rien.

Mary Kate et lui s'assirent côte à côte sur les marches, les coudes sur les genoux, le menton sur les mains.

— Nous n'allons pas entrer, mais si ça ne vous dérange pas, nous allons rester ici pour attendre M. Litton, dit Grace. Il ne va pas tarder à revenir.

— Comment ça va pour lui là-haut ? demanda Sœur Joseph en commençant à monter les marches avec l'aide de Grace. J'espérais qu'il allait se passer quelque chose avec la fille Hopkins, mais non, hein ?

— Ce n'est pas faute d'essayer, de sa part à elle, mais elle parvient à peine à lui extorquer deux mots avant qu'il ne se remette à marmonner un prétexte pour repartir aux écuries. Je ne sais pas de quoi il a si peur !

Sœur Joseph éclata de rire.

— Pauvre M. Litton ! Il ne pense pas avoir le droit d'être heureux, ou même tout simplement que le bonheur existe.

— Croyez-moi, Enid aimerait vraiment le faire changer d'avis sur ce point, assura Grace. Mais avec sa mère, tout le monde est sur la corde raide à la maison, y compris la sœur du docteur, d'ailleurs.

— Comment ça ?

— Je ne saurais pas vous dire ce qui se passe précisément, mais elle contraint cette pauvre femme à faire pénitence pour une raison que j'ignore.

— Eh bien, vous savez, ma chère…, commença Sœur Joseph.

— Pas à coups de «Je vous salue Marie» ou de «Notre Père», l'interrompit Grace pour être plus explicite. Mlle Wakefield se laisse lentement mourir de faim, et je n'arrive pas à comprendre pourquoi.

Sœur Joseph s'immobilisa quelques instants, songeuse.

— Pour expier, très vraisemblablement. Elle s'inflige ces souffrances en vue de prouver quelque chose au Seigneur.

— À cause de ses fiançailles rompues ? interrogea Grace. Il doit y avoir autre chose que ça.

— Le martyre peut devenir une façon de vivre. Il peut procurer un sentiment de puissance, d'une certaine façon, aussi étrange que cela puisse paraître. Comme dans une sorte de combat intime avec le Très-Haut, ajouta-t-elle en fronçant les sourcils. C'est orgueilleux, toutefois, de s'imaginer une chose pareille. Son Fils n'a-t-il pas souffert assez pour nous, et ne nous pardonne-t-Il pas au nom de cela ?

— Peut-être pourriez-vous lui faire une visite ? suggéra Grace.

— Je l'ai proposé une fois, mais le docteur a pensé que ça ne ferait que la perturber davantage. Ils ne sont pas catholiques, vous savez, et pas vraiment pratiquants non plus, d'ailleurs.

— Le Dr Wakefield assiste parfois à l'office de l'église méthodiste épiscopalienne sur Powell Street, rectifia Grace. Avec les enfants, nous l'avons accompagné une fois. Nous, d'habitude, nous allons à la cathédrale, qui est si majestueuse ; et nous irons à Sainte-Mary une fois qu'elle sera achevée. Mais Mlle Abigail n'a jamais assisté à la messe, à ma connaissance.

— Et il ne fait jamais venir de prêtre pour la voir ? Pour lui apporter le Saint-Sacrement ?

— Non, mais Hopkins lui lit la Bible. Je les entends. Et elles prient à voix haute toutes les deux aussi.

— C'est toujours mieux que rien. Mais écoutez-moi bien maintenant. N'allez pas vous mettre martel en tête pour des choses contre lesquelles vous ne pouvez rien. Cette Hopkins, elle ne vous importune pas, vous et les enfants ?

Grace baissa les yeux en direction du porche où Mary Kate et Jack jouaient à la marelle.

— Plus maintenant. Nous avons eu quelques mots toutes les deux, et puis elle s'est excusée.

Grace secoua la tête et exhala un soupir, songeuse.

— Mais nous mangeons à notre faim, nous avons des lits chauds, et nous avons presque oublié que Mary Kate avait été malade tant elle est à nouveau pleine de vie. Et c'est tout ce qui m'importe.

— Des nouvelles du capitaine ?

— Pas encore, mais j'ai laissé une lettre à son odieux majordome, et je lui ai dit où nous étions installés.

À ce moment, la carriole de Litton tourna avec fracas au coin de la rue et se fraya un passage sur la chaussée, l'arrière rempli de tas de planches. De loin, il fit un signe de tête aux enfants, qui le saluèrent en criant et s'élancèrent à sa rencontre, jusqu'à l'endroit où il arrêta les chevaux.

— Ma sœur...

Litton ôta son chapeau et salua respectueusement la religieuse.

— Je suis contente de vous voir, George, lui dit celle-ci avec entrain. Heureuse de savoir que tout va bien. Attention à me ramener toute cette petite famille chez elle en un seul morceau, maintenant !

Elle se tourna vers Grace et l'embrassa sur les deux joues.

— Au revoir, *agra*. J'ai été ravie de vous voir, et rappelez-vous de ne pas vous soucier de ce qui se passe à l'étage. Au revoir, mes chéris.

Elle prit le visage d'un des enfants entre ses mains et l'embrassa, puis fit de même avec le second.

Grace et les enfants se serrèrent à l'avant de la carriole, puis George stimula les chevaux pour leur donner le courage de remonter jusqu'à la maison. Fatigués, tous autant qu'ils étaient, ils restèrent silencieux, perdus dans leurs pensées, tout le long du chemin qui menait de la ville au haut de la colline, bercés par les cahots de la carriole. Quand les chevaux s'arrêtèrent enfin à l'arrière de la maison, M. Litton se racla la gorge et marmonna à l'intention de Grace quelque chose qu'elle ne comprit pas.

— Excusez-moi, monsieur Litton, mais…

— Je vais écrire. À ma mère. Mais pas ce soir, ajouta-t-il promptement.

Grace résista à l'envie de lui donner une petite tape sur le bras, et se contenta de lui adresser un sourire d'encouragement quand il croisa furtivement son regard.

— C'est très bien, monsieur Litton. Vraiment très bien.

Elle descendit de la carriole et aida Mary Kate à mettre pied à terre, puis Jack. Les deux enfants épuisés regagnèrent la porte de la cuisine à pas lents, alors que Grace s'attardait dans la cour quelques instants de plus.
— Vous me dites quand vous serez prêt.
Elle leva les yeux vers Litton, toujours tourné vers ses chevaux.
— Et je serai à votre disposition, quel que soit le moment.
Litton acquiesça, et elle s'attendait à le voir reconduire les chevaux aux écuries, mais il n'en fit rien ; il demeura immobile, les rênes pendant entre ses mains.
— Elle a toujours été bonne avec moi.
Alors Grace posa sa main sur la sienne.
— Dites-le-lui. Quand vous lui écrirez.
Litton tourna la tête et Grace fut émue de le voir si profondément tiraillé entre l'envie et le doute.
— Merci, madame, dit Litton.
Et Grace aurait pu jurer qu'il souriait presque.

17

Chang-Li avait vu sa fortune augmenter de manière considérable au cours de l'année écoulée, aussi avait-il décidé d'organiser un banquet en l'honneur du dieu dont les Américains célébraient la naissance par un jour de fête à la fin du mois de décembre. C'était aussi une période pendant laquelle on échangeait des cadeaux, et Chang-Li, qui se prévalait de sa connaissance de tout ce qui concernait les Américains, avait aussi établi une liste des bénéficiaires les plus indiqués. Cette année, il y inclurait le *fan qui*[1] au nom imprononçable qu'il avait décidé d'appeler M. Sung. Intelligent et de type européen, ce pensionnaire, bien que clairement désintéressé par tout ce qui concernait l'ambition et la richesse, s'était révélé un allié inestimable dans le monde des affaires européennes à San Francisco, et Chang-Li savait qu'il avait tout intérêt à le choyer ; il comprenait que leurs destins étaient étroitement liés, même si M. Sung, de son côté, n'en avait pas conscience.

Grâce en partie à M. Sung, Chang-Li avait discrètement fait l'acquisition de plusieurs grandes propriétés en ville et dans les alentours. Même si le nom qui apparaissait sur l'acte était celui de Sean Miner, Chang-Li et M. Sung avaient signé un contrat séparé qui reconnaissait leur association en des termes qui permettraient à Chang-Li de racheter les parts de M. Sung moyennant une modeste commission quand les Chinois seraient autorisés à devenir propriétaires. M. Sung semblait prendre un réel plaisir à tromper ce que Chang-Li appelait les « obstacles à l'ascension des Chinois » et ce que lui, M. Sung, appelait « ces enculés de fils de pute bourrés de préjugés ». Chang-Li rit dans sa barbe en repensant à la jubilation qu'affichait le visage de M. Sung chaque fois qu'ils renchérissaient sur une offre pour remporter une nouvelle propriété ; oh, oui, l'étrange jeune homme lui apportait beaucoup

---

1. Étranger, en chinois. (*N.d.T.*)

de satisfaction, malgré son penchant pour les prostituées, le jeu et l'opium.

Le goût de plus en plus prononcé de M. Sung pour la pipe à opium n'inquiétait pas vraiment Chang-Li ; certes, les criminels étaient toujours en quête de *fan qui* opiomanes à détrousser, mais tant que l'homme sélectionnait ses fumeries, il y avait peu de risques. Évidemment, M. Sung s'était taillé une certaine réputation dans les endroits les plus chauds de la ville, et ce malgré sa volonté de rester discret ; il avait gagné trop d'argent, devant trop de monde, dans les plus grandes maisons de jeu, ce qui avait provoqué le courroux du redoutable M. McCabe, un homme avec lequel Chang-Li aurait, fut un temps, souhaité faire des affaires. Cette dernière envie l'avait abandonné lorsqu'il avait fait plus ample connaissance avec M. Sung autour d'une tasse de thé, puis au cours de leurs échanges amicaux, le soir, en fumant la pipe. M. Sung, Chang-Li l'avait vite compris, était un homme brillant. Il dépensait beaucoup d'argent en prostituées et en opium, mais – et c'était un « mais » capital – il n'était jamais à court de liquidités ; pour chaque dollar dépensé, il en gagnait vingt, et Chang-Li l'avait vu transformer les doublons en dollars sous ses yeux. Cet homme était béni. Non seulement les dieux s'étaient penchés sur le berceau de M. Sung, mais en plus ils l'avaient confié aux soins de Chang-Li, un sage qui mesurait la valeur d'un tel don. À l'inverse des *Californios*, qui avaient dilapidé les cadeaux que la nature leur avait accordés, épuisant les hommes dont ils avaient la charge puis les remplaçant par du sang neuf, Chang-Li prenait grand soin du talent de M. Sung. Il attachait beaucoup de prix à M. Sung. Il était déterminé à lui faire abandonner le chemin de l'autodestruction, car tel n'était pas son destin ; la destinée de M. Sung, c'était d'avoir une vie aussi brillante que son esprit, et Chang-Li allait l'aider à en prendre conscience.

Pour l'heure, il revint à son problème : quel présent faire à un homme qui pouvait tout s'offrir mais ne désirait rien, qui avait tout pour bien vivre mais ne souhaitait que rejoindre ses ancêtres ? Il fallait trouver un cadeau très spécial, un cadeau qui honorerait leur association, qui cimenterait l'engagement que Chang-Li souhaitait maintenir entre eux, parce que M. Sung était la meilleure chose qui lui fût arrivée depuis qu'il avait trouvé le moyen de se rendre en Amérique. Il y avait, bien sûr, la *Maison du Bonheur*, mais M. Sung était déjà associé dans cette entreprise. Cet établissement mineur perdu dans la jungle des bureaux de prêteurs sur gages de la ville était rapidement devenu, grâce au flair de M. Sung, une mine d'or bien plus productive que n'importe quel gisement dans le désert. Les clients préféraient conclure des affaires avec un homme blanc, même s'il tressait ses cheveux clairs en une longue natte comme un Chinois, et s'il cachait ses yeux sensibles d'opiomane derrière des verres teintés. Il lui avait fallu peu de temps pour saisir la valeur de certains objets, comme les outils pour mineurs, les armes, les provisions, les vêtements ou les bijoux. L'artillerie et les pierres précieuses étaient ainsi rapidement devenues la spécialité de M. Sung ; il avait compris dès le début que la plupart de ces objets avaient été volés, que le fait de les mettre en gage n'était donc qu'un moyen de les dissimuler, et que les profits potentiels à la revente seraient énormes. M. Sung se délectait de ce genre de petit jeu, et passait dorénavant ses fins de matinée et ses débuts d'après-midi au magasin, côtoyant une autre sorte de profiteurs.

    Chang-Li leva les yeux vers Mei Ling qui entrait avec son déjeuner, un bol de riz fumant accompagné de lamelles de saumon frais cuit à l'huile de sésame, des boulettes et un bol de soupe claire. Un festin. Il se frotta les mains, le savourant d'avance, tandis qu'elle posait le plateau devant son fauteuil favori et qu'elle disposait les mets de la façon qu'elle savait être sa préférée. Il se leva et traversa la pièce, pensant à quel point les gens pouvaient être idiots. Les *Californios* se plaisaient à raconter que tous les Chinois mangeaient du rat, ce à quoi Chang-Li rétorquait que la prolifération de ces rongeurs dans la ville prouvait que personne ne les mangeait. Chang-Li n'admettrait jamais devant ses amis américains qu'il estimait que le rat remplissait un ventre vide aussi bien que n'importe quel aliment ; ces *fan qui* n'avaient jamais connu la faim, en tout cas celle qui avait accompagné la guerre et les famines en Chine, sans quoi ils n'eussent pas dénigré une forme de nourriture au profit d'une autre. Les Indiens de la jungle du Sud mangeaient bien du singe cuit et de la poitrine de perroquet. Ici, les singes et les perroquets étaient des animaux de compagnie, au même titre que les ours, les loups, les renards, et toutes sortes d'oiseaux ! Chang-Li s'installa dans son fauteuil et soupira ; il ne comprenait pas le concept d'animal de compagnie. Un oiseau en cage, admettons, car il faisait de la musique. Mais un renard en laisse, non, ça ne servait à rien.

    Mei Ling rapprocha le plateau de Chang-Li, lui servit son thé, puis le salua et quitta la pièce. Chang-Li la regarda sortir. La tête penchée sur le côté, il prit conscience d'une chose à laquelle il n'avait jamais pensé jusqu'alors. Les Américains n'avaient plus le droit de posséder d'esclaves, à l'exception des régions du sud de l'Union, qui avaient d'ailleurs été profondément affectées de constater que la Californie avait choisi de devenir un État libre plutôt que négrier. Mais tout le monde savait que cette règle ne s'appliquait pas aux Chinois, qui formaient une communauté extrêmement soudée et faisaient leurs affaires entre eux. La servitude contractuelle n'était pas contraire à la loi, et la frontière entre ce statut et l'esclavage à proprement parler était assez floue, d'autant que les autorités ne s'en souciaient pas vraiment. Les esclaves chinois ne connaissaient pas d'autre mode de vie et comptaient sur leurs maîtres pour prendre soin d'eux. Mei Ling avait toujours été une esclave ; elle avait appartenu à quelqu'un d'autre avant lui, et quelqu'un en serait propriétaire après lui. Et ce quelqu'un pourrait bien être M. Sung, s'il ne trouvait pas de meilleur cadeau à lui faire.

Chang-Li prit son bol de riz d'une main, ses baguettes en ivoire de l'autre, puis porta à sa bouche ce riz si appétissant qu'il affectionnait tant. Ce que M. Sung appréciait, c'était de vivre en marge de la loi, alors peut-être trouverait-il l'offrande de Mei Ling aussi savoureuse que le vol d'un collier de rubis ou la falsification d'un acte d'exploitation de gisement. Peut-être était-elle le cadeau parfait.

Soudain, ses mains se figèrent en l'air, et il fronça les sourcils. Mei Ling était auprès de lui depuis une éternité. Son précédent maître, un très vieil homme qui avait eu tort de prendre la mer sans fils pour prendre soin de lui, était mort au cours de la traversée ; mais, avant de mourir, il avait offert Mei Ling à Chang-Li, lui faisant jurer en contrepartie de renvoyer son cadavre à Canton afin d'être enseveli avec ses ancêtres. Chang-Li avait tenu sa promesse, avec l'aide d'une œuvre de bienfaisance, et avait donc gardé la fille, sa première esclave, signe des dieux qui signifiait qu'il était destiné à devenir riche. Allait-il risquer la colère des dieux, et par la même occasion mettre en péril sa prospérité, en donnant la fille à M. Sung ?

Il reposa le bol et les baguettes et se mit à réfléchir à cette question. Mei Ling était pour lui une sorte de compagnie, et elle réchauffait son lit les nuits où il avait envie d'une femme tout en étant trop fatigué pour sortir. Mieux, elle préparait son thé à la perfection, et composait ses repas de la manière qu'il préférait. D'un autre côté, Chang-Li envisageait de se marier, et il avait trop souvent été le témoin des discordes au sein des maisons où épouse et esclave étaient jalouses l'une de l'autre ; trop souvent pour savoir que le jour où il reviendrait à la maison avec une femme, Mei Ling devrait partir. Si elle appartenait à M. Sung, Chang-Li pourrait continuer à la voir de temps en temps, et lui demander de lui préparer ses plats préférés, tout du moins si sa femme ou sa nouvelle servante n'étaient pas aussi douées qu'elle. Le problème, c'était qu'il ne prévoyait pas de se marier dans l'immédiat. Il avait encore le temps.

Non, décida-t-il, ce n'était pas une décision à prendre à la légère. Il allait devoir y songer très sérieusement, consulter un astrologue et passer du temps à la maison d'encens avec ses amis confucianistes. Il se rendrait peut-être aussi dans les temples taoïstes et bouddhistes ; cette ville comptait de nombreux sages, et Chang-Li ne devait exclure aucune option.

Entre-temps, pour mettre toutes les chances de son côté, il continuerait ses offrandes personnelles aux églises des catholiques romains, des presbytériens et des Disciples d'Emmanuel ; il offrirait des gages de son estime au maire, aux inspecteurs de police de la ville, aux policiers qui patrouillaient dans son quartier, aux banquiers de la Wells, Fargo, Adams & Cie. Il retirerait les petits carrés de soie jaune qui flottaient devant sa porte, et les remplacerait par des décorations rouge et vert, et près de la porte d'entrée de la *Maison du Bonheur*, il exposerait une petite crèche en bois dans laquelle, entourés d'animaux sacrés, se tiendraient leurs dieux, Marie, Joseph et Jésus.

Chang-Li hocha la tête, content d'être parvenu à prendre autant de bonnes décisions, et il termina son repas empli d'un sentiment de satisfaction paisible. Cette année, il allait s'amuser. Ce jour de fête américain était son préféré ; il avait même appris quelques chants. Reposant ses baguettes, Chang-Li se mit à frapper dans ses mains et à fredonner gaiement.

18

— Ah, madame Donnelly, vous nous gâtez, décidément.

Wakefield salivait d'avance tandis que Grace déposait un plateau sur son bureau.

— Est-ce là ce qui m'a rendu fou toute la matinée ?

— J'en suis désolée, monsieur. C'est du pain noir à la mélasse.

Elle lui tendit une assiette.

— J'ai appris la recette à Boston. Je me suis dit que cela pourrait accompagner agréablement votre café.

Le docteur en prit un morceau et le goûta pendant qu'elle emplissait sa tasse.

— Délicieux, décréta-t-il, la bouche pleine. Un véritable nectar des dieux !

— C'est ce que vous avez déjà dit hier soir au sujet des beignets à la pomme, le taquina-t-elle. Et les deux n'ont rien de commun.

— Peut-être pas en apparence, admit-il. Mais chacun est si parfaitement confectionné qu'il provoque la même extase.

— Oh, comme vous y allez ! s'écria Grace en riant. Je pourrais vous apporter un bol de porridge froid que vous diriez la même chose.

— Mais vous ne le feriez pas. Et rien que pour ça, je vous dois une reconnaissance éternelle.

Il but une gorgée de son café noir bien tassé.

— Asseyez-vous, enjoignit-il. Partagez donc une tasse de café avec moi.

Grace secoua la tête.

— Je vais prendre mon thé avec Enid dans la cuisine.

— S'il vous plaît. Seulement quelques instants. Je souhaiterais vous entretenir de quelque chose d'important.

Grace s'assit en face de lui, sachant pertinemment de quoi il allait lui parler.

— Si c'est au sujet de William... de M. Shew, je veux dire. Je sais que c'est votre ami, seulement cette situation me met mal à l'aise.

– Pauvre William, dit Wakefield dans un sourire de compassion. Il est plutôt mordu, mais je suppose que vous êtes au courant.

Grace soupira et serra les lèvres.

– C'est un homme bien et d'une agréable compagnie. Il nous a invitées à déjeuner, Mary Kate et moi, dans un merveilleux endroit, le Delmonico, puis il nous a emmenées voir Lola Montez faire sa danse de l'araignée. On dit qu'elle est vraiment irlandaise, cette Mlle Montez, qu'elle est née à Limerick. Vous savez si c'est vrai ?

Wakefield arqua les sourcils.

– Je n'en ai aucune idée, mais sa manière de danser est assez... aguicheuse, à ce qu'on m'a dit. Je crois comprendre, cependant, que vous ne vous êtes pas laissé influencer par les choix sulfureux de William. Aucune femme ne lui résiste, vous savez... D'ailleurs, n'êtes-vous pas allée vous promener avec lui dimanche dernier ?

– Si. Il nous a tous emmenés dans son fiacre, il faisait tellement beau... Il veut recommencer dimanche prochain, mais...

Elle baissa les yeux et regarda ses mains.

– Mais vous avez l'impression que votre engagement envers le capitaine Reinders ne vous autorise pas cette amitié avec M. Shew, poursuivit Wakefield. Sans parler du fait que M. Shew aimerait bien que cette amitié soit plus profonde que vous ne la concevez. J'ai raison, n'est-ce pas, madame Donnelly ?

– Oh, que oui, dit Grace avec ferveur. Tout ça, c'est ma faute. Le pauvre homme... Il est si bon avec nous... Je lui ai dit pour Peter, parce que j'ai pensé qu'il devait savoir. J'admets que j'apprécie sa compagnie. Vraiment. Vraiment beaucoup. Mais quand il...

Elle s'interrompit, se sentant rougir jusqu'à la racine des cheveux.

— N'en dites pas plus, madame Donnelly. Les artistes sont des gens passionnés par nature, et William ne fait pas exception à la règle. Pour sa défense, je dirais que la vue d'une jeune femme ravissante dans un fiacre décapoté par un jour d'automne peut ébranler le mieux intentionné des hommes.

Il sourit.

— Souhaitez-vous que je lui dise un mot de votre souci ?

— Non, monsieur. Merci de me le proposer, mais je lui en parlerai moi-même la semaine prochaine, quand je descendrai voir l'exposition.

— C'est tout à votre honneur, estima Wakefield. Ce portrait de vous est... comment dire ?

Il s'interrompit.

— Je dois reconnaître que, quand je l'ai vu, je me suis demandé si ce pauvre capitaine Reinders n'avait pas trouvé un rival...

— Vous pensez que j'ai eu tort d'accepter, docteur ? interrogea Grace avec franchise.

— Non, madame Donnelly, je ne pense pas, même si je ne suis pas très bon juge en la matière.

Il se remit à rire, mais cette fois-ci, pour se moquer de lui-même.

— Ce dont je suis certain, c'est que William Shew laissera derrière lui un véritable témoignage historique, et que vous, madame, vous méritez d'y être associée. Je crois qu'il m'a dit avoir tiré deux portraits similaires. Qu'allez-vous faire du vôtre ?

— Je vais le faire encadrer pour Peter, répondit-elle sans hésiter. Pour Noël. S'il est rentré d'ici là.

— Et sinon ?

— Alors le tableau sera prêt pour son retour, quelle qu'en soit la date.

— Voilà qui est sagement parlé, commenta Wakefield. De toute façon, ce n'était pas de vos nombreux soupirants que je voulais vous entretenir, madame Donnelly, mais de votre fille.

Il se renfonça dans son fauteuil en cuir.

— C'est une visiteuse assidue de ma bibliothèque.

L'estomac de Grace se noua.

— Je vais lui en parler, monsieur. Je lui avais pourtant demandé de ne pas vous importuner.

— Elle ne me gêne pas, dit-il avec empressement. C'est une jeune fille très polie et respectueuse. Et très intelligente, dois-je ajouter.

— Oui.

Grace rougit à nouveau, mais de fierté cette fois-ci.

— Elle a l'esprit très vif, et pourtant elle n'a reçu qu'un enseignement sommaire, de façon très épisodique.

— C'est précisément de cela que je voulais vous parler, déclara-t-il. Il faudrait qu'elle prenne des leçons, de manière régulière.

Grace acquiesça, l'air grave :

— J'imagine que oui, mais elle lit déjà mieux que la plupart des adultes, elle a une écriture soignée, et elle calcule de façon remarquable.

— Savez-vous jouer aux échecs ? lui demanda-t-il soudain.

— Non, je n'ai jamais appris, répondit-elle en regardant l'échiquier au bout de son bureau et en se demandant s'il allait lui proposer une partie.

— Mary Kate, elle, sait, lui apprit-il. Je lui ai montré quelques mouvements de base un après-midi et puis nous nous sommes mis à jouer ensemble. Elle a compris tout de suite. Les échecs sont un jeu complexe. Mathématique. Et les femmes ne sont habituellement pas très douées pour les mathématiques.

— Vraiment ?

Grace était parvenue à conserver une voix neutre, même si ce genre de commentaire avait le don de l'irriter. Sa grand-mère possédait un commerce qui nécessitait qu'elle tienne des comptes, et sa mère avait tenu les cordons de la bourse familiale jusqu'à son dernier jour. Elle connaissait nombre de femmes qui savaient compter au moins aussi bien, si ce n'était mieux que les hommes. Quelquefois, elle trouvait que le brave docteur manquait d'ouverture d'esprit.

— Vraiment, poursuivait Wakefield sans se soucier du regard noir qu'elle posait sur lui. Ce qui signifie que votre fille est dotée d'une intelligence rare. De celles qui méritent davantage que quelques notions rudimentaires. Elle peut aller loin.

— Tout de même pas jusqu'à devenir médecin, vu que c'est une fille. N'est-ce pas, docteur ? lança Grace en regrettant instantanément le ton agressif de sa voix.

Wakefield tressaillit et porta une main à son cœur.

— Touché, madame Donnelly. Non seulement vous me nourrissez bien, mais en plus vous m'obligez à un peu d'humilité.

Il reposa sa tasse.

— Je ne crois pas que les femmes, en règle générale, aient des capacités intellectuelles aussi développées que les hommes, c'est vrai. Mais je ne suis pas assez idiot pour ignorer d'éventuelles exceptions. Je pense, madame Donnelly, que votre fille fait partie de ces exceptions. Et qu'elle ne fera peut-être pas médecine, mais sans doute de brillantes études.

— Je reconnais qu'elle est intelligente. Mais je ne crois pas que Mary Kate ait besoin de davantage d'instruction.

Wakefield fronça les sourcils.

— Je dois avouer ma surprise. Vous êtes manifestement une femme intelligente et droite. Pourquoi ne voulez-vous pas que votre fille suive des études ?

— Je veux bien qu'elle suive des études. Mais l'envoyer dans une école n'est pas la bonne solution.

— Je ne comprends pas.

Grace le regarda droit dans les yeux.

— Docteur, nous sommes irlandais, comme vous le savez déjà. De pauvres émigrants irlandais. Et jusqu'à présent, cela ne nous a pas porté chance dans le cadre de l'école. Le premier maître de Mary Kate, à Boston, était anglais et avait sa manière bien particulière de voir les choses. Mary Kate a passé le plus clair de son temps au coin en attendant que sa façon de parler s'améliore. L'accent irlandais devait être une sorte d'affront pour cet homme, je suppose.

Elle serra les dents avant de poursuivre.

— Un jour, je suis allée la chercher plus tôt que d'habitude et je l'ai trouvée en train de pleurer toutes les larmes de son corps. J'ai perdu mon sang-froid face à cette espèce de crétin dégénéré d'Anglais, et il l'a renvoyée en lui criant en pleine figure qu'elle était trop bête pour apprendre.

Wakefield lâcha sa tasse de café, choqué.

— C'est terrible !

– Oui. Mais elle *voulait* apprendre, je l'ai donc emmenée chez les sœurs, qui pensaient moins de mal des Irlandais.

Grace marqua un temps d'arrêt.

– Mais nous sommes protestants, alors Mary Kate s'est retrouvée à nouveau au coin parce qu'elle posait des questions auxquelles une bonne catholique n'aurait même pas songé. Le jour où elle est revenue les doigts en sang, nous avons abandonné cette solution, et j'ai commencé à lui faire la classe à la maison.

– C'est compréhensible, mais…

– Oh, mais ce n'est pas tout, coupa Grace. Au Kansas, nous avons renouvelé l'expérience avec Mlle Woodruff, un petit bout de bonne femme sèche qui, pour des raisons que je ne comprendrai jamais, n'aimait pas les jeunes filles. Et surtout pas les jeunes filles étrangères. Mary Kate avait appris à ne pas poser trop de questions, alors elle n'a pas été fouettée autant que les autres, mais elle n'a pas appris grand-chose non plus. Ça a duré une longue année, et puis finalement est arrivé un jeune homme qui aimait enseigner, et qui s'est fait aimer de tous, y compris de Mary Kate.

– Eh bien voilà ! s'exclama Wakefield en reprenant sa tasse pour se remettre à boire.

– Mais nous avons dû quitter le Kansas, pour venir ici.

– Oui. (Sa main s'arrêta en l'air, puis il reposa son café une nouvelle fois.) Je vois. Je comprends maintenant ce que vous vouliez dire.

Il se pencha en avant, de nouveau sérieux.

– Si elle est réticente à l'idée de réessayer, il y a peut-être des moyens de lui faire suivre des études ailleurs que dans un établissement scolaire, au moins pour commencer.

Il marqua une pause pour réfléchir, et soudain son visage s'éclaira.

– Que diriez-vous d'un précepteur ? Quelqu'un qui viendrait ici, disons, trois ou quatre matinées par semaine ?

– Un précepteur ? Ici ? C'est une bonne idée, mais...

Elle hésitait. Wakefield se leva, tout excité.

– J'assumerai, évidemment, tous les coûts de cette initiative, affirma-t-il. Et nous pourrions aussi associer Jack à l'affaire.

– Merci, monsieur, mais je ne vois pas très bien notre Jack s'asseoir toute une matinée à recopier des lettres et des chiffres alors qu'il pourrait être dehors dans les écuries à casser les oreilles de ce pauvre M. Litton. Peut-être faudra-t-il y songer quand il sera un peu plus grand.

Wakefield sourit.

– Ne sous-estimez pas votre jeune fils, madame Donnelly. Il montre lui aussi des signes d'intelligence.

– Oui, bien sûr, mais...

– Tout est dans la manière de présenter les choses, poursuivit Wakefield qui s'échauffait devant le défi qui s'offrait à lui. Si on lui dit que Mary Kate va prendre ses leçons avec un précepteur ici dans le bureau, et qu'il ne doit, sous aucun prétexte, les déranger, parce qu'il est trop jeune pour aller à l'école...

Il arbora un large sourire.

– Je crois qu'il dépensera une énergie considérable pour faire exactement le contraire. Avec lui, tout est question de fierté.

— Je vois que vous avez bien cerné notre Jack, dit Grace en riant.

Puis, redevenant sérieuse, elle déclara :

— C'est très gentil de votre part, docteur, et je ne sais pas quoi répondre. Je ne voudrais pas vous devoir encore plus que je ne vous dois déjà... Compte tenu des circonstances, vous comprenez...

— Oh.

Wakefield traversa la pièce jusqu'à la cheminée et s'y adossa.

— Je vois. Et je vous répète, madame Donnelly, que lorsque le capitaine Reinders reviendra du Panama, vous ne serez pas tenue de rester ici à mon service. Absolument pas. Même si je ne souhaite pas du tout vous voir partir. Mais d'ici là, ajouta-t-il, pourquoi ne pas donner aux enfants quelque chose d'utile à faire pour occuper leur temps ?

Il a raison, pensa Grace. Et pourtant, elle se sentait toujours réticente.

— Il faut que j'y réfléchisse...

— À quoi faut-il donc que vous réfléchissiez ? À moins que vous n'éleviez vos enfants pour qu'ils deviennent aide-cuisinière et garçon d'écurie ? Est-ce donc tout ce que vous souhaitez pour eux ?

Grace se raidit.

— Je veux qu'ils soient heureux, quel que puisse être leur rang social.

— Mais les études leur offriront davantage de choix, vous ne croyez pas, madame Donnelly ?

— Je sais bien, docteur.

Elle soupira.

— Je ne sais pas pourquoi je m'énerve.

— Moi non plus. Ce n'est pas comme si je suggérais qu'ils partent travailler dans une usine ou sur les docks.

Ils se regardèrent, et éclatèrent de rire.

— Oh, excusez-moi, docteur. Je suppose que j'ai tellement l'habitude de m'occuper toute seule de ma famille que...

Elle défroissa sa jupe.

— Je serais heureuse que vous offriez à Jack et à Mary Kate l'opportunité de faire des études, et je vous suis reconnaissante de le proposer. Une fois de plus.

— Bien ! s'exclama Wakefield en se frottant vigoureusement les mains. Excellent ! Je crois que j'ai l'homme de la situation, je l'ai rencontré l'autre jour à la soirée des Kemble. Il s'appelle Hewitt. Il est venu ici pour écrire un livre sur la ville mais il a besoin d'un emploi rémunérateur pendant ce temps-là. Je ferais bien de lui parler dès aujourd'hui !

Grace sourit avec enthousiasme.

— Merci, docteur. Mais puis-je vous poser une question ? Pourquoi faites-vous tout cela pour nous, pour les enfants de votre domestique ?

Wakefield réfléchit à la question.

— Eh bien, je suppose que je ne vous considère pas comme une domestique, madame Donnelly. Vous êtes un peu trop exceptionnelle pour ça.

Il lui adressa un clin d'œil.

— Je vous vois comme une partenaire si l'on peut dire, et j'apprécie tout ce que vous avez fait ici. Cette maison est chaleureuse et confortable pour la première fois depuis que nous sommes arrivés, Abigail et moi. Les lampes sont allumées quand je rentre le soir, et un dîner chaud m'attend, meilleur que dans n'importe quel restaurant.

Il hocha la tête.

— Même Abigail semble aller un peu mieux. Hopkins m'a dit qu'elle retrouvait un peu d'appétit et que son comportement était moins... tourmenté.

— Oh, monsieur, protesta Grace, qui ne voulait pas qu'il fonde d'espoirs trop importants. Je n'ai rien à voir avec ça.

— Ne sous-estimez pas le bénéfice de votre présence, madame. Quand vous placez un plateau devant quelqu'un, croyez-moi, cette personne se sent obligée de manger !

Il eut un petit rire.

— Et je vous suis reconnaissant de parvenir à tenir le coup face à Hopkins, ajouta-t-il avec un sourire malicieux. C'est un tel soulagement de retrouver un peu de sérénité dans cette maison. C'est mieux pour Abigail aussi.

— Je me demande de temps en temps s'il ne serait pas préférable d'embaucher une véritable infirmière pour votre sœur...

Wakefield secoua la tête.

— Abigail ne voudra jamais en entendre parler. Je lui ai pourtant demandé de réfléchir à l'idée de prendre une femme de chambre. Quelqu'un qui ressemble à la jeune fille qui s'occupait d'elle lorsque nous sommes arrivés. Ne serait-ce que pour avoir... une présence plus gaie au quotidien.

— Elle avait une autre femme de chambre au départ ? demanda Grace, surprise.

— Une gentille fille, confirma le docteur. En fait, Abigail avait deux esclaves à la maison, qu'elle a émancipées avant de partir, au plus grand désespoir de mon père ; elle a embauché cette fille lorsque nous sommes arrivés. La pauvre n'avait aucune expérience, évidemment, et Hopkins ne l'aimait pas, elle n'a donc pas tenu longtemps, mais c'était pourtant une jeune fille enjouée. Maintenant, écoutez-moi.

Le docteur se pencha en avant.

— Je voudrais faire un cadeau à Abigail pour Noël. Que me suggérez-vous ?

— C'est que, docteur, je ne connais pas du tout les goûts de votre sœur...

Grace se mordit la lèvre, réfléchissant à cette requête.

— Avant de tomber malade, qu'est-ce qui lui procurait le plus de plaisir ?

Wakefield n'hésita qu'un court instant.

— Son pianoforte. Elle adorait cet instrument. À une époque, elle en jouait et chantait pendant des heures. Elle avait une jolie voix, ajouta-t-il avec mélancolie. J'avais oublié ça.

— Est-ce que ce ne serait pas là un cadeau que vous pourriez envisager de lui offrir, dans ce cas ?

— Pourquoi pas ? Mais je dois vous dire, madame Donnelly, que je ne pense pas qu'Abigail puisse jamais refaire de la musique. Elle ne l'a tout simplement plus en elle.

— Vous la connaissez mieux que moi, monsieur. Mais peut-être qu'une distraction la détournerait un peu de ce qui la rend malheureuse ?

— Ce qui la rend malheureuse, répéta Wakefield. Quand elle était plus jeune, Abigail n'était pas la fragile créature nerveuse que vous avez vue là-haut. Elle était impétueuse et exigeante, et notre père l'adorait.

Après la mort de notre mère, il s'est peut-être montré un peu trop indulgent avec elle.

Wakefield baissa les yeux et croisa ses mains sur ses genoux.

— Elle était engagée de façon quasiment officielle à un homme qui jouissait d'une position sociale enviable dans notre cercle, et qui a finalement changé d'avis pour se tourner vers une autre femme. Sa cousine, je crois.

— Et c'est à cause de ça que sa famille l'a rejetée…

— À ce que je vois, vous avez eu droit aux commérages.

La voix de Wakefield se fit soudain lasse.

— Vous connaissez l'histoire, donc, madame Donnelly ?

— Non, monsieur. Pas la vraie, en tout cas.

— Alors, laissez-moi vous éclairer. C'était une époque… différente, bien sûr. Abigail a été humiliée. Ce qui l'a brisée moralement. Lorsque je suis rentré de mes études dans le Nord, elle n'était déjà plus la sœur que j'avais connue. Père ne parvenait plus à contrôler ses comportements erratiques et il prévoyait de la faire interner.

Il ferma les yeux un bref instant, puis les rouvrit mais ne regarda pas Grace.

— Au lieu de cela, je l'ai convaincu de la laisser partir avec moi. Il y avait déjà un certain temps que je voulais m'installer ici, mais j'avais besoin d'argent. Or cela aurait impliqué un partage de la propriété, ce qui n'est jamais une bonne chose pour une plantation. Quoi qu'il en soit, père a honoré ses obligations.

Il sourit d'un air contrit.

— J'ai donc profité de la tragédie qui frappait ma sœur, voyez-vous, tandis qu'elle a continué à sombrer.

Il s'arrêta de parler, gêné ou songeur, Grace n'aurait su le dire.

— Vous avez fait ce que vous estimiez juste, dit-elle doucement. Vous ne l'avez pas abandonnée aux mains d'étrangers. Quel que soit le mal dont elle souffre, au moins elle n'est pas seule.

Wakefield acquiesça, ses yeux scrutant le visage de Grace.

— Et elle peut encore retrouver la sérénité, même si cela doit prendre des années. Vous pouvez lui accorder du temps, n'est-ce pas ?

— Autant de temps que possible. Toute ma vie, jusqu'à la fin de mes jours.

— Alors, ayez confiance ; je suis certaine que le grand médecin Lui-Même s'occupe d'elle ; et ne désespérez pas. Mais dans l'intervalle, poursuivit Grace en répétant son conseil précédent, pourquoi ne pas lui offrir quelque chose d'utile avec lequel elle pourrait occuper ce temps ?

Wakefield sourit, et son visage se fit moins mélancolique.

— Sage conseil, madame Donnelly. Vous avez raison. Au nom de l'occupation utile, les enfants auront leur précepteur, et Abigail son piano.

— Nous allons passer un bien joyeux Noël, docteur, avec tout ça. Les enfants seront tellement heureux !

— Merci, madame Donnelly. Pour votre discrétion. Et pour votre gentillesse. Vous n'avez fait que renforcer ma conviction quant à votre place dans cette maison.

— Chacun fait de son mieux, monsieur. Comme dit toujours notre amie Sœur Joseph, l'inquiétude ne fait pas avancer les choses.

Wakefield sourit.

— Cette femme me donnerait presque envie de me convertir.

— C'est une sainte, convint Grace. Et maintenant vous feriez mieux de me laisser vous resservir une tasse de café, car je suis sûre que celle-ci est froide comme les pierres.

— Je vais m'en occuper. Je vous ai retenue assez longtemps. Tenez…

Wakefield ouvrit un tiroir du bureau et fouilla à l'intérieur jusqu'à y trouver une enveloppe qu'il lui tendit.

— J'ai ajouté un petit extra dans l'enveloppe pour la décoration de la maison en ce mois particulier. Nous n'avons jamais fêté Noël correctement, précisa-t-il. Et j'ai pensé, surtout avec les enfants à la maison, que le moment était venu de changer nos habitudes.

— Formidable, monsieur.

Grace glissa l'épaisse enveloppe dans la poche de son tablier.

— Mais je ne sais pas comment vous fêtez Noël dans le Sud.

— Et moi, je ne sais pas comment vous le fêtez en Irlande. Quelle importance ? Faites donc comme bon vous semble. Du moment que nous avons ce qu'il faut pour bien manger et bien boire, des arbres de Noël, des chants, des cartes de vœux et des cadeaux…

— Et de la bonne volonté, ajouta Grace dans un sourire.

— Plus que jamais, madame Donnelly, dit-il en détournant les yeux vers la fenêtre. Plus que jamais.

19

— Tu as une mine épouvantable.
Lars Darmstadt s'adossa contre la cheminée et tira une bouffée de l'un de ses cigares chiliens préférés.
— Tu n'es plus que l'ombre de l'homme que tu étais en partant. Ça a dû être une crise terrible.
— Effectivement.
Reinders s'assit dans le grand fauteuil confortable près du feu, un verre de cognac à la main.
— J'ai dû prendre un fiacre pour rentrer du port, et cette petite course a suffi à m'épuiser.
— Où est Liam ? Dans sa chambre ?
Reinders secoua la tête.
— Il est resté au bateau avec Mack. Ils déchargent et s'occupent des réparations.
— Comment se porte cette vieille carcasse ?
Darmstadt s'écarta du feu et vint s'asseoir face à son vieil ami et associé.
— Je sais que tu meurs d'envie de m'en parler.
— Je te donnerai tous les détails une autre fois, Lars. J'ai à peine la force de garder les yeux ouverts.
— Une autre fois ? Tu veux dire que tu ne veux pas passer en revue tous les levers de voile, toutes les allures qu'elle a prises, toutes les intempéries aux-

quelles elle a résisté ? Mon Dieu, mon ami, tu es vraiment *malade* !

— Qui est malade ?

La femme de Darmstadt, Petra, venait d'entrer en coup de vent dans la pièce, et son sourire s'éteignit.

— Mon Dieu, Peter ! Tu as l'air mal en point.

— Merci.

Reinders sourit d'un air contrit.

— C'est maintenant officiel. Mais si vous m'aviez vu il y a seulement un mois, vous me trouveriez éclatant de santé.

Detra l'observa de plus près.

— C'est la malaria ?

Reinders leva son verre en signe d'assentiment.

— Tu as perdu beaucoup de poids, constata-t-elle. Et je suppose que tu es à bout de forces. Comment es-tu parvenu à faire le voyage du retour ?

— Mack et Liam se sont occupés de tout. Ils ont fait en sorte que je reste dans ma cabine, et, à vrai dire, je n'ai pas cherché à résister. Liam va devenir un bon capitaine un de ces jours, ajouta Reinders avec fierté. Il a merveilleusement dirigé l'équipage.

— Tout ce que je peux dire c'est que je suis heureuse que tu sois revenu à bon port. Tu vas rester ici un petit moment, n'est-ce pas ? Hein, Lars ?

Elle tourna la tête vers son mari, guettant son approbation.

Darmstadt éclata de rire.

— J'espère bien, ma chérie, mais tu connais Peter. Il n'en fait qu'à sa tête. Qu'est-ce que tu en dis, capitaine ? Tu seras à la maison pour les fêtes de Noël ?

— Oui.

Reinders appuya sa tête contre le dossier du fauteuil et ferma les yeux.

Les sourires s'évanouirent sur les visages de Lars et Detra, et ils échangèrent un regard inquiet, peu habitués à voir leur vieil ami si conciliant.

— Au fait…

Peter rouvrit les yeux avec difficulté et croisa le regard de Detra.

— Tu as ouvert le courrier ? Il y a quelque chose de la part de Grace ?

— Je n'ai pas eu le temps de regarder quoi que ce soit pour le moment ; nous venons juste de rentrer nous-mêmes, et la maison est encore un peu en désordre.

Elle se rendit dans l'entrée et s'adressa au majordome qui revint quelques instants plus tard, portant un panier rempli de journaux, de magazines et d'enveloppes. Avec un mot de remerciement, Detra posa la pile sur son bureau et se mit à la trier.

— Oh !

Elle tenait à la main une enveloppe sur laquelle était inscrit le nom de Peter.

— Il y a quelque chose, déclara-t-elle en la lui apportant.

Peter reconnut tout de suite l'écriture de Grace et déchira l'enveloppe sans attendre. Il parcourut la lettre tandis que Lars feignait de se concentrer sur sa pipe, et Detra de s'intéresser à un nouveau magazine.

Reinders retourna l'enveloppe, vit qu'il n'y avait rien d'écrit au dos, et sa main s'abattit sur ses genoux. Il leva les yeux vers ses amis qui s'étaient immobilisés, impatients de connaître les nouvelles.

— Elle est à San Francisco !

— Ici ?

Lars se pencha en avant.

— Quand est-elle arrivée ? Et où habite-t-elle ?

— Si l'on se fonde sur la date inscrite ici, elle est là depuis septembre.

Le front du capitaine se plissa d'inquiétude.

— Elle dit seulement que Mary Kate est malade – était malade, je suppose, maintenant –, qu'elle est à l'hôpital, et qu'elle laissera un mot pour dire où ils se sont installés.

Il se tourna vers Detra.

— Y a-t-il une autre lettre d'elle ?

La jeune femme parcourut le paquet de courrier une seconde fois, puis secoua la tête.

— Lars, appelle Arnott. Demande-lui si elle est venue ici.

Puis elle se retourna vers Reinders et murmura :

— Je n'aime pas ce majordome. C'est une vraie porte de prison.

— Il est snob, confirma Reinders abruptement.

— Taisez-vous, tous les deux.

Darmstadt quitta sa chaise.

— C'est très bien qu'il fasse fuir les gens. C'est un avantage quand vos créanciers se mettent à vous relancer.

Il se dirigea vers l'entrée.

— Arnott !

Le majordome apparut instantanément, comme s'il était resté juste derrière la porte. Peter et Detra hochèrent la tête en se regardant d'un air entendu ; leurs soupçons se confirmaient.

— Ah, bien, vous voici.

Même en se redressant de toute sa taille, Lars était encore dominé de quelques centimètres par son imposant majordome.

— Arnott, est-ce qu'une certaine Mme Donnelly est venue ici ces derniers mois ? Elle a dû demander le capitaine Reinders.

Le majordome fronça les sourcils puis regarda le bout de ses chaussures, comme s'il essayait de se souvenir d'un incident de ce genre.

— Un certain nombre de femmes sont venues réclamer le capitaine Reinders, monsieur. Je ne me souviens pas d'une Mme Donnelly en particulier.

— Une jeune femme charmante, insista Darmstadt. Peut-être accompagnée d'un enfant ? Une Irlandaise ?

— Ah, oui, une Irlandaise.

Arnott releva les yeux ; ses lèvres serrées trahissaient un certain mépris.

— Une mendiante, monsieur, extrêmement sale. Qui portait un *pantalon*. J'ai pensé qu'elle venait réclamer quelque chose au capitaine et je l'ai dissuadée de revenir.

— Un pantalon ?

Darmstadt regarda Reinders par-dessus son épaule.

— Mais vous avez pris sa lettre ? demanda Detra.

— Oui, madame. Je l'ai mise avec les autres.

— Et vous n'avez pas eu d'autre nouvelle de sa part ? insista Darmstadt, reprenant le contrôle de l'interrogatoire.

— Si, monsieur. Elle a souhaité m'informer qu'elle vivait chez un autre homme.

Arnott jeta à Reinders un rapide coup d'œil.

— Wakefield est le nom qu'elle m'a donné.

— Le Dr Wakefield ? interrogea Darmstadt.

— Je crois, monsieur. Elle est peut-être domestique à son service. J'ai eu du mal à comprendre sa manière de parler, monsieur.

Darmstadt toisa l'homme avec sévérité, relevant l'insulte sous-entendue.

— C'est bon, Arnott. Vous pouvez vous retirer.

— Bien, monsieur.

Le majordome salua pour prendre congé.

— Excusez-moi, monsieur, mais la cuisine demande combien il y aura de personnes à dîner.

— Trois, de façon certaine, dit Detra d'une voix forte. Peut-être cinq, si le lieutenant Kelley et M. Mackley se joignent à nous.

— Très bien, madame.

Arnott salua à nouveau et quitta la pièce.

— Va au diable ! jura Reinders en frappant le bras du fauteuil de son poing. Espèce de sale prétentieux de...

Darmstadt se racla la gorge.

— Pardonne-moi, Detra. J'ai passé trop de temps en mer, s'excusa Reinders. Qui est ce Wakefield, Lars ? Tu le connais ?

— Rowen Wakefield.

Darmstadt traversa la pièce et se posta devant l'âtre.

— Vieille fortune du Sud. Un homme bien, néanmoins, d'après ce qu'on m'a dit. Un très bon médecin. C'est lui qui a créé le dispensaire de lutte contre le choléra qui se trouve sur le front de mer ; il a sauvé des milliers de vies pendant l'épidémie. Il en est maintenant le directeur et fait aussi partie du conseil d'administration du nouvel hôpital de la Marine à Rincon Point.

— Donc elle l'a rencontré à la clinique, très vraisemblablement, présuma Reinders. Elle n'avait aucune idée de l'endroit où je me trouvais ni de la date de mon retour, alors elle a accepté un emploi dans cette maison. Les enfants doivent être avec elle.

— Il a bonne réputation, répéta Darmstadt pour le rassurer. Très estimé partout. Je suis sûr qu'elle est entre de bonnes mains.

— C'est peut-être justement ce qui l'inquiète, mon chéri, indiqua Detra à son mari. Il nous faut informer Mme Donnelly que Peter est rentré. Va chercher de quoi écrire, Lars.

— Non.

Peter essaya de se relever de son fauteuil.

— Je vais aller la voir moi-même. Maintenant.

— Assieds-toi.

La légère pression que Darmstadt imprima à l'épaule de Peter suffit à le faire s'effondrer.

— Tu n'es pas en état d'aller où que ce soit.

Il se dirigea vers le bureau, sortit du papier et une plume, puis apporta le tout à Reinders.

— Écris-lui et demande-lui de venir ici demain matin à la première heure.

Detra hocha la tête en signe d'encouragement.

— Il a raison, Peter. Préviens-la un peu de ce qui l'attend. Après tout, il y a très longtemps que vous ne vous êtes pas vus tous les deux. Elle préférera avoir le temps de prendre un bain, de se changer, de se recoiffer, en un mot, de se préparer.

— Elle n'est pas comme ça, objecta Reinders.

— C'est une femme, n'est-ce pas ?

Une image de Grace surgit du tréfonds de sa mémoire : elle se tenait sur le pont de l'*Eliza J* le matin des funérailles de la mère de Liam, épuisée mais stoïque ; elle avait gardé la tête haute, entourant d'un bras protecteur les épaules des enfants, les soutenant dans leur douleur.

— Elle ne ressemble à aucune des femmes que j'ai connues. Hormis ma présente compagnie, ajouta-t-il galamment.

— Écris-lui, mon vieux, répliqua Detra avec un sourire tendre. Puis accorde-toi une bonne nuit de repos. Aucune femme n'apprécie de voir l'homme qu'elle aime donner l'impression qu'il est aux portes de la mort.

Reinders était trop épuisé pour protester, et pourtant il se languissait de revoir Grace, d'entendre sa voix, de sentir le contact de sa main. Il repensa à l'après-midi qu'ils avaient passé ensemble avant qu'il ne quitte New York, à la façon dont le coucher de soleil avait filtré à travers les rideaux de la chambre, inondant sa peau d'un éclat chaleureux, ses cils noirs se détachant sur le teint pâle de ses pommettes alors qu'elle dormait... Combien de fois avait-il revu cette chambre, ce lit, la femme allongée dessus ?

Il s'empara de la plume.

Ma très chère Grace,
J'ai du mal à croire que vous soyez enfin arrivée...

Lars attendit que Reinders finisse sa missive, puis la tendit au garçon de course pour qu'il aille la livrer le lendemain à la première heure.

Trop éreinté ne fût-ce que pour manger, Peter demanda qu'on l'aide à monter dans sa chambre, où il se dévêtit et se coucha. Il pensait rester éveillé quelques heures à penser à Grace et à l'avenir, maintenant qu'elle était là, mais le lit de plumes se révéla incroyablement agréable après les mois passés à dormir sur une paillasse dure, alors il s'y blottit, agrippant l'édredon, et sombra dans un sommeil profond avant même d'avoir fermé les yeux.

Reinders rouvrit les yeux après ce qui lui parut n'avoir duré que quelques minutes, réveillé par un remue-ménage au rez-de-chaussée : des exclamations, des rires, puis un martèlement de bottes sur les marches de l'escalier. La chambre de sa porte s'ouvrit en grand.
— Peter, elle est venue ! clama Lars. Elle t'attend en bas ! Quelle jeune femme charmante ! Je n'avais pas idée !
Il joignit les mains, enchanté.
— Pendant toutes ces années, jamais je ne me suis imaginé qu'elle pouvait être aussi ravissante ! Tu ne l'as pas dépeinte à sa juste valeur, Peter. Je ne comprends pas ce qu'elle peut bien te trouver, mais tu ferais mieux de descendre avant qu'elle ne recouvre toute sa lucidité. Et, à propos, elle ne porte pas de pantalon, ajouta-t-il, un brin de déception dans la voix. Je ne sais pas où Arnott est allé chercher ça. Pas de pantalon, répéta-t-il, son visage s'éclairant à nouveau. Mais une très jolie jupe verte, un corsage bien coupé, et un magnifique chapeau…
Reinders était allongé, incapable de bouger, stupéfié tout autant par cette logorrhée que par la présence de Grace, là, juste en dessous, alors qu'il était encore en tenue de nuit.
— Debout, maintenant !

Lars se rendit jusqu'à la penderie de Peter et se mit à fouiller dedans.

– Là.

Il lui tendit une chemise blanche propre et un haut-de-chausses à peu près neuf.

– Enfile ça. Tu vas flotter dedans, mais ça fera l'affaire tout de même. Allez. Tu ne vas pas laisser une petite malaria de rien du tout t'empêcher de revoir cette magnifique créature, n'est-ce pas ?

Reinders s'assit sur le bord du lit, jambes pendantes, mais dut refermer les yeux sous l'effet d'un étourdissement qui faillit le faire retomber en arrière.

– Désolé, vieux.

Darmstadt reposa les vêtements sur le lit, son enthousiasme instantanément douché.

– Bien sûr. Prends ton temps. Tu veux que j'envoie Arnott pour qu'il t'aide à t'habiller ?

– Non, marmonna Reinders, les yeux toujours clos. Vais me débrouiller tout seul. Mais besoin d'eau fraîche.

– Je vais demander à la femme de chambre de t'apporter ça tout de suite.

Darmstadt alla jusqu'à la fenêtre et écarta les rideaux. Reinders plissa les yeux pour se protéger de la lumière aveuglante.

– Quelle heure est-il ?

– Presque dix heures. On a déjà pris notre petit déjeuner, mais je vais faire apporter du thé au petit salon pour Mme Donnelly et toi. Detra et moi devons sortir.

– Et pour quelle raison ?

Peter enleva sa chemise de nuit par la tête, puis attrapa ses sous-vêtements.

– Parce que nous avons pensé que tu préférerais un peu d'intimité, avoua Darmstadt. C'est une idée de Detra, bien sûr. Tu connais les femmes.

– Je n'en suis pas si sûr...

Reinders boutonna sa chemise blanche puis se leva pour enfiler son haut-de-chausses.

– Sois simplement toi-même, lui conseilla Darmstadt. Non, fais comme si tu étais moi. J'ai toujours eu un succès incroyable avec les femmes !

Il arborait un sourire malicieux.

– Je te retrouve en bas dans deux minutes, alors ?

Reinders acquiesça.

– Dès que je suis habillé.

Lorsqu'il eut fini de se laver le visage et de se coiffer, il s'aperçut que cela lui avait pris beaucoup plus de deux minutes. Il aurait voulu avoir le temps de se raser, mais tant pis, il faudrait s'accommoder de sa barbe. Le moindre effort l'épuisait encore, mais son cœur battait la chamade à l'idée de revoir Grace. Il espérait qu'elle ne serait pas déçue. Avait-il pris un tel coup de vieux ? se demanda-t-il en se regardant dans le miroir. Ses cheveux étaient plus épais et plus longs à New York, et son visage moins marqué par le temps. Quand étaient donc apparus ces plis qui lui barraient le front ? Ou ces rides au coin des yeux, et autour des oreilles ? Il devait se rendre à l'évidence, il avait meilleure allure à l'époque et, surtout, il n'avait rien du cadavre ambulant qu'il était devenu. *Je ressemble à un vieillard*, songea-t-il soudain. Il serra les dents, refusant de se laisser envahir par de telles sottises vaniteuses. Il ressemblait à ce qu'il était : un capitaine chevronné, d'âge mûr, qui relevait tout juste d'une maladie terrible. Un peu de repos, quelques bons repas, la présence de la femme qu'il aimait, et il recouvrerait son entrain et sa vigueur en un rien de temps. Fort de ces bonnes résolutions, il quitta la pièce et descendit lentement les escaliers, s'arrêtant quelques secondes derrière l'entrée du petit salon avant d'ouvrir ses portes en grand.

— Peter !

Grace bondit sur ses pieds et Reinders rassembla ses forces, convaincu qu'elle allait se jeter dans ses bras, mais, étonnamment, elle n'en fit rien. Au lieu de cela, elle resta debout, les bras ballants, comme si brusquement elle ne savait plus comment se comporter avec lui, et cette attitude le déstabilisa encore davantage.

— Heureux de vous revoir, Grace, dit-il poliment, frustré de sa propre retenue. Comment allez-vous ?

Comment allez-vous ? Comment allez-vous ? Reinders aurait pu se taper la tête contre le mur. Allait-il redevenir l'empoté qu'il était lorsqu'ils s'étaient rencontrés ?

— Eh bien, je… (Grace hésita, fit un pas en avant, puis s'arrêta.) Je vais bien, Peter. Et vous ?

Il y eut un moment de gêne quand Reinders ouvrit la bouche mais qu'aucun son n'en sortit.

— Eh bien, voilà.

Lars se leva de sa chaise et Detra lui emboîta le pas.

— Si vous voulez bien nous excuser, madame Donnelly, ma femme et moi devons nous occuper d'affaires prévues de longue date et que nous ne pouvions retarder.

Il prit la main de Grace et la serra chaleureusement.

— Je suis ravi de faire enfin votre connaissance, ma chère, et je suis sûr que nous allons dîner tous ensemble très bientôt.

— Et moi, je suis impatiente de rencontrer vos enfants, ajouta Detra en saisissant les mains de Grace

dès que Lars les eut lâchées. Nous sommes très heureux que vous soyez tous arrivés ici sans encombre.
– Merci beaucoup. Je suis contente de vous avoir rencontrés, moi aussi. Peter m'a si souvent parlé de vous en termes élogieux…

Grace rencontra les yeux de Reinders et, à son tour, se trouva incapable de dire quoi que ce soit.

Lars et Detra sortirent précipitamment, murmurant des adieux que leurs deux destinataires entendirent à peine. Quand la porte se referma, le silence enveloppa Peter et Grace, seulement troublé par le tic-tac de l'horloge posée sur la cheminée et le craquement du feu qu'on venait d'allumer.

– Vous allez bien ?
– Vous avez été malade ?

Ils avaient parlé en même temps, et éclatèrent de rire d'un air gêné.

– J'ai été *vraiment* malade, admit finalement Reinders. Et je crains de devoir m'asseoir maintenant, sans quoi je risque de m'écrouler par terre.

– Oh, Peter ! Je n'imaginais pas… Laissez-moi vous aider.

L'inquiétude de Grace l'emporta sur sa timidité et elle s'approcha vivement de lui et passa son bras autour de sa taille pour le soutenir ; lui-même laissa reposer le sien sur ses épaules alors qu'elle l'accompagnait vers un siège.

Il ferma les yeux et se laissa envahir par la chaleur de ce corps à ses côtés, par cette présence bien réelle. *Je n'ai envie que d'une chose, c'est de l'embrasser*, pensa-t-il. *Je ferais aussi bien de l'embrasser maintenant, et comme ça nous pourrions reprendre là où nous en étions.*

– Oui, l'entendit-il dire.

Puis il sentit la pression de ses lèvres sur les siennes.
Il lui rendit son baiser, doucement au début, puis, alors qu'elle se serrait contre lui, avec de plus en plus de fougue, refusant d'y mettre fin, se perdant dans l'ivresse de ce moment hors du temps. Il la serra plus fort contre lui et enfouit ses lèvres dans sa nuque ; il respirait de plus en plus vite et sa tête tournait.

— Hum !

Dans l'encadrement de la porte, Arnott, le plateau de thé à la main, venait de se racler ostensiblement la gorge. Interloqués, Grace et Peter s'écartèrent l'un de l'autre. La jeune femme rougit d'embarras, et Peter de rage.

— Où dois-je poser ceci, capitaine ?

— Mettez-le là, ordonna Reinders en désignant le bureau de Detra d'un mouvement brusque du menton. Et vous pourrez disposer.

Arnott prit son temps pour agencer les tasses, les soucoupes, la théière et l'assiette de petits pains au lait qu'avait commandés Detra. Il arborait ce sourire suffisant qui exaspérait Reinders. Finalement, le capitaine en eut assez.

— Vous pouvez disposer, Arnott, répéta-t-il d'un ton abrupt. Fermez la porte derrière vous.

— Très bien, monsieur. Je ferai savoir que vous ne souhaitez pas être dérangé.

Le majordome les salua d'un air sournois, puis traversa la pièce jusqu'à l'entrée, refermant les portes derrière lui avec une lenteur désespérante.

— Il me rappelle ce Boardham, fit remarquer Grace. Votre ancien chef de cabine. Vous vous rappelez ?

— Comment pourrais-je l'oublier ?

Reinders passa une main dans ses cheveux ras.

— Il nous a causé tellement d'ennuis, à tous. Il pouvait se permettre n'importe quoi, cet... (Il jeta un œil vers Grace.) Vous vous souvenez de Tom Dean ? De l'équipage ?

— Oui. Vous disiez que c'était l'un de vos meilleurs hommes. Mais vous savez, Boardham a fini par payer à son tour. On l'a retrouvé au bord de l'eau, la gorge tranchée. Dugan m'a envoyé l'article du journal, histoire que je sache qu'il ne traînerait plus jamais dans notre dos à essayer de nous chercher des noises.

— C'était une drôle d'époque ! soupira Reinders, avec une pointe de nostalgie.

Il se laissa tomber sur la chaise.

— Excusez-moi, je dois m'asseoir. Il faut que je me refasse une santé si vous devez continuer à m'embrasser comme ça.

Grace rougit jusqu'à la racine des cheveux.

— Vous voulez votre thé, Peter ? Je vous l'apporte ?

Reinders acquiesça. Elle dressa la petite table à côté de lui et posa dessus les deux tasses, les soucoupes et l'assiette de petits pains au lait. Puis elle prit la chaise de bureau de Detra et l'approcha de celle du capitaine. Elle s'assit, et ils se regardèrent en silence, osant à peine croire qu'ils se trouvaient bel et bien dans la même pièce. Aucun des deux ne savait par où commencer.

— Vous avez l'air fatigué, Peter, reprit enfin Grace d'une voix hésitante. Et vous avez beaucoup maigri.

— C'est la malaria.

Il porta une main à son visage, sentit les creux sous ses pommettes et sa barbe de plusieurs jours.

— Désolé, je ne suis pas très présentable.

— Je vous aime bien avec une barbe. Vous en portiez une lorsqu'on s'est rencontrés, sur le bateau, à Liverpool. Vous vous souvenez ?

— Évidemment. Et vous, vous portiez la fureur sur votre visage.

Il sourit.

— Les ennuis ne faisaient que commencer !

Grace ignora la pique.

— Et puis quand je vous ai revu à New York devant chez Lily, vous l'aviez rasée, et je vous ai à peine reconnu, poursuivit-elle.

Elle tendit timidement la main vers lui et lui caressa le visage.

— Mais je te reconnaîtrai partout dorénavant, avec ou sans barbe.

Touché par ce tutoiement affectueux, Reinders lui prit la main et embrassa la chair tendre de sa paume ; il avait oublié à quel point il aimait cette main, énergique, avec de longs doigts ; elle incarnait le courage, une force hors du commun, une vraie capacité à tenir bon. Il ferma les yeux en pressant ses lèvres sur la peau parfumée, et sentit des larmes lui brûler les paupières. Que lui arrivait-il donc ? Pourquoi se laissait-il aussi facilement submerger ?

— Tu es épuisé, c'est tout, dit Grace en dégageant délicatement sa main. Tu as dû souffrir, Peter. Je le lis dans tes yeux. Mais tu es rentré maintenant. Et je suis là pour prendre soin de toi.

Il se détourna, embarrassé par sa propre faiblesse, et par le fait que c'était elle qui le réconfortait et non l'inverse ; ce n'étaient pas là les retrouvailles qu'il avait si souvent imaginées.

Grace perçut son malaise et changea de sujet.

— Liam a été malade, lui aussi ? demanda-t-elle, sachant qu'il répondrait volontiers à toutes les interrogations qui concerneraient leur jeune protégé. Il est ici avec toi ?

— Non.

Reinders se tourna de nouveau vers elle et accepta la tasse de thé qu'elle lui tendait.

— Non à tes deux questions. Il est solide, et c'est grâce à lui et à Mack que je suis encore là.

Sa main trembla légèrement lorsqu'il porta la tasse jusqu'à ses lèvres.

— C'est un excellent marin, Grace ; tu serais fière de lui. Ils sont tous les deux à bord, en train de s'occuper de tout.

— Je suis impatiente de le revoir. Et Mary Kate est dans tous ses états, elle est persuadée que vous avez été capturés par des pirates. Jack et elle en parlent tous les jours.

Ses yeux brillaient.

— Tu vas aimer Jack.

— Grâce à tes lettres, c'est déjà le cas.

Son sourire s'évanouit.

— Je suis désolé de ne pas avoir été là quand vous êtes arrivés, Grace. Pour vous aider. Je sais à quel point le voyage par voie terrestre est pénible, et j'ai pensé à vous sans arrêt. J'imagine que vous étiez épuisés, et puis Mary Kate est tombée malade, et il fallait s'occuper de Jack…

Il soupira.

— Je m'en veux d'avoir été absent.

— Mais tu ne pouvais pas savoir ! Ce n'est qu'après avoir traversé l'Utah que je me suis mise à penser que

Sean avait peut-être rejoint les chercheurs d'or. La maladie de Mary Kate, c'était un signe de Dieu ; c'est à ce moment-là que j'ai su que nous allions venir ici. Mais pas avant, alors comment aurais-tu pu le savoir ?

– Sean est là, alors ? Tu l'as trouvé ?

Grace fit un signe de tête négatif.

– Je demande partout autour de moi, pourtant. Il y a beaucoup d'Irlandais qui arrivent ici, des Mormons aussi ; un jour, quelqu'un finira bien par me donner des nouvelles de lui.

– Tu as publié des annonces ?

– Oui. Edward Kemble, du *California Star*, me donne un coup de main pour ça, et je me suis même rendue jusqu'à l'école que dirige Sam Brannan. Il m'a dit que la colonie de l'Utah envoyait des groupes de Saints dans les mines, surtout celles de Mormon Island, mais qu'à l'exception de ceux qui viennent jusqu'en ville pour le saluer, il n'avait vu aucun d'entre eux. Mais il m'a proposé d'écrire à certains de ses disciples qui vivent maintenant là-bas.

Elle s'interrompit un instant pour boire une gorgée de thé.

– Est-ce que tu connais William Shew, le propriétaire du Studio Daguerre ? Il m'a invitée à venir regarder les portraits de mineurs qu'il a faits sur les gisements, pour que je puisse essayer d'identifier Sean. Je ne l'ai pas vu, mais M. Shew vient d'en retrouver quelques autres, donc je vais y retourner en fin de semaine, pour retenter ma chance.

Reinders la fixa du regard, bouche bée, puis il rejeta la tête en arrière et éclata de rire.

– Qu'est-ce qu'il y a de drôle ?

— Ces hommes sont des célébrités, dit-il avec admiration. Et tu es parvenue à les mettre tous sur la piste de ton frère ! Comment diable les as-tu rencontrés ?

— Chez le Dr Wakefield. Ils viennent dîner de temps en temps. Je suis cuisinière là-bas, ajouta-t-elle. Tu le savais ? Tu savais que je travaillais là-bas ?

— Peut-être faudrait-il que tu me racontes tout depuis le début.

Reinders posa sa tasse et s'adossa à son siège.

Grace hésita en le voyant si fatigué, mais quand il lui promit de manger un petit pain au lait beurré et de reprendre une tasse de thé, elle accepta. Sachant que les détails pourraient attendre, elle lui narra la manière dont elle avait rejoint le convoi au Kansas et le trajet sur la piste de l'Oregon, ces mois à affronter la boue et les rivières en crue, puis la chaleur et la poussière, et enfin les cols étroits à franchir avant de redescendre dans la vallée. Puis elle lui raconta la dégradation de l'état de Mary Kate et sa décision d'embarquer à bord d'un paquebot pour San Francisco, l'hôpital et sa rencontre avec Sœur Joseph, la façon dont elle avait appris que l'*Eliza J* se trouvait au Panama, et enfin l'offre du Dr Wakefield.

— Donc tu es maintenant à la tête de l'équipe des cuisines ?

— Je suis l'équipe des cuisines, rectifia Grace en riant. C'est une maison modeste. Le docteur vit seul avec sa sœur, qui est... mal en point. Il y a aussi une gouvernante et sa fille, et un homme chargé de l'entretien extérieur. Mary Kate me donne un coup de main maintenant qu'elle va mieux, et Jack est ravi parce qu'il y a des chevaux et des chiens, même si le Kansas et ses fusillades lui manquent.

– Et toi ? Tu es heureuse là-bas ?

– Oui. Nous sommes plutôt bien. Le salaire est généreux, même plus que généreux, et notre appartement est chaud et confortable. Et maintenant, il y a même un professeur qui vient à la maison pour les enfants.

– Il a embauché un précepteur ? répéta Reinders d'un ton suspicieux. En quel honneur ?

– Les écoles, privées ou pas, n'ont jamais très bien réussi à Mary Kate, et pourtant c'est une petite fille intelligente, Peter. Tu ne peux pas imaginer à quel point elle a l'esprit vif. Quoi qu'il en soit, Wakefield a repéré ça chez elle et a voulu faire quelque chose. Il pense que Jack est brillant lui aussi, alors quand il nous a fait cette proposition, je n'ai vu aucune raison de refuser, même si son offre m'a semblé étrange. Le Dr Wakefield est un brave homme, vraiment.

– C'est ce qu'on m'a dit.

Reinders fronça les sourcils.

– Je suppose que je dois lui être reconnaissant. Vous auriez pu mal tomber. San Francisco est une ville sans pitié.

– Oui, mais quelle ville ! s'exclama-t-elle avec ferveur. J'imaginais quelques tentes servant de saloon, des usines, des collines pelées et de la boue jusqu'aux genoux, même si je savais par tes lettres que la reconstruction était en cours après les derniers incendies. Les Chinois l'appellent *Gum San*, la Montagne d'Or. Maintenant, je l'appelle comme ça moi aussi, à cause de tout cet argent qu'on déverse dans la construction d'immeubles, de maisons et d'autres projets.

– L'architecture est peut-être plus grandiose, mais les collines pelées et la boue sont toujours là, souligna-t-il.

Elle rit.

— Après l'Oregon et toute cette verdure magnifique, je ne m'attendais pas à ce que tu t'installes dans un endroit où il n'y a pas un seul arbre, reconnut-elle. Et pourtant j'ai été conquise par cette ville, par l'esprit qui y règne. Il y a quelque chose de remarquable dans tout ça, dans cette cité qui n'arrête pas de renaître et de se reconstruire, encore et encore, comme les immigrants que nous sommes. J'ai tout de suite senti que nous pourrions faire quelque chose de nos vies ici, les enfants et moi.

— Vous vous êtes toujours bien débrouillée où que vous soyez passée, madame Donnelly. Alors, pourquoi en serait-il autrement à San Francisco ?

Reinders lui sourit affectueusement, remarquant à nouveau ses yeux extraordinaires, couleur d'océan, et ses lèvres si vives.

— Tu m'as manqué, Grace. C'est bon d'être de nouveau auprès de toi.

Il l'enlaça et l'attira contre lui afin qu'elle vienne s'appuyer contre sa poitrine, la tête sous son menton.

— Grace, lui murmura-t-il à l'oreille, es-tu venue ici pour m'épouser ?

Elle se raidit quelques instants, puis tourna la tête et l'embrassa, sentant son corps se tendre alors qu'il enfouissait ses mains dans ses cheveux et la serrait dans ses bras. Elle s'écarta pour reprendre ses esprits.

— Oui, lui dit-elle en le regardant dans les yeux. Dès que tu te sentiras mieux, dès que tu auras vu les enfants, fait la connaissance de Jack, et…

Reinders l'embrassa à nouveau, coupant court à ce flot de paroles et à l'intrusion de la réalité dans ce moment fragile et précieux. Délicatement, avec une parfaite maîtrise, il changea de position et attira Grace de manière à l'enfermer complètement dans ses bras. Il l'enlaça plus fort, ses mains parcoururent son corps, et elle répondit à son étreinte, se remémorant la passion qu'il pouvait exprimer sous ses apparences posées. Mais brusquement, il s'interrompit et recula, pris de vertige et à court d'oxygène.

— Peter ! Tu es blanc comme un linge !

Elle posa une main sur sa tempe, puis sur son front, et sentit la moiteur fraîche de sa peau. Sa chemise était trempée au toucher, et adhérait à sa poitrine et à ses épaules.

— Ferme les yeux, maintenant, ordonna-t-elle. Prends une grande inspiration.

Elle se leva et alla rapidement jusqu'à la carafe posée sur le buffet, emplit un verre d'eau, puis le regarda avec inquiétude tandis qu'il le buvait jusqu'à la dernière goutte. Lentement, il reprit des couleurs et sa respiration retrouva un rythme plus régulier. Lorsqu'il se sentit mieux, il tapota le siège à côté de lui, comme s'il avait l'intention de reprendre là où ils s'étaient interrompus.

— Voyons, Peter, le gronda-t-elle gentiment, il n'est plus question de câlins. Tout au moins tant que tu ne vas pas mieux.

— Voilà une excellente motivation.

Il sourit faiblement, puis referma les yeux et exhala un soupir.

— Il est urgent que tu retournes te coucher. Et seul, précisa-t-elle d'un air sévère. Ou plutôt non, une bonne bouillotte te sera d'excellente compagnie.

Il ne protesta pas, ce qui inquiéta Grace encore davantage. Elle l'aida à remonter dans sa chambre, à retirer ses bottes et s'en alla dès qu'il s'endormit sur son lit, malgré son envie de rester à ses côtés. En sortant, elle parla au majordome pour s'assurer qu'il avait bien compris que l'état du capitaine Reinders nécessitait qu'on passe le voir régulièrement, puis qu'on s'occupe de lui quand il se réveillerait. Elle reviendrait le lendemain, promit-elle, pour une courte visite, mais n'amènerait pas les enfants avant qu'il soit capable de supporter une telle invasion.

Une fois rentrée, Grace retira ses beaux habits pour enfiler ses vêtements de tous les jours et son tablier, tout en racontant sa visite aux enfants. Ils voulaient tout savoir concernant le capitaine et Liam, mais Grace dut se contenter de leur dire que Reinders avait été terriblement malade, qu'il était toujours en convalescence, et qu'elle n'avait pas encore vu Liam, qui travaillait à bord du bateau.

Il y avait beaucoup de travail dans la cuisine. Grace fut donc occupée tout au long de l'après-midi, et s'interrompit seulement pour aller servir le café de cinq heures au docteur, dans son bureau. Wakefield était lui aussi très curieux de la visite de Grace à Reinders, et il finit par lui demander sans détour si elle prévoyait de les quitter. Grace lui assura qu'elle resterait avec eux, au moins jusqu'à la fin de l'année ; le capitaine demeurait très affaibli par sa malaria, et avait encore besoin de temps pour se remettre sur pied ; mieux valait lui épargner la charge d'une maison pleine d'enfants durant cette période de convalescence. Wakefield parut soulagé de savoir que Grace allait continuer à travailler pour lui, et il la remercia avec effusion ; d'ailleurs, Grace elle-même se sentait étrangement soulagée que sa vie ne prenne pas un nouveau tournant trop brutal, mais plutôt un virage qui pourrait s'opérer progressivement.

À table ce soir-là, elle coupa court aux questions d'Hopkins, ne tenant pas à s'épancher sur les détails de sa vie privée auprès de cette femme odieuse, mais elle fit savoir à Enid et à George qu'elle et les enfants resteraient chez les Wakefield jusqu'au Nouvel An, et peut-être un peu plus tard, en fonction de l'évolution de l'état du capitaine. Les conversations s'orientèrent alors sur Noël et ses préparatifs, quand soudain la porte de derrière résonna d'un coup sourd. Toutes les conversations s'interrompirent et Litton bondit instantanément sur ses pieds.

– Je vais voir, dit-il d'un ton bourru.

Il s'empara d'une lampe en se dirigeant vers le vestibule, tandis que les autres restaient assis, tendant l'oreille pour essayer d'entendre Litton se renseigner sur les intentions du mystérieux visiteur. Quelques instants plus tard, il était de retour.

– C'est un jeune homme, madame Donnelly. Qui dit s'appeler...

– Liam !

Mary Kate bondit de sa chaise et se précipita dans les bras ouverts du jeune homme en question, qui avait suivi Litton dans la pièce.

– Bonjour, petite fille !

Le sourire de Liam lui fendait le visage d'une oreille à l'autre. Il souleva Mary Kate, la fit tournoyer en l'air, puis l'embrassa sur la joue.

– Bonjour, *grande* fille ! corrigea-t-il.

Il la reposa à terre.

– Mais où est donc ma chère maman ?

Des larmes de joie jaillirent des yeux de Grace alors qu'elle contournait la table pour courir l'embrasser. Il se blottit tout contre elle pendant quelques instants. C'était maintenant la tête de Grace qui venait se nicher au creux de ses épaules de jeune homme, et non plus l'inverse.

— Dieu merci, vous vous en êtes sortis.

Il l'embrassa sur la joue d'un baiser sonore.

— Je suis tellement heureux de vous revoir !

— Et nous donc !

Elle lui rendit son baiser, puis recula d'un pas pour regarder l'adolescent qui se tenait devant elle, celui qu'elle avait quitté alors qu'il n'était qu'un garçonnet d'une douzaine d'années, et qui était maintenant un homme de quinze ans.

— Tu es un géant, Liam Kelley ! s'exclama-t-elle en s'essuyant les yeux. La vie en mer a tout l'air de te réussir !

— Oh, que oui !

Il éclata de rire.

— C'est une vie extraordinaire. Et vous aussi, vous avez bonne mine.

Il posa une main sur la tête de Mary Kate.

— Toutes les deux, ajouta-t-il, vous avez l'air en pleine forme. Mais où est donc le jeune Jack ? Il se cache dans les jupons de sa maman ? Allez, mon garçon, montre-toi !

Jack vint se placer à côté de sa mère, intimidé, mais incapable de détacher ses yeux de l'imposant jeune homme.

— C'est toi le Liam qui es parti en mer ? Parce que je sais déjà tout de toi.

— J'en sais pas mal sur toi aussi.

Liam se pencha et lui tendit une main que Jack serra solennellement.

— Content de faire enfin ta connaissance, jeune Jack. Tes exploits sont célèbres à bord de l'*Eliza J*.

— Quels exploits ? demanda Jack, perplexe.

— Tes aventures, expliqua Liam. Toutes ces choses que tu as vécues au cours de ta vie, et qui sont déjà très impressionnantes !

— Comme le voyage en chariot pour venir jusqu'ici ?

— Par exemple, confirma Liam d'une voix grave. Même si je n'ai pas encore tous les détails de cette histoire-là. Il faudra que tu me la racontes un soir.

— Quelle surprise, madame Donnelly !

Hopkins les toisait, plantée à côté de la table.

— Et qui donc est le père de celui-ci, je vous prie ?

— Voici Liam Kelley, fils de Seamus et Alice Kelley, répondit Grace d'une voix égale. Nous avons fait la traversée ensemble, et il a vécu avec nous à New York après la mort de sa famille. Il est mon fils adoptif et le pupille du capitaine Reinders.

— Enchantée, dit Enid avec une petite révérence.

— Voici Enid Hopkins, Liam, dit Grace pour faire les présentations. Elle et sa mère travaillent comme moi pour le Dr Wakefield. Et à côté de la porte se trouve notre brave M. Litton, palefrenier en chef et jardinier de la maison.

Liam adressa un signe de tête respectueux aux dames et serra la main de Litton, puis entoura de nouveau de son bras les épaules de Grace.

— Je suis ravi de faire votre connaissance à tous, dit-il chaleureusement. Je suis sûr que nous allons avoir l'occasion de nous revoir régulièrement tant que ma mère travaillera ici.

— Comme c'est charmant ! commenta Hopkins avant de se retourner vers sa fille. Viens, Enid. Il est l'heure de la ronde du soir.

Puis elle quitta la cuisine sans même un regard en arrière. Enid, tout en se hâtant de suivre sa mère, réussit à leur glisser un regard d'excuse.

M. Litton marmonna quelque chose au sujet des chevaux, fit un signe de tête à l'intention de Liam, puis s'empara de son chapeau et disparut dehors dans la cour sombre. Grace installa Liam à table, lui apporta une assiette garnie, et couva d'un regard maternel et ravi chacune de ses bouchées.

— C'est vraiment bon, ça ! déclara-t-il avec enthousiasme. Tout a le même goût chez les Darmstadt. Même le cuisinier de bord est meilleur que celui de la maison. Il ne sait faire que trois plats : le poisson bouilli, le poisson frit et le ragoût de poisson !

Regroupés autour de lui à table, Grace et les enfants rirent de bon cœur.

— Tu sais que tu seras toujours le bienvenu ici, *agra*, lui assura Grace. Il y aura toujours une place pour toi.

— Mais vous n'allez pas partir d'ici ?

Liam tira la serviette de son col et la posa sur la table.

— Je veux dire, quand vous vous serez mariée avec le capitaine ?

Jack et Mary Kate restèrent immobiles ; seuls leurs yeux se promenaient d'un visage à l'autre, attendant la réponse.

— Bien sûr que si, dit enfin Grace. Mais pas tout de suite, il faut d'abord que le capitaine se remette. Il n'avait pas l'air bien et je suis inquiète pour lui.

Liam opina.

– Oui, il était dans un état épouvantable. Mack et moi, on a eu vraiment peur d'avoir à l'enterrer là-bas. Et moi, je ne supportais pas cette idée.

Le cœur de Grace se serra à la pensée de la mort de Peter, qui se serait ajoutée à la longue liste de tous ceux qu'elle aimait et qui étaient partis.

– Il nous a demandé de repartir sans lui, mais tout le monde, l'ensemble de l'équipage, était bien d'accord pour ne pas l'abandonner là-bas, au milieu de cette jungle.

– Il y avait des sauvages ? interrogea Jack en retenant sa respiration.

– Non. Juste des Indiens. Mais aussi des insectes gros comme la main.

Liam étendit les doigts pour montrer leur longueur.

– Et des serpents, qui étaient longs d'ici à l'écurie.

Les yeux de Jack s'écarquillèrent d'horreur.

– Ils peuvent nous avaler ?

– Je ne suis pas resté suffisamment pour le découvrir, reconnut le jeune homme. Mais M. Darmstadt en possède une belle collection à la maison. Des papillons, des phalènes et d'autres insectes de ce genre. Il les a mis dans une vitrine. C'est le capitaine qui les lui rapporte. Il a aussi des peaux de serpent, et un perroquet en cage.

– Un perroquet ! s'exclamèrent les enfants tout excités.

– Oui, et il parle.

Liam arbora un large sourire.

– Vous le verrez quand vous viendrez.

Il se retourna vers Grace.

— Est-ce que le docteur vous autorisera à sortir pour venir dîner chez nous demain soir ?

— Je suis sûre que oui. Il est très gentil avec nous, et il sait que nous attendons ce moment depuis longtemps.

— Formidable ! C'est le capitaine qui va être content. Il n'a pas cessé de se maudire de ne pas s'être montré plus en forme quand vous êtes passée ce matin... Je ferais bien de rentrer tout de suite pour prévenir Mme Darmstadt que vous venez demain soir.

Il embrassa Grace sur la joue et se leva.

— Est-ce que Mary Kate peut me raccompagner jusqu'au portail ?

— S'il te plaît, maman ? demanda Mary Kate, les yeux brillants.

— Eh bien, pourquoi pas ?

Grace tapota la joue de sa fille.

— Enfile juste ta houppelande, le temps est en train de se rafraîchir dehors. Jack, tu me donnes un coup de main pour la vaisselle, mon grand ?

— Oui, maman.

Le petit garçon cogna la pointe de sa bottine contre le pied de la table.

— On passera une journée entre hommes un de ces quatre, jeune Jack, lui promit Liam. Je te ferai faire la visite complète du navire qui a emmené ta mère et Mary Kate jusqu'en Amérique. Et moi aussi, par la même occasion.

— Je ne suis jamais monté à bord d'un vrai bateau, confessa Jack avec mélancolie.

— Ah bon, et comment diable es-tu arrivé jusqu'en Amérique, mon fils ? interrogea Grace d'un ton moqueur.

Le petit garçon se renfrogna.

– Ça ne compte pas si on n'arrive pas à s'en souvenir, rétorqua-t-il.

Grace soupira affectueusement.

– Dis bonsoir à Liam, maintenant. Il va bientôt revenir, je te le promets.

Jack s'exécuta à regret, puis se mit à faire la vaisselle tandis que Mary Kate et Liam s'esquivaient par la porte de service. Une fois dehors, Mary Kate s'enroula dans sa houppelande et mit son capuchon.

– Il fait froid.

Liam regarda le ciel plein d'étoiles au-dessus d'eux, retenant son souffle dans l'air humide de la nuit.

– Mais c'est beau. C'est mieux que le Kansas ou pas ?

Mary Kate réfléchit quelques instants.

– Au Kansas, tu peux voir à des kilomètres à la ronde. Le ciel est plus grand. Mais il n'y a pas de port.

– Coincé à terre...

Il fit mine de frissonner.

– Quelle horreur !

– Ce n'est pas horrible. Juste différent.

Elle sourit et lui prit la main.

– Par ici.

Elle le guida de l'autre côté de la maison, le long du chemin qui descendait jusqu'à la rue.

Les fenêtres de la façade étaient toutes éteintes. La nuit n'en était que plus profonde, et on distinguait mieux la ville qui s'étendait en contrebas, petit océan de lumières vacillantes venant mourir dans le port sombre.

– J'adore cet endroit, murmura Liam avec pudeur. Ça me rappelle Dublin. Il n'y manque que la verdure, ajouta-t-il en riant. Est-ce que tu te souviens un peu de l'Irlande, Mary Kate ? Est-ce que tu y penses de temps en temps ?

Mary Kate acquiesça.

— Je me souviens des gens. De grand-mère dans notre maison. Et de grand-mère au couvent quand Jack est né. Quelquefois, je sens une odeur qui me rappelle des souvenirs, quand on fait brûler de la tourbe, je crois, ou peut-être est-ce l'humidité, ou la mer.

Elle marqua une pause.

— Mais la plupart du temps, mon estomac se noue quand je repense à l'Irlande. Donc j'essaie d'éviter de le faire trop souvent.

— Le mien aussi. Dublin, c'était terrible. Tous ces gens étendus dans les ruelles, morts ou en train de mourir. Ma mère voulait à tout prix nous faire partir de là. J'avais peur presque tout le temps.

Il fixait toujours la ville en contrebas.

— Et toi ?

— J'avais ma mère, dit simplement Mary Kate.

— Oui, c'est vrai.

Il lâcha la main de Mary Kate et passa son bras autour de ses épaules.

— Le capitaine dit que c'est la femme la plus courageuse qu'il ait jamais rencontrée. Mais il n'aimait pas beaucoup la savoir coincée au Kansas. Il disait que c'était une vie trop dure, avec trop de travail pour une femme seule.

— Elle était tout le temps fatiguée, confia Mary Kate. Et triste, aussi. Elle disait que c'était à cause des oignons, mais qui pèle des oignons au beau milieu de la nuit ? J'ai été contente quand on a décidé de partir.

Liam lui serra affectueusement les épaules.

— Ça va aller maintenant, assura-t-il. Elle va épouser le capitaine et il va vous construire une belle maison dans le Nord.

— Dans le Nord ?

Mary Kate leva les yeux vers lui, perplexe.

— Oui, le capitaine a acheté une épicerie et un bout de terrain sur la côte de New Whatcom. Il veut faire de cet endroit son port d'attache et vous installer tous là-bas.

— Est-ce que tu vas venir vivre avec nous ?

Liam secoua la tête.

— Je vais garder ma chambre chez les Darmstadt, mais je viendrai vous voir dès qu'on aura un déplacement à faire par là-bas.

Mary Kate fronça les sourcils, les yeux écarquillés dans l'obscurité.

— Mais je ne veux pas déménager encore une fois ! On vient juste d'arriver, et je me plais ici.

Elle se mit à penser à M. Hewitt puis à Rose Mulhoney.

— J'ai un professeur ici, et une amie.

Ses yeux cherchèrent le visage de Liam, puis se remplirent de larmes.

— Et toi, tu es…

— Tu pleures !

Atterré par ce qu'il venait de provoquer, Liam la prit dans ses bras immédiatement.

— Eh, écoute-moi, fillette. Qu'est-ce que je sais de tout ça, de toute façon ? Rien. Rien du tout.

Ses bras la serrèrent encore davantage.

— Tu es la première à m'avoir dit que je pourrais faire quelque chose de ma vie, et maintenant que j'y suis parvenu et que je veux te le montrer, je ne réussis qu'à te faire pleurer ! S'il te plaît, ne pleure pas, la supplia-t-il.

Alors qu'ils se tenaient là tous les deux, Liam se rappela la nuit qui avait suivi les funérailles marines de sa mère et de sa sœur. Il s'était allongé sur sa couchette, épuisé et hébété, et avait eu envie de les rejoindre dans l'au-delà. Mais, alors qu'il était au plus bas, Mary Kate s'était glissée à ses côtés, elle avait appuyé sa tête contre sa poitrine, exactement comme en ce moment ; il l'avait enlacée et avait alors compris qu'il avait une raison de continuer. Elle l'avait obligé à vivre, et sa volonté avait triomphé, puisqu'ils étaient là à présent, vivants et en bonne santé, à l'autre bout de la terre, à des années-lumière de l'endroit où tout avait commencé.

– Je vais m'occuper de ça, lui promit-il alors. Tu ne dois plus t'inquiéter maintenant, Mary Kate, tu m'entends ?

La petite fille opina, puis s'écarta de lui, se sécha les yeux d'un revers de main, et chercha quelque chose au fond de la poche de sa jupe.

– J'ai quelque chose qui t'appartient.

Elle lui tendit un petit paquet enveloppé dans un mouchoir, puis l'observa tandis qu'il le déballait avec précaution.

– Je ne te l'ai pas envoyé par courrier, parce que les choses se perdent, expliqua-t-elle d'un ton grave. Et, de toute façon, je savais que je te reverrais un jour.

– C'est le peigne de maman, dit-il, tout étonné en contemplant l'objet. Et la petite chaussette de Siobhan. Comment as-tu récupéré ça ?

– Le jour où tu es parti vivre chez ton père, tu te souviens ? Tu m'as dit de les mettre à l'abri jusqu'à ce que tu reviennes les chercher.

Les pensées de Liam remontèrent à toute vitesse jusqu'à ce terrible été à New York, jusqu'à Seamus et au taudis infect où il vivait – Seamus, qui avait abandonné sa mère et sa sœur, Seamus l'ivrogne, Seamus qui avait arraché Liam aux seuls êtres qu'il aimait vraiment... Seamus qui s'était racheté de tout ça en donnant sa vie pour Liam.

– Je m'en souviens.

Il effleura la cicatrice qu'il portait sur la joue, celle que le couteau de Boardham lui avait laissée, puis posa à nouveau son regard sur les maigres biens qu'il tenait en main. C'était tout ce qui restait de sa mère et de sa sœur.

– Tu les as conservés tout ce temps ?

– Et ça aussi.

Mary Kate lui tendit un petit couteau de *mumblety-peg*[1] qu'elle venait de sortir de son autre poche.

– M. Marconi m'avait demandé de te le donner, mais il pensait sans doute que je pourrais te le remettre à Boston. Évidemment, tu es un peu trop vieux pour jouer à ça maintenant.

– Je l'appelais le vieux mangeur d'ail, se rappela Liam.

Il en était gêné, à présent. Il s'empara du petit couteau et le fit tourner dans sa main, puis fronça les sourcils avec une expression peinée.

---

1. *Mumblety-peg* : jeu ancien qui consiste, pour chacun des deux joueurs, à lancer un petit couteau pour le planter le plus près possible de son propre pied sans le toucher. (*N.d.T.*)

— Il était gentil avec moi, M. Marconi. Je ne méritais pas sa bonté.

— Mais si.

Liam contempla encore une fois les objets qu'il tenait en main, puis leva les yeux vers Mary Kate.

— Merci, murmura-t-il en la serrant à nouveau dans ses bras. Merci, Mary Kathleen.

Il la libéra, et ce fut son tour de s'essuyer les yeux.

— Bon, on est quittes, maintenant, conclut-il. On forme une sacrée paire de mauviettes ! C'est drôle, non ? L'*Eliza J* nous a amenés jusqu'en Amérique, et maintenant elle mouille là, ce soir, quelque part dans le port, et toi et moi, nous sommes sur cette colline, à la regarder de loin. Je ne sais pas trop quoi penser de tout ça.

— C'est le destin, dit Mary Kate en hochant la tête doucement. Maman dit toujours que c'est notre destin d'être là où nous sommes. Et que nous n'avons pas toujours besoin d'en connaître la raison.

— Mais alors, si le destin voulait que vous partiez dans le Nord, tu irais ?

— Non, répondit-elle d'un ton catégorique. Nous devons rester ici. Je le sais. C'est ici que je vais vivre. Jusqu'à la fin de mes jours.

Liam posa les yeux sur elle, étudia la façon dont elle soutenait son regard.

— Moi aussi, dit-il.

Ils restèrent ainsi quelques instants de plus, la fillette et le jeune garçon à qui elle avait donné son cœur, bras dessus, bras dessous, tout en contemplant en contre-bas cette ville qui, comme eux, était sur le point de renaître. Leurs yeux parcouraient tour à tour le ciel étincelant, la cité rayonnante et le port éclairé par la

Chang-Li secoua vigoureusement la tête.

— Mei Ling est une esclave ! Mei Ling est une fille ! Pas bonne pour les affaires. Juste bonne pour nettoyer, laver les vêtements et servir le thé.

Il s'interrompit, puis se força à changer d'expression.

— Mei Ling est très *gentille* fille, rectifia-t-il. Elle travaille dur. Elle ne discute pas. Elle obéit aux ordres.

Sean le dévisagea, déconcerté par cette soudaine volte-face. Chang-Li avait recouvré ses esprits et il poursuivit son argumentation.

— Temps est venu de célébrer grande fête américaine, déclara le logeur en joignant ses mains du bout des doigts. Célébration de naissance du dieu appelé Jésus.

— Noël ? s'exclama Sean en plissant les yeux. Êtes-vous en train de me parler de Noël, Chang-Li ?

— Oui. Temps de manger beaucoup et d'offrir nombreux cadeaux.

— Eh bien, c'est une façon de voir les choses. Mais pour ma part, je ne tiens plus tellement à ces choses-là.

— Oui, oui, insista Chang-Li sans l'écouter. Un jour, Chang-Li a parlé longuement avec révérend Hopkins de Mission Évangélique de San Francisco. Révérend Hopkins a dit que beaucoup de bons présages au moment de naissance, il a dit à Chang-Li que tout le monde maintenant être parfait devant Dieu le Père, parce que Dieu le Fils vivre en harmonie avec les hommes.

Sean dut réfléchir quelques instants à la syntaxe de la phrase, puis il en comprit le sens.

— Oui, c'est vrai, reconnut-il.

Mais il se sentait gêné de discuter de ce Dieu qu'il avait si cruellement déçu.

— Oui, oui. Dieu très bon. Assis à la plus haute place.

Chang-Li lui montra sur l'autel une carte religieuse portant une illustration du visage du Christ, qui occupait très clairement la place d'honneur au milieu de tous les autres dieux que vénérait Chang-Li. Il avait même ajouté un bol de nourriture en guise d'offrande particulière et des bâtons d'encens à brûler.

— Est-ce que votre révérend Hopkins vous a parlé du premier commandement ?

Sean n'avait pu résister, sachant à quel point Chang-Li s'enorgueillissait de ses connaissances sur tout ce qu'il considérait comme américain.

— « Tu n'adoreras point d'autre Dieu que moi. »

Chang-Li leva un doigt dans un geste élégant.

— Ce Dieu *est* le plus grand. Les autres dieux viennent *après* ce Dieu !

Sean gloussa. Il aurait donné cher pour entrer dans le secret des conversations entre le révérend Hopkins et l'enthousiaste philosophe qu'était Chang-Li.

— « Aime ton prochain comme toi-même », continuait Chang-Li. C'est aussi un commandement, mais celui-ci très dur. Car beaucoup de prochains sont méchants. Beaucoup de prochains essaient de s'en prendre à Chang-Li. Mais pas monsieur Sung.

Il lui adressa un petit signe de tête par-dessus ses doigts.

— Monsieur Sung est ami très cher de Chang-Li. Ils partagent même destin pour beaucoup de choses.

— Pour votre propre bien, Chang-Li, j'espère que ce n'est pas le cas, plaisanta Sean. Mais, puisque vous parlez de Noël... Je sais à quel point vous étiez impatient de donner votre fête, or maintenant il vous faut la repousser.

Chang-Li haussa les épaules ; c'était le cours de la vie, tout simplement.

– C'est pourquoi je voudrais vous donner votre cadeau maintenant.

Sean se dirigea vers la porte, disparut dans le couloir, et revint chargé d'une grosse boîte enrubannée qu'il tendit à son logeur, à son associé, et aussi maintenant, d'une certaine manière, à son ami.

La bouche de Chang-Li forma un O de surprise, et il ouvrit son cadeau avec un air digne empreint de gravité. Mais il abandonna toute réserve au profit d'une expression de joie intense lorsqu'il découvrit le magnifique haut-de-forme en soie noir que contenait le paquet.

– C'est la dernière mode à New York, annonça Sean, un large sourire aux lèvres. Comment le trouvez-vous ? Essayez-le.

Chang-Li posa précautionneusement le chapeau sur sa tête, puis se leva prudemment et se regarda dans le miroir au-dessus du chambranle de la cheminée, se tournant pour voir son profil gauche, puis le droit.

– C'est magnifique, déclara-t-il. Très raffiné. À Canton, les voisins vont penser que Chang-Li est haut dignitaire américain, ils vont lui demander d'épouser leurs filles.

Arborant un sourire fier, il retourna lentement jusqu'à son fauteuil et se rassit avec précaution, attentif à ne pas déséquilibrer le superbe couvre-chef.

– J'ai su qu'il était pour vous, et pour vous seul, dès l'instant où je l'ai vu. Joyeux Noël, Chang-Li.

Sean sortit sa montre à gousset et jeta un œil dessus.

– Et maintenant… (Il regarda par la fenêtre.) Si nous avons fini…

Chang-Li posa sur lui un regard pénétrant.

— Un homme doit s'accorder plaisir, mais trop de plaisir peut ruiner un homme. Restez ici plus longtemps, monsieur Sung ; nous avons encore affaires à voir ensemble.

Il fit un geste en direction du fauteuil de Sean.

— Les dames poudrées et parfumées attendront ; la pipe à opium ne se fumera pas toute seule.

Sean se rassit, confus, mais sans que sa bonne humeur soit entamée pour autant.

— Vous marquez un point, Chang-Li. Il y a un avantage à se trouver sur la pente descendante, c'est qu'il ne faut pas grand-chose pour toucher le fond. Il suffit de se pencher un peu dans cette direction.

Sous son haut-de-forme tout neuf, Chang-Li le considéra avec attention, puis frappa vigoureusement dans ses mains. Sean pensa qu'il était en train d'appeler le plateau de thé, mais lorsque Mei Ling apparut, elle avait les mains vides.

— En honneur de la naissance du dieu des Américains, Chang-Li a un cadeau pour son honorable pensionnaire, son associé, son ami.

Le logeur fit signe à Mei Ling, la pressant avec impatience d'approcher jusqu'à ce qu'elle vienne se poster à côté de lui, les mains jointes devant elle, la tête inclinée en signe de respect.

Sean regarda alternativement Chang-Li et Mei Ling, secouant la tête à mesure qu'il prenait conscience de la nature du présent.

— Mei Ling travaille dur, cuisine pour monsieur Sung et fait lessives, déclara Chang-Li. Monsieur Sung reste ici, c'est très confortable, et il s'occupe de *Maison du Bonheur* ; Mei Ling s'occupe de tout ici. Elle appartient à monsieur Sung maintenant.

Le Chinois se rencogna dans son fauteuil, enchanté de son cadeau.

— Joyeux Noël !

Surmontant sa stupéfaction, Sean prit soin de réfléchir avant de parler. Il ne voulait blesser ni l'homme qui se tenait devant lui ni la jeune femme qui le servait si discrètement tous les jours.

— Je suis honoré par un tel cadeau, Chang-Li, commença-t-il avec prudence. Mais je ne peux pas l'accepter. Une personne ne peut pas être propriétaire d'une autre en Amérique... en Californie, se reprit-il rapidement alors que Chang-Li, parfaitement au courant des lois en vigueur dans le Sud, se penchait en avant, et ouvrant déjà la bouche pour riposter. L'État de Californie a déclaré l'esclavage illégal en 1850, comme vous le savez.

Chang-Li balaya cette remarque d'un petit geste comme s'il ne s'agissait que d'une mouche irritante.

— En Chine, certaines filles sont esclaves, certaines filles sont épouses. Chaque fille a son propre destin. Et c'est comme ça.

— Nous ne sommes pas en Chine, lui rappela Sean sur un ton respectueux mais ferme. Quels qu'aient été les arrangements qui vous liaient, Mei Ling et vous, je ne m'en suis jamais mêlé ; mais en tant que citoyen de Californie (et en tant qu'être humain, pensa-t-il, surpris de constater qu'il lui restait des bribes de principes), je ne peux pas être, et je ne serai jamais, propriétaire d'une autre personne.

Chang-Li se frotta le menton, les yeux flamboyants de contrariété.

— Nouvelle femme amènera propres servantes. Nouvelle femme ne voudra pas Mei Ling.

Ses yeux s'illuminèrent, et il haussa les épaules.

— Ou alors Chang-Li va vendre Mei Ling à Chinois qui connaît valeur d'une bonne esclave, et Chang-Li va donner à monsieur Sung un cheval.

Sean savait parfaitement de quels subterfuges Chang-Li était capable pour parvenir à ses fins. Il laissa donc passer quelques minutes avant de se décider à le mettre au pied du mur. Il était sur le point d'expliquer à Chang-Li qu'il ne voulait ni d'un cheval ni d'une esclave ; qu'il fasse ce que bon lui semblait, qu'il vende la fille s'il la tenait en si piètre estime... Mais il aperçut alors les épaules de Mei Ling se raidir sous sa tunique, la ligne de sa mâchoire se crisper, ses dents se serrer. *Que pense-t-elle de tout ceci ?* se demanda-t-il soudain. *Lui a-t-on jamais demandé ce qu'elle voulait faire de sa vie ?*

Il changea brusquement d'avis.

— Attendez.

Sa voix résonna fort dans le calme de la pièce. Mei Ling ne se détendit pas, mais elle lui jeta un regard furtif du coin de l'œil.

— Vous voulez que je reste ici et que je m'occupe de vos affaires. Je suis d'accord... mais à une condition.

Il marqua un temps d'arrêt pour produire son effet.

— Que vous dégagiez Mei Ling de ses obligations à votre égard. En d'autres termes, Chang-Li, laissez cette fille jouir de la liberté à laquelle elle a droit, et votre fortune aura doublé quand vous reviendrez ici avec votre nouvelle épouse.

Le visage de Chang-Li demeura impassible, mais Sean comprit qu'il était intéressé car l'un de ses sourcils s'était imperceptiblement arqué.

— Autorisez Mei Ling à rester ici pour le moment, et si elle décide de travailler pour nous, payez-la comme vous le feriez pour n'importe quel autre domestique. Si elle ne veut pas, elle est libre de s'en aller quand elle veut. Dans tous les cas de figure, son temps libre lui appartient, et elle peut aller et venir à sa guise.

Lorsqu'il eut fini, Sean s'adossa à son siège.

Les yeux de Chang-Li parcouraient les ornements du plafond tandis qu'il étudiait la proposition qu'on venait de lui faire. Mei Ling semblait tout bonnement s'être arrêtée de respirer. Sean conservait un masque d'indifférence, effrayé de l'importance que prenait soudain cette affaire, y compris pour lui-même.

Finalement, Chang-Li hocha la tête.

— Je vois de la sagesse et de la bonne fortune dans ce marché. Mei Ling reste à notre service, mais pas une esclave qu'il faut nourrir et protéger, donc plus gênante pour nouvelle épouse. Mais tout de même, toujours protégée.

L'expression du visage de Chang-Li donna soudain à Sean un aperçu de l'engagement qui unissait ces deux individus ; il s'agissait d'un lien bien plus complexe qu'une relation maître-esclave.

— Question, intervint Chang-Li en levant un doigt en l'air. Pourquoi monsieur Sung pas émancipé Mei Ling lui-même ?

Sean y réfléchit quelques instants.

— Si *moi* je l'avais fait, vous ne l'auriez jamais vraiment considérée comme une personne à part entière.

Un éclat d'humeur fugitif étincela dans l'œil du logeur, mais il se maîtrisa.

— Vous l'auriez traitée comme vous l'avez toujours traitée, poursuivit Sean. Elle n'aurait été qu'une esclave ayant l'illusion d'être libre.

Chang-Li réfléchit à cette affirmation.

— C'est ainsi, déclara-t-il enfin. Et donc, ce sera comme monsieur Sung a dit.

Le logeur regarda celle qui était désormais son ancienne esclave et s'adressa à elle dans leur langue. Sean remarqua qu'il faisait des efforts pour éviter le ton acerbe qu'il avait employé jusqu'à présent avec elle, usant de quelque chose qui s'approchait de la courtoisie. Encouragée par ce changement, Mei Ling redressa la tête et rencontra le regard de son maître. Avec timidité et beaucoup d'hésitation, elle répondait à chacune de ses questions par un ou deux sons courts. À deux reprises, elle lança un regard en direction de Sean. Finalement, Chang-Li lui posa une dernière question à laquelle elle répondit par un hochement de tête affirmatif.

— Mei Ling compris maintenant, dit Chang-Li à Sean. Elle choisit de rester ici et travailler pour monsieur Sung. Tout comme avant, sauf Chang-Li la paie maintenant.

— Bien, et vous avez gagné ma présence dans le marché, Chang-Li. Nous faisons tous les deux une affaire en or, n'est-ce pas ?

Sean observa Mei Ling et remarqua que sa position n'était plus aussi servile, que son attitude avait changé, même si ce n'était que d'un cheveu.

— Vous avez fait le bon choix, Chang-Li.

— Ouvrez la porte et les oiseaux s'envoleront, dit le logeur en haussant les épaules. Mais seulement pour perchoir le plus haut de la cage.

L'image troubla quelque peu Sean, mais il n'avait pas envie d'y aller trop fort aujourd'hui avec le Chinois. En outre, sa tête lui faisait mal ; il était temps d'aller noyer ses doutes dans autre chose que du thé.

— Eh bien, je connais un autre oiseau qui va vraiment quitter la cage maintenant.

Il se leva et chercha des yeux son chapeau ; Mei Ling le repéra la première, s'en saisit d'un geste vif et le lui apporta, la tête baissée, retrouvant instantanément son attitude servile.

— Mei Ling préparer repas maintenant, dit-elle de sa voix douce.

— Pas pour moi, Mei Ling.

Sean posa le chapeau sur sa tête et, rajustant le bord, l'enfonça franchement.

— Je sors.

— Mei Ling attendre.

— Je ne serai pas revenu avant tard dans la nuit.

Il vit l'incertitude se peindre sur le visage de la jeune femme et cela le laissa perplexe.

— Ou alors laissez-le sur la table, dit-il. Je le mangerai en rentrant.

Mei Ling garda le silence. Sean échangea un regard avec Chang-Li, qui haussa très légèrement les épaules encore une fois. Ses yeux brillaient d'un éclat empreint d'une légère ironie, comme s'il riait d'une plaisanterie secrète. Irrité, Sean revint vers Mei Ling.

— Je ne veux pas vous retrouver assise à la cuisine en train de m'attendre, déclara-t-il sur un ton plus abrupt qu'il ne l'aurait souhaité. Vous allez sortir vous promener, hein, pourquoi pas ?

Il avait voulu s'adresser à elle avec détachement, mais ne réussissait qu'à s'énerver davantage.

— Faites ce que vous voulez ! conclut-il. Vous êtes votre propre maître à présent, pour l'amour de Dieu !

L'agressivité de sa voix effraya Mei Ling. Elle leva vers lui un regard hésitant.

— Mei Ling attendre, répéta-t-elle d'une voix mal assurée.

Puis elle baissa la tête et sortit précipitamment de la pièce.

— Vous êtes sûr qu'elle comprend *vraiment* qu'elle est dorénavant une domestique et plus une esclave ? interrogea Sean, reportant sa frustration sur le logeur. Et qu'elle est libre d'employer son temps comme elle l'entend ?

— Oh, oui.

Chang-Li savourait manifestement le malaise de Sean.

— Le choix de Mei Ling est de servir monsieur Sung. Mais Mei Ling ne comprend pas « employer son temps ».

Sean avait désespérément envie d'un verre à présent ; il humecta sa lèvre inférieure, sentit le renflement de la cicatrice laissée par son passage à tabac, puis il repensa à la jeune femme chinoise qui l'avait soigné si gentiment.

— Oh...

Sa frustration s'atténuait, laissant place à une sorte de lassitude.

— En fait, elle n'a jamais été libre ? C'est ça ?

— Elle appartenait à vieil homme, puis Chang-Li a fait transaction. Avant... (Le logeur leva les mains d'un air impuissant.) Beaucoup de pères, beaucoup de mères vendent plus jeune fille contre nourriture, expliqua-t-il. C'est un grand honneur pour elle de sauver ainsi famille.

Transaction, pensa Sean. La réalité de la vie de Mei Ling s'imposant soudain clairement à ses yeux : elle avait été *achetée*. Il repensa à l'amie de Grace, Lily Free, et aux enfants que le capitaine Reinders avait sauvés.

— Quel âge a Mei Ling ?

— Calendrier chinois est différent, lui dit Chang-Li. Tous les Chinois vieillissent d'un an le jour du Nouvel An. Pour Mei Ling, je ne sais pas ; peut-être... (Il débita des chiffres à toute allure dans sa langue natale.) Peut-être, en Amérique, Mei Ling a vingt ans.

Vingt années de soumission l'avaient certainement empêchée de développer toute idée personnelle, conclut Sean. Et il comprit que négocier l'émancipation de Mei Ling n'était que la première étape sur la longue route de la liberté ; en arrachant les barreaux de sa cage, il avait aussi détruit tout ce qui constituait sa vie jusqu'alors.

— Eh bien, je vais l'aider, dit-il d'un ton résolu.

Et il se demanda aussitôt comment il allait réussir à guider une jeune fille vulnérable à travers toutes les opportunités qu'offrait la liberté quand, dans le même temps, lui-même continuait sa propre descente vers l'asservissement ; les deux semblaient inconciliables.

— Quand m'avez-vous dit que vous rentriez, Chang-Li ?

— Quand il sera temps, répondit Chang-Li avec sagesse.

Sean caressa d'un air las sa barbe et sa moustache négligées.

— Vous avez fait exprès de me faire ça à moi, Chang-Li, n'est-ce pas ? Attendez... (Il leva une main pour interrompre ce qui allait venir.) Je sais, je sais. Le chemin de la vie se déroule et nous mène là où il doit. Eh bien, je ne crois pas à tout ça, Chang-Li. Nous faisons des choix.

– Et monsieur Sung a fait le sien.
– J'en ai fait beaucoup, Chang-Li, et croyez-moi, les bons se comptent sur les doigts d'une main.

À ces mots, qui firent surgir l'image de sa sœur, Sean sut qu'il devait rapidement s'en aller fumer pour oublier.

– Ne vous inquiétez pas, dit Chang-Li. Ce choix compte sur les doigts d'une main. Joyeux Noël, monsieur Sung, joyeux Noël.

21

C'était l'après-midi qui précédait Noël, et les enfants étaient si excités qu'ils s'amusaient à se rouler par terre comme de jeunes chiots. Jusqu'au matin, la cuisine avait été remplie des odeurs savoureuses d'une semaine de préparation – des gâteaux au beurre, des rouleaux à l'orange, des biscuits à la levure, des tartes et des tourtes fourrées à toutes sortes de choses – mais à présent, l'arôme corsé des poulardes en train de rôtir dominait les parfums sucrés. Grace avait préparé quelques semaines plus tôt un cake aux fruits qui avait mariné dans le délicieux cognac du docteur ; le pudding en avait lui aussi été imbibé, et sa pâte épaisse attendait le lendemain dans son récipient d'être cuite et servie accompagnée d'une sauce onctueuse.

Le docteur avait invité son bon ami Fairfax pour le repas, qui devait être servi par Enid afin que Grace et les enfants puissent passer l'après-midi avec le capitaine Reinders et Liam. Grace s'était fréquemment rendue chez le capitaine et avait constaté avec plaisir qu'il reprenait du poids et des forces. Les Darmstadt étaient là eux aussi, bien sûr, et Grace et les enfants se sentaient bien en compagnie de ces gens chaleureux et généreux. Ils avaient toujours l'impression d'être les bienvenus dans leur maison.

Alors que le jour déclinait, Grace quitta son tablier et appela les enfants d'une voix posée.

— Et si nous allions visiter la maison pour la voir dans toute sa splendeur ? suggéra-t-elle, les yeux pleins de malice.

Ils se rendirent dans la grande entrée et contemplèrent la rampe de l'escalier autour de laquelle s'enroulaient des branches de lierre agrémentées de tiges de houx. La maison elle-même était rutilante, briquée comme jamais auparavant. Grace en avait confié la responsabilité à Mme Hopkins, mais elle savait que c'était la pauvre Enid qui avait assumé le plus gros du travail.

Dans la salle à manger, la longue table avait été cirée et recouverte d'un molleton de protection, puis d'une nappe dans un lin blanc comme neige sur laquelle on avait disposé deux candélabres et un centre de table, où Grace avait installé une composition de pommes rouges préalablement trempées dans du blanc d'œuf puis recouvertes d'un glaçage, de sorte qu'elles ressemblaient davantage à des objets précieux qu'à de simples fruits. Elle vérifia que la vaisselle avait été correctement préparée sur le buffet au côté des serviettes en lin fraîchement repassées et de l'argenterie étincelante. Mary Kate et Enid avaient décoré la pièce avec du houx, de la verdure et des vases où trônaient de longues et gracieuses branches chargées de baies rouge écarlate.

— C'est magnifique, dit Grace, complimentant sa fille. Enid et toi avez fait un très joli travail. Je suis fière de vous.

Mary Kate rougit de plaisir.

— M. Litton et moi, on s'est occupés du houx, s'empressa de préciser Jack à l'intention de sa mère. Tu vois ?

Il lui montra ses mains, piquées et égratignées, espérant un peu de compassion.

— Quel brave petit homme nous avons là ! s'écria Grace d'une voix élogieuse en déposant un baiser sur chacune de ses mains. Toi aussi, tu as bien travaillé.

Et Jack, à son tour, rougit de plaisir.

— Est-ce qu'on peut aller voir la bibliothèque, maman ? demanda Mary Kate pleine d'espoir.

Grace acquiesça et les invita à la suivre, refermant la porte de la salle à manger derrière elle. Dans la bibliothèque, un feu avait été préparé, mais pas encore allumé. Il y avait un panier de bûches d'un côté de la cheminée, et un de pommes de pin de l'autre ; ces dernières seraient jetées dans le feu ce soir quand tous pourraient apprécier le spectacle des flammes colorées. La pièce était remplie de l'odeur puissante que dégageait l'énorme sapin dressé dans un coin. Grace inspira profondément pour humer le parfum vert et pur. Liam et Mackley étaient allés livrer un carton de cadeaux à Lily et à sa famille, et étaient revenus d'Oregon avec une cargaison de sapins qu'ils avaient tous revendus avec un bon bénéfice, sauf un qu'ils avaient gardé pour la maison du capitaine et un autre pour celle des Wakefield. Les enfants avaient confectionné des guirlandes de popcorn, qu'ils avaient enroulées tout autour de l'arbre ; Grace avait ensuite éparpillé sur le sapin une multitude de petits nœuds taillés dans du ruban grenat qu'elle avait trouvé au marché chinois. Tout en haut, ils avaient placé une étoile en fer-blanc que M. Litton leur avait découpée. Wakefield lui-même avait rapporté de la ville une boîte de ces petites bougies blanches et de leurs supports, fabriqués en Allemagne, que l'on pouvait attacher à l'arbre. Elles étaient toutes en place à présent, et on les allumerait ce soir après le dîner, avait promis Wakefield.

Grace se rendit compte que les enfants n'avaient pas encore prononcé un mot ; elle les regarda et sourit en lisant le ravissement qui se peignait sur leurs visages tandis qu'ils admiraient l'arbre de Noël, immobiles comme des statues.

— Attendez de le voir allumé. Ce sera encore plus beau.

— Est-ce que ça ne va pas prendre feu ? demanda Jack, à la fois inquiet et excité. Et nous brûler vifs ?

Grace se mordit l'intérieur de la joue.

— Eh bien, cela pourrait arriver, et tu as raison de poser la question. Mais on ne l'allumera que lorsque tout le monde sera là, et on fera bien attention de tout éteindre avant d'aller se coucher.

Rassuré, Jack reporta son attention vers l'autre extrémité de la pièce, où un meuble disparaissait sous un drap, un ruban accroché dessus, indiquant qu'il devait s'agir d'un cadeau.

— Qu'est-ce qu'il y a là-dessous ? chuchota-t-il.

Grace posa son doigt sur ses lèvres pour lui montrer que c'était un secret, puis alla refermer la porte de la bibliothèque sur la pointe des pieds. Elle traversa la pièce et leur fit signe de s'approcher, puis souleva un coin du drap.

— Oh !

Mary Kate porta sa main sur sa bouche.

— Oh, que c'est beau ! C'est un piano, n'est-ce pas, maman ?

Fascinée, elle effleura du bout du doigt le bois délicat.

— C'est un cadeau spécial pour Mlle Wakefield, leur confia Grace. Le docteur dit qu'elle en jouait tout le temps avant de tomber malade. Vous ne devez pas en parler, recommanda-t-elle. À personne, sans quoi elle se doutera de quelque chose et la surprise sera gâchée.

Les deux enfants opinèrent solennellement.

— Et maintenant, il est temps de retourner à la cuisine. Ça va bientôt être l'heure du dîner, et après, exceptionnellement, on viendra passer un moment ici avant d'aller se coucher.

— Maman, dit Jack en tirant sur la manche de sa mère. Quand est-ce que je pourrai distribuer mes cadeaux à M. Litton et aux autres ?

— Tu as déjà donné un cadeau à M. Hewitt, rappela Grace. Étant donné que tu ne le reverras plus avant le Nouvel An.

Jack fronça les sourcils, visiblement déçu, et Grace s'en réjouit ; il aimait ses leçons avec le jeune maître. M. Hewitt était gentil et plein d'entrain, et il savait comment capter l'attention d'un jeune garçon qui préférait la compagnie des chevaux et des chiens aux chiffres et aux lettres.

— On lui a donné un panier de Noël, précisa-t-elle. Mary Kate et toi y avez mis une jolie plume et une bouteille d'encre, et j'y ai ajouté une miche de pain d'avoine et un pot de cette compote de pommes qu'il aime tant.

Le visage de Jack se détendit et il hocha la tête.

— Et pour les autres ?

— Eh bien, tu pourras mettre le cadeau pour le docteur sous le sapin ce soir, si tu veux ; quant à ceux d'Enid et de M. Litton, tu peux les offrir dès maintenant.

Elle lui prit la main.

— Allons-y maintenant. Comme ça, vous pourrez me montrer ce que vous avez préparé.

Elle raccompagna les enfants jusqu'à la cuisine, où elle ouvrit une fenêtre car il y faisait beaucoup trop chaud, surtout après la fraîcheur de la bibliothèque. Hopkins était toujours à l'étage en train d'aider Abigail à faire sa toilette, et Enid était... Grace se mordit la lèvre, puis regarda par la fenêtre et sourit. Oui, Enid était là, devant la porte du jardin, en train de discuter avec M. Litton, peut-être du jambon fumé que Grace avait commandé pour le dîner de Noël, mais plus sûrement de n'importe quel sujet qui lui permette de passer un moment avec lui. Ils formaient un joli couple, pensa Grace. Litton était grand et mince, avec de longs bras et des mains puissantes ; Enid était plus petite, mais d'une constitution tout aussi robuste et élancée. Elle constata avec étonnement que George prolongeait la conversation ; d'habitude, il disparaissait très vite, mais là, il prenait son temps, acquiesçant aux assertions de la jeune femme tout en enroulant un long écheveau de corde. Peut-être était-ce là son cadeau à Enid : un petit peu de son temps, ce qu'elle convoitait par-dessus tout.

— Bien.

Grace se détourna de la fenêtre et arrangea sa coiffure.

— Dites-moi ce que vous avez et s'il faut l'emballer ou non.

Mary Kate disparut dans leur appartement, puis revint avec un grand panier empli des cadeaux qu'ils avaient préparés. Elle le déposa sur la table avec un bruit mat.

— J'ai tricoté ça pour le docteur, mais elles seront peut-être trop grandes.

Elle sortit une jolie paire de chaussettes gris anthracite qui paraissaient effectivement grandes, mais Grace devait bien avouer qu'elle n'avait jamais mesuré les pieds de Wakefield.

— Et cette écharpe pour M. Litton.

Grace l'examina, heureuse de voir que sa fille s'était donné tant de mal.

— Tu as bien travaillé, Mary Kate. Le rouge lui ira à la perfection avec tout ce gris et ce marron qu'il porte en permanence. Tu en as aussi tricoté une pour Enid ?

Mary Kate fronça les sourcils et se mordit la lèvre, puis leva les yeux prudemment vers sa mère.

— Je lui ai fait un dessin à la place, révéla-t-elle. Mais je vais devoir le lui donner en secret.

— Et pourquoi donc ? demanda Grace. Sors-le, qu'on y jette un coup d'œil.

Mary Kate disparut à nouveau dans l'appartement, et Grace l'entendit fourrager dans le fond du coffre où elle rangeait son travail scolaire. Elle revint rapidement mais garda le papier dans son dos, rechignant à le montrer. Grace et Jack échangèrent un regard puis haussèrent les épaules, aucun d'eux n'ayant la moindre idée de ce qu'elle pouvait bien cacher.

— Ça ne peut pas être si terrible, dit Grace d'un ton engageant. Tu dessines des choses très ressemblantes.

— Eh bien, c'est justement le problème.

Mary Kate posa la feuille de papier sur la table.

— C'est M. Litton en train de donner à manger aux chevaux ! s'exclama Jack en bousculant sa mère pour regarder le dessin de plus près. Et là c'est Enid avec un panier d'œufs ! C'est magnifique, Mary Kate, magnifique !

— C'est vrai, approuva Grace. Mais je vois ce que tu veux dire. Enid sera ravie, mais sa mère pourrait bien lui tirer les oreilles.

Mary Kate opina d'un air sombre.

— Et pourquoi cela ? interrogea Jack.

Grace et Mary Kate échangèrent un regard entendu.

— Mme Hopkins n'aime pas beaucoup M. Litton, expliqua prudemment Grace. Mais Enid, si.

— Ah oui, ça c'est sûr, s'écria Jack comme si c'était évident pour le monde entier. Il est formidable, M. Litton. Alors qu'Hopkins n'est qu'une vieille bique.

Grace ne put réprimer un éclat de rire.

— Jack, gronda-t-elle, quoique parfaitement d'accord avec lui. Ne parle pas des gens plus âgés comme ça. Ce que l'on veut dire, c'est qu'Enid éprouve une affection particulière pour M. Litton.

— Alors, pourquoi est-ce qu'elle ne se marie pas avec lui ?

— Ce n'est pas aussi simple. M. Litton ne parle pas beaucoup. Il…

Elle hésita, réfléchissant.

— Peut-être qu'il ne sait pas ce que ressent Enid, ou peut-être que si, mais que lui ne ressent pas la même chose et qu'il ne veut pas la blesser.

— Je vais lui en parler, déclara Jack avec assurance en attrapant déjà sa casquette. Je vais arranger tout ça.

— Non, Jack !

Grace l'obligea à se rasseoir et le regarda droit dans les yeux.

— Tu ne dois rien dire du tout, ni à Enid, ni à M. Litton. Ce ne sont pas nos affaires et ils n'apprécieraient pas du tout que tu t'en mêles.

— Si ce ne sont pas nos affaires, alors pourquoi est-ce que Mary Kate a fait ce dessin ?

Grace regarda sa fille, ne sachant que répondre.

— Enid est toujours gentille avec nous, Jack, essaya d'expliquer Mary Kate. Elle nous rapporte des bonbons de la ville, elle nous prévient quand sa mère arrive pour qu'on ait le temps de disparaître de sa vue. Alors moi aussi, je voulais faire quelque chose de gentil pour elle.

— On peut lui donner tous les deux ? s'enquit Jack.

— Oui. Et peut-être qu'on le glissera dans un livre, comme ça tout le monde ne le verra pas. Qu'est-ce que tu en penses ? demanda-t-elle à son frère.

Il acquiesça.

— Bonne idée, reconnut-il. Moi, j'ai une plume pour elle. Une plume de goéland, ajouta-t-il fièrement. Toute blanche et toute mignonne. Elle pourra la mettre sur son chapeau. Et, maman… est-ce que je peux donner mon pistolet à M. Litton ? Le pistolet que Jimbo m'a donné au Kansas ? S'il te plaît, maman, c'est la plus belle chose que j'aie.

Grace regarda le petit visage sérieux de son fils et écarta la mèche de cheveux qui lui tombait sur les yeux.

— M. Litton a son propre fusil pour aller chasser, répondit-elle d'une voix douce. Je ne pense pas qu'il en ait besoin d'un autre. Et puis il a fait la guerre, tu sais, et parfois les soldats n'aiment pas qu'on leur rappelle toutes ces fusillades auxquelles ils ont dû participer.

— Oh.

Le visage de Jack se ferma.

— Je n'ai rien d'autre.

Grace réfléchit quelques instants puis dit :

— J'ai fait une nouvelle taie d'oreiller. Tu pourrais la bourrer de plumes et la lui donner. Je crois que ça lui ferait plaisir, Jack, vraiment.

Le petit garçon retrouva son enthousiasme.

— Et peut-être qu'il rêvera d'Enid, suggéra-t-il, plein d'espoir.

Grace et Mary Kate éclatèrent de rire. Mais à l'étage, une porte s'ouvrit et se referma, et leurs visages radieux s'assombrirent instantanément.

— Jack, cours dehors dire à Enid que sa mère va vouloir qu'elle vide l'eau du bain. Mary Kate, tu rapportes les cadeaux dans notre chambre et tu finis de les emballer, d'accord ?

— Oui, maman, répondirent en chœur les deux enfants.

Ils se séparèrent, et Grace reporta son attention sur le dîner et la soirée à venir, la tête pleine de souvenirs des Noëls du passé.

Ses Noëls irlandais avaient été simples mais chaleureux. Il y avait toujours eu de bonnes choses à manger, des choses que sa grand-mère avait préparées pendant l'été puis mises de côté afin qu'elles soient encore meilleures pour le grand jour. Après la mort de la mère de Grace, ils avaient cessé d'aller à la messe mais avaient continué à chanter les cantiques de Noël pendant le réveillon ainsi que le lendemain matin, après l'échange des cadeaux. Son frère, Ryan, offrait toujours du tabac frais à leur père qui fumait donc une pipe de plus ce jour-là, assis devant la porte de la chaumière, sur le banc qu'il avait taillé dans une branche. Grace recevait toujours de nouveaux rubans pour ses cheveux, et elle avait préservé cette tradition en offrant chaque année la même chose à Mary Kate. La seule année où elle n'en avait pas eu avait été celle de la traversée à bord de l'*Eliza J* ; elle n'avait rien préparé pour Noël cette année-là, d'autant qu'il avait eu lieu au beau milieu de l'océan. Elle frissonna en repensant à ce voyage et au miracle qui les avait gardés en vie.

À New York, un nouveau miracle s'était produit lors d'un Noël avec Dugan et Tara, même si cela n'avait pas été tout à fait celui que Grace espérait tant ; mais elle n'oublierait jamais la vision de Peter entrant dans le saloon accompagné de deux jeunes gens, et de Lily se levant de sa chaise au moment où elle prenait conscience que ces deux enfants étaient les siens, ceux qu'elle avait laissés dans le Sud, et qu'elle essayait de récupérer depuis tant d'années. Oui, pensa Grace ; malgré tout ce qui s'était passé ensuite cette nuit-là, ce moment-là avait été vraiment extraordinaire.

Le premier Noël à Boston avait aussi été le premier en présence de Jack, et donc un autre miracle, songeat-elle encore. Les Noëls dans le Kansas avaient été terriblement froids, et pourtant chaleureux, dans l'unique pièce de leur cabanon, autour d'un bon feu où rôtissait le dîner. Une année, toutefois, il faisait si froid que le patron de Grace avait insisté pour qu'elle et les enfants n'essaient pas de regagner leur cabanon et prennent une chambre dans l'hôtel presque vide, où ils seraient au chaud et en sécurité ; elle avait donc pris un bain le soir du réveillon de Noël et partagé un bon repas avec les enfants dans la salle à manger, repas qu'elle avait malgré tout préparé elle-même.

Elle s'était imaginé passer ce Noël-ci dans un autre cabanon, quelque part au bord d'une rivière de l'Oregon, et peut-être atteler les bœufs à un traîneau avec les enfants pour aller rendre visite à Lily et à sa famille. Est-ce qu'il y a de la neige là-bas en ce moment ? se demanda-t-elle. Elle ne se souvenait pas d'avoir entendu Liam en parler, or il l'aurait fait, sans aucun doute, si ç'avait été le cas. Mais au lieu d'un Noël en Oregon, ce serait Noël en Californie, ici, dans cette belle maison chaleureuse, avec des victuailles en abondance et un portefeuille tellement garni qu'elle ne savait que faire de tout cet argent. *Le Seigneur est bon*, se dit-elle. *Mystérieux et imprévisible, certes, mais toujours bon.*

Il ne neigeait pas ici, et cela ne semblait pas près d'être le cas. Le climat de cette partie du monde lui rappelait un peu celui de l'Irlande, avec ses pluies et ses bruines régulières et froides, ses vents tempérés, ses tempêtes occasionnelles, son brouillard. Elle se sentait l'âme en paix ici, comme ça n'avait plus été le cas depuis qu'elle avait quitté l'Irlande, et cette seule sensation constituait un cadeau suffisant pour Noël.

L'heure du dîner approchait. Les poulets étaient prêts. Elle écrasa les pommes de terre en purée et prépara une sauce épaisse en pensant au docteur, puis fit rapidement bouillir les carottes. C'était l'un des repas préférés du docteur, et elle faisait particulièrement attention à ce que les poulets rendent suffisamment de jus pour que la sauce soit onctueuse et savoureuse. Oui, c'était un sentiment de paix qui l'envahissait tandis qu'elle s'attelait à ces tâches gratifiantes, sachant que sa famille était en sécurité et bien nourrie, et que ses qualités étaient appréciées par son employeur.

Elle prit alors conscience que ce serait vraisemblablement le seul Noël qu'elle passerait dans cette maison ; l'an prochain, elle serait mariée avec Peter, et elle vivrait avec lui et les enfants dans sa maison. Elle suspendit sa tâche quelques instants, appuyant ses mains couvertes de farine sur le plan de travail. Elle s'interrogeait sur l'émotion qui l'étreignait, se demandant si elle devait être triste ou heureuse. Un mode de vie entièrement nouveau s'offrait à elle, une vie meilleure pour elle et les enfants, avec un homme qu'ils aimaient et un frère que Mary Kate et Jack adoraient. Elle soupira et secoua la tête, exaspérée par ses propres tergiversations, puis se remit à fariner la sauce. Elle n'allait pas laisser Morgan s'immiscer dans tout cela, pas alors qu'elle était presque parvenue à maîtriser l'art de le tenir à l'écart. Il n'y avait jamais eu de Noël avec Morgan, pas un seul, hormis ceux de leur enfance, quand il descendait de Black Hill pour montrer à Sean ce que ses sœurs avaient confectionné pour lui ou ce que son père lui avait rapporté de ses longs voyages en mer. Il n'y avait jamais eu de Noël avec Morgan, donc ce moment ne pouvait lui rappeler aucun souvenir triste avec lui. En aucun cas. Surtout pas cette année. Elle essuya sa joue du revers de sa main, qui y laissa une traînée de farine humide, puis se força à reporter son attention sur la soirée à venir et la journée du lendemain. Elle serait avec Peter. Ce serait leur second Noël ensemble, et le premier d'une longue série à venir. Elle s'assiérait à ses côtés et sentirait la chaleur réconfortante de sa main sur la sienne, emplie de la certitude d'être assise à côté de son ami le plus cher. Oui, c'était à cela qu'elle devait penser dorénavant. À ce Noël avec Peter, et à la vie merveilleuse qui les attendait.

22

Le Dr Wakefield et M. Litton se rendirent à l'église avec Grace et les enfants, tandis qu'Enid et sa mère restaient avec Abigail. Wakefield avait réussi à arracher à sa sœur la promesse qu'elle descendrait dans la matinée pour l'échange des cadeaux et qu'elle profiterait de la fête aussi longtemps que sa santé le permettrait. Malgré les inquiétudes exprimées par Hopkins, Abigail avait dit oui. Wakefield avait rassuré la gouvernante ; il était médecin, tout de même. Et Abigail était sa sœur adorée. Elle pourrait très certainement passer une heure avec eux sans que sa santé morale ou physique en pâtisse. Hopkins avait essayé de protester davantage, mais Wakefield l'avait réduite au silence en décrétant que non seulement sa sœur allait descendre, mais que Hopkins et sa fille viendraient elles aussi boire un verre de punch dans le salon. Les primes de

Noël seraient distribuées à cette occasion, avait-il ajouté pour clore la discussion.

Il faisait froid et il y avait du vent, mais le ciel était clair, et tous avaient les joues rouges lorsqu'ils rentrèrent dans la maison bien chauffée. M. Litton mit les chevaux à l'écurie tandis que Wakefield se rendait directement au salon pour allumer le feu. Il ne rallumerait pas l'arbre de Noël ce matin car toutes les bougies s'étaient consumées la veille au soir, mais quel spectacle féerique cela avait été ! Les enfants s'étaient remarquablement tenus aux abords de l'arbre, dont l'éclat et le parfum les avaient visiblement enchantés.

Grace envoya Mary Kate et Jack se changer dans leur chambre et enfiler les chandails neufs que saint Nicolas lui-même avait déposés près de l'âtre. Les deux enfants avaient aussi reçu de nouveaux calots et de nouveaux gants qu'ils avaient mis pour se rendre à l'église, sans parler du coffret rempli de chocolats, de fruits et de noix qui les avait littéralement rendus fous de joie.

Pendant qu'ils se changeaient – et qu'ils goûtaient vraisemblablement quelques chocolats –, Grace quitta elle-même son manteau et son chapeau, puis alla alimenter le feu de la cuisine, qui avait diminué un peu plus qu'elle ne l'avait prévu. Elle mit la bouilloire à chauffer et ajouta les tranches de pain de Noël et le beurre sur le plateau qu'elle avait préparé le matin. Quand le thé fut prêt, elle envoya Jack chercher M. Litton. Réticent, celui-ci tordit sa casquette entre ses mains, mais Grace le chargea de porter le plateau, et ils pénétrèrent tous ensemble au salon.

– Ah, vous voilà !

Wakefield se frottait les mains, impatient. Grace entrevit à cet instant le garçon jovial qu'il avait dû être enfant.

— Posez donc le plateau ici, monsieur Litton. Mary Kate, Jack, venez vous asseoir sur le canapé près du sapin. Madame Donnelly…

Il lui offrit une chaise près du canapé.

— Je vais d'abord servir, docteur, si ça ne vous dérange pas.

Grace souriait malgré elle de l'enthousiasme qu'il affichait.

— Est-ce que Mlle Abigail va nous rejoindre, finalement ?

— Oh, oui.

Il fit un signe de tête en direction du piano camouflé.

— Il faut absolument qu'elle descende, n'est-ce pas, les enfants ?

Jack et Mary Kate hochèrent vigoureusement la tête et se mirent à glousser, Wakefield riant lui-même un peu. Grace ne l'avait jamais vu à ce point nerveux. Il sortit de la pièce, et on l'entendit crier au pied de l'escalier :

— Hopkins ! Descendez maintenant ! Nous vous attendons !

Il revint dans la pièce, et son regard tomba sur M. Litton.

— George ! clama-t-il d'une voix tonitruante. Asseyez-vous par ici.

Il approcha un fauteuil club. M. Litton baissa les yeux en direction de son pantalon, puis secoua la tête.

— Allez, venez. S'il était suffisamment propre pour l'église, il le sera bien pour ce fauteuil. Dites-le-lui, madame Donnelly.

Grace éclata de rire.

— Vous feriez mieux d'obéir, monsieur Litton, car le docteur n'est pas d'humeur à s'entendre dire « non » aujourd'hui.

Litton inclina légèrement la tête, puis traversa la pièce jusqu'au fauteuil, sortit un mouchoir propre de sa poche, l'étala sur le siège et s'assit dessus. Une fois installé, il parut se détendre un peu et se mit à regarder autour de lui. Grace regrettait qu'il ne soit pas venu voir ce beau décor la veille au soir, à la lumière du feu, mais il avait obstinément refusé, marmonnant, les joues écarlates, qu'il devait se laver et se raser avant d'entrer dans une maison aussi propre. Il avait assurément bien meilleure mine aujourd'hui, pensa Grace. En même temps que sa barbe de plusieurs jours, le rasoir semblait avoir effacé cinq bonnes années de son visage, et Grace se rendait compte à présent qu'il était beaucoup plus jeune qu'elle ne l'avait cru. Il avait une trentaine d'années, tout au plus. Sa peau était lisse et luisante du fait du rasage, ses cheveux peignés en arrière, il portait des vêtements propres, et avait même passé la brosse sur ses ongles. Grace était impressionnée, et elle savait qu'Enid risquait de tomber purement et simplement en pâmoison. Justement, la jeune femme apparut, et ouvrit effectivement de grands yeux à la vue de l'élégant M. Litton. Pour sa part, ce dernier se comporta en parfait gentleman : il se leva, s'inclina légèrement, et fit une rapide allocution.

— Joyeux Noël, Enid, dit-il d'un ton cérémonieux. J'espère que cette journée vous sera agréable. Ainsi qu'à votre mère.

Enid demeura un instant bouche bée, mais elle recouvra très vite ses esprits et traversa la pièce pour aller se placer à ses côtés.

— Merci, monsieur Litton, dit-elle, les yeux dans les siens. Joyeux Noël à vous aussi. C'est tellement gentil de votre part de vous joindre à nous !

— Tout le plaisir est pour moi, mademoiselle.

Il refit son drôle de petit salut puis redevint silencieux, comme s'il avait épuisé tous les mots qu'il connaissait.

Enid s'en moquait. Se tenir à ses côtés suffisait à la rendre heureuse, et son sourire ne se fana qu'au moment où sa mère arriva en soutenant Mlle Abigail, lançant à sa fille un regard désapprobateur.

— Abigail !

Wakefield accueillit chaleureusement sa sœur, remplaçant Hopkins pour la guider jusqu'à un siège près du feu.

— Joyeux Noël, ma sœur chérie. Ça alors, tu es ravissante ce matin.

Et c'était le cas, pensa Grace, même si elle donnait l'impression d'être un pâle reflet de la beauté plutôt que son incarnation à proprement parler. Pourtant, elle portait une robe convenable et un joli châle sur les épaules ; ses cheveux étaient propres et coiffés, et Hopkins les avait à peu près bien arrangés, même si un côté semblait plus lourd que l'autre. Grace réprima la tentation d'aller replacer les épingles. La sœur du docteur portait les fines boucles d'oreilles en argent et grenat que son frère lui avait offertes lors du réveillon de la veille. Une simple croix en or pendait à son cou, et un bracelet à breloques à son poignet. Le rose à joues lui donnait bonne mine, et elle avait mis du rouge à lèvres. L'ensemble rehaussait l'incroyable blancheur de sa peau, mais sans cela elle aurait disparu dans les tons blanc cassé de sa robe.

— Puis-je vous offrir une tasse de thé, mademoiselle Wakefield ? proposa Grace.

Abigail acquiesça sans lever les yeux.

Après que chacun fut servi, le docteur reposa sa tasse et se dirigea vers le sapin. Il en dégagea plusieurs gros paquets qu'il tendit à Grace, à Hopkins et à Enid. Puis il se posta fièrement à côté de sa sœur, une main sur son épaule, regardant d'un œil satisfait ses domestiques ouvrir leurs cadeaux.

— Merci, docteur. Merci, mademoiselle.

Enid brandit une jolie paire de gants de chevreau clair.

Hopkins l'imita, avec des gants identiques, mais un peu plus grands.

— C'est très gentil à vous, mademoiselle Abigail, vraiment. Merci, docteur, dit la gouvernante avec ferveur.

Grace mit plus de temps à ouvrir son paquet, mais quand elle parvint enfin à en retirer le couvercle, la surprise lui coupa le souffle. Elle regarda alternativement le docteur et sa sœur puis tira de la boîte la brosse, le peigne et le miroir en ivoire à dos argenté qui s'y trouvaient.

— C'est magnifique, dit-elle à voix basse, prise au dépourvu par ce cadeau somptueux. Je n'ai jamais rien eu de tel.

Hopkins laissa échapper un petit soupir ironique, comme pour dire « Évidemment », mais personne ne prêta attention à elle.

— Je me suis assuré le concours d'une charmante petite fille pour en être certain, dit Wakefield en se rengorgeant de joie. Elle se souvenait que vous possédiez en Irlande une jolie brosse à cheveux que vous n'aviez pas pu emporter, comme tant d'autres choses qui vous appartenaient, et que vous ne l'aviez jamais remplacée.

Grace regarda Mary Kate qui souriait timidement, le feu aux joues. Elle était émue que sa petite fille ait conservé ce genre de souvenir.

— Merci du fond du cœur, docteur, dit finalement Grace. Mademoiselle Wakefield, merci. Béni soit Noël pour vous deux.

— Nous sommes tellement contents que cela vous plaise, répondit Wakefield de bonne grâce. Et maintenant… George.

Il tendit un gros paquet au palefrenier.

Litton se débattit quelques minutes avec le ruban qui fermait la boîte, avant de parvenir à en retirer le couvercle pour découvrir le vêtement plié à l'intérieur. Il laissa courir ses doigts sur le tweed épais.

— C'est une bien belle veste, docteur, finit-il par dire, le visage écarlate de plaisir et de gêne. Merci, monsieur.

— Et, bien sûr, Abigail et moi-même avons une enveloppe de Noël pour chacun d'entre vous ; qu'elle accompagne nos remerciements pour cette année de bons et loyaux services qui vient de s'écouler.

Tous prirent la parole en même temps pour exprimer leur gratitude, puis Wakefield leva la main.

— On dirait qu'on a oublié les enfants ! s'exclama-t-il en prenant un air contrit. Quelle horreur ! Que va-t-on bien pouvoir faire ?

— Oh, rien, monsieur, s'écrièrent Mary Kate et Jack avec empressement. Ça n'a pas d'importance.

Le visage du docteur se fendit alors d'un large sourire, et il leur fit signe de venir le rejoindre.

— Votre cadeau était un peu compliqué à emballer, expliqua-t-il. Comme vous le savez, Scout a mis bas, et tout le monde dans le voisinage veut un de ses chiots... (Il marqua une pause théâtrale et se pencha en avant.) Mais vous pourrez chacun en choisir un qui sera à vous.

Mary Kate et Jack se regardèrent, bouche bée, les yeux écarquillés de joie, puis ils poussèrent un hurlement et se jetèrent dans les bras l'un de l'autre, avant de s'élancer vers Wakefield pour l'enlacer, manquant de le faire basculer en arrière.

Ce dernier éclata de rire et se dégagea de leur emprise, puis il leur dit :

— Allez voir dehors avec M. Litton, il va vous aider à choisir. Ils sont encore trop jeunes pour quitter leur mère, mais au moins vous saurez lesquels d'entre eux sont les vôtres.

Les enfants se précipitèrent vers Litton, lui prenant chacun une main, et le traînèrent hors de la pièce, tout en criant des remerciements exaltés. Grace remarqua qu'en dépit de la mine gênée qu'il avait affectée, George ne s'était pas fait prier pour quitter la pièce, clairement soulagé de se soustraire à leur compagnie.

— C'est merveilleux d'avoir des enfants à la maison pour Noël, déclara Wakefield en se frottant les mains. C'est un jour merveilleux. Et maintenant, ma chérie...

Il se tourna vers sa sœur.

— Si je puis me permettre, j'ai un cadeau spécial pour toi.

— Mais, Rowen, objecta-t-elle, Grace notant sa difficulté à articuler. Tu m'as déjà donné mon cadeau hier soir...

Elle effleura du doigt les pierres qui pendaient à ses oreilles.

— C'est amplement suffisant.

— C'était un leurre, ma chérie. Pour détourner ton attention. Et ça a marché.

Abigail le suivit des yeux tandis qu'il traversait la pièce, puis s'écarquillèrent lorsqu'il tira sur le drap et révéla l'instrument rutilant dissimulé dessous. Il se retourna vers elle, rayonnant de joie, mais son sourire s'évanouit instantanément.

— Rowen, balbutia Abigail d'une voix enrouée, comment as-tu pu faire ça ?

Elle se leva en s'aidant de ses bras fragiles, puis resta debout, les yeux étincelants de rage et de confusion.

— C'est un piano !

Le docteur s'écarta pour la laisser admirer le magnifique instrument, pensant qu'elle n'avait pas compris.

— Tu adores le piano, insista-t-il. Tu en jouais sans arrêt à la maison ! Ça avait l'air de t'apporter tellement de plaisir que j'ai voulu te...

— Je ne rejouerai jamais, Rowen. Jamais, lança-t-elle d'un ton farouche, tremblant de tous ses membres. Tu sais bien ce que tout ça signifie pour moi. Oh, Rowen...

Elle se mit à pleurer, puis s'effondra sur son fauteuil.

— Comment peux-tu me faire ça ?

— Abigail !

Il se précipita à ses côtés, atterré.

— Abby, dit-il d'une voix douce en tombant à genoux, lui saisissant les bras.

Hopkins s'avança.

— Elle est à bout, docteur, comme je vous le disais. C'est trop d'émotion pour ses pauvres nerfs. Enid, ordonna-t-elle sèchement à sa fille, aide-moi à raccompagner Mlle Abigail jusqu'à sa chambre.

— Non, décida Wakefield en se dressant entre elles. Je la raccompagnerai plus tard. Merci, Hopkins. Vous pouvez disposer.

La gouvernante fronça les sourcils en signe de désapprobation.

— J'ai dit que vous pouviez disposer, répéta Wakefield d'une voix ferme.

Hopkins serra les lèvres, puis attrapa le bras d'Enid et quitta la pièce.

— Je ne veux pas d'elle, murmura Abigail. La cuisinière. Qu'elle sorte.

Sans quitter des yeux le visage de sa sœur, Wakefield s'adressa à Grace sur un ton d'excuse.

— Merci, madame Donnelly. Fermez la porte derrière vous, s'il vous plaît.

— Oui, docteur.

Grace sortit sans délai, mais resta quelques instants derrière les portes closes, écoutant le murmure de la voix du docteur et les sanglots étouffés d'Abigail.

— Fichez le camp d'ici, siffla Hopkins dans son dos. Ça ne vous regarde pas. Retournez dans votre cuisine.

— Après vous, rétorqua Grace en lui montrant le chemin.

Vexée, mais ne sachant que faire d'autre, Hopkins passa devant elle et ouvrit la marche.

— Eh bien, nous voilà dans un drôle d'état pour un jour de Noël, observa-t-elle en s'asseyant lourdement à table. Je l'avais prévenu. Je lui avais dit qu'elle ne le supporterait pas.

— Je crois que nous avons tous besoin d'une tasse de thé.

Grace alla poser la bouilloire sur le feu.

— Encore heureux que les enfants n'aient pas été là. Pauvre docteur Wakefield. Et pauvre *mademoiselle* Wakefield.

— Pauvre rien du tout, éructa Hopkins. Vous ne savez pas de quoi vous parlez. Enid, donne-moi une tranche de pain.

Enid sortit de l'encadrement de la porte où elle était restée jusqu'à présent en se tordant les mains, tout en fixant sa mère d'un œil anxieux.

— Assieds-toi, Enid, dit Grace en lui faisant signe de venir à table. C'est Noël, après tout, et tu auras tout le temps de faire le service pendant le déjeuner.

Enid s'assit timidement, tournant le dos à sa mère.

Grace posa sur la table la théière et une assiette de pain beurré.

— Voilà, maintenant, nous allons manger un morceau pour nous remettre.

Elle s'assit à côté d'Enid et donna une petite tape sur l'épaule de la jeune femme.

— Tourne-toi. Tu n'as rien fait de mal aujourd'hui.

— Pas encore, compléta sa mère en recrachant des miettes de pain sur la nappe.

— Ça suffit, madame Hopkins, dit Grace avec lassitude. Essayons de profiter de ce que nous offre le Seigneur et arrêtons de nous chamailler.

— Facile à dire pour vous, ironisa Hopkins. Vous allez partir de la maison tout l'après-midi, pour vous amuser avec votre capitaine, qui marche à la baguette, n'est-ce pas ? ajouta-t-elle d'une voix amère. Mari numéro trois, hein ? Et vous allez lui faire un enfant à lui aussi, je suppose. Peut-être même que c'est déjà en cours, histoire d'être certaine qu'il ne reprenne pas la mer...

— Maman ! s'exclama Enid en reposant sa tasse. Ne dis pas ça !

Grace posa la sienne à son tour.

— Ne t'occupe pas des mauvaises manières de ta mère, Enid. Et qui plus est, je suis tout à fait capable de me débrouiller toute seule.

— Ça, on a bien vu, s'exclama Hopkins d'un ton sarcastique. Un mariage d'argent, un mariage de luxure... Et le capitaine, qu'est-ce que c'est ? Un mariage de facilité ? Vous vous en sortez pas mal, à vous mêler de ce qui ne vous regarde pas, et à semer des problèmes partout. Un piano, pouah ! C'est *vous* qui avez mis cette idée ridicule dans la tête du docteur ! Ne me dites pas le contraire. Mais vous, les Irlandais, vous ne comprenez rien à rien.

Grace garda le silence, luttant pour retenir les paroles cinglantes qui se pressaient sur ses lèvres, comme des flèches empoisonnées.

— Arrête, maman.

Les yeux d'Enid étaient inondés de larmes.

— Et toi, regarde-toi, lui dit sa mère. Regarde-toi ! Tu traînes deux minutes avec elle et tu oublies qui tu es. N'oublie jamais les sacrifices que j'ai faits pour toi, ma fille. Tout ce que j'ai fait pour toi.

Enid baissa immédiatement la tête d'un air contrit.

– Non, maman. Pardon...

Les larmes coulaient sur ses mains, posées sur ses genoux.

– Je te pardonne. Parce que je suis une femme bonne, une *honnête* catholique. Maintenant, monte dans ta chambre et attends-moi là-haut.

Enid se leva de table et quitta la pièce sans un regard pour Grace, les épaules basses, en signe de défaite.

Hopkins se pencha par-dessus la table.

– Vous avez une mauvaise influence sur ma fille, madame Donnelly. Ne vous mêlez pas de nos affaires.

– Alors réglez vos affaires hors de ma cuisine, lui rétorqua Grace en se penchant vers elle à son tour. Et quand vous priez le soir, madame Hopkins, essayez de remercier le Seigneur pour l'enfant que vous avez plutôt que de Le haïr pour celui que vous avez perdu.

– Comment osez-vous ?

Hopkins la regardait avec fureur, de l'écume de rage au coin des lèvres, les poings serrés.

– C'est la question que vous n'arrêtez pas de me poser, répliqua Grace.

Elle se leva de table.

– Alors, je vais être aussi claire que possible : je n'ai pas peur de vous, madame Hopkins. Pas du tout. Plus maintenant. Et c'est définitif. Vous n'êtes qu'un chaton comparé aux lions que j'ai dû affronter dans ma vie, dont vous ne connaissez d'ailleurs absolument rien.

La bouche d'Hopkins s'ouvrit, outrée, mais sans lui laisser le temps de répondre, Grace disparut dans le vestibule. Elle réapparut quelques instants plus tard, une grande houppelande sur les épaules.

– Je sors retrouver les enfants. Nous ne serons pas là de l'après-midi. Je n'ai pas de temps à perdre, vu qu'il faut que je fasse marcher le capitaine à la baguette, comme vous le savez.

Elle referma violemment la porte derrière elle puis sortit dans l'air froid et humide et respira profondément pour évacuer sa colère. Elle était désolée pour eux tous, les Wakefield et les Hopkins, pour l'existence misérable qu'ils menaient, que ce soit de leur fait ou de celui des autres, et elle se demandait même s'il fallait s'apitoyer sur leur sort. Devait-elle rester dans une maison où vivait une personne aussi mauvaise qu'Agnes Hopkins, et une autre aussi dérangée qu'Abigail Wakefield ? N'était-ce pas dangereux pour les enfants ?

Ses pensées furent interrompues par les rires provenant des écuries. Elle traversa la cour, s'attardant quelques instants sur le pas de la porte pour contempler ses enfants qui ne se doutaient pas qu'ils étaient observés. M. Litton se tenait à l'écart. Il regardait les deux petits qui étaient assis dans un coin de la stalle et riaient aux éclats tandis que les chiots faisaient des cabrioles sur leurs genoux. Son visage arborait une expression que Grace ne lui avait jamais vue ; elle arrivait à peine à y croire, et pourtant cela semblait bien réel : George Litton souriait.

Par égard pour les enfants, Grace refusa de laisser les incidents de la matinée perturber son humeur joyeuse. Elle les emmena donc chez les Darmstadt en chantant faux et à tue-tête des cantiques de Noël. Le capitaine Reinders et Liam les attendaient avec impatience.

Tous étaient réunis dans la grande pièce à présent. Un feu brillait et des plateaux de victuailles et de boissons étaient disposés sur le buffet. On échangea des vœux et des cadeaux – un superbe journal intime à reliure de cuir accompagné d'une plume pour Mary Kate, une canne à pêche pour Jack, et, pour Liam, un sextant de la part de Peter et une petite peinture de Dublin de la part de Grace. Jack s'était assoupi devant le feu, les coins de la bouche encore maculés de chocolat fondu. Mary Kate enseignait à Liam comment jouer sur l'échiquier qu'elle avait acheté pour lui. Elle était ravissante, songea Grace, avec sa jolie robe bleue, son ruban assorti dans les cheveux, et la bague que sa tante Aislinn lui avait donnée à Liverpool ; Liam avait lui aussi belle allure dans sa chemise blanche toute propre et son pantalon sombre, les cheveux lissés en arrière pour l'occasion. Elle était fière d'eux, de l'un comme de l'autre, et infiniment heureuse qu'ils soient restés proches. Lars et Detra s'étaient retirés tôt dans leur chambre pour faire une sieste après le déjeuner. Grace et Peter se retrouvaient donc seuls en compagnie des deux jeunes gens.

– J'adore ton cadeau, dit Peter, remerciant Grace encore une fois en brandissant le daguerréotype joliment encadré qu'elle lui avait donné. C'est exactement toi, tes yeux magnifiques, la fossette de ton menton. Et ce halo autour de ta tête et tes épaules…

Il hocha la tête, plein d'admiration.

– C'est une œuvre d'art, vraiment.

Ses yeux passaient alternativement du portrait à la femme qu'il représentait.

– Et je ne vais même pas commenter le fait que tu aies posé à moitié dévêtue seule dans une pièce avec un homme talentueux et charmant. Non, j'ai décidé de ne rien dire du tout à ce sujet.

Grace sourit.

— J'admets que je ne savais pas ce qu'il avait en tête au début, et que j'étais mortifiée, mais il s'est comporté en gentleman, et son travail est si impressionnant... Je me suis dit que ça ferait un beau cadeau pour toi, ajouta-t-elle timidement.

— Merci, répéta-t-il. C'est un honneur pour moi que de l'accepter. Et merci aussi pour le livre.

Il s'empara de la lourde biographie reliée de cuir de l'amiral Nelson.

— Il va falloir que je m'y attelle tout de suite.

— J'ai pensé que ça t'occuperait pendant ta convalescence. Mais je dois reconnaître que tu as meilleure mine et que tu as encore pris un peu de poids. J'en suis très heureuse.

— Tu peux. Tout ça, c'est à cause de toi, la gronda-t-il en plaisantant, et du flot permanent de pain frais, de tartes, de gâteaux, de soupes, de ragoûts et autres gourmandises qui arrivent ici de Wakefield Heights presque tous les jours. Sans parler des fleurs, des dessins des enfants, de tes petits mots... Je m'attends à voir arriver un jour une chorale et un petit poney.

— Oh, comme tu y vas ! dit-elle en rougissant. Liam et Detra disent tous les deux que vous n'avez pas chez vous le genre de cuisinier qui donne envie de manger. Eh bien, comme je ne peux pas venir ici tous les jours moi-même, le moins que je puisse faire, c'est de t'envoyer quelques encouragements.

— Tu pourrais être là tous les jours, lui fit-il remarquer, si c'était vraiment ce que tu voulais.

Grace se mordit la lèvre et baissa les yeux.

— C'est ce que je veux. Mais il faut d'abord que tu te reposes. Je me dis qu'il y a déjà beaucoup de monde ici sans y ajouter ma troupe !

Elle releva les yeux et les plongea dans les siens avec ferveur.

— Et puis bien sûr, les enfants se sont habitués à vivre là-haut sur la colline et je n'ai pas envie de les faire déménager encore une fois, surtout en cette période de Noël. Sans parler du salaire que je gagne chez le docteur. C'est de la folie de sa part, mais ça me permet de faire des économies. Et puis, Mary Kate prend des leçons, Jack aussi, et ils aiment ça. Est-ce que je t'ai déjà dit que Jack s'en sortait merveilleusement bien ? Qui aurait pu le croire ? Il apprécie vraiment ce M. Hewitt. Et Mary Kate aussi. Il vient trois fois par semaine...

Sa voix s'enraya ; elle manquait d'air.

Reinders avait hoché la tête tout le temps. Il feignait à présent de compter sur ses doigts tout en énonçant :

— Le repos, le monde, Noël, le salaire, la scolarité... Ça fait au moins cinq bonnes raisons de ne pas m'épouser.

— Pour le moment, rectifia Grace d'un ton résolu. De ne pas t'épouser *pour le moment*.

— Mais tu souhaites toujours que l'on se marie ?

Grace n'hésita qu'une fraction de seconde avant de répondre :

— Oui, Peter, si tu veux toujours de moi. Et de mes enfants, bien sûr.

Il éclata de rire.

— Bien sûr, les enfants. Qui êtes-vous, madame Donnelly, si ce n'est la mère de vos enfants, hein ?

Elle ne saisissait pas vraiment ce qu'il voulait dire par là, mais elle sourit comme si elle avait compris.

— Quand tu te sentiras bien et que tu seras d'aplomb, on reparlera de tout ça, promit-elle. Aucun de nous n'est aux abois, et nous avons encore tout notre temps pour mettre de l'ordre dans nos affaires avant de sceller notre union.

— Tu as toujours des affaires à mettre en ordre ? provoqua-t-il gentiment.

— Non, Peter, répondit-elle d'une voix ferme. J'ai tout réglé, et je suis parfaitement prête à refaire ma vie avec toi.

— Moi aussi.

Il plongea alors une main dans sa poche et en sortit une petite boîte, élégamment emballée, puis se pencha et la déposa dans la main de Grace.

— Joyeux Noël, Grace.

Le cœur battant, fébrile, Grace défit le petit nœud et ouvrit l'écrin. Une superbe bague y étincelait, et elle fut émue aux larmes par l'attention de Peter.

— C'est une émeraude. Pour te rappeler l'île d'Émeraude d'où tu viens. C'est comme ça que les poètes l'appellent, non ?

— Oh, Peter, qu'elle est belle...

Elle contempla ses doigts abîmés, rêches et rougis par les travaux ménagers.

— Trop belle.

Il lui prit l'écrin des mains, en dégagea la bague, puis la fit glisser à son doigt.

— Elle n'est pas assez belle pour toi, dit-il en lui embrassant la main.

Elle se mordit la lèvre, puis leva sa main d'un air hésitant, l'inclinant afin que la lumière du feu se reflète dans la pierre.

— Elle représente la promesse que je te fais de t'épouser dès que *tu* seras prête. Toi, et tes enfants. Et entre-temps... (Il leva les doigts comme pour se remettre à compter.) Je vais me reposer, trouver une maison pour nous, et me renseigner pour savoir si M. Hewitt pourra y venir pour continuer les cours. Je ne sais pas encore comment je vais pouvoir régler le problème de Noël et celui de ton énorme salaire, mais je finirai bien par trouver une solution.

Elle se leva et l'embrassa tendrement sur les lèvres, puis s'agenouilla devant lui.

— Merci, Peter. Merci pour tout.

— Ce n'est qu'une bague, dit-il en plaisantant. Mais si tu veux tout, je me débrouillerai pour te le procurer aussi.

Grace se mit à rire.

— Je ne veux pas tout. Juste un endroit où vivre avec toi, Liam, Mary Kate et Jack.

Il hocha la tête en jetant un regard aux enfants par-dessus son épaule.

— Mary Kate est une jeune fille merveilleuse, Grace. Tu t'es magnifiquement débrouillée avec elle. Et j'aime bien ton jeune Jack, même s'il n'a pas l'air de m'apprécier plus que ça.

— Ça va venir. Je t'assure qu'il y a longtemps qu'il rêve de faire ta connaissance. Il fallait lui lire tes lettres dès qu'elles arrivaient.

— Eh bien, il m'a très clairement fait comprendre qu'il trouvait que je ne ressemblais pas à un vrai capitaine des mers.

Reinders baissa les yeux sur son corps maigre et sourit.

— C'est vrai, même moi, je ne me trouve pas vraiment impressionnant en ce moment.

— C'est à cause de cette histoire de pirates que Mary Kate lui a lue, avoua Grace. Je soupçonne qu'il s'imaginait te voir arriver en volant littéralement à travers le port, hirsute et couvert de coquillages et d'os, avec des cicatrices partout sur le visage, des dents en or, et un grand sabre à ton côté.

— Je suis navré de le décevoir, dit Reinders d'un air modeste en passant une main sur ses joues et son menton fraîchement rasés. Je ferais peut-être mieux de laisser repousser ma barbe, de me trouver un bicorne, et de me mettre un bandeau sur l'œil.

— Inutile. Laisse-lui juste le temps d'apprendre à te connaître et tu te le mettras dans la poche pour le restant de tes jours. Tu es formidable avec les garçons ; regarde à quel point Liam t'est dévoué !

— Qui aurait pu penser quand nous sommes partis de Liverpool il y a si longtemps, que nous allions finir ensemble ici, tous les quatre ? Tous les cinq, corrigea-t-il. Je suis heureux que Mary Kate et Liam soient toujours aussi complices.

— Ils l'ont été dès le début, se rappela Grace. Quand Alice et Siobahn sont mortes, s'occuper de Mary Kate lui a apporté un vrai réconfort. Et, bien sûr, Mary Kate s'est prise d'affection pour lui. Ils échangeaient des messes basses et encore des messes basses, et il n'y avait qu'avec elle qu'il s'autorisait à pleurer.

— Je me souviens qu'elle était toute petite à l'époque, avec ses grands yeux sombres qui observaient tout ce qui se passait autour d'elle.

— Oui, c'est une sacrée petite personne. Elle aime énormément Jack, mais sa loyauté envers Liam va au-delà de ça. Peut-être à cause de ce à quoi ils ont survécu dans leur petite enfance.

— Il m'arrive parfois d'oublier tout ce qu'il a enduré. Ce que vous avez tous enduré.

— C'est très bien, car nous avons dépassé tout ça maintenant, lui assura-t-elle. Nous sommes des Américains, et nous ne sommes pas les seuls à avoir survécu à ce genre de choses pour nous en sortir.

— Moi, je n'ai pas subi ça.

— Toi, non, mais tes parents, si. Comment va ta mère, d'ailleurs ? Est-ce que tu lui écris comme tu es censé le faire ?

— Oui, madame Donnelly, répondit sagement Reinders. J'écris à ma mère deux fois par an. Elle a vendu la moitié de la ferme et elle est partie s'installer plus près de la ville avec mon frère et sa famille. Elle vieillit, mais elle continue de me reprocher de ne pas aller plus souvent à l'église.

— C'est une bonne mère, alors, conclut Grace, les yeux pétillants.

L'horloge sur le chambranle de la cheminée sonna l'heure, et Jack remua.

— Maman, dit-il d'un ton maussade en se frottant les yeux, je peux rentrer à la maison voir les chiots ?

— Oui, Jack. Bientôt.

— Joli cadeau, murmura Reinders à l'oreille de Grace.

— Le docteur a constaté qu'ils avaient été très gentils avec Scout pendant qu'elle était grosse, surtout Jack. Il est passionné par les chiens et les chevaux. C'était la chose qu'il désirait le plus au monde, un animal à lui.

— Ton patron est un homme généreux. Il cerne exactement ce dont chacun a besoin et le lui donne.

Il observa une pause.

— Tu ne penses pas... T'es-tu jamais demandé, Grace, s'il n'était pas intéressé par autre chose que par tes services domestiques ?

Grace se redressa sur sa chaise et le considéra comme s'il était fou.

— Le Dr Wakefield veut une bonne cuisinière chez lui, et tient à ce que sa maison soit bien tenue quand il reçoit.

Ses joues et sa gorge s'étaient empourprées.

— Si tu le connaissais, tu ne penserais même pas à…

Elle s'interrompit, contrariée.

— Qu'est-ce que tu *essaies* de me dire précisément ? interrogea-t-elle.

— Juste qu'il se pourrait qu'il ait à ton égard des sentiments plus forts que tu ne l'imagines, peut-être même plus forts qu'il ne l'imagine lui-même. Je veux juste que tu fasses attention, c'est tout.

— Mais évidemment que je fais attention, espèce d'idiot.

Grace cala ses mains sur ses hanches.

— Rowen Wakefield ne fraiera *jamais* avec une domestique. Et c'est précisément ce que je suis dans cette maison, Peter. Une domestique.

— Grace…

Reinders la considéra d'un air grave.

— *Toi*, tu te considères peut-être comme une domestique, mais pour quiconque te connaît un peu, il est impossible de penser à toi en ces termes. Tu es… tu es… une sorte de reine déchue, attendant son heure pour réclamer son trône.

— Laissez-moi vous affirmer, capitaine Reinders, que je travaille aussi dur que n'importe qui d'autre pour m'en sortir.

Elle était vraiment en colère.

— Je ne sais pas pour qui tu te prends pour me dire ce genre de choses, mais peut-être qu'en réalité c'est *toi* qui ne me connais pas aussi bien que tu le penses.

Il leva les mains en signe de protestation.

— Ce n'est pas ce que j'ai dit, Grace ! Ou si c'est le cas... (Il s'interrompit, essayant de se rappeler.) Ce n'était pas mon intention. Je ne sais pas ce que je voulais dire, précisément, sinon que... Je crois que j'ai du mal à me faire à l'idée que tu vives sous le toit d'un autre homme. Je te demande pardon si je t'ai offensée.

Grace le sonda du regard, encore méfiante.

— Tu y es allé un peu fort, Peter.

Elle jeta un œil en direction des enfants, qui s'étaient arrêtés de jouer et les regardaient.

— Mais je n'aurais pas dû m'emporter comme ça, non plus, et je suis désolée pour ce que j'en suis arrivée à te dire.

Elle se laissa retomber à genoux et baissa la voix.

— Nous venons de vivre une longue journée. Une belle journée, corrigea-t-elle, mais... longue.

— Grace.

Reinders lui saisit le menton et le leva vers lui afin de la regarder dans les yeux.

— Est-ce que tout se passe bien là-haut ? Ce n'est pas trop dur pour toi ?

Soudain, elle avait envie de fermer les yeux et de s'endormir sur-le-champ pour se réveiller à côté de lui ; elle avait envie du corps d'un mari à côté d'elle et du réconfort que ce corps pouvait lui apporter, de l'intimité d'une discussion dans le noir, pour dire tout ce qu'elle avait sur le cœur.

— Mon travail me convient parfaitement, dit-elle au lieu de cela. Mais la gouvernante est irascible avec tout le monde, y compris avec sa propre fille, alors que c'est la petite qui fait tout. Et il y a des conflits sans arrêt.

— Mais alors pourquoi est-ce que Wakefield la garde ?

— Sa sœur ne veut personne d'autre pour s'occuper d'elle, et... Mlle Abigail n'est pas très en forme. Aujourd'hui...

Grace s'interrompit. Elle n'était pas trop sûre d'avoir saisi ce qui s'était réellement passé.

— Le docteur lui a offert un piano pour Noël, reprit-elle, et elle l'a remercié avec des reproches et des larmes.

— Qu'est-ce que cette Hopkins a donc à voir là-dedans ?

Grace secoua la tête, perplexe.

— Je ne sais pas, mais je suis convaincue qu'elle rend les choses encore plus compliquées qu'elles ne le sont déjà. Elle avait prévenu le docteur qu'Abigail n'était pas en état d'avoir du monde autour d'elle, et elle a jubilé quand il s'est avéré qu'elle avait raison. Des choses de ce genre. Et puis de temps en temps, elle disparaît mystérieusement sans rien dire à personne.

Reinders posa sa main sur l'épaule de Grace.

— Les gens de maison ont parfois des vies un peu mesquines, tu le sais bien. Regarde Arnott, par exemple. Il disparaît sans arrêt, officiellement pour une bonne raison à chaque fois, mais en fait on sent bien qu'il a toujours une vilaine idée derrière la tête.

Il pressa doucement son épaule.

— Il ne faut pas te laisser entraîner dans les petites manigances qu'ils échafaudent. C'est trop fatigant.

— Tu as sans doute raison, reconnut Grace.

Mais elle sentait confusément que le problème était plus grave.

— En tout cas, il me semble que tu serais mieux avec un mari, non ? Et en parlant de disparaître sans rien dire à personne...

Reinders lança un regard aux enfants qui s'étaient remis à jouer.

— Est-ce que tu penses que nous pouvons espérer nous retrouver seuls tous les deux dans un futur proche ? Même si je n'ai bien sûr aucune intention de compromettre votre moralité, madame Donnelly.

Il lui fit un clin d'œil.

— C'est un peu tard, observa-t-elle. Mais qu'est-ce que tu as en tête, Peter ? Tu voudrais que nous soyons de nouveau amants avant de nous marier ?

Surpris par son franc-parler, le capitaine secoua la tête.

— J'en ai rêvé un million de fois, Grace, confessa-t-il à voix basse. Et je ne nie pas que l'idée d'attendre ne serait-ce qu'une minute de plus est une vraie torture.

Il s'arrêta et eut un petit rire.

— Mais en vérité, je crois que je n'aurais même pas la force de te porter jusqu'au lit.

L'expression de son visage intensifia le désir que Grace éprouvait déjà.

— Moi aussi, je repense à ce fameux après-midi, admit-elle. Et parfois je voudrais juste...

— ... pouvoir m'allonger à côté de toi, acheva Reinders à sa place. Je suis heureux de le savoir. Mais puisque nous avons attendu si longtemps, nous pouvons attendre encore un peu.

Sa voix était déterminée, mais ses yeux exprimaient autre chose.

— Je ne veux pas t'obliger à disparaître en catimini et à inventer des excuses, surtout pour les enfants, ajouta-t-il résolument.

Grace hocha la tête, soulagée ; son corps était plus que consentant, mais son esprit était plein d'appréhension. Elle ne lui avoua pas que sa plus grande peur était de tomber enceinte et de se voir obligée de précipiter le mariage, ne faisant ainsi que conforter les soupçons d'Hopkins. Elle l'embrassa, reconnaissante de le voir si passionné et si compréhensif à la fois.

— Bientôt, murmura-t-elle en l'embrassant à nouveau. Bientôt, nous passerons nos nuits ensemble, et ce jusqu'à la fin de nos jours.

— Maman ! s'exclama Jack en se levant et en mettant ses poings sur ses hanches. Le chiot ! Il m'attend ! Je lui ai dit que je passerais le voir ce soir, et il fait nuit maintenant !

— Jack, c'est mal élevé, le réprimanda Mary Kate. Tu ne vois pas qu'ils sont en train de parler tous les deux ?

— Ils ont parlé toute la journée ! protesta Jack. J'ai été sage, j'ai même fait une sieste, et ils ont continué à parler !

— Je comprends ton impatience, jeune Jack.

Reinders relâcha Grace et se remit lentement debout.

— Un chiot est un bien beau cadeau.

— Oh, oui ! C'est le plus beau des cadeaux ! s'enthousiasma Jack. Le plus beau de tous !

Grace lui adressa un regard dans le dos du capitaine.

— Mais une canne à pêche, c'est bien aussi, ajouta le petit garçon, saisissant l'intention de sa mère. Merci beaucoup, capitaine.

— De rien.

Reinders s'approcha de Jack et lui ébouriffa les cheveux.

— J'ai bien l'intention de t'emmener pêcher avec moi dès que je serai guéri.

— Vous serez peut-être trop vieux, objecta Jack en esquivant la main du capitaine. Et de toute façon, j'irai avec M. Litton. Il sait tout ce qu'il faut savoir pour pêcher dans les alentours.

— Jack !

Grace était mortifiée par l'insolence de son fils.

Le petit garçon soupira.

— Je veux dire… Oui, capitaine ; merci, capitaine. Pardon, capitaine. Pardon, maman. Pardon, Mary Kate. Pardon, Liam.

— Je crois que tu as fait le tour, fiston, dit Reinders en riant. On rediscutera de la pêche une autre fois, mais à présent il est temps de raccompagner ta maman à la maison.

Le capitaine fit appeler la voiture et ils se dirent au revoir dans le grand hall d'entrée pendant qu'ils attendaient. Après les avoir regardés s'éloigner, Reinders remonta lentement les marches pour se coucher, éreinté comme il ne l'avait pas été depuis longtemps. Même s'il s'était efforcé de faire bonne figure toute la journée, il devait reconnaître qu'il était encore loin d'avoir retrouvé sa forme.

Il fut obligé d'appeler Arnott pour qu'il l'aide à se déshabiller et à enfiler ses vêtements de nuit, et la présence du majordome l'irrita. Que se passait-il chez ces gens ? se demanda-t-il. Les Arnott et les Hopkins du monde entier ? Pourquoi arboraient-ils une telle morgue, un mépris si visible envers les autres ? Il soupira et laissa sa tête s'enfoncer dans l'oreiller. Il eût aimé que ses dernières pensées aillent à Grace, mais elles se dirigèrent vers le jeune fils de celle-ci, ce garçonnet dont il devinait instinctivement qu'il ressemblait à son père. Reinders n'avait pas prévu qu'il allait devoir conquérir l'affection de cet enfant, et cela le préoccupait ; c'était comme si McDonagh lui-même avait posé un ultime obstacle à son bonheur avec Grace.

— Sottises, murmura-t-il dans le noir.

Le gamin finirait par se laisser apprivoiser et tout se passerait bien. Mais, alors qu'il s'endormait, c'était l'incertitude plus que la confiance qui étreignait son cœur, l'anxiété plus que la sérénité, la frustration plus que l'amour, et il savait qu'il allait se retourner toute la nuit et qu'au matin il aurait encore plus mauvaise mine que d'habitude. *Ridicule*, pensa Reinders. Il chercha à tâtons la lampe à côté de son lit. Il l'alluma et se réinstalla dans les oreillers, puis ouvrit le livre que Grace lui avait offert pour Noël.

L'amiral Horatio Nelson était l'un des rares hommes au monde que Reinders admirait, un héros pour tout marin digne de ce nom. Engagé dans la Royal Navy dès l'âge de douze ans, le petit Nelson avait entamé l'une des plus belles carrières navales de l'histoire – qui lui coûta finalement un œil puis un bras, amputé sans anesthésie –, et cela alors même qu'il avait souffert du mal de mer toute sa vie et que ni la malaria ni les crises de dysenterie ne l'avaient épargné. Reinders admirait encore davantage cet homme maintenant qu'il avait expérimenté ce que lui-même avait dû endurer si souvent.

— « J'ai toujours eu un quart d'heure d'avance sur mon temps, et cela a fait de moi un homme », récita Reinders à voix basse. Mais moi, amiral Nelson, ajouta-t-il en relevant les yeux de la page qu'il lisait, j'ai toujours eu au moins deux pas de retard, et je n'ai aucune idée de ce que cela a bien pu faire de moi.

Deux pas de retard, surtout en ce qui concernait Grace Donnelly, une femme qui semblait avoir un siècle d'avance… Allait-il jamais réussir à la rattraper, se demanda Reinders, à prouver qu'il était bien homme à mériter une telle femme ? L'amiral Nelson avait gagné le cœur de l'amour de sa vie, Emma Hamilton ; quel conseil donnerait-il à Reinders, s'il le pouvait ?

Un homme doit agir avec détermination, ou ne pas agir du tout. Était-ce encore une citation d'Horatio, ou d'un autre homme en avance sur son temps ?

Arrête de broyer du noir, capitaine, et dors. Les batailles ne se gagnent pas lorsqu'on a l'esprit las, tu le sais.

– Et le tien est tout à fait las.

Reinders referma le livre et éteignit la lumière.

– Bonne nuit, amiral, si vous êtes là. Merci de me prêter main-forte.

Je n'en ai plus qu'une, répondit l'amiral, *mais elle est à ta disposition si tu as besoin d'aide.*

Reinders s'étira, les paupières lourdes.

– À demain matin, docteur, marmonna-t-il.

Puis il se mit à ronfler.

23

Grace se réveilla au milieu de la nuit et sentit Mary Kate à ses côtés ; elle respirait régulièrement et paraissait dormir profondément, tout comme Jack dans son petit lit. Grace resta immobile quelques instants, se demandant ce qui avait bien pu la réveiller, puis prit conscience qu'il se passait quelque chose dans la cour. Ou plutôt – elle se redressa sur un coude, tendant l'oreille – de l'autre côté de la cour. Une femme pleurait et gémissait, ses supplications entrecoupées par la voix basse et pressante d'un homme. Le docteur et Abigail, sans doute. Elle sortit de son lit, se dirigea vers la fenêtre, et tira le rideau. À l'autre bout du jardin, deux silhouettes luttaient dans la pénombre glaciale du clair de lune. Le docteur essayait d'attraper le bras de sa sœur pour la ramener à l'intérieur, mais cette dernière se débattait comme un beau diable.

Grace se rendit dans le vestibule et enfila une veste chaude par-dessus sa chemise de nuit, puis elle glissa ses pieds dans ses bottes de travail. Dehors, l'air frais lui cingla le visage et lui brûla les poumons. D'un pas rapide, évitant les flaques gelées, elle gagna l'arrière du jardin et se précipita vers les deux formes toujours en train de lutter. Abigail poussait des cris tandis que le docteur jurait.

– Dieu merci, dit Wakefield quand il vit Grace. Attrapez-lui l'autre bras. Elle est trempée jusqu'aux os. Attention.

Il respirait bruyamment.

– Il faut réussir à la faire rentrer avant qu'elle soit gelée.

Grace suivit son conseil, tout en songeant que, à la manière dont Abigail se démenait, elle ne risquait guère de geler sur place. Elle se rua dans la mêlée, surprise par la force de cette femme. La maxime *Il ne faut rien craindre tant qu'une femme blessée* lui vint à l'esprit, et elle l'attrapa avec une telle vigueur qu'elle savait que cela risquait de lui laisser des marques.

— Lâchez-moi, diablesse ! hurla Abigail à grand renfort de gestes.

Wakefield parvint à plaquer sa main sur la bouche de sa sœur, mais celle-ci le mordit et il cria, relâchant son emprise par la même occasion.

Seule Grace tenait encore la jeune femme, et elle tressaillit lorsqu'un coup de poing s'abattit sur sa nuque et que des ongles labourèrent sa joue. Elle se battit à l'aveuglette pour prendre le contrôle de l'autre main d'Abigail et l'attrapa juste avant qu'elle ne lui griffe l'œil. Les deux femmes perdirent alors l'équilibre et valsèrent à terre dans un bruit sourd. Abigail avait pris le dessus. Grace rassembla toutes ses forces et parvint à la faire basculer, puis elle la maintint au sol, sans toutefois pouvoir l'empêcher de tourner la tête en tout sens. Un filet de sang coulait de sa bouche.

— Et maintenant ? cria Grace par-dessus son épaule.

Wakefield ne réagissait pas.

— Docteur ? À l'aide !

Abigail cracha au visage de Grace et donna un coup de genou dans le dos de sa geôlière.

— Tenez-la comme cela.

Wakefield s'agenouilla et chercha quelque chose dans sa poche.

— Oh, mon Dieu, gémit-il. Elle est cassée. La bouteille s'est cassée.

Il retira sa main qui était noire de ce qui ressemblait à du sang.

— Abigail !

Grace secoua la jeune femme toujours au sol.

— Arrêtez ça tout de suite ! Arrêtez !

— Lâchez-moi, siffla Abigail avant de se mettre à rire de façon hystérique.

De sa main valide, Wakefield gifla sa sœur, une fois, deux fois, trois fois, jusqu'à ce que son rire s'arrête net et qu'elle détourne la tête.

— Lâchez-moi, grommela-t-elle d'un air las, toute velléité de combat l'ayant soudain quittée.

Grace regarda le docteur, qui hocha la tête en signe d'assentiment, et, ensemble, ils aidèrent la malheureuse femme à se redresser, chacun d'eux la tenant fermement sous un bras. La chemise de nuit d'Abigail était trempée, et ses cheveux – qu'elle avait taillés en une touffe irrégulière – étaient plaqués contre son visage meurtri et couvert de boue, tout comme l'étaient ses bras, ses jambes et sa robe. Elle s'affaissa entre leurs mains, mais son corps émacié était aussi léger que celui d'un enfant, et Grace n'eût pas été surprise que quelques-uns de ses os se soient brisés dans la bataille, tant elle paraissait fragile.

— Emmenons-la dans sa chambre.

Wakefield poussa la porte et les guida dans le noir à travers la cuisine, le grand hall et les escaliers.

— Dois-je aller chercher Mme Hopkins ? s'enquit Grace à voix basse tandis qu'ils asseyaient Abigail sur une chaise dans sa chambre.

— Non. Restez ici.

Wakefield sortit sans bruit de la pièce et fut de retour peu de temps après avec des bougies, une lanterne et des allumettes.

— Tenez-la. Empêchez-la de tomber, ordonna-t-il tandis qu'il allumait des lumières dans la pièce.

— Il faut lui enlever ses vêtements humides.

Abigail s'était mise à trembler de froid.

— Voulez-vous que je m'en occupe ?

— Je ne veux pas vous laisser toute seule, pour le cas où elle...

Wakefield jeta un regard impuissant à ce fantôme de femme, à ses cheveux coupés n'importe comment.

— Vous n'avez qu'à vous retourner, alors, suggéra Grace. Vous êtes médecin, après tout. Trouvez-moi une chemise de nuit sèche dans le tiroir du bas, là.

C'était au tour de Wakefield d'obtempérer. Il lui tendit la chemise de nuit, puis se retourna et écouta Grace retirer d'une main adroite les vêtements humides et les remplacer par des secs. Elle essuya doucement la figure mutilée d'Abigail, remarquant au passage les horribles coupures sur son cuir chevelu et les endroits où le sang avait emmêlé les cheveux.

— Aidez-moi à la mettre au lit, demanda Grace.

Wakefield s'approcha vivement. Il souleva sa sœur sans difficulté, puis la déposa sur ses draps, et recula tandis que Grace remontait les couvertures sur ses épaules. Abigail était parfaitement immobile. Ses yeux grands ouverts fixaient le plafond et ses lèvres remuaient en une prière silencieuse, à moins que ce ne fût une supplication ou un juron, se dit Grace.

Le docteur quitta la chambre puis revint avec sa trousse d'instruments qu'il posa sur la chaise. Il en sortit une autre bouteille bleue qu'il ouvrit, et versa une cuillerée de liquide qu'il mélangea dans un verre d'eau. Entourant d'un bras les épaules d'Abigail, il essaya de la redresser suffisamment pour qu'elle parvienne à boire.

— Voilà, ma chérie.

Wakefield appuya le rebord du verre sur ses lèvres.

— Bois ça, et rendors-toi.

Les yeux d'Abigail se fermèrent tandis que le liquide s'écoulait dans sa gorge et que tous les muscles de son corps se relâchaient. Wakefield se rassit, le verre à la main, puis il se mit à pleurer.

— Docteur…

Grace referma la porte de la chambre.

— C'est fini. Elle va se reposer, et demain matin elle aura retrouvé ses esprits.

Essuyant son visage d'un revers de main, Wakefield soupira.

— J'ai peur qu'elle ne retrouve jamais ses esprits, madame Donnelly. Jamais.

Grace s'assit sur la chaise.

— C'est à cause du piano, alors ? Je suis désolée, docteur. Je n'ai jamais imaginé que ça pourrait provoquer un tel drame.

Wakefield secoua la tête.

— C'est ma faute.

Il posa le verre sur la table.

— J'aurais dû savoir qu'elle n'accepterait rien qui puisse la faire sortir de sa détresse, rien qui puisse lui procurer le moindre plaisir.

— Mais pourquoi ? C'est à cause des fiançailles rompues ? Ou bien a-t-elle été infidèle, et expie-t-elle encore aujourd'hui pour ça ?

Le docteur la considéra longuement, sans vraiment la voir. Sa question le propulsait en arrière, à une autre époque et dans un autre lieu. Grace attendit la réponse.

— Elle n'a pas été infidèle, madame Donnelly, dit-il finalement.

Puis ses yeux s'illuminèrent et il la regarda en face.

— Abigail a été… agressée. Par un nègre que nous connaissions tous, que nous aimions tous beaucoup.

Et soudain, tout s'éclaira pour Grace. La dureté de Wakefield à l'égard des esclaves, la douleur d'Abigail d'avoir été trahie non seulement par l'homme qui l'avait agressée, mais aussi par celui avec lequel elle était fiancée, et, pire encore, par sa propre famille.

— Je crois que je comprends.

— Je ne sais pas si c'est possible. C'est mon père qui a découvert par hasard cet acte odieux. Abigail était hystérique, bien sûr, alors ils l'ont couchée pendant qu'ils s'occupaient de Tom. C'était le nom de l'homme, Thomas Eden. Nous avons grandi ensemble, lui et moi. Sa mère était une esclave de la plantation et, quand elle est morte, mon père a autorisé le père de Tom, un homme libre, à racheter son fils.

Les yeux du docteur exprimaient une détresse intense.

— Ils ont battu Tom à mort. Puis ils l'ont pendu. En pleine nuit. Sous les yeux d'Abigail. C'était une idée de mon père et du juge ; ils voulaient qu'elle sache qu'ils réservaient la pire des punitions au crime qu'on avait perpétré sur elle.

Grace porta sa main à son cœur. Wakefield regarda sa sœur.

— Je pense que c'est la pendaison qui a commencé à lui faire perdre la raison. Elle n'avait jamais assisté à quoi que ce soit d'équivalent de sa vie. Elle s'est comportée normalement pendant quelque temps, m'a-t-on dit, mais quand je suis revenu de New York, elle ne fonctionnait déjà plus que sur deux modes : l'apathie ou l'hystérie.

Il tourna les yeux vers Grace.

— C'est à cette époque qu'on a compris qu'elle était enceinte. Alors ils l'ont enfermée dans une pièce tout en haut de la maison. Mon père a insisté pour que j'exploite mon bagage médical pour éliminer le problème avant qu'il ne cause de dommage plus sérieux à notre renommée. Après tout, ce n'était pas un *vrai* enfant, m'a-t-il expliqué, mais un bâtard, né de l'union forcée entre deux semences qui n'étaient pas censées s'accoupler, dit Wakefield avec amertume. Il a fait valoir que ce serait un acte d'humanité de ma part, pour le plus grand bénéfice de ma sœur qui n'avait pas besoin de souffrir ni d'être humiliée davantage.

Il baissa les yeux sur ses mains croisées.

— Elle m'a supplié de ne pas le faire. Elle était terrifiée, elle avait peur de mourir.

Grace repensa à la peau distendue du ventre d'Abigail, aux marques qu'elle reconnaissait maintenant comme celles d'une grossesse.

— L'avez-vous éliminé ? demanda-t-elle.

— Vous me croyez vraiment si ignoble, madame Donnelly ?

— Non, docteur. Mais les gens agissent de manière désespérée lorsque les circonstances sont désespérées.

— J'ai dit à mon père que le terme était trop proche et que cela pourrait la tuer elle aussi. Mon père adorait ma sœur. À ses yeux, le soleil ne se levait et ne se couchait que pour elle, et il la jugeait incapable de faire le mal. Et pourtant...

Wakefield hésita.

— Et pourtant, il lui a fermé son cœur et j'ai lu dans ses yeux que la mort de sa fille serait pour lui un soulagement, comparé à la honte qu'il ressentirait jusqu'à la fin de ses jours chaque fois qu'il la regarderait.

— Je ne comprends pas. Comment a-t-il pu se détourner de sa propre enfant ?

— Vous n'avez jamais vécu dans le Sud, madame Donnelly. Nous appartenons à une société bâtie sur des centaines de codes imbriqués les uns dans les autres. En enfreindre ne serait-ce qu'un seul menace l'ensemble de notre existence.

— Mais quel code a-t-elle donc enfreint ?

— Elle a permis qu'un nègre la viole ! s'exclama-t-il. Pire, elle y a survécu. Une jeune femme comme il faut aurait eu l'élégance de mourir à l'instant même où l'on aurait déchiré sa robe, plutôt que de forcer sa famille et ses amis à subir l'expérience quotidienne de la honte. Une femme souillée, à la réputation entachée, ne peut même plus espérer servir le thé lors d'une cérémonie paroissiale, ou aller danser en public.

Grace mit une bonne minute à s'habituer à une telle idée.

— Mais qu'est-il arrivé au bébé, alors ? Votre sœur a-t-elle finalement accouché ?

Wakefield acquiesça.

— Ils ont envoyé Abigail chez notre grand-mère sur la côte avec une vieille sage-femme. Notre grand-mère irlandaise, précisa-t-il d'un air confus. Je les ai emmenées moi-même. Le voyage a été très difficile, et Abigail a accouché peu de temps après. J'étais déjà rentré à la maison quand grand-mère nous a fait savoir que le bébé, Dieu merci, était mort-né. Je suis sûr que la sage-femme avait reçu des instructions, mais aucun de nous ne voulait être complice du meurtre d'un innocent.

— Non, bien sûr, personne, reconnut Grace avec douceur.

– C'est grand-mère qui a émis la suggestion que j'emmène Abigail avec moi dans l'Ouest. Elle pensait que c'était la seule chance pour Abigail de trouver un mari et de mener une vie de famille convenable. Une chose était sûre : mon père ne voulait pas la voir revenir ; il ne voulait même plus *entendre parler d'elle*, à vrai dire. Alors on s'est organisés.

Il releva les yeux vers Grace.

– J'ai fait de mon mieux, madame Donnelly, mais je crains qu'Abigail ne guérisse jamais, et j'en veux terriblement à Thomas Eden d'être la cause de tout ça. J'espère que cet homme pourrit en enfer pour ce qu'il lui a fait, pour toutes les vies qu'il a détruites. Je ne lui pardonnerai jamais.

Grace exhala un profond soupir, le cœur lourd parce que tout cela était tragique.

– C'est terrible, ce qui vous est arrivé, dit-elle enfin.

– Peut-être comprendrez-vous mieux la nature des nègres, dorénavant.

– Je n'ai jamais cru qu'un homme soit bon ou mauvais en raison de la couleur de sa peau ou de ses origines, rétorqua-t-elle. Tous ceux qui sont soumis à l'esclavage ne sont pas forcément des gens bons et honnêtes ; quelques-uns sont mauvais, tout comme il y a des Blancs qui naissent mauvais, et des Irlandais qui naissent mauvais, des Italiens et des Allemands qui naissent mauvais, des Chinois... (Elle s'interrompit.) L'homme qui a agressé votre sœur est un homme mauvais. L'excuser du fait de sa couleur de peau serait une insulte à l'ensemble des gens bons et honnêtes partout dans le monde, quelle que soit leur couleur. Je ne me permettrai donc pas de le faire.

Il opina, les yeux rouges et remplis de larmes.

— Vous feriez mieux d'aller vous recoucher, docteur. Je vais rester avec elle cette nuit, si vous voulez. Je ne pense pas réussir à me rendormir de toute façon.

Wakefield n'hésita pas longtemps. Il se releva d'un air las.

— Vous avez toute ma gratitude, madame Donnelly. Merci. Merci pour tout.

Les paroles du docteur firent écho à celles qu'avait prononcées Peter plus tôt dans la soirée, et elle baissa instinctivement les yeux vers la bague à son doigt. Le regard de Wakefield suivit le sien.

— Ah, dit-il. Je vois qu'il est temps de vous féliciter. Je suis désolé que cette journée se soit terminée de cette manière.

— Vous trouvez trop de raisons d'être désolé, docteur, le réprimanda Grace. N'allongez pas la liste.

— Je suppose que vous allez bientôt nous quitter.

— Non, docteur. Je crains que vous n'ayez encore à me supporter un petit bout de temps, si vous n'y voyez pas d'inconvénient. Le capitaine est toujours en convalescence, et je crains que Jack ne soit pas prêt à abandonner son chien aussi facilement que cela.

Elle ponctua ses paroles d'un petit sourire, et Wakefield parut soulagé.

— Je suis heureux de le lui avoir offert, alors. Et heureux que vous soyez encore là au moins pour la nouvelle année.

Il s'empara de sa trousse et se dirigea silencieusement jusqu'à la porte, puis se retourna.

— Madame Donnelly, je n'ai pas besoin d'ajouter que tout ce dont nous avons parlé ce soir est confidentiel. Je ne suis pas certain que Mme Hopkins soit au courant de tout, et je vous conjure d'être discrète.

— Bien sûr, docteur, le rassura Grace avec empressement. Je ne dirai rien de tout cela à personne, pas même au capitaine. C'est votre problème, comme vous le dites.
— Merci. Bonne nuit, alors, madame Donnelly, et...
Il secoua la tête en signe d'excuse.
— Et joyeux Noël.
— Joyeux Noël à vous aussi, docteur. Allez vous coucher maintenant. Je vous ferai monter un petit déjeuner reconstituant dans la matinée.

Wakefield attrapa sa trousse et se glissa dehors, refermant la porte derrière lui et laissant les deux femmes seules. Grace se pencha sur Abigail, maternelle. Elle observa sa peau pâle, sa respiration irrégulière, ses paupières cernées de veines bleues qui se contractaient convulsivement, et les spasmes qui lui tordaient la bouche, comme si ses rêves étaient hantés.

Pauvre femme, pensa-t-elle en traversant la pièce pour aller ouvrir les rideaux. L'aube allait bientôt poindre, la naissance d'un nouveau jour. Quelque part dans cette ville qui ne s'assoupissait jamais vraiment, même un soir de Noël, dormait un homme qui, elle l'espérait, rêvait d'elle. Elle leva sa main et contempla la bague dans le clair de lune ; elle était magnifique, c'était une attention magnifique et un cadeau magnifique, la promesse d'une vie magnifique, quelque chose qui avait échappé à la pauvre créature allongée derrière elle.

Grace se souvint de la honte qu'elle avait ressentie aux mains de ce mari qui l'avait si cruellement prise. Elle savait que d'autres femmes connaissaient la même détresse dans leur propre mariage, et pourtant, d'une certaine manière, le fait d'être mariée agissait comme un bouclier ; d'autres vivaient cette honte sans témoin, mais elles n'en étaient pas soulagées pour autant. Grace avait connu des femmes qui n'étaient pas mariées et qui avaient subi des viols en Irlande, à New York, à Boston et dans le Kansas. Quelques-unes avaient été forcées à épouser l'homme qui les avait violées ; d'autres avaient été éloignées de leur famille comme si elles avaient elles-mêmes commis un crime impardonnable. Et si ces femmes tombaient enceintes au cours d'un tel acte, elles portaient leurs enfants dans la honte, puis les élevaient dans la honte, ou les abandonnaient, ou se les voyaient arracher.

Pourquoi, se demanda Grace en contemplant la ville en contrebas, pourquoi les femmes devaient-elles payer pour un crime qu'elles avaient subi, un crime contre lequel elles n'avaient rien pu faire ? Pourquoi éprouvait-on de la compassion pour les victimes d'accident, de vol, de violence, et même de meurtre, mais pas pour les victimes de viol ? Le viol était un péché comme les autres, et pourtant les femmes en étaient jugées complices. Ce devait être parce qu'on ne considérait pas le viol à sa juste valeur : ce n'était pas un acte de perversion sexuelle, mais un acte de violence, au même titre que les coups ou la torture. En fait, le viol aurait dû s'appeler torture, car ses tourments perduraient bien plus longtemps que le corps ne mettait à s'en guérir ; c'était, peut-être, le pire des crimes qu'un homme puisse commettre, car il s'emparait alors de l'âme, de la joie, de l'innocence, de la confiance, et de la capacité d'une femme à aimer librement, sans être entravée par la peur.

Grace laissa retomber le rideau et retourna au chevet d'Abigail. C'était donc ce qui était arrivé à cette femme. Elle était plus victime que coupable, mais on lui avait fait croire qu'elle méritait cette punition, et qu'à cause de son péché, elle avait provoqué la mort d'un homme qu'elle connaissait et en qui elle avait confiance. C'étaient là des blessures qu'aucun médecin ne pourrait jamais soigner ; elles étaient profondes et éternelles, et Grace ne connaissait qu'un seul moyen d'espérer leur guérison. Elle tomba à genoux à côté du lit, prit la main froide et fragile de la pauvre femme dans la sienne, et se mit à prier.

24

Le New York dans lequel Morgan McDonagh pénétra en cet hiver 1853 ne ressemblait à aucun des autres endroits qu'il avait visités jusque-là, et il décida qu'acheter une carte serait la première chose à faire s'il voulait avoir une chance de retrouver sa femme parmi le demi-million d'habitants qui grouillaient dans ces rues. Broadway, Dutch Hill, Corlears Hook, Kleindeutschland, le front de mer de l'Hudson River… Les gens débitaient ces noms à toute allure, comme s'ils le prenaient pour un touriste venu visiter les lieux. Mais lorsqu'il évoquait les Irlandais – où pourrait-il les trouver, où vivaient-ils –, on lui répondait par des regards dédaigneux, des sourires sarcastiques ou des mises en garde ; il ne fallait pas traîner du côté de Five Points, surtout la nuit.

Il était impressionné par le monde, cette masse humaine qui aboyait et semblait prête à mordre. Malgré les murs de neige crasseuse qui se formaient le long des rues, la ville grouillait de gens aussi différents que possible, arborant toutes sortes d'accoutrements, de l'élégant promeneur au garde armé d'une matraque. On croisait une infinie variété de véhicules, de la plus humble charrette au fiacre étincelant, en passant par les omnibus qui s'arrêtaient à intervalles à peu près réguliers, et par les cavaliers isolés.

Morgan lui-même attirait plus d'un regard curieux, mais pas autant qu'il l'avait imaginé vu sa tenue indienne, ses guêtres et son pantalon de cuir, ses bottes fourrées, sa tunique en cuir à franges, son couvre-chef en fourrure, ses cheveux tressés qui tombaient dans son dos et sa grande barbe noire qui lui cachait le visage. Il était svelte et endurci par la randonnée éreintante qui l'avait conduit à travers les étendues sauvages du Canada, jusqu'en Nouvelle-Angleterre. Là, il avait échangé ses fourrures contre un bon cheval, puis s'était rendu à Boston où il avait quitté celui qui était devenu son grand ami, le père Léon. Morgan était passé outre à l'insistance du prêtre pour qu'il reste avec lui à la Mission Confraternelle, ne fût-ce que pour prendre un bain, se raser et changer de vêtements. Même s'il devait admettre que le son des voix irlandaises dans les rues lui avait fait chaud au cœur, il n'était resté qu'une nuit à Boston puis s'était remis en route.

Le père Léon lui avait dressé une courte liste d'adresses où il pourrait s'arrêter sur la route de New York plutôt que de dormir dans la neige ou dans des auberges mal famées, et Morgan lui en était reconnaissant. Curieusement, il n'avait pas eu l'impression qu'ils avaient eu aussi froid en descendant du Canada, mais peut-être était-ce parce qu'ils se déplaçaient sans cesse, et que, la nuit, ils se retranchaient au fond de leur petite tente pour dormir. Alors qu'ici un vent glacial soufflait de la mer et l'humidité le faisait frissonner jusqu'au plus profond de son être, par-delà la chaleur de ses vêtements. Et il était fatigué. Il en avait conscience. Par moments, il s'était endormi à cheval, bercé par le claquement régulier des sabots, réveillé seulement au moment où il perdait l'équilibre et relâchait sa prise. Il se reposerait quand il l'aurait retrouvée, se disait-il. Il s'allongerait alors en la serrant dans ses bras et dormirait une année entière, ne se réveillant que pour manger et boire. Il ne pensait ni à Sean, ni à Mary Kate, ni à travailler, ni à gagner de l'argent, ni à rien de tout cela, juste à dormir, à s'allonger dans les bras de sa femme et à dormir du plus profond sommeil de sa vie. Mais d'abord, il devait la retrouver.

Il regarda autour de lui, puis traversa la rue jusqu'à un homme de petite taille qui portait des favoris et vendait à la criée des guides touristiques.

– Il y a une carte là-dedans ? s'enquit Morgan du haut de son cheval.

L'homme le toisa de pied en cap, remarquant ses peaux de daim, ses fourrures et ses bottes.

– Dites-moi, m'sieur, quel genre de type vous êtes, là ?

– Le genre qui a besoin d'une carte, répondit Morgan. C'est combien ?

– Deux dollars cinquante.

Morgan écarta son pardessus pour faire apparaître le couteau étincelant accroché à sa ceinture.

— Mais pour vous, ça fera seulement un petit dollar.

Morgan tira une pièce de sa bourse, vérifiant prudemment qu'il s'agissait de la bonne avant de la lancer au marchand ambulant, qui lui tendit un guide en retour.

— Qu'est-ce que vous cherchez, m'sieur ? interrogea l'homme tandis que Morgan parcourait les pages.

— Un dénommé O'Malley. Sean O'Malley. Vous avez entendu parler de lui ?

— Mince alors, m'sieur, ces Irlandais, ils s'appellent tous O'Malley. Et de toute façon, pas de liste de noms dans ce guide.

Il s'approcha d'un pas, brandissant un autre recueil.

— Dans celui-là, vous aurez tous les noms des restaurants, des théâtres, des églises et des cathédrales ; mais aussi les saloons, les salles de concert, les salles de bal. En gros, tout ce qu'un gars ou une fille peut chercher dans la plus belle ville du monde !

— Les saloons, répéta Morgan en changeant de position sur le dos de son cheval. Vous connaissez celui tenu par « Dugan Ogue le Magnifique » ?

— Le boxeur ?

L'homme se gratta le menton, réfléchissant.

— Évidemment que oui. Mais, m'sieur, cet endroit a brûlé l'été où on a eu tous ces feux. L'été quarante-neuf, c'est ça, juste avant le choléra. Ça a tué un paquet de gens, mais peut-être pas Ogue lui-même. Du moins, je ne me rappelle pas ses funérailles, et, vous savez, il aurait dû en avoir des sacrément belles. Hé, m'sieur, ça va ?

Le cœur de Morgan tambourinait dans sa poitrine. Sa vision se brouilla. Puis il se ressaisit ; il n'était pas venu d'aussi loin pour prendre une information de seconde main pour argent comptant.

— Où se trouvait le saloon ?

— Plus bas, près du front de mer, sur Chatham. Page vingt-trois dans votre guide. Il y a une carte du quartier.

Morgan feuilleta l'ouvrage jusqu'à la page en question et montra le guide ouvert au colporteur pour que ce dernier lui indique l'endroit où ils se trouvaient en ce moment et le moyen de se rendre à l'ancien saloon. Morgan le remercia et se mit en route dans la bonne direction, mais rapidement il se perdit. Malgré la gadoue et la glace, la circulation était dense et rapide, et s'engorgeait par endroits ; il fallait parfois contourner des étals renversés et des charrettes retournées, et les piétons semblaient traverser n'importe où du moment qu'ils pouvaient se frayer un passage. Il lui fallait garder un œil attentif dans toutes les directions, ce qui était épuisant et déroutant ; de plus, il ignorait les noms des rues et des avenues, ou de tout autre point de repère potentiel. À chaque fois qu'il quittait les voies principales, il se retrouvait dans des quartiers inquiétants ; maintenant que la nuit était tombée, des hordes de jeunes gens braillards faisaient leur apparition, impétueux et menaçants envers ceux qui croisaient leur chemin. Morgan vérifia une nouvelle fois la présence de son couteau à sa ceinture et décida qu'il lui fallait trouver un endroit où passer la nuit, et où nourrir et reposer sa monture ; il faisait un froid mordant, et le pauvre animal était nerveux, fatigué. Au loin, il aperçut une écurie ; il y guida son cheval, puis mit pied à terre et appela le propriétaire.

— J'imagine que vous cherchez une stalle pour la nuit ?

L'homme trapu au visage rougeaud dévisagea d'un air méfiant Morgan qui se redressait.

— C'est trois dollars, sans compter l'eau et l'avoine.
— Vous êtes irlandais ! s'exclama Morgan, soulagé.

L'homme promena son cigare sur ses lèvres.

— La moitié de la ville est irlandaise, mon vieux. Qu'est-ce que vous cherchez exactement ?
— Un Irlandais qui tient un saloon… « Dugan Ogue le Magnifique », ajouta-t-il.
— Le boxeur ?

De nouveau, l'homme fit passer son cigare de l'autre côté de sa bouche.

— Et qu'est-ce que vous lui voulez ?
— C'est personnel. Une affaire d'Irlandais.

L'homme plissa les yeux pour observer Morgan à travers le nuage de fumée.

— Tu parles peut-être comme un Irlandais, mais tu es habillé comme un Indien.

Il haussa les épaules.

— Oh, et puis après tout, qu'est-ce que ça peut bien me faire ? Le saloon a été réduit en cendres il y a quelques années, mais il en a repris un autre juste au coin de la rue. L'Île d'Émeraude, qu'il l'appelle. Hé ! Hé, mon pote… Tu vas où, là ? C'est de l'autre côté !

Morgan fit demi-tour, puis remonta la rue en tirant son cheval, à peine capable de croire à sa bonne étoile. Les lumières des restaurants et des saloons éclairaient les trottoirs, des flocons de neige tourbillonnaient sous le halo des lampadaires, et son haleine formait un nuage de vapeur devant lui. Enfin, il arriva devant un établissement petit mais bien tenu. Au-dessus de la porte, l'enseigne se balançait au vent en grinçant doucement. Morgan attacha son cheval à la barrière extérieure, où deux autres chevaux tapaient des sabots et s'ébrouaient dans l'air glacial. Il détacha son paquetage, le mit à son épaule, puis se tint dehors devant la porte quelques instants, regardant à l'intérieur, s'efforçant de se calmer. Ce n'était qu'un point de départ. Ogue serait capable de lui dire où étaient partis Grace et Sean, songea-t-il pour s'en convaincre ; ils ne seraient pas là. Et pourtant, il l'espérait de tout son cœur.

Il prit une grande inspiration, puis poussa les portes ; il fut instantanément assailli par une bouffée d'air chaud, par le brouhaha de voix irlandaises qui débattaient de tout et de rien, et par l'odeur de la bonne bière. Les voix les plus proches de lui s'éteignirent momentanément ; les hommes posaient leurs pintes et se redressaient sur leurs tabourets pour observer ce nouveau venu bizarrement vêtu, qui s'était sans doute trompé d'endroit. Morgan les ignora et se dirigea vers le bar, jouant des coudes pour se frayer un chemin à travers la foule, et attendit que l'homme au physique impressionnant qui préparait les verres le repère et vienne jusqu'à lui.

– Une pinte de brune, commanda-t-il.

Ogue le détailla, les peaux de daim, les franges, la fourrure.

– C'est comme ça qu'on s'habille en Irlande ces temps-ci ? demanda-t-il.

– Aucune idée, répondit Morgan d'une voix égale. Ça fait un sacré bout de temps que je suis parti. Vous êtes le propriétaire du saloon ? Dugan Ogue ?

– Oui.

Le barman tira une pinte sombre et mousseuse, puis la poussa devant Morgan.

— Que puis-je faire pour vous ?

— Je cherche un homme du nom de Sean O'Malley. Vous le connaissez ?

Morgan but une longue gorgée, observant Ogue par-dessus le bord du verre. Ogue haussa les épaules et essuya une éclaboussure.

— Je l'ai connu. Il y a longtemps. Il a quitté la ville il y a quelques années.

— Et sa sœur, Gracelin ?

Ogue reposa son chiffon et se pencha par-dessus le bar, les yeux plissés.

— Qu'est-ce que vous lui voulez ?

Morgan se pencha à son tour.

— C'est ma femme, dit-il.

Ogue fronça ses épais sourcils, perplexe et soupçonneux.

— Elle n'est la femme de personne, Grace. Deux fois veuve, qu'elle est.

— Une fois veuve, corrigea Morgan. Son premier mari, c'était Bram Donnelly, le père de Mary Kathleen. Son second mari, c'est Morgan McDonagh, et vous l'avez devant vous.

— Mais... (Ogue cligna des yeux comme pour s'éclaircir la vue.) Vous êtes mort !

— Plus maintenant.

Morgan s'autorisa un sourire empreint d'ironie.

— Non, monsieur, vous n'êtes pas McDonagh ! C'était un homme immense ! Un torse puissant, des jambes longues, le plus bel homme qui soit ! Et vous êtes...

Ogue le toisa des pieds à la racine des cheveux, puis secoua la tête avec une expression de défiance.

– Désolé de vous décevoir, mon ami, répondit Morgan. Je suppose que je n'ai pas vieilli aussi bien que je l'aurais voulu, mais je *suis* Morgan McDonagh et il ne me reste plus qu'à espérer que ma propre femme me reconnaîtra.

Ogue fronça les sourcils plus profondément.

– Ah bon ? Dites-moi un peu d'où vous venez, alors ?

– D'Irlande, du comté de Cork, de Macroom, sur Black Hill.

– Bah, cracha Ogue, dégoûté. Tout le monde sait ça.

– Demandez-moi n'importe quoi d'autre, alors. Quelque chose sur Gracelin que seul son mari pourrait savoir.

Ogue réfléchit quelques instants puis il planta son doigt dans la poitrine de Morgan.

– Son alliance, hein ? Qu'est-ce que vous savez sur son alliance ? Rien, je parie !

– C'était celle de ma mère, répondit Morgan avec aplomb. Elle porte l'inscription « Mary et Nally, pour toujours ». Je l'ai donnée à Grace la nuit où nous nous sommes mariés devant le père Brown avec Lord Evans comme témoin. Et... (Ogue le regardait maintenant bouche bée) Grace porte peut-être aussi ma propre alliance, qui appartenait à Lord Evans, une grosse chevalière en or.

– Elle la porte autour du cou, murmura Ogue avant de faire le signe de la croix. Jésus, Marie, Joseph ! C'est vraiment toi, fils ?

— Oui, dit Morgan avec un soupir de soulagement. C'est moi.

Dans un grand aboiement de joie, Ogue bondit par-dessus le bar et serra très fort le jeune homme dans ses bras, se balançant avec lui de droite et de gauche.

— Où étais-tu passé, fiston ? Où avais-tu disparu ?

Le boxeur dévisagea à nouveau Morgan puis se retourna et réclama le silence en agitant les bras en l'air.

— Les amis ! Les amis, écoutez-moi !

Le silence s'abattit dans la salle, et chacun tendit le cou vers le bar.

— C'est un miracle, un vrai miracle, Dieu soit loué ! J'ai l'honneur de vous présenter ici à mes côtés...

Ogue marqua un temps d'arrêt, la voix brisée par l'émotion.

— Notre compatriote... Le grand Morgan McDonagh en personne.

Un silence de mort accueillit cette nouvelle alors qu'elle se propageait dans l'assistance et que les mâchoires semblaient se décrocher sous l'effet de la surprise ; puis une formidable acclamation s'éleva, tous sautèrent sur leurs pieds et se pressèrent autour de Morgan pour l'étreindre, lui donner une tape dans le dos, le toucher, ou lui serrer la main ; les yeux brillaient, les visages ruisselaient de larmes, et celui de Ogue plus que tous les autres. Morgan se trouva submergé par toutes ces marques d'affection d'hommes et de femmes qui l'embrassaient et le remerciaient, qui le bénissaient et lui glissaient de l'argent dans les mains, et qui parlaient tous en même temps, de sorte qu'il ne comprenait aucun d'entre eux, et qu'il se demandait pourquoi, au nom du ciel, il se passait une chose pareille.

— Ça suffit, ça suffit, rugit Ogue au-dessus de la mêlée. Laissez-lui de l'air, qu'il puisse respirer.

Les clients s'écartèrent respectueusement, mais pas trop loin, leurs yeux s'attardant sur le visage de celui qui représentait pour eux tous les enfants qu'ils avaient laissés derrière eux.

— Après tout, poursuivit Ogue de son habituelle voix de stentor, les yeux rieurs, il y a des années qu'il est mort ! Il n'est plus habitué à voir tant de monde !

Ils rirent et retournèrent à leurs tables, leurs bancs ou leurs tabourets, et leurs verres de bière. Ils se remirent à bavarder avec une joie mêlée d'étonnement, leurs yeux revenant encore et encore se poser sur l'homme brun et barbu qui se tenait au bar.

— Je comprends pourquoi les Irlandais viennent à New York s'ils sont accueillis comme ça, dit Morgan avec un sourire modeste.

Ogue éclata de rire et l'attrapa par l'épaule, le plaquant littéralement contre le bar dans son élan.

— Assieds-toi donc, mon garçon, c'est la maison qui régale. Tu es un héros pour ces gens ; n'oublie jamais ça.

Il tira une bonne bouteille de whisky irlandais de derrière le comptoir et leur en versa un petit verre à chacun.

— Bois donc ça. Ça va te remettre les idées en place, car tu vas devoir répondre à tout un tas de questions, en commençant par celle-ci : où diable étais-tu passé pendant tout ce temps ?

Il vida son verre d'un trait.

— C'est une longue histoire, répondit Morgan, mais... Où est-elle, Ogue ? Elle est ici ?

Morgan regarda par-dessus son épaule comme s'il y avait une chance qu'il ne l'ait pas vue au milieu de cette foule.

— Non, mon garçon, elle n'est pas là.

Dugan s'appuya contre le bar, se demandant par où commencer.

— Quand l'as-tu vue pour la dernière fois ?

— La nuit de notre mariage. Je sais qu'elle a porté notre enfant, mais quant à savoir s'il a survécu ou non…

Morgan déglutit avec difficulté.

— Elle s'est remariée ? C'est ça ?

— Aux dernières nouvelles, non, répondit Ogue avec sincérité.

— Où puis-je la trouver ?

Morgan était debout, prêt à partir.

— Elle est à l'autre bout du pays, mon garçon. À des milliers de kilomètres d'ici.

L'expression qu'Ogue lut sur le visage de Morgan lui fendit le cœur.

— Rassieds-toi et je te raconterai tout ce que je sais.

Déçu, Morgan reprit sa place derrière le bar, but son whisky à son tour, puis vida sa pinte d'une longue gorgée, et reposa brutalement les verres vides sur le bar. Ogue tendit le bras derrière le comptoir pour attraper la bouteille de whisky et sa main rencontra l'assiette de sandwiches qui devaient lui faire office de dîner ; il en prit un sur la pile et le posa devant le jeune homme hébété.

— Mange ça, ordonna-t-il. Tu as l'air mourant.

— Aussi étrange que cela puisse paraître, je suis plutôt en pleine résurrection, dit Morgan d'un air las tandis que Ogue remplissait à nouveau leurs deux verres, puis se penchait vers lui.

– Voilà ce que je sais.

Il regardait Morgan droit dans les yeux.

– Grace et Sean ont vécu avec ma femme, Tara, et moi dans notre ancien saloon, jusqu'au jour où il a brûlé, pendant l'été quarante-neuf. Sean a rejoint les Saints des Derniers Jours – une clique de religieux fanatiques – et il s'est retrouvé dans le pétrin. Il a disparu et on n'a plus jamais entendu parler de lui. Grace est convaincue qu'il est allé en Utah.

Il s'interrompit, but une gorgée et s'essuya la bouche du revers de son énorme main.

– Grace, maintenant. Elle est partie vivre à Boston chez les Free. Puis, quand Jack l'a rejointe, ils sont tous partis pour le Kansas. Mais ce n'était pas une vie facile, et dans sa dernière lettre elle expliquait qu'elle avait décidé d'emmener les enfants en Oregon. Pour devenir fermiers. C'est un État libre, tu sais. Et il y a des centaines d'hectares à cultiver là-bas.

Mais Morgan avait cessé d'écouter après avoir entendu deux mots précis.

– *Les* enfants ?

Il serra son verre plus fort.

– Nous y voilà.

Ogue le regarda, un sourire satisfait au coin des lèvres.

– Maintenant, une bonne nouvelle. Vous avez un fils, monsieur McDonagh. John Paul Morgan, il s'appelle, mais Mary Kate l'a surnommé Jack et ça lui est resté. C'est votre portrait craché, d'après elle.

Il éclata de rire en voyant la mine de Morgan.

– Je suppose qu'il tient ça de vous aussi, de revenir d'entre les morts.

– Jack ? répéta Morgan. Jack ?

Il secoua la tête.

— Comment ça, il tient ça de moi ?

— Eh bien, il était en mauvaise santé à sa naissance, et Grace a dû renoncer à l'emmener avec elle. Un jour, on nous a appris qu'il était mort, en même temps que son grand-père. Mais il s'est finalement avéré qu'il était avec une certaine Mlle Martin...

— Julia !

Morgan était abasourdi.

— C'est Julia qui l'a gardé en vie ?

— Pour le garder, elle l'a gardé, répliqua Ogue d'un air sombre. Pourquoi elle n'a pas écrit plus tôt, je ne le saurai jamais, mais votre Grace, elle ne voulait pas qu'on dise du mal d'elle, tellement elle était heureuse que l'autre lui ait ramené son garçon. Quand votre Mlle Martin l'a amené jusqu'ici, il avait deux ans, et c'était déjà un sacré petit monstre, je peux vous le dire.

Il gloussa malgré lui.

— Il est du genre à donner du fil à retordre, le jeune Jack. Je n'arrive pas à imaginer comment sa mère s'en est sortie avec lui dans le convoi de chariots.

— Est-ce qu'ils sont tous en Oregon, alors ?

— J'imagine. On ne devrait pas tarder à avoir de leurs nouvelles.

Ogue hésita.

— Elle dit qu'elle ne s'est pas encore remariée... Mais, vous savez, il se pourrait bien qu'elle le soit quand nous recevrons sa lettre.

Morgan pâlit. Ogue s'en rendit compte mais poursuivit néanmoins, estimant qu'il valait mieux lui dire toute la vérité.

— Il y a un homme qui lui fait la cour. Le capitaine du bateau sur lequel elle a traversé l'Atlantique. Il a été son ami ici à New York. Elle n'était pas encore prête à se remarier, alors il est parti pour San Francisco, mais ils n'ont jamais cessé de s'écrire, et je pense qu'elle est peut-être partie le rejoindre là-bas.

Les épaules de Morgan s'affaissèrent.

— Maintenant, tu vas m'écouter, mon garçon. Cette fille t'aimait, et c'est ce qui la retenait de se remarier, mais les années passent, tu sais, lui rappela Ogue aussi gentiment qu'il le put. Elles passent irrémédiablement.

— Je sais.

Morgan était pris de vertige.

— Jack et Mary Kate ont besoin d'un père. Et Grace...

Ogue réfléchit sur ce point.

— Elle est seule, tu vois. Elle ne s'en plaint pas dans ses lettres mais ce n'est pas difficile de le comprendre. Et elle en a assez.

Des larmes brûlaient les yeux de Morgan, mais il serra les dents, refusant de les laisser couler, craignant, s'il se mettait à pleurer, de se mettre ensuite à crier ; et, s'il en arrivait là, d'exploser et de tout casser autour de lui, car alors plus rien ne pourrait l'arrêter.

Ogue le regarda se battre contre ses démons intérieurs.

— Alors, où est-ce que *tu* as disparu tout ce temps ? demanda-t-il. Tu ne vas pas me le dire ?

Morgan se rendit compte que ses poings étaient serrés et il s'obligea à se détendre.

— Au Canada, répondit-il. J'étais au Canada.

Ogue versa à nouveau du whisky dans leurs verres ; s'il y avait un soir où il était justifié de vider une bouteille, c'était bien celui-là.

— Je me rappelle à peine comment on m'a sorti de prison à Dublin. J'étais mourant. Je ne pouvais plus bouger, ni parler. J'ai vraiment cru ma dernière heure venue, que j'étais bon pour y passer.

Il humecta ses lèvres.

— Et puis je me souviens de m'être retrouvé à bord d'un bateau, avec un prêtre qui s'est occupé de moi, et puis il est mort. Presque tout le monde est mort. Je ne sais pas comment j'en ai réchappé, sinon par la volonté de Dieu.

Il marqua une pause et revit les mains de ces étrangers qui lui avaient offert des bouchées de leur propre – et maigre – pitance, des gorgées de leur précieuse eau, une couverture, le réconfort de quelques mots qu'il comprenait.

— J'ai été mis en quarantaine sur une île, avec tous les malades, pendant presque un an. J'en suis finalement sorti et j'ai travaillé pour rembourser mes dettes, et puis je me suis cassé les deux jambes.

La colère lui fit serrer les poings de nouveau.

— Quatre ans, dit-il brusquement. J'ai perdu quatre ans là-bas.

— Tu as survécu, lui rappela doucement Ogue. Tu t'es remis sur pied.

— C'est vrai, mais pas sans aide.

Morgan avala une autre gorgée.

— Je suis parti en compagnie d'une famille mi'kmaq, puis j'ai rencontré un prêtre français qui a fait le reste du voyage avec moi. Je l'ai laissé à Boston. Et maintenant… (Il donna l'impression de chercher à se relever, même si la tête lui tournait légèrement.) Je pars pour l'Oregon.

— Non, fiston, dit Ogue en secouant la tête. Pas si tu veux y arriver vivant. Tu es maigre comme un clou, tu as les yeux au milieu de la figure, et tu ne peux pas lever ton verre sans trembler. Non, fiston, répéta-t-il. Tu vas rester un peu avec nous. Te reposer, et on va t'aider à t'organiser.

— Non.

Morgan s'écarta du comptoir.

— Il ne faut pas que je m'arrête. Elle est en vie, Ogue, vous ne pouvez pas comprendre...

L'ancien boxeur le retint.

— Est-ce que le Seigneur ne t'a pas accompagné jusqu'à présent ? Il t'a remis entre mes mains pour quelque temps, et je vais faire tout ce qui est en mon pouvoir pour t'aider. Ne perds pas la foi maintenant, mon garçon.

Ils se regardèrent jusqu'à ce que, venu du fond de la salle, s'élève le chant d'un violon, couvrant le brouhaha des conversations. Le violoniste s'échauffa rapidement, puis se mit à jouer les premières notes d'une rengaine qu'ils connaissaient tous et qu'ils adoraient, une chanson que Morgan lui-même avait chantée des centaines de fois, sur les innombrables chemins de ce pays qu'il aimait tant. Il se retourna pour regarder, et tous les yeux se braquèrent sur lui, tandis que, les uns après les autres, ils se levaient, chaque voix s'ajoutant au chœur grossissant ; c'était le cadeau qu'ils lui offraient, à lui, l'homme qui avait affronté Goliath. C'était magnifique, et cela l'émut au plus profond de son âme, lui rappelant qui il était et la force du peuple dont il était originaire. Et lorsque ce fut terminé – même si l'écho de ce chant devait résonner à jamais entre ces murs –, la foule vit que des larmes coulaient sur les joues de son héros, et tous l'aimèrent encore davantage, parce que son cœur était comme les leurs. L'un après l'autre, ils ôtèrent leur chapeau et lui serrèrent la main, aussi timidement qu'un Irlandais en était capable, jusqu'à ce que la pièce soit vide et silencieuse et que l'on n'entende plus que le craquement du feu.

Ogue s'était tenu au côté de Morgan.

— Si l'amour était de l'argent, mon ami, tu serais l'homme le plus riche de la terre.

Il tendit une clé à la serveuse, lui donna des instructions pour qu'elle ferme, puis rejoignit son invité, l'homme qu'il avait toujours espéré rencontrer, un jour, quand ils se retrouveraient tous au paradis.

— On rediscutera de tout ça dans la matinée, mais maintenant il faut que tu ailles te reposer, car tu dois être épuisé.

Ogue entoura du bras les épaules de Morgan et le conduisit à l'étage.

— Tu peux rester ici aussi longtemps que tu le souhaites, et, à propos, si je ne te l'ai pas encore dit : bienvenue chez toi, mon garçon. Bienvenue chez toi.

25

Sean leva les yeux de son travail et regarda par-dessus la monture de ses lunettes la femme à l'air revêche qui se tenait derrière le comptoir.

— Heureux de vous revoir, madame... euh...

Sean hésita, incapable de se souvenir du nom qu'elle utilisait à chaque fois.

— Smith, dit la femme précipitamment. Madame Smith, comme d'habitude.

— Bien sûr, dit Sean avec un sourire avenant. Que puis-je faire pour vous aujourd'hui, madame Smith ?

Elle plissa les yeux comme si la question dissimulait un piège.

— Comme d'habitude, répéta-t-elle seulement.

— Bien sûr.

Il tendit la main sous le comptoir pour attraper un napperon en velours vert qu'il déplia cérémonieusement.

Mme Smith plongea sa main au fond de la poche de son manteau et en tira un paquet emballé dans un torchon de cuisine. Elle en sortit une paire de fines boucles d'oreilles, qu'elle déposa sur le velours.

— Charmantes.

Sean se pencha au-dessus.

— Ce sont des grenats, n'est-ce pas ? Sur une monture en argent.

Il saisit les boucles et les tint en l'air de telle façon que la lumière s'y reflète.

— Vraiment charmantes. Ça doit être difficile de s'en séparer, même si vous pouvez espérer venir les récupérer dans un futur proche.

Mme Smith acquiesça et renifla comme si les larmes étaient proches.

— Elles appartenaient à ma grand-mère, mentit-elle. Mais avec M. Smith qui est toujours alité de son accident à la mine, et sa jambe qui risque d'être amputée bientôt, eh bien... Nos finances sont plus que mal en point. Et moi, avec mes six enfants...

Elle renifla derechef et sortit même un mouchoir pour essuyer ses fausses larmes.

Mme Smith avait raconté à Sean l'histoire mélodramatique de l'accident de son mari la première fois qu'elle était venue, au mois de novembre. Il ne l'avait pas crue, mais il appréciait les améliorations qu'elle apportait à son récit à chacune de ses visites, et s'abstenait donc de relever certains détails étranges, comme le fait que lors de son dernier passage, peu avant Noël, elle n'avait que quatre enfants.

— Combien voulez-vous en échange, madame Smith ? s'enquit-il poliment.

Dans une tentative pour attirer la compassion, la femme écarquilla les yeux et battit des cils, parvenant seulement à donner l'impression qu'elle frisait la démence.

— Autant que possible, monsieur Sung. Nous avons épuisé notre dernier dollar.

Sean songea en lui-même qu'elle venait toujours d'épuiser son dernier dollar ; ils venaient tous d'épuiser leur dernier dollar, leur dernier demi-dollar, leurs deux dernières pièces, quand ils venaient voir M. Sung, l'étrange prêteur sur gages européen. Sean riait à chaque fois qu'il pensait à cela, à sa nouvelle identité ; il avait encouragé et même alimenté les rumeurs qui faisaient de lui le fils débauché d'une famille d'aristocrates, exilé en Amérique pour ne pas salir leur honneur avec ses penchants pour le jeu, les duels, la prostitution et tant d'autres vices qu'il était préférable de ne pas mentionner. Le fait qu'il se soit constitué une véritable petite fortune en jouant aux cartes, qu'il ait acquis de vastes terres tout autour de la ville, et qu'il gère à présent la très lucrative *Maison du Bonheur* dans Chinatown avec l'énigmatique Chang-Li ne surprenait aucun des adeptes de ces rumeurs ; au contraire, cela ne faisait que les justifier et alimenter le mystère entourant sa prétendue identité. Or tel était précisément l'objectif de Sean. Le brusque départ de Chang-Li pour la Chine et le transfert de Mei Ling sous la responsabilité de M. Sung avaient encore attisé le feu de la légende. Les premiers jours où ils avaient travaillé ensemble au bureau de prêteur sur gages, Sean avait expliqué à tous les commerçants du voisinage, et à qui voulait l'entendre, que Mei Ling était dorénavant libre, qu'elle travaillait pour lui mais qu'elle était payée. Il s'était vite rendu compte que personne ne le croyait et que le fait qu'elle vive toujours dans la maison de Chang-Li n'arrangeait pas les choses.

Ayant fait patienter Mme Smith assez longtemps pour espérer qu'elle rabaisse ses exigences financières, Sean reposa les boucles d'oreilles et concentra sur elle toute son attention.

— Cinq dollars, proposa-t-il.

Mme Smith eut un hoquet et porta sa main à son cœur.

— Monsieur, elles en valent au moins dix !

Elles en valent au moins cinquante, espèce de vieille folle, pensa Sean en riant intérieurement, *et quand ta maîtresse te prendra sur le fait en train de vendre ses bijoux, tu finiras en prison si tu n'es pas pendue.*

— Elles sont très jolies, madame Smith, mais les pierres ont un défaut et la monture est vieille.

Sean laissa son argument produire son effet.

— Mais comme je suis un homme de cœur, et par égard pour vos pauvres enfants... Quatre, m'avez-vous dit ?

La femme lui lança un regard affolé ; elle essayait de se rappeler.

— Cinq, finit-elle par décider. Je veux dire six. Oui.
Elle renifla.

— Six enfants en bas âge, répéta-t-elle. Des bébés. Qu'alliez-vous dire ?

— Je vous propose de couper la poire en deux.

Il plongea sa main dans la caisse sous le comptoir, et en sortit les pièces une par une.

— Sept dollars cinquante, compta-t-il avant de saisir les boucles d'oreilles et de les faire disparaître. Vous êtes dure en affaires, madame Smith.

La femme fronça les sourcils mais s'empara de l'argent et le glissa dans son sac, sachant qu'il était inutile de marchander davantage avec le rusé prêteur sur gages.

— Merci, monsieur Sung.

Elle lui adressa un rapide sourire forcé.

— Vous sauvez une fois de plus ma famille de la ruine.

— Et souvenez-vous, madame Smith. Je conserve votre trésor deux mois pour vous permettre de le réclamer avant qu'il ne soit remis en vente au public, lui rappela-t-il alors que tous deux savaient qu'elle ne reviendrait jamais chercher des biens qui de toute façon ne lui appartenaient pas.

— Merci beaucoup, dit-elle à nouveau. Bonne journée, monsieur Sung.

— Bonne journée à vous, madame Smith, et bien le bonjour à M. Smith et aux innombrables petits Smith.

La femme se renfrogna de plus belle, ce qui amusa Sean, puis elle referma son sac et se pressa de sortir de l'échoppe, faisant tinter la clochette en refermant la porte derrière elle. Chang-Li avait vu juste sur ce point, comme sur bien d'autres : il y avait beaucoup d'argent à se faire en achetant et en revendant des marchandises volées. Tout le monde volait quelque chose à tout le monde à San Francisco ; il fallait donc un endroit où monnayer tout cela. Certes, il y avait d'autres bureaux de prêteurs sur gages en ville, et il était vraisemblable que Mme Smith avait fait appel à la plupart d'entre eux pour liquider les biens de sa patronne – un peu ici, un peu là, juste assez pour ne pas attirer l'attention sur elle – mais ces échoppes étaient généralement des établissements ayant pignon sur rue et qui proposaient leurs marchandises en vitrine. La *Maison du Bonheur*, au contraire, était un établissement plus discret, situé dans une petite rue du cœur de Chinatown ; ceux qui la connaissaient possédaient tous une expérience déjà conséquente dans le domaine des affaires louches. L'établissement fonctionnait exclusivement sur le bouche à oreille, même si Sean s'amusait à feindre de croire que ceux qui entraient pour vendre leur marchandise n'étaient là que parce qu'ils rencontraient des difficultés passagères et avaient juste besoin de quelques liquidités pour se remettre en selle. C'était un flot perpétuel de domestiques et d'employés, avait-il découvert, du majordome au chef de rayon, en passant par les simples servantes et les commis, les garçons d'hôtel et les blanchisseuses, les cochers et les charpentiers, sans parler des filles de joie, qu'il connaissait presque toutes par leur nom ; il y avait partout des pickpockets et des voleurs, et chacun se débrouillait comme il pouvait. Vu la quantité de richesses qui circulait en ville, personne ne semblait penser qu'une ou deux pièces glanées par-ci par-là pourraient jamais manquer à quiconque, ou qu'on pouvait se faire attraper. Et, à vrai dire, rares étaient ceux à qui cela arrivait.

Il y avait néanmoins juste ce qu'il fallait de domestiques et d'employés consciencieux pour rappeler à Sean qu'il existait encore une norme de moralité. Mei Ling était de ceux-là : elle n'avait jamais rien volé à Chang-Li et elle ne volait pas Sean, pas même d'un bol de riz ; il ne lui en aurait pourtant pas tenu rigueur. Il lui versait un salaire et essayait de faire en sorte qu'elle comprenne qu'elle pouvait aller et venir à sa guise, mais Mei Ling continuait de se comporter comme si sa vie ne consistait qu'à faire une seule chose : s'occuper de M. Sung. Elle travaillait avec lui tous les jours à la boutique, apprenait à faire des affaires, nettoyait et polissait les acquisitions quotidiennes, et quand elle rentrait à la maison, elle la nettoyait, reprisait les vêtements de Sean, lui préparait ses repas, parfois même lui coupait la barbe et lui refaisait sa natte. Elle se comportait comme son épouse en toute chose sauf une, même si, pour cette dernière, elle avait clairement fait comprendre sa disponibilité. Mais Sean ne l'avait pas mise dans son lit ; il allait chez Ah Toy pour ça, même si, pour être honnête, c'était son visage qu'il recherchait chez les différentes filles auxquelles il goûtait.

À mesure que se développaient les compétences de Mei Ling dans la gestion du magasin, Sean passait davantage de temps dans la réserve avec sa pipe, rendant vaine toute velléité de sortie nocturne. Il fumait trop, il le savait ; et il n'avait plus envie que d'une chose : s'allonger dans son lit avec une femme dans ses bras, une femme qu'il n'aurait pas payée pour cela, une femme qui peut-être saurait le libérer de lui-même.

Même s'il eût voulu que cette femme soit Mei Ling, il savait qu'elle ne s'offrirait que par sens du devoir, parce que c'était son destin, et non parce que c'était son rêve ou qu'elle partageait son désir. Et même s'il essayait de se convaincre qu'un vice de plus ou de moins ne changerait pas grand-chose pour son âme déjà salie, il savait que le risque d'éveiller des sentiments chez Mei Ling, de l'engager à se lier à un homme aussi abject que celui qu'il était devenu, était un péché plus grand encore que tous les autres réunis. Parce que, d'une certaine manière, il se refusait à elle, il essayait de lui donner autre chose à la place, de lui montrer qu'elle le rendait heureux, qu'elle valait plus que tout ce qu'il pourrait jamais lui offrir.

Sean ressortit les boucles d'oreilles que Mme Smith venait d'apporter ; elles étaient vraiment charmantes, discrètes, délicates, et belles par leur simplicité. Il rechercha sous le comptoir un petit écrin tapissé de velours, dans lequel il les déposa délicatement. En prévision d'une occasion, se dit-il ; ou peut-être que les offrir à Mei Ling constituerait cette occasion ; en tout cas, il garderait cet écrin jusqu'à ce que ce moment se présente.

— Merci, madame Smith.

Sa voix résonna dans la pièce vide.

— Qui que vous soyez, merci beaucoup.

Gardant son capuchon sur la tête, Hopkins se hâta de sortir de Chinatown. Elle détestait ce quartier, ses drapeaux en soie carrés et ses offrandes à des dieux païens sur les pas de portes, le grésillement criard et l'odeur lourde des boulettes de pâte frites à l'huile de sésame, les habitants qui se ressemblaient tous et qui sentaient l'huile de poisson dont ils s'enduisaient les cheveux, leur affreuse langue qui lui écorchait les oreilles, avec ses intonations geignardes et sa dissonance. Elle abhorrait aussi les commerces qu'on y trouvait – les blanchisseuses et leurs paniers suspendus à des perches, les commerçants qui balayaient leur pas de porte sans discontinuer, les gens qui se pressaient autour des étals de nouilles et les restaurants bruyants – et le fait que, même s'ils lui faisaient des courbettes, ces gens semblaient toujours se moquer d'elle derrière son dos. Si elle n'avait pas déjà épuisé le potentiel de tous les autres bureaux de prêteurs sur gages de la ville, elle ne serait jamais venue ici, mais elle devait admettre que la *Maison du Bonheur*, quoique moins généreuse, se montrait beaucoup plus discrète dans ses demandes de renseignements. La police surveillait de près Sydney Town et Chinatown, mais Chinatown devait payer des pots-de-vin plus importants et plus réguliers. Hopkins avait bien vu des policiers patrouiller dans les rues, mais ils fermaient les yeux sur les allées et venues des clients de la *Maison du Bonheur*.

Hopkins resta dissimulée sous son capuchon après avoir quitté Chinatown, pour se diriger vers le front de mer. Il y avait toujours un risque d'être reconnue, surtout en début d'après-midi, quand il y avait beaucoup de monde dans la rue. Alors elle gardait la tête baissée et marchait d'un bon pas. Si on l'arrêtait, elle pourrait toujours prétendre qu'elle était là pour faire des courses pour sa maîtresse. Et si on la hélait sur la grand-place – en particulier si c'était M. Pennywhistle, le propriétaire du Pennywhistle Pipe & Tabac, un très bon parti pour Enid –, elle répondrait à son vrai nom.

Mais ici, le long des quais, elle était Mme Smith – si toutefois elle était quelqu'un –, la femme de ce pauvre M. Smith, qui était confiné chez lui avec leur malheureux fils et, selon l'opinion générale, dévoué corps et âme à ce dernier.

S'appliquant à passer sans se faire remarquer devant la petite fenêtre des Mulhoney, Mme Smith grimpa l'escalier sombre jusqu'au palier, marcha jusqu'au fond du couloir et ouvrit la porte avec sa propre clé. Elle constata qu'il faisait un froid glacial, mais l'éventuelle culpabilité qui eût pu l'affecter fut aussitôt refoulée et remplacée par de la colère, une émotion beaucoup plus stimulante.

– Harry, dit-elle d'une voix tranchante, pourquoi est-ce qu'il n'y a pas de feu dans la cheminée ?

Un homme plus âgé qu'elle, disparaissant sous des couches de vêtements crasseux, se leva péniblement.

– Bonjour, Agnes. Désolé. Plus de charbon depuis lundi. Mais on savait que tu allais venir.

Il se tourna pour rajuster la couverture sur le corps étrangement recroquevillé sur le petit lit.

– N'est-ce pas, Wills ? On savait que maman viendrait dès qu'elle le pourrait.

Un grognement de remerciement s'échappa de la forme qui se retourna, ses bras et ses jambes secoués de spasmes, son sourire formant une flaque de bave.

– Il est répugnant. Tu ne peux pas essayer de lui essuyer la figure ? Tu n'as que ça à faire de la journée, pendant que moi, je me tue à la tâche.

– Oui, ma chérie, s'excusa Harry. Je le sais bien, et nous t'en sommes reconnaissants. Hein, Wills, qu'on est reconnaissants que maman nous apporte de la nourriture et du charbon ?

Wills remua la tête et grogna de nouveau.

— Je ne sais pas pourquoi tu fais ça.

Agnes se détourna, dégoûtée.

— Il ne comprend pas un traître mot de ce que tu lui racontes, tu le sais. Pauvre créature stupide.

Harry secoua la tête.

— Ne parle pas de lui comme ça, Agnes. Je te l'ai déjà dit. Je ne veux plus entendre ce genre de choses. La maladie a pris possession de son corps, mais je sais qu'il a encore toute sa vivacité d'esprit. Je sais qu'il peut nous comprendre, Agnes, et je ne veux pas t'entendre dire le contraire. C'est toujours moi le chef de famille.

— Ah oui ? dit-elle avec mépris.

Harry se redressa autant qu'il le pouvait et ajusta son gilet.

— Tu n'as qu'un mot à dire, et je serai dehors en train de travailler. Du moment que tu restes avec lui. On ne peut plus le laisser tout seul. Il est de plus en plus paralysé. Mais un seul mot de toi, et je suis dehors.

Agnes s'étrangla de rire et se mit à sortir des provisions de son panier.

— Tu es vieux, Harry Hopkins. Dieu sait que tu étais déjà vieux quand on s'est mariés, mais au moins tu pouvais travailler. Il n'y a pas de travail pour des gens comme toi ici. Il faut avoir les reins solides ou la tête bien faite. Et tu n'as plus ni l'un ni l'autre. Tu n'es bon qu'à moucher les débiles, et ce n'est pas vraiment un marché en pleine expansion, figure-toi.

Wills grogna depuis son petit lit et essaya de s'asseoir. Son père se précipita à ses côtés et l'aida, replaçant la couverture mitée sur les maigres épaules du garçon.

— Tu lui fais de la peine.

Harry caressa les cheveux de son fils.

— Pourquoi est-ce que tu viens si c'est pour dire des choses pareilles ?

Agnes jeta brutalement une miche de pain sur la table.

— Eh bien, excuse-moi de vous apporter votre pain quotidien, Harry. Je suppose que je n'ai plus qu'à retourner récurer les sols et nettoyer les pots de chambre si je ne peux plus venir dire ce que je veux à mon propre mari dans l'appartement que *je* loue.

Elle s'empara du panier vide.

— Pardon, Agnes, s'excusa-t-il, perdant son assurance face à la colère de sa femme. Je t'en prie, ne pars pas. On n'arrive pas à s'en sortir ici. On apprécie tout ce que tu fais pour nous. Vraiment. On serait perdus sans toi et on sait combien tu travailles dur pour nous, n'est-ce pas, Wills ?

La tête du garçon était inclinée d'un côté, mais son regard qui passait alternativement de son père à sa mère était parfaitement clair.

Agnes soupira, une zone rougie sur chacune des pommettes de son visage sévère.

— Assieds-toi, ma chérie, reprit Harry en tirant l'une des deux chaises qui étaient autour de la table. Je vais faire un petit feu et te préparer une bonne tasse de thé. Ça te ferait plaisir ? Une bonne tasse de thé ?

Il y eut un silence, tandis qu'Agnes balayait du regard la pièce sinistre avec ses murs ternes et ses fenêtres couvertes de traces, qui donnaient sur la rue, et, au-delà, sur la forêt de mâts du port. Dans un autre soupir, elle déboutonna son manteau, puis s'assit, regardant Harry disposer le charbon et l'allumer. Elle se tourna vers Wills, s'aperçut qu'il la regardait et lui fit les gros yeux. Puis elle étudia le dos de ses mains jusqu'à ce que l'eau frémisse et que le thé infuse.

— Voilà, voilà, ma chérie.

Harry posa devant elle une grande tasse ébréchée.

— Une bonne tasse de thé. Comment va Enid ? On l'a vue pour... (Il jeta un œil à sa femme puis détourna le regard.) Juste avant Noël, mais pas depuis. Elle va bien, n'est-ce pas ? Elle s'en sort, là-haut ?

Agnes entoura la grande tasse de ses mains froides.

— Notre fille n'en a pas beaucoup plus dans le ciboulot que notre fils, déclara-t-elle sèchement. Mais j'essaie de lui apprendre tout ce dont elle aura besoin pour s'occuper de sa propre maison. Et j'ai quelques bons partis à lui présenter. Il y en a un qui semble particulièrement impatient.

— Quelqu'un la courtise, alors ? demanda Harry en s'appuyant sur la table, le sourire aux lèvres. Est-ce que c'est un beau jeune homme ?

Agnes fronça les sourcils.

— On ne lui fait pas la cour, espèce d'idiot. On ne peut pas présenter une jeune fille aux hommes dans cette société. Ils lui feraient toutes sortes de promesses rien que pour la mettre dans leur lit. Et Enid est tellement niaise qu'elle serait capable de partir avec le premier venu, et se retrouver...

Elle s'interrompit. Pourtant, elle avait le plus grand mal à se contenir.

— Il faut faire des arrangements, conclut-elle en avalant une gorgée de thé. Et j'y travaille.

— Je suis sûr que tu réussiras à lui trouver un homme convenable. Un qu'elle aime et qui l'aime en retour.

Harry lui tapota la main.

— Les prétendants, ce sont des hommes qui vont à l'église, qui ont un bon travail et tout ça ?

Agnes le regarda comme s'il était le dernier des demeurés.

— Bien sûr qu'ils sont croyants. Bien sûr qu'ils ont de bonnes situations. L'un d'eux est même riche. Tu me prends pour une imbécile ? Si tu crois que j'ai besoin de me retrouver avec un gendre pauvre qu'il faudrait entretenir par-dessus le marché !

La rudesse du ton de sa voix fit tressaillir Harry, mais il poursuivit sans relever, par égard pour sa fille :

— Mais ce sera un bel homme, Agnes ? Enid mérite au moins cela.

— Les hommes beaux n'épousent pas les filles qui ont ce genre de frère, riposta Hopkins avec un geste brusque en direction de Wills. Il sera comme il sera, et ça n'aura aucune importance, pourvu qu'il puisse subvenir à nos besoins à tous.

Elle fixa le fond de sa tasse de thé.

— On ne se débrouille pas si mal, dit Harry avec insistance. Enid et toi, vous êtes bien payées là-haut, et nous deux, nous vivons en dépensant aussi peu que possible. Nous n'avons pas besoin de marier notre fille à tout prix tant qu'elle ne l'a pas décidé, hein ?

— Elle ne rajeunit pas, espèce de vieux fou, persifla Agnes. Et je ne pourrai pas travailler éternellement. Ça ne va pas durer longtemps là-haut, de toute manière. J'ai tiré le maximum de ces Wakefield. La source se tarit, Harry, mets-toi ça dans la tête. Elle se tarit.

— Alors, reviens à la maison avec nous.

Harry posa une main sur la sienne.

— Laisse ta maîtresse se débrouiller toute seule maintenant, ou trouve-lui quelqu'un d'autre. Tu en as assez fait pour elle, après tout, et ça t'épuise, Agnes. On a assez de côté pour arriver à s'en sortir jusqu'à ce que je retrouve un travail.

— Ne sois pas stupide.

Elle retira vivement sa main.

— Tu es incapable de travailler, Harry, et même si tu y arrivais, tu ne gagnerais presque rien. Quand Enid sera mariée, on aura son argent, plus celui que j'ai mis de côté, et on retournera en Angleterre. J'achèterai une maison avec ma sœur et on louera des chambres.

Harry hocha la tête.

— Wills ne supportera jamais un voyage pareil, Agnes. Ça le tuerait.

— Il n'en a plus pour très longtemps à vivre de toute façon, dit-elle, ignorant l'expression affligée qu'affichait son mari. Le temps qu'Enid trouve un mari, et tout sera fini. Et on pourra repartir.

Elle jeta un œil par la fenêtre ; le ciel s'assombrissait.

— Il faut que je rentre maintenant, ou cette fouineuse de cuisinière va encore y aller de ses questions.

— Agnes, on n'a pas fini de discuter de tout ça. D'Enid et de Wills. Il est hors de question que je les abandonne.

— Je rentre en Angleterre, Harry.

Agnes reboutonna son manteau.

— Avec ou sans toi. Et ce, dès qu'Enid se sera mariée.

— Agnes, s'il te plaît… implora-t-il.

Elle sortit quatre dollars de son sac et lui tendit l'argent.

– Tu as besoin de ça ?

Il opina d'un air malheureux.

– Évidemment, tu en as besoin.

Elle posa l'argent sur la table.

– Alors je vais te le donner. Exactement comme je t'ai tout donné depuis le jour où l'on s'est mariés. Trois enfants, Harry, et j'ai enterré celui que j'aimais le plus. Je suis venue avec toi dans un pays que je n'aurais jamais voulu voir, je l'ai traversé dans des conditions épouvantables, et j'ai vu mon plus jeune enfant devenir débile. C'est toi qui n'as pas voulu qu'on le laisse, Harry. C'est toi qui as voulu le garder avec toi.

Elle mit son chapeau.

– J'ai trouvé un travail pour que ce soit possible. Je me suis occupée de tout, et de tout le monde, et maintenant je veux la monnaie de ma pièce.

Elle ouvrit la porte.

– Je veux rentrer chez nous, Harry. Tant que ça m'est encore possible.

– Tu as raison, Agnes. Tu rêvais d'une autre vie, mais c'est celle-là que tu as eue. Je n'ai pas été le mari que j'aurais dû être, et je sais que tu as toujours fait de ton mieux.

Sa voix était brisée par l'émotion et le remords.

– Tu n'as qu'à partir quand tu le voudras, Agnes. Les enfants et moi, on peut se débrouiller tout seuls, même si tu nous manqueras. Mais tu ne t'en iras pas sans venir nous dire au revoir, n'est-ce pas, ma chérie ?

– Tu seras le premier au courant, promit-elle, la main sur la poignée de la porte. J'ai des choses à finir là-haut, et il faut que je m'occupe de placer Enid. Et, bien sûr, tu auras besoin d'argent.

Harry la rejoignit.

— Tu nous as aidés pendant très, très longtemps.

Il posa sa main sur son épaule.

— Fais ce que tu crois le mieux, je ne me mettrai pas en travers de ton chemin. Je t'ai toujours aimée, Agnes. Je suis désolé.

Elle ne lui jeta pas un regard quand il l'embrassa sur les joues, gardant les yeux braqués vers le couloir.

— Le loyer est payé, enchaîna-t-elle. Et tu as cette petite traînée de Mulhoney pour aller te faire les courses.

Il tiqua à l'écoute du qualificatif mais hocha la tête.

— On se revoit dans deux semaines, alors.

Harry resta sur le pas de la porte, la regardant disparaître dans l'escalier, se rappelant combien elle était jeune et jolie lorsqu'ils s'étaient rencontrés la première fois, et à quel point elle était fière d'avoir été embauchée dans une grande maison. Elle était effrontée et excitante, mais c'était lui l'homme mûr, et il aurait dû faire preuve de plus d'autorité ; le résultat de son impulsivité avait été un mariage bâclé et un fils né trop tôt. Il savait au fond de lui qu'elle n'avait pas désiré ce mariage, qu'elle n'était pas encore prête pour avoir un enfant ; mais elle ne s'était jamais plainte et, oh, comme elle avait adoré son fils… Richard avait été le véritable amour de sa vie, et il était resté son préféré, même après la naissance d'Enid et de William.

À cette époque, il s'était dit qu'il avait de la chance, qu'il s'en sortait plutôt bien ; même si elle ne l'aimait pas, Agnes le respectait en tant que mari et père de ses enfants, et ils formaient une famille heureuse. Mais alors, Richard, qui avait dix-sept ans et aspirait à découvrir le monde, s'était engagé dans l'infanterie, avait marché sur l'Irlande et était rentré chez eux entre quatre planches. Agnes s'était réfugiée dans son lit et y était restée pendant deux mois, attendant que la mort l'emporte, ce qui aurait été le cas – Harry en était sûr – si sa sœur, Vera, n'était pas venue s'occuper d'elle jour et nuit jusqu'à ce qu'elle sorte enfin de son lit. Harry y avait vu la réponse à ses prières ferventes, et il avait décidé de remplir sa part du marché qu'il avait conclu avec Dieu en emmenant sa famille découvrir le Nouveau Monde, pour y commencer une nouvelle vie. Agnes ne voulait pas partir pour Boston, elle ne voulait pas abandonner sa sœur, ni l'endroit où était enterré Richard, mais Harry avait insisté, convaincu que c'était la meilleure solution pour eux tous.

– Vera s'occupera de la terre, avait-il promis.

Et c'était ce qu'elle avait fait, car Vera voulait qu'Agnes ait une vie nouvelle et meilleure, et elle lui demandait seulement d'envoyer de l'argent pour le moment où ils seraient de nouveau tous réunis.

Il n'y avait pas un an qu'ils étaient arrivés à Boston quand William était tombé malade ; il avait fait des crises, un début de paralysie. Peut-être était-ce la phtisie, ou la tuberculose. Les médecins avaient recommandé un climat sec, sans toutefois pouvoir déterminer de quoi il souffrait. Agnes n'avait pas voulu entendre parler de repartir. Wills, après tout, n'était que le pâle reflet de son Richard. Harry était alors allé trouver le révérend en déclarant qu'il se sentait prêt à répondre à l'appel de Dieu, prêt pour aller prêcher la bonne parole aux païens chinois dans l'Ouest. Le révérend avait convaincu Agnes de soutenir son mari dans sa mission, et l'église les avait envoyés là-bas, en bateau, via le cap Horn. Harry avait nourri de grandes espérances quant à leur vie à San Francisco et il avait entamé son ministère avec exaltation et enthousiasme, mais l'état de William avait empiré au lieu de s'améliorer ; bientôt, il s'était trouvé incapable de contrôler ses membres comme ses paroles, et Agnes avait eu la conviction qu'il était en train de devenir fou. Elle avait déclaré que s'occuper d'un débile était trop lui demander, et elle avait supplié Harry de placer William en asile.

Pour garder son fils auprès de lui, Harry avait finalement dû accepter d'abandonner sa mission et de vivre reclus chez eux. Agnes et Enid s'étaient mises à travailler, d'abord dans un hôtel, puis chez les riches Wakefield. Agnes avait déclaré qu'il ne fallait en aucun cas que ces derniers apprennent l'existence d'Harry et de Wills ; ils n'accepteraient jamais une gouvernante mariée qui aurait des responsabilités en dehors de chez eux, surtout si la maîtresse des lieux était elle-même invalide et avait besoin d'une attention particulière. Il avait donc accepté, rongé par la culpabilité, de l'avoir mise enceinte et d'avoir permis que son fils s'éloigne d'elle et meure, de l'avoir fait emménager dans un endroit plein de boue, de mineurs et d'étrangers, et de l'encombrer à présent d'un enfant tuberculeux dont il faudrait s'occuper jusqu'à ce qu'il disparaisse. Il avait dit oui à tout, de même qu'il acceptait maintenant qu'elle s'en aille quand elle le souhaiterait, même s'il n'avait aucune idée de la manière dont il s'en sortirait avec Wills et Enid. Il aimait d'autant plus Agnes qu'il savait combien il lui était redevable, mais il ne pouvait pas se résoudre à condamner sa fille adorée à un mariage arrangé, ni à laisser son fils souffrir et mourir seul, sans personne pour s'occuper de son enterrement. Il s'accrochait à sa foi, sachant que ce n'était pas Dieu qui l'avait abandonné, mais lui qui avait abandonné Dieu. Le jeune William Hopkins, à tout juste vingt ans, allait bientôt rejoindre le Seigneur, et Harry était résolu à ne pas le laisser tomber.

Derrière lui s'éleva un son, un grognement qu'il connaissait par cœur, de même que tous les gémissements de William, bien spécifiques selon qu'il avait froid ou faim, qu'il était joyeux ou triste, exactement comme un bébé émet des cris qui paraissent identiques aux oreilles de celui qui ne le connaît pas, mais non à celles de ceux qui le chérissent.

— J'arrive, Wills.

Harry referma la porte sur l'air glacial de l'hiver, puis arbora un large sourire et se frotta les mains vigoureusement tout en tournant son visage vers son fils.

— Et maintenant, si je te préparais un bon petit repas, hein ? On dirait qu'on a là une belle miche de pain, et du fromage, et des pommes... Je vais les faire cuire pour toi ! Il y a un morceau de bacon. Et même quelques œufs, mon vieux Willy ! Qu'est-ce que tu dirais d'un œuf à la coque pour le goûter ?

Wills grogna et s'agita de droite à gauche, mais ce n'était pas une réponse à la question ; il voulait son père.

Alors Harry s'assit à côté de lui et entoura de son bras les épaules décharnées. Il serra son enfant tout contre lui et embrassa son front moite.

— Je sais qu'il y a quelqu'un là-dedans, Will Hopkins, et je ne t'abandonnerai jamais.

Il sourit tendrement aux yeux qui le fixaient.
— Peu importe où nous conduira la route, nous irons ensemble, toi et moi. Et même sans elle, tout se passera bien, jura-t-il. Je te le promets, Wills, je ne te laisserai pas tomber.

26

Il existait trois options, pour autant que Morgan pût en juger : traverser le continent à pied, mais il lui faudrait attendre les pluies du printemps pour pouvoir trouver de l'herbe et de l'eau pour son cheval ; parcourir dix-sept mille miles en bateau via le cap Horn, ce qui lui permettait de partir tout de suite, mais il devait d'abord trouver les deux cent cinquante dollars exigés pour le trajet, et n'arriverait pas à San Francisco avant cinq à sept mois ; ou bien emprunter les bateaux à vapeur jusqu'au Panama, remonter en canoë la rivière Chagres, traverser à dos de mulet des territoires sauvages, puis essayer de rattraper à Panama City un plus gros paquebot qui l'emmènerait jusqu'à San Francisco ; cette dernière solution lui prendrait deux mois tout au plus mais lui coûterait près de quatre cents dollars.
— Est-ce qu'on peut payer son voyage en travaillant sur le bateau ? demanda Morgan à la table du petit déjeuner.
Le géant secoua la tête.

— Ils ne prennent que des marins expérimentés, dit-il entre deux bouchées de pain perdu. Et seulement s'ils se retrouvent à court de main-d'œuvre, ce qui n'arrive jamais. Tout le monde se précipite dans l'Ouest. Il ne doit pas rester beaucoup d'or, tu ne crois pas ?

— Il n'y a pas que l'or qui les attire là-bas, intervint Tara en emplissant à nouveau de thé la tasse de son mari. Une nouvelle vie, des aventures, tout ça. On dit que les femmes portent le pantalon là-bas, ajouta-t-elle.

— Eh bien, chérie, ils sont en retard d'une mode, parce que toi, ça fait des années que tu le portes ici !

Ogue éclata de rire et esquiva la petite tape que sa femme tenta de lui administrer.

— Pas vrai, Caolon, mon fils ?

— Oui, p'pa !

Le petit garçon, assis avec eux, sourit à son père, mais se figea très vite en apercevant les sourcils froncés de sa mère.

— Je veux dire, non, p'pa, rectifia-t-il avec plus de sérieux.

Et tous éclatèrent de rire.

— Ton fils n'a qu'un an de plus que notre Caolon, fit remarquer Tara à Morgan. Jack, je veux dire. Il a eu cinq ans en novembre dernier.

Morgan étudia le garçonnet.

— Caolon est grand pour son âge. Vous pensez que Jack aussi est grand ?

— La dernière fois qu'on l'a vu, il avait deux ans, mais oui, dit-elle en hochant la tête, il était déjà plutôt grand. Ils sont tous grands, ici, en Amérique, tant qu'on ne les nourrit pas avec cette espèce de lait bleu qui sort des étables à côté des brasseurs. Ils y ajoutent de la craie, et tout un tas d'autres saletés pour essayer de le rendre blanc. Il vaut mieux nourrir ses bébés comme Dieu nous l'a appris.

Morgan réfléchit à cette affirmation.

— Mais alors, comment Jack a-t-il pu survivre, sans Grace pour l'allaiter ?

— Il y avait une femme au couvent qui venait de perdre son bébé, expliqua Ogue. Et après, ils ont utilisé du lait de chèvre. Mais ça lui a abîmé les yeux. Il voit bien maintenant, s'empressa-t-il d'ajouter. La femme qui s'est occupée de lui a épousé un médecin qui l'a guéri. Il porte des lunettes. Il a l'air d'un vrai petit étudiant.

Morgan hochait la tête, essayant de comprendre ce que tout cela signifiait.

— Est-ce que vous savez si Barbara est toujours en vie ? Ma sœur ? Elle était religieuse dans le couvent où Grace était supposée se rendre.

— Oh, oui ! s'écria Tara, heureuse de lui apprendre cette bonne nouvelle. On ne savait pas jusqu'à ce que Jack nous rejoigne, mais Julia nous a dit qu'elle s'était mariée et qu'elle était allée s'installer dans l'Ouest, à Galway.

— Barbara est mariée ? Elle a quitté les ordres ?

— Beaucoup ont fait comme elle, l'informa Ogue. Abandonnées, avec tous ces morts, la plupart ont repris leur ancienne vie. Elle a épousé un homme qui s'appelle Alroy et ils ont eu deux garçons, des jumeaux, n'est-ce pas, Tara ?

— Oui. Et Grace leur écrit régulièrement.

— Barbara a épousé Abban ! s'exclama Morgan, aux anges. Et ils ont eu des enfants ! C'est formidable. Tout simplement formidable.

Et alors, pour sa plus grande gêne, sa gorge se serra et des larmes affluèrent dans ses yeux. Il baissa la tête, gêné.

Tara tendit la main par-dessus la table et la posa sur la sienne.

— Ça fait un sacré paquet de nouvelles, lui dit-elle d'un ton réconfortant. N'importe qui réagirait comme ça.

— C'est juste la joie de savoir qu'ils se sont trouvés l'un l'autre. Barbara et moi... dans notre enfance...

Il s'interrompit, encore très ému.

— Et Abban... On a combattu côte à côte, il m'a sorti du pétrin plus d'une fois.

Morgan sourit. Il se souvenait.

— Une fois, Abban, le grand Quinn et moi, on s'est fait prendre par une patrouille, et Abban, il...

— Le grand Quinn Sheehan ? le coupa Ogue. Du comté de Cork ? Qui chante comme un dieu, avec une énorme tignasse ?

Le cœur de Morgan s'emballa.

— Il est ici ? À New York ?

Ogue et Tara échangèrent un regard.

— Sur Blackwell Island[1], répondit Tara d'une voix mal assurée. À l'asile.

— Il a débarqué il y a un an. C'est déjà un homme brisé, dit Ogue. Il est venu ici, il cherchait Sean. Il s'est trouvé une chambre, un emploi de manutentionnaire de nuit, mais il était toujours tout seul, même quand il buvait.

---

1. Île située sur l'East River entre Manhattan et le Queens, aujourd'hui appelée Roosevelt Island. (*N.d.T.*)

— C'est ça qui a eu raison de lui, la boisson, enchaîna Tara. Un jour, il n'a pas réussi à sortir de son lit. Il voulait mourir, qu'il disait, mais il n'y est pas arrivé non plus. Puis on a appris qu'il avait été emmené là-bas, avec les indigents. Dugan est allé le voir.

— Tu ne le reconnaîtras pas, avertit Ogue. Il casse des pierres pour gagner de quoi vivre, et il passe le reste de son temps sur sa paillasse, le visage collé au mur. Il est fou, le pauvre, comme la plupart de ceux qui sont là-bas.

Morgan se redressa.

— Où est-ce ?

— Vas-tu arrêter de bondir à tout bout de champ, mon garçon ? dit Ogue en laissant retomber lourdement sa main sur la table. Ce n'est pas si simple, figure-toi. Tu ne peux pas débarquer comme ça et exiger de le voir ! Il y a des règles qui régissent les visites. Il m'a fallu presque une semaine pour y arriver, la dernière fois !

— Tu avais appelé ce M. O'Sullivan du journal, rappela Tara à son mari. Tu pourras réessayer ?

— Oui, approuva Ogue. Il savait exactement quoi faire pour me permettre d'y aller. Je vais aller le voir aujourd'hui, si je peux.

Il jeta un œil vers Morgan.

— Tu viendras avec moi. Il sera intéressé de te rencontrer.

Morgan hésita, puis se rassit.

— Pourquoi serait-il donc intéressé par moi ?

Ogue reposa bruyamment sa fourchette et son couteau sur la table.

– Fiston. Je ne crois pas que tu aies bien compris ce que tu représentes dans l'esprit de ton peuple. Un héros, voilà ce que tu es, le plus grand héros d'Irlande depuis Brian Boru[1]. N'est-ce pas, chérie ?

Il regarda Tara pour obtenir une confirmation.

– Allons donc, répliqua Morgan.

Il se tourna de côté sur sa chaise et croisa les bras.

– Je n'ai jamais rien entendu d'aussi stupide de toute ma vie.

– Stupide ou pas, c'est la vérité, insista Ogue. Il va falloir que tu te débrouilles avec ça ; les histoires qu'on se raconte et les chansons qu'on chante ont fait de toi une légende, mon garçon. Une légende. Et ne va pas décevoir les gens en prétendant le contraire ! Accepte-le. Habitue-toi à ça, et profites-en, de grâce ! Tu le mérites !

– Pas plus que n'importe quel homme là-bas, affirma Morgan. On a tous combattu ensemble, on a tous connu la famine et on a tous crevé ensemble.

– Oui, eh bien, la bannière sous laquelle ces hommes se sont rassemblés porte le nom de McDonagh, et ne t'avise pas de nous retirer ça, Monsieur le Héros, s'emporta Ogue.

– Oh...

Morgan eut un geste d'impuissance.

– Je ne m'étais jamais imaginé une chose pareille... Mais peut-être que c'est vrai.

– Oui, c'est vrai, jura Ogue. Ça et tout un tas d'autres choses, comme les démarches pour aller sur Blackwell Island.

---

1. Roi irlandais (941-1014) célèbre pour avoir écarté de l'île la menace viking. (*N.d.T.*)

— Je te demande pardon, Dugan. Sincèrement.

Morgan se leva à nouveau.

— Maintenant, on peut aller voir votre homme, ce fameux O'Sullivan, non ?

Ogue soupira et regarda sa femme, qui haussa les épaules avec un sourire attendri.

— Laisse-moi au moins finir mon petit déjeuner, tu veux bien ?

Ogue étala le reste de ses œufs sur son pain, plia la tranche en deux, puis enfourna l'ensemble dans sa bouche, l'avalant avec une tasse de thé.

— Il reste un peu de jambon ? demanda-t-il à Tara avant d'éclater de rire en voyant l'expression de Morgan. Oh, je te fais marcher. Allons-y.

Il se redressa et attrapa son chapeau.

— Il va falloir que tu te détendes un peu, tu sais, mon garçon, maintenant que tu es sorti des bois.

Morgan dut patienter trois semaines avant de se retrouver à côté de M. O'Sullivan à bord du ferry qui les emmenait sur Blackwell Island ; trois précieuses semaines, et pourtant le temps avait filé à toute vitesse, se consumant en réceptions, en dîners et en discours organisés par la Société des Émigrants Irlandais ou par le Tammany Hall[1] ainsi que par quelques éminents politiciens et journalistes irlandais comme Robert Bonner, un imprimeur immigré devenu entrepreneur, propriétaire du *New York Ledger*, ou James Bennett, éditeur du *New York Herald*. Ce fut Bennett qui expliqua à Morgan que Franklin Pierce avait été élu président des États-Unis

---

1. Organisation du Parti démocrate new-yorkais aux commandes de la ville de 1854 à 1934. (*N.d.T.*)

contre Millard Fillmore en grande part grâce aux votes des Irlandais ; le message anti-irlandais, anticatholique, xénophobe et plein d'œillères de Fillmore s'était retourné contre lui. Les Irlandais, lui avait expliqué Bennett en connaissance de cause, pesaient de plus en plus lourd en politique, et ils savaient se structurer. Au théâtre, on les représentait encore comme des ignorants au sang chaud et des bouffons alcooliques, mais il suffisait de regarder ce qu'ils avaient accompli avec des organisations telles que l'Association des Bénévoles du Syndicat des Travailleurs, dont le nombre s'élevait maintenant à plus de six mille membres – des réfugiés de la famine pour la plupart – et dont le poids politique était considérable.

Morgan avait été impressionné par le courage de ses compatriotes, lui qui savait ce qu'ils avaient enduré, et il était déçu d'avoir raté ceux d'entre eux qu'il connaissait personnellement. Thomas Meagher, par exemple, jouissait visiblement d'une popularité énorme, et avait reçu une invitation personnelle à l'investiture présidentielle qui devait se tenir le 4 mars ; mais pour l'heure, Meagher donnait des conférences un peu partout dans le pays. Tous les journaux avaient ainsi rapporté que Thomas avait été accueilli par une milice qui s'autoproclamait la Garde Meagher, et qu'au Massachusetts on avait fêté son arrivée de vingt et un coups de canon venus s'ajouter aux applaudissements de milliers d'ouvriers irlandais. Morgan avait appris que Smith O'Brien, pour sa part, avait été déporté sur Van Diemen's Land, mais les rumeurs faisaient état d'évasions quotidiennes de cet endroit. La mère de John Mitchel résidait à Boston et faisait l'objet d'une autre rumeur selon laquelle c'était elle qui avait organisé la rencontre entre Meagher et le président élu. Morgan espérait que ce dernier allait venir en aide aux rebelles irlandais exilés aux quatre coins du monde, et qui ne souhaitaient qu'une chose : rentrer dans leur pays natal.

Mais malgré toutes ces manifestations de soutien et de bonne volonté, Morgan n'aspirait qu'à fuir l'exposition publique pour se consacrer à sa vie privée. Il voulait retrouver Grace et voir Quinn ; rien d'autre ne comptait. Même s'il n'en avait parlé à personne, pas même à Dugan ou à Tara, il avait pris sa décision : si Sheehan paraissait en suffisamment bonne santé mentale et s'il pouvait le convaincre de l'accompagner, alors Morgan l'emmènerait en Oregon, même s'il devait le porter sur son dos.

O'Sullivan était finalement parvenu à obtenir une entrevue en privé avec Sheehan cet après-midi-là. Il avait les autorisations dans la poche de sa veste. Quinn avait d'abord été interné à l'asile puis s'était suffisamment rétabli pour être transféré à l'hospice, où il vivait parmi les indigents. Il pouvait être libéré contre un certain nombre de paiements ; des pots-de-vin en réalité, pensait Morgan, même si officiellement, ces sommes correspondaient aux amendes et au coût des soins et de l'hébergement en asile. À combien s'élèveraient-elles ? Morgan n'en avait aucune idée, mais il avait dans sa poche un portefeuille bien garni : tous les pourboires qu'il avait amassés en travaillant au saloon chez Ogue, tous les dollars que lui avaient glissés dans la main ceux qui se réjouissaient de le voir en Amérique, l'argent qu'il avait tiré de son couteau et de sa tenue en fourrure de renard, ainsi que ces quelques lettres de change que des femmes américaines lui avaient fourrées dans la poche en lui susurrant à l'oreille des choses qui le faisaient rougir. Le total s'élevait à près de cent dollars, et Morgan était prêt à les utiliser jusqu'au dernier penny si cela pouvait racheter la liberté de Quinn Sheehan.

Il faisait mauvais et la traversée fut pénible ; le vent soufflait en rafales contre les flancs du bateau, et de la neige fondue tombait de manière intermittente, trempant les quelques passagers. Tout le monde était silencieux, et personne n'osait croiser le regard des autres ; l'un des hommes saignait encore d'une balafre sur une joue, et deux des femmes étaient manifestement enceintes.

– Des détenus, chuchota O'Sullivan.

Et Morgan jeta à nouveau un regard en direction des ventres ronds des deux très jeunes femmes.

Ils posèrent le pied sur l'île désolée en milieu d'après-midi, et il leur fallut quelques instants pour retrouver leur équilibre.

– Bienvenue au royaume de la grande expérience, lança O'Sullivan.

Il retira son chapeau et fit couler l'eau retenue par son bord.

– Nous la devons à l'Association pour l'Amélioration des Conditions de Vie des Pauvres. Quatre mille contributeurs, poursuivit-il, parmi lesquels certains des hommes les plus fortunés et les plus influents de New York. Le mot d'ordre : Chassez les mendiants de la rue et expédiez-les hors du champ de vision des gens convenables. D'où cette île longue de trois kilomètres.

Il accompagna ses paroles d'un grand geste circulaire.

– On continue ?

Morgan opina, assailli par un mauvais pressentiment ; on était loin des habits de soirée et des dîners mondains, du vin, des chansons et des grands discours. O'Sullivan continua de parler tout le long du chemin sinueux.

– On va aller voir l'hospice d'abord, et vous serez sans doute intéressé de savoir que près des deux tiers des sept mille détenus présents ici sont irlandais, des domestiques pour la plupart, renvoyés après des années de service, sans enfant pour s'occuper d'eux pendant leurs vieux jours.

– Et alors on les met en prison ?

– Pas en prison, corrigea O'Sullivan. Ils sont considérés comme des pauvres respectables, en étant logés ici plutôt qu'à l'hôpital de Bellevue. Bellevue, précisa-t-il, est un vrai trou à rats infesté de vermine, où la mortalité est, pour employer un euphémisme, anormalement élevée.

– Et ici ? interrogea Morgan. Ils peuvent partir quand ils le veulent ?

– Oui, mais s'ils avaient un endroit quelconque où aller, ils ne seraient pas là. Blackwell Island, c'est le terminus, surtout pour les plus âgés.

Il conduisit Morgan un peu plus loin.

– Maintenant, nous allons vers le sud, et à cette extrémité se situe le pénitencier. On ne peut pas le rater. Il est plutôt imposant, en fait. C'est une sorte de forteresse, pour ainsi dire. Les criminels les plus endurcis sont détenus ici : les femmes dans une aile, les hommes dans l'autre.

Pendant un moment, la pluie cessa et les nuages se déchirèrent, laissant filtrer un rayon de soleil qui illumina cette partie de l'île et éclaira un groupe que l'on escortait jusqu'à la prison. O'Sullivan les regarda passer, puis continua son explication, précisant qu'il s'agissait là des êtres les plus dépravés : des voleurs, des violeurs, des pyromanes, des assassins – tous ceux qui étaient tombés si bas qu'il fallait les extraire de la société.

Il ajouta que les femmes, quoi qu'elles aient pu faire par ailleurs, étaient vraisemblablement aussi des prostituées. Pas ces filles qu'on trouvait dans les maisons closes près de Broadway ni celles des bordels de luxe dans lesquels la police semblait ne jamais faire de descente, mais les putains des bas-fonds de la ville, d'Anthony Street et de Bowery, de Cow Bay Alley et, plus notoirement encore, de Corleans Hook, le long du front de mer, où les marins, les hommes des ferries et les dockers se faisaient régulièrement racoler.

C'étaient souvent des femmes de chambre venues de la campagne, précisa O'Sullivan, et une bonne partie d'entre elles étaient des Irlandaises qui n'avaient pas trouvé de travail et se désespéraient de ne pas pouvoir envoyer d'argent à leur famille restée en Irlande, où, elles le savaient, on mourrait de faim. Morgan repensa à toutes les jeunes filles qu'il avait connues et qui avaient embarqué pour l'Amérique avec confiance et détermination, et son cœur se brisa. O'Sullivan remarqua à quel point cette information affectait son jeune compagnon, et il hocha la tête.

– Il ne faut pas les en blâmer, commenta-t-il d'un ton compréhensif. Les prostituées sont les travailleuses les mieux payées de la ville. Elles gagnent en une seule nuit autant qu'en plusieurs mois par d'autres moyens. Et, dans leur esprit, c'est probablement une meilleure solution que de rester chez elles avec un père ou un mari alcoolique, ou que d'être condamnées à une vie monotone et misérable de couturière ou de servante.

Avec si peu de possibilités, et, bien souvent, de jeunes bouches à nourrir, qui pourrait les juger ? Pas moi.

Il secoua la tête.

– Certainement pas moi.

La société considérait la prostitution comme un crime pervers, lui expliqua encore O'Sullivan, se laissant entraîner par son sujet, et chaque nouvel appel à la réforme provoquait un grand nettoyage des rues, mais en privé, les gentlemen continuaient à s'abonner à des revues telles que *Le Guide des Harems* ou *La Prostitution à nu*, à récupérer dans les hôtels les cartes de visite des maisons closes, ou simplement à consulter l'annuaire de la ville à la recherche de femmes qui s'inscrivaient elles-mêmes en qualité de « prostituées ». Cependant, ce n'étaient pas les hommes qui étaient dégénérés, allégua-t-il dans un élan de prosélytisme, c'étaient les femmes, et finalement, imprudentes, trop naïves, ou trop vieilles, elles finissaient par se retrouver dans les geôles du pénitencier de Blackwell. Le terminus.

– Tout à la pointe de l'île, il y a un hôpital qui soigne la variole, reprit-il, changeant habilement de sujet. Il est tout petit, mais il y a toutes sortes de projets en cours – comme c'est toujours le cas pour les projets – pour l'agrandir, et je connais un certain nombre de médecins qui y sont associés.

Il fit volte-face.

– Et là-haut se trouve l'asile d'aliénés, énorme en comparaison. C'est là que notre ami, M. Sheehan, a passé ses premières semaines. Ce qui ne me surprend pas. La plupart des internés sont irlandais, bien qu'il s'agisse surtout de femmes.

Il marqua une pause.

— Je suppose que c'est parce que les cerveaux et les âmes des femmes qui sombrent dans la misère sont plus fragiles. En particulier lorsqu'elles ont perdu les repères que constituaient leur famille et leurs amis.

— Donc, ce que vous me dites, c'est que les filles irlandaises font commerce de leur corps, ou bien deviennent folles parce qu'elles s'y refusent, mais que dans tous les cas elles finissent sur Blackwell Island ?

— Pas toutes, évidemment. Mais un certain nombre.

O'Sullivan le regarda bien en face.

— Oui, un grand nombre finit ici.

Dieu merci, il y avait eu Dugan Ogue, songea soudain Morgan. Dieu merci, il s'était occupé de Grace, lui avait procuré un toit et du travail. Il lui faudrait s'agenouiller et baiser les pieds de cet homme des milliers de fois. *Merci, mon Dieu, de l'avoir épargnée.*

— Continuons, vous voulez bien…

O'Sullivan passa sa main dans ses cheveux et remit son chapeau.

— L'endroit où nous allons est juste un peu plus haut, devant nous.

L'hospice, expliqua-t-il à Morgan, prend en charge des indigents et des vagabonds ; et c'était là qu'ils avaient retrouvé Quinn Sheehan. Ici, les hommes étaient mis à contribution ; ils travaillaient à la carrière de pierre, sur les ferries tels que celui que Morgan et lui avaient emprunté pour venir sur l'île, ou étaient envoyés nettoyer les égouts la nuit. Sheehan travaillait à la carrière, mais on l'avait sorti pour l'après-midi, et il attendait dans son dortoir.

— Est-ce qu'il sait que c'est moi qui viens lui rendre visite ?

— Il n'est pas au mieux, vous savez. Il aurait très bien pu ne pas avoir envie de vous revoir, même s'il vous croyait en vie. Nous sommes enregistrés en tant que O'Sullivan et associé, parties intéressées.

— Parties intéressées, répéta Morgan en suivant O'Sullivan qui remontait les marches jusqu'à l'entrée principale de l'imposant bâtiment.

Une fois à l'intérieur, face au personnel de l'accueil, il laissa parler O'Sullivan, préférant se tenir en retrait et garder profil bas. On les introduisit dans une petite pièce meublée de bancs. Morgan supposa qu'il s'agissait du parloir, pour les internés qui avaient la chance de recevoir des visites.

O'Sullivan prit place sur l'un des bancs alignés le long des murs, mais Morgan, trop nerveux, resta debout à faire les cent pas dans la pièce, s'arrêtant finalement pour regarder par une étroite fenêtre le paysage morne et désolé qui s'étendait sous le ciel gris laiteux.

— Messieurs, dit enfin l'employé, ou le gardien, avec un raclement de gorge, voici l'homme que vous êtes venus voir.

Soudain paralysé, Morgan ne put bouger que les yeux tandis que O'Sullivan se levait et s'approchait de Sheehan, la main tendue, tout en renvoyant l'employé.

— Monsieur Sheehan.

Il lui serra la main.

— Vous ne me connaissez pas, mais je suis venu avec une de vos vieilles connaissances.

Quinn regarda par-dessus son épaule en direction de Morgan, plissant les yeux pour mieux voir l'homme dont il distinguait à peine la silhouette dans le contre-jour.

– Qui c'est ?

Au son de la voix de son vieil ami, Morgan fit un pas en avant et O'Sullivan s'effaça.

– Tu me reconnais, Quinn ?

Morgan approcha lentement.

– Je crois bien que j'ai grandi avec toi sur Black Hill, et que toi, tu n'arrêtais pas de t'attirer les ennuis à tous les coins de rue.

Il parlait d'une voix apaisante, essayant de faire revivre le monde qu'ils avaient connu autrefois.

– Toi, moi, Sean O'Malley, les fils Neeson. On était toute une bande à l'époque. Tu ne t'en souviens pas, Quinn ?

Sheehan secouait la tête, refusant de croire ce qu'il entendait.

– Dès que tu ouvrais la bouche, tu faisais tomber toutes les filles, poursuivit Morgan, à présent face à son ami. Tu nous ouvrais toutes les portes, et tu nous permettais de boire gratis.

Il se tut un instant, puis reprit :

– « Oh, Dan, mon cher, soyez le bienvenu ici... Merci, madame, répondait Dan... »

Il interrompit sa litanie lorsque Sheehan tendit la main et lui toucha le bras, l'épaule, la joue.

– McDonagh ? murmura-t-il. Morgan McDonagh ?
– Oui.
– Mais tu es mort.

Sheehan retira sa main d'un mouvement brusque, comme s'il s'était brûlé.

– Non.

Morgan posa ses propres mains sur les épaules de Sheehan et le regarda droit dans les yeux.

— Je suis allé en enfer, et c'est peu de le dire, mais j'en suis revenu. Et je ne suis pas mort. Regarde-moi, Quinn. C'est moi qui suis devant toi. On y est arrivés.

Les yeux de Sheehan plongèrent dans ceux de Morgan et s'illuminèrent. Puis un unique sanglot lui échappa, une violente explosion de douleur et d'incrédulité, et ses genoux se dérobèrent sous son poids.

Morgan et O'Sullivan l'attrapèrent sous les aisselles et l'amenèrent jusqu'au banc. Morgan s'assit à côté de lui et O'Sullivan alla fermer la porte, se détournant par discrétion de l'homme qui pleurait à présent à chaudes larmes sur l'épaule de son ami. Il s'accrochait aux vêtements de Morgan si désespérément qu'il en déchirait presque l'étoffe, mais Morgan l'enlaça, le serrant et le réconfortant dans la langue de leurs mères jusqu'à ce qu'enfin ses hoquets s'arrêtent et qu'il se calme, son front au creux de l'épaule de son vieux compagnon.

— Que s'est-il passé, Quinn ? demanda Morgan avec beaucoup de douceur.

Sheehan se redressa et essuya son visage du revers de sa manche, les yeux encore baignés de larmes.

— Tu es retourné là-bas ? Au village ?

Morgan fit signe que non.

— Moi, si.

Quinn s'arrêta et l'expression dans ses yeux se fit encore plus douloureuse.

— Il ne restait plus personne, Morgan. Plus personne du tout. Toutes les chaumières avaient été rasées, toutes les ruelles, tout le monde était mort ou parti.

Il secoua la tête.

— Je n'ai pu retrouver aucun des miens, ni personne que je connaissais. Et alors... J'avais tellement faim. J'ai accepté une soupe, de la part des protestants.

Il se courba à nouveau en deux et murmura d'une voix angoissée :

— J'ai vendu mon âme au diable.

— Mais non.

Morgan mit sa main sur le genou de son ami.

— Ce sont des discours d'hommes, ça, pas la Parole de Dieu. La seule religion de Dieu, c'est celle qui commande que l'on s'occupe des veuves et des orphelins. Et j'étais là, avec toi, toutes ces innombrables fois où tu as donné le peu de nourriture que tu avais à un enfant qui n'avait plus rien.

— Mais...

— Mais rien, Quinn. Tiens-toi ça pour dit. Qui, pour commencer, a mis cette soupe entre tes mains, hein ? Dieu, et Dieu seul, alors ne t'imagine pas qu'Il n'aura pas quelques mots bien choisis pour ceux qui s'arrogent le droit d'ajouter des conditions à l'obtention de Son pardon.

Quinn le regarda, avide de le croire.

— Ils payaient le voyage à ceux qui voulaient partir, alors je suis parti.

— Bien, déclara Morgan. Tu as fait le bon choix. Tu es venu tout seul ?

— Oui. J'ai cru que je retrouverais Sean, ou quelqu'un d'autre. Je n'avais jamais vu un endroit aussi grand qu'ici. Et ils nous haïssent tellement ici... ajouta Quinn. Je n'avais pas idée qu'ils nous haïssaient à ce point, mais...

Il haussa les épaules.

— Regarde-nous. Nous sommes de pauvres imbéciles en haillons, tout juste bons à récurer les sols, à nettoyer les égouts et à ramasser les morts. Je n'ai… je n'ai pas pu…

Il baissa les yeux sur ses mains.

— J'ai perdu tout espoir au bout d'un moment. J'ai cru que je réussirais à me saouler à mort, mais je n'ai réussi qu'à devenir dingue.

— C'est fini maintenant, tout ça. Nous, les Irlandais, nous sommes des héros. Tout au moins cette semaine.

— Peut-être, reconnut Quinn. Peut-être pas. Je n'ai plus le courage de retourner à la vie normale, tu sais.

— Peut-être que c'est juste ce coin du monde qui ne te convient pas, suggéra Morgan. Écoute, Quinn, je pars vers l'Ouest. En Oregon. Est-ce que tu sais où ça se trouve ?

Sheehan fronça les sourcils et fit signe que non.

— Moi non plus, rétorqua Morgan dans un grand sourire. Mais j'ai une carte. Un pistolet. Et un cheval. Mais personne pour m'accompagner. Alors je veux que tu viennes avec moi, Quinn. En Oregon.

Quinn releva la tête, et Morgan entrevit une lueur d'intérêt derrière la méfiance de l'homme.

— Pourquoi l'Oregon ?

— Grace est là-bas.

— Grace ?

Quinn se pencha en avant.

— Est-ce qu'elle sait que tu viens la rejoindre ? Que tu es vivant ?

— Je ne sais pas exactement où elle se trouve en Oregon. Ogue dit que je devrais écrire à un certain capitaine Reinders, à San Francisco, mais…

Morgan hésita, réfléchissant à cette option.

– Il veut l'épouser, Quinn. Ils sont peut-être déjà mariés d'ailleurs, mais si ce n'est pas le cas... Eh bien, je ne veux pas lui envoyer une lettre qui l'inciterait à se dépêcher, si tu vois ce que je veux dire.

– Mais c'est ta femme ?

– Oui, un prêtre renégat nous a mariés au beau milieu de la nuit, avec pour témoin un homme qui a quitté cette terre depuis bien longtemps.

Morgan laissa sa phrase faire son chemin dans l'esprit de son ami.

– Dieu reconnaîtra peut-être notre union, mais pas la loi.

– Et s'ils se sont déjà mariés ?

– J'y ai pensé, admit Morgan. J'ai imaginé la laisser vivre tranquillement son bonheur. Mais j'ai déjà commis cette erreur une fois dans ma vie, et je ne vais pas recommencer. Et puis il y a Jack. Mon fils, ajouta-t-il fièrement. J'ai un fils, Quinn, et rien ne m'empêchera d'aller lui serrer la main ni d'embrasser sa mère, remariée ou non.

– Hum.

Quinn s'appuya contre le mur.

– Ça paraît irréel, tout ça. J'ai déjà du mal à croire que tu es assis là, en train de me parler...

– Des miracles se produisent tous les jours, mon ami. J'en suis la preuve vivante, et toi aussi.

Morgan se leva.

– Alors, Quinn, il n'y a que deux possibilités : est-ce que tu sors d'ici sur tes deux pieds ou est-ce que je dois te porter ?

Sheehan jaugea du regard la silhouette de son vieil ami et rit, pour la première fois depuis si longtemps qu'il n'avait pas souvenir de la fois précédente.

— Tu n'as pas l'air de quelqu'un qui pourrait porter ne serait-ce que ma grand-mère, alors pour ce qui est d'un homme qui casse des cailloux tous les jours pour gagner sa croûte...
— Chiche !
Morgan tendit la main. Sheehan hésita, longtemps, très longtemps, puis il planta son regard dans les yeux de l'homme qu'il avait suivi loyalement d'un bout à l'autre de l'Irlande, l'homme dont il avait pleuré la mort chaque jour depuis qu'il l'avait apprise.
— Je vais me débrouiller tout seul, déclara-t-il gravement, posant sa main dans celle de Morgan pour qu'il l'aide à se relever. Quand est-ce qu'on part ?
— Maintenant.
Morgan tapota le portefeuille dans la poche de sa veste.
— Dis au revoir à cet endroit, Quinn, car ce soir, on sera en train de chanter chez les Ogue. Et si je n'ai pas assez là-dedans pour régler tes comptes, eh bien... (Il arbora un large sourire.) Je laisserai O'Sullivan à ta place ici.
— Je pense qu'on pourra trouver un arrangement.
O'Sullivan était soulagé de voir que l'esprit de Sheehan était en voie de guérison, qu'à son regard hanté se substituait quelque chose qui ressemblait à de l'espoir.
— Messieurs...
Il tint la porte ouverte.
— Par ici.
Quinn sortit le premier, puis Morgan, et enfin O'Sullivan, qui posa une main sur le bras de McDonagh pour le retenir.
— J'étais à une soirée un jour avec ma femme, commença-t-il, et votre nom a été cité dans la discussion.

Il y avait ceux qui pensaient que l'Irlande était une cause perdue et vous un agneau sacrificiel, mais Grace était là, et elle n'acceptait pas qu'on puisse dire des choses pareilles. Elle disait que vous aimiez la vie, que la vie était un don précieux selon vous, mais que son sacrifice était le prix de la liberté et que vous aviez payé ce prix en toute conscience pour que d'autres ne soient pas contraints de faire la même chose. Elle disait que vous aviez donné de l'espoir à votre peuple, monsieur McDonagh, quelque chose à quoi se raccrocher.

O'Sullivan regarda en direction de la réception où Quinn les attendait. Il avait l'air plus grand qu'une heure auparavant.

– Monsieur McDonagh, lui dit-il d'une voix posée, c'est toujours vrai.

27

Ce fut le Dr Wakefield qui annonça à Grace que Sœur Joseph s'était éteinte dans son sommeil. Tout le monde s'était rendu compte de la lente détérioration de sa santé, même si elle-même se disait en parfaite santé, hormis cet essoufflement persistant qui l'agaçait. Pourtant, tous ceux qui la connaissaient et qui l'aimaient avaient choisi de croire qu'il lui restait encore de nombreuses années à vivre. Le Dr Wakefield fut profondément attristé par la disparition de la religieuse et n'essaya pas de réagir de façon stoïque ; penser à elle l'émouvait aux larmes. Sœur Joseph travaillait avec lui depuis de nombreuses années et l'avait davantage soutenu dans son travail que n'importe lequel de ses assistants médicaux de sexe masculin ; cette vérité qui lui sauta aux yeux maintenant qu'elle était morte, et la prise de conscience qu'elle eût fait un formidable médecin, le poussèrent à réviser sa position sur la question des « femmes médecins ». En hommage à sa meilleure infirmière, il fonda discrètement une bourse à son nom à l'école de médecine des Quakers, et proposa d'accueillir une de ses diplômées une fois tous les deux ans. Ses confrères furent bien entendu estomaqués par cette décision, mais ils l'acceptèrent finalement de bonne grâce. Wakefield estimait qu'il devait au moins cela à la religieuse, surtout en regard de cette terrible année de choléra et du dévouement dont elle avait fait preuve envers chacun de ses patients.

Mme Donnelly l'avait aidé à organiser la courte cérémonie d'enterrement au cimetière, et lui avait présenté Margaret Mulhoney, qui portait la toute petite Josephine dans ses bras. Sur le chemin du retour, Grace lui avait raconté tout ce qu'avait fait Sœur Joseph pour cette famille, et avait révélé sa propre intention de poursuivre cette œuvre maintenant que la religieuse n'était plus. Margaret n'avait pas récupéré toutes ses forces après la naissance de sa petite dernière, et il y avait toujours un enfant ou un autre qui tombait malade ou attrapait quelque chose. La famille vivait dans la misère et dépendait entièrement de la générosité d'autrui, même si Davey se débrouillait pour travailler aussi souvent que possible, et si Rose, la fille aînée, gagnait un peu d'argent de temps en temps en aidant le vieil homme qui vivait au-dessus de chez eux. Sœur Joseph, expliqua Grace à Wakefield, leur apportait régulièrement de la nourriture et des médicaments, offrant ainsi un peu de réconfort à une famille isolée, dont personne d'autre ne s'occupait.

Wakefield avait hoché la tête et pris cette mission à cœur lui aussi ; il avait promis à Grace qu'il l'accompagnerait la prochaine fois qu'elle irait chez les Mulhoney et qu'il les ausculterait tous, pour voir s'il était possible de faire quelque chose pour améliorer leur santé, ainsi que celle du nouveau-né. Et c'était ainsi qu'il s'était retrouvé, par une journée humide, dans l'appartement sombre d'un bâtiment du front de mer.

— Votre bébé est solide et en bonne santé, déclara Wakefield en rendant l'enfant à sa mère. Et les autres ont simplement besoin de s'alimenter plus régulièrement pour grandir. Une fois que les températures remonteront et évacueront toute cette humidité, ils se porteront à merveille.

Rose se remit à tousser, d'une toux sèche et rauque, et Wakefield reconsidéra sa dernière remarque.

— Néanmoins, votre fille aînée devrait garder le lit. Pouvez-vous vous débrouiller sans elle pendant environ une semaine ?

— Oui, déclara Margaret. Mais elle ne voudra jamais en entendre parler. Elle ne restera pas couchée si les autres ont besoin qu'on s'occupe d'eux.

— Et M. Smith, bredouilla Rose, qui va s'occuper de lui ? Il est malade, lui aussi ! Et Wills est malade !

— Le vieil homme au second a un fils handicapé mental, précisa Margaret. Ils ne peuvent jamais sortir. C'est Rose qui s'occupe de leurs courses et du reste.

Elle se tourna vers sa fille.

— Davey prendra soin de M. Smith et de Wills, Rose ; tu ne peux pas te rendre malade pour eux.

— Je vais aller le voir, moi aussi, Rose, dit Grace pour rassurer la petite fille. Fais ce que te dit le docteur et va te coucher avec tes sœurs. Regarde, je vous ai apporté une jolie couverture sous laquelle vous allez pouvoir vous blottir, et Mary Kate vous a préparé un peu de lecture.

Rose regarda les livres d'un air interdit, et Grace se demanda si elle savait lire, ayant déjà découvert que Margaret Mulhoney ne savait pas ; cette dernière lui avait confié que son dernier mari connaissait presque tout l'alphabet et qu'il pouvait comprendre quasiment tous les mots, mais qu'elle-même n'avait jamais appris, trop occupée qu'elle était à veiller sur ses vieux parents, puis sur son mari et ses enfants.

— Je vous ferai la lecture avant de partir, d'accord ? proposa Grace. Mais seulement une fois que tu seras couchée.

Rose se leva lentement et passa derrière le rideau qui partageait la pièce en deux pour se changer et enfiler ses habits de nuit, toussant sans arrêt. Grace alla vérifier que la bouilloire était encore chaude et se mit à préparer une infusion à base de feuilles de molène séchées, dans laquelle elle ajouta du miel, une larme de whisky et un jus de citron bien mûr, ingrédients qu'elle avait tous apportés avec elle.

— Pendant que vous faites ça, madame Donnelly, je crois que je vais monter faire une petite visite à ce M. Smith, annonça Wakefield. Il y a un tas de saletés qui traînent en ce début de printemps, et si on veut éviter de se retrouver avec une épidémie quelconque, mieux vaut que j'aille voir un peu ce qui se passe là-haut.

– Très bien, approuva Grace.

Elle remua son mélange reconstituant, et l'odeur de citron chaud emplit agréablement la pièce.

– Nous pourrons rentrer quand vous aurez fini.

Wakefield opina, referma sa trousse et se dirigea vers la porte.

– Quelle chambre, Rose ?

– Deux étages au-dessus, tout au fond, à l'arrière. De ce côté-ci, conclut Rose en montrant la droite, sans cesser de tousser.

Wakefield disparut, et Grace distribua son breuvage brûlant, vérifiant que les couvertures du lit étaient bien remontées sur les poitrines vulnérables ; puis elle rangea le pain frais et le beurre dans le garde-manger et posa l'épaisse soupe de pommes de terre sur le petit poêle à charbon. Après cela, elle changea les couches du bébé, offrant à Margaret un peu de liberté pour se laver le visage et enfiler un tablier propre, puis rangea la pièce afin qu'elle semble moins exiguë et un peu plus chaleureuse. Lorsqu'elle eut fini de remballer ses propres affaires, Wakefield réapparut, passablement irrité.

– Bon, il m'a laissé entrer, mais pas pour longtemps. Ils ont tous les deux une congestion pulmonaire. Madame Mulhoney, peut-être devriez-vous envoyer Davey là-haut avec un bol de cette boisson chaude qu'a préparée Mme Donnelly. Ça les soulagerait un peu.

– Bien, docteur, répondit Margaret sur-le-champ. On va s'en occuper ; et merci d'être venu nous voir.

Je suis rassurée de savoir que tout mon petit monde ira bientôt mieux.

— Je repasserai en fin de semaine, madame Mulhoney, mais si vous avez besoin de quoi que ce soit avant, n'hésitez pas à faire passer un mot à l'hôpital.

Grace leur dit au revoir puis attrapa son sac et sortit à la suite du médecin. Après l'atmosphère confinée et moite qui régnait dans l'appartement humide, l'air frais les revigora tous les deux. Grace respira profondément alors qu'ils s'éloignaient du port en direction de la grand-place.

— C'était très gentil à vous d'être venu vous occuper d'eux, et du vieux voisin.

— Il n'est pas si vieux que ça, observa Wakefield. Il pourrait trouver du travail et vivre correctement, s'il n'était pas accaparé par son fils.

— Le petit va donc si mal que ça ?

Wakefield acquiesça.

— Il râle, il bave, il tremble, il a des spasmes... Une catastrophe. Il a contracté une fièvre cérébrale il y a cinq ans et son état n'a pas cessé de se détériorer depuis, d'après le père. Ils sont venus dans l'Ouest parce que le climat y est plus sec, ajouta-t-il avec un soupir. Est-ce que vous savez comment ils gagnent leur vie ?

— Rose dit qu'il y a une femme qui passe les voir une fois de temps en temps, généralement tôt le matin, très vite. Elle en a parlé à M. Smith un jour, et il lui a dit que c'était quelqu'un d'une œuvre de bienfaisance. Mais Sœur Joseph pensait qu'il s'agissait plutôt de la mère de l'enfant, ou peut-être d'une tante, qui gagnerait sa vie ailleurs d'une façon ou d'une autre.

— C'est sa femme, annonça Wakefield. Quand il a ouvert la porte, je lui ai dit que je venais de la clinique, et il m'a demandé si c'était sa femme qui m'envoyait. Je lui ai répondu que non, que j'étais le Dr Wakefield, et que je venais voir son fils.

Le docteur s'immobilisa.

— Il est devenu tout pâle et m'a demandé si quelque chose était arrivé à sa femme, et si c'était la raison pour laquelle elle ne pouvait pas venir elle-même s'occuper de l'enfant. Je lui ai expliqué qu'en fait je ne connaissais pas Mme Smith, que j'étais venu rendre visite aux Mulhoney au rez-de-chaussée, et que j'avais appris que lui et son fils étaient mal en point aussi.

— Il a dû penser que sa femme vous avait envoyé pour soigner le garçon, et quand il s'est rendu compte que ce n'était pas le cas, ça l'a déstabilisé. À force de vivre comme ça tout seul, avec ce pauvre enfant pour seule compagnie, il doit être un peu dérangé.

— Mais alors, pourquoi pensait-il que quelque chose était arrivé à sa femme ? interrogea Wakefield, perplexe. Enfin, quoi qu'il en soit, il m'a quand même permis d'ausculter le gosse... Le jeune homme, devrais-je dire, parce qu'il doit avoir une vingtaine d'années ; il est très faible, mais pas vraiment malade, même s'il tousse comme Rose.

Il marqua une pause.

— Quand je lui ai dit qu'il pouvait encore vivre au moins deux ou trois ans et qu'il faudrait peut-être penser à le placer en asile, il m'a demandé de sortir. Il m'a même attrapé à deux mains et m'a flanqué à la porte !

Wakefield regarda Grace comme pour qu'elle lui confirme qu'il s'agissait bien là du comportement d'un déséquilibré.

— Eh bien, il ne vous connaît pas, docteur, et peut-être a-t-il eu peur que vous n'ayez le pouvoir de lui retirer son enfant d'une manière ou d'une autre, suggéra Grace.

— Jamais je ne ferais une chose pareille. Mais, malgré tout, quel gâchis ! Je plains le pauvre homme, devoir sacrifier sa vie pour quelqu'un qui ne connaît même plus le nom de celui qui le soigne tous les jours…

— Gardez votre pitié pour vous, docteur, le gronda gentiment Grace. Si M. Smith est le genre d'homme que j'imagine, il n'en voudra pas. Il se fiche bien de savoir si son fils le reconnaît ou non. *Lui, il* connaît son fils, il aime son fils, et il le protège du monde extérieur qui préférerait le voir mourir au milieu d'étrangers plutôt que dans les bras de son père. Pour M. Smith, s'occuper de son enfant n'est pas un sacrifice. C'est le plus beau cadeau qu'il puisse lui offrir. Est-ce que vous considérez que c'est un sacrifice de vous occuper de votre sœur ?

Wakefield protégea ses yeux de la réverbération du soleil.

— Je ne suis sans doute pas aussi valeureux que M. Smith, déclara-t-il gravement. Je n'ai rien abandonné pour ma sœur. Pire, j'ai profité de son malheur.

— Mais vous ne vous êtes jamais marié, docteur, souligna Grace. Vous n'avez pas même fait la cour à une femme. Vous ne vous accordez pas beaucoup de bon temps, et vous vous aventurez rarement dans les soirées mondaines. Et quand vous le faites, vous souffrez des affronts des mauvaises langues qui ont tendance à échanger des messes basses sur le compte de votre sœur…

— Je ne peux pas, honnêtement, appeler ça un sacrifice, répondit Wakefield en la regardant. Le malheur d'Abigail m'a permis de m'investir totalement dans mon métier, de travailler nuit et jour pour mes études, de ne fréquenter que les gens que j'avais choisi de voir, et d'échapper à toutes ces obligations sociales qui, franchement, m'ennuient à mourir.

— N'allez-vous donc jamais vous marier ? Fonder une famille, avec une femme et des enfants ?

Wakefield laissa ses yeux s'attarder sur la ravissante chevelure qui entourait le visage de Grace, sur le rose qui teintait ses joues, sur cette expression d'intelligence pleine de vitalité qu'il trouvait si engageante.

— Je me marierais volontiers, reconnut-il. Mais je suis un érudit ennuyeux dont la passion est rarement stimulée par autre chose que les sciences médicales. Et je suis trop impatient pour les bavardages polis. Il faut aller droit au but, c'est ma devise. Or ce n'est pas exactement ce qui plaît aux jeunes femmes.

Wakefield se remit en marche, et Grace lui emboîta le pas.

— Il me faudrait une femme comme vous, madame Donnelly, quelqu'un qui me stimule et m'oblige à me remettre en question, mais peut-être un tout petit peu plus malléable et en adoration devant moi, toutefois, ajouta-t-il. En parlant de cela, comment se porte votre très soumis capitaine Reinders ?

Grace lui décocha un coup de coude dans les côtes, et il rit sous l'effet de la surprise.

— C'est vilain de dire ça, le gronda-t-elle. Je suis reconnaissante envers Peter de nous laisser suffisamment de temps pour nous adapter à la situation.

— Le mariage est toujours prévu pour le mois de mai ?

— Oui.

Grace perçut une pointe de regret dans sa propre voix, et espéra que le docteur ne l'avait pas remarquée.

— Il veut que les enfants et moi remontions la côte avec lui pour aller voir à quoi ressemble cette fameuse cité de New Whatcom.

— J'ai entendu dire que les paysages sont magnifiques dans ce coin-là. Que ça ne ressemble à rien d'autre.

— Liam dit qu'à bien des égards ça ressemble à l'Irlande, et pourtant il ne veut pas venir vivre avec nous là-bas. Il préfère la ville.

— Vous aimez la ville, vous aussi, fit prudemment remarquer Wakefield.

Grace se mordit la lèvre.

— Nous n'avons encore rien décidé. Peter dessine des plans de maison et je vais aller voir sur place, mais je n'ai pas encore dit oui pour le déménagement.

— Mais lui, il prie que pour que ce soit le cas.

— Oui. Il adore cet endroit. Il n'arrête pas d'en parler.

Grace soupira puis se reprit.

— Mais si les enfants sont eux aussi emballés et que tout le monde veut aller y habiter, alors…

— Alors vous vous sacrifierez pour les gens que vous aimez.

Grace ne répondit pas, se contentant de continuer à marcher en regardant par terre.

— Vous me faites vraiment penser à Sœur Joseph, s'avisa Wakefield. Qu'est-ce que vous avez toutes, vous, les Irlandaises, avec vos blessures d'amour éternelles ? Elles vous viennent du lait maternel, ou des vieilles histoires que l'on vous raconte dès le berceau ?

– C'est ça, dit Grace en riant, et en repensant à sa grand-mère. Je pourrais vous prêter le livre en question, si vous voulez.

Wakefield rejeta la tête en arrière et éclata de rire à son tour.

– Je suppose que j'ai exactement le même, même si le mien est peut-être un peu moins usé que le vôtre.

Wakefield s'immobilisa soudain.

– Ça me fait penser à quelque chose : est-ce que vous avez prêté de la vaisselle de chez nous aux Mulhoney ?

Grace réfléchit avant de répondre.

– Je leur ai porté des pots de confiture et des marmites de soupe, mais je les rapporte toujours la fois suivante.

Elle tendit son panier à bout de bras en guise de preuve.

– Pourquoi est-ce que vous me demandez ça ?

Wakefield se gratta la tête.

– J'aurais pu jurer que le plat que j'ai vu sur la table de M. Smith nous appartenait. Et quelques autres objets dans la pièce me paraissaient eux aussi familiers, alors j'ai pensé que, peut-être, vous les aviez prêtés aux Mulhoney, qui à leur tour les avaient transmis à leur voisin.

– J'ai peut-être oublié une ou deux choses, supposa Grace. Pourtant, je fais attention, car ce sont vos affaires. Je suis désolée si c'est le cas. Je vais aller les rechercher tout de suite.

– Non, non. Ça m'est égal. Laissez-les-leur.

Wakefield regarda sa montre.

– Il faut que je me dépêche si je veux faire quelque chose de cette journée, et je suis sûr que tout le monde attend son déjeuner à la maison. Voulez-vous que je vous hèle un fiacre ?

— Non, merci, docteur. Un peu de marche me fera du bien. Et puis je vais acheter des légumes en chemin. À ce soir, alors.

Le docteur souleva son chapeau et salua révérencieusement Grace, ce qui la faisait toujours sourire, puis il traversa la rue de façon hasardeuse, provoquant l'arrêt brutal d'un chariot de provisions dont le cocher leva vers lui un poing menaçant. Grace rit puis se remit à remonter la colline, s'arrêtant en route pour acheter les provisions dont elle avait besoin. Lorsqu'elle pénétra enfin dans la cuisine par la porte de service, M. Hewitt et ses élèves, qui avaient terminé leurs leçons du matin, étaient déjà installés autour de la table ; Mary Kate et Jack dessinaient, leur professeur lisait un de ses romans anglais, et Enid se tenait devant le fourneau, remuant les haricots et le bacon, la tête penchée sur la marmite, apparemment absorbée par sa tâche.

— Maman !

Les enfants l'accueillirent avec enthousiasme, et M. Hewitt la salua d'un petit geste de la main par-dessus les pages de son livre.

Grace posa le panier par terre près de la bassine, puis suspendit son manteau et son chapeau et enfila un tablier propre. Après avoir remis en place ses cheveux décoiffés par le vent, elle s'approcha du fourneau pour relayer Enid et remarqua les yeux et le nez rougis de la jeune fille.

— Est-ce qu'il y a quelque chose qui ne va pas, Enid ? Tu pleures ?

Gênée, Enid refusa de lever les yeux.

– Non, murmura-t-elle.

Mais des larmes coulèrent jusqu'à la base de son nez et y restèrent suspendues un instant avant qu'elle ne les essuie.

– Tu peux me parler, dit Grace toujours à voix basse, tout en reprenant en main la cuisson. Je ne dirai rien à personne.

Enid renifla et jeta un coup d'œil par-dessus son épaule avant de se tourner vers Grace.

– Je vais me marier…

Elle avait les yeux emplis d'angoisse.

– Ma mère a arrangé ça pour moi. Je suis promise à un certain M. Pennywhistle, qui tient la boutique de pipes et de tabac sur la place.

Grace s'arrêta de remuer.

– Est-ce que tu le connais, Enid ? Est-ce que tu veux te marier avec lui ?

Enid secoua la tête, et ses larmes redoublèrent.

– On est allées dans sa boutique une fois. J'ai cru que c'était pour acheter une pipe pour mon père… Pour un vieil ami de mon père, mais en fait, c'était pour que M. Pennywhistle puisse me voir. Il m'a trouvée bien, m'a dit ma mère.

Elle essuya ses yeux avec l'ourlet de son tablier.

– Il voulait m'épouser tout de suite, mais elle l'a fait patienter jusqu'à ce qu'ils se mettent d'accord sur ma dot. C'est pour l'argent, avoua-t-elle avec amertume. C'est tout ce qui intéresse ma mère

– Tu es majeure, Enid.

Grace posa sa main sur l'épaule de la jeune femme.

– Tu n'as pas à te marier avec quelqu'un que tu n'as pas choisi. Personne ne peut t'y forcer. Tu dois le dire à ta mère.

— Me dire quoi ?

Hopkins était entrée dans la pièce sans un bruit, comme à son habitude.

— Enid ? Tu as quelque chose à me dire ?

Enid se retourna et fit face à sa mère, rassemblant un courage que Grace ne l'avait jamais vu déployer, malgré ses joues pâles et ses lèvres tremblantes.

— Je ne vais pas épouser M. Pennywhistle, déclara-t-elle. Je ne suis pas amoureuse de lui, maman. Je ne le trouve même pas sympathique.

Le visage d'Hopkins devint cramoisi et elle serra les poings à s'en faire blanchir les articulations. Puis elle fit un pas en direction de sa fille, ses yeux menaçants rivés dans ceux, paniqués, d'Enid.

— Ne sois pas stupide, ma fille, siffla-t-elle. Une chance pareille ne se représentera pas de sitôt, et même jamais. De plus en plus de femmes arrivent ici tous les jours, et bientôt les hommes comme Pennywhistle n'accorderont même plus un regard à des servantes comme toi.

— Je m'en fiche, répliqua Enid sans céder un pouce de terrain, alors même qu'elle donnait l'impression qu'elle allait s'évanouir d'une seconde à l'autre. Je ne veux pas l'épouser. Il est vieux.

— Il est riche ! explosa Hopkins avant de se dominer et de recouvrer son calme. Tu sais pourquoi tu dois faire tout ça, Enid, reprit-elle doucement pour essayer de l'amadouer. Nous devons tous faire des sacrifices. Il vaut mieux s'en débarrasser dès maintenant pour ne plus avoir à recommencer. Il s'occupera bien de toi, ma fille ; il s'occupera bien de nous tous. Tu sais ce que je veux dire, Enid. Tu sais que l'on dépend tous de toi.

– Non !

Enid tourna les talons et se rua hors de la cuisine par la porte de derrière, puis traversa la cour, et descendit en courant le chemin qui menait à la mare, aveuglée par ses larmes.

Hopkins retourna sa fureur contre Grace.

– Tout ça, c'est votre faute. Vous avez monté cette pauvre fille contre sa propre mère, alors que je ne fais que me préoccuper de son sort. Je ne pourrai pas travailler ici éternellement, vous savez ! Elle va devoir se débrouiller toute seule ! Elle pourrait être riche et entretenue ! Mais vous avez tout gâché. Vous avez gâché la seule chance qu'Enid avait de mener une existence heureuse. Vous êtes le diable en personne !

– Ça suffit ! intervint M. Hewitt en refermant violemment son livre et en se levant, le doigt pointé vers la gouvernante. Vous dépassez les bornes, Hopkins. C'en est trop. Mme Donnelly ne vous a causé aucun tort.

Hopkins se fit menaçante.

– Si vous croyez que je suis dupe de votre petit jeu, vous, l'instituteur, éructa-t-elle. Vous êtes aussi pourri que tout le monde dans cette maison. Vous croyez que je ne vous ai pas vu en train d'épier Mlle Wakefield par la fenêtre de sa chambre quand elle s'habille ? Ou monter les escaliers sur la pointe des pieds pour aller jouer les soupirants devant sa porte ?

Hewitt rougit jusqu'à la racine de ses cheveux noirs mais parvint à faire le tour de la table en affichant une dignité outragée.

– Comment osez-vous, madame ? Je n'ai parlé à Mlle Wakefield que lors de ses très rares apparitions, et une fois ou deux à sa fenêtre, alors que tout le monde pouvait nous voir. Je lui ai aussi apporté quelques livres, avec l'intention de soulager son esprit tourmenté.

— Il n'y a pas que cela que vous aviez l'intention de soulager, l'accusa Hopkins, sournoise. J'ai lu les mots que vous lui adressez.

Hewitt ouvrit la bouche, frappé d'horreur.

— De la poésie, madame. J'ai recopié des vers pour la distraire !

— C'est anormal, ce genre d'attirance pour une femme malade. Vous êtes un homme anormal qui s'attaque aux êtres faibles et vulnérables.

— Je refuse que ma réputation ou celle de Mlle Wakefield soit calomniée davantage, riposta Hewitt, les dents serrées. Nous allons régler cela avec le Dr Wakefield dès qu'il sera de retour.

— Vous allez vous retrouver à la porte sans aucune référence à faire valoir, affirma Hopkins. Vous serez ruiné.

— Non ! hurlèrent Mary Kate et Jack, retrouvant brusquement leurs voix.

— Ou peut-être pas, reconsidéra Hopkins avec un calme glacial. Car de toute façon, du moment que sa sœur ne fait pas de bruit et ne le dérange pas, le docteur se moque pas mal de ce qui peut bien lui arriver. J'en ai la preuve.

Elle eut un rictus qui fit frissonner tout le monde dans la pièce.

— Vous n'êtes là, monsieur Hewitt, que pour que ces sales mômes irlandais ne soient pas dans les pattes du docteur pendant qu'il s'occupe de leur mère. Vous avez passé une bonne matinée, n'est-ce pas, madame

Donnelly ? Vous avez gagné un peu d'argent de poche pour votre mariage ?

— Maintenant, ça suffit !

Hewitt s'avança, mais ce fut Grace qui saisit Hopkins par les épaules, l'obligea à se tourner vers elle et la gifla aussi fort qu'elle le put, envoyant par terre la gouvernante stupéfaite.

— Ne vous avisez plus jamais d'insulter mes enfants ou moi, avertit Grace d'une voix féroce. Debout. Debout tout de suite, et sortez d'ici.

— Faites ce qu'elle vous dit, lança George Litton, qui venait d'entrer dans la pièce.

Hopkins se releva, chancelante, posant une main sur la marque rouge de sa joue.

— Je vais m'en aller, déclara-t-elle. Pour de bon. Et quand cette pauvre bougresse là-haut se donnera la mort, vous devrez en répondre devant le docteur.

Hewitt pâlit.

— Elle ne va rien faire de ce genre, répliqua Grace. Elle ira bien mieux une fois que vous serez partie.

— C'est ce que vous croyez, lança Hopkins d'un air suffisant. Quant à Enid… Je m'en lave les mains. C'est votre problème à présent, le jardinier. Faites d'elle ce que vous voulez.

Une expression troublée voila le visage de Litton, mais il hocha la tête d'un air grave.

— Ainsi soit-il.

— Ainsi soit-il, répéta Hopkins, sortant à reculons comme si elle redoutait qu'ils ne se jettent sur elle.

Arrivée devant la porte, elle se retourna et disparut en courant dans l'escalier.

Les enfants bondirent de table et se précipitèrent vers leur mère, passant leurs bras autour de sa taille.

— C'est fini, maintenant, dit Grace en les serrant contre elle. Je suis désolée pour tout ça, mais ne vous inquiétez pas. C'est une méchante femme et on se portera mieux sans elle.

— Et Mlle Wakefield ? s'enquit Mary Kate d'une petite voix.

Grace se mordit la lèvre.

— Je ferais bien d'aller m'occuper d'elle jusqu'à ce que Hopkins ait quitté la maison. Inutile de l'inquiéter plus qu'il ne faut. Monsieur Hewitt… (Elle se retourna vers lui.) Auriez-vous l'obligeance d'emmener les enfants dans la cour un moment ? Et, monsieur Litton, pourriez-vous aller trouver Enid pour lui dire que sa mère va partir ?

Les deux hommes hochèrent la tête de concert et s'en allèrent en compagnie des enfants. Grace retira du feu la soupe fumante, la posa à côté et inspira profondément pour reprendre ses esprits avant de se rendre dans la chambre d'Abigail. Après avoir remis de l'ordre dans sa coiffure et sa tenue, elle monta l'escalier et emprunta le couloir. Elle allait pénétrer dans la chambre quand Hopkins apparut.

— Je veux la voir d'abord, déclara la gouvernante.
— Non.

Grace maintint fermement sa main sur la poignée de la porte.

— Vous n'allez pas la revoir, jamais. Je lui dirai que vous êtes partie.

Hopkins enregistra l'information, puis esquissa un sourire mauvais.

— Faites-lui passer ce message, alors, lorsqu'elle vous posera la question. Dites-lui que ce qui est fait est fait et que rien ne peut le défaire. Eden sera à jamais perdu.

– Que diable voulez-vous dire par là ?

Grace lâcha la porte et s'approcha d'Hopkins.

– Dites-lui ça, c'est tout, s'esclaffa la gouvernante en reculant dans le couloir. Dites-le-lui et voyez ce qui se passe.

Puis elle se retourna et disparut dans l'escalier de service.

Bon débarras, pensa Grace avec un soupir de soulagement. Mais elle pénétra dans la chambre d'Abigail avec une certaine appréhension, le message énigmatique d'Hopkins résonnant encore à ses oreilles.

Elle fut soulagée de constater qu'Abigail dormait encore, ses lourds rideaux l'isolant des bruits du monde extérieur. Grace décida de ne pas la réveiller et d'attendre le retour du Dr Wakefield avant de lui annoncer le départ de la gouvernante. Même si elle sentait au plus profond de son âme qu'Abigail allait revivre une fois soulagée de la présence étouffante de cette femme, Grace redoutait que, dans un premier temps, la nouvelle ne provoque une aggravation dramatique de son état. Évidemment, elle n'allait pas lui communiquer le dernier message d'Hopkins, « Ce qui est fait est fait et rien ne peut le défaire », ni cette allusion à un Éden perdu à jamais ; elle était certaine qu'il y avait là-dessous quelque chose de pernicieux, qui visait à pousser une femme déjà fragile à commettre l'irréparable, à s'assurer que ce suicide prédit aurait bien lieu. Enid dormirait ici ce soir, décida Grace, ou bien elle-même, si la jeune fille était trop effrayée. Quoi qu'il leur en coûte, ils ne laisseraient pas Abigail sans surveillance une fois qu'elle aurait appris le départ d'Agnes Hopkins. Grace était dorénavant responsable de l'esprit fragile qui dormait sur ce lit, de cette femme qui ne se doutait pas que le cours de sa vie venait de tomber entre des mains très différentes.

Abigail écouta longtemps le silence qui régnait dans la maison, le tic-tac de l'horloge, le craquement du bois alors que le vent se remettait à souffler, une quinte de toux qui venait de quelque part du côté de la cuisine. La cuisine, se rappela-t-elle ; c'était là que vivait la cuisinière, l'Irlandaise, Mme Donnelly. Elle s'immobilisa, la main sur la poignée de la porte. C'était cette Mme Donnelly qui avait provoqué le départ d'Hopkins ; elle l'avait presque avoué lorsqu'elle était venue lui parler dans sa chambre ! Mais ce n'était pas ça qui préoccupait Abigail ; ce qui la tourmentait, c'était le fait qu'Hopkins soit partie sans laisser le moindre message. Cela l'avait plongée dans le désespoir. Son frère était venu pour essayer de la calmer et elle avait failli tout raconter, tout confesser… Elle avait failli lui dire qu'Hopkins n'avait pas laissé de message parce qu'elle voulait qu'Abigail vienne elle-même ! Après avoir compris cela, Abigail avait demandé qu'on la laisse seule afin qu'elle puisse écouter la Parole de Dieu et déterminer ce qu'il convenait de faire. La maison était calme. Là-haut, dans la chambre, Enid était allongée par terre, profondément endormie ; Abigail n'avait plus qu'un pas à faire pour sortir.

Il faisait froid en ce petit matin humide, et une brume épaisse flottait au-dessus du port. Abigail marcha sur la pointe des pieds jusqu'à l'allée, attentive à rester sur l'herbe pour que le son de ses pas soit étouffé. La ville avait changé depuis qu'elle avait cessé de sortir, constata-t-elle ; des lampes et de nouveaux bâtiments avaient transformé ses contours, et l'agencement des rues... Comment allait-elle réussir à localiser l'endroit ? Mais alors, elle parvint à se calmer. Elle allait descendre jusqu'à la mer. Elle allait trouver le bon bâtiment parmi tous ceux qui s'alignaient sur le front de mer, puis elle emprunterait le bon escalier, et enfin trouverait la bonne chambre ; elle ouvrirait la bonne porte et Hopkins serait là, en train de l'attendre. Hopkins et l'enfant. L'enfant d'Abigail, Eden. Eden serait en train de l'attendre, et Abigail – enfin – pourrait tenir sa petite fille dans ses bras.

Le cœur battant, Abigail releva sa jupe et se mit à courir.

28

Un tumulte invraisemblable régnait dans la maison depuis qu'Enid avait annoncé qu'Abigail n'était plus dans sa chambre. Wakefield était resté assis, stupéfait, pendant cinq bonnes minutes avant de demander à la jeune fille si elle avait la moindre idée de l'endroit où pouvait être allée sa mère.

— Elle sait peut-être quelque chose à propos d'Abigail, avait-il précisé.

L'angoisse avait ôté toute couleur au visage du docteur. Mais Enid restait silencieuse, se tordant les mains.

– Chez mon père, finit-elle par dire.

Grace la dévisagea, interloquée.

– Il me semblait que tu m'avais dit que tu n'avais pas de père, qu'il était mort...

Enid approuva d'un air penaud.

– Ma mère voulait absolument que nous gardions le secret. Il vit près du front de mer. Avec mon frère.

– Et tu as aussi un frère ?

– William. Il est malade.

Enid hésita avant de poursuivre.

– Il a toujours été en mauvaise santé, mais ça a empiré. Maman disait qu'aucun homme convenable ne voudrait jamais de moi avec un frère pareil, et que personne ne nous embaucherait si on savait qu'elle était mariée.

Sa bouche se remit à trembler.

– Elle a voulu faire interner Wills, mais mon père n'a pas voulu en entendre parler, alors elle lui a dit qu'elle leur donnerait de l'argent pour la nourriture et le loyer s'ils se taisaient. Ils se font appeler les Smith.

Grace et Wakefield échangèrent un regard ; il y avait des centaines de Smith en ville, mais combien d'entre eux étaient un vieux monsieur et son fils malade ?

– Je crois que je les ai rencontrés, lui révéla Wakefield. Ils sont tombés malades récemment, n'est-ce pas ?

Les yeux d'Enid se remplirent de larmes.

– Mon père a peur de mourir le premier, parce qu'il n'y aura plus personne pour s'occuper de Wills. Et maman lui avait promis qu'elle embaucherait une infirmière pour Wills si je me mariais avec M. Pennywhistle.

Son visage se décomposa et elle l'enfouit dans ses mains.

— Mais je ne peux pas ! Elle avait déjà l'argent de Mlle Wakefield ! Elle n'en avait pas besoin de plus !

— L'argent de ma sœur ?

Wakefield se leva, alarmé.

— Je lui payais son salaire de gouvernante. Pourquoi Abigail aurait-elle donné de l'argent à votre mère en plus ?

Enid prit une profonde inspiration puis ouvrit la bouche, mais aucun son n'en sortit.

Grace s'assit à ses côtés et lui prit la main.

— Tu dois nous le dire, maintenant, Enid, l'encouragea-t-elle d'une voix douce. Personne ne te reproche quoi que ce soit. Tu n'auras aucun problème, n'est-ce pas, docteur ?

— Aucun problème, confirma Wakefield sans hésiter. Pourquoi est-ce que ma sœur donnait de l'argent à votre mère, Enid ? La faisait-elle chanter ?

Enid rouvrit la bouche, puis se détourna de lui et regarda Grace dans les yeux. Les siens étaient remplis de tristesse et de remords.

— Mlle Wakefield a un enfant, confia Enid craintivement.

Et Grace se rappela les marques sur le ventre d'Abigail.

— Une fille. Je ne l'ai jamais vue moi-même, mais mère m'a dit qu'elle était noire, et qu'il fallait la cacher.

— Non.

Wakefield secoua la tête.

— Non, ce n'est pas vrai. Son bébé était mort-né.

— Elle l'a gardé en secret, docteur, dit Enid, capable de le regarder en face maintenant qu'elle avait avoué le plus dur. Elle avait peur que vous ne vendiez l'enfant si vous l'appreniez. Votre propre grand-mère l'a aidée ; elle a envoyé la petite ici avec une servante quand elle a été assez grande.

— Non ! Ce n'est pas possible, insista Wakefield. Elle n'aurait jamais gardé cette enfant, sachant d'où elle était née.

— Elle est née de l'amour, docteur. Mais ma mère dit que le père était un nègre, et que quand ils ont été démasqués, on l'a accusé d'avoir violé Mlle Wakefield. Alors elle a pris peur et ne l'a pas défendu. Et ils ont pendu l'homme, docteur ! Sous ses yeux !

Wakefield s'effondra brusquement sur sa chaise.

— Dieu du ciel, dit Grace en le regardant. Est-ce que c'est la vérité ?

Le regard du docteur était devenu trouble.

— Thomas Eden. On le connaissait depuis notre enfance. C'était... mon ami.

— Vous étiez là, docteur ? demanda Grace prudemment. Vous avez participé au lynchage ?

— Grands dieux, non ! s'exclama Wakefield. Tout ça est arrivé avant mon retour. Et je n'ai jamais imaginé une seule seconde que les choses avaient pu se passer autrement que de la manière dont on me les a présentées... Qu'ils aient pu être... Qu'elle...

Il tendit le bras vers le carafon à côté de lui et, les mains tremblantes, versa une giclée de son contenu dans un verre et l'avala d'un trait.

— Elle aurait pu se confier à moi pour que je l'aide. Elle aurait dû savoir que jamais je n'aurais vendu cette enfant. Où sont-elles, Enid ? Vous le savez ?

— Non, docteur. Pendant un temps, elles ont vécu dans un bâtiment à côté de chez mon père, mais le choléra s'est abattu sur la ville et la servante en est morte. Mlle Wakefield ne savait plus à quel saint se vouer. Elle était si malade... Alors, ma mère a trouvé une famille dans les faubourgs, qui a accepté de prendre l'enfant, mais pour un tarif très élevé.

Wakefield restait assis, hébété, faisant tourner son verre dans sa main.

— Je suis désolée. Je suis désolée, docteur. Pardonnez-moi, s'il vous plaît, supplia Enid. Je pensais que ma mère agissait bien avec Mlle Wakefield, je pensais qu'on avait raison de garder son secret. Mais alors...

— Ta mère s'est rendu compte qu'elle avait une mine d'or à sa disposition, intervint Grace.

Enid acquiesça d'un air misérable.

— Mlle Wakefield avait de l'argent à elle, qui lui venait de sa grand-mère, je crois ?

Elle regarda le docteur pour en avoir confirmation.

— Une rente, reconnut doucement Wakefield. Directement versée sur son compte. Je savais que votre mère allait faire des courses pour elle de temps en temps, mais je pensais qu'il s'agissait d'accessoires pour femmes, de vêtements, de choses pour lesquelles elle ne voulait pas me déranger.

— C'était pour la pension de l'enfant ; mais ma mère a commencé à augmenter le tarif tout en gardant la différence pour elle, en prétendant que c'était sa commission pour le dérangement. Elle voulait rentrer en Angleterre, vous savez. S'acheter une pension de famille en Cornouailles pour y vivre avec sa sœur.

Enid baissa les yeux. Sa voix n'était plus qu'un murmure honteux à présent.

— Mlle Wakefield donnait à ma mère tout ce qu'elle lui demandait. Elle croyait que son âme était corrompue, que sa soif de luxure – je vous prie de m'excuser, docteur – avait provoqué la mort d'un homme innocent et la naissance d'un bâtard. *Ma* mère lui laissait croire ça, lui racontait que si elle se privait de tout dans cette vie, si elle souffrait suffisamment, alors Dieu pourrait finalement lui pardonner et faire preuve de miséricorde envers son enfant.

— Est-ce qu'Abigail sait où se trouve l'enfant ? demanda Grace.

— Je ne crois pas. Elle posait la question régulièrement, elle pleurait, même, mais mère n'a jamais cédé. Elle affirmait qu'il fallait qu'elle soit forte pour Mlle Wakefield parce que Mlle Wakefield était trop faible, et qu'elle la sauvait ainsi des tourments de l'enfer.

— En lui faisant vivre l'enfer sur terre, conclut Grace d'un ton amer. Le corps brisé tout autant que l'âme. Donc vous pensez qu'Abigail est partie à la recherche de votre mère de peur de ne plus jamais revoir son enfant ?

C'en était trop pour Enid ; elle se sentait coupable, complice des horreurs qu'elle venait de décrire. Toute couleur abandonna son visage, ses yeux roulèrent en arrière dans leurs orbites, et son corps glissa du canapé. Grace la rattrapa juste à temps.

— Enid ! Allons, Enid.

Grace la secoua doucement.

— C'est un choc pour nous tous. Mais tu peux nous aider. Enid ?

— Enid…

La voix douce de Litton s'éleva du recoin où il s'était tenu tout ce temps, écoutant toute l'histoire et attendant les ordres.

Les paupières de la jeune fille papillonnèrent puis s'ouvrirent ; elle tourna la tête, aperçut George, et lut la compassion dans son regard. Il traversa la pièce, s'agenouilla à ses côtés et lui saisit la main.

– C'est le moment d'être forte, Enid. Je vais t'emmener chez ton père et on fera ce qu'il faut, hein ?

Enid acquiesça d'un signe de tête. Elle lui faisait confiance. Elle accepta son aide pour se relever et se laissa guider jusqu'à la porte.

– Docteur ?

Litton s'arrêta.

– Nous allons avoir besoin de vous, monsieur.

– Oui, oui, bien sûr.

Wakefield s'élança vivement, s'arrêtant juste dans l'entrée pour attraper sa trousse. Il fit soudain volte-face et Grace se trouva face à lui.

– Restez, madame Donnelly. Pour le cas où elle reviendrait ici d'elle-même.

– Entendu.

Grace lui tint la porte ouverte et lui tendit une veste supplémentaire.

– Et, docteur... (Elle posa une main sur son bras.) Si vous la retrouvez, souvenez-vous qu'elle a vécu dans l'obscurité et la cruauté. Soyez gentil avec elle. On réglera tout ça une fois qu'elle sera revenue ici saine et sauve.

Le muscle de la mâchoire de Wakefield se contracta tandis qu'il combattait l'émotion qui menaçait de le submerger. Il fit un bref signe de tête puis attira Grace à lui, l'étreignant intensément avant de la relâcher.

– Merci, murmura-t-il.

Puis il grimpa dans la voiture, s'empara des rênes que tenait George et fouetta les chevaux pour qu'ils prennent de la vitesse.

29

— Elle n'est pas là, dit M. Hopkins à sa fille qui se tenait à la porte, avant de toiser Wakefield et Litton d'un air méfiant. Mais entrez. Ne parlez pas trop fort, Wills est en pleine crise.

Le jeune garçon était allongé dans une drôle de position sur son petit lit, gémissant en se tapant la tête contre l'oreiller, ses yeux roulant dans leurs orbites.

— Voilà, voilà, fiston, dit Harry en lui posant une main sur l'épaule pour l'apaiser. Tout va bien. Reste tranquille. Enid est là. Tu vois, c'est Enid ?

Les tremblements diminuèrent tandis que le jeune homme se contorsionnait pour voir sa sœur. Enid s'assit à côté de lui sur le petit lit, lui frottant le dos jusqu'à ce qu'il se calme.

— Tout va bien, Wills, dit-elle d'une voix rassurante. Ce sont mes amis. Tout va bien.

— Mettez-vous à l'aise, dit Harry d'un ton peu aimable en leur indiquant les chaises autour de la table. Asseyez-vous donc.

Wakefield traversa la pièce en deux grandes enjambées et approcha une chaise.

— Nous nous sommes déjà vus, commença-t-il.

– Je sais qui vous êtes.

Harry croisa les bras sur sa poitrine.

– Voici M. Litton, mon cocher. Nous recherchons ma sœur. Et votre femme pourrait bien savoir où elle se trouve.

– Je ne sais rien au sujet de votre sœur. Agnes est venue hier, elle m'a annoncé qu'elle avait démissionné et qu'elle rentrait en Angleterre. Elle a dit qu'Enid allait se marier et qu'elle ne partirait pas. Et que William et moi pouvions soit rester ici, soit venir avec elle.

Harry jeta un œil à son fils.

– Il ne survivrait pas à un tel voyage, elle le sait parfaitement. Elle nous a laissé un peu d'argent et m'a dit qu'elle nous écrirait une fois arrivée là-bas.

Il se tourna vers Wakefield.

– Vous pensez qu'elle aurait pu emmener votre sœur avec elle ?

– Non.

Wakefield en était certain.

– Elle ne se serait pas encombrée d'un tel fardeau. Non, je pense qu'Abigail erre quelque part à sa recherche. Elle essaie de retrouver l'enfant, ajouta-t-il d'une voix pleine de sous-entendus.

Harry regarda sa fille.

– Tu lui en as donc parlé.

– Ce n'était pas ce que maman nous a dit, papa. Il n'aurait jamais vendu l'enfant ni éloigné Mlle Abigail. Il veut simplement l'aider. Mais maintenant elle a disparu et seule maman sait où se trouve l'enfant.

Harry traversa la pièce jusqu'à un bureau bancal, ouvrit un tiroir et en sortit un papier.

— Je pensais qu'Agnes faisait ce qu'il fallait pour votre sœur, vu qu'en tant que femme blanche et célibataire, elle ne pouvait pas garder l'enfant, et qu'elle avait tellement peur de vous...

Il tendit le papier à Wakefield.

— La petite est hébergée par une famille mexicaine dans un petit ranch. C'est une gentille gamine. Elle est restée ici le temps qu'Agnes s'occupe de lui trouver un foyer, et ça me faisait de la peine que sa mère ne puisse même pas la voir.

Wakefield examina le nom inscrit sur le morceau de papier.

— Eden Wakefield ?

Le vieil homme opina.

— Est-ce qu'Abigail pourrait savoir où se trouve ce ranch ?

— Je ne pense pas, répondit Enid. Elle connaissait le premier endroit, bien sûr, mais ensuite maman a dit qu'elle serait moins tentée d'aller voir la petite si elle ne savait pas où elle vivait.

— Tu dis qu'elle savait où se trouvait le premier endroit, répéta Litton de sa voix rauque. C'était où ?

— Pas très loin d'ici. À environ quatre cents mètres. Mais le quartier a été reconstruit après les incendies. Elle serait incapable de le reconnaître à présent.

— Elle ne vit pas dans le « présent », observa Wakefield en se rappelant les mots de Grace.

Il se redressa d'un bond et se précipita vers la porte.

— Monsieur Hopkins, dit-il en brandissant le morceau de papier, merci pour ça.

Puis il se tourna vers Enid et George.

— Allons-y.

Ils dévalèrent les escaliers jusqu'à l'extérieur, où se tenait l'un des fils Mulhoney, les longes de leur voiture à la main.

— Vous cherchez la femme ? s'enquit Davey. Celle qui rend visite à M. Smith ? Parce que je l'ai suivie et je sais où elle est allée.

Wakefield s'arrêta dans son élan, soudain hésitant.

— Où ça ?

— À Chinatown, dans une boutique. Puis chez un prêteur sur gages. Elle a réussi à les amadouer.

Le garçon leva les yeux en direction de l'étage supérieur du bâtiment.

— Je ne l'aime pas, finit-il par dire.

— Je n'ai pas le temps d'en écouter davantage pour le moment.

Wakefield lança une pièce d'argent au garçon.

— Mais on va revenir.

— Oui, monsieur. Je vous attends ici, monsieur !

Davey regarda le docteur monter à bord de sa voiture qui dévala la rue étroite et pleine d'ornières. *Bien fait pour elle*, pensa-t-il d'un air satisfait. Cette femme avait fait trop de mal aux deux pauvres âmes abandonnées là-haut.

Grace arpentait la maison de la cuisine à la salle à manger, du petit salon à la bibliothèque, encore et encore, regardant par chaque fenêtre devant laquelle elle passait. Liam était monté jusqu'à la maison, où il comptait manger un bon repas et passer un moment agréable, mais, au lieu de cela, Grace lui avait demandé de repartir avec les enfants et de les emmener passer la nuit chez Peter. Liam n'avait pas posé de question. Mary Kate avait été enchantée. Seul Jack avait traîné les pieds, se demandant tout haut qui allait nourrir son chiot. Grace l'avait rassuré et les avait renvoyés avec du pain frais et du jambon pour le dîner.

L'après-midi touchait à sa fin, les nuages bas semblaient comprimer l'air, si bien qu'on étouffait, même à l'extérieur. Grace avait fait tout ce qu'elle pouvait pour préparer le retour d'Abigail, qu'elle appelait de ses vœux les plus chers. Elle avait ouvert les fenêtres de sa chambre pour y laisser entrer le moindre souffle d'air, elle avait changé les draps et refait le lit ; elle avait arrangé des fleurs fraîches dans un vase près du lit, rangé la pagaille et nettoyé la pièce. Les draps étaient constellés de taches et de traînées qui ressemblaient à du sang, et cela inquiétait Grace, car ça ne ressemblait pas à des menstruations. Elle avait fait d'autres découvertes sinistres dans la chambre : les ciseaux qu'Abigail avait utilisés pour se couper les cheveux à ras pendaient à un ruban au-dessus de sa coiffeuse, encore tachés du sang séché et des cheveux provenant des coupures qu'elle s'était faites dans le cuir chevelu ; la bible à côté de son lit était cornée, mais seulement au niveau de l'Ancien Testament, et des passages entiers avaient été soulignés d'une main lourde ; dans la penderie, ses plus belles tenues avaient été lacérées, et ses pantoufles en soie massacrées ; tous ses coffrets à bijoux étaient vides, à l'exception d'une broche démodée et d'une fine chaîne en or garnie d'une simple croix, cachées dans le coin le plus éloigné sous le papier qui protégeait le tiroir. Lorsqu'elles étaient débouchées, ses bouteilles de parfum dégageaient l'odeur désagréable de l'huile de poisson rance ; sa coiffeuse était couverte de crasse, et son miroir caché sous un vieux morceau de mousseline tachée. L'essentiel n'était pas visible au premier regard, et ce qui l'était n'avait rien de terrifiant en soi, mais maintenant que Grace se tenait au milieu de la pièce et prenait conscience de ce à quoi ressemblait la vie qui se déroulait entre ces quatre murs, elle sentait le poids du désespoir s'abattre sur ses épaules, la violence du supplice transpercer son cœur, et le picotement de la folie s'insinuer dans son crâne. Elle se précipita dehors aussi vite qu'elle le put.

Plus tard, alors qu'elle commençait à allumer les lumières, Grace entendit enfin la voiture remonter l'allée. Elle tint la porte de service grande ouverte pour le Dr Wakefield, qui portait sa sœur dans ses bras.

– Mettez-la dans le lit du milieu, lui ordonna Grace. Dans la chambre d'amis. Pas dans la sienne.

Wakefield grommela quelque chose, traversa la cuisine, puis emprunta le couloir et les escaliers. Enid et George restèrent dans l'encadrement de la porte.

– Je vais l'accompagner, proposa Grace. Vous deux, vous avez l'air épuisé. Il y a de quoi manger sur la table et du cidre à côté.

Elle les abandonna et grimpa les escaliers quatre à quatre, arrivant dans la chambre du milieu au moment où Wakefield allongeait Abigail sur le lit.

– C'est bon, docteur, dit-elle à voix basse alors qu'il se laissait tomber sur une chaise. Je vais m'occuper d'elle maintenant. Vous devriez descendre et aller manger quelque chose.

– Elle n'aurait jamais tenu une nuit de plus.

La voix de Wakefield était enrouée de fatigue.

– Elle s'est tailladé les veines. Avec ça.

Il sortit de sa poche un coupé-papier ensanglanté qu'il posa sur la table de chevet.

Le cœur de Grace se mit à battre plus fort tandis que ses yeux passaient de l'instrument à Abigail, remarquant les bandages sur ses poignets, sa respiration rauque et la pâleur de sa peau.

— Où l'avez-vous trouvée ?

— Dans un vieil immeuble près du front de mer. Recroquevillée dans une cage d'escalier.

Wakefield se frotta vigoureusement le visage avec ses mains.

— Tout est vrai, madame Donnelly. Thomas, l'enfant, le chantage. Tout est vrai, et tout s'est passé sous mon nez. C'est ma faute. Je ne suis qu'un abruti.

Grace repensa à la chambre à l'autre bout du couloir, à son bureau juste en dessous de la chambre d'Abigail, au peu de visites qu'il rendait à sa sœur.

— Oui.

Elle tira une couverture sur les pieds nus et contusionnés d'Abigail, sur ses genoux écorchés, ses poignets abîmés, ses coudes meurtris, sa chemise de nuit qui collait à tous les endroits où elle s'était coupée dans un geste désespéré pour soulager sa douleur.

— Oui, répéta-t-elle. Malgré toutes vos études sur la douleur, vous n'avez pas vu celle de votre sœur.

Wakefield l'observa, stupéfait, puis hocha la tête.

— Vous avez raison. Je suis un médecin de la pire espèce, qui ne cherche qu'à traiter les symptômes sans se préoccuper des causes.

Grace posa le revers de sa main chaude sur les joues glacées d'Abigail.

— Qu'allez-vous faire ?

— Amener la petite à sa mère, dit-il d'un ton décidé.

Grace s'assit sur le rebord du lit et lui fit face.

– Sa mère, c'est celle qui la borde chaque soir et la réveille chaque matin, c'est celle qui la nourrit et l'habille, qui joue avec elle, qui la berce pour l'endormir.

Elle s'interrompit, se rappelant la première fois qu'elle avait vu Jack, ses bras fermement enlacés autour du cou de Julia. Elle avait alors réalisé qu'il était d'abord une personne et pas un simple paquet qu'on lui rapportait.

– L'arracher brutalement à la seule famille qu'elle ait jamais connue serait terrible. Ce serait cruel, et vous n'êtes pas un homme cruel.

Wakefield s'affaissa un peu plus.

– Que faire, alors ? Continuer comme si de rien n'était ?

– Pour ce qui est de cette petite fille, il ne s'est *rien* passé. Son monde n'a pas changé.

Grace se pencha en avant.

– Vous ne pourrez pas tout réparer du jour au lendemain, docteur. Il a fallu des années pour en arriver là, il faudra peut-être des années pour tout arranger, mais vous devez en priorité veiller à ce que la tranquillité de l'enfant ne soit pas bouleversée.

– Je ne sais rien de ces gens. Peut-être n'est-ce pas le meilleur endroit pour elle.

– Allez les voir, alors, suggéra Grace. De toute façon, Abigail va avoir besoin de temps pour récupérer avant de revoir son enfant, et en outre, docteur, vous ne serez peut-être pas capable de…

Elle s'interrompit en se mordant les lèvres.

– Parlez, madame Donnelly. Tout ce que vous avez dit jusqu'à présent est juste. Et quoi que vous disiez, je pense que je pourrai le supporter. Je ne serais pas capable de… Quoi ?

— Eh bien, docteur, ce ne serait pas forcément une très bonne idée de ramener cette enfant ici, compte tenu de ce que vous éprouvez à l'égard des gens de couleur. Vous aurez beau essayer de le cacher, elle le ressentira tous les jours, par mille petites choses, et ça risquerait de la blesser. Vous n'avez pas idée de ce que ça veut dire, mais moi, si. Et ce que j'ai connu, moi, ce n'est rien à côté de ce qui l'attend, elle.

Wakefield réfléchit à cette allégation.

— Peut-être sa peau n'est-elle que légèrement colorée ? hasarda-t-il. Peut-être est-elle suffisamment claire pour que ça passe.

Grace hocha la tête.

— Est-ce que vous vous entendez parler ? Parce que si vous parlez de pureté, alors aucun de nous n'est suffisamment clair pour « passer », et pourtant Dieu nous acceptera comme nous sommes. Si le monde entier était aveugle, est-ce que cela vous poserait un problème ?

Abigail grogna dans son sommeil et essaya de se retourner ; Grace l'y aida, replaçant délicatement la couverture sur ses épaules.

— Mais nous ne sommes pas aveugles, chuchota Wakefield quand elle eut fini. Les yeux de la société sont grands ouverts, et tout le monde juge tout le monde.

— Et vous le premier, docteur. Vous en voulez à toute une race à cause de ce que vous considériez comme la trahison d'un seul homme. Mais Thomas Eden n'a jamais trahi votre amitié. C'est vous qui refusez de voir la vérité ; c'est vous qui avez fermé votre cœur à un homme que vous saviez pourtant incapable de commettre un tel crime.

— Tout était déjà fini quand je suis rentré chez moi, plaida Wakefield. J'ai seulement pris acte de ce qu'on m'a raconté. Et je l'ai haï pour ce qu'il avait fait à Abigail, même si je ne comprenais pas, puisque...

Sa voix se brisa.

— Puisque je le connaissais depuis toujours. Je l'aimais comme un frère. Pourquoi ne m'en a-t-il jamais parlé ? implora le docteur. Pourquoi ne m'a-t-il pas fait confiance ?

— Et *elle* ?

Wakefield haussa les épaules.

— Parce que vous êtes blanc. Parce que vous êtes un homme. Parce que vous détenez le pouvoir comme partout dans le monde, et parce qu'ils ne pouvaient pas savoir comme vous alliez en user.

— Ils auraient pu me faire confiance. Et pour ce qui est d'être un homme blanc... Je ne peux pas changer la réalité de ma naissance.

— Pas plus qu'aucun d'entre nous, concéda Grace. Et en particulier cette petite fille. Alors pourquoi devrait-elle payer pour ça ? Pourquoi quiconque devrait-il payer pour être né comme il est né, alors que c'est la manière dont nous menons notre vie qui fait de nous ce que nous sommes ? Du sang, c'est du sang, docteur. Vous savez mieux que quiconque qu'on ne peut pas déterminer la couleur d'un homme en regardant son sang.

— En d'autres termes, cette gamine est une Wakefield.

— Et une Eden, ajouta Grace. Sa mère lui a donné ce prénom magnifique pour lui rappeler qu'aux yeux de Dieu elle est parfaite comme elle est. Et si vous ne pouvez pas accepter ça, docteur, vous ne méritez pas de faire partie de sa vie.

Wakefield essuya ses yeux d'un revers de manche.

— Je veux le mériter, dit-il d'un ton résolu.

— Alors, ayez foi, docteur. Et si ce n'est pas pour vous, faites-le pour ceux qui peuvent apporter ces grands changements que tout le monde espère.

Grace fit une pause.

— Nous, les immigrants, nous nous y connaissons un peu en matière de foi. Nous avons embarqué dans des bateaux de fortune pour un pays que nous n'avions jamais vu, avec pour seule promesse la liberté, et une chance de changer le cours de nos vies. Mais qu'en est-il des promesses de l'Amérique pour ceux qu'elle maintient en esclavage, docteur ? Vous pouvez me le dire ?

— Dans l'avenir, peut-être...

— Eden Wakefield *est* l'avenir.

Grace posa sa main sur le bras du docteur.

— Et si vous la regardez comme la lumière qu'elle incarne, les autres verront plus clairement ce qu'il faut faire, et nous pourrons sortir tous ensemble des ténèbres.

— Vous en demandez plus que vous n'imaginez, lui dit Wakefield.

Mais Grace entendit dans sa voix qu'il reconnaissait qu'elle avait raison.

— « À qui l'on a beaucoup donné[1]... », cita-t-elle avant de lui adresser un sourire d'encouragement. Votre sœur est rentrée à la maison, et, avec le temps,

---

1. « ... on redemandera beaucoup. » Évangile selon saint Luc, chapitre 12, verset 48. (*N.d.T.*)

elle guérira ; son enfant est saine et sauve, et vous allez bientôt faire sa connaissance. Le temps est votre allié, docteur, mais pour l'heure... (Elle retira sa main.) Il est temps de manger quelque chose et d'aller vous coucher si vous voulez lui être d'une quelconque utilité demain.

Wakefield saisit la main qu'elle lui tendait de nouveau pour l'aider à se relever.

— Je ne sais pas quoi vous dire, madame Donnelly. Les remerciements ne sont pas suffisants. Plus maintenant. Pas après tout ça.

— Des remerciements pour quoi ? Pour m'être disputée avec votre gouvernante ? C'était un plaisir, docteur. Un vrai plaisir.

Wakefield éclata de rire malgré lui, puis ouvrit prudemment la porte pour sortir de la pièce.

— Croyez-moi, je vais vous laisser le soin de trouver sa remplaçante, dit-il sur le seuil.

— Je crois que l'on pourrait très bien se débrouiller avec Enid, docteur. J'espère que vous ne lui tiendrez pas rigueur des agissements de sa mère.

— Non, madame Donnelly. Après tout, personne ne peut changer ses origines ; seulement le cours de sa vie.

Les yeux de Wakefield se posèrent sur sa sœur endormie.

— Pouvez-vous rester à ses côtés encore quelques heures ? J'ai juste besoin de faire un petit somme.

— Je peux rester toute la nuit, si vous voulez.

— Merci, mais je veux être à ses côtés lorsqu'elle se réveillera. Je veux qu'elle sache qu'elle n'est plus seule à présent.

– C'est très gentil de votre part, docteur.
– Ce n'est pas grand-chose, admit Wakefield d'un air las. Mais c'est tout ce que je peux faire pour le moment.

30

Morgan et Quinn étaient assis à l'arrière de chez Ogue avec du papier et des plumes, penchés sur des cartes étalées sur la grande table carrée. À travers les vitres, la pluie tombait dru, et une boue fangeuse ruisselait dans les rues souillées par les éclaboussures des voitures et des charrettes.

– Les convois couvrent trente kilomètres par jour, dans le meilleur des cas, dit Morgan en tapotant la carte avec son porte-plume. Mais je pense que nous pourrions commencer par accompagner un premier convoi, puis aller rejoindre celui qui se trouve devant lui, et ainsi de suite, en fonction du nombre de jours qui les séparent les uns des autres. On pourrait ainsi parcourir une plus grande distance par jour, et gagner du temps. En tout cas, beaucoup plus de temps que si nous devions faire le voyage par le cap Horn. Qu'est-ce que tu en penses, hein, Quinn ?

Quinn avait le regard braqué sur le tableau délavé que formait la vue sur la rue dans l'encadrement de la fenêtre.

– Je crois que je n'y arriverai pas. Je ne peux pas partir comme ça je ne sais où et tout recommencer à zéro encore une fois. Il vaudrait mieux que je reste à un endroit où, au moins, je suis capable de trouver mon chemin tout seul.

– Tu as raison.

Morgan reposa sa plume.

– Mieux vaut rester dans un endroit qui a failli te faire rejoindre le cimetière plus tôt que prévu. Mieux vaut rester là car Dieu sait qu'on y trouve du travail en abondance pour des salaires généreux, et que tous les Irlandais y jouissent d'un statut enviable.

Il se pencha par-dessus la table, ses yeux lançant des éclairs.

– Allons, Quinn, qu'est-ce que tu en penses ? Sincèrement ?

Quinn essaya de garder contenance, mais l'intensité du regard de Morgan eut raison de sa détermination et il finit par baisser les yeux sur la carte.

– Pour le prix de la traversée à pied de deux randonneurs tout équipés, tu pourrais t'offrir une place sur un bateau à vapeur et être là-bas en deux mois, dit-il posément. Deux mois maximum, Morgan, et tu pourrais être auprès de ta bien-aimée. Je pense donc tu es stupide de vouloir me traîner avec toi.

– Arrête donc de jouer les martyrs, face de bouledogue buté ! répliqua Morgan. Je ne vais pas te traîner. Est-ce que tu crois que j'ai la moindre idée de ce qui nous attend, de ce qu'il va nous falloir affronter ?

Il secoua la tête.

– J'ai besoin de toi, Quinn. Je ne partirai pas sans toi, un point, c'est tout. Alors, est-ce que tu vas m'aider à nous préparer ou est-ce qu'il faut qu'on sorte pour régler ça d'homme à homme ?

Le coin de la bouche de Quinn se tordit légèrement, puis il se mit à rire.

— Toujours aussi grande gueule.

— Ah, non, ça, c'était Sean, rectifia Morgan.

Et les deux hommes se turent quelques instants.

— Est-ce que tu crois qu'on va le revoir un jour ?

— Pourquoi pas ?

Quinn haussa les épaules.

— Tu es là, ça signifie que tout est possible.

Les yeux de Morgan s'éclairèrent et il acquiesça.

— C'est vrai. Tu as raison, Quinn. N'oublie pas ce que tu viens de dire. Tout est possible.

Il rapprocha la carte de son ami.

— Maintenant, on peut emprunter deux itinéraires…

— Vous allez peut-être devoir mettre tout ça de côté quelques instants, interrompit Ogue, son ombre imposante s'étalant sur la table. Il y a ici quelqu'un qui souhaiterait discuter avec vous de votre projet d'aller dans l'Ouest. Qu'est-ce que vous en pensez ?

Morgan releva la tête, surpris.

— Il veut se joindre à nous ?

— Je n'en sais rien. Il est du genre à garder ses idées pour lui.

Ogue jeta un regard en direction d'un homme bien habillé qui se tenait près du bar.

— Il est un peu dandy dans son genre, mais je réponds de lui. Vous voulez bien écouter ce qu'il a à vous dire ?

Morgan commença à replier la carte.

— Envoie-le-nous.

— Bien vu, lui lança Ogue par-dessus son épaule.

Puis il fit un signe à l'homme, qui s'approcha instantanément.

– Morgan McDonagh, Quinn Sheehan, je vous présente Jay Livingstone, un ami de Sean et de Grace.

– Très heureux de faire votre connaissance, monsieur McDonagh, dit Livingstone en lui tendant la main. Vraiment très heureux. Plutôt sous le choc, même. Je veux dire... du fait que vous soyez en vie.

Morgan lui serra la main.

– Asseyez-vous, monsieur Livingstone. Tu restes avec nous, Dugan ? demanda-t-il au propriétaire des lieux.

– Il y a des clients. Ça n'arrête jamais. Mais je passerai vous voir tout à l'heure, histoire de vous remettre une tournée.

Le départ de Dugan Ogue laissa planer un silence étrange, mais cela ne dura que le temps que Livingstone se reprenne et se tourne vers Quinn.

– Ravi de vous rencontrer également, monsieur Sheehan. Êtes-vous aussi un ami des O'Malley ?

– Oui, répondit sèchement Quinn. On a grandi ensemble, chez nous, en Irlande.

– Que pouvons-nous faire pour vous ? demanda Morgan, décidé à aller droit au but. Ogue nous a laissé entendre que vous aimeriez nous accompagner vers l'Ouest ?

– Non, en fait, je n'ai aucune envie de partir pour l'Ouest. Je suis bien trop fragile pour supporter le voyage jusqu'à la frontière, je le crains.

Livingstone sourit d'un air contrit.

– Et j'ai une femme et un enfant en bas âge.

Morgan le dévisagea, déconcerté.

— Mais alors, que peut-on pour vous ?

— Pardon, je n'ai pas été clair, s'excusa Livingstone. Mon but est de vous aider, *vous*, monsieur McDonagh. Et vous, monsieur Sheehan, ajouta-t-il poliment. Voyez-vous, j'ai eu la chance de fréquenter Sean O'Malley, un homme que j'ai énormément admiré. Puis, grâce à lui, de faire la connaissance de Gracelin, et mon admiration à l'égard de leur famille n'a fait que s'accroître. Depuis, je n'ai jamais rencontré d'homme ni de femme plus remarquables que ces deux-là. Sean, avec son intelligence et sa sagacité, et Grace, qui est si...

Il marqua un temps d'arrêt pour réfléchir puis secoua la tête.

— En fait, je n'ai jamais vraiment su comment la décrire. Gentille, énergique, bienveillante, tenace, têtue...

Il arrêta l'énumération et haussa les épaules.

— Oui, dit Morgan, un large sourire aux lèvres. On l'appelait la grande reine pirate de Connaught. Vous le saviez ?

— Une reine pirate...

Livingstone réfléchit à ce qualificatif.

— Je crois que ça la décrit parfaitement.

Morgan eut un petit rire.

— Vous l'avez bien connue ? demanda-t-il.

— Sincèrement ? Pas aussi bien que je l'aurais souhaité. Mais le temps que je m'en rende compte, elle était, évidemment, déjà en train de réfléchir à la demande en mariage du capitaine Reinders, bien que je doive confesser ne pas être assez gentleman pour que cela m'ait empêché de formuler ma propre demande, qu'elle a déclinée de la façon la plus élégante qui soit, dois-je ajouter. Je ne me suis aperçu que bien plus tard que cela m'avait brisé le cœur.

— Mais elle n'est pas encore mariée. Avec le capitaine, je veux dire.

Quinn observa Livingstone, en attente d'une confirmation.

— On nous a dit qu'elle ne l'avait pas encore épousé, précisa-t-il.

— *Pas encore* étant l'expression appropriée, souligna Livingstone. Ce qui me ramène à ma proposition. Messieurs, que diriez-vous d'un prêt couvrant le montant de deux billets pour San Francisco en bateau à vapeur, et d'une avance pour vous mettre le pied à l'étrier une fois sur place ?

Il leva la main pour couper court à leurs protestations.

— Vous pourrez me rembourser à votre guise, le moment voulu, avec les intérêts si vos affaires sont rentables. Ou ne jamais me rembourser du tout. Je voudrais juste que vous acceptiez.

Morgan jeta un regard à Quinn, qui restait bouche bée de stupéfaction.

— Ça fait une sacrée somme d'argent, commenta Morgan. Pourquoi voudriez-vous faire un tel cadeau à deux hommes que vous ne connaissez pas ?

— Croyez-le ou non, monsieur McDonagh, même si je vous l'ai présenté comme un prêt, je considère qu'il s'agit en réalité du remboursement d'une dette.

Livingstone retira ses gants et leva sa main gauche à laquelle étincelait une alliance en or massif.

Quinn et Morgan échangèrent un regard, puis considérèrent de nouveau Livingstone qui tapotait le bord de la table avec son alliance.

— Vous entendez ça, messieurs ? demanda-t-il. C'est le son du bonheur, le genre de bonheur à côté duquel j'aurais pu passer sans le privilège d'avoir eu Grace pour amie.

Livingstone reporta son attention sur Morgan.

— Votre femme m'a donné un aperçu de la vraie nature du lien qui pouvait exister entre un homme et une femme et, après son départ pour Boston, je me suis tout simplement trouvé incapable de continuer à vivre de relations à la petite semaine.

— Alors, vous vous êtes marié.

Livingstone acquiesça d'un air satisfait.

— Oui. Et avec une femme qui n'était pas le genre de celles auxquelles j'aurais pu penser auparavant. Ni sainte nitouche ni frivole, mais calme et intelligente, et passionnée à sa manière. Le genre de femme qui m'aurait terrifié par le passé, ajouta-t-il, un large sourire aux lèvres. Mais, compte tenu de mes nouveaux critères de jugement, je suis tombé follement amoureux d'elle et je me suis débrouillé pour la convaincre d'accepter de m'épouser. Et, messieurs, je suis à présent un homme bien meilleur avec elle que je ne l'aurais jamais été sans elle.

— Et c'est la raison pour laquelle vous voulez nous prêter de l'argent ? interrogea Morgan en le toisant d'un air méfiant. Parce que votre mariage est une union heureuse ?

— Oui, répondit simplement Livingstone. Et parce que la femme qui m'a montré le chemin mérite elle aussi une union heureuse. Vu comme j'aime ma femme à présent, je comprends à quel point Grace a dû souffrir quand elle vous a cru mort. Même si je dois admettre à regret que le capitaine Reinders serait un très bon mari pour elle, c'est de vous qu'elle rêve ; je le sais. Quand j'ai appris que vous étiez vivant, j'ai compris que se présentait la chance de la remercier de tout ce qu'elle a fait pour moi.

Il s'interrompit.

— Alors, qu'est-ce que vous en dites, McDonagh ? Acceptez-vous mon offre ?

Ogue arriva à ce moment-là avec un plateau chargé de verres qu'il posa lourdement au milieu de la table ; sans un mot, il fit passer un verre à chaque homme, puis en prit un pour lui-même, retirant le plateau de la table et le coinçant fermement sous son bras.

— Alors, à quoi allons-nous trinquer, mes amis ?

Les trois hommes assis à table se regardèrent les uns les autres, et Livingstone arqua les sourcils en une expression pleine d'espoir.

— Eh bien, Dugan...

Morgan saisit son verre et le leva.

— À l'Ouest. Et à un voyage bien plus rapide que nous ne l'imaginions !

— Au bonheur ! lança Livingstone avec enthousiasme, levant son verre à son tour. Et à l'amour d'une femme remarquable, à la chaleur de nos foyers, au délice absolu d'avoir des enfants, et à...

— Je vous jure que vous devriez être irlandais, grogna Ogue, lui coupant la parole, puis trinquant avec les autres. Messieurs, à un voyage sans embûches.

Quinn n'hésita pas longtemps avant de se joindre à eux.

— À une nouvelle vie, déclara-t-il en toute simplicité. Si Dieu le veut.

Ogue posa une main sur l'épaule de son compagnon et déclara :

— Il le veut, fiston. Il le veut.

31

Pendant les premières semaines de guérison d'Abigail, avec l'autorisation du Dr Wakefield, Grace, Enid et George commencèrent par débarrasser son ancienne chambre de toute sa literie, et par jeter celle-ci dans un grand feu dehors. Ils y ajoutèrent ses vieilles chemises de nuit déchiquetées et souillées, ainsi que sa descente de lit couverte de sang et ses patins tachés. Grace avait décroché les lourds rideaux et les avait donnés à la blanchisserie, en même temps que le reste des affaires d'Abigail. Après que George eut déplacé les meubles, Grace et Enid avaient récuré la pièce du sol au plafond avec de l'eau chaude savonneuse ; Grace pressentait nettement qu'Abigail ne reviendrait pas vivre dans cette chambre mais qu'une fois qu'elle serait repeinte avec des couleurs gaies, retapissée et aménagée avec les nouveaux meubles blancs que le docteur avait commandés dans l'Est, elle pourrait devenir une très jolie chambre d'enfant, pour le jour où sa petite fille viendrait leur rendre visite.

Wakefield avait passé le plus clair de son temps à la maison, tenant à se trouver au côté d'Abigail chaque fois qu'elle se réveillait. Au fur et à mesure des discussions qui s'allongeaient, il lui avait fait comprendre qu'il était au courant de l'emprise que Hopkins avait exercée sur elle, et qu'il connaissait le secret de son enfant. Abigail avait d'abord été effrayée, puis angoissée et honteuse, mais Wakefield s'était efforcé de la convaincre qu'il ne nourrissait aucun ressentiment à son égard, qu'il l'aimait et qu'il se tenait pour responsable du cauchemar qu'elle avait vécu tout au long des années précédentes. Il lui raconta tout ce qu'il avait découvert au sujet d'Eden Wakefield – où elle vivait et avec qui – et il lui confia son projet de se rendre avec George auprès de la petite fille pour la voir et s'assurer que tout allait bien pour elle. La question de savoir si l'enfant allait ou non venir vivre avec eux se posait toujours ; tous deux s'accordaient pour dire qu'il fallait franchir chaque étape avec prudence, et penser d'abord à la petite. Wakefield finit par prendre tous ses repas avec sa sœur, pour l'encourager à manger et à recouvrer ses forces, et lorsque ce fut le cas, elle commença à se sentir assez en confiance avec lui pour lui raconter la vérité au sujet de Thomas Eden.

L'été de ses fiançailles avec le juge – un homme pour lequel elle n'éprouvait pas la moindre affection, mais qui jouissait des bonnes grâces de son père –, le chemin de Thomas et le sien s'étaient croisés, car elle devait souvent se rendre en ville pour les préparatifs du mariage ainsi que pour effectuer certains aménagements dans la propriété du juge. Thomas et elle n'avaient jamais eu l'intention d'aller plus loin que l'amitié respectueuse et prudente que l'on pouvait tolérer entre maîtres et domestiques, en particulier entre ceux qui s'étaient connus enfants, mais le hasard d'une rencontre en tête à tête leur avait fait prendre conscience qu'ils éprouvaient des sentiments plus profonds l'un envers l'autre ; au fil de leurs rencontres suivantes, désormais arrangées, ils étaient tombés amoureux l'un de l'autre, et s'étaient jetés dans une liaison qui avait presque immédiatement mené à la grossesse d'Abigail. Ils avaient alors réfléchi aux possibilités qui s'offraient à eux. La mère de Thomas était quarteronne, aussi pouvaient-ils espérer que le bébé ait la peau suffisamment claire pour passer pour l'enfant du juge, qui était brun. Cela impliquait cependant qu'Abigail se donne au juge, or c'était une chose que Thomas ne pouvait tolérer, même si la jeune femme avait assuré être prête à tout pour sauver leur enfant. Mais de toute façon, si par malheur l'enfant n'avait pas eu la peau claire, le résultat eût été terrible.

Désespérés, ils s'étaient rendu compte qu'ils n'avaient d'autre choix que de fuir ensemble, d'aller le plus loin possible au nord. Thomas était un homme libre, après tout, et il pouvait se déplacer à sa guise, même s'il quittait rarement la ville, craignant par trop d'être victime d'un enlèvement par les esclavagistes qui le revendraient dans le Sud profond, où personne n'écouterait ses revendications d'affranchi. Voyager était risqué, et il fallait éviter qu'on ne les voie ensemble, alors ils s'organisèrent chacun de leur côté pour se rendre à New York, où ils devaient se retrouver et continuer ensemble jusqu'à Boston. Ils étaient convenus de se revoir une dernière fois pour que Thomas remette à Abigail le billet qu'il avait acheté pour elle, et pour passer en revue tout leur plan une dernière fois. Angoissés et effrayés, ils avaient cherché un peu de réconfort en se laissant aller à leur passion, et c'est ainsi que son père et son frère aîné les avaient surpris, après avoir repéré le cheval d'Abigail attaché à une cabane abandonnée en lisière de la propriété.

La fureur qui s'était inscrite sur le visage de son père lorsqu'il avait compris la trahison de sa fille avait terrifié Abigail ; certaine qu'il allait les tuer tous les deux, elle s'était mise à hurler. Thomas avait alors adopté le rôle de l'esclave contrit, se dégageant d'elle en affirmant que c'était le diable qui l'avait possédé, qu'il avait été incapable de se contrôler, implorant le pardon pour ses instincts bestiaux. Le frère aîné d'Abigail avait relevé sa sœur et fait sortir de la pièce, malgré ses protestations vigoureuses, puis elle avait entendu le son du pistolet de son père, et elle s'était évanouie.

C'était son frère qui l'avait ramenée à la réalité, en la secouant violemment et en lui ordonnant de se relever, de mettre son châle autour de ses épaules et de venir avec lui jusqu'au boghei. Hors de lui mais silencieux, il avait conduit les chevaux le long des ruelles sombres, puis dans les bois, pour s'arrêter devant un groupe d'hommes qui portaient des torches et qui l'avaient accueillie dans une attitude respectueuse. Ils avaient alors levé leurs flambeaux pour éclairer le visage de l'homme qu'ils s'apprêtaient à pendre. Abigail avait eu du mal à reconnaître Thomas à cause des coups qu'il avait reçus, et puis elle s'était remise à hurler. Les hommes avaient interprété ces cris comme la réaction d'une noble demoiselle outragée dans sa dignité, et cela n'avait fait que redoubler leur colère à l'encontre du jeune homme. À la lueur des torches, elle avait pu apercevoir ses yeux, y lire tout l'amour qu'il éprouvait pour elle, et, alors qu'elle s'apprêtait à crier la vérité, elle l'avait vu secouer imperceptiblement la tête. Et elle avait compris. Aucune vérité ne lui sauverait jamais la vie. Tout ce qui restait à faire était de sauver celle de leur enfant. Le bout de la corde avait été attaché à un chariot ; les hommes avaient cravaché le postérieur du cheval qui y était attelé, et le chariot s'était mis en branle, projetant Thomas en l'air. Ses pieds avaient battu le vide et son corps avait été parcouru de spasmes pendant ce qui avait paru une éternité, puis il s'était immobilisé, son corps continuant à se balancer au bout de la corde au son des craquements du chanvre sur l'écorce de l'arbre.

Après avoir raconté cette histoire à son frère, Abigail était restée quelques instants immobile, et il avait fait de même, assis à ses côtés, lui tenant la main, tous deux pleurant la perte d'un homme qu'ils avaient aimé. Leur grand-mère était au courant de tout, lui avait confié Abigail, et elle avait pris les dispositions nécessaires pour envoyer le bébé à San Francisco, en compagnie d'une esclave qui devait être affranchie une fois arrivée. Abigail était allée lui rendre visite plusieurs fois. Elle payait la nourrice correctement et lui était reconnaissante du soin qu'elle prenait de sa petite fille en attendant qu'elle-même puisse prendre des dispositions. Elle s'était imaginé se trouver un mari métisse puis adopter la petite, peut-être sous prétexte de s'occuper de l'enfant d'une ancienne servante fidèle. Cela lui avait paru envisageable. Mais c'était ignorer que San Francisco n'était à l'époque qu'un amas de bicoques et de cabanes où les activités mondaines étaient bien trop rares pour lui permettre de rencontrer les centaines d'hommes disponibles ; et c'était compter sans le choléra.

À ce moment-là, Hopkins était déjà entrée à son service ; et quand Abigail était tombée malade et s'était trouvée incapable d'aller voir la petite dont la nourrice était morte, elle lui avait été infiniment reconnaissante de son aide, et s'était sentie tellement redevable envers cette femme, qui avait gardé son secret et trouvé un foyer d'accueil provisoire pour son enfant, qu'elle ne s'était pas rendu compte que la gouvernante la manipulait, ni qu'elle-même était en train de sombrer dans une sorte de folie. Abigail se sentait alors honteuse et pleine de remords amers. Elle se disait qu'elle n'aurait jamais dû amorcer de relation avec Thomas, sachant que ce serait lui qu'on jugerait coupable ; elle s'en voulait de ne pas avoir su rester forte et franche quand ils avaient été surpris, de ne pas avoir tenu bon jusqu'à ce qu'il puisse s'enfuir ; elle se reprochait de ne pas avoir exigé qu'on le relâche ce soir-là, et de ne pas avoir tiré sur son père plutôt que de laisser mourir l'amour de sa vie ; elle regrettait de ne pas avoir tout avoué à Rowen quand ils étaient arrivés à San Francisco plutôt que de s'enfermer dans ses mensonges et ses dissimulations. Il avait été si facile pour Hopkins de tirer sur la corde de sa culpabilité... Abigail avait payé un lourd tribut pour son amour. Mais certes pas aussi élevé que celui de Thomas.

Avec l'autorisation d'Abigail, Wakefield avait raconté toute son histoire à Grace, qui en éprouva d'autant plus de compassion à l'égard de la pauvre femme. Une ébauche d'amitié naquit entre elles, et Grace confia à Abigail sa conviction que le pardon de Dieu s'obtenait simplement en le demandant, qu'il n'était pas nécessaire de le gagner, qu'on ne *pouvait* pas le gagner, ce qui le rendait encore plus précieux. Elle lui raconta les combats qu'elle-même avait menés au cours de son existence – la perte de toute sa famille, y compris de son premier enfant et de l'homme qu'elle aimait plus que tout – et elle encouragea Abigail à trouver la force de demander pardon, puis à croire en ce pardon, pour le bien de sa petite fille, qui ne manquerait pas de poser des questions difficiles quand elle serait plus grande. Grace promit à Abigail que plus sa foi augmenterait, plus elle aurait la force de pardonner à ceux qui l'avaient offensée, et qu'alors enfin elle pourrait retrouver la paix.

Dans les jours qui suivirent, une sorte d'harmonie s'installa dans la maison. Enid s'était approprié le rôle de gouvernante avec une autorité à laquelle même Grace ne s'attendait pas, et dont elle fit une démonstration supplémentaire en se montrant d'une patience attentionnée à l'égard de la jeune Péruvienne qu'ils avaient engagée comme apprentie femme de chambre. Grace ne fut pas la seule à remarquer l'autonomie et la maturité dont Enid faisait preuve ; M. Litton était devenu plus communicatif à table et – à la stupéfaction de tous – était même parvenu un soir à leur raconter une histoire drôle ! La timidité d'Enid ne s'était pas pour autant envolée, mais, quand le temps le permettait, George et elle passaient une partie de leur soirée ensemble dans le jardin ou aux écuries, où elle lui tenait compagnie pendant qu'il s'occupait des chevaux et de la vache, ou qu'il entretenait la voiture. Pressé par Enid de lui fournir des détails sur sa jeunesse, George avait finalement avoué son passé obscur, puis lui avait parlé des lettres qu'il avait reçues de sa mère en réponse à celle que Grace l'avait aidé à écrire juste avant Noël. Sa mère avait visiblement été heureuse d'avoir de ses nouvelles, et elle lui avait exprimé toute son affection et son soulagement de savoir que sa vie avait bien tourné, qu'il s'était racheté. Grace avait appris tout ceci lorsque George avait poliment décliné son offre de l'aider à écrire une nouvelle missive ; il lui avait alors confié qu'Enid lui apprenait à lire, et qu'elle l'aiderait désormais à écrire ses lettres.

À la fin du mois de février, Enid et George avaient prêté main-forte à Grace pour préparer la soirée d'anniversaire des dix ans de Mary Kate. Liam était venu, mais pas Peter. Grace pressentait que c'était en partie par orgueil qu'il n'avait pas accepté d'entrer chez quelqu'un par la porte de service et de venir s'asseoir à la table des domestiques, mais elle avait gardé ses soupçons pour elle, le laissant prétexter qu'il avait une foule de choses à régler avec Lars et Detra car ces derniers avaient décidé de repartir pour l'Europe une fois Peter et Grace mariés.

Mary Kate ne s'était d'ailleurs pas plainte de l'absence du capitaine. Ce dernier n'avait pas vraiment semblé lui manquer, avait constaté Grace, entourée qu'elle était d'Enid et George, de Jack et Liam, de Davey et Rose Mulhoney ; même le Dr Wakefield était venu lui présenter ses vœux et lui offrir un cahier relié de cuir, dans lequel elle pourrait consigner ses pensées. Grace avait confectionné un gâteau à trois étages avec des fraises en conserve éparpillées au milieu et un nappage de crème fouettée, des biscuits au beurre tout chauds, de la limonade et du thé – un véritable festin pour une jeune fille qui, aujourd'hui encore, connaissait la valeur de la nourriture. Davey et Rose lui avaient apporté une petite boîte de chocolats emballée avec un ruban qu'elle avait noué dans ses cheveux, Enid et George lui avaient offert une poule pondeuse qui serait désormais la sienne, Jack lui avait donné un lance-pierre et un sac de cailloux soigneusement choisis, mais elle avait reçu son cadeau le plus précieux de la part de Liam : une ample jupe mexicaine de toutes les couleurs, un gilet assorti, et une paire de mules brodées. Elle avait disparu immédiatement pour réapparaître quelques minutes plus tard après les avoir enfilés, pivotant sur elle-même pour faire admirer la jupe et le gilet, pointant fièrement les pieds dans ses mules. Grace avait obtenu qu'elle réserve la jupe pour les grandes occasions, mais Mary Kate s'était mise à porter le gilet tous les jours et elle gardait ses mules au pied de son lit. Grace, qui ne la pensait pas aussi intéressée par les vêtements, avait été surprise, et même un peu déçue, croyant que les trois nouveaux livres qu'elle avait offerts pour sa part lui auraient plu davantage, mais au fond elle s'en moquait ; Mary Kate avait dix ans, elle était en bonne santé, cela suffisait à son bonheur.

Peter s'était racheté de son absence en emmenant Mary Kate et Jack faire un tour dans Chinatown, où ils avaient mangé des nouilles debout, acheté des fusées d'artifice et des cerfs-volants, et pénétré dans une mystérieuse pharmacie chinoise pleine de bocaux remplis de ce qui semblait être des yeux et des pieds d'animaux macérés dans du vinaigre, des bottes d'herbes, de l'encens à brûler, des poudres et des potions. Peter avait raconté que, pour une fois, Jack s'était trouvé sans voix, interdit face aux étagères. Il avait voulu les emmener tous les deux à bord du navire, mais Jack avait refusé ; le petit garçon avait développé une sorte d'aversion pour les bateaux et ne voulait pas en entendre parler, une attitude que sa sœur avait cautionnée sans broncher.

Grace souhaitait de tout cœur que Jack en revienne à de meilleurs sentiments à l'égard de Peter, mais elle savait que celui qui avait ses faveurs était George Litton, suivi de près par M. Hewitt et le Dr Wakefield, tandis que Peter n'occupait qu'une difficile quatrième place ; elle ne savait pas très bien quoi faire à ce sujet.

Malgré l'agitation qui régnait dans la maison, M. Hewitt continuait de venir trois matinées par semaine, et Grace était impressionnée par la quantité de connaissances qu'il était capable d'inculquer à son rebelle de fils ; Jack s'était mis à lire tout seul et pouvait compter sans difficulté jusqu'à vingt. Il s'échappait toutefois le plus vite possible après le déjeuner, tandis que M. Hewitt avait pris l'habitude de rester pour passer un moment avec Mlle Wakefield lorsque celle-ci s'aventurait dans la bibliothèque. Grace avait remarqué qu'il apportait souvent de petites douceurs à partager avec Abigail : un petit citron à trancher pour son thé ; des pastilles rondes mentholées à rayures rouges et blanches de chez le confiseur ; le programme de la prochaine pièce qu'il s'apprêtait à voir, d'un concert ou d'une conférence ; un magazine féminin tout juste arrivé par bateau... N'importe quoi pour retenir l'attention de la jeune femme, pour la faire sortir de sa réserve et lui donner un avant-goût du monde qui l'attendait dehors. M. Hewitt était au courant pour la petite – tout le monde était au courant, même si personne n'en parlait en dehors de la maison – et, avec son amour et sa compréhension des enfants, il l'encourageait à réfléchir à ce qu'était une fillette de cinq ans. Il l'invitait souvent à regarder Jack, alors que ce dernier s'ébattait dans la cour avec son chiot, tout en lui rappelant immédiatement que Jack, lui, était un garçon, à cent pour cent.

Au bout de deux semaines, le Dr Wakefield s'était rendu chez les Calderón, la famille qui élevait Eden, pour leur expliquer qu'il souhaitait maintenir cet arrangement, au moins pour quelque temps, tout en ramenant peu à peu Abigail dans la vie de sa fille. La *señora* Calderón avait été soulagée de l'entendre tenir de tels propos, avait rapporté Wakefield ; en effet, elle tenait visiblement beaucoup à la petite fille. La famille comptait huit enfants, et les trois plus jeunes étaient placés chez eux en nourrice. Les Calderón semblaient des parents gentils et dévoués. Par bonheur pour Abigail, Wakefield avait appris que la petite entendait régulièrement parler de sa mère, qu'on lui décrivait comme une personne invalide qui espérait guérir pour la retrouver un jour. Ce jour approchait, avait annoncé Wakefield à Eden, ému par le regard sombre et solennel de la petite fille et par sa bouche qui ressemblait à celle d'Abigail.

La *señora* Calderón et Eden avaient raccompagné le docteur sur le pas de la porte pour lui dire *adios*, et la petite lui avait alors tendu une petite pièce de broderie qui, au dire de la *señora* Calderón, était une copie de celle qui était accrochée au-dessus de son lit, une prière encadrée trouvée dans les affaires de l'enfant le jour de son arrivée. Eden aimait beaucoup la broderie et y consacrait ses journées, avait expliqué la *señora* à Wakefield ; elle avait confectionné celle-ci pour l'offrir à sa mère, mais l'autre femme qui venait de temps en temps – la *señora* Hopkins – n'avait pas voulu l'emporter avec elle. Wakefield avait informé la *señora* Calderón que cette femme ne reviendrait plus, et que, dorénavant, il viendrait lui-même rendre régulièrement visite à Eden, ajoutant qu'il ne fallait pas hésiter à le contacter s'ils avaient besoin de quelque chose.

Cette visite avait bouleversé Wakefield ; Grace s'en rendit compte à la manière dont il resta assis à regarder par la fenêtre ce soir-là, fumant pipe sur pipe, sans bouger d'un pouce. Elle le laissa à ses pensées sans le déranger, et alla préparer pour Abigail un plateau de thé qu'elle monta elle-même. Abigail était elle aussi assise à sa fenêtre, l'échantillon de broderie dans la main.

— Merci, dit Abigail à Grace quand elle posa le plateau sur le guéridon à côté de sa chaise. Vous avez vu ce qu'a rapporté Rowen aujourd'hui ?

Elle tendit la petite broderie, les yeux rouges.

— C'est Eden qui l'a faite pour moi.

Grace s'assit en face d'elle et lissa le morceau d'étoffe sur ses genoux. C'était une broderie d'enfant, mais d'une enfant douée, les yeux experts de Grace le reconnurent instantanément.

— C'est très joli, dit-elle avec sincérité. Les lettres sont admirablement faites, et les agneaux sont adorables. Et les étoiles au-dessus aussi. C'est une prière d'enfant ?

Abigail acquiesça.

— Elle l'a recopiée sur celle qui était accrochée au-dessus de mon lit quand j'étais petite. Je l'avais emportée avec moi pour la lui donner.

« *Jésus, gentil berger, écoute ma prière. Bénis ton petit agneau, ce soir. Dans le noir, reste près de moi. Protège-moi jusqu'aux premières lueurs de l'aube.* »

Grace leva les yeux.

— On peut dire que c'est ce qu'Il a fait.

Les yeux d'Abigail se remplirent de larmes, mais elle souriait.

— J'étais en train de réfléchir à l'agneau et aux bergers, dit-elle doucement, mais, en fait, il y est surtout question des lueurs de l'aube. De la promesse qu'au bout des ténèbres, il y a la lumière.

— Oui.

Grace reprit la broderie et la rendit à Abigail.

— Et dorénavant, vous verrez mieux votre chemin. Dans les premières lueurs de l'aube réside aussi la promesse d'un jour nouveau.

— J'espère que nous resterons amies pour toujours, maintenant, dit Abigail en touchant la main de Grace. Même après que vous serez mariée. Je vous regarde faire avec vos enfants, ajouta-t-elle timidement. Vous êtes le genre de mère que j'espère devenir, moi aussi.

— Aucune mère n'est parfaite, vous savez, mademoiselle. Vous avez autant à apprendre de vos enfants qu'eux de vous. Les enfants vous rendent humble. C'est merveilleux, ce talent qu'ils ont pour vous faire prendre conscience de votre place dans le monde.

Abigail hocha la tête, ses grands yeux gris contemplant Grace qui se levait pour partir.

— Pourrais-je me joindre à vous pour le petit déjeuner demain matin ? demanda-t-elle. Est-ce que cela poserait un problème aux enfants ?

— Je crois que ça leur coupera le souffle ! plaisanta Grace. Ils s'imaginent un tas de choses, vous savez. La folle du grenier…

À la grande surprise de Grace, Abigail éclata de rire, et l'espace d'un instant, aussi fugitif que fût ce moment, l'expression de son visage rajeunit.

— Je suppose que c'est l'image que je donnais, dit-elle d'un air résigné. Mais peut-être auront-ils une meilleure opinion de moi à partir de demain.

— Rendez-vous aux premières lueurs de l'aube, alors.

Grace lui adressa un grand sourire et quitta la pièce, refermant la porte derrière elle. Elle redescendit les marches jusqu'à la bibliothèque, où le docteur était toujours assis en train de fumer, puis se rendit à la cuisine, qui était calme et propre. Dehors, dans la cour, les enfants essayaient d'apprendre à leurs chiots comment rapporter un bâton, mais les petits chiens ne comprenaient rien. Le soleil couchant entourait d'un halo les cheveux des enfants ; les lunettes de Jack reflétaient la lumière lorsqu'il rejetait sa tête en arrière, exactement comme le faisait son père ; Mary Kate l'attrapa par-derrière et le fit tourner jusqu'à ce que tous deux roulent à terre, pris d'un savoureux vertige. Ils seraient sales quand ils rentreraient, leurs vêtements seraient pleins de poussière, leurs visages mouchetés de boue, ils auraient des brins de paille partout, et elle les gronderait comme les mères sont supposées le faire, mais au fond de son cœur elle chérirait cet instant, car elle connaissait le prix du bonheur.

32

Dès que Mei Ling disposait du magasin pour elle seule, et c'était le cas en cette matinée où une pluie fine et régulière tombait des nuages bas, une délicieuse sensation de solitude l'envahissait, et elle vivait cela comme une expérience grisante, presque sensuelle. La faible luminosité conférait une intensité particulière aux couleurs, qui semblaient plus plates et moins vives en plein soleil ; les collines brunes et pelées prenaient une teinte rougeâtre et, par endroits, révélaient le jaune de l'herbe naissante ; la mer, elle aussi, dévoilait son éclat vert sous ses crêtes mousseuses ; les hirondelles de mer, les mouettes et les corbeaux se laissaient porter par le vent, se détachant sur les collines, l'eau et le ciel, liant ces éléments les uns aux autres pour former un tableau singulier. Et dans la ville, les drapeaux de soie colorés de Chinatown paraissaient plus riches, plus nombreux aussi ; la brique prenait des tons plus prononcés de rouge et d'orangé, les pierres rayonnaient de blanc et de gris ; les ombrelles des dames, les chapeaux à plumes, les bonnets en calicot, les capes de mousseline ou de velours doublées de fourrure ou pas doublées du tout, la dentelle noire des mantilles, le blanc nuptial, les joues roses, les lèvres rouges, les bagues rutilantes aux doigts... Toutes ces choses, toutes ces couleurs parlaient à Mei Ling, généraient une émotion qui provoquait une sorte de déflagration dans son ventre, comme le claquement d'un gros poisson jeté à plat sur un quai. Elle ne s'était jamais laissée aller à goûter de pareilles expériences avec ses maîtres précédents, même avec Chang-Li, comme s'il était alors trop douloureux de regarder de si près tout ce que le monde avait à offrir, de s'associer si intimement à sa beauté. Mais sa vie avec M. Sung était très différente ; elle ne lui appartenait pas. Au début, elle n'avait pas bien compris ce que cela signifiait exactement ; elle ne pouvait pas appréhender la vie sans la protection et les recommandations d'un maître ; elle avait trop peur d'être son propre maître, car elle s'imaginait que cela revenait à se poster au bord d'une cascade sans savoir où s'en allait l'eau ; on voyait la rivière s'écouler, et puis basculer brutalement au bord du monde, et disparaître. Mei Ling ne voulait pas basculer par-dessus le bord du monde, et ce fut uniquement parce qu'elle était attachée à M. Sung qu'elle put commencer à apercevoir autre chose, une autre rivière qui continuait au-delà du choc de la chute. À présent, Mei Ling avait franchi ce cap, et ce nouvel endroit où elle était arrivée était tellement beau que parfois elle en pleurait, gardant toutefois ces larmes pour elle.

Elle s'était demandé si elle allait quitter la maison de Chang-Li. Quitter le magasin, quitter Chinatown, peut-être même quitter San Francisco, partir pour une autre ville. Allait-elle se marier ? Se faire embaucher quelque part et vivre dans une maison qui serait à elle, et à elle seule ? Allait-elle avoir des enfants qu'elle pourrait garder, et non des âmes qu'il faudrait libérer avant qu'elles ne deviennent des bébés ? Dans son lit, la nuit, elle avait réfléchi à tout cela, au sens que cela pouvait avoir. Et M. Sung. Elle avait aussi pensé à M. Sung. Il ne ressemblait à aucun des hommes qu'elle avait observés jusque là, chinois comme européens. Elle savait qu'il rendait visite aux courtisanes, qu'il aimait avoir des femmes chinoises dans son lit, mais il n'était pas venu chercher de réconfort dans ses bras alors même qu'elle s'était offerte à lui. Il la regardait quand il lui parlait, le ton de sa voix était si patient et si attentionné, si intime que cela lui faisait mal au cœur et qu'elle baissait à nouveau le regard et hochait la tête en signe de soumission. Il n'aimait pas cela, elle le savait. Il voulait qu'elle garde la tête haute, le regard droit ; il voulait savoir ce qu'elle *pensait* !

Cela avait été très difficile, de dire ce qu'elle pensait ! C'était quelque chose de beaucoup plus intime que tout ce qu'elle aurait pu lui offrir avec son corps, et il s'était écoulé des semaines avant qu'elle n'ose s'y risquer ; il avait fallu qu'elle détermine ce qu'elle pensait, quelles étaient ses idées et ses opinions, et la raison pour laquelle elles pouvaient être investies d'une quelconque valeur.

Mais M. Sung avait été son guide, il l'avait incitée à parler, à la cuisine, dans les escaliers, au magasin, dans la rue. Il était heureux de constater qu'elle avait appris à évaluer le prix des choses qu'on leur apportait en échange d'un prêt d'argent, à compter et à rendre la monnaie, à se tenir à son objectif une fois qu'elle en avait arrêté le montant. Il s'asseyait sur un divan dans la réserve, derrière le rideau, et il l'écoutait, puis ressortait quand le client était reparti, et ils commentaient la transaction. Souvent il se mettait à rire, et parfois il lui donnait une petite tape dans le dos ou lui pressait l'épaule ; une fois, il avait gentiment arrangé ses cheveux derrière son oreille et l'avait embrassée sur la joue, mais il avait tout de suite eu l'air embarrassé et s'était précipitamment retiré dans sa réserve, avec sa pipe.

Mei Ling posa sa main sur sa joue, effleurant du bout des doigts l'endroit où il l'avait embrassée. Ce qu'elle ressentait pour M. Sung était différent de tout ce qu'elle avait pu éprouver pour d'autres hommes, et elle comprenait que c'était parce qu'elle était libre de le choisir. Ainsi, la conscience de sa propre identité avait peu à peu émergé, et elle avait commencé à renaître en cet univers fascinant qu'était le monde.

Elle s'attarda encore quelques instants derrière la vitre ; même si les échoppes et les maisons, les trottoirs et les véhicules seraient couverts de boue d'ici peu, pour le moment, la pluie douce se contentait de laver la rue et en faisait briller chaque centimètre carré en révélant sa beauté. Peu de clients viendraient à la boutique aujourd'hui, se dit-elle, et c'était parfait ainsi. Elle aurait sa journée pour elle, ainsi que le magasin et tout ce qu'il y avait à l'intérieur. Elle acheva de passer le chiffon à poussière puis retourna jusqu'au comptoir, épousseta la caisse, ouvrit les battants du meuble en dessous et passa la main à l'intérieur. Ses doigts rencontrèrent le couvercle d'une petite boîte en bois qui l'intriguait énormément. Elle la sortit et la posa sur le comptoir. Elle n'avait pas montré cette acquisition à M. Sung car elle savait que cela ne valait pas grand-chose. Elle avait prêté de l'argent en échange de son contenu, mais ni elle ni Mme Smith n'avaient négocié de prix pour la boîte elle-même. Dès que Mme Smith avait fourré dans sa poche les dollars qu'elle avait obtenus contre l'émeraude, la bague qui portait une pierre verte qui ressemblait à du jade mais n'en était pas, la chevalière d'homme en or et les boucles d'oreilles dorées, elle s'était empressée de sortir de l'échoppe, oubliant la boîte derrière elle. Mei Ling avait alors été accaparée par d'autres clients, et elle avait rangé la boîte sous le comptoir. Elle ne l'avait ressortie que plus tard, après la fermeture, pour y jeter un nouveau coup d'œil. C'était une boîte en bois toute simple avec le mot « Maman » grossièrement gravé dessus. Mei Ling était convaincue qu'il s'agissait du cadeau d'un fils à sa mère, et que cela ne pouvait pas être le fils de Mme Smith, sans quoi elle ne l'aurait pas oublié. La boîte avait été vidée de ses bijoux, mais il y restait d'autres effets personnels : l'image d'un homme torse nu avec les poings levés comme s'il se battait, et une lettre, dont les pages étaient jaunies et maculées de taches d'eau.

Dans ses moments d'intimité, Mei Ling posait ces deux objets sur le comptoir et les examinait. La boîte avait sans doute été offerte par un fils à sa mère ; peut-être l'image représentait-elle le garçon une fois devenu un homme ; peut-être était-ce le mari de la femme, le père du garçon ; peut-être que la lettre était du garçon ou du mari ; en tout cas, elle était de quelqu'un que la femme avait aimé. Mei Ling toucha le papier du bout des doigts. C'était le fruit de l'amour, elle en était presque certaine. L'encre avait bavé aux endroits où des larmes avaient coulé à la lecture des mots. Mei Ling aurait voulu savoir lire ces mots ; elle se sentait triste d'en être réduite à les regarder, mais aussi pleine de désir. Le contenu de la boîte – la boîte elle-même – évoquait une famille, et c'était quelque chose dont Mei Ling pouvait seulement rêver. Parfois, quelque part dans un coin de sa tête, elle voyait la silhouette d'un homme qui se penchait sur une petite fille, et elle savait que c'était ce qui lui restait comme souvenir de son père. Elle se rappelait plus de choses sur sa mère : ses mains qui l'habillaient rapidement chaque matin et qui la poussaient dehors pour qu'elle aille jouer, son visage fatigué qui se penchait sur elle pour lui murmurer quelque chose qu'elle ne parvenait pas à comprendre, mais aussi ses genoux sur lesquels elle l'avait tenue assise, et la façon dont elle lui donnait son riz. Elle avait eu des grands frères et peut-être des grandes sœurs, un petit frère aussi, mais elle ne se rappelait aucun d'entre eux, ni leurs noms, ni d'ailleurs celui de sa mère ou de son père. Dans ses souvenirs suivants, elle récurait les sols chez la grande maîtresse, ou l'éventait par les journées d'été torrides, jusqu'à ce que l'éventail lui tombe des mains et qu'elle s'évanouisse, pour être réveillée par la piqûre d'une branche d'osier dans son dos. Combien d'années était-elle restée au service de la grande maîtresse ? Mei Ling l'ignorait ; les années se mêlaient les unes aux autres comme les mots de la lettre sur lesquels étaient tombées les larmes ; mais il y avait dû en avoir beaucoup, car elle était déjà une jeune femme lorsqu'elle était arrivée à la Maison du Cerisier en Fleurs. Là, elle avait fait le ménage dans les chambres des courtisanes, et avait dû elle-même offrir ses services lorsque certains hommes en manifestaient le désir. Et c'était là aussi qu'elle avait appris à libérer les âmes des enfants qui ne pourraient pas voir le jour dans ce monde, car elle ne devait pas être mère ; elle avait laissé derrière elle trois âmes dans autant de petits tombeaux, dans le jardin de la Maison du Cerisier en Fleurs. La raison pour laquelle on l'avait vendue au vieil homme ne la regardait pas. La maison de ce dernier était lugubre, pleine de vieilles rancunes, habitée par un esprit avide de mal et de vengeance. Le vieil homme avait imaginé qu'il pourrait y échapper en embarquant pour Gum San[1], convaincu que la chance tournerait pour lui et qu'il pourrait un jour rentrer en Chine couvert de gloire. Mais il était trop vieux pour entreprendre pareil voyage, et Mei Ling avait su que sa maladie serait aussi sa fin. Elle avait été soulagée lorsqu'il l'avait échangée avec Chang-Li

---

1. Gum San : Montagne d'Or en chinois. Les premiers émigrants chinois en Amérique du Nord, attirés par l'or, étaient appelés « *Gum San guests* ». (*N.d.T.*)

contre la promesse d'un enterrement en Chine, et elle n'avait pas souhaité retourner dans la maison du chagrin et du désespoir pour y raccompagner le corps de son maître. À San Francisco, elle avait été effrayée par le nombre de *fan qui*, et s'était réjouie que Chang-Li la confine à la maison et à l'enceinte du quartier chinois. Chang-Li ne s'était pas montré un mauvais maître ; il avait accordé à Mei Ling deux tuniques et deux pantalons de bonne facture, des chaussons neufs qui étaient remplacés dès qu'ils étaient trop usés, et la permission de faire la cuisine comme elle l'entendait ; la nourriture était donc bonne et abondante, et elle bénéficiait également de sa propre chambre à coucher avec une natte molletonnée en guise de lit. Enfin, Chang-Li ne prenait son plaisir avec elle qu'occasionnellement et toujours avec soin, si bien qu'elle n'avait eu que deux âmes à libérer. Il avait d'ailleurs semblé comprendre quand cela arrivait, car il lui avait donné à chaque fois un peu d'argent en plus pour l'apothicaire, puis l'avait laissée seule à sa peine pendant plusieurs jours. La dernière fois avait eu lieu deux ans plus tôt, et Mei Ling s'était demandé si elle avait épuisé toutes les âmes qu'on lui avait accordées à la naissance, si elle n'en aurait plus d'autres. Cela l'avait à la fois soulagée et plongée dans un abîme de désespoir ; alors, quelquefois, Mei Ling comptait sur ses doigts le nombre d'âmes qu'elle avait relâchées, ces cinq enfants qu'elle aurait eus si elle avait connu un destin autre que celui d'esclave.

Or maintenant, Mei Ling n'était plus une esclave. Et si elle tombait enceinte, l'enfant ne serait pas noyé à la naissance, il ne lui serait pas retiré, ni ne serait vendu dès son plus jeune âge ; elle pourrait le garder pour elle, l'élever et l'aimer. Elle serait « mère ». C'était cela que signifiait être libre pour Mei Ling, et elle passa de nouveau ses doigts sur le couvercle de la boîte sculptée. Quand M. Sung lui redemanderait ce qu'elle pensait, Mei Ling aurait quelque chose de sensé à lui répondre : qu'elle pensait mettre assez d'argent de côté pour séduire un bon mari ; qu'elle pensait avoir des enfants de lui pour les élever en Amérique, où ils pourraient être libres à jamais ; qu'elle pensait aux enfants qu'ils auraient à leur tour, et au fait que leur vie serait très différente de celle qu'elle avait menée. C'était cela qu'elle pensait, lui dirait-elle ; c'était ce qu'elle désirait.

Délicatement, elle replia la lettre, la glissa dans son enveloppe qu'elle reposa avec tendresse dans la boîte, l'image de l'homme sur le dessus, puis elle referma le couvercle et rangea le tout sous le comptoir, au fond, pour que personne ne touche à son précieux trésor, ce symbole d'amour entre une mère et son enfant.

33

— Elle a disparu !

Grace entra comme une flèche dans la bibliothèque, interrompant l'étrange conversation qu'avaient le Dr Wakefield et le capitaine Reinders. Tous deux se retournèrent instantanément.

— Elle était toujours rangée dans ma malle, et, ce soir, elle a disparu !

— Qu'est-ce qui a disparu ?

Wakefield reposa son verre.

— La boîte que Liam a fabriquée pour moi. Je voulais porter la bague que tu m'avais donnée, Peter. Je l'avais mise dedans, avec...

Le visage soudain blanc comme neige, Grace chancela comme si elle allait s'évanouir.

Les deux hommes bondirent de leur chaise et se précipitèrent à son secours. Reinders la guida jusqu'à une chaise pendant que le docteur remplissait un verre de cognac.

— Buvez ça, commanda-t-il en le lui tendant.

— Bois-le, ordonna Reinders au même moment, lançant à l'autre homme un regard méfiant. Et explique-nous ce qui s'est passé.

Grace avala le cognac et, une fois les couleurs revenues sur ses joues, reposa le verre.

— Hopkins a dû la prendre, dit-elle à Wakefield. Elle a dû penser qu'elle contenait des choses de valeur. L'émeraude en a, bien sûr, mais le reste...

Grace se mordit la lèvre de détresse.

— Oh, Peter ! Je suis tellement désolée pour ta bague !

— Au diable la bague ! C'est facile à remplacer. Je sais ce que tu conservais d'autre dans cette boîte, Grace, et quelle valeur cela avait pour toi.

Wakefield les regarda tour à tour.

— Qu'est-ce que c'est ? exigea-t-il de savoir. J'insiste pour que vous me le disiez.

Reinders vit que les yeux de Grace s'étaient emplis de larmes, alors il posa une main sur son épaule pour l'apaiser.

— Des choses qui appartenaient au second mari de Grace, Morgan McDonagh. Le père de Jack. Son alliance, une lettre qu'il lui avait écrite... Et une image de Dugan Ogue le Magnifique, un très bon ami de Grace. C'est bien ça ?

Il baissa les yeux pour observer le visage de Grace, et la jeune femme confirma d'un signe de tête, étonnée.

— Liam m'a dit un jour que tu conservais tes trésors les plus précieux dans cette boîte, expliqua le capitaine. Il était fier de l'avoir fabriquée pour toi, tu sais. Je lui ai demandé quel genre de trésor elle contenait, et il m'a raconté.

— Je suis désolée, Peter, répéta-t-elle, les larmes aux yeux.

— De quoi ? D'honorer la mémoire d'un homme que tu as aimé, de conserver ces souvenirs pour son fils ? Tu n'as pas à t'excuser auprès de moi pour ça, Grace. Je sais que tu m'aimes.

Reinders s'interrompit, soudain conscient de la présence de Wakefield.

— Y a-t-il quoi que ce soit que nous puissions faire pour récupérer cette boîte ?

Grace secoua la tête.

— Il y a deux semaines qu'elle a quitté la maison. On a eu tellement de choses à faire... Et je n'avais aucune raison de chercher dans ma malle. Ce n'est que lorsque tu m'as dit que nous allions sortir ensemble, et que j'ai voulu mettre ta bague...

Ses yeux s'emplirent à nouveau de larmes.

— Je ne la portais pas tous les jours, car je ne voulais pas l'abîmer en travaillant. Je l'avais rangée là pour qu'elle soit en sécurité, et maintenant...

— Je crains que ce ne soit ma faute, coupa Wakefield. Abigail m'a confié qu'Hopkins revendait la plupart de ses bijoux ; elle croyait que l'argent allait à son enfant. J'ai demandé à Enid de vérifier s'il manquait autre chose, de l'argenterie par exemple, et elle a fait un tour complet. Mais vous êtes ici depuis si peu de temps, dit-il sur un ton d'excuse. Et vous en faisiez déjà tant pour Abigail que je n'ai pas voulu vous infliger ce souci supplémentaire. Je n'aurais jamais imaginé qu'Hopkins vous aurait volée vous aussi...

— Vous ne pouviez pas savoir que je possédais des choses qui valaient la peine d'être volées.

— Non, insista Wakefield. Non, ça n'a rien à voir avec ça. Je n'y ai tout simplement pas pensé. J'en suis désolé, madame Donnelly. Grace. C'est vraiment affreux.

— Ce ne sont que des objets, dit courageusement Grace, alors que son cœur lui criait que c'étaient *ses objets, les seuls souvenirs qui restaient de lui.*

Peter lui pressa l'épaule d'un geste réconfortant, puis se tourna vers le docteur.

— Savez-vous où Hopkins allait faire ses petites affaires ? Votre sœur pourrait-elle le savoir ? Je me moque de l'émeraude, mais quelle que soit la personne qui l'a achetée, elle a peut-être aussi pris la bague de McDonagh, et on pourrait au moins essayer de la récupérer.

— J'ai déjà posé la question à Abigail lorsqu'elle m'a parlé de ses bijoux, mais elle n'en avait aucune idée. Je suis vraiment désolé.

Wakefield avait l'air sincèrement abattu, mais soudain l'expression de son visage s'éclaira.

— Attendez une minute !

Il se tourna vers Grace.

— Après être allés voir le père d'Enid, nous avons croisé le fils Mulhoney qui nous attendait. Il nous a dit qu'il avait suivi Hopkins jusque dans Chinatown, chez un prêteur sur gages. J'avais l'intention de donner suite à cette affaire, mais une fois que nous avons retrouvé Abigail... Eh bien, le reste m'est sorti de l'esprit.

— Vous pensez qu'elle a pu revendre les objets dans Chinatown ? interrogea Reinders.

— Selon Davey, oui. Il ne fait aucun doute qu'elle a pris la boîte de Mme Donnelly le jour de son départ fracassant, et ce fameux prêteur sur gages pourrait donc bien être le récipiendaire de son contenu.

Grace se leva.

— Tu m'accompagnerais chez les Mulhoney ? demanda-t-elle à Peter. Puis dans Chinatown ?

— Bien sûr.

Reinders s'empara de son chapeau.

— Laissez, dit Wakefield en posant une main sur le bras du capitaine.

Mais il la retira vivement devant l'expression de Reinders.

— Ce que je veux dire, expliqua-t-il, c'est que je pourrais peut-être en profiter pour récupérer certains des bijoux d'Abigail. Et puis l'échoppe est probablement déjà fermée à cette heure-ci ; nous pourrions y aller à la première heure demain matin.

Grace se rassit.

— Il a raison, Peter. Ça ne servirait sans doute à rien de courir maintenant à travers toute la ville. Mieux vaut attendre demain.

— Je sais que tout cela vous a passablement ébranlée, reprit Wakefield, mais puisqu'on ne *peut* rien faire ce soir, pourquoi ne pas profiter de la charmante soirée que le capitaine Reinders a organisée pour vous ? Ce serait dommage de gâcher ça par-dessus le marché ! Qu'est-ce que vous en en dites, Grace ?

Reinders fronça les sourcils, irrité par le ton familier que Wakefield s'était mis à employer pour s'adresser à Grace.

— Je ne crois pas que ce soit une très bonne idée. Mme Donnelly est sous le choc, et elle a droit à un peu de tranquillité.

Il s'agenouilla à côté de Grace et lui parla d'une voix douce :

— Nous aurons d'autres occasions de sortir dîner, et il y a des spectacles sans arrêt, ces temps-ci. Profite donc d'une bonne nuit de sommeil, et je passerai te prendre demain dans la matinée.

Grace le dévisagea, affligée.

— Oh, Peter. Tu t'es donné tellement de mal pour obtenir cette table à la Maison Riche et ces billets à l'American Theater. Non, décréta-t-elle d'une voix déterminée. Nous allons sortir. Je ne permettrai pas à Hopkins de me priver de cette soirée en plus de mes trésors.

— Bien parlé ! s'exclama Wakefield en affichant un sourire satisfait. Quelle femme remarquable, n'est-ce pas, capitaine ?

— Je le lui ai déjà dit, répliqua Reinders. Il y a cinq ans, pendant la traversée à bord de mon navire, entre Liverpool et New York.

— Et à de nombreuses reprises depuis, j'en suis sûr, enchaîna Wakefield avec entrain.

— Des centaines, approuva Reinders qui ne pouvait pas résister à l'envie d'avoir le dernier mot, même s'il sentait bien que c'était un comportement puéril. Des milliers de fois.

Il sentit son visage s'échauffer.

— Eh bien, allons-y, puisque c'est comme ça.

Wakefield hocha la tête.

— Profitez bien du spectacle. J'ai entendu dire qu'il était merveilleux. Et ne vous inquiétez pas pour demain. J'emmènerai Grace chez les Mulhoney à la première heure, puis jusqu'à Chinatown.

— *Je* l'emmènerai, objecta Reinders. Je connais ce quartier mieux que personne.

— Bien sûr. Je voulais simplement voir l'endroit moi-même au cas où certains objets de famille s'y trouveraient.

— Allons-y tous les trois, alors, proposa Grace. Le Dr Wakefield et moi pourrions te rejoindre chez les Mulhoney, Peter, et de là, nous irions tous ensemble.

— Soit, concéda Reinders d'un ton abrupt. La plupart des bureaux de prêteurs sur gages ouvrent vers dix heures. Rendez-vous à neuf heures.

— Neuf heures, ça me va. On n'en a jamais vraiment fini avec les émotions fortes, ici, n'est-ce pas, madame Donnelly ? ironisa Wakefield.

— Il me semblait même que vous aviez suffisamment de sujets d'émotion ici même pour remplir toute une vie, lança Peter en tendant la main à Grace. On y va ?

— Peter ! le réprimanda-t-elle tandis qu'il l'escortait jusqu'à la porte, Wakefield sur leurs talons.

— Vous avez raison, capitaine, dit ce dernier. Je n'ai pas l'intention de prendre à la légère l'épouvantable détresse de ma sœur. Et j'en profite pour vous exprimer ma reconnaissance à propos de votre discrétion, par la même occasion. Mme Donnelly m'a fait part à de nombreuses reprises de la compassion que vous éprouviez à notre sujet.

Reinders se sentit honteux et se tourna pour faire face au docteur.

— Je suis heureux qu'elle l'ait fait, dit-il en tendant la main. Bonne soirée, Wakefield. Merci pour le verre, et rendez-vous demain matin.

Reinders se félicita intérieurement d'avoir tempéré ses manières quand Grace le récompensa d'un baiser rapide dans le hall, juste avant qu'ils n'entrent dans la cuisine pour dire bonsoir aux enfants confiés à la responsabilité d'Enid. Ils étaient dehors en train de jouer avec les chiens lorsque Grace avait découvert que la boîte avait disparu. Elle avait décidé de ne pas leur en parler avant que toute cette histoire ne soit résolue. Et ils étaient à présent joyeusement assis autour de la table de la cuisine, essayant d'apprendre à Enid et à George un nouveau jeu de cartes que Liam leur avait enseigné. Mary Kate se leva immédiatement pour embrasser sa mère et le capitaine, promettant qu'elle serait sage ; Jack, pour sa part, embrassa sa mère et serra poliment la main du capitaine, assurant qu'il ferait de son mieux. Enid et George leur souhaitèrent de passer une agréable soirée. Sur ces entrefaites, Grace et Peter quittèrent la cuisine et s'enfoncèrent dans la nuit froide et ventée de mars.

Reinders aida Grace à monter à bord du boghei couvert, puis y grimpa à son tour et fit faire demi-tour aux chevaux. Ils descendirent la colline puis traversèrent la ville jusqu'à la grand-place, conduisant avec prudence. Se refusant à importuner Grace, qui demeurait exceptionnellement silencieuse, Reinders se contenta d'émettre quelques commentaires sur le temps, sur les derniers édifices construits, et sur le spectacle pour lequel il avait obtenu des fauteuils au balcon. Pour sa part, Grace ne parvenait qu'à acquiescer, l'esprit tourmenté par le souvenir de ce qu'elle avait perdu, par la pensée révoltante que ce qu'elle possédait de plus précieux avait peut-être été jeté sur les quais boueux du port une fois qu'Hopkins avait compris que la boîte ne recelait aucun objet de valeur. Elle s'accrochait à l'espoir que, le lendemain, ils retrouveraient le bureau de prêteur sur gages et que peut-être la boîte aurait été abandonnée là, ou tout au moins la bague de Morgan et les boucles d'oreilles qui devaient valoir quelque chose. Elle était bouleversée à l'idée que l'image de Dugan Ogue et la bague que Mary Kate tenait d'Aislinn puissent être perdues à jamais, mais le pire, ce qu'elle parvenait à peine à envisager, c'était la perte de la lettre si chère à son cœur, tellement plus – même si elle répugnait à l'admettre – que la magnifique émeraude que Peter lui avait donnée. Elle se tourna légèrement vers lui, bien décidée à lui accorder toute son attention, à tenir son serment de faire en sorte que cette soirée ne soit pas gâchée.

Enfin, Reinders arrêta le boghei devant l'entrée d'un restaurant français qui jouissait d'une réputation élogieuse. Il lui assura en plaisantant qu'elle n'aurait pas à manger d'escargots ni de cuisses de grenouille. Elle rit poliment, se rappelant qu'il n'avait jamais connu la faim, sans même parler de la famine, qui poussait les gens à manger tout ce qui leur tombait sous la main. Ce genre de plaisanterie ne la faisait pas rire, mais il ne servait à rien d'en faire toute une affaire, surtout pas ce soir, alors qu'elle avait déjà les nerfs à fleur de peau. Peter était un homme gentil et sensible, se raisonna-t-elle, et il fallait qu'elle concentre son attention sur les nombreuses choses qu'ils avaient en commun plutôt que sur celles qui les opposaient. Elle secoua la tête, déterminée à en évacuer la mélancolie, à la remplir des plaisirs de cette soirée et de la compagnie de cet homme qu'elle appréciait.

— Regarde ce monde ! s'écria-t-elle d'une voix qui se voulait enjouée alors qu'il l'aidait à descendre. Est-ce qu'ils attendent tous pour entrer ?

— C'est un endroit très prisé, lui confia-t-il, fier d'avoir choisir de venir là. Mais j'ai réservé notre table à l'avance.

Il lui prit le bras et la guida à travers la foule, qui s'écarta en rechignant avant de découvrir que c'était un couple fort distingué qui arrivait pour dîner. Tous les regards convergèrent alors vers la femme aux cheveux auburn, ravissante dans sa robe verte, et escortée par un gentilhomme à l'allure altière et assurée, qui portait haut-de-forme et habit. Une fois à l'intérieur, ils furent accueillis par un maître d'hôtel austère mais élégant qui les conduisit à une table pour deux à l'autre extrémité de la pièce. Il les aida tous les deux à s'asseoir, puis se mit à énoncer avec un accent prononcé que les huîtres étaient la spécialité du jour, et qu'elles étaient proposées sous différentes formes qu'il décrivit dans le détail, pour le plus grand plaisir de Grace. Elle l'interrompit plusieurs fois pour lui demander des précisions sur les ingrédients de certaines sauces ou des explications sur la manière de confectionner un soufflé, lui confiant en échange le secret de sa grand-mère pour réussir la merveilleuse sauce à l'oseille qu'elle servait sur du saumon et des pommes de terre au babeurre. Ils s'entendirent si bien que le maître d'hôtel finit par attraper une chaise pour se joindre à eux, commandant une bouteille de champagne en l'honneur de cette rivale en matière de gastronomie. Ce furent finalement les protestations croissantes des autres clients impatients qui interrompirent leur conversation, et leur nouvel ami les quitta avec une réticence manifeste, promettant de revenir les voir avant la fin de leur repas.

— Encore un admirateur à ajouter à ta collection, ironisa Reinders. Mais, au moins, celui-ci apporte le champagne ! Je ne sais pas comment tu t'y prends. Même le vieux Wakefield est mordu.

— Il n'est pas si vieux que ça, répliqua Grace, les doigts posés sur le pied de son verre de vin. Et il n'est certainement pas... mordu. Reconnaissant, peut-être, pour la manière dont je m'occupe d'Abigail et de la maison, mais rien de plus que cela.

— Grace...

Reinders attendit qu'elle relève les yeux.

— Crois-moi, cet homme est sous le charme. Il n'arrête pas une minute de te dévorer des yeux, et il a des attitudes... pour le moins possessives.

— Est-ce que tu veux dire par là qu'il se comporte comme s'il me possédait ? demanda Grace en fronçant les sourcils.

— Posséder n'est pas le bon terme, non, rectifia Reinders. Mais il considère qu'il existe entre vous un lien équivalent, si ce n'est supérieur, au lien qui nous unit, toi et moi.

— Tu as tort, Peter. Tu sais bien qu'il n'a personne d'autre à qui parler d'Abigail et de l'enfant, car il tient à protéger leur vie privée. Mais maintenant que le Dr Fairfax est rentré, ils vont reprendre les choses en main tous les deux et me renvoyer à ma cuisine.

— Tu ne connais pas les hommes aussi bien que moi. Wakefield n'a aucune intention de te laisser à ta cuisine.

— Qu'est-ce que tu racontes ? Que le docteur a l'intention de me détourner de toi ? C'est de cela qu'il s'agit ? Parce que si c'est le cas, c'est que tu ne me crois pas capable de gérer ma propre vie.

— Je te dis juste que c'est un homme, précisa Reinders en reculant dans son siège comme pour battre en retraite. Qu'il n'est pas différent des autres hommes.

— Donc vous n'êtes tous que des cabots, c'est ça ? Tout ce qui vous intéresse, c'est de lorgner sur le jouet de l'autre, histoire de le lui soutirer ?

Grace soupira et sa colère s'évanouit aussi vite qu'elle était apparue.

— Je ne veux pas me disputer avec toi, Peter. Le Dr Wakefield ne s'est jamais comporté autrement qu'en parfait gentleman avec moi, mais si ça te contrarie que je travaille pour lui, et je crois que c'est le cas, eh bien, disons que c'est terminé.

— Quoi ? s'exclama Reinders d'une voix blanche.

— C'est mieux comme ça. Je démissionne sur-le-champ et je viens emménager avec toi. On peut se marier la semaine prochaine, si tu veux.

— La semaine prochaine ? Mais, et la cérémonie du mois de mai, l'église, les fleurs, la robe, et tout le reste ?

Grace haussa les épaules, l'air las.

— Ce ne sont que des considérations matérielles. Et ces considérations passent après les considérations humaines.

Elle se pencha en avant.

— Je sais combien tu voulais que Lars et Detra soient présents au mariage, et à quel point tu as été déçu quand tu as appris qu'ils ne seraient pas là.

— Déçu par Lars, précisa Reinders. Ce n'est pas à cause de toi. C'est Lars qui a décidé qu'il devait arriver en Europe avant l'été et qui a fait des réservations sur un bateau à vapeur sans consulter personne. Je n'ai jamais eu l'intention de te demander de changer la date du mariage à cause de ça.

– Mais est-ce qu'ils n'ont pas été tes meilleurs amis et tes associés pendant toutes ces années ? Et est-ce que tu n'as pas émis le souhait qu'il soit ton témoin ?

– Si, bien sûr...

Reinders glissa un doigt dans l'encolure de sa chemise pour la desserrer.

– Mais Mack fera très bien l'affaire. Et il y a Liam, aussi. Tout ce qui compte, c'est que nous ayons décidé d'une date et que nous nous en rapprochions. La maison ne sera pas prête à vous accueillir plus tôt, de toute façon, et je suis sûr que les enfants ne voudront pas partir de chez les Wakefield du jour au lendemain.

Grace balaya ces arguments d'un revers de main.

– Et pourquoi ? Tu m'as dit que Jack et Mary Kate pourraient emmener leurs chiens, et M. Hewitt sera ravi de leur donner leurs leçons où qu'ils habitent. Et en ce qui concerne la maison, ta gouvernante et moi, nous pourrons nous en occuper toutes les deux.

Reinders ne trouva rien à répondre ; il avait eu beau lui donner maintes raisons d'abandonner, Grace restait plus déterminée que jamais : le mariage aurait lieu en mai. Et il se rendait compte qu'il n'avait jamais vraiment pris tout ça au sérieux. L'idée de se marier la semaine suivante, de la faire venir chez lui avec les enfants, surtout Jack, dont il n'avait pas encore conquis l'affection, de partager sa vie quotidienne, tout cela le faisait soudain hésiter, et il éprouva brusquement le besoin de gagner du temps.

– Et Abigail ? Tu m'as dit que tu voulais être présente lorsqu'elle retrouverait son enfant, pour pouvoir l'aider ? Et il va te falloir plus d'une semaine pour trouver une nouvelle cuisinière qui puisse te remplacer. À moins qu'Enid ne prenne le relais, mais, dans ce cas, il faudra embaucher une nouvelle gouvernante...

Sa voix s'enraya lorsqu'il sentit la pression de la main de Grace sur la sienne.

— Il me semble que l'on a déjà eu cette conversation à Noël. Mais je crois que c'était moi qui cherchais alors des excuses, dit Grace en souriant d'un air contrit. À présent, je suis fatiguée, Peter. Je le reconnais volontiers. J'étais fatiguée avant de quitter le Kansas et maintenant je suis à bout de forces, épuisée au plus profond de mon âme. Je ne peux pas faire un pas de plus.

Muselé par l'honnêteté de sa confession, le capitaine lui prit la main et la pressa contre ses lèvres.

— Je suis venue ici pour t'épouser, Peter. Mary Kate et Jack ont traversé tellement d'épreuves que je voulais une vie paisible pour nous tous, une vie avec toi. Mais au lieu de cela, je nous ai tous embarqués dans la tourmente d'autres vies que les nôtres.

Les yeux de Grace se remplirent de larmes.

— J'aurais dû t'épouser à New York. Mais peut-être qu'alors je n'aurais jamais revu Jack. Et peut-être que Mary Kate serait morte du choléra.

Elle secoua la tête.

— Je ne sais pas. Je ne sais plus. Je ne t'ai pas épousé à l'époque, et j'en suis désolée. Et j'espère que tu pourras me pardonner, et que tu voudras toujours de moi après tout ce temps perdu, alors que je me suis comportée comme une imbécile.

— Évidemment, dit-il doucement. Évidemment que je veux encore de toi. Bien plus que tu ne l'imagines.

Ils se regardèrent à travers le scintillement des bougies. Puis le serveur arriva, disposant devant eux une assiette joliment garnie et une bouteille de vin qu'il ouvrit d'un geste majestueux.

— Est-ce que ça va ? demanda Reinders lorsqu'ils furent à nouveau seuls.

Grace acquiesça, mais sa main tremblait quand elle porta son verre à ses lèvres.

— Tu es à bout. Je m'en rends bien compte. Tu as supporté trop de choses, et, avec ma maladie, j'ai été un fardeau supplémentaire.

Il se pencha vers elle.

— Mais tu te sentiras mieux demain matin, Grace, et je pense que tu regretteras que l'on précipite notre mariage alors que tout est organisé pour mai.

Grace acquiesça de nouveau et s'efforça de sourire, ses lèvres tremblant de chagrin alors qu'elle luttait pour combattre la tristesse qui lui emplissait le cœur. Quelque chose venait de s'éteindre entre eux, elle le savait, même si elle essayait de se persuader du contraire. Quelque chose était mort, et quoi qu'il se passe à présent, ils allaient devoir continuer sans cela.

— Nous *allons* nous marier, lui promit Reinders avec ferveur. Je ne souhaite que ton bonheur, Grace. Quel qu'il soit, quoi que cela signifie, je veux que tu sois heureuse. Et tu le seras. Sois juste un peu patiente, c'est tout.

— Oui, concéda-t-elle doucement. Tu as raison. Il vaut mieux attendre.

— Ah, je retrouve enfin ma Grace.

Il lui tapota la main, puis s'empara de sa fourchette.

— Attention, revoilà ton nouvel admirateur qui vient demander comment tu trouves ton repas. Tu ferais bien d'en goûter un peu.

Grace porta docilement à ses lèvres une bouchée d'huîtres panées au beurre et à la crème, et sentit que tout s'y mélangeait, sans qu'elle pût distinguer aucune des saveurs.

— Madame apprécie ? demanda le maître d'hôtel, attendant anxieusement sa réponse. Peut-être est-ce un peu trop poivré pour vous ?

— C'est délicieux, déclara Grace en lui souriant. Ce sont les meilleures huîtres qu'il m'ait été donné de goûter de toute ma vie. Et la sauce est admirable.

— Vous m'en voyez ravi, dit le maître d'hôtel, enchanté. Et pour le dessert, je vous ferai goûter mon fameux gâteau au chocolat. Avec les compliments de votre ami, le Dr Rowen Wakefield, qui vous l'offre pour fêter cette soirée très spéciale.

Grace se mordit la lèvre et regarda Reinders, qui éclata de rire.

— Peut-être que je ferais mieux de t'épouser la semaine prochaine, après tout, lança le capitaine.

— Évidemment, dit le maître d'hôtel en haussant les épaules comme si c'était une évidence. Il faudrait être fou pour ne pas le faire.

34

Les clients de la *Maison du Bonheur* entraient généralement discrètement et un par un, par deux tout au plus, si bien que l'entrée simultanée de trois personnes – deux hommes et une femme – éveilla la méfiance de Mei Ling.

— Bonjour, dit-elle poliment pour les accueillir. En quoi je peux aider vous ?

— Bonjour, madame.

Wakefield retira son chapeau et s'approcha du comptoir.

— Qui est le propriétaire de cet établissement ?

Mei Ling réfléchit à l'absence prolongée de Chang-Li et répondit :

— M. Sung arriver plus tard. Mei Ling peut servir.

Wakefield pensa que M. Sung était plutôt en train de ronfler dans l'arrière-boutique, derrière le rideau. L'échoppe avait beau avoir été aérée, son nez exercé percevait le parfum très reconnaissable de la fumée âcre de l'opium.

— M. Sung ! appela-t-il d'une voix tonitruante. Sortez de là immédiatement !

Mei Ling vit que les yeux de Wakefield se posaient sur le rideau, et elle le regarda, les sourcils froncés.

— Nous cherchons des objets bien particuliers, expliqua alors le docteur. Des objets qui pourraient nous avoir été volés.

Mei Ling secoua la tête.

— Acheter seulement, vendre seulement.

— Bien sûr, dit lentement Wakefield comme s'il parlait à une enfant.

Puis il éleva la voix comme si cette enfant avait du mal à l'entendre.

— Une femme, une servante… Domestique, insista-t-il en montrant Mei Ling du doigt. Nous a volés. Des bijoux.

Il regarda Grace, mais elle n'en portait pas, alors il mima des boucles d'oreilles, des bracelets et un collier.

— Bijoux, répéta-t-il. Vous comprenez ?

Mei Ling hocha la tête une fois, le visage toujours impassible.

— Elle les a apportés ici, poursuivit-il. À la *Maison du Bonheur*. Nous voulons les récupérer. Nous voulons les *racheter*, corrigea-t-il.

Et, voyant la jeune femme toujours aussi perplexe, il recommença depuis le début :

— Une femme… Ma gouvernante… Nous a *volés*…

Exaspéré, le capitaine Reinders s'avança à son tour.

— Excusez-moi, Wakefield.

Il écarta le docteur puis, à la surprise générale, se mit à parler à la fille dans sa langue maternelle. Il semblait hésiter et se corriger fréquemment, mais Mei Ling l'écoutait avec plus d'attention, la tête penchée, et lui répondait.

— Vous auriez pu m'épargner cette peine, intervint Wakefield d'une voix où perçait un soupçon d'irritation. Pourquoi n'avoir pas dit que vous parliez chinois ?

— Parce que je ne parle pas. Je sais juste aboyer des ordres aux dockers et commander des boulettes à leurs stands de nouille, mais il était évident que vous n'arriviez à rien, alors…

Reinders haussa les épaules.

— J'ai essayé de lui raconter l'histoire de la boîte volée et des choses qu'il y avait à l'intérieur, et de lui décrire votre gouvernante. Je ne sais pas si elle a compris, mais elle m'a dit « non » à deux reprises.

Mei Ling les regardait parler ; seuls ses yeux étaient mobiles sur son visage impassible. Elle comprenait très bien ce qui s'était passé : cette Mme Smith avec son histoire de mari blessé et de famille nombreuse était en réalité leur domestique et les avait volés, elle leur avait pris la boîte en bois. Mei Ling n'arrivait pas à savoir qui étaient vraiment les deux hommes, mais le visage de la femme aux yeux couleur de mer agitée lui paraissait familier. Mei Ling étudia la femme du coin de l'œil, et alors elle eut une révélation : le portrait dans la vitrine de la galerie de William Shew, c'était elle. Il y en avait plusieurs en exposition, mais c'est par celui-ci que Mei Ling avait été attirée, par cette mère avec ses enfants, par leur attitude digne et par la façon dont les enfants regardaient leur mère, avec tellement d'amour. Mei Ling aurait aimé avoir le courage d'entrer dans la galerie pour contempler d'autres portraits, mais le simple fait de marcher dans la rue comme une personne indépendante mobilisait déjà tout son courage. Alors elle s'était contentée de rester sur le trottoir et de contempler cette mère derrière la vitre. La mère.

Mei Ling resta parfaitement immobile.

— Nous allons jeter un coup d'œil, madame. Mademoiselle.

La voix de Wakefield résonna dans la petite échoppe, interrompant la rêverie de Mei Ling.

— Expliquez-lui, capitaine.

Reinders lança un regard à Mei Ling, qui inclina poliment la tête et fit un geste en direction du comptoir vitré où étaient exposés les bijoux, les pièces de monnaie, les montres, les pistolets, les couteaux et toute une collection de pièces d'argenterie. Grace s'avança pour rejoindre Wakefield, se pencha au-dessus de la vitrine et plissa les yeux pour mieux distinguer les objets à travers la vitre. Lentement, ils longèrent le comptoir, et soudain Wakefield se redressa et pointa son doigt sur la vitre, au comble de l'excitation.

– Là, là ! s'exclama-t-il. Ce bracelet appartient à Abigail ! Elle le portait à Noël ! Regardez, par ici, madame Donnelly. Est-ce que ça vous dit quelque chose ?

Grace s'approcha.

– Oui, reconnut-elle. Je crois que vous avez raison.

– Madame ! Mademoiselle ! cria Wakefield en faisant de grands gestes à l'attention de Mei Ling pour lui montrer ce qui l'intéressait. Ceci appartenait à ma sœur. Combien pour le racheter ? Combien ?

Mei Ling ouvrit le tiroir par l'arrière du comptoir et sortit le bracelet, puis vérifia la petite étiquette qui y était fixée.

– Trente dollars, dit-elle, les yeux baissés.

Wakefield parut un instant tenté de protester, mais il sortit son portefeuille. Mei Ling chercha du papier sous le comptoir pour emballer son achat. Grace continuait à détailler les objets, espérant repérer la bague de Morgan ou les boucles d'oreilles en or. Mais ce fut au tour du capitaine Reinders de s'exclamer.

– Dieu du ciel, ce sont mes boutons de manchette !

Le capitaine posa ses deux mains sur la vitrine et se pencha pour regarder de plus près.

– Et ça, c'est... (Il leva des yeux incrédules vers Grace, puis regarda de nouveau la vitrine.) C'est la montre de gousset de Darmstadt !

– Arnott, dit Grace, formulant à voix haute ce que Reinders pensait déjà.

– Le bâtard. Je vais le pendre par les couilles. Que le diable l'emporte !

– Capitaine, dit Wakefield d'un ton de reproche, en désignant du regard Grace et la jeune femme chinoise.

— Veuillez me pardonner, mesdames, s'excusa Reinders entre ses dents.

Puis il se remit à marmonner dans sa barbe :

— Quel culot... On le paie grassement, on lui donne des jours de congé... Ah ça, je vais lui en donner, des jours de congé.

Il se tourna vers Mei Ling.

— Emballez-moi ça.

Mei Ling ouvrit de nouveau le tiroir, en retira les objets, vérifia leurs étiquettes et annonça leurs prix. Reinders la paya en se promettant de déduire cette somme des émoluments d'Arnott, tandis que Grace continuait de scruter la longue vitrine, ses yeux s'attardant pour explorer le moindre recoin. Et enfin, elle reconnut quelque chose.

— Peter ! Ta bague !

Il s'approcha immédiatement, puis lui pressa les épaules quand il vit ce qu'elle avait trouvé.

— Ici ! appela-t-il par-dessus son épaule. Je vais prendre ça aussi.

— Hopkins est *forcément* venue ici avec la boîte, s'écria Grace, pleine d'espoir. La bague était dans la boîte. Elle *doit* se trouver ici !

— Je vais lui redemander, mais...

Reinders hésita.

— Hopkins a très bien pu ne garder que la bague, Grace. Elle a très bien pu se débarrasser de la boîte quelque part avant même d'arriver dans cette boutique. Ne te fais pas trop d'illusions.

Grace hocha la tête et se retourna vers Mei Ling. Elle observa attentivement le visage de la jeune femme alors que Reinders tentait à nouveau de communiquer avec elle. Alors qu'il décrivait la boîte par gestes,

Grace eut la conviction de la voir changer d'expression. Peut-être la reconnaissait-elle, se prit-elle à espérer, le cœur battant. Mais Mei Ling baissa les yeux et secoua la tête, ne prononçant que quelques mots à voix basse.

— Soit elle ne comprend pas de quoi je lui parle, dit Reinders, soit elle n'a pas la boîte. Elle dit que la femme qui est venue avec le bracelet a aussi apporté l'émeraude, mais rien d'autre. Je suis désolé.

— Au moins, on a retrouvé ta bague, répondit Grace en essayant de sourire. C'est déjà ça.

— *Ta* bague, rectifia Reinders en la lui tendant. Et ce n'est pas grand-chose. Au regard de ce que tu espérais retrouver.

Les yeux de Grace s'emplirent de larmes et elle se détourna, espérant qu'il ne le remarquerait pas. Mais soudain, elle se mit à sangloter, incapable de se retenir. Elle couvrit son visage de ses mains, mortifiée, cherchant désespérément à retrouver son sang-froid.

— Ma chère ! s'exclama Wakefield en se précipitant vers elle.

Il voulut poser un bras sur ses épaules mais se retint et se contenta de lui tapoter le dos.

— S'il vous plaît, madame Donnelly, s'il vous plaît. Calmez-vous. Tout n'est pas perdu. Je vous promets que nous allons explorer toutes les possibilités.

— Que voulez-vous faire de plus ? lança Reinders, irrité par l'attitude du docteur, qui, à son avis, ne faisait qu'accentuer la détresse de Grace. Quelle possibilité nous reste-t-il ?

Mei Ling fit le tour du comptoir et tira d'une poche de sa tunique un mouchoir propre qu'elle tendit silencieusement à la femme en pleurs.

Grace leva vers elle ses yeux rouges, gonflés et infiniment tristes, et elle accepta l'étoffe avec une reconnaissance stoïque, malgré les tremblements de son menton.

Mei Ling regarda la femme se sécher les yeux, respirer profondément, se reprendre, et elle vit dans ses yeux le chagrin se muer en résignation. Puis la femme se tourna vers les deux hommes.

— Il n'y a pas d'autre possibilité, dit-elle gravement. C'était notre dernier espoir. Et maintenant, je vais oublier tout ça.

— C'est très courageux de votre part, madame Donnelly, commenta Wakefield avec douceur.

— Oh non, docteur.

Grace secoua la tête, repensant aux personnes âgées sur le bateau qui les avait amenés d'Irlande, et aux jeunes familles dans les chariots sur la piste.

— Le courage n'a rien à voir avec ça. Je suis seulement raisonnable. Après tout, ce ne sont que des objets. Et les objets ne sont rien, comparés aux gens.

— Je sais, mais...

Wakefield aurait voulu ajouter un mot, dire quelque chose pour atténuer la douleur de cette femme qu'il admirait tant, la réconforter, s'excuser de l'avoir impliquée malgré elle dans quelque chose qui lui avait coûté un tel sacrifice.

— Je pense que nous avons fait tout notre possible ce matin. Rentrons, proposa Reinders en posant sa main sur le bras de Grace, prêt à la raccompagner.

Grace le regarda sans le voir, comme si elle ne l'avait pas entendu. Elle se tourna de nouveau vers Mei Ling et considéra la jeune femme en silence. Elle voyait des atomes de lumière, minuscules, voltiger autour d'elle. Elle lui prit la main et la garda quelques instants dans la sienne, scrutant intensément ses yeux, jusqu'à ce que la pièce se dissolve autour d'elles.

— Je suis désolée pour vous, Mei Ling, lui dit alors Grace avec une infinie douceur. Vous avez perdu des enfants. Mais Dieu vous accordera le bonheur d'en avoir d'autres.

Elle pressa délicatement la main de la jeune femme.

— Vous comprenez ce que je vous dis ?

Mei Ling répéta dans sa tête les mots qu'elle venait d'entendre, et soudain ils lui apparurent aussi clairement que si la femme avait parlé dans sa langue maternelle. Mei Ling, qui n'avait pas versé une larme depuis la perte de son premier fœtus, en sentit couler une le long de sa joue, et elle sentit au fond de son cœur que la pierre qui l'obstruait depuis si longtemps venait de bouger.

— Venez, chuchota alors Mei Ling.

Elle conduisit Grace à travers la pièce, la tenant par la main, jusqu'à l'arrière du comptoir.

Elle hésita un instant, honteuse de ne pas avoir rendu son trésor à sa propriétaire dès l'instant où elle s'était présentée, mais à présent elle était déterminée. Elle s'agenouilla par terre, et plongea la main tout au fond de l'étagère la plus basse, dans le coin le plus éloigné, jusqu'à ce que ses doigts rencontrent le bois usé de la boîte qu'elle tira et offrit humblement à Grace.

— *Maa maa*, dit-elle, la tête baissée.

— Dieu du ciel ! s'exclama Wakefield, qui s'était approché. C'est votre boîte ?

Grace la serrait d'une main contre sa poitrine tout en aidant Mei Ling à se relever de l'autre.

— Merci.

Elle embrassa la jeune femme tendrement sur la joue.

— Merci, Mei Ling.

— Ouvrez-la, pressa Reinders.

Grace posa la boîte sur le comptoir et souleva délicatement son couvercle. Elle vit immédiatement que l'image de Dugan était toujours là et, en dessous, l'enveloppe contenant la lettre de Morgan. Sur le dessus, il y avait la bague de Mary Kate, les boucles d'oreilles et la chevalière de Lord Evans.

— Tout y est ? demanda Reinders.

Grace acquiesça, puis inclina la boîte pour montrer son contenu.

— Eh bien, c'est merveilleux ! s'exclama Wakefield en se frottant énergiquement les mains. Comment diable êtes-vous parvenue à vous faire comprendre ?

Grace regarda Mei Ling, dont le bout des doigts parcourait une dernière fois les lettres gravées sur le couvercle.

— Nous sommes toutes les deux des mères, dit-elle doucement. Docteur, est-ce que vous avez une carte de visite ?

Wakefield fouilla dans sa poche, puis en sortit une carte et la lui tendit. Grace la retourna sur le comptoir, s'empara d'une plume sur un encrier, et inscrivit son nom et l'adresse de la maison sur le dos de la carte.

— Je m'appelle Grace Donnelly.

Elle tendit la carte à Mei Ling.

— Et voilà où j'habite. Si vous avez besoin de quoi que ce soit...

— Et voici *ma* carte, ajouta Reinders en glissant la sienne par-dessus celle de Wakefield. Pour le moment où elle sera ma femme.

Alors qu'elle examinait les deux cartes, Mei Ling entendit le léger craquement du divan de la réserve et sut que M. Sung venait d'arriver. Elle leva les yeux vers Grace et s'aperçut qu'ils se ressemblaient beaucoup, cette femme et M. Sung. Mais c'était peut-être simplement leur façon de se tenir, ou ce don qu'ils avaient tous les deux pour capter son attention.

— Vous venez boire le thé, dit Mei Ling d'une voix résolue, formulant ainsi bravement sa première invitation personnelle. Mei Ling le préparer pour invitée d'honneur.

— Merci, dit Grace en touchant l'épaule de la jeune femme. Je viendrai. Et j'emmènerai mes enfants avec moi pour qu'ils vous connaissent. Au revoir, maintenant, Mei Ling.

Mei Ling les raccompagna jusqu'à la porte qu'elle tint ouverte pour eux. Elle les salua alors qu'ils sortaient et regarda les hommes aider la femme à monter dans la voiture ; puis elle suivit cette femme des yeux alors qu'elle s'éloignait, non sans se retourner une dernière fois pour agiter le bras en signe d'adieu, et pour regarder Mei Ling dans les yeux. Heureuse, Mei Ling rentra dans la boutique et referma la porte. Lorsque la clochette tinta, Sean apparut dans l'encadrement de la porte de derrière.

— T'ai-je bien entendue lancer une invitation à venir prendre le thé, Mei Ling ?

Il affichait un large sourire, même si sa voix était enrouée et son visage livide à cause de la longue nuit qu'il venait de passer.

— Tu vas bientôt être la coqueluche de tout San Francisco. Et qui sont donc tes nouveaux amis ?

Mei Ling sourit timidement et lui tendit les cartes de visite, craignant de ne savoir prononcer correctement les noms.

— Docteur Rowen Wakefield, lut Sean à voix haute. Capitaine Peter Reinders...

Il leva les yeux, plus pâle que jamais.

— Je connais le capitaine Reinders. Que faisait-il ici ?

D'une voix hésitante, Mei Ling lui rapporta que ces messieurs étaient les employeurs de la femme qu'elle et lui connaissaient sous le nom de Mme Smith, et qu'ils étaient venus récupérer les objets qu'elle leur avait volés. Les hommes avaient payé pour ces objets, le rassura-t-elle, mais comme la boîte n'avait pas été gagée, Mei Ling l'avait simplement rendue à la femme.

— Quelle boîte ? interrogea Sean d'un ton plus agressif qu'il ne l'aurait souhaité. Quelle femme ?

Une boîte contenant des objets personnels, expliqua Mei Ling, des objets sans valeur particulière. Puis elle retourna la carte du docteur Wakefield pour qu'il puisse lire le nom de la femme sur le dos.

— Appartenir à cette femme. Mei Ling nouvelle amie.

Sean lut le nom sur la carte et ses genoux se dérobèrent. Mei Ling se précipita pour le soutenir et, un bras sur son épaule, elle l'accompagna jusqu'à une chaise dans un coin de la boutique ; il s'assit, hébété, puis elle lui apporta un verre d'eau.

— Mei Ling.

Il leva les yeux vers elle.

— À quoi ressemblait-elle ? Avait-elle des cheveux de cette couleur ? demanda-t-il en pointant sa main vers le comptoir en acajou. Et des yeux comme cela ? dit-il en montrant une bouteille en verre verte.

Mei Ling hocha la tête et s'anima.
- Parler comme monsieur Sung !
- Oh, mon Dieu.

Le visage de Sean affichait un mélange de joie et d'angoisse.

- C'est ma sœur, Mei Ling. Celle que je croyais morte dans les flammes ! *Meimei.*

Il espérait que c'était le bon mot.

- *Meimei* est Grace Donnelly.

La femme d'aujourd'hui était la sœur de M. Sung ? Mei Ling tomba à genoux à côté de la chaise de Sean, abasourdie. M. Sung lui avait un jour dit qu'elle et lui se ressemblaient, parce qu'ils étaient seuls au monde et sans famille ; il avait déplié le morceau de papier usé qu'il conservait dans son portefeuille et lui avait lu ce qu'il disait de l'incendie et des gens qui y avaient péri. Comment se pouvait-il qu'il n'ait pas su que sa sœur avait survécu ? se demanda Mei Ling. Comment avait-il pu se contenter de croire ce qu'avaient écrit des hommes prêts à tout pour vendre leurs journaux ? N'était-il pas allé vérifier par lui-même ?

- Partir ! lui ordonna Mei Ling d'un ton qu'elle-même ne reconnut pas. Voir *meimei* maintenant !

Interloqué, Sean se tourna vers elle, mais ne bougea pas.

- Partir !

Mei Ling se leva et montra la porte du doigt.

Sean se mit péniblement debout, mais, alors, toute couleur quitta son visage et il s'effondra à nouveau sur la chaise.

- Pourquoi n'a-t-elle jamais répondu à mes lettres si elle était en vie tout ce temps ? se demanda-t-il à voix haute. Pourquoi n'est-elle pas venue me chercher ?

Peut-être qu'elle m'a renié, Mei Ling. Je l'ai abandonnée, après tout. Peut-être qu'elle se moque de savoir si je suis en vie ! Et pourquoi vit-elle avec ce Wakefield ? Pourquoi n'est-elle pas mariée avec le capitaine Reinders ? Tout cela n'a aucun sens.

C'était ce que disait M. Sung qui n'avait aucun sens. Mei Ling balaya ses questions d'un revers de main, comme si elles n'étaient que des mouches.

– Ne pas dire « pourquoi » à Mei Ling. Dire à *meimei*.
– Oh, mon Dieu !

Sean se redressa sur son siège et s'interrogea tout haut :

– Est-ce que Mary Kate est en vie ? Sa fille ?

Mei Ling acquiesça avec enthousiasme, et lui parla du portrait de la galerie, le portrait de Grace avec son fils et sa fille.

Sean fronça les sourcils.

– Elle n'a pas de fils, objecta-t-il. Juste une fille. Elle n'a pas pu avoir de fils si elle n'est pas mariée avec Reinders. Peut-être que ce n'est pas Grace, après tout, conclut-il gravement.

Mei Ling sentit son visage s'empourprer sous l'effet de l'exaspération.

– Mei Ling montrer à monsieur Sung. Venir.

Sans attendre sa réponse, elle s'empara de la clé suspendue au crochet et verrouilla la porte de devant, puis elle l'obligea à se lever et l'entraîna dehors, dans la ruelle, le laissant s'appuyer contre le mur le temps qu'elle hèle un pousse-pousse ; ce n'était pas si loin, et, pour sa part, elle aurait très bien pu y aller à pied, mais M. Sung ne se sentait pas bien.

Elle le fit monter dans le pousse-pousse et indiqua au garçon la direction de la galerie. Ils durent s'arrêter une fois pour permettre à Sean de vomir par-dessus bord, soit en raison du poison que son corps avait ingéré, soit en raison des tourments que son âme combattait, Mei Ling ne savait pas, et ils arrivèrent finalement devant chez William Shew. Mei Ling demanda au pousse-pousse d'attendre, puis aida Sean à descendre et le conduisit jusque devant la vitrine, désignant du doigt le portrait de la mère et de ses enfants. Le corps de Sean se raidit lorsqu'il découvrit le visage de sa sœur, puis celui de sa nièce, mais lorsqu'il contempla le visage du petit garçon, ses membres devinrent mous comme du caoutchouc.

— Morgan, souffla-t-il.

Et il perdit connaissance.

35

Morgan et Quinn avaient quitté le bateau à vapeur sans regret, heureux de laisser derrière eux les cabines exiguës, le pain charançonné du capitaine et ses biscuits marins, le bœuf séché, le porc salé et l'eau croupie. Leurs souvenirs eussent toutefois été bien pires s'ils avaient dû contourner l'Amérique du Sud ; le porc salé et les biscuits, à ce qu'on leur avait dit, se fondaient progressivement en un hachis infect qu'on appelait *lobscouse*, et l'eau potable gâtée, diluée avec suffisamment de mélasse et de vinaigre, histoire de la rendre à nouveau propre à la consommation, devenait le *switchel*. Le mal de mer n'épargnait personne, et les journées s'étiraient en longueur avec une lenteur insupportable, mettant l'impatience des passagers à rude épreuve. Ils étaient donc heureux de quitter le bateau à vapeur et son confort spartiate, mais ils s'étaient gardés d'exprimer leurs griefs à voix haute comme d'autres l'avaient fait. À présent, il leur fallait s'organiser pour la suite de leur voyage.

Ils avaient débarqué sur la côte des Caraïbes, à l'embouchure de la rivière Chagres, une région de marécages et de fièvre, dominée par la forteresse en ruine de San Lorenzo, bâtie sur l'unique relief des alentours. Trois cents hommes y avaient été tués au cours de l'assaut du redoutable pirate Morgan, près de deux cents ans plus tôt. Quinn, s'égayant pour la première fois depuis qu'ils avaient quitté New York, avait donné un coup de coude à son ami en avançant que ce n'était sans doute pas une coïncidence si Grace et lui avaient tous deux compté des pirates parmi leurs ancêtres.

Morgan s'organisa pour qu'ils puissent se joindre à un groupe de quatre jeunes hommes descendus en même temps qu'eux du bateau à vapeur ; Powell, Jeffers, Merriman et Downey avaient déjà loué un *bungo*[1] et embauché les passeurs locaux dont ils avaient besoin pour se faire conduire jusqu'à Las Cruces. Ortiz et Pascal semblaient d'origine à la fois espagnole et indienne, tandis que Juan était très probablement d'ascendance africaine ; tous trois étaient jeunes, beaucoup plus costauds et mieux armés pour faire face à cette nature hostile que les quatre hommes de la côte

---

1. Sorte de canoë utilisé au Panama. (*N.d.T.*)

est, dont le sens de l'aventure s'émoussait d'heure en heure.

Pendant quatre jours, leur groupe avait progressé au fil de la tortueuse rivière Chagres, esquivant les rochers traîtres sur lesquels venaient s'amarrer les débris d'embarcations moins chanceuses, et priant pour éviter les moustiques porteurs de malaria qui planaient en essaims au-dessus de l'eau et dans la jungle qui la bordait. Morgan et Quinn avaient acheté des bouteilles de rhum et de cognac local pour en faire don aux passeurs, mais eux-mêmes ne buvaient pas beaucoup, contrairement aux autres hommes du groupe, qui étaient en général saouls dès le milieu d'après-midi. Merriman et Powell étaient de riches dandys originaires de Nouvelle-Angleterre, tandis que Jeffers et Downey venaient du Sud fortuné ; ils s'étaient rencontrés à l'université de Harvard et avaient fait le serment d'aller goûter l'aventure et les plaisirs de l'Ouest avant d'entamer leurs carrières de banquier ou d'avocat, d'entrer dans la politique ou dans l'immobilier. Ils auraient bientôt des vies organisées et des femmes respectables, mais, pour le moment, ils se prenaient pour des héros intrépides, leurs ceintures hérissées de bien trop de pistolets et de couteaux de chasse tout neufs. Ils faisaient beaucoup de bruit, et leur principale distraction consistait à engloutir des quantités phénoménales de cognac et à braquer leurs pistolets sur les alligators, les iguanes, les perroquets ou n'importe quelle bête surgissant sur les berges rougeâtres. Quinn se méfiait d'eux et parlait peu en leur présence ; Morgan faisait de même, mais il avait admonesté deux d'entre eux lorsqu'ils avaient tiré au hasard en direction d'un petit groupe de huttes au toit de chaume, faisant fuir dans la jungle les femmes indiennes et leurs enfants paniqués. Les dandys n'avaient pas apprécié l'intervention de Morgan, à l'inverse des passeurs qui lui avaient témoigné leur approbation par de petites attentions ; ce soir-là, ils avaient conduit Morgan et Quinn vers des huttes en bambou, et Pascal leur avait offert de plus grandes portions de viande de singe et d'iguane grillée. Et quand le cognac était passé de main en main, Juan avait proposé à Morgan et à Quinn des coquilles de noix de coco pour qu'ils puissent s'en servir pour puiser l'eau de la rivière et se désaltérer entre deux gorgées d'alcool.

À mesure que les jours passaient et que la chaleur devenait de plus en plus écrasante, les dandys manifestaient une irritation croissante envers les passeurs qui avaient l'habitude de combattre la fatigue en s'accordant de fréquentes siestes, ou qui disparaissaient purement et simplement pendant des heures dans la jungle, pour revenir imbibés de rhum en braillant à tue-tête des chansons traditionnelles américaines comme *Old Susanna* ou *Yankee Doodle Dandy*.

Ce jour-là, une fois de plus, Morgan et Quinn durent prendre la défense de leurs guides. Ils firent valoir qu'ils se trouvaient au beau milieu d'un pays qu'aucun d'eux ne connaissait, et qu'il n'y avait rien à gagner à persécuter les locaux, qui pourraient tout simplement décider de ne pas revenir s'occuper de leurs *bungos*. Surtout, ils étaient presque arrivés à Las Cruces, les raisonna Morgan. Ce n'était pas le moment de créer des problèmes.

– S'ils étaient un peu moins portés sur la bouteille, on y serait déjà depuis hier, clama Merriman, posté à la proue du grand canoë. Et tout ça grâce à vous.

— C'est la tradition, rétorqua Morgan en le toisant d'un air méfiant. Vous le savez aussi bien que nous.

— Je n'ai jamais vu non plus d'Irlandais qui n'aime pas boire, remarqua Powell en s'étranglant de rire.

Morgan sentit la tension monter chez Quinn, qui se tenait assis à côté de lui sur une caisse.

— Vous êtes irlandais, donc, monsieur Powell ? dit-il en regardant la bouteille que ce dernier sirotait depuis le début de la matinée.

— Cent pour cent américain ! affirma Powell en levant sa bouteille avec bonne humeur. Je descends directement du *Mayflower*.

— Le *Mayflower*, c'est un pub, non ? demanda Morgan en affichant un air candide.

Jeffers et Downey s'étaient redressés pour assister à la scène, sous le large bord de leur chapeau de paille.

— Si vous cherchez les ennuis… (Merriman dégaina son couteau de chasse de son fourreau.) C'est par ici que ça se passe.

— Bravo ! Belle démonstration, Merriman ! applaudit Downey.

— Vous brandissez ce couteau à tout bout de champ, ironisa Morgan en se levant. Mais j'aimerais vous voir vous en servir.

— Crève-le donc, l'encouragea Powell d'une voix d'ivrogne. Montre-lui qu'il n'est pas de taille à se mesurer à un homme aguerri.

— Ah, parce que vous êtes entraîné ? releva Morgan en se rapprochant d'un pas. Vous savez même vous battre au couteau ? Voyez-vous cela !

Derrière lui, Quinn se dressa de toute sa hauteur et s'avança à son tour ; l'embarcation, seulement à moitié hissée sur la berge, tangua légèrement dans l'eau trouble. Un alligator glissa dans la rivière depuis l'autre rive, provoquant l'envolée d'une nuée de perroquets perchés dans les arbres voisins.

Merriman ne broncha pas, mais la sueur de son front s'était mise à couler le long de ses favoris, et se condensait au-dessus de sa lèvre supérieure, qu'il effleura du bout de la langue en un réflexe nerveux.

— Vous avez tout à perdre à vous battre contre moi, dit Morgan d'une voix égale, sans quitter l'homme des yeux. Et moi aussi. Reposez donc votre couteau, et oublions tout ça.

Pas vraiment sûr de lui, Merriman jeta un coup d'œil en direction de Powell, et dans la seconde qui suivit, Morgan, d'un geste vif, fit tomber le couteau de sa main, puis le ramassa et le balança par-dessus bord. Merriman tituba, puis regarda l'eau comme s'il avait l'intention de plonger pour aller le rechercher, mais Morgan le rattrapa par le bras.

— N'y allez pas, recommanda-t-il en montrant du doigt l'alligator. C'est terminé, on n'en parlera plus. Oubliez tout ça.

Merriman se dégagea avec humeur et retourna à la proue du canoë. Il tourna le dos aux deux Irlandais et attendit le retour de leurs guides, une bouteille à ses côtés, son pistolet posé bizarrement sur le devant de son pantalon.

— Tu crois qu'il est chargé ? souffla Quinn, assis à l'ombre à l'arrière du bateau.

— Sûrement. C'est le genre de gars à se tirer une balle dans les couilles, dit Morgan avec un sourire sardonique. Mieux vaut qu'on garde nos distances avec lui d'ici à Las Cruces. Plus qu'une journée à tenir. Comment ça va, toi ?

— J'apprécie le changement d'environnement, répondit Quinn avec amertume. C'est bon de voir de plus près comment vivent les riches...

Morgan rit doucement et lui tendit un morceau de chair blanche, difficile à mastiquer.

— C'est une espèce de poisson, c'est ça ? s'enquit Quinn en retournant le morceau pour en examiner l'autre côté.

— Je n'ai pas demandé. Mais ça doit être nourrissant. Si toutefois on réussit à le digérer.

— Ça, tu l'as dit...

Quinn en prit une bouchée qu'il se mit à mâcher, satisfait, assis à côté de son ami.

Les guides revinrent, reposés, rassasiés et passablement ivres, et ils parcoururent quelques kilomètres supplémentaires avant de dresser le bivouac pour la nuit. Morgan ne trouva pas le sommeil. Il percevait de manière aiguë la tension qui régnait à bord du petit bateau.

Les quatre dandys dormaient encore lorsque Juan et Ortiz remirent l'embarcation à l'eau, au lever du jour. Ils ignoraient donc combien d'heures s'étaient écoulées quand les passeurs décidèrent de s'arrêter à nouveau pour se reposer.

— Ah non, pour l'amour de Dieu ! lança Powell d'un ton irrité, une main posée sur son crâne douloureux, de la salive séchée au coin des lèvres. Pas déjà ! C'est hors de question ! Je ne le tolérerai pas !

— Bien parlé ! renchérit Jeffers. Ne les laisse pas s'éloigner.

Il se leva et bloqua l'avant du bateau, imité par Downey.

Pascal reposa sa perche, haussa les épaules sans le moindre signe de mauvaise humeur, et plongea par-dessus bord, contournant le bateau en quelques brasses, puis nageant jusqu'à la berge. Ortiz et Juan éclatèrent de rire. Ils s'apprêtaient à faire la même chose lorsque Merriman attrapa Juan par le bras et lui appuya son pistolet sur la tempe.

— Non ! cria-t-il aux passeurs en secouant la tête pour appuyer sa protestation. Vous restez à bord ! On continue d'avancer !

— Reviens ici, toi ! hurla Powell en braquant son propre pistolet vers l'homme qui avait gagné la berge.

— Bien joué ! approuva Downey en se redressant et en tapotant l'arme qu'il portait à la ceinture.

Jeffers en rajouta un peu et tira juste au-dessus de la tête de Pascal.

— Tout de suite ! ordonna-t-il.

Mais Pascal, au lieu d'obtempérer, sortit de sa sacoche un long couteau à désosser.

Le visage de Juan demeura impassible tandis que ses yeux passaient rapidement de Pascal à Ortiz, mais il était manifeste qu'il communiquait quelque chose aux autres ; Ortiz se baissa lentement, ignorant Powell qui lui commandait de s'arrêter, et s'empara d'une lance de bois à pointe métallique qui servait à pêcher le poisson. Morgan, son propre pistolet à portée de main, et Quinn, la main sur son couteau dans son dos, observaient la scène en silence, évaluant chacun la distance qui les séparait des agresseurs, de l'otage et des autres.

— Lâchez-le et ils ne vous tueront peut-être pas, enjoignit doucement Morgan. Mais si vous appuyez sur la détente, vous devrez tous les tuer. Et que pensez-vous qu'il se passera alors pour vous ?

— La ferme ! hurla Merriman, le visage cramoisi. Lâchez vos armes ! Pas toi ! cria-t-il à Powell, dont le pistolet venait de tomber par terre en ricochant.

Avant qu'il eût le temps de le récupérer, Quinn s'en était emparé.

— Décidément pas irlandais, conclut le colosse en pointant l'arme sur Powell. Il tire sur Pascal, je te descends. À toi de décider.

— Non ! s'exclama Powell en se retournant vers son ami. Baisse ton arme, Merriman ! Pour l'amour de Dieu, ces types sont fous ! Fais ce qu'il te dit.

— Ils vont nous tuer, de toute façon, objecta Merriman, dont les yeux lançaient des regards en tous sens. Ou alors ils vont nous laisser crever ici.

— Ou alors, peut-être qu'on vaut mieux que vous et qu'on vous laissera la vie sauve, dit Morgan. Tu n'as pas le choix, Merriman. Balance ton arme par-dessus bord. Tout de suite.

En désespoir de cause et avec rage, Merriman commença à relâcher son étreinte et baissa tout doucement son pistolet. Pascal se dégagea d'un mouvement brusque, mais Merriman braqua soudain le pistolet sur Morgan ; Quinn fit jaillir son poignard et le lança sur Merriman, frappant le bras de l'homme au moment où il tirait. Morgan s'effondra. Quinn tomba à genoux à côté de lui, tandis que Pascal et ses amis se jetaient sur les autres.

— Non, murmura Morgan en ouvrant les yeux. Pas de tuerie.

— Stop ! hurla Quinn. Je vous jure que je vous dépècerai jusqu'au dernier si vous n'arrêtez pas ça tout de suite et si vous ne courez pas chercher un médecin pour cet homme.

Juan assomma Merriman et le traîna jusqu'au milieu du bateau. Pascal rassembla les trois autres hommes au même endroit, les obligeant à s'asseoir dos à dos afin de pouvoir leur attacher les mains ensemble. Ortiz se remit à pousser avec sa longue perche pour faire avancer le bateau aussi vite que possible. Pascal vint à son aide ; Juan apporta un seau d'eau et la chemise de l'un des hommes, qu'il se mit à déchirer en lanières pour que Quinn puisse faire un garrot autour du bras de Morgan afin d'arrêter l'hémorragie.

– Tu es blessé ? demanda Morgan.

– Pas une égratignure, lui répondit Quinn. Est-ce que ça ne ressemblerait pas au bon vieux temps ? Toi, tu provoques les ennuis, et moi je nous en sors ?

Morgan le regarda droit dans les yeux.

– Je crois que j'avais raison quand je te disais que j'avais besoin que tu m'accompagnes.

– Comme toujours, hein ?

Quinn posa sa main sur le front de Morgan.

– Ferme les yeux maintenant, et repose-toi. On ne va pas tarder à arriver.

Ils atteignirent le village de Las Cruces en fin d'après-midi, et Quinn constata qu'ils n'avaient aucune chance d'y trouver la moindre assistance médicale. La prochaine étape du voyage devait les entraîner sur trente-quatre kilomètres de pentes escarpées, à dos de mulet ; Morgan n'y arriverait jamais avec une balle dans l'épaule. Ils allaient devoir s'arrêter pour la retirer ; et même après cela, il y avait toujours le risque que la blessure s'infecte à cause du climat, et que cela le tue. Il n'y avait pourtant pas d'autre choix, se dit Quinn ; il savait ce qu'il fallait faire.

Les passeurs jetèrent Merriman, ses amis et leurs bagages sur les berges boueuses, puis pagayèrent jusqu'à l'autre bout du village, où ils portèrent Morgan sur la terre ferme. Quinn les suivit avec leurs affaires jusqu'à un hôtel rudimentaire, de la taille de six ou sept huttes de bambou réunies, puis il écouta les passeurs négocier avec l'homme qui tenait apparemment l'endroit.

— On va l'installer ici, annonça Pascal en montrant du doigt le coin le plus éloigné de la pièce, où se trouvait une longue table en bois. On apporte du feu et de l'eau. Vous coupez. Il faut.

Quinn opina.

— Il le faut, en effet.

Il les suivit jusqu'à la table sur laquelle ils posèrent doucement Morgan avant de repartir. Ils revinrent quelques instants plus tard avec deux lanternes rouillées, une torche de fortune, un seau en bois rempli d'eau de rivière et un pichet de rhum local, très fort.

— Merci, Pascal, dit Quinn en relevant ses manches. Merci, Juan, merci, Ortiz. Qu'est-ce qui va leur arriver maintenant, à nos dandys ?

Les passeurs se regardèrent, puis haussèrent les épaules.

— Peut-être leur malle a disparu.

Ortiz esquissa un sourire, et Quinn se rappela celle qui était restée à bord.

— Peut-être personne leur vendre mulets, ou alors pour beaucoup d'argent. Peut-être ils sont coincés ici.

Il haussa à nouveau les épaules.

— Mais pas toi, ni lui. Vous partir bientôt.

— Bien, dit Quinn. Dès que j'aurai retiré cette balle de son épaule et qu'il se sera reposé, nous repartirons.
— Lui homme bon, dit Juan à voix basse.
— Aussi sûrement qu'il y a un Dieu, mon frère, approuva Quinn. Maintenant, si tu comptes rester là à regarder, autant que tu me tiennes la lumière, d'accord ?

Ils restèrent à Las Cruces deux jours avant de pouvoir s'engager sur ce que Quinn jugea être la route la plus difficile du monde ; les rares femmes qui participaient au voyage portaient des pantalons et des bottes, leurs enfants sanglés sur leur dos ou sur celui des guides. La nature grouillait de serpents et de bêtes sauvages, et ils ne cessaient de s'embourber dans la vase. Quinn priait à chaque pas pour que Morgan, faible comme il l'était, ne fût pas atteint par la fièvre jaune ou la malaria qui frappait tant de gens ; finalement, ce fut la dysenterie, ce qui restait assez grave pour fragiliser encore sa santé. Mais enfin, et pour leur plus grand soulagement, ils arrivèrent à Panama City. Jadis capitale splendide et légendaire de l'empire espagnol du Nouveau Monde, Panama City était dorénavant une ville délabrée, composée de cabanes pouilleuses et de bâtiments en ruine, aux rues envahies par les mauvaises herbes et aux places éventrées, où le destin de bien des aventuriers était le choléra. Joueurs, prostituées et profiteurs en tout genre entraient et sortaient d'hôtels douteux à la recherche de leur prochaine victime. Quinn était déterminé à quitter cet endroit avec Morgan aussi vite que possible. Il dénicha un petit hôtel à peu près propre à proximité des kiosques à billets, et laissa Morgan s'y reposer pendant qu'il leur réservait deux places sur le prochain bateau en partance pour San Francisco. Il fallait encore patienter deux jours, puis compter un mois de plus pour remonter la côte. Quinn avait de la chance, lui dit le vendeur de billets, car avant l'arrivée des bateaux à vapeur, les voiliers devaient parfois mettre le cap au large du Pacifique, parfois jusqu'à Hawaii, pour capter les vents favorables capables de les emmener jusqu'à San Francisco, si bien que le voyage pouvait durer deux fois plus longtemps qu'avec les bateaux à vapeur d'aujourd'hui. *De la chance*, pensa Quinn sur le chemin qui le ramenait à l'hôtel –, *oui, j'en ai pas mal, mais, mon Dieu, faites en sorte que je puisse l'amener là-bas vivant ; et s'il Vous plaît, mon Dieu, faites que nous la trouvions.*

36

Sean était allongé sous un simple drap, baigné de transpiration, fiévreux et gémissant. Mei Ling était allée chez l'apothicaire, mais, comme l'état du malade empirait, elle avait trouvé le courage de se rendre chez le grand médecin chinois Li Po Tai, dont le cabinet donnait sur la place. Elle avait patienté trois heures avant qu'on lui annonce que le docteur n'était pas en ville et qu'on n'attendait pas son retour avant longtemps ; son assistant avait cependant eu pitié d'elle et avait écouté la description qu'elle avait faite des symptômes de M. Sung. Ce n'était pas le choléra, lui avait-il assuré, ni la fièvre jaune ; ce pouvait être la grippe ou bien, suggéra-t-il prudemment, l'effet d'un empoisonnement à l'opium. Voyant qu'elle ne réagissait pas, il prescrivit du chardon-Marie pour soigner le foie de M. Sung ainsi que d'autres herbes efficaces pour nettoyer ses organes, et recommanda qu'il boive beaucoup – de l'eau, du thé ou des bouillons.

Mei Ling rentra en hâte à la maison, terrifiée à l'idée de retrouver M. Sung raide mort à son arrivée, mais ce ne fut pas le cas. Elle prépara le chardon-Marie et fit infuser du thé, puis porta le plateau dans sa chambre. La pièce était étouffante et empestait le renfermé, mais elle avait peur d'ouvrir les fenêtres – cela allait-il faire sortir les mauvais esprits ou, au contraire, leur permettre de rentrer ? L'air frais allait-il aider M. Sung à mieux respirer ou, au contraire, accentuer ses frissons ? Elle s'assit sur le lit à ses côtés, appuya délicatement sa tête et ses épaules contre sa propre poitrine et, de l'autre main, l'aida à boire son thé. Il essaya et recracha, réessaya, poussa un gémissement, puis referma les yeux.

C'était sa faute à elle ; Mei Ling le savait au fond de son cœur et pouvait à peine supporter cette pensée. Quelque chose s'était échappé de ce portrait de la sœur de M. Sung et de ses enfants, avait pris possession du corps de M. Sung et l'avait rendu malade. Mei Ling avait déjà prié tous les dieux qu'elle connaissait. Mais ce soir-là, elle y ajouta le dieu des Américains dans son étable. Elle s'agenouilla devant les personnages qui n'avaient pas bougé depuis Noël et le départ de Chang-Li. Elle supplia le dieu des Américains de sauver M. Sung parce que c'était un homme bon et parce que – Mei Ling pouvait bien l'admettre à présent qu'elle craignait de le perdre – elle ressentait de l'amour pour lui. Elle rappela au dieu des Américains qu'Il était tout-puissant et qu'Il pouvait tout faire, et Lui dit que, par conséquent, elle Le priait d'honorer sa requête. Elle ignorait ce que la coutume voulait qu'on Lui donne en offrande, alors elle lui offrit seulement son amour et la foi qu'elle avait en Lui, en espérant que ce serait suffisant. Puis elle remonta les marches quatre à quatre et se posta dans l'encadrement de la porte de la chambre de M. Sung, et écouta, attentive, alors que sa respiration devenait plus régulière.

Elle ouvrit les rideaux pour laisser pénétrer les derniers rayons du soleil couchant, puis entrouvrit aussi la fenêtre, afin que M. Sung puisse entendre les merles lui souhaiter bonne nuit. Les draps qui le recouvraient étaient humides. Elle les lui retira, puis le fit asseoir et lui ôta tous ses vêtements. Elle le sécha avec un linge imbibé de thé froid en faisant attention au bras infirme qu'il tenait caché – c'était un joli bras et elle l'embrassa avec déférence ; puis elle essuya la jambe repliée qui était plus courte que l'autre – c'était une jambe magnifique et elle posa ses lèvres dessus quelques instants. Enfin elle lui fit enfiler une des robes en soie de Chang-Li, le couvrit d'un drap propre, et, quand ce fut terminé, s'assit à ses pieds et dégagea ses cheveux de son front. Sans ses lunettes et les yeux fermés, M. Sung paraissait vulnérable et meurtri. Elle posa ses lèvres sur son front. Il gémit dans son sommeil et se tourna sur le côté, présentant son dos, sa main effleurant la jambe de Mei Ling ; elle se glissa alors derrière lui sur le lit et aligna son corps le long du sien, puis étendit son bras sous le sien, le laissant retomber en travers de sa poitrine.

– Monsieur Sung, chuchota-t-elle. Monsieur Sung, monsieur Sung…

Et elle le serra contre elle, le berçant doucement jusqu'à ce que tous deux s'endorment.

Mei Ling rouvrit les yeux à l'aube. Dehors, les oiseaux commençaient tout juste leur gazouillis matinal. Elle se rendit compte que M. Sung était lui aussi réveillé. Mais aucun d'eux ne bougea.

– Je ne peux pas aller voir ma sœur, murmura-t-il, lui tournant le dos, ses mains agrippant les siennes. J'ai peur.

– Oui, acquiesça Mei Ling. Monsieur Sung avoir honte.

– Je ne m'appelle pas monsieur Sung. Mon nom est Sean. Scan O'Malley.

– Sean, essaya de prononcer Mei Ling.

Puis elle répéta plusieurs fois son prénom jusqu'à produire un son qui ressemble à celui que Sean avait émis.

– Oui, Mei Ling savoir Sean maintenant.

Il pressa la main de la jeune femme sur sa poitrine, puis se mit à sangloter, son corps tremblant contre le sien.

Mei Ling l'écouta raconter tout bas comment il avait grandi avec sa sœur adorée, la meilleure et la plus fidèle amie qu'il eût jamais eue. Il lui décrivit son arrivée en Amérique, celle de Grace, tous leurs espoirs ; la façon dont elle avait réussi à gagner l'amour et le respect de tous ceux qu'elle rencontrait, tandis que lui, son frère à l'esprit si brillant, les avait tous abandonnés pour quelque chose qui s'était révélé sans valeur. Il les avait abandonnés, elle et les enfants, il l'avait contrainte à se débrouiller toute seule, persuadé qu'elle allait finalement adhérer à sa façon de penser. Mais alors elle était morte – ou tout au moins il avait cru qu'elle était morte – et quelque chose s'était brisé en lui. Mei Ling le sentit frissonner. Il avait renoncé à Dieu, il avait tourné le dos à tout ce qu'il pensait être le bien, et il s'était laissé couler dans les ténèbres, espérant une fin rapide. Mais Dieu ne lui avait pas permis de partir si vite, il avait laissé le monde et ses trésors le tenter : la richesse, qui l'avait d'abord excité, puis blasé ; le sexe, dont il s'était enivré avant de sombrer dans la débauche ; les drogues et l'alcool, qui avaient sublimé son plaisir, puis l'avaient détruit. Il avait pensé à se tirer une balle dans la tête, confessait-il à présent, à Noël, ce fameux jour où Chang-Li lui avait offert Mei Ling. Mais Sean avait alors décidé d'accomplir quelque chose de noble avant de quitter cette terre : il avait décidé de faire en sorte que Mei Ling puisse mener une vie libre. Mais alors il s'était rendu compte qu'il ne pouvait pas se résoudre à l'abandonner comme ça. Ce fut au tour de Mei Ling de se presser contre lui. Il s'était mis à croire que la vie valait peut-être le coup d'être vécue un peu plus longtemps, mais le choc qu'il avait éprouvé en découvrant que Grace était en vie et que, par une sorte de miracle, le fils de Morgan l'était aussi – car cet enfant sur le portrait ne pouvait être que son fils ; il ressemblait tellement à son père que cela avait peut-être été le choc le plus violent –, tout cela lui avait fait mesurer à quel point il était loin de cette vie-là, à quel point il était loin de pouvoir espérer une rédemption.

— Je suis un criminel, Mei Ling, confessa Sean. Un joueur, un alcoolique, un fornicateur, un opiomane. Je suis plus vil que le plus vil des hommes.

— Oui, dit simplement Mei Ling. Mais gentil.

— Même pas. Je ne leur apporterais que de la honte, à elle, aux enfants, à Mary Kate, au fils de Morgan.

La voix de Sean se brisa.

— Je crois qu'il vaut mieux laisser les choses comme elles sont. Au moins pour le moment.

Et ainsi, se dit Mei Ling en elle-même, *vous confieriez encore votre destin à la chance ; vous risqueriez de perdre votre seule famille plutôt que d'aller les retrouver humblement tel que vous êtes.* Elle réfléchit à cela, à ce qu'elle pouvait faire pour cet homme aussi stupide que brillant, puis elle sut.

Sean mit une semaine à recouvrer assez de forces pour pouvoir retourner à la boutique. Il avait toujours besoin de s'allonger sur le petit lit dans l'arrière-boutique une fois ou deux dans la journée, mais il n'y fumait plus la pipe ; il restait simplement allongé sur le dos, les mains croisées derrière la tête, contemplant le plafond sombre au-dessus de lui. Mei Ling lui préparait du thé ainsi que des petits repas à base de riz et de poisson, de nouilles et de bouillon clair. Elle s'assurait qu'il les prenait bien, et petit à petit il ressembla moins à un fantôme et redevint un homme. Mais il n'avait pas fait la moindre allusion à sa sœur. Mei Ling s'abstint de tout commentaire mais retourna par deux fois chez l'apothicaire, qui, d'après ce qu'on disait, était capable d'écrire en anglais. Elle lui demanda de rédiger une lettre pour elle, puis paya le jeune fils de l'apothicaire pour qu'il aille livrer le courrier à l'adresse qu'elle lui montra sur la petite carte de visite. Dès lors, elle ne contrôlait plus rien, aussi se contenta-t-elle d'attendre et d'observer.

C'était une matinée magnifique, les nuages étaient hauts et blancs au-dessus du port, des vols de mouettes surplombaient les quais, de petits moineaux bruns fondaient en piqué sur la ville à la recherche d'endroits pour se poser. L'air était doux, c'était l'air chaud et rassérénant du printemps, pas encore suffisamment chaud toutefois pour que le fumier des rues, les latrines extérieures et les poubelles empilées dans les arrière-cours empestent l'atmosphère. Le printemps était la saison préférée de Mei Ling ; c'est une saison agréable, pleine d'énergie et d'espoir. Il y avait des poulets frais au marché chinois ce matin-là, et Mei Ling se dit que ce serait bien d'en acheter un pour leur dîner ; si elle rentrait suffisamment tôt, elle pourrait le faire mariner dans l'huile et dans les herbes, puis le faire rôtir au-dessus du feu. L'odeur ferait à coup sûr saliver Sean. Oui, décida-t-elle, elle allait faire du poulet, et elle allait aussi regarder ce qu'il y avait comme légumes frais au marché et voir si le nouveau riz était arrivé.

— Mei Ling préparer poulet ce soir, lança-t-elle par-dessus son épaule.

— C'est une bonne idée. Merci, Mei Ling, répondit la voix de Sean derrière le rideau.

Mei Ling hocha la tête, contente d'elle, heureuse de sa vie malgré le petit nœud d'angoisse qui lui nouait les tripes. Et alors, la porte de la boutique s'ouvrit et le nœud se resserra. Mais Mei Ling était bien déterminée à en ignorer les effets.

— Bienvenue à la Maison du Bonheur, dit-elle en accueillant les visiteurs sur le pas de la porte.

— Mei Ling.

Grace tenait ses enfants par la main.

— Voici mes enfants : Jack et Mary Kate. Les enfants, voici Mei Ling.

Mei Ling adressa une petite révérence polie à la fillette qui arborait les mêmes boucles brunes que sa mère, et dont les grands yeux graves dénotaient un esprit mature et sage ; Mary Kate lui rendit sa révérence. Puis Mei Ling se tourna et salua le petit garçon dont l'âme irradiait une énergie éclatante et dont les lunettes lui rappelaient Sean ; Jack suivit l'exemple de sa sœur et fit lui aussi une petite révérence.

— C'est un magasin ? demanda le petit garçon. Vous êtes chinoise ?

— Oui, répondit Mei Ling en souriant. Et encore oui.

— Merci de nous avoir invités à prendre le thé.

Grace embrassa Mei Ling sur les deux joues.

— Je suis ravie de vous revoir. Nous entrons, ou nous allons quelque part à l'extérieur ?

— Entrez.

Mei Ling s'écarta pour les laisser passer, puis posa un doigt sur ses lèvres pour réclamer le silence.

— S'il vous plaît, attendre, leur demanda-t-elle, son cœur battant à se rompre. Mei Ling avoir cadeau pour famille.

Grace inclina la tête sur le côté, perplexe, mais acquiesça et s'immobilisa au milieu de la pièce, une main sur l'épaule de chacun de ses enfants. Jack se tordait le cou à essayer de détailler tout ce que contenait la boutique.

Mei Ling se dirigea vers le rideau qui faisait office de porte au fond de la pièce.

— Monsieur Sung ? S'il vous plaît, sortir.

Puisqu'elle l'avait appelé de son nom professionnel, Sean présuma qu'il y avait des clients qui nécessitaient davantage d'attention que ce que Mei Ling était capable de leur offrir ; il sortit donc de la réserve sans délai, reboutonnant son gilet et lissant ses poignets. Il jeta d'abord un coup d'œil à la jeune Chinoise, puis regarda les gens qui se tenaient dans la boutique. Et il se figea.

— Ravie de rencontrer *meimei*, dit doucement Mei Ling tout en se glissant derrière le comptoir.

— Comment allez-vous ?

Grace s'avança, la main tendue, prête à serrer celle du patron de Mei Ling, un individu à l'allure curieuse, se dit-elle en s'approchant, pas du tout chinois, sans doute européen, malgré ses cheveux qui étaient... Et alors, elle aussi se figea.

— Sean ? murmura-t-elle.

Il la dévisagea puis se mit à hocher la tête, ses yeux s'embuant derrière le verre de ses lunettes.

— Sean !

Grace se jeta au cou de son frère.

— Oh, Sean !

Elle regarda à nouveau son visage et se mit à pleurer pour de bon, la bouche tremblant contre sa joue alors qu'elle essayait de l'embrasser.

— Oh, Sean, dit-elle en sanglotant. Merci, mon Dieu. Merci, mon Dieu.

Sean enlaça sa sœur d'abord timidement, puis de plus en plus fort, et lui aussi se mit à sangloter.

— Je suis désolé, Gracelin, chuchotait-il en lui embrassant les cheveux. Je suis tellement désolé. S'il te plaît, pardonne-moi. Je t'en prie.

Les enfants regardaient la scène, les yeux écarquillés, puis Mary Kate lâcha la main de son frère et s'avança.

— Oncle Sean ?

Grace et Sean se séparèrent. Tous deux essuyèrent leurs yeux tout en se retournant vers la petite fille. Sean hocha la tête et mit un genou à terre.

— Oui.

Il tendit une main vers elle.

— Est-ce que tu vas venir embrasser ton oncle, oui ou non, Mary Kathleen ?

Mary Kate se précipita dans ses bras, manquant de le faire basculer. Il se releva et la serra vigoureusement contre lui.

— Oh, ma petite chérie, lui murmura-t-il à l'oreille. Tu m'as manqué à un point que tu ne peux pas imaginer.

Mary Kate s'écarta de lui et le regarda droit dans les yeux.

— On t'a cherché partout, oncle Sean, lui dit-elle d'un ton détaché.

— C'est vrai ? demanda Sean, la voix brisée. Eh bien, vous avez fini par me retrouver.

Il l'embrassa à nouveau et la reposa par terre, tout en gardant sa main dans la sienne.

— Et qui est donc ce beau jeune homme ? interrogea-t-il en regardant Jack.

Le petit garçon s'approcha mais resta à côté de sa mère, s'agrippant à sa jupe.

— C'est… (Grace déglutit avec difficulté et mit une main sur sa tête.) C'est John Paul Morgan McDonagh. Mais nous l'appelons Jack.

Un sanglot s'échappa des lèvres de Sean, mais il parvint à garder le contrôle de lui-même, suffisamment pour demander à Grace :

— Mais comment diable… ?

— Julia Martin l'avait recueilli. Elle s'est occupée de lui, puis me l'a ramené à Boston.

Sean secoua la tête d'incrédulité, puis baissa les yeux vers le petit garçon et le détailla avec circonspection.

— Vas-tu me serrer la main, jeune Jack ? Je suis ton oncle Sean, et j'ai connu ton père.

Jack fit un pas pour s'écarter de sa mère et tendit sa petite main que Sean saisit dans les deux siennes.

– Tu lui ressembles comme deux gouttes d'eau... Quand on était enfants...

Les yeux de Sean croisèrent ceux de Grace.

– C'est un vrai miracle.

– Oui, approuva-t-elle, en larmes.

– Mei Ling.

Sean regarda la jeune femme. Elle se tenait derrière le comptoir, les mains glissées dans ses manches, la tête baissée.

– C'est vous qui avez fait ça ?

La pièce était silencieuse. Tous les yeux convergeaient vers la jeune femme, qui releva la tête, regarda Sean, et fit signe que oui.

– La famille, dit Mei Ling en s'appliquant à prononcer soigneusement chaque mot, c'est tout.

– Oui.

Sean s'approcha d'elle et l'enlaça.

– La famille, c'est tout. Merci, Mei Ling. Merci.

Ils avaient tant de choses à se raconter que Sean ferma la boutique et ramena tout le monde chez lui. Mei Ling prépara du thé, surprise de les voir rester à la cuisine avec elle, étonnée de les voir disposer des chaises autour de la table, y compris une pour elle. Elle s'assit avec eux, réchauffant ses mains sur sa tasse, et les écouta raconter tout ce qu'ils avaient fait les uns et les autres ces dernières années, décrire les endroits où ils étaient allés, et tous les gens qu'ils avaient rencontrés. Mei Ling les vit rire, puis pleurer, puis rire à nouveau. Elle détailla leurs visages, émerveillée de l'amour qui brillait dans leurs yeux, de la façon dont ils se touchaient les uns les autres, avec tellement d'affection et de tendresse qu'elle se mit à pleurer à son tour. Elle baissa alors la tête et cacha ses larmes derrière sa tasse.

Mais Sean s'en aperçut et couvrit la main de Mei Ling de la sienne.
– Cette femme m'a libéré, expliqua-t-il à sa sœur. Et je l'aime.
Mei Ling releva les yeux pour voir si c'était vrai.
– Je t'aime, dit-il en s'adressant directement à elle.
Et elle comprit que c'était vrai.
– Est-ce qu'oncle Sean est chinois ? demanda alors Jack.
Et tous éclatèrent de rire.
– Je suis irlandais, comme ta maman, répondit Sean. Américain aussi. Mais si j'ai de la chance, j'aurai peut-être des enfants un peu chinois.
Mei Ling le dévisagea, osant à peine croire ce qu'elle entendait, puis elle regarda sa sœur, qui lui avait prédit que tout cela pourrait se réaliser un jour.
– J'ai hâte de les connaître, dit doucement Grace en croisant le regard de Mei Ling. Bienvenue dans la famille, petite sœur. Mei Ling O'Malley.
Un large sourire s'épanouit sur son visage.
– Voilà bien le plus moderne des noms américains qu'il m'ait été donné d'entendre.

37

Il y avait deux lettres en provenance d'Amérique dans le sac que retira Abban à la poste, quand il se rendit en ville avec Gavin Donohue pour faire des courses. Il fut soulagé de constater que la première était de Grace, qui semblait se trouver dans un endroit appelé San Francisco, en Californie ; la seconde venait de New York, ce qui le surprit car il n'avait plus de famille là-bas. En attendant Gavin, Abban s'assit sur un banc devant le bureau de poste et examina de plus près l'écriture qui lui semblait vaguement familière. Il posa à côté de lui les autres paquets et décacheta la lettre avec soin. Il en sortit deux feuillets.

Cher Abban et chère Barbara,
Je viens tout juste d'apprendre que vous avez survécu et que vous vous êtes mariés, et mon cœur se réjouit pour vous deux. Je voulais vous faire savoir de ma propre main que moi aussi, j'avais survécu, même si vous devez avoir du mal à croire que votre vieil ami et frère, Morgan McDonagh, soit toujours en vie...

Les mains d'Abban tombèrent sur ses genoux et il leva les yeux vers le ciel, remerciant Dieu du fond du cœur. Morgan était en vie. Il secoua la tête. Il était difficile de croire que ce n'était pas un de ces rêves qu'il faisait de temps en temps, dans lesquels il se voyait entrer dans la cuisine et y trouver Morgan, assis là, riant aux éclats avec une Barbara jeune, confiante et pleine de vie. Il regarda à nouveau la lettre et la lut en entier, puis s'essuya les yeux et la relut encore une fois.

— Mauvaises nouvelles, Abban ?

Gavin avait garé la carriole et en était descendu, mais Abban n'avait même pas levé les yeux.

— Non, fiston, dit-il. Les meilleures nouvelles qui soient, au contraire. Le frère de Barbara et d'Aislinn est en vie, et il est en Amérique.

Gavin eut l'air déconcerté.

— Elles n'avaient qu'un seul frère, et tout le monde sait qu'il a été tué.

Abban secoua la tête et lui tendit la lettre en guise de preuve.

— Eh bien, ce n'est pas le cas. Tout est écrit là. Il a passé plusieurs années dans les grandes forêts du Canada, malade et blessé de partout, et puis il est allé à New York à la recherche de Grace. Il dit que Dugan l'a aidé, et que, maintenant, il part pour l'Ouest avec Quinn Sheehan afin de la retrouver.

Il marqua une pause et avala sa salive pour chasser le nœud qui lui obstruait la gorge.

— Je ne savais pas non plus que Quinn était en Amérique. C'est un brave gars, ce Quinn Sheehan. C'est merveilleux qu'ils se soient retrouvés.

— Oui, c'est la meilleure des nouvelles, approuva Gavin avec un large sourire. Aislinn va être tellement contente ! Et Barbara aussi, bien sûr. Allez, rentrons vite !

Ils chargèrent le chariot, et Abban grimpa dessus, laissant Gavin les ramener chez eux pendant qu'il digérait toutes ces incroyables nouvelles. Il fallait rendre grâce à Dieu, se dit-il, pour avoir tiré autant de bonnes choses de tous ces malheurs.

Quand ils se garèrent dans la cour du petit pensionnat, Abban salua à peine les enfants qui avaient abandonné le jeu auquel ils jouaient avec Peigi O'Reardon pour l'entourer en poussant des cris ; ses deux jumeaux ne purent détourner son attention, même s'il souleva Nally et le porta jusque dans la maison, Declan sur leurs talons. Barbara leva les yeux de ses fourneaux pour l'accueillir, et son sourire mourut sur ses lèvres lorsqu'elle vit l'expression sur le visage de son mari.

– Qu'est-ce qui s'est passé ? demanda-t-elle en essuyant ses mains sur son tablier.

Abban posa le sac de courrier sur la table, puis il lui tendit la lettre qui venait de New York.

– Des nouvelles merveilleuses, lui dit-il. Lis plutôt. Aislinn ! appela-t-il en direction de l'étage. Descends ! On a reçu du courrier d'Amérique.

La jeune femme dévala le vieil escalier à grand fracas, s'arrêtant pour sourire à Gavin qui se tenait dans l'encadrement de la porte, son chapeau à la main.

– Quelles nouvelles ?

Le visage d'Aislinn était rougi par le travail et la chaleur qui régnait ce jour-là, et des cheveux s'échappaient de son chignon.

– Il est en vie.

Barbara s'était laissée tomber sur une chaise de cuisine, abasourdie.

– Notre Morgan est vivant.

Elle tendit la lettre à Aislinn, qui la parcourut en quelques minutes, puis poussa un hurlement de joie.

– Oh, Barbara !

Elle fondit sur sa sœur pour l'enlacer, puis alla se jeter au cou d'Abban.

– Il est vivant !

Aislinn n'hésita pas longtemps avant d'attraper Gavin par la main et de le faire danser à travers toute la pièce, chantant la bonne nouvelle, pour le plus grand plaisir des jumeaux qui riaient et applaudissaient.

– J'ai du mal à croire que c'est vrai, reprit Barbara tandis qu'Abban s'asseyait en face d'elle. Est-ce que Grace sait qu'il la rejoint ? Il ne le dit pas.

Les yeux d'Abban s'écarquillèrent.
— Il y a aussi une lettre d'elle, se rappela-t-il brusquement.
Il la trouva au milieu du sac et la tendit à sa femme. Pendant que Barbara l'ouvrait et la lisait, Aislinn et Gavin vinrent s'asseoir autour de la table et attendirent.
— Bien.
Barbara leva les yeux et les regarda tous.
— Mary Kate a été malade, mais elle va bien maintenant. Ils vivent à présent à San Francisco, dans la maison d'un médecin, où Grace est cuisinière.
Elle s'arrêta et se mordit la lèvre, ses yeux cherchant ceux de son mari.
— Elle ne sait pas qu'il vient la rejoindre, Abban. Elle et le capitaine Reinders ont prévu de se marier à la fin du mois de mai.
— Mais il va réussir à arriver à temps, déclara Aislinn.
— Dieu seul le sait, intervint Abban d'une voix blanche. Il dit qu'il va prendre le bateau à vapeur, puis faire une partie du voyage par la terre, puis de nouveau en bateau à vapeur, pour aller le plus vite possible. Alors peut-être est-il déjà presque arrivé...
— S'il vous plaît, mon Dieu, ajouta Barbara.
Ils s'assirent en silence, et les autres enfants, sentant que quelque chose d'extraordinaire s'était passé, commencèrent à affluer dans la pièce.
— Il va y arriver, décida Aislinn en tapant du poing sur la table. Et même si ce n'est pas le cas... (Elle se leva et regarda autour d'elle.) Eh bien, même si ce n'est pas le cas, elle est toujours sa femme.
— Oui, reconnut Barbara. Mais ça sera plus dur pour tout le monde. Les années ont passé. Les gens

changent, et il se peut très bien qu'elle aime cet autre homme autant qu'elle a aimé notre Morgan. Et puis, il faut penser aux enfants.

Elle se leva et se dirigea vers l'escalier.

— Où vas-tu, Barbara ? demanda Abban en la regardant s'éloigner, inquiet.

— Qu'est-ce que tu crois ? Là haut, pour prier, et ne compte pas me revoir de sitôt.

Aislinn et Abban échangèrent un regard, puis Abban haussa les épaules.

— Eh bien, s'Il doit n'en écouter qu'une, on sait qui c'est.

Il se leva de table à son tour.

— Je ferais mieux de retourner travailler, moi, puisque Barbara veille à ce que le miracle s'accomplisse.

— Est-ce qu'on doit écrire à Julia ? demanda Aislinn. Ça va lui faire un choc à elle aussi.

— Elle vient nous rendre visite avec le docteur et la petite Aiden la semaine prochaine. Mieux vaut qu'elle lise les lettres elle-même. Allons, les enfants.

Abban poussa la petite troupe vers la sortie.

— Tout le monde dehors, maintenant, pour profiter de ce jour de fête. Est-ce que tu peux t'occuper de finir de préparer le dîner, Aislinn ?

Aislinn acquiesça, perdue dans ses pensées, et s'approcha du fourneau, sans se rendre compte que Gavin était toujours assis à table. Le jeune homme se leva silencieusement et vint se poster à côté d'elle.

— Je me suis dit que je pourrais aller en Amérique un jour, moi aussi, déclara-t-il. Pour visiter, et tout ça.

Aislinn reposa la cuillère avec laquelle elle était en train de mélanger leur repas, et le regarda, les mains sur les hanches.

— Et comment ferais-tu donc, Gavin Donohue, toi qui gagnes à peine trois sous de l'heure ?

Gavin haussa les épaules d'un air penaud.

— Je n'ai jamais dit que j'allais partir tout de suite ! J'y pense, pour l'avenir. Et seulement une fois que tout ira mieux ici. Mais ensuite, je partirais volontiers. J'ai les reins solides et travailler dur ne me fait pas peur. Je suis encore jeune.

Il avança timidement sa main et effleura une boucle des cheveux de la jeune femme.

— Et toi aussi, tu sais.

— Le genre de vie que j'ai menée jusqu'ici m'a rendue plus vieille que mon âge, répliqua Aislinn. Je ne suis plus une jeune première.

— Je sais tout de toi, Aislinn McDonagh, et je n'en ai que faire. L'Amérique, c'est l'endroit où l'on peut se libérer de tout ça, où l'on peut repartir de zéro. Et c'est là-bas que ton frère est allé, après tout.

Gavin s'interrompit.

— J'aimerais bien faire sa connaissance un jour, tu sais. C'est un grand homme. J'aimerais pouvoir lui dire à quel point j'aime sa sœur.

Aislinn ne le regarda pas, mais elle rougit et referma ses doigts sur sa main.

— Nous avons toute la vie devant nous, poursuivit Gavin avec entrain, encouragé par ce contact. Nous avons une chance de pouvoir faire mieux que survivre. Je pense que nous devrions aller voir par nous-mêmes ce que le monde peut nous offrir, mais si tu veux rester en Irlande, Aislinn, nous resterons.

— Je vous trouve bien présomptueux, monsieur Donohue, commenta-t-elle doucement.

— Je suis tombé amoureux de toi à la minute où je t'ai vue descendre de ce fiacre, même si j'ai bien compris que tu avais été meurtrie et que tu avais besoin de passer un peu de temps au calme avec ta famille.

Gavin posa un doigt sous le menton de la jeune femme et l'attira délicatement vers lui pour pouvoir plonger son regard dans le sien.

— Je sais que tu ressens quelque chose pour moi, Aislinn, mais dis-moi que j'ai tort et je n'en parlerai plus jamais.

— Tu n'as pas tort, chuchota-t-elle.

Le jeune homme hocha la tête gravement, même si, en lui-même, son cœur était en train d'exploser de joie.

— Alors dès que tu m'entendras parler d'avenir, sache que c'est au *nôtre* que je ferai référence, et donne-moi ton opinion. Je veux savoir ce que tu penses, Aislinn. Ça m'intéresse.

— Je pense que tu devrais me laisser plus de temps, dit-elle.

Voyant qu'il ne bronchait pas, elle ajouta :

— Et après, peut-être que nous irons en Amérique.

Le visage de Gavin s'illumina, et il embrassa Aislinn si passionnément que les pieds de la jeune femme décollèrent du sol.

— Tu ne le regretteras pas, Aislinn. Jamais, lui promit-il. Je travaillerai dur pour nous offrir une vie agréable, à nous et aux enfants que nous aurons.

Le sourire de la jeune femme se voila très légèrement, et il l'enlaça à nouveau, la serrant un peu plus fort, avant de murmurer à son oreille :

— Je sais. Je suis au courant pour lui, et je me souviendrai de lui avec toi, quel que soit le nombre d'enfants que nous aurons ensemble. Il fait partie de toi pour toujours, et je t'aime, Aislinn.

Aislinn sentit les aspérités de sa chemise contre sa joue, écouta le battement régulier de son cœur et perçut la force de ses bras autour d'elle.
— Je t'aime moi aussi, Gavin Donohue, murmura-t-elle alors, s'accrochant à lui tandis qu'il la soulevait à nouveau.

38

Quinn et Morgan se présentèrent aux officiers des douanes tout au bout du long quai, puis quittèrent le bâtiment et commencèrent à remonter la colline.
— Donne-moi ton sac, ordonna Quinn. Il ne faut pas qu'il frotte contre ta cicatrice.
— Qui, soit dit en passant, est la plus horrible que j'aie jamais vue, fit remarquer Morgan en changeant son sac d'épaule. Qu'est-ce que tu as fabriqué là-dedans, hein ? Tu as fouillé pour essayer de trouver de l'or ?

Quinn lui sourit.
— Je n'ai pas pu terminer mes études de médecine, plaisanta-t-il. Maintenant, donne-moi ça.
— C'est bon, Quinn. Je suis encore un peu raide, mais sinon ça va. Tu t'es bien débrouillé, mon ami. Ne t'inquiète pas.

— Je ne m'inquiète pas. Je veux juste qu'il te reste quelques forces pour le moment où nous retrouverons ta femme, dit-il en lui souriant à nouveau. Tu sais où il habite, ce Dr Wakefield ?

— Aucune idée, confessa Morgan. Qu'est-ce que tu en penses ?

Quinn considéra son partenaire de voyage, avec ses cheveux en bataille, sa barbe hirsute, ses vêtements tachés et crasseux, puis il renifla l'air, et conclut qu'ils n'étaient pas au meilleur de leur forme vu qu'il pouvait sentir leur odeur par-dessus la puanteur du front de mer.

— Je pense que nous avons l'air de deux canailles, et que nous sentons aussi mauvais que leurs chiens.

Morgan jeta un coup d'œil à sa tenue, puis regarda Quinn et fronça les sourcils.

— On ne peut pas se présenter à la porte de Reinders avec cette allure de va-nu-pieds, confirma-t-il. Alors, voilà ce qu'on va faire. On va aller s'acheter des vêtements neufs, prendre un bain, nous raser, et il nous restera quand même suffisamment d'argent pour nous payer le voyage vers l'Oregon.

— Et pour un repas correct, aussi ? questionna Quinn plein d'espoir, l'estomac dans les talons.

— Oui. Tu l'as bien mérité, et tant pis s'il faut dormir par terre ce soir. Allons-y.

Quinn suivit Morgan qui se frayait un chemin en jouant des coudes à travers la foule des gens qui attendaient le déchargement des sacs de courrier et des cargaisons en provenance de l'étranger, l'arrivée de leurs parents ou amis, ou qui guettaient les échauffourées qui ne manquaient pas de survenir lorsque les uns et les autres s'échauffaient et s'énervaient, fatigués de patienter.

Suivant les indications fournies par un piéton sympathique, Morgan et Quinn remontèrent Clay Street jusqu'à l'Hôtel de Ville qui donnait sur Portsmouth Square ; ils traversèrent la place, s'extasiant au passage sur les boutiques et l'architecture, puis entrèrent chez le premier tailleur pour hommes qu'ils purent trouver. Ils n'avaient pas vraiment de raison d'avoir honte de leur apparence, constata rapidement Morgan, car la boutique regorgeait d'hommes pour le moins négligés, principalement des mineurs qui revenaient en ville se rhabiller de pied en cap. Au bout d'un moment passé en compagnie d'un employé trop zélé, Morgan et Quinn ressortirent, portant chacun sous le bras un paquet emballé dans du papier, qui contenait des sous-vêtements, une chemise, un pantalon et un gilet.

— C'est une ville chère, fit remarquer Quinn. On va peut-être devoir faire l'impasse sur le dîner et acheter quelque chose à grignoter dans une de ces gargotes.

— Oui. Je suppose qu'ils vont aussi nous réclamer une fortune pour le bain.

— Pourtant, il faut qu'on en prenne un. Ça ne sert à rien d'enfiler des vêtements propres sur toute cette vieille crasse.

Ils se dirigèrent vers Chinatown, où on leur avait dit qu'ils trouveraient des bains publics, et soudain ils se sentirent dans un tout autre monde. Voilà à quoi devait ressembler la Chine, se dit Morgan, étourdi par les sonorités de la langue, par la vue de ces gens tous habillés de la même façon, par l'odeur des mets exotiques, et par les idéogrammes qui s'affichaient sous leur équivalent anglais.

— Regarde par ici, dit Quinn en lui décochant un coup de coude. Peut-être qu'on devrait entrer là, pour s'en acheter un peu.

— « La Maison du Bonheur », lut Morgan à voix haute.

Sous l'enseigne, une femme chinoise ouvrit la porte et balaya le seuil. Elle s'arrêta un instant pour parler à un petit homme barbu portant une natte et des lunettes, qui posa sa main sur son bras ; la tendresse de ce geste provoqua un pincement au cœur chez Morgan, et il se détourna.

— Là-bas, s'exclama-t-il en tendant le doigt. « Eau chaude, bain prolongé, rasage de près ». C'est pour nous.

Retirer les vêtements dans lesquels ils vivaient depuis des mois leur fit un bien fou, et au moment où il plongea son corps crasseux dans l'eau fumante, Morgan se jura de ne plus jamais les remettre ; ce n'étaient que des haillons, de toute façon, qui ne valaient même pas qu'on les lave. Il appuya sa tête contre le rebord de la baignoire et laissa la chaleur le pénétrer jusqu'aux os. Dans une autre baignoire, à côté de lui, Quinn émit un long grognement de satisfaction.

— Heureux, chéri ? demanda Morgan.

Quinn lui jeta de l'eau à la figure, mais il garda les yeux résolument fermés.

Ils restèrent ainsi dans leurs bains une bonne heure. Un homme venait régulièrement vider l'eau grise et tiède avec un seau et remettre de l'eau fumante avec un autre. Une fois débarrassés de l'essentiel de leur crasse, Morgan et Quinn se frottèrent vigoureusement la tête et le corps avec les brosses qu'on leur avait fournies, puis se relevèrent et laissèrent le garçon les rincer à l'eau chaude. Ils sortirent, alanguis par la chaleur et détendus, se séchèrent et enfilèrent leurs vêtements propres et neufs, ordonnant au garçon de jeter les anciens.

On les conduisit ensuite à l'étage supérieur, chez le barbier, où deux hommes leur indiquèrent des sièges, leur passèrent à chacun un grand linge autour du cou, puis entreprirent de leur couper la barbe. Ils prenaient leur temps, produisant dans un premier temps des bruits déconcertants en taillant dans la barbe épaisse, étape nécessaire avant de passer le rasoir. Quinn et Morgan échangèrent un dernier regard, un large sourire fendant la mousse étalée sur leurs visages.

— J'espère que tu n'es pas aussi laid que dans mon souvenir, dit Quinn.

— Tu veux qu'on parle de la seule fille que tu aies jamais réussi à embrasser ? répliqua Morgan.

Les deux hommes éclatèrent de rire.

Lorsque tout fut fini et qu'ils se retrouvèrent dans la rue – deux beaux Irlandais aux cheveux brillants et au visage rasé de près –, on se retournait sur leur passage, et les femmes qu'ils dépassaient leur jetaient des œillades aguicheuses sous le rebord de leur chapeau à la mode.

— Nous voilà devenus deux vrais dons Juans, pas vrai, mon gars ? lança Quinn en posant son bras sur l'épaule de son ami. Elles ne savent pas qu'il n'y en a qu'une seule qui nous intéresse.

Reinders faisait les cent pas dans la maison. Maintenant que Lars et Detra étaient partis, et que Liam et lui étaient seuls à vivre ici, elle paraissait démesurée. Il fallait trop de domestiques pour l'entretenir, à son avis, même si le nouveau majordome, Jameson, se montrait bien plus efficace que ne l'avait jamais été

Arnott. Ce dernier avait nié tout chapardage d'un air suffisant jusqu'à ce que Reinders lui mette un pistolet sur la tempe et le menace de le faire enrôler de force sur le premier navire en partance, et, alors seulement, il avait avoué et restitué un coffre rempli d'objets qui avaient disparu au cours des années précédentes. Reinders avait tout de même mis sa menace à exécution, et l'avait fait embarquer comme simple matelot, éprouvant un véritable sentiment de justice en imaginant ce bonhomme arrogant en train de passer le faubert ou d'étaler du goudron sur le pont d'un bâtiment rudimentaire qui faisait route vers les îles Sandwich. S'il y arrivait en un seul morceau, il préférerait sans doute rester sous les tropiques et profiter des charmes locaux. Il n'y avait pas grand-chose à voler là-bas, mais les gens savaient se montrer accueillants.

Quoi qu'il en soit, la maison était trop grande, se disait-il, revenant à ses pensées initiales. Et même avec Grace et les enfants, elle serait encore trop vaste ; il ne s'était jamais vraiment habitué à ce style de vie, préférant de loin la cabine bien rangée de son navire. Mais il allait bientôt être un homme marié, il allait donc falloir trouver un compromis entre sa cabine de capitaine et le manoir de Nob Hill.

En fait, s'avouait-il au plus profond de lui-même, le vrai problème était qu'il commençait à trouver San Francisco trop peuplée, trop animée et trop prétentieuse. Le vrai problème, s'il voulait être parfaitement honnête, était qu'il désirait faire construire sa nouvelle maison à New Whatcom, mais que Grace ne le souhaitait pas, surtout maintenant qu'elle avait retrouvé son frère. Sean n'était plus que l'ombre de l'esprit vif que Reinders avait connu à New York ; il avait ruiné tout son potentiel, tout comme son corps, qui n'avait à présent plus que la peau sur les os. C'était un homme brisé, un homme qui ne rayonnerait plus, qui se contenterait d'exister, mais Reinders ne l'avait pas dit à Grace. Elle était tellement heureuse en ce moment, passant le plus de temps possible en compagnie de son frère dans la maison qu'il partageait avec sa maîtresse chinoise, quand elle n'était pas en train de s'occuper de la femme à l'enfant illégitime. Reinders secoua la tête, se maudissant de penser des choses pareilles. Depuis quand portait-il des jugements aussi catégoriques sur les autres ? se demanda-t-il. Depuis quand le souci de l'opinion d'autrui l'empêchait-il de se fier à son propre jugement ? San Francisco était mondaine et avait précisément adopté les règles sociales auxquelles Reinders avait espéré tourner le dos à jamais. Et pourtant, il était là, à se demander ce que ses amis penseraient de le voir épouser une gouvernante irlandaise, à se demander pourquoi cela lui importait, à caresser l'espoir de partir vers le nord, où les villes étaient petites, où l'on gagnait le respect des autres en travaillant dur, et où vivaient, il le sentait chaque jour un peu plus, ses vrais amis. Même Mackley parlait d'aller s'installer là-bas quand il se serait marié, à la fin de l'été.

Reinders s'arrêta de marcher et alla se poster devant une fenêtre, regardant d'un air absent deux hommes qui remontaient la colline, leur balluchon sur l'épaule. À bien des égards, pensa-t-il, la vie était plus facile lorsque tout ce qu'on possédait tenait dans un sac, qu'il suffisait de ramasser pour partir du jour au lendemain. Il s'assit dans son fauteuil, les jambes étendues devant lui. C'était le mariage qui l'angoissait un peu, rien de plus, se raisonna-t-il ; et aussi l'agitation qui s'emparait d'un marin lorsqu'il n'avait pas pris la mer depuis trop longtemps. C'était cela dont il avait besoin, d'un long voyage. Liam et lui devaient partir pour Hawaii en août, et auparavant, il pourrait emmener Grace et les enfants à New Whatcom. Astrid et Teresa sauraient accueillir sa femme avec chaleur, et peut-être se mettrait-elle à apprécier cet endroit comme lui-même l'aimait. Peut-être même lui ferait-il miroiter la carotte de l'accompagner à l'église, même s'il se garderait de le faire pour le moment. D'abord, il fallait réussir à faire monter Jack à bord du navire, alors que le petit garçon refusait purement et simplement de poser un pied sur l'*Eliza J*, ce qui avait le don d'irriter Reinders au plus haut point. Parfois, il aurait pu jurer que ce gamin faisait exprès de le contrarier, mais là encore il refusait de s'en ouvrir à Grace. La liste des choses qu'il ne pouvait pas dire à Grace paraissait s'allonger de jour en jour, et il était nostalgique du temps où il pouvait lui raconter n'importe quoi. Dernièrement, il semblait même qu'ils ne parvenaient à trouver que des sujets de désaccord ; la veille au soir, par exemple, ils s'étaient querellés au sujet des chambres qu'allaient occuper les enfants lorsqu'ils emménageraient dans la maison. C'était ridicule, pensa-t-il ; pourquoi s'était-il disputé avec elle à propos d'une chose dont il n'avait que faire ?

– Oh, mon Dieu, il faut que j'arrête avec tout ça.

Reinders se frotta le visage et se releva.

– Grace et moi, nous allons nous marier, et rien ne nous en empêchera. Rien.

Sa voix résonna dans la pièce vide, puis la porte s'ouvrit et Jameson entra.

— Excusez-moi, capitaine Reinders. Des gentlemen sont ici pour vous, monsieur.
— Quels gentlemen ?
— Ils ont préféré ne pas donner leurs noms, monsieur. Ils prétendent être des amis de Mme Donnelly.
— Faites-les entrer, ordonna Reinders. Et apportez des boissons. Il se pourrait que je doive leur offrir un verre.
— Très bien, monsieur.
Jameson referma la porte, pour revenir seulement quelques instants plus tard.
— Par ici, messieurs.
Deux hommes bruns pénétrèrent dans la pièce, le plus grand se tenant légèrement en retrait tandis que l'autre avançait.
— Capitaine Reinders ?
— Oui.
Reinders détailla l'homme de la tête aux pieds, repérant d'un seul coup d'œil les vêtements neufs et la toilette récente, regardant la main tendue.
— Vous êtes… ?
— Morgan McDonagh, capitaine.
Il y eut une longue pause silencieuse pendant laquelle le capitaine resta debout, sidéré.
— Je suis venu chercher ma femme.

Quinn ne prononça pas un mot pendant que les deux hommes discutaient. Il se contenta de vider son verre et d'observer Morgan et le capitaine alors qu'ils parvenaient à s'entendre, et même à faire preuve d'un certain respect l'un pour l'autre. Et pourquoi pas, se dit Quinn en lui-même, puisque c'étaient là les deux hommes que Grace aimait le plus au monde ? Reinders était un homme bien, se dit Quinn, même s'il paraissait un peu rigide et borné, mais comme n'importe quel homme l'eût été, confronté à ce genre d'incroyable révélation. Le capitaine commença par refuser de croire que Morgan était celui qu'il prétendait être, mais Morgan insista, lui racontant son histoire depuis l'époque où il avait connu Grace en Irlande jusqu'à leur arrivée à San Francisco, et finalement Reinders accepta ce qui, à l'évidence, n'était que la vérité : McDonagh était vivant, et il était le mari de Grace. Elle ne se trouvait pas en Oregon, révéla-t-il à l'Irlandais, mais ici, à San Francisco ; il allait les y conduire sur-le-champ.

— Savez-vous que son frère se trouve ici aussi ?

Le capitaine se leva et reposa son verre ; il affichait l'attitude de celui qui affronte la défaite avec dignité.

— Sean est à San Francisco ! s'exclama Morgan en se tournant vers Quinn. On croyait qu'il s'était enrôlé chez les Mormons, et que plus personne n'avait eu de ses nouvelles.

— C'est en partie vrai. Je ne sais pas exactement quand il est arrivé en ville, mais Grace et lui viennent juste de se retrouver. Il n'est pas au mieux de sa forme, j'en ai peur.

— Malade ?

Reinders réfléchit un instant.

— Abattu, répondit-il. Brisé.

— Alors ça lui fera du bien de voir des gens qu'il connaît, dit Quinn d'une voix posée. Des gens qui ont vécu la même chose. Si vous pouvez me dire où le trouver, j'irai le voir pendant que vous accompagnerez Morgan auprès de Grace.

Reinders approuva et lui écrivit l'adresse dans Chinatown ainsi que les indications pour s'y rendre, puis il fit appeler son boghei et s'installa à la place du cocher, Morgan à ses côtés.

Ils gardèrent le silence pendant le trajet à travers la ville, jusqu'en haut de la rue en pente qui menait chez les Wakefield. À mesure qu'ils approchaient de la maison, le cœur de Reinders se mit à cogner plus fort dans sa poitrine, et la sueur perla sur son front, tandis qu'il prenait conscience avec une certaine violence que Grace était à jamais perdue pour lui. Soudain, ses mains tremblèrent et sa vision se brouilla.

— Je vais conduire, proposa Morgan en lui prenant les rênes avec délicatesse. Ou préférez-vous que je descende ?

Reinders secoua la tête et prit une grande inspiration pour éliminer les bourdonnements qui rugissaient dans ses oreilles comme l'océan.

— Non.

Sa voix se brisa.

— Non, répéta-t-il. Mieux vaut que nous arrivions ensemble. Je ne veux pas que sa joie… (Il s'interrompit pour se reprendre.) Je ne veux pas qu'elle se fasse de souci pour moi.

Morgan lui rendit les rênes.

— Je suis désolé, capitaine.

— Ne le soyez pas. Grace est votre femme. Elle a toujours été votre femme. Et elle l'aurait toujours été, je pense.

Ils contournèrent la maison et convinrent que le capitaine entrerait le premier, afin d'atténuer le choc.

Par la fenêtre, Reinders vit qu'ils étaient tous rassemblés autour de la table pour le dîner et, l'espace d'un instant, il resta sans bouger à contempler la femme qui avait failli devenir son épouse. Grace riait à quelque chose que venait de dire Mary Kate, et le son de ce rire lui serra le cœur ; pourquoi fallait-il toujours, se demanda-t-il, qu'on laisse des choses sans importance venir assombrir l'amour ? *Trop tard* – les mots envahirent son esprit –, *trop tard, trop tard, trop tard.* Il se ressaisit et alla frapper à la porte, puis s'en écarta, retirant son chapeau à la dernière seconde.

– Peter !

Grace paraissait à la fois heureuse de le voir, et désolée.

– Oh, Peter, dit-elle en avançant d'un pas dans la cour. Je te demande pardon pour hier soir. Je ne voulais pas que l'on se dispute pour si peu. Décide ce que tu veux et ça m'ira très bien. Vraiment, je veux juste que nous soyons...

Reinders posa un doigt sur ses lèvres pour la faire taire.

– Grace.

Ses yeux embrassèrent son visage et il essaya de lui sourire, en vain.

– Qu'est-ce qu'il y a, Peter ? Ça va ? C'est Liam ?

Il secoua la tête.

– J'ai de bonnes nouvelles, parvint-il enfin à dire. De très bonnes nouvelles, Grace. Des nouvelles parfaitement incroyables.

Il lui prit la main, se demandant comment lui annoncer la chose, et puis les mots sortirent d'eux-mêmes.

– Ton mari est en vie.

Grace manqua défaillir, et ses yeux se mirent à le scruter, cherchant à comprendre ce qu'il venait de lui dire.

— Mais non, murmura-t-elle. Qu'est-ce que tu me racontes, Peter ?
— Si.
Reinders prit son autre main.
— Morgan McDonagh est en vie. Viens plutôt avec moi.

Totalement incrédule, Grace se laissa guider autour de la maison jusqu'à l'endroit où était garée la voiture de Reinders. Un homme se tenait à ses côtés, attendant manifestement avec impatience.
— Voilà, dit Reinders. Ton mari.

Les yeux de Grace se posèrent sur le visage de Morgan. Car il s'agissait bien de celui de Morgan, avec quelques années de plus, un visage d'homme et non plus de jeune homme, mais qui avait toujours cette nuée de taches de rousseur sur une pommette, et ces yeux bleus...

Elle sentit le sol se dérober sous ses pieds et elle agrippa le bras de Peter.
— Tout va bien, maintenant. C'est vraiment lui. Votre femme a besoin de vous, McDonagh ! cria Reinders en direction de l'homme.

Puis il lâcha Grace, s'écarta promptement d'elle et s'éloigna en direction du jardin, à l'arrière de la maison.

Devant elle se tenait Morgan, l'homme qu'elle avait toujours aimé et qu'elle ne connaissait plus du tout, qui paraissait si semblable et pourtant si différent. Elle secoua la tête, essayant de sortir de son rêve tout en priant pour que ce n'en soit pas un, ne sachant plus que croire.
— Veux-tu venir dans mes bras, Gracelin O'Malley ? demanda Morgan.

Et alors, elle sut que c'était vrai.

Elle s'avança et s'abandonna à ces bras qui l'enlacèrent, se serrant contre ce corps dont elle avait tant rêvé, écoutant cette voix qu'elle n'avait plus entendue qu'en songe répéter son nom encore et encore, à l'en faire pleurer. Abasourdie, elle s'écarta de lui et le regarda à nouveau. Leurs deux visages étaient ruisselants, leurs yeux débordaient de larmes.

— Mais, au nom du ciel, où étais-tu ? murmura-t-elle d'une voix incrédule.

— Au Canada, répondit Morgan, et il se mit à rire de cette réponse qui paraissait si simple. Au Canada, puis à New York. Puis au Panamá. Et enfin, ici. Oh, Grace…

Son sourire trembla de chagrin.

— Pourras-tu me pardonner, Grace, de ne pas avoir été à tes côtés toutes ces années ? De ne pas t'avoir retrouvée plus tôt ? Voudras-tu toujours de moi, Grace ?

— J'ai cru que tu étais mort.

Grace sentit son estomac se nouer et sa voix se perdit dans les bourdonnements de ses oreilles.

— J'ai essayé de t'oublier. J'ai essayé, mais je n'y arrivais pas. Je me suis fiancée pour me remarier !

Elle le regarda, interloquée.

— Avec Peter. Et j'aime Peter !

Elle enfouit son visage dans la chemise de Morgan et s'accrocha à lui.

— Oh, mon Dieu, mon Dieu… C'est vraiment toi ?

Morgan aussi se cramponnait à elle, les yeux clos.

— Oui, Grace, c'est moi. Je ne t'ai jamais oubliée non plus, Grace. Chaque jour, j'ai pensé à toi. Chaque nuit, j'ai prié pour toi. Je n'ai jamais perdu espoir. Je veux que tu le saches. Pas une seule fois. Je t'aime, Grace. Je n'ai jamais aimé quelqu'un d'autre que toi.

Il releva son menton pour pouvoir voir ses yeux.

— Je sais pour notre fils, Grace. Dugan m'a dit. Je sais.

— Il s'appelle Jack, chuchota Grace.

— Oui.

Morgan parvint à sourire entre deux sanglots.

— C'est un bien joli nom que lui a donné sa sœur. Comment va Mary Kate ?

Grace recula d'un pas et s'essuya le visage avec son tablier.

— Ils sont à l'intérieur.

Son menton tremblait et sa tête tournait.

— Ils ne vont pas le croire. Ils ne vont pas croire que c'est toi.

Elle s'interrompit et regarda par-dessus son épaule.

— Où est Peter ?

— Dans le jardin, indiqua Morgan.

— Je dois lui parler, dit-elle gravement, de nouvelles larmes se formant au coin de ses paupières.

— Oui.

Morgan lui prit la main.

— C'est un homme bien. Il t'aime.

Ils contournèrent lentement la maison jusqu'à l'arrière. Mais soudain, la porte de la cuisine s'ouvrit et Jack en sortit en trombe, suivi de Mary Kate. Tous deux s'immobilisèrent instantanément lorsqu'ils virent leur mère tenir la main d'un homme qu'ils ne connaissaient pas.

— Les enfants, lança Grace d'une voix mal assurée. Venez me voir. Je voudrais vous… Il y a ici quelqu'un que vous devez…

Elle s'interrompit, le cœur léger, mais la gorge serrée par l'émotion.

Mary Kate s'approcha immédiatement et se posta devant l'homme en l'étudiant intensément.

— Tu ne dois pas te souvenir de moi, Mary Kathleen, mais je t'ai connue en Irlande.

Morgan se pencha afin de la regarder bien en face.

— Tu n'étais qu'une toute petite chose à l'époque, mais maintenant tu es devenue une belle jeune fille.

— Je sais qui vous êtes, dit Mary Kate en soutenant son regard. Mais on croyait que vous étiez mort.

— Perdu, seulement, répondit Morgan. Depuis bien longtemps, et je le regrette beaucoup.

Mary Kate se retourna, et tira son frère par la main.

Morgan s'accroupit encore davantage et ses yeux scrutèrent intensément le visage du petit garçon.

— Salut, Jack.

Le petit garçon le dévisagea d'un air méfiant.

— Vous êtes qui ?

Grace posa une main sur l'épaule de son fils.

— C'est ton papa, Jack, dit-elle avec toute la douceur dont elle était capable. Morgan McDonagh.

Les yeux du petit garçon s'écarquillèrent de stupéfaction, puis son visage s'éclaira d'un immense sourire.

— Eh bien, je savais que tu reviendrais, déclara-t-il d'un air assuré. Je le savais.

— Désolé que ça m'ait pris si longtemps, s'excusa Morgan. Mais je suis content que tu n'aies pas perdu espoir !

— J'ai cinq ans.

Morgan hocha la tête, les yeux brillants.

— Tu es un grand garçon, alors.

– Et j'ai un chien, ajouta fièrement Jack. Je peux te le montrer si tu veux.

Morgan se redressa, puis baissa les yeux vers la petite main qui s'était glissée dans la sienne. Alors que Jack l'entraînait déjà vers les écuries, Morgan tendit son autre main à Mary Kate.

– Tu veux venir avec nous ? lui demanda-t-il d'un ton engageant.

La petite fille opina et lui prit timidement la main tout en levant les yeux vers lui avec une esquisse de sourire.

– Ça va faire une bien belle famille quand tout le monde aura appris à se connaître.

Grace se retourna au son de la voix familière, le visage déformé par l'angoisse.

– Oh, Peter, je suis désolée…

– McDonagh m'a dit la même chose, répliqua Reinders avec un sourire ironique. Il te ressemble beaucoup, tu sais. On a discuté longtemps tous les deux avant que je l'amène ici, et j'ai été stupéfait de constater à quel point vous étiez semblables, même si j'aurais du mal à te dire exactement en quoi.

– Je t'aime, Peter.

– Je le sais.

Le capitaine lui saisit la main.

– Et je sais que nous aurions pu être très heureux ensemble, mais… (Il haussa les épaules.) Je t'ai déjà dit que je ne souhaitais que ton bonheur. Quel qu'il soit, quoi que cela signifie, je veux que tu sois heureuse. Tu te souviens ?

Grace acquiesça lentement.

– Ton vrai bonheur se trouve avec cet homme, là-bas. Avec cet homme, son fils et ta fille.

— Et toi ? lui demanda-t-elle doucement.

— J'ai Liam, lui rappela Reinders. Et il représente plus que tout pour moi. Je peux dire sans mentir que je suis le plus heureux des hommes quand l'*Eliza J* fend la mer et que mon garçon est debout à mes côtés en train de donner des ordres. Je t'aime très fort, Grace, et nous serons toujours amis, promit-il. Toujours.

— Merci, Peter.

Elle se blottit une dernière fois dans ses bras.

— Merci pour tout.

— Tout l'honneur était pour moi, madame McDonagh.

Reinders l'embrassa sur le front.

— Au revoir, chère Grace.

Il ne se retourna pas avant de disparaître derrière la maison ; Grace entendit le son des chevaux qui tiraient le boghei le long de l'allée et résista à l'envie de lui courir après, car qu'y avait-il de plus à dire ?

Morgan bavarda avec les enfants, puis les laissa jouer avec leurs chiens et rejoignit Grace qu'il prit dans ses bras.

— Aurai-je droit à un baiser, pirate ? Ou peut-être est-ce encore trop tôt ?

— Oui, souffla-t-elle pour répondre aux deux questions.

Mais il l'embrassa quand même, d'abord avec hésitation, puis avec cette passion qu'elle n'avait jamais pu oublier.

— Veux-tu être ma femme, Grace ?

Morgan s'agenouilla d'un air implorant.

— Veux-tu m'épouser à nouveau ? Pas en secret, au milieu de la nuit, mais devant Dieu et le monde entier, à la lumière éclatante du jour. Dis-moi oui, Grace. Dis-le-moi.

Elle le considéra, perdue. *Je vais me réveiller d'un instant à l'autre, et il aura à nouveau disparu.*

— Je t'épouserai, dit-elle rapidement avant que le rêve ne finisse. À la condition que tu ne t'éloignes plus jamais de moi, Morgan McDonagh, est-ce que c'est clair ? Jamais.

Les enfants, qui s'étaient rapprochés à pas de loup pour les regarder s'embrasser, applaudirent, puis poussèrent des hurlements de joie quand Morgan jeta en l'air d'abord Mary Kate, puis Jack, installant finalement le petit garçon sur ses épaules, et posant sa main sur la tête de la fillette.

— Est-ce que tu vas vivre avec nous maintenant ? demanda Jack en se penchant en avant.

— Si vous voulez bien de moi, dit Morgan.

— Oui, mais tu vas dormir où ?

Morgan le reposa par terre puis enlaça Grace une nouvelle fois.

— À côté de ma femme, bien sûr.

Il l'embrassa tendrement sur la joue, respirant son parfum doux et chaud.

— Si Dieu le veut, je dormirai à côté de votre mère jusqu'à la fin de mes jours. Je te le promets, ajouta-t-il dans un murmure à l'oreille de Grace. Et maintenant, rentrons, jeune Jack et Mary Kate chérie, car il y a un tas de choses dont nous devons parler.

— Comme quoi ? interrogea Jack.

— Comme d'un mariage, lui dit Morgan. N'est-ce pas, mon amour ? ajouta-t-il en regardant Grace dans les yeux. Et de tous les jours qui suivront.

— Oh oui, approuva Grace en lui caressant une joue.

— Tous les jours qui suivront, répéta Mary Kate en regardant successivement le visage de sa mère, celui de Morgan et enfin celui de son frère. Allez, Jack.
Elle lui saisit la main.
— Le premier arrivé à la porte.

Épilogue
1862

Le jour du mariage se leva, chaud et clair. La brise venue du large charriait le parfum des arbres en fleurs. Grace avait l'impression que c'était le plus beau jour de sa vie.

Elle tendit la main en direction de l'homme qui se tenait à ses côtés. Il l'entoura de son bras et l'attira vers lui, comme il le faisait toujours.

– Ne sont-ils pas magnifiques ? murmura Morgan à sa femme.

Ils étaient tous deux assis sur un banc, à l'ombre, dans le jardin qui entourait l'église.

Grace plongea son regard dans les yeux bleus de son mari, surprise comme toujours par l'intensité de l'amour qu'elle lui vouait, surprise comme toujours qu'il soit toujours là à ses côtés, même s'il ne s'était jamais éloigné d'elle au cours des dix années qu'ils venaient de passer ensemble. Morgan lui rendit son regard, caressant sa joue d'un geste tendre.

– Allons, railla Sean d'un air débonnaire. On dirait que c'est vous qui vous mariez et non pas Mary Kate et Liam.

— Chaque mariage est une excellente occasion d'embrasser sa femme, triple buse, protesta Morgan, un large sourire aux lèvres. Et où as-tu donc caché Mei Ling et les enfants ? C'est uniquement pour elle qu'on t'a invité, tu sais.

— Elle allaite le bébé, répondit Sean d'un ton bon enfant, ignorant la pique. Mais on va sans doute la voir arriver d'une minute à l'autre avec ma petite chérie posée sur un coussin doré, et elle interdira à tout le monde de faire le moindre bruit si jamais la princesse dort.

— Personne n'est dupe, Sean O'Malley, dit Grace en riant. Tout le monde sait que c'est toi qui as du mal à te séparer de ta petite chérie plus de deux minutes.

— C'est parce que c'est le plus beau bébé que Dieu ait jamais créé, n'est-ce pas ? dit fièrement Sean.

Puis il jeta un coup d'œil par-dessus son épaule et vit Mei Ling arriver, la petite dans les bras.

— Je reviens. Vous préparez le trône, d'accord ?

Morgan et Grace se remirent à rire en le regardant se précipiter vers sa femme, retirer la couverture du bébé et gazouiller devant son petit visage. Mei Ling sourit avec ravissement ; les deux premiers garçons étaient arrivés l'un après l'autre, puis plus rien pendant des années, et Mei Ling avait fini par oublier son souhait d'avoir une fille, jusqu'au jour où, six mois plus tôt, une heureuse surprise l'avait comblée.

— D'après Mei Ling, il emmène la petite avec lui au journal tout le temps, et c'est donc une bonne chose qu'il soit son propre patron avec un bureau pour lui tout seul, car au moins personne ne l'entend faire ses gargouillis idiots.

Grace secoua la tête.

— Il a toujours eu un faible pour les nouveau-nés.

— Les filles sont extraordinaires. Regarde la tienne, là-bas. N'est-elle pas magnifique ?

— Oh oui. Mais c'est la *nôtre*.

— Je sais, je sais, dit Morgan. On s'aime à la folie, elle et moi, mais tu as été sa mère et son père pendant très longtemps, et c'est toi qu'elle aime le plus.

— Plus maintenant.

Les yeux de Grace s'emplirent de larmes tandis qu'elle posait les yeux sur sa fille adorée.

— Mais c'est comme ça.

Mary Kate se tenait au côté de son mari, accueillant gracieusement ses nombreux invités admiratifs. C'était la plus jolie des mariées, pensait fièrement Grace en la contemplant, parée de lin crème et de dentelle irlandaise envoyée par Abban et Barbara dans leur colis pour le mariage. Quelques-unes des boucles de sa chatoyante chevelure auburn étaient entrelacées de perles fines que lui avait offertes le capitaine Reinders. Autour du cou, elle portait un médaillon donné par le Dr Wakefield, qui la considérait comme sa protégée et qui avait écrit les lettres qui lui avaient permis d'entrer dans une université de la côte est. Mary Kate était plus grande que sa mère, et plus mesurée dans ses attitudes, mais ses yeux pétillaient d'intelligence et elle affichait un sourire radieux et plein d'assurance. Avec l'argent que lui avait rapporté la vente du manoir Donnelly en Irlande, elle avait ouvert à San Francisco une école pour filles qu'elle dirigeait d'une main attentive et ferme. Elle-même étant instruite et consciente que la soif de savoir ne la quitterait jamais, elle avait choisi de consacrer sa vie à ce projet, tout en clamant à qui voulait l'entendre que l'homme qui la demanderait en mariage ne pourrait se contenter d'être un homme comme les autres, et qu'il allait devoir se montrer exceptionnellement patient et compréhensif, sans quoi elle ne l'épouserait jamais.

Mary Kate était devenue une jeune femme à la personnalité hors du commun, dotée d'une volonté à toute épreuve, et Liam n'avait jamais imaginé lui demander de devenir une épouse classique. Il avait toujours su qu'elle aspirerait à autre chose. Ses choix de vie le fascinaient, et sa décision de partir faire des études n'échappait pas à la règle. En fin de compte, l'accomplissement des rêves de Mary Kate était devenu son propre objectif, et il avait consacré ses efforts à endosser le rôle de fidèle partenaire, aussi souvent que possible.

Et maintenant ils étaient là, ces deux jeunes gens qui s'étaient rencontrés sur un bateau fuyant la famine irlandaise, seize ans plus tôt ; la jeune fille avait toujours compris le cœur du garçon et elle l'avait aimé de toute son âme, le garçon n'avait jamais regardé une autre fille, tellement il l'admirait ; mais ils ne s'étaient avoué leurs sentiments profonds qu'une fois devenus adultes et capables de comprendre le sens de l'amour qu'ils éprouvaient l'un pour l'autre.

L'avenir s'annonçait radieux pour eux, la première génération de survivants irlandais élevés en Amérique. L'avenir leur appartenait comme il n'avait jamais appartenu à leurs parents qui avaient passé leur enfance sur d'autres terres. San Francisco était leur pays et le resterait. Mary Kate continuerait à superviser le fonctionnement quotidien de son école tandis que Liam naviguerait sur la côte Pacifique à bord du *Siobhan*. Tous deux seraient très heureux ensemble et, quand l'occasion se présenterait, Mary Kate partirait en mer avec son passionné de mari ; ce serait un voyage en direction des îles incroyablement riches d'Hawaii, qui durerait plusieurs années et les verraient revenir chez eux avec un enfant à venir, leur premier-né, un petit garçon qu'ils appelleraient Peter, pour le plus grand plaisir de tous ceux qui se considéreraient comme ses grands-parents.

Même si cet enfant ne devait pas voir le jour avant des années, son esprit était déjà présent en ce jour de fête, et Grace put l'entrevoir dans l'éclat de lumière qui vibrait entre Mary Kate et Liam. Elle se pencha devant Morgan et chercha Peter des yeux dans le jardin. Il était venu spécialement de New Whatcom pour être présent aujourd'hui. Il se tenait devant le buffet des boissons et parlait à Dugan, une main posée sur l'épaule de sa femme qui était assise sur une chaise à côté de lui et sirotait un cidre glacé. Il y avait à présent dix ans que le premier mari d'Astrid était mort, et, après une longue période de deuil, Peter l'avait demandée en mariage, ce qui avait comblé Grace de joie. Astrid était une femme gentille et forte, qui apportait à Peter le bonheur qu'il méritait. Ils s'étaient construit une jolie maison là-bas dans le Nord, sur un promontoire qui dominait la baie, et Astrid accompagnait Peter en bateau où qu'il aille. Même s'ils n'avaient pas eu d'enfant ensemble, Liam était leur fils à part entière, et il les considérait comme ses parents, tout comme Grace. Cette dernière voyait Peter de plus en plus rarement au fil des années, même s'ils échangeaient des nouvelles par l'intermédiaire de Liam ; il avait l'air en forme aujourd'hui, pensa-t-elle, avec sa chevelure argentée qui mettait en valeur son teint hâlé.

Il regarda dans sa direction, sourit, et lui adressa un rapide clin d'œil.

– J'ai vu, dit Morgan avec un regard en coin. J'ai toujours su que tu te le gardais dans un coin de ta tête, celui-là. Il est vraiment trop beau.

Grace lui décocha un coup de coude.

– Et voilà ton autre admirateur. Tu es attirée par les hommes grands, c'est ça ?

Morgan se redressa autant que possible et rejeta ses épaules en arrière.

Le Dr Wakefield se dirigeait vers les deux époux, le Dr Fairfax sur ses talons. Les deux hommes étaient restés amis, leur attachement renforcé par leurs efforts conjoints pour faire progresser la médecine, et par les soins qu'ils offraient généreusement à tout homme, femme ou enfant qui en avait besoin, en particulier à ceux issus des communautés d'immigrants. Tous deux adoraient Mary Kathleen et avaient suivi ses succès scolaires avec jubilation. Ils l'emmenaient dîner au moins une fois par mois, souvent en compagnie de la nièce du Dr Wakefield, une autre jeune fille charmante dont ils avaient décidé de parrainer l'éducation.

Eden Wakefield et Abigail Hewitt avaient joué un magnifique duo au piano pendant la cérémonie et étaient à présent assises à l'une des tables en compagnie de la *señora* Calderón, qu'Eden appelait « *Mamacita* » et qu'elle voyait toujours régulièrement. Il y avait encore des gens pour snober les Wakefield-Hewitt, mais ces derniers se moquaient éperdument de ce genre de personnages embourbés dans le passé. Pour toute leur famille, l'avenir s'annonçait sous les meilleurs auspices, et avait pour nom Eden Wakefield ; aucun d'entre eux n'eût toléré qu'il en aille autrement pour cette jeune femme à cause de sa couleur, et tous s'étaient démenés pour faire venir des précepteurs abolitionnistes à San Francisco, pour mettre en place un soutien financier aux esclaves en fuite, et pour fournir des biens et des terres aux anciens esclaves qui arrivaient sans rien. Rowen et Abigail avaient coupé les ponts avec leur famille de l'Est et vivaient sur les revenus que le Dr Wakefield tirait de son travail dans les hôpitaux et de ses investissements immobiliers, ainsi que de ceux, plus modestes, de Hewitt en tant que directeur d'une école de garçons. Rien de tout cela ne pourrait jamais réparer les terribles erreurs qu'Abigail ou Rowen avaient commises dans le passé, et ils ne cherchaient pas à s'en faire absoudre ; mais ils acceptaient humblement tous les gestes de pardon qu'on pouvait leur offrir, surtout lorsque ceux-ci venaient de la communauté noire, et ils étaient reconnaissants du bonheur que leur apportait la jeune métisse qu'ils considéraient comme leur fille.

— Maman ! Papa ! appela Jack en se précipitant vers Morgan et Grace, Caolon Ogue dans son sillage. Est-ce qu'on pourrait aller sur la place, tous les deux ?

— Non, répondit Morgan avec fermeté avant de se radoucir. Aujourd'hui, on marie ta sœur, Jack ! Demain, promit-il, incapable de décevoir son fils. Je vous emmènerai moi-même visiter les endroits intéressants, et, ensuite, vous pourrez y aller tous les deux, pendant que Dugan et moi irons boire une bière avec Sean et Quinn.

— Ça me va bien, conclut Caolon, qui était le portrait de son père. Mon p'pa voudra jamais que je sorte sans lui, de toute façon.

— On veut juste aller écouter les débats, tu sais, insista Jack dans une dernière tentative.

— Désolé, fiston. On ne va pas se préoccuper de guerre un jour comme aujourd'hui. Filez, maintenant. Il doit bien y avoir dix jeunes filles qui font le pied de grue aux quatre coins du jardin, et qui meurent d'envie de faire la connaissance de deux beaux jeunes Irlandais comme vous.

Les deux garçons hésitèrent un instant, jetant en direction des filles un regard suspicieux, jusqu'à ce que Morgan leur donne une grande bourrade dans le dos pour les pousser à aller les rejoindre.

— Dugan dit qu'ils ont entendu le président Lincoln parler de libérer tous les esclaves et d'unir l'ensemble du pays, confia Grace, et c'est tout ce qu'il peut faire pour empêcher Caolon de s'engager alors que les combats s'intensifient. Tara espère que tout ça va bientôt se terminer.

— C'est pourtant peu probable, répondit Morgan d'une voix sombre. Et c'est autant une question de terre et d'argent que de liberté. Mais c'est la liberté qui pousse les jeunes gens à s'engager.

— Notre Jack veut aller se battre, tu sais, confia doucement Grace. Pour son pays, dit-il.

Morgan regarda son fils et se souvint d'un autre jeune homme animé de la même détermination butée ; il se demanda un instant, comme cela lui arrivait souvent, si Nacoute était toujours en vie, si sa mère et sa sœur vivaient toujours avec leur peuple, ou s'ils avaient été anéantis, comme cela arrivait à tant de tribus.

— Je le lui ai défendu, dit-il. La famille reste soudée. Nous avons payé pour notre liberté, et je ne vais pas l'envoyer se transformer en chair à canon.

— Il veut devenir un héros, comme son père.

— Je ne suis pas un héros, Grace, seulement un homme qui a fait de son mieux à une époque terrible.

Morgan jeta un nouveau regard à son fils.

— Quand Jack sera un homme, il pourra décider par lui-même de ce qu'il fera, avec la sagesse d'un homme, et je le soutiendrai. Je le lui ai expliqué. Mais il n'est encore qu'un homme en devenir, et les hommes en devenir sont trop facilement attirés par l'appel de la guerre. Ils ont l'envie de se battre dans le sang, mais ils ne mesurent pas à quel point ce sang peut couler rapidement. Ce sont les hommes mûrs qui commencent les guerres, et ça devrait être aux hommes mûrs de combattre. Pas aux enfants.

Grace lui prit la main et la serra.

— Est-ce que tu crois qu'il ira quand même ?

— Je lui ai fait promettre que non devant Dieu, et il l'a fait. À contrecœur, et en protestant avec virulence, bien sûr, mais il l'a fait. Maintenant, assez parlé de choses tristes.

Morgan serra la main de Grace, puis la relâcha et se leva.

— Je vais aller demander à Ogue ce qui se mijote, et je te rapporte un verre de punch.

— Remercie-le pour moi, lui demanda Grace. C'est tellement gentil à lui d'aider George à servir les boissons.

— En fait, il dit qu'il n'arrive pas à discuter s'il n'est pas derrière un comptoir, dit Morgan avec un sourire.

Puis il s'en alla rejoindre Dugan et George Litton qui remplissaient des verres et l'accueillirent à grand renfort d'exclamations.

Les yeux de Grace se posèrent alors sur une petite table, sur laquelle trônait la pièce montée qu'elle avait confectionnée ; de cette table, Enid lui adressa un grand sourire et lui fit un signe de la main, ses deux plus jeunes enfants chahutant à ses pieds. George et Enid élevaient des poulets de concours dans leur ferme, et Grace et Morgan leur rendaient souvent visite. Le frère d'Enid était mort peu après le mariage de celle-ci avec George, mais M. Hopkins vivait avec eux et les aidait à s'occuper des enfants ; Enid avait évoqué la lettre qu'elle avait reçue de sa mère, et n'écartait pas la possibilité d'aller lui rendre visite, car Mme Hopkins semblait plutôt épanouie dans sa petite pension de famille en Cornouailles avec sa sœur.

— Te voilà enfin ! s'exclama Aislinn en se laissant tomber sur le banc à côté de Grace. Cache-moi, implora-t-elle. Les enfants me cherchent et je ne sais plus comment m'en dépêtrer.

Grace sourit.

— Tes enfants ? Ou les enfants de tout le monde ?

— On dirait qu'il y en a des hordes, souffla Aislinn. Je suis sûre que les miens sont dans les parages aussi. Il faut que j'envoie Gavin à leur recherche.

— Il n'a pas l'air très frais, observa Grace avec compassion. Quinn dit qu'ils ont refait le monde jusqu'à l'aube. C'est vraiment gentil à eux d'être venus, après une nuit pareille !

— Ils n'auraient jamais manqué l'événement, répondit Aislinn. Mais tu sais bien que Quinn ne peut pas passer un jour sans voir Morgan, et que mon Gavin ne vaut pas mieux. Ils sont tout le temps fourrés ensemble tous les trois, à faire Dieu sait quoi.

Elle regarda autour d'elle puis se pencha vers Grace et murmura :

— Margaret attend un enfant !

Grace la poussa du coude avec un grand sourire.

— À la bonne heure ! s'exclama-t-elle. Qu'est-ce que tu y vois à redire ? Quinn s'est occupé des cinq Mulhoney, et maintenant il a envie d'en avoir un à lui. Moi, je trouve ça formidable.

— Lui aussi ! dit Aislinn en riant. Il est devenu complètement fleur bleue. À l'entendre, il n'en fait jamais assez pour Margaret, alors qu'il la traite déjà comme une reine.

— Avoue que Rose a vraiment été une demoiselle d'honneur parfaite, dit Grace, attendrie. Et Davey, toujours aussi beau, qui a accompagné chacun à sa place... C'est une bien jolie famille que Quinn et Margaret ont là, et je suis heureuse qu'ils viennent enrichir le monde d'un autre bébé.

— Gavin et toi... se moqua gentiment Aislinn. Le soleil et les rires, le pain et le vin, les roses et le chant des oiseaux... Parfois, vous me rendez malade !

— Oh, tu sais bien que tu es aussi fleur bleue que nous tous, dit Grace en lui donnant une petite accolade. Tu ferais mieux de t'enfuir, avertit-elle soudain. Voilà les enfants.

Aislinn, qui était toujours la plus joyeuse de tous à chaque fête, repartit précipitamment avec force mimiques, et la petite troupe d'enfants hurla de plus belle avant de se ruer à ses trousses.

Grace resta assise quelques instants, prenant plaisir à écouter les rires et les discussions qu'Aislinn prétendait trouver ennuyeuses ; mais en réalité, Grace savait que sa belle-sœur était plus heureuse qu'elle ne l'avait été de toute sa vie.

Les hommes s'étaient regroupés autour du buffet de boissons, les autres couples de jeunes mariés autour de Liam et de Mary Kate, les plus jeunes, dont Jack et Caolon, s'étaient finalement mêlés aux groupes de jolies jeunes filles, tandis que la génération plus âgée dont Grace faisait partie observait tout cela depuis les chaises et les bancs installés à l'ombre de la voûte des arbres. Mary Kate croisa le regard de sa mère, et Grace vit sa fille traverser la cour en tenant délicatement sa jupe du bout de ses doigts gantés.

– Quelle journée !

Mary Kate s'assit dans un grand froissement de lin, à peu près de la même manière que sa tante Aislinn venait de le faire.

– Fais attention à ta jupe. Tu vas...

Grace s'interrompit. Mary Kate n'était plus une enfant, mais une femme mariée.

– Tu es tellement belle, Mary Kathleen. Tu es devenue une jeune femme très élégante. Et maintenant une épouse.

Mary Kate sortit un mouchoir et tamponna les larmes de sa mère.

– Tu n'arrêtes pas de pleurer depuis le début de la journée, maman, la gronda-t-elle gentiment. J'ai du mal à savoir s'il s'agit de mon mariage ou de mon enterrement !

Grace éclata de rire, porta la main de sa fille à ses lèvres, ferma les yeux et embrassa ces doigts qui avaient un jour été si petits.

– Je ne m'en vais nulle part, maman, murmura Mary Kate. Tu sais que je ne t'abandonnerai jamais.

— Tu es ma petite fille chérie. Je ne sais pas pourquoi je me mets dans de tels états.

Mary Kate embrassa la joue de sa mère et s'appuya contre elle, serrant sa main dans la sienne.

— C'est parce que nous sommes ici, déclara-t-elle avec entrain. Dans cette ville. Ensemble. J'ai relu mon journal intime la nuit dernière, nos vies, toutes ces choses que tu m'as dites et toutes celles dont je me souviens. Et tu sais, maman, c'est un miracle que nous soyons tous réunis ici aujourd'hui.

Grace acquiesça, la vérité de ces mots baignant ses yeux d'une nouvelle vague d'émotion.

— Je ne sais pas si j'aurais été capable de faire tout ce que tu as fait, poursuivit Mary Kate. Enterrer des maris et des bébés, venir seule avec une petite fille en bas âge dans un pays étranger, traverser ce même pays en chariot avec deux jeunes enfants, dont Jack !

Elle rit, puis redevint sérieuse.

— Je me souviens de tout, tu sais, mais je ne me rappelle pas avoir eu peur une seule fois. Parce que tu étais là. Je croyais que c'était le lot commun des femmes. Qu'elles s'occupaient des gens et de tout le reste. Mais maintenant *je* suis une femme, et je me rends compte que c'était ce que tu faisais, *toi*. Et, maman... J'aimerais bien connaître ton secret.

Grace réfléchit à cette requête.

— Il n'y a pas de secret. Juste de la foi. En Dieu, en l'amour que l'on porte à ses enfants. On peut déplacer des montagnes pour ses enfants.

Elle se mit à pleurer pour de bon, puis tendit la main à l'aveuglette en direction du mouchoir de Mary Kate, effondrée.

— Oh, maman...

Mary Kate mit son bras autour de sa mère.

— Tout va bien. Tout va bien à présent. On est tous là. C'est ce que je voulais dire en parlant de miracle. Regarde… (Son bras se tendit devant elle.) Jack et papa, et oncle Sean, et Quinn. Et tante Aislinn, et Gavin. Mon Liam. Nous tous. Nous sommes tous ici. Et tous les enfants ! ajouta-t-elle, émerveillée. Regarde seulement tous ces enfants que nous avons mis au monde !

Grace hocha la tête contre l'épaule solide de sa fille, apaisée par sa main dans son dos, respirant son odeur qu'elle chérissait depuis toujours.

— Je sais, murmura-t-elle. J'ai fini de pleurer pour aujourd'hui.

Elle fit mine d'essorer le mouchoir avant de le lui rendre.

Mary Kate rit et remit tendrement en place une mèche de cheveux de sa mère.

— Et puis, maman, je veux que tu saches que Jack ne partira nulle part. Je sais qu'il n'arrête pas de parler de guerre, mais il ne vous abandonnera pas, papa et toi. Jamais. Il me l'a dit. Il voudrait bien partir, mais il dit qu'il vous aime trop tous les deux pour risquer de vous briser le cœur un jour.

— Tu ferais mieux de me rendre ça, dit Grace en tendant la main vers le morceau de tissu détrempé que tenait sa fille.

Mary Kate embrassa à nouveau sa mère.

— Qu'est-ce qui se passe ici ? interrogea Morgan qui se tenait devant elles, deux verres de punch à la main. Tu pleures de joie, ou à cause de Jack ?

— Ce n'est rien de plus que la sottise d'une mère le jour du mariage de sa fille, répondit Grace en souriant affectueusement à Mary Kate.

— Eh bien, c'est parfait, alors, conclut Morgan en s'asseyant. Notre Mary Kate est une très belle mariée. Je crois que j'ai versé quelques larmes, moi aussi, aujourd'hui.

— Merci, papa.

Elle se pencha par-dessus sa mère pour embrasser Morgan sur la joue.

— Merci pour tout.

— Tout le plaisir est pour moi, ma grande chérie. Si je pouvais, je t'offrirais un mariage tous les jours !

Il jeta un regard aux musiciens qui accordaient leurs instruments, puis à Liam qui traversait la pelouse pour venir les rejoindre.

— Bonjour, jeune homme, lui lança Morgan. Vous venez récupérer votre femme pour une danse, n'est-ce pas ?

— Je vous prie de m'excuser, madame Kelley, dit-il à Mary Kate avec un clin d'œil. Mais je crois que la coutume veut que je danse d'abord avec ma maman...

Il tendit la main à Grace.

— Allons donc ! s'écria la mariée en riant. Mais ne l'épuise pas trop. Les autres cavaliers font déjà la queue !

Mary Kate donna un petit coup de coude à Morgan, qui constata que Hewitt, Wakefield, Fairfax, Quinn, Dugan et quelques autres regardaient dans leur direction maintenant que la musique avait commencé.

— Si tu veux bien, ramène-la-moi tout de suite après, fiston, l'avertit aimablement Morgan. Sans quoi nous risquons une bonne vieille bagarre à l'irlandaise.

Tous éclatèrent de rire. Grace et Liam entamèrent la danse, puis Liam entraîna la mariée, qui rougit, resplendissante, entre ses bras. Le Dr Wakefield finit par obtenir sa danse avec Grace, tout comme le capitaine Reinders, tandis que Morgan invita Astrid. Dugan et Tara s'intégrèrent dans le cercle, tout comme George et Enid, Aislinn et Gavin, Quinn et sa ravissante Margaret ; Abigail dansa avec le Dr Fairfax, puis avec son mari ; Jack dansa avec Eden et Rose qui trouvèrent ensuite de nouveaux partenaires en Sean et Gavin ; George dansa avec chacune de ses petites filles, et Morgan fit tournoyer la *señora* Calderón, mais leur danse fut interrompue par Quinn qui la salua bien bas, puis par Dugan, qui expérimenta ses notions d'espagnol sur la pauvre femme. Enfin, le capitaine Reinders dansa avec Mei Ling tandis que Sean tenait sa fillette à bout de bras pour qu'elle puisse regarder, les garçons à ses côtés. Dugan et Grace partagèrent une danse et éclatèrent de rire en découvrant Jack et Caolon en compagnie de deux jeunes servantes, qui rougirent et gloussèrent sur leur passage.

Quand le soleil commença à décliner sur la baie rougeoyante et que les hirondelles se mirent à descendre en piqué pour regagner leurs nids, les jeunes gens tentèrent des approches, tandis que les couples plus âgés se retrouvaient pour une dernière danse. Morgan enlaça son épouse bien-aimée, et Grace appuya la tête contre son épaule.

— Regardez-les, dit une vieille femme à ses amies assises le long du mur de pierre sous les derniers rayons de soleil. Ces deux-là.

Elle désignait Morgan qui venait de s'arrêter de danser au milieu de la piste, et qui embrassait Grace avec toute la fougue d'un homme qui venait enfin de trouver l'amour de sa vie.

— Non, mais regardez-les ! Ils sont mariés depuis une éternité, et ils continuent à se comporter comme ça. Bah !

Les têtes des vieilles femmes se balancèrent encore et encore, puis elles se mirent à jacasser comme des poules. Même si elles se refusaient à l'avouer, certaines étaient émues par la vision de cet homme et de sa femme.

— Vous ne seriez pas en train de parler de ces deux-là, par hasard ? s'enquit Dugan, une carafe de punch glacé à la main. Mais est-ce que vous connaissez vraiment leur histoire ?

Les vieilles femmes regardèrent le géant au nez écrasé et secouèrent toutes la tête d'un même mouvement.

— Eh bien, soit.

Dugan approcha une chaise et s'installa face à elles.

— Laissez-moi remplir vos verres, mesdames, et commençons par le commencement.

Remerciements

Je dois des remerciements à une multitude de gens sur cette terre, pour leur travail et l'inspiration qu'ils m'ont apportée. À cet égard, je tiens à louer tout particulièrement le système de la bibliothèque publique, qui offre aux lecteurs comme aux auteurs un accès à des univers qu'ils n'auraient sans cela jamais découverts ; les historiens qui se donnent tant de mal pour sauvegarder pour nous ces univers, et en sont souvent mal remerciés ; Bono et U2, pour leur contribution, et pour avoir employé la célébrité à mettre en lumière des enjeux majeurs de la dignité humaine ; mes enfants, Nigel et Gracelin, qui mesurent la nécessité de comprendre le passé pour construire l'avenir autrement, et qui sont déjà de si grands citoyens ; mes parents, David et Elisabeth Schweinler, pour leur présence dans nos vies ; mes vieux amis, pour leurs encouragements ; tous les membres de ces groupes de lecture si vivants que j'ai eu l'occasion de rencontrer ; et enfin, parce qu'il n'est pas d'homme meilleur qu'un père de famille, je remercie mon mari pour l'amour et le soutien qu'il m'a apportés alors que je consacrais tout mon cœur à l'écriture de ces livres.

Achevé d'imprimer
en janvier 2008
par Printer Industria Gráfica
pour le compte de France Loisirs, Paris

Numéro d'éditeur : 50457
Dépôt légal : février 2008
Imprimé en Espagne